COLLECTION
FOLIO/ESSAIS

Julia Kristeva

Histoires
d'amour

Denoël

Julia Kristeva : professeur à l'université de Paris VII, docteur ès lettres, psychanalyste.

Parmi ses principales publications :

Σημειωτική. *Recherches pour une sémanalyse.*

La révolution du langage poétique. L'avant-garde à la fin du XIXᵉ siècle, Lautréamont et Mallarmé.

Polylogue.

Pouvoirs de l'horreur.

Le texte du roman. Approche sémiologique d'une structure discursive transformationnelle.

Des Chinoises.

Stand still, and I will read to thee
A Lecture, Love, in loves philosophy.

John Donne,
A Lecture upon the Shadow

Éloge de l'amour

Aussi loin que je me rappelle mes amours, il m'est difficile d'en parler. Cette exaltation au-delà de l'érotisme est bonheur exorbitant tout autant que pure souffrance : l'une et l'autre mettent en passion les mots. Impossible, inadéquat, immédiatement allusif quand on le voudrait le plus direct, le langage amoureux est envol de métaphores : il est de la littérature. Singulier, je ne l'admets qu'en première personne. Pourtant, c'est d'une sorte de philosophie amoureuse que je vous entretiendrai ici. Car qu'est-ce que la psychanalyse sinon une quête infinie de renaissances, à travers l'expérience d'amour recommencée pour être déplacée, renouvelée et, sinon abréagie, du moins recueillie et installée au cœur de la vie ultérieure de l'analysant comme condition propice à son renouveau perpétuel, à sa non-mort ?

J'avoue que le destin particulier de mes amours (devrais-je dire de ma propre vulnérabilité cachée sous un masque de vigilance ?) aggrave cette défaillance de mon discours devant la torsade de sexualité et d'idéaux entremêlés qu'est l'expérience amoureuse. Et me fait préférer, à l'incantation lyrique ou à la description psycho-pornographique, le langage quelque peu historique de l'après-coup. Est-ce là que se recueille aussi le silence (amoureux) de l'analyste ?

Qu'on n'entende pas ces propos simplement comme une

précaution, un retrait ou une peur de se brûler. En fait, le
sentiment d'avoir eu, dans l'amour, à dépenser sinon à sacrifier désirs et aspirations, n'est-il pas le prix dont nous devons
payer la violence de nos passions sur l'autre ? Déchaînement
dont l'absolu peut aller jusqu'au crime vis-à-vis de l'aimé,
l'amour qu'on dit justement *fou* fait pourtant bon ménage
avec une lucidité aiguë, surmoïque, féroce, qu'il est cependant le seul à pouvoir, provisoirement, interrompre. Hymne
au don total à l'autre, un tel amour est également, et de
manière presque aussi explicite, un hymne à la puissance
narcissique à laquelle je peux même *le* sacrifier, *me* sacrifier.

Si j'insiste, dans l'amour, sur le creuset de contradictions et
d'équivoques qu'il est — à la fois infini du sens et éclipse du
sens — c'est parce que, tel, il me permet de ne pas mourir
d'étouffement sous le fatras de faux-semblants et de compro-
missions que nous offre la névrose en groupe ou à deux. Tel
je le maintiens aussi au creux de mon oreille pour ne pas
m'assoupir devant les ennuis et les malaises de mes analysants, pour y faire éclater au contraire un risque de mort, un
risque de vie. Tel il se révèle dans l'errance de la connotation
métaphorique. En effet, dans le transport amoureux, les
limites des identités propres se perdent, en même temps que
s'estompe la précision de la référence et du sens du discours
amoureux (dont Barthes a si élégamment écrit les *Fragments* [1]). Parlons-nous de la même chose lorsque nous parlons d'amour ? Et de laquelle ? L'épreuve amoureuse est une
mise à l'épreuve du langage : de son univocité, de son pouvoir référentiel et communicatif.

---

1. R. Barthes, *Fragments d'un discours amoureux*, Ed. du Seuil, coll.
« Tel Quel », 1976.

Un mal, un mot, une lettre

Amour choc, amour folie, amour incommensurable, amour embrasement...

Essayer d'en parler me semble autrement mais non moins éprouvant et délicieusement enivrant que de le vivre. Ridicule ? Fou, plutôt. Le risque d'un discours d'amour, d'un discours amoureux, provient sans doute surtout de l'incertitude de son objet. En effet, de quoi parle-t-on ?

Je me souviens d'une discussion entre plusieurs jeunes filles, dont je faisais partie. Personnage amoureux par excellence, la jeune fille — cliché de la séduisante séductrice qui mêle plaisir, désir et idéaux dans ce brasier qu'elle appelle passionnément « amour » — n'en reste pas moins un des indices les plus intenses de vérité et d'éternité. Il s'agissait de savoir si, parlant d'amour, nous parlions de la même chose. Et de quelle chose ? Nous disant amoureuses, révélions-nous à nos amoureux la véritable teneur de nos passions ? Pas sûr ; car, lorsqu'ils se déclaraient à leur tour amoureux de nous, nous n'étions jamais certaines de ce que cela signifiait exactement, pour eux.

La naïveté de ce débat recèle, peut-être, une profondeur métaphysique ou, du moins, linguistique. Par-delà la révélation — une de plus — de l'abîme qui sépare les sexes, cette interrogation insinue que l'amour serait, de toute façon, solitaire parce que incommunicable. Comme si, au moment même où l'individu se découvrait intensément vrai, puissamment subjectif, mais violemment éthique parce que généreusement prêt à tout faire pour l'autre, il découvrait aussi l'enclos de sa condition et l'impuissance de son langage. Deux amours ne sont-ils pas essentiellement individuels et donc incommensurables, condamnant ainsi les partenaires à ne se rencontrer qu'à l'infini ? Sauf à communier à travers un tiers : idéal, dieu, groupe sacralisé... Mais c'est une autre histoire, et notre adolescence laïque bouleversait les corps et contournait les idéologies, les théologies... Enfin, parler d'amour serait, peut-être, une simple condensation de langage, qui ne provoque, après tout, chez le destinataire, que ses seules capacités métaphoriques : tout un déluge imaginaire incontrôlable, indécidable, dont l'aimé seul possède, et à son insu, la clé... Qu'est-ce qu'il entend de moi ? Qu'est-ce que j'entends de lui ? *Tout ?* — comme *on* a tendance à le croire aux moments de nos apothéoses fusionnelles, aussi complètes qu'indicibles ? Ou *rien ?* — comme *je* le pense, comme *il* peut le dire à la première blessure venue bousculer nos vulnérables palais de miroirs...

Vertige d'identité, vertige des mots : l'amour est, à l'échelle de l'individu, cette révolution subite, ce cataclysme irrémédiable, dont on ne parle qu'*après coup*. Sous le coup, on ne parle pas *de*. On a simplement l'impression de parler enfin, pour la première fois, pour de vrai. Mais est-ce vraiment pour dire quelque chose ? Pas nécessairement. Sinon, quoi au juste ? Même la lettre d'amour, cette tentative innocemment perverse de calmer ou de relancer le jeu, est trop immergée dans le feu immédiat pour ne parler que de « moi » et de « toi », voire d'un « nous » sorti de l'alchimie des identifications, mais non de ce qui se joue réellement *entre* l'un et l'autre. Pas de cet état de crise, d'effondrement, de folie qui peut emporter tous les barrages de la raison, comme il peut, telle la dynamique de l'organisme vivant en pleine croissance, transformer une erreur en renouvellement, remodeler, refaire, ressusciter un corps, une mentalité, une vie. Voire deux.

Cependant, si l'on admet, à l'encontre de nos jeunes amoureuses incrédules que, malgré l'incommensurable de l'affect et du sens mis en jeu par les protagonistes, on peut parler d'*un* amour, de l'*Amour*, force est d'admettre aussi que quelque vivifiant qu'il soit, l'amour ne nous habite jamais sans nous brûler. En parler, fût-ce après coup, n'est probablement possible qu'à partir de cette brûlure. Consécutive à l'exorbitant agrandissement du Moi amoureux, aussi extravagant dans son orgueil que dans son humilité, cette défaillance exquise est au cœur de l'expérience. Blessure narcissique ? Epreuve de la castration ? Mort à soi ? — les mots sont brutaux, qui approchent de cet état de fragilité vivace, de force sereine émergeant du torrent amoureux, ou que le torrent amoureux a abandonnée, mais qui recèle toujours, sous ses airs de souveraineté reconquise, un point de douleur psychique autant que physique. Ce point sensible m'indique — par la menace et le plaisir dont il me guette, et avant que je ne me referme, provisoirement sans doute, dans l'attente d'un autre amour pour l'instant imaginé impossible — que dans l'amour « je » a été un *autre*. Cette formule, qui nous conduit à la poésie ou à l'hallucination délirante, suggère un état d'instabilité où l'individu cesse d'être indivisible et accepte de se perdre dans l'autre, pour l'autre. Avec l'amour, ce risque, par ailleurs tragique, est admis, normalisé, sécurisé au maximum.

La douleur qui demeure cependant est le témoin de cette aventure, en effet miraculeuse, d'avoir pu exister pour, à travers, en vue d'un autre. Quand on rêve d'une société heureuse, harmonieuse, utopique, on l'imagine bâtie sur l'amour puisqu'il m'exalte en même temps qu'il me dépasse ou m'excède. Cependant, loin d'être une entente, l'amour-passion équivaut moins au calme sommeil des civilisations réconciliées avec elles-mêmes, qu'à leur délire, déliaison, rupture. Crête fragile où mort et régénérescence se disputent le pouvoir.

Nous avons perdu la force et la sécurité relative que les vieux codes moraux garantissaient à nos amours en les interdisant ou en en fixant les limites. Sous les feux croisés des salles de chirurgie gynécologique et des écrans télévisés, nous avons enfoui l'amour dans l'inavouable, au profit du plaisir, du désir, quand ce n'est pas de la révolution, l'évolution, l'aménagement, la gestion, donc, au profit de la Politique. Avant de découvrir sous les décombres de ces constructions idéologiques cependant ambitieuses, souvent exorbitantes, parfois généreuses, qu'elles étaient des essais démesurés ou timides destinés à assouvir une soif d'amour. Le reconnaître n'est pas reculer modestement, mais peut-être avouer une prétention grandiose. L'amour est le temps et l'espace où « je » se donne le droit d'être extraordinaire. Souverain sans être même individu. Divisible, perdu, anéanti ; mais aussi, et par la fusion imaginaire avec l'aimé, égal aux espaces infinis d'un psychisme surhumain. Paranoïaque ? Je suis, dans l'amour, au zénith de la subjectivité.

En prime du désir, au-delà ou en deçà du plaisir, l'amour les contourne ou les déplace pour m'élever aux dimensions de l'univers. Lequel ? Le nôtre, le mien et le sien confondus, agrandis. Espace dilaté, infini, où, de mes défaillances, je profère, par aimé interposé, l'évocation d'une vision idéale. La mienne ? La sienne ? La nôtre ? Impossible et cependant maintenue.

En détaillerai-je les figures ? D'autres l'ont fait, stylistes plus adroits. Ils ont ouvert une voie qu'on ne saurait suivre qu'en la déplaçant, puisque chacune des figures est au singulier...

L'*attente* me rend douloureusement sensible à mon incomplétude que j'ignorais *avant*. Car maintenant, dans l'attente, « avant » et « après » se télescopent en un redoutable jamais. L'amour, l'aimé effacent le compte du temps... L'*appel*, son appel, me déborde d'un flux où se mêlent des bouleversements du corps (ce qu'on appelle des émotions) et une pensée en tourbillon, aussi vague, souple, prête à percer ou à épouser celle de l'autre, que vigilante, éveillée, lucide dans son élan... vers quoi ? Vers un destin, implacable et aveugle

comme une programmation biologique, comme la voie de
l'espèce... Corps soufflé, présent dans tous ses membres par
une absence délicieuse — voix tremblante, gorge sèche, œil
flou de lueur, peau rosée ou moite, cœur palpitant... Les
symptômes de l'amour seraient les symptômes de la peur ?
Peur-envie de ne plus être limitée, retenue, mais de passer
outre. Crainte de traverser non seulement des convenances,
des interdits ; mais aussi, mais surtout peur et désir de passer
à travers les frontières du soi... La *rencontre* alors, mêlant
plaisir et promesse ou espoirs, demeure dans une sorte de
futur antérieur. Elle est le non-temps de l'amour qui, instant
et éternité, passé et avenir, présent abréagi, me comble,
m'abolit et cependant me laisse inassouvie... A demain, à
toujours, comme toujours, fidèle, éternellement comme
avant, comme quand ça a été, comme quand ça aura été, à
toi... Permanence du désir ou de la déception ?

L'amour est en somme un mal, au même titre qu'il est un
mot ou une lettre.

Nous l'inventons à chaque fois, avec chaque aimé forcément unique, à chaque moment, lieu, âge... Ou une fois pour
toutes.

Les délices et les affres de cette liberté s'aggravent aujourd'hui du fait que nous n'avons pas de codes amoureux :
pas de miroirs stables pour les amours d'une époque, d'un
groupe, d'une classe. Le divan de l'analyste est le seul lieu où
le contrat social autorise explicitement une recherche — mais
privée — d'amour.

Narcissisme et idéalisation

Enraciné dans le désir et le plaisir, tout en pouvant s'en
passer dans la réalité pour ne les embraser que symboliquement ou imaginairement, l'amour, vous en conviendrez, rè-

gne entre les deux bords du *narcissisme* et de l'*idéalisation*. Sa
Majesté le Moi se projette et se glorifie, ou bien éclate en
morceaux et s'abîme, lorsqu'elle se mire dans un Autre idéalisé : sublime, incomparable, aussi digne (de moi ?) que je
puis être indigne de lui, et cependant fait pour notre union
insécable. Tous les discours d'amour ont traité du narcissisme, et se sont constitués en codes de valeurs positives,
idéales. Théologies et littératures, par-delà le péché et les
personnages démoniaques, nous convient à cerner dans
l'amour notre territoire propre, à nous ériger comme *propres*,
pour nous dépasser dans un Autre sublime, métaphore ou
métonymie du souverain *Bien*. C'est parce que nous man-
quons aujourd'hui de *propre*, couverts de tant d'abjections, et
que les jalons qui assuraient l'ascension vers le bien se sont
avérés douteux, que nous avons des crises d'amour. Disons-
le : des manques d'amour. Au contraire, ce sera dans ces
contrées où une carte nouvelle du *propre* sans propriété se
dessine, là où des idéalisations nouvelles, éternellement provisoires et cependant indiscutables dans l'instant présent,
nous subjuguent, que nous aurons de nouveaux codes amoureux. On en parle sur les divans, les communautés marginal-
les les cherchent en dissidents de la morale officielle — les
enfants, les femmes, le même sexe, les couples hétérosexuels
enfin (les plus scandaleux, car les plus inattendus). Avant de
s'apercevoir que la variété de l'histoire, des histoires, cache
des aspirations tenaces et permanentes. Universelles ? En
tout cas occidentales, car telles seront les frontières de notre
voyage.

Amour leurre, amours de transfert

L'expérience amoureuse noue indissolublement le *symbolique* (ce qui est interdit, discernable, pensable), l'*imaginaire*

(ce que le Moi se représente pour se soutenir et s'agrandir) et le *réel* (cet impossible où les affects aspirent à tout et où il n'y a personne pour tenir compte du fait que *je* ne suis qu'une partie). Etranglée dans ce nœud serré, la réalité s'évanouit : je n'en tiens pas compte, et je la renvoie, si j'y pense, à l'un des trois autres registres. C'est dire que dans l'amour je n'arrête pas de me tromper quant à la réalité. De l'erreur à l'hallucination, la tromperie serait peut-être coextensive à mon discours, mais elle l'est à coup sûr à mes passions : la tromperie — condition de la jouissance ?

Toutes les philosophies de la pensée qui visent, de Platon à Descartes, Kant et Hegel, à lui assurer une prise sur la réalité, élaguent de l'expérience amoureuse son trouble, pour la réduire à un voyage initiatique aspiré par le suprême Bien ou l'Esprit absolu. Seule, la théologie, et encore dans ses égarements mystiques, se laisse entraîner dans le piège de la sainte folie amoureuse, du Cantique des Cantiques à saint Bernard ou Abélard...

Premier des modernes, un postromantique, Sigmund Freud s'avise de faire de l'amour une cure. D'aller droit à la confusion que l'amour révèle (plus que n'induit) chez l'être parlant, avec son cortège d'erreurs, de leurres et d'hallucinations, et jusqu'aux maux physiques. Pour espérer remettre les choses à leur place, ce qui revient à dire : réimplanter la réalité, peut-être pas toute, mais tant soit peu... On notera deux leviers dans ce jeu avec le feu amoureux que l'analyse-transfert réhabilite, déculpabilise, mais aussi apaise (certains disent : détruit).

D'abord, il s'agit en analyse de donner au sexe ce qui revient au sexe. Dans l'angoisse, dans le symptôme ou dans l'hallucination, l'interprétation débusque la part refoulée du désir ou du traumatisme sexuel. En l'amenant à la connaissance, elle dépossède le sujet d'une partie de ses fantasmes pour lui indiquer une part de réalité. La réalité, c'est le sexe :

voilà par où Freud commence, et ce minimalisme, pour réducteur qu'il puisse paraître, reste cependant la garantie ultime pour démêler la confusion du réel-imaginaire-symbolique génératrice de plaintes et de folies, quand ce n'est pas tout naturellement d'occultisme. A partir de votre désir ainsi reconnu, vous êtes libre de construire votre réalité comme bordure plus ou moins fragile de votre vie amoureuse.

D'autre part, et en même temps, l'analyste attire sur lui sans le vouloir (?), par la simple adresse de la parole à ses oreilles plutôt qu'à ses yeux, les foudres de l'amour dit « amour de transfert ». Qu'il soit particulier, en ce sens qu'il est destiné à un « sujet supposé savoir » (Lacan), n'implique en rien qu'il se distingue de l'amour tout court. C'est que l'amour contient sans doute toujours un amour du pouvoir. L'amour de transfert est pour cela même la voie royale vers l'état amoureux ; quel qu'il soit, l'amour nous fait frôler la souveraineté.

Le cas est prévu, et Freud en fait état assez tôt [1], lorsque cette énamoration ne reste pas, comme le dispositif analytique le souhaite, à distance, les deux corps s'écoutant et se parlant sans se voir, pieds et mains liés au fauteuil et au divan. Mais lorsque l'*une* — Freud préfère supposer que c'est l'analysante — se déclare effectivement amoureuse de son analyste, nous sommes alors au comble de la passion amoureuse, et à la limite toute analyse profonde devrait conduire là, à un moment de son trajet du moins. La réalité s'estompe : la patiente ne veut pas savoir que son médecin n'est que médecin et, de surcroît, « pas libre » ; l'interdit s'évapore ; l'affect triomphe. L'imagination, loin d'être débordante comme on aurait pu le croire de prime abord, en fait tourne

<hr>

1. Cf. « La Dynamique du transfert », 1912, et « Remarques sur l'amour de transfert », 1915, *Gesammelte Werke*, t. VIII et X, trad. fr. in *De la technique psychanalytique*, P.U.F., 1953.

court, la patiente ne pouvant littéralement pas s'imaginer un autre objet que celui qui se donne là, accueillant, présent, entendant [1]. Tout état amoureux connaît plus ou moins cette dynamique. Le diabolique dispositif du docteur viennois a l'avantage de l'induire tout en lui servant de révélateur. « Mais non, lui dit-il en substance après avoir favorisé l'engouffrement amoureux, ce n'est pas (seulement) moi que vous aimez, c'est aussi, c'est avant tout... Untel. »

La facilité de cette pirouette analytique (ce n'est pas moi que vous aimez, c'est X), manipulée avec plus ou moins d'habileté, de brutalité ou de complaisance séductrice, utilise sans doute la perversion de l'analyste. Socle et moteur de l'excitabilité, la perversion trouve dans la pratique de l'analyse sa vie éternelle qui n'est ni une banalisation (« nous sommes tous pervers »), ni un passage à l'acte (quoique cela ne doive pas manquer en réalité), ni bien entendu le refoulement (« votre, notre excitabilité, je ne veux pas la savoir »). Plus profondément, c'est à partir d'elle, peut-être, mais à condition de le savoir, que peut se réaliser ce que fut pour Freud un des objectifs fondamentaux de la cure : non pas, comme on l'en a trop facilement accusé, de respecter la règle paternelle des interdits qui dessinent le jeu social ; mais de démêler ce qui a été son but dès les premiers travaux en neurologie, à savoir les frontières sinon de la réalité, du moins, négativement, du fantasme et de l'hallucination. L'amour de transfert, y compris et surtout dans sa forme paroxystique de passage à l'acte, intervient sur le divan pour permettre au scalpel de la parole assumée par un sujet, de délimiter le royaume de ses possibles. Ce qui revient à dire : de sérier les types de représentations dont ce sujet est capable

---

1. Nous partageons à cet égard l'avis d'Octave Mannoni qui voit dans le passage à l'acte propre à un tel amour de transfert, une « obscurité du réel ». Cf. O. Mannoni, « L'Amour de transfert », in *Etudes freudiennes*, 19-20 mai 1982, p. 7-14.

— symboliques, imaginaires, réelles. En les discernant grâce
à la variété des relations qu'il maintient avec son analyste,
l'analysant pourrait essayer de reconstruire *sa propre* réalité.

La question demeure cependant : qu'est-ce qui permet à
telle patiente, forcément hystéro-paranoïaque, de se laisser
aspirer par le *réel*, de voir s'effriter les ressources de son
imaginaire pour que l'affect l'engloutisse, et d'abolir donc le
symbolique ? Est-ce seulement sa structure propre, destin
inéluctable ? Ou bien révèle-t-elle l'incapacité de son analyste
de jouer sur les trois ordres — réel, imaginaire, symbolique ?
La tendance de l'analyste, par exemple, à ombiliquer tout
discours du patient au vécu enfantin, ne fait-elle pas que
l'analyste se trouve pris le premier dans le réseau de cette
reconstruction imaginaire biographique où s'engouffre l'affect réel ? L'induction d'un passage à l'acte amoureux ne
viendrait-elle pas aussi d'une attitude analytique inverse, qui
consiste à se poser simplement comme un interdit, silence et
surmoi réels, allumant par là la passion de la fille trop fidèle à
son père paranoïaque ? On peut varier les figures. Mais je
parierais que celui, ou celle, dont *on* s'éprend pour de bon en
analyse, est quelqu'un qui se prend trop au sérieux. Il ne joue
pas le jeu, lequel implique le changement — avec tact ! (de
« toucher » — savoir manier les distances ; eh oui, l'énigme
demeure...) — de rôles et de registres. Campé dans *une*
position, un tel analyste devient situable, cernable, accapara-
ble : il se propose à être investi comme une mère archaïque
sous une emprise aussi amoureuse que mortifère ; comme
un père pervers ou même sévère qui appelle, de l'excitabilité hystérique, une image à sa hauteur à lui, exaltée, phallique, amoureuse... Dans toutes ces situations, l'analyste
semble avoir répondu à un besoin. Est-ce parce qu'il, ou
elle, le premier, la première, a vu dans l'analysant un
objet de besoin : un enfant, un parent, un aimé à aimer de
nouveau ?

Cependant, on ne saurait départager le jeu du sérieux. Car si je n'aime pas mes patients réellement, que pourrais-je entendre d'eux, que pourrais-je leur dire ? L'amour de contre-transfert est ma capacité de me mettre à leur place : de regarder, de rêver, de souffrir comme si j'étais elle, comme si j'étais lui. Moments fugaces de l'identification. Fusions provisoires et cependant effectives. Etincelles fructueuses de l'entente. A condition que je m'en écarte. Ils me laissent le sentiment, non pas de l'oblativité, du pardon, de la pitié, de la compassion ou de la charité ; mais celui d'une intense adhésion que suscite l'apparition, en rêve, de quelqu'un qu'on a aimé et haï, et dont on est — de jour — détaché, de ce détachement prégnant qui peut cependant encore aimer mais jamais plus haïr. Un amour généreux : un peu dépassé mais jamais révolu. Toujours pétri de régression et de quelque distance.

Il m'est arrivé de remarquer que lorsqu'un analysant, une analysante, me déclare son amour, en feignant d'oublier l'artifice du contrat analytique, il s'agit d'un homme ou d'une femme qui se disent homosexuels. Je dis qu'ils « feignent », car il m'a toujours semblé que leur maintien d'une demande d'amour « réel » comportait cependant un deuil anticipé, et peut-être aussi le désir de jouer avec ce bord exquis où le « vrai » bascule dans le « faire semblant », au point que la vérité intense ne les distingue plus, comme dans une messe baroque. Pourquoi homosexuels ? Auraient-ils deviné un trouble de mon côté vis-à-vis de leur trouble à eux : à l'endroit d'une mère subjugante, amante précoce et envahissante, abandonnée ou permanente, mais toujours sournoisement fascinante ? Erigent-ils, à ma place, en guise d'objet d'amour, mon propre amour précocement perdu ? Sans doute. Avec, en outre, cette faculté — faiblesse ou ruse ? — propre à ceux qui aiment le même sexe, de construire un phallus à l'endroit même de la castration, de s'abîmer dans un trou au lieu

même du pouvoir phallique, de voir de l'imaginaire là où il y
a du symbolique, et d'aspirer au réel partout... Sans pour
autant s'en laisser conter.

Leurs paroles d'amour, je les crois. Si le silence n'est pas
toujours ma réponse, ils savent que de l'ambiguïté qu'ils
m'offrent je suis autant touchée qu'éloignée. Que je la trouve
aussi vraie qu'absurde. « Je t'aime, moi non plus. » Il n'y a
que les bons entendeurs qui nous permettent de n'attendre le
salut que de nous-même.

L'absurde sartrien ravageait le monde de la pensée autant
par l'éclat des bombes de la Seconde Guerre que par l'explosion sexuelle. On n'a pas assez dit que le silence avec lequel
l'analyste accueille la parole amoureuse, toute parole en définitive amoureuse, révèle à celui qui l'entend l'absurdité de
son désir. Sa qualité d'insensé. L'amour de transfert, comme
l'amour de contre-transfert, est tissé d'un absurde cependant
rejoué, relancé, relevé. Est-ce à dire que l'analyste a « surmonté sa libido », comme Freud l'écrit bizarrement à Jung,
en envisageant, bien entendu ironiquement et hypothétique-
ment, un moment lointain, à venir : « Quand j'aurai tout à
fait surmonté ma libido (au sens ordinaire), je me mettrai à
une "vie amoureuse des hommes" » (lettre à Jung du 19 septembre 1907) ?

L'analyse n'est pas l'écriture supposée détachée, calmée,
d'un livre sur la vie amoureuse des hommes : elle en fait
partie intégrante. Aussi Freud n'écrira-t-il jamais ce livre. A
moins qu'on ne considère que l'ensemble de son œuvre ne
soit une « vie amoureuse des hommes » telle qu'elle apparaît
à un amoureux par-delà l'absurde, à un Don Juan sceptique,
à un Narcisse lucide, qui ne cesse pas de ne pas surmonter sa
libido à travers une parole explosée de silence...

Ce n'est donc pas une vie amoureuse des hommes, des
femmes, qu'on trouvera sous la plume d'une analyste. Pas
plus qu'une histoire complète ou objective des idées sur

l'amour [1]. Mais des choix, des aperçus, des symptômes...
Autant d'indices d'une libido insurmontable dont l'amour est
notre réalisation, notre échec : le plus absurde, le plus sublime.

La fin du psychisme : les systèmes ouverts

L'analyste est d'emblée dans l'amour, et, s'il l'oublie, il se
condamne à ne pas faire d'analyse.

L'amour d'analyse est ce que Freud a appelé un *Transfert* :
d'abord *Verschiebung*, déplacement de sens et d'intensité
dans *L'Interprétation des rêves*, ensuite *Übertragung*, déplacement de l'amour sur la personne de l'analyste. Notons déjà
ces deux « déplacements » : l'un est d'ordre *logique*, jouant
entre les sens des mots ; l'autre, d'ordre *économique*, déplace
l'amour sur une personne étrangère qui n'en est que le
tenant-lieu. Dans « La dynamique de transfert » (1912) ou
dans « Remarques sur l'amour de transfert » (1915), et
jusqu'à « La construction en analyse » (1937) et « Analyse
terminée et interminable » (1937), Freud met l'accent sur les
vicissitudes, essentielles pour la cure, de cette relation spécifique. On n'en tirera ici que deux conclusions pour ce qui va
suivre.

L'amour de transfert est une dynamique à trois : le *sujet*
(l'analysant), son *objet* d'amour imaginaire ou réel (l'*autre*
avec lequel se joue tout le drame intersubjectif de la névrose
ou, plus gravement, de la ruine d'identité qui conduit à la
psychose) et le *Tiers*, le tenant-lieu d'Idéal potentiel, de Pouvoir possible. Cette place de l'*Autre*, l'analyste l'occupe, sujet
supposé savoir — et savoir aimer —, en conséquence de quoi
il va devenir dans la cure l'aimé suprême et l'agressé de

---

1. Le livre de Denis de Rougemont, *L'Amour et l'Occident*, en est une
introduction remarquable, aussi érudite que subtile pour son temps.

choix. En effet, l'identification avec cette instance de l'Autre ainsi que son introjection, ne se passent pas sans sa mise à mort symbolique ou imaginaire. L'Autre, pour autant que l'analyste en tient la place, est dans la cure un Autre aimé. C'est pourquoi il peut devenir, dans une certaine conduite plus ou moins perverse de la cure, un outil de domination, de servitude pour le patient, quand ce n'est pas de pouvoir religieux et de foi.

Mais d'autre part, et si l'on accepte que ce Grand Autre n'est que le Sens du discours, le fait d'en faire en analyse un objet d'amour, implique que l'Instance du Sens cesse d'être fixée dans une univocité strictement référentielle. Au contraire, elle s'ouvre à cette passion des signes que sont la libre association, le déplacement, la condensation, etc., bref une littérature privée de public comme elle est privée de code social, mais néanmoins aussi troublante et intense que le sont les effets cathartiques du grand art. Il n'y a pas d'analyse si l'Autre n'est pas un Autre que j'aime (avec le corollaire : que je hais), par le truchement de « cet homme/de cette femme sans qualité » qu'est mon analyste.

Par ailleurs, la relation transférentielle ainsi construite est un véritable processus d'auto-organisation. C'est dire que les accidents, les agressions, les erreurs de mon discours (de ma vie), une fois introduits dans la dynamique du transfert, ne sont plus ces ratés d'un processus finaliste linéaire qui m'angoissaient auparavant. Au contraire, dans l'amour-transfert, les « erreurs » sont surcompensées et produisent l'auto-organisation libidinale qui a pour effet de me rendre plus complexe et plus autonome. Pourquoi ? Parce que introduits *par le discours* dans le transfert (dans l'amour, dois-je le répéter ?), la pulsion de mort, ou le « négatif » au sens de Freud, se mettent au service de l'apprentissage symbolique, de l'autonomisation et de la plus grande complexité de l'individu. Exactement comme le laissent entendre les théories

modernes en logique et biologie dites des « systèmes ouverts » (von Forster, E. Morin, H. Atlan), le *transfert*, c'est
l'auto-organisation freudienne, parce que en elle le fonctionnement psychique est foncièrement tributaire du rapport
entre l'organisme vivant-symbolique (l'analysant) et l'*autre*.
On a déjà remarqué que cette ouverture à l'autre joue un rôle
décisif dans l'évolution des espèces, ainsi que dans la maturation de chaque génération ou dans l'histoire individuelle de
chacun. Mais on peut considérer qu'avec Freud, pour la
première fois, la *relation amoureuse* (fût-elle imaginaire) en
tant qu'identification et détachement réciproques (transfert et
contre-transfert) *a été prise comme modèle du fonctionnement
psychique optimal*. Le psychisme n'est plus cette âme platonicienne ailée aspirée vers le monde supralunaire, ni simplement l'âme contemplative qui hante l'ascétisme occidental
depuis Plotin au moins [1]. Le psychisme est un système ouvert
connecté à un autre, et, dans ces conditions seulement, il est
renouvelable. S'il vit, votre psychisme est amoureux. S'il
n'est pas amoureux, il est mort. « La mort vit une vie humaine », disait Hegel. C'est vrai quand nous ne sommes pas
amoureux ou en analyse.

L'amour transférentiel serait en somme la forme optimale
de cette connexion propre à toute expérience amoureuse
stabilisante-déstabilisante. Il en est la forme optimale car il
évite aussi bien l'hyperconnectivité chaotique de l'amour-
fusion, et la stabilisation mortifère de l'absence d'amour, en
permettant la récupération des accidents à un niveau supérieur d'organisation symbolique : le rapport je/autre se refait
dans le rapport je/Autre. L'interprétation analytique est précisément l'agent qui permet ce processus, en fournissant le
rapport dynamique, essentiellement ouvert et perpétuellement à refaire, indécidable, entre, d'une part, des *désirs* qui

1. Cf. plus loin, chap. II, 1 et III, 1.

relèvent d'une auto-organisation à partir du bruit pulsionnel, et d'autre part de la *conscience-mémoire* d'un passé, déposée et transmissible dans le langage.

Dire que les systèmes en action dans le transfert sont « ouverts », implique non seulement une interaction, mais aussi l'ouverture de chaque système en ses composantes hétérogènes, sa déstabilisation interne vers sa partie « désir-bruit », et vers sa partie « mémoire-conscience ». La relation transférentielle et l'interprétation permettent l'organisation optimale de ces deux niveaux, une autorégulation de l'un connecté à l'autre, avec oscillation, relaxation, contrôle, régulation, erreur, récupération, mais aussi déstabilisation et destruction.

L'image de l'homme qui ressort de l'amour transférentiel, en tant qu'autorégulation de systèmes ouverts en connexion, est foncièrement scandaleuse, car dépsychologisante, voire déshumanisante. L'homme comme entité fixe et valorisée se trouve abandonné, au profit de la recherche moins de sa vérité (optique où se dissimule le fidéisme de certains psychanalystes) que de ses capacités d'innovation. L'effet de l'amour est le renouveau, notre renaissance. Ce nouveau éclôt et nous bouleverse lorsque l'auto-organisation libidinale rencontre la mémoire-conscience garantie par l'Autre, pour se symboliser ; et inversement, il surgit lorsque le mécanisme mémoire-conscience abandonne sa systématicité fixiste (surmoïque) pour s'adapter aux nouveaux aléas de l'auto-organisation déstabilisée-stabilisable. En langage freudien, il s'agirait de la désexualisation de la pulsion qui vire à l'idéalisation et à la sublimation ; et inversement, du rapprochement des mécanismes idéalisateurs avec les processus d'incorporation et d'introjection des incorporats. Dans une interprétation séma-nalytique [1], il s'agirait, pour le discours amoureux et/ou

---

1. Cf. notre *Révolution du langage poétique*, Ed. du Seuil, 1974.

transférentiel, d'une stabilisation-déstabilisation permanente entre le *symbolique* (relevant des signes référentiels et de leur articulation syntaxique) et le *sémiotique* (disposition élémentaire de déplacement et condensation des charges libidinales et leur inscription, tributaire de l'incorporation et de l'introjection des incorporats ; cette économie privilégie l'oralité, la vocalisation, l'allitération, la rythmique, etc.).

Si l'état amoureux est une dynamique aussi déconcertante en même temps qu'il est la garantie suprême du renouveau, on comprend l'excitation qu'il a pu produire au regard du discours métaphysique qui s'y attache dès ses origines avec Platon. On comprend aussi que l'amour devient le lieu privilégié de cette passion des signes qu'est leur condensation et leur polyvalence littéraire.

Pour contribuer à constituer une histoire de la subjectivité, on analysera dans ce qui suit les diverses *figures de l'amour* en Occident : *Eros* grec, *Ahav* juif, *Agapè* chrétienne ; et les différentes dynamiques entre les *protagonistes amoureux* qui s'en dégagent : Narcisse, Don Juan, Roméo et Juliette, ou la Mère avec son enfant dont la Vierge est notre prototype.

On examinera enfin les conséquences, *pour le discours*, de cette dynamique amoureuse des systèmes ouverts entre eux, et qui s'ouvrent à l'intérieur de leur systématicité même pour manifester le courant sémiotique de la symbolicité.

Suivons donc, dans le temps, mais aussi dans la démesure et sous l'emprise de l'appétit personnel comme le veut l'amour, quelques grandes idées *amoureuses qui ont constitué notre culture ; quelques grands* mythes *qui l'ont fascinée ; quelques* manières de dire *qui ont réfracté jusqu'aux signes du langage la puissance envoûtante de cette folie nécessaire... Peut-être nous permettront-ils de mesurer, une fois ces pages fermées, où nous en sommes... aujourd'hui, avec l'amour...*

A la noble histoire des théories et des mythes amoureux, le lecteur trouvera mêlées ici les histoires banales de nos amours modernes tels que les exposent les analysants. Cette confrontation hétéroclite qui peut sembler conférer une dignité philosophique ou esthétique aux discours ou aux expériences de nos proches, en fait a peut-être aussi le courage, ou l'insolence, de jeter une lumière corrosive sur les coulisses des belles âmes. Démystification ? Dévalorisation ? Rabaissement par ressentiment ? Il ne s'agit pas d'établir des parallèles entre telle formation culturelle et tel drame individuel ; mais de tenter — par allusion et à distance — d'ouvrir l'expérience amoureuse de l'être parlant dans la gamme complexe de sa passion intenable, paradis et enfer compris. Sans nier l'idéal, mais sans oublier non plus son prix.

I

Freud et l'amour :
le malaise dans la cure

Au pays de l'amour, Freud arrive chez Narcisse après avoir traversé l'espace dissocié de l'hystérie. Celui-ci le conduit à constituer l'« espace psychique » qu'il fera éclater, par Narcisse d'abord, et, pour finir, par la pulsion de mort, en espaces impossibles, ceux de l'« hainamoration », c'est-à-dire du transfert infini.

Le narcissisme : un écran du vide

L'hypothèse narcissique occupe, dans ce trajet freudien, une place privilégiée. Avant de se dénommer « mort », la libido subit une première altération de sa toute-puissance : une altération telle que l'existence d'un *autre* pour *moi* apparaît problématique. Ce n'est pas l'Eros, c'est l'empire narcissique qui amorce et peut-être domine la vie psychique, semble suggérer Freud installant ainsi la chimère au fondement de mon rapport à la réalité. Cependant cette permanence du leurre se trouve réhabilitée, neutralisée, normalisée, au sein de ma réalité... amoureuse. Car Freud lie, on le sait, l'état amoureux au narcissisme : le choix d'objet d'amour, qu'il soit « narcissique » ou « par étayage », s'avère de toute façon satisfaisant si et seulement si cet objet assure une relation au

narcissisme du sujet selon deux modalités, soit par gratification narcissique personnelle (dans ce cas, Narcisse c'est le
sujet), soit par délégation narcissique (dans ce cas, Narcisse
c'est l'autre, pour Freud — la femme). Un destin narcissique
serait en quelque sorte sous-jacent à tous nos choix objectaux, destin que la société, d'une part, et la rigueur morale de
Freud, de l'autre, visent à écarter au profit d'un « vrai » choix
objectal [1]. Mais à y regarder de près, même l'Idéal du Moi qui
assure le transfert de nos demandes vers un vrai objet chargé
de tous les attirails du bien et du beau selon le code parental
et social, est une reprise du narcissisme, sa relève, sa conciliation, sa consolation. Le texte de Freud impose, pourrait-on
dire, une omniprésence du narcissisme qui irrigue les autres
instances, au point qu'on le retrouve, parce qu'il s'y reflète,
dans l'*objet*, pour autant qu'un objet peut être désigné, c'est-
à-dire symbolisé et aimé comme tel hors du chaos, du rejet et
de la destruction.

Par ailleurs, l'ubiquité de la notion de « narcissisme » va de
pair avec le fait qu'elle est loin d'être originaire. Résultat d'un
ajout, Freud nous indique qu'elle est le produit d'une « action

1. Cf. « Pour introduire au narcissisme », 1914, in *La Vie sexuelle*,
P.U.F., 1969, *G.W.*, t. X : texte sans doute trop lié à la guerre, à l'insécurité
de Freud et à Jung.
Pourtant, dès ses premiers travaux, Freud insiste sur une *résistance* qui
serait inscrite dans la structure même des neurones ainsi que sur l'*inhibition*
comme fonction maîtresse du Moi (« Esquisse d'une psychologie scientifique », 1895, in *La Naissance de la psychanalyse*, P.U.F., 1956, p. 341 sq.).
« Quelque chose dans la nature même de la pulsion sexuelle n'est pas
favorable à la réalisation de la pleine satisfaction », note-t-il dans « Sur le plus
général des rabaissements de la vie amoureuse », 1912, in *La Vie sexuelle*,
P.U.F., 1969, p. 64, *G.W.*, t. VIII, p. 89, avant de découvrir le narcissisme en
même temps que le leurre à l'orée du psychisme comme au cœur de la vie
amoureuse. Viendra enfin l'« étrange » au dire de Freud lui-même postulat
d'une pulsion de mort, posé à la suite d'un développement sur l'impossible de
l'amour, sur la haine amoureuse et le masochisme primaire (« Au-delà du
principe de plaisir », 1920, in *Essais de psychanalyse*, Payot, p. 65-67, *G.W.*,
t. XIII, p. 55-66). Cf. plus loin p. 264.

nouvelle », entendons d'une instance tierce supplémentaire à l'auto-érotisme de la dyade mère-enfant : « Die autoerotischen Triebe sind aber urfänglich ; es muss also irgend etwas zum Autoerotismus hinzukommen, *eine neue psychische Aktion*, um den Narzissmus zu gestalten. » « Quelque chose, *une nouvelle action psychique*, doit donc venir s'ajouter à l'auto-érotisme pour donner forme au narcissisme [1]. »

Cette remarque confère au narcissisme le statut d'une formation intra-symbolique, dépendante du Tiers, mais d'une modalité antérieure (chronologiquement et logiquement) à celle du Moi œdipien. Elle incite à penser une modalité archaïque de la fonction paternelle, antérieure au Nom, au Symbolique, mais aussi au « miroir » dont elle recèlerait la potentialité logique : une modalité qu'on peut appeler celle du Père Imaginaire (nous y reviendrons). Lacan reprend l'observation de Freud sans s'y attarder autrement que pour insister sur la nécessité de poser le « stade du miroir » : « Le moi humain se constitue sur le fondement de la relation imaginaire », précise-t-il [2].

La question que ce narcissisme freudien provoque serait donc : quelle est cette « identité » narcissique ? Quel est l'état de stabilité de ses frontières, de sa relation à l'autre ? Le « stade du miroir » surgit-il *ex nihilo* ? Quelles sont les conditions de son avènement ? Toute une *structuration complexe* semble pouvoir être pensée au travers du terme somme toute psychiatrique de « narcissisme », une structuration déjà ternaire mais autrement articulée par comparaison avec le triangle du Moi-l'objet-l'Autre, qui se construit à l'ombre de l'œdipe.

D'autre part, l'ubiquité du narcissisme freudien a fait dire à certains que le narcissisme n'est qu'un fantasme de Freud, et

1. *G.W.*, t. X, p. 142.
2. *Les Ecrits techniques de Freud*, Ed. du Seuil, 1975, p. 133.

que seul existerait le mimétisme originaire. Cette thèse est probablement une version paranoïde de ce qui serait au fondement de la relation symbolique et sociale : elle trouve son mécanisme dans la théorie du « bouc émissaire », où la « relation projective » de Melanie Klein se voit, à son insu, servir de pierre angulaire de la société et du sacré. Cependant, il n'en reste pas moins que le narcissisme, pris dans le jeu de ses ricochets à l'intérieur du texte freudien, cède dans un premier temps devant l'impression d'un jeu mimétique constitutif des identités psychiques (Moi/objet), avant que ce jeu ne se dévoile, à la longue et dans le vertige des renvois, comme un écran sur le *vide*. Cette notion a été élaborée en psychanalyse par A. Green [1] dont la réflexion inspire la nôtre en ce point précis.

Insistons donc sur ce vide constitutif du psychisme humain. Il ne nous apparaît pas seulement parce que les « états psychotiques » ont déferlé sur les divans ou qu'ils ont transparu au creux de nombreuses névroses. Force est de constater que la visée psychanalytique a changé. Après la *séméiologie* psychiatrique, Freud avait découvert le *symptôme* comme métaphore, condensation, du fantasme. Actuellement et grâce à Lacan, on analyse l'écran du symptôme pour apercevoir, à travers lui, les mécanismes de la *signifiance* (du procès de formation et dé-formation du sens et du sujet) coextensifs à l'être parlant en tant que tel et, par conséquent, transversaux non seulement au « normal » et au « pathologique », mais également à la symptomatologie psychanalytique. A cet égard, l'*arbitraire* du signe saussurien nous a mis devant une *barre*, voire un *vide* constitutif de la relation référent/signifié/signifiant, dont Lacan n'a repris que l'aspect « visible » dans la *béance* du stade du miroir. L'*arbitraire* chez Saussure, la *béance* chez Lacan, nous indiquent

1. Cf. *Narcissisme de vie, narcissisme de mort*, Ed. de Minuit, 1983.

directement ce qu'on peut entendre du côté de la représentation, à partir de l'incertitude malaisée, de l'ubiquité et de l'inconsistance du « narcissisme » chez Freud...

Ainsi, sur le fond des théories du langage et de son apprentissage, ce *vide* intrinsèque aux amorces de la fonction symbolique est ce qui apparaît comme la première séparation entre ce qui n'est pas encore un *Moi* et ce qui n'est pas encore un *objet*. Le narcissisme serait-il la défense de ce vide ? Mais une défense vis-à-vis de quoi ? — Une protection du vide (de l'« arbitraire », de la « béance ») grâce au déploiement d'une parade en effet narcissique, pour que ce vide se maintienne, faute de quoi s'installerait le chaos, l'effacement des frontières. Le narcissisme protège le vide, le fait exister et ainsi, comme envers de ce vide, il assure une séparation élémentaire. Sans cette solidarité entre le vide et le narcissisme, le chaos emporterait toute possibilité de distinction, de trace et de symbolisation, entraînant la confusion des limites du corps, des mots, du réel et du symbolique. L'enfant, n'en déplaise à Lacan, n'a pas seulement *besoin* de réel et de symbolique. Il se signifie comme enfant, c'est-à-dire comme le sujet qu'il est, et non comme psychotique ni comme adulte, précisément dans cette zone où *vide* et *narcissisme* soutenus l'un par l'autre sont le degré zéro de l'imaginaire.

Nous voilà, cependant, arrivés au seuil d'une autre question : qu'est-ce qui permet le maintien de ce vide — source de plainte mais aussi nécessité absolue des structures dites narcissiques, effet fugace de non-sens énigmatique aussi bien que créateur, au sein du narcissisme enfantin ? C'est ici qu'il faudrait revenir à la notion d'« identification ».

*Einfühlung : une identification avec un « objet » métapho-
rique*

L'identification amoureuse, l'*Einfühlung* (assimilation des
sentiments d'autrui), apparaît à la lucidité caustique de Freud
comme une folie : ferment des hystéries collectives des foules
qui abdiquent leur jugement propre, hypnose qui nous fait
perdre la perception de la réalité puisque nous la déléguons à
l'*Idéal du moi* [1]. L'objet dans l'hypnose dévore ou absorbe le
moi, la voix de la conscience s'estompe, « dans l'aveuglement
amoureux on devient criminel sans remords » — *l'objet a
pris la place de ce qui était l'idéal du moi* [2].

L'identification fournissant le socle de cet état hypnotique
qu'est la folie amoureuse repose sur un étrange objet : propre
à la phase orale de l'organisation de la libido où ce que
j'incorpore est ce que je deviens, où l'*avoir* sert pour l'*être*,
cette identification archaïque n'est pas à vrai dire objectale. Je
m'identifie non pas avec un objet, mais à ce qui se propose à
moi comme *modèle*. Cette énigmatique appréhension d'un
schème à imiter qui n'est pas encore un objet à investir
libidinalement pose la question de l'état amoureux comme
état sans objet, et nous renvoie à une archaïque *réduplication*
(plutôt qu'imitation) « possible avant tout choix d'objet [3] ».
C'est à la logique interne du discours, récursive, redondante,
accessible dans le « dire-après », que pourra être rapportée
cette énigmatique identification non objectale, qui installe au
cœur du psychisme l'amour, le signe et la répétition. Pour
un objet à venir, plus tard ou jamais ?... Qu'importe, si je suis
déjà saisi par l'*Einfühlung*... Nous insisterons plus loin sur

1. Cf. « Etat amoureux et hypnose », in « Psychologie collective et analyse du moi », 1921, *G.W.*, t. XIII, trad. fr. *Essais de psychanalyse*, P.U.F.,
1963.
    2. *Ibid*, p. 137 ; *G.W.*, t. XIII, p. 125.
    3. « L'Identification », *ibid.*, p. 127 ; *G.W.*, t. XIII, p. 116.

les conditions d'avènement de cette uni-fication, de cette identification, à partir de l'auto-érotisme et dans la triade pré-œdipienne...

Notons simplement ici que le devenir *comme* l'Un est imaginé par Freud comme une assimilation orale : il relie en effet la possibilité identificatoire archaïque à la « phase orale de l'organisation de la libido [1] » et évoque pour finir Robertson Smith qui dans *Kinship and Marriage* (1885) décrit les liens communautaires établis par la participation à un repas commun « reposant sur la reconnaissance d'une commune substance [2] ». Ferenczi et ses successeurs développeront les notions d'*introjection* et d'*incorporation*.

Toutefois, on peut s'interroger sur le glissement notionnel qui s'opère de l'« incorporation » d'un objet, voire son « introjection », à cette *Identifizierung* qui n'est pas de l'ordre de l'« avoir », mais qui se situe d'emblée dans l'« être-comme ». Sur quel terrain, dans quelle matière, l'*avoir* vire-t-il à l'*être* ? — C'est en cherchant la réponse à cette question que l'oralité incorporante et introjectrice nous apparaît dans sa fonction de substrat essentiel à ce qui constitue l'être de l'homme, à savoir le *langage*. Lorsque l'objet que j'incorpore est la parole de l'autre — un non-objet précisément, un schème, un modèle —, je me lie à lui dans une première fusion, communion, unification. Identification. Pour que je sois capable d'une telle opération, il aura fallu un frein à ma libido : ma soif de dévorer a dû être différée et déplacée à un niveau qu'on peut bien appeler « psychique », à condition d'ajouter que si refoulement il y a, il est très primaire précisément, et qu'il laisse perdurer la joie de la mastication, de l'ingurgitation, de la nutrition avec... des mots. De pouvoir recevoir les mots de l'autre, de les assimiler, répéter, reproduire, je deviens

---

1. *Ibid.*, p. 127 ; *G.W.*, *op. cit.*, p. 116.
2. *Ibid.*, p. 133 ; *G.W.*, *op. cit.*, p. 121.

comme lui : Un. Un sujet de l'énonciation. Par identification-
osmose psychique. Par amour.

Freud a décrit cet Un avec lequel j'accomplis l'identification (cette « forme la plus primitive de l'attachement affectif à
un objet [1] ») comme un Père. En spécifiant sa notion, il est
vrai peu développée, d'« identification primaire », il précise
que ce père est un « père de la préhistoire individuelle ».

Une identification « immédiate » et sans objet

Père étrange s'il en est, puisque pour Freud, en raison de la
non-reconnaissance de la différence sexuelle à cette période-
là (disons : dans cette modalité-là), ce « père » équivaut aux
« deux parents ». L'identification avec ce « père de la préhistoire », ce Père Imaginaire, est dite « immédiate », « directe »,
et Freud insiste encore, « antérieure à toute concentration sur
un objet quelconque » : « Diese scheint zunächst nicht Erfolg
oder Ausgang einer Objektbesetzung zu sein, sie ist eine
direkte und *unmittelbare* und frühzeitiger als jede Objektbesetzung. » C'est seulement dans l'identification secondaire
que « les convoitises libidinales qui font partie de la première
période sexuelle et se portent sur le père et sur la mère
semblent, dans les cas normaux, se résoudre en une identification secondaire et médiate qui viendrait renforcer l'identification primaire et directe [2] ».

1. *Ibid.*, p. 129 ; *G.W.*, *op. cit.*, p. 118.
2. « Le Moi et le Ça » (1923), *Essais de psychanalyse*, *op. cit.*, p. 200 ;
G.W., *op. cit.*, p. 259.
   Une des idées maîtresses du bréviaire amoureux freudien consiste à poser
que c'est le déclin (« naturel » mais en fait énigmatique) de l'œdipe pendant la
période de latence, qui favorise l'inhibition des pulsions partielles et consolide
les idéaux, rendant ainsi possible l'investissement érotico-idéal de l'objet
amoureux pendant la puberté. « Je suis amoureux » est un fait d'adolescent
capable de refoulement partiel en raison des difficultés à réaliser les fantas-

Toute la matrice symbolique abritant le vide est ici mise en place dans cette problématique antérieure à l'œdipe. En effet, si l'identification primaire constituant l'Idéal du Moi ignore l'investissement libidinal, nous sommes d'abord devant une dissociation du pulsionnel et du psychique. Du même geste est posée l'existence, il faut bien le dire *absolue*, plutôt que d'une « identification », d'un *transfert* (au sens de *Verschiebung*, déplacement, propre à *L'Interprétation des rêves*, mais aussi et en même temps au sens de *Übertragung*, tel qu'il apparaîtra dans la cure sur la personne de l'analyste) de ce psychique lesté de libido. Enfin, ce transfert est qualifié d'*immédiat (unmittelbare)* et s'opère vers une instance complexe, mixte et, pour tout dire, imaginaire (« le père de la préhistoire individuelle »).

Quand on sait qu'*empiriquement* c'est à la mère que s'adressent les premières affections, les premières imitations comme les premières vocalises, est-il besoin de souligner qu'une telle désignation du Père comme pôle de l'amour primaire, de l'identification primaire, n'est soutenable qu'à condition d'envisager l'*identification* toujours déjà dans l'orbe symbolique, sous l'emprise du langage ? Telle semble être, implicitement, la position freudienne qui doit son tranchant autant à une sensibilité quant à la place dominante du langage dans la constitution de l'*être*, qu'aux résurgences du monothéisme chez l'auteur. Mais est-ce si différent ?

En revanche, on connaît la position qu'il faut bien appeler indicible et plus proche du bon sens immédiat, de Melanie Klein. L'audacieuse théoricienne de la pulsion de mort est aussi une théoricienne de la gratitude en tant que « dérivé

---

mes œdipiens, et projetant ses capacités idéalisatrices sur une personne pour laquelle le désir érotique peut être différé (cf. Christian David, *L'Etat amoureux*, Paris, Payot, 1971). Cependant, les prémisses d'un tel état amoureux remontent à l'*identification primaire* et, avant de constituer un amoureux, forment l'espace psychique lui-même.

important de la capacité d'aimer », « nécessaire à la reconnaissance de ce qu'il y a de "bon" chez les autres et chez soi-
même [1] ». D'où vient cette capacité ? Innée, conduisant à
l'expérience d'un « bon sein » qui comble la faim de l'enfant
et qui est susceptible de lui procurer le sentiment de cette
plénitude qui serait le prototype de toute expérience ultérieure de jouissance et de bonheur, la gratitude kleinienne
s'adresse cependant et en même temps à l'objet maternel dans
sa globalité (« je ne dis pas que le sein représente simplement
pour l'enfant un objet physique [2] »).

Toutefois, et parallèlement à cet innéisme, M. Klein soutient que la capacité d'aimer n'est pas une activité de l'organisme (comme elle le serait, selon Klein, pour Freud), mais
qu'elle est une « activité primordiale du moi ». La gratitude
découlerait de la nécessité de faire face aux forces de la mort
et consisterait en une « intégration progressive qui naît de
l'instinct de vie [3] ». Sans se confondre avec le « bon objet »,
l'objet idéalisé le renforce : « L'idéalisation est un dérivé de
l'angoisse de persécution et constitue une défense contre
elle », « le sein idéal est un complément du sein dévorant [4] ».
Tout se passe comme si ceux qui n'ont pas su se constituer
naturellement un « bon sein », s'en tiraient en idéalisant ; or
l'idéalisation s'effondre souvent pour dévoiler sa cause qui est
la persécution contre laquelle elle s'était constituée. Mais
comment arrive-t-on à idéaliser ? Par quel miracle dans cette
vie kleinienne à deux sans tiers autre qu'un pénis persécuteur
ou fascinant ?

1. *Envy and Gratitude*, 1957, trad. fr. *Envie et gratitude*, Gallimard,
1968, coll. « Tel », p. 27 ; ainsi que M. Klein et Jean Rivière, *L'Amour et la
Haine*, Payot, 1972. Sur M. Klein on lira Jean-Michel Petot, *Melanie Klein,
le moi et le bon objet (1932-1960)*, Dunod, 1982.
2. *Ibid.*, p. 17.
3. *Ibid.*, p. 32.
4. *Ibid.*, p. 34-35.

Le problème n'est pas de trouver une réponse à l'énigme : qui serait l'objet de l'identification primaire, papa ou maman ? Une telle tentative ne pourrait que déboucher sur une impossible quête de l'origine absolue de la capacité amoureuse en tant que capacité psychique et symbolique. La question serait plutôt : quelle valeur pourrait avoir une interrogation qui porte en fait sur les états limites entre le psychique et le somatique, entre l'idéalisation et l'érotisme, à l'intérieur de la cure analytique elle-même. Insister sur le transfert, sur l'amour, qui fonde le processus analytique, implique qu'on entende le discours qui s'y joue à partir de cette limite d'avènement-et-de-perte du sujet qu'est l'*Einfühlung*.

Si l'on n'oublie pas que tout discours dans la cure n'obéit à la dynamique de l'identification, avec et par-delà les résistances, les conséquences pour l'interprétation sont au moins au nombre de deux. — D'un côté, l'analyste se situe sur une crête où la position « maternelle » de gratification des besoins, de « holding » (Winnicott) d'une part, et d'autre part la position « paternelle » de différenciation, distance et interdit donateur du sens comme de l'absurde — s'entremêlent et se disjoignent infiniment, indéfiniment. Le tact analytique — refuge ultime de la pertinence d'une interprétation — n'est peut-être rien d'autre que la capacité d'utiliser l'identification et, avec elle, les ressources imaginaires de l'analyste, pour accompagner le patient jusqu'aux limites et accidents de ses relations objectales. Ceci est d'autant plus impératif lorsque le patient a du mal, ou échoue, à établir une relation objectale, précisément.

Objet métonymique et objet métaphorique

D'autre part, l'*Einfühlung* imprime au signifiant langagier échangé dans la cure une dimension hétérogène, pulsionnelle. Elle le charge de préverbal, voire d'irreprésentable, qui demande à être déchiffré en tenant compte des articulations les plus précises du discours (style, grammaire, phonétique), mais aussi, en traversant le langage, vers cet indicible qu'indiquent les fantasmes et les récits d'« insight » aussi bien que les « ratés » du discours (lapsus, illogismes, etc.).

Une telle écoute analytique attentive à l'*Einfühlung*, à travers le dire du transfert, impose à l'attention de l'analyste un autre statut de l'*objet* psychique, différent de l'objet métonymique du désir dit par Lacan « objet petit "a" [1] ».

Il s'agirait moins d'un objet partiel que d'un non-objet. Pôle d'identification constitutif de l'identité, condition de cette unification qui assure l'avènement d'un sujet pour un objet, l'« objet » de l'*Einfühlung* est un objet *métaphorique*. Transport de la motilité auto-érotique dans l'image unifiante

---

1. Rappelant que l'objet dans la littérature analytique est le plus souvent un objet partiel (mamelon, scybale, phallus, urine), Lacan spécifie : « Le trait : partiel, à juste titre souligné dans les objets, ne s'applique pas à ce qu'ils soient partie d'un objet total qui serait le corps, mais à ce qu'ils ne représentent que partiellement la fonction qui les produit. » Fonction de séparation et de manque instaurateur de la relation signifiante, ces objets qu'on notera par un « petit a » seront dits « objets de manque ». « Un trait commun à ces objets dans notre élaboration : ils n'ont pas d'image spéculaire, autrement dit d'altérité. C'est ce qui leur permet l'"étoffe", ou pour mieux dire la doublure, sans en être pour autant l'envers, du sujet même qu'on prend pour le sujet de la conscience... C'est à ce sujet insaisissable au miroir que l'image spéculaire donne son habillement » (« Subversion du sujet et dialectique du désir », in *Écrits*, Ed. du Seuil, 1966, p. 817-818). Dans le *fantasme* Lacan trouvera l'efficace exemplaire de l'objet *a*, puisque pour lui la structure du fantasme lie, « à la condition d'un objet... le moment d'un fading ou éclipse du sujet, étroitement lié à la *Spaltung* ou refente qu'il subit de sa subordination au signifiant (*ibid*, p. 816). C'est ce que symbolise le sigle ($ ◊ a) où ◊ marque le désir. Enfin la structure *métonymique* définit la relation objectale lacanienne, pour autant que « c'est la connexion du signifiant au signifiant qui permet l'élision par quoi le signifiant installe le manque de l'être dans la relation d'objet, en se servant de la valeur de renvoi de la signification pour l'investir du désir visant ce manque qu'il supporte » (« L'Instance de la lettre dans l'inconscient », *Écrits, op. cit.*, p. 515).

d'Une Instance qui me constitue déjà *comme* Un en face : degré zéro de la subjectivité. *Métaphore* : entendez mouvement vers le discernable, voyage vers le visible. *Anaphore, geste, indication*, seraient sans doute des appellations plus adéquates pour cette unité écartelée en voie de constitution qu'on est en train d'évoquer. Aristote parle d'une *epiphora* : terme générique du mouvement métaphorique avant toute objectivation d'*un* sens figuré... L'objet amoureux est une métaphore du sujet : sa métaphore constituante, son « trait unaire », qui, en le faisant choisir une partie adorée de l'aimé, le situe déjà dans le code symbolique dont ce trait fait partie [1]. Cependant, situer ce repérage unifiant du côté de l'objectalité en voie de constitution et non pas dans l'absolu de la référence au Phallus en soi, a l'avantage de dynamiser la relation transférentielle, d'impliquer au maximum l'intervention interprétative de l'analyste, et d'attirer l'attention sur le contre-transfert en tant qu'identification de l'analyste, cette fois, à son patient, avec tout le halo de formations imaginaires

---

1. « Prenez, seulement, un signifiant pour insigne de cette toute-puissance [de l'autorité de l'autre], ce qui veut dire de ce pouvoir tout en puissance, de cette naissance de la possibilité, et vous aurez le trait unaire qui, de combler le manque invisible que le sujet tient du signifiant, aliène le sujet dans l'identification première qui forme l'idéal du moi » (Lacan, « Subversion du sujet et dialectique du désir », *Écrits*, Ed. du Seuil, 1966, p. 808). C'est au « trait unique » *(einziger Zug)*, auquel se limiterait l'identification qui n'est que partielle selon Freud dans *L'Identification* (das beide Male die Identifizierung eine partielle, höchst beschränkte ist), que remonte le trait unaire de Lacan (cf. les *Séminaires sur le transfert*, 1960-1961, et sur *l'identification*, 1961-1962). De cette partialité, somme toute imprécise chez Freud, de l'identification, Lacan tire parti pour insister sur le *trait unique (einziger Zug)* qui fonde l'identification comme intrinsèquement symbolique, soumise donc à la distinctivité des traits signifiants, et commandée en définitive par le repère d'Un trait, de l'Unique : fondement de ma propre unicité... Ce trait unaire n'est pas « dans le champ premier de l'identification narcissique » où nous avons vu surgir le Père imaginaire ; Lacan le voit d'emblée « dans le champ du désir... sous le règne du signifiant » (*Les Quatre Concepts fondamentaux de la psychanalyse*, Séminaire XI, Ed. du Seuil, 1973, p. 231).

propres à l'analyste que ceci entraîne. Sans ces conditions, l'analyse ne risque-t-elle pas de se figer dans la tyrannie de l'idéalisation, précisément ? Phallique ou surmoïque ? A bons lacaniens salut !

Objet métonymique du désir. Objet métaphorique de l'amour. Le premier commande le *récit* fantasmatique. Le second dessine la *cristallisation* du fantasme et domine la poéticité du discours amoureux...

Dans la cure, l'analyste interprète son désir et son amour, ce qui précisément le décale de la position perverse du séducteur comme de celle d'un Werther vertueux. Mais il lui faut se manifester parfois désirant, parfois amoureux. En assurant au patient un Autre amoureux, l'analyste permet — provisoirement — au Moi en proie à la pulsion de s'abriter dans le fantasme que l'analyste est non pas un Père mort, mais un Père vivant : père non désirant mais amoureux, qui réconcilie le Moi idéal avec l'Idéal du Moi et construit l'espace psychique où peut avoir lieu, éventuellement et ultérieurement, une analyse.

A partir de là, l'analyste aura à signifier en outre — parce qu'il est analyste et non pas bon pasteur ou confesseur — qu'il est aussi sujet de désir, évanescent, défaillant, voire abject. Il déclenchera alors dans l'espace psychique que son amour a permis d'être, la tragi-comédie des pulsions de vie et des pulsions de mort, sachant dans sa nescience que si Eros s'oppose à Thanatos, leur combat n'est pas à armes égales. Car Thanatos est pur, alors qu'Eros est depuis toujours irrigué de Thanatos, « la plus pulsionnelle » étant la pulsion de mort (Freud)...

Dire que l'analyste manie l'*amour* en tant que discours qui permet une distance idéalisatrice comme condition de l'existence même de l'espace psychique, n'est pas une assimilation de l'attitude analytique à celle d'un objet d'*amour primaire*, prototype archaïque de l'amour *génital* que nous suggère

avec une générosité charmante l'œuvre de Balint [1]. Poser,
pour un temps, l'accent de la réflexion sur l'amour en analyse, conduit, en fait, à scruter dans la cure non pas une
fusion narcissique avec le contenant maternel, mais l'émergence d'un *objet métaphorique* : c'est-à-dire le clivage même
qui instaure le psychisme et qui, appelons-le « refoulement
originaire », vire la pulsion au symbolique d'un autre. Rien
d'autre que la dynamique métaphorique (au sens de : déplacement *hétérogène*, brisant l'isotopie des besoins organiques)
ne justifie que cet autre soit un Grand Autre. L'analyste
occupe donc provisoirement la place du Grand Autre en tant
qu'il est objet métaphorique de l'identification idéalisante.
C'est de le savoir et de le faire, qu'il crée l'espace du transfert.
De le refouler, au contraire, l'analyste devient ce Führer que
Freud abhorrait déjà dans *La Psychologie des masses* : horreur qui indiquait combien la pratique analytique n'était pas
à l'abri de tels phénomènes... hystériques.

Identification de haine, identification d'amour

« Il est facile, pense Freud [2], d'exprimer dans une formule
cette différence entre l'identification avec le père et l'attachement au père en tant qu'objet sexuel *(der Unterschiedeiner
solchen Vateridentifizierung von einer Vaterobjektwahl)* :
dans le premier cas, le père est ce qu'on voudrait *être (das,
was man sein möchte)* ; dans le second, ce qu'il voudrait *avoir
(das, was man haben möchte).* Dans le premier cas, c'est le
sujet du *moi* qui est intéressé ; dans le second, son objet. C'est
pourquoi l'identification est possible avant tout choix d'objet.

---

1. Cf. Michael Balint, *Amour primaire et technique psychanalytique*,
Payot, 1972.
2. Cf. « L'Identification », op. cit., p. 127 ; *G.W.*, *op. cit.*, p. 116.

(Es ist also der Unterschied, ob die Bindung am Subjekt oder am Objekt des Ichs angreift. Die erstere ist darum bereits vor jeder sexuellen Objektwahl möglich). »

On notera que la première identification que Freud signale dans cette étude est une identification morbide avec la mère (par exemple, la petite fille prend la toux de sa mère par « désir hostile de prendre la place de la mère — *ein feindseliges Ersetzenwollen der Mutter* — auquel cas le symptôme exprime le penchant érotique pour le père »). Pensée dans le régime du complexe d'Œdipe *(Entweder ist die Identifizierung dieselbe aus dem Ödipuskomplex)*, cette identification rappelle cependant l'identification projective de Melanie Klein, soutenue par le « désir hostile » et coupable de prendre la place d'une mère persécutrice parce qu'enviée. Identification à l'objet par haine d'une partie de l'objet et par peur de persécution... Le deuxième type d'identification est révélé par un symptôme qui mime celui de la personne aimée (la fille, Dora, contracte la toux du père). Ici, l'« identification a pris la place du penchant érotique, et celui-ci s'est transformé, par régression, en identification — *die Identifizierung sei an Stelle der Objektwahl getreten, die Objektwahl sei zur Identifizierung regrediert* ». Sans hostilité dans ce cas, l'identification coïncide avec l'objet du désir par « une sorte d'introduction de l'objet dans le moi *(gleichsam durch Introjektion des Objekts ins Ich)* ». L'amour serait, contrairement à l'identification morbide mentionnée plus haut, cette unification de l'idéal identificatoire et de l'objet de désir. En troisième lieu, les désirs libidinaux peuvent être complètement absents de l'identification avec une autre personne à partir de certains traits communs.

On est aussi amené à penser au moins deux identifications : celle, primitive, qui résulte de l'attachement sentimental *(Gefühlsbindung an ein Objekt)* archaïque et ambivalent à l'objet maternel, et qui se situe davantage sur la lancée de l'hostilité culpabilisante ; et l'autre qui sous-tend l'introjection dans le moi d'un objet lui-même déjà libidinal *(libidinöse Objektbindung)* fournissant la dynamique de la relation amoureuse pure. La première est plus proche de la dépersonnalisation, de la phobie et de la psychose ; la deuxième, plus coextensive à l'hainamoration hystérique, prenant à son compte l'idéal phallique qu'elle poursuit.

Entre hystérie et incapacité d'aimer

L'amoureux est un narcissique qui a un *objet*. C'est d'une relève considérable du narcissisme qu'il s'agit dans l'amour, de sorte que le rapport établi par Freud entre amour et narcissisme ne doit pas nous faire oublier leur différence essentielle. N'est-il pas vrai que le narcissique, tel quel, est précisément quelqu'un incapable d'amour ?

L'amoureux concilie, en fait, narcissisme et hystérie. Pour lui, il y a un autre idéalisable, qui lui renvoie sa propre image (c'est là le moment narcissique) idéale, mais qui est cependant un autre. Il est essentiel pour l'amoureux de maintenir l'existence de cet autre idéal, et de pouvoir s'imaginer semblable à lui, fusionnant avec lui, voire indistinct de lui. Dans l'hystérie amoureuse, l'Autre idéal est une réalité, et non pas une métaphore. L'archéologie de cette possibilité identificatoire avec un *autre*, est donnée par la place massive qu'occupe dans la structure narcissique le pôle d'*identification primaire* avec ce que Freud a appelé un « père de la préhistoire individuelle ». Doué des attributs sexuels des deux parents, figure par là même totalisante et phallique, donatrice de satisfactions déjà psychiques et non simplement des demandes existentielles immédiates, ce pôle archaïque de l'idéalisation est immédiatement un *autre* qui suscite puissamment le transfert déjà psychique du corps sémiotique antérieur en voie de devenir un Moi narcissique. Qu'il existe, et que je puisse me prendre pour lui — voilà ce qui nous déplace déjà de la satisfaction maternelle primaire, et nous situe dans l'univers hystérique de l'idéalisation amoureuse.

Il est évident, pour peu que l'on ait observé le comportement des jeunes enfants, que le premier objet amoureux des garçons et des filles est la mère. Que faire alors de ce « père de la préhistoire individuelle » ? Le génie de Freud le fait parler peut-être en juif, mais avant tout en psychanalyste. Il dissocie en fait l'idéalisation (et avec elle la relation amoureuse) du corps à corps entre mère et enfant, et introduit le Tiers comme condition de la vie psychique en tant qu'elle est une vie amoureuse. Si l'amour procède d'une idéalisation narcissique, il n'a rien à voir avec l'enveloppe de la peau et des sphincters que les soins maternels procurent au bébé. Pire encore, si cette enveloppe se prolonge, si la mère « colle » à son rejeton, plaquant sur la demande qui lui vient de lui sa propre demande de néotène en désarroi et d'hystérique en manque d'amour, il y a de fortes chances que non seulement l'amour mais la vie psychique n'éclosent jamais d'un tel œuf. La mère aimante, différente de la mère soignante et collante, est quelqu'un qui a un objet de désir et, par-delà, un Autre par rapport auquel l'enfant lui servira d'intermédiaire. Elle aimera son enfant au regard de cet Autre, et c'est par son discours à ce Tiers que l'enfant se constituera pour sa mère comme « aimé ». « Comme il est beau » ou « Je suis fière de toi », etc., sont des énoncés de l'amour maternel parce qu'ils impliquent un Tiers : c'est au regard d'un Tiers que le bébé auquel la mère parle devient un *il*, c'est devant les autres que « je suis fière de toi », etc. Sur ce fond verbal ou dans le silence qui le présuppose, le « corps à corps » de la tendresse maternelle peut prendre la charge imaginaire de représenter l'amour par excellence. Pourtant, sans cette « distraction » maternelle vers le Tiers, le « corps à corps » est une abjection ou une dévoration dont le futur schizo, phobique ou *border-line*, gardera la marque au fer rouge, et contre lequel il aura l'unique recours de la haine. Tout *borderline* finit par retrouver une mère « aimante » pour son compte à elle, mais qu'il ne peut accepter comme l'aimant lui-même... car elle n'aimait personne... d'autre. La dénégation œdipienne du père se lie ici à la plainte contre un enveloppement maternel adhésif, et conduit le sujet à la douleur psychique que domine l'incapacité d'aimer.

Si l'on accepte la structure ternaire du narcissisme et le fait qu'elle comporte déjà l'amorce hystérique d'un objet idéalisable (l'objet d'amour propre à l'identification primaire), comment entendre au contraire l'incapacité d'amour ? La plainte froide, figée et quelque peu fausse du *borderline* d'être incapable d'aimer, est peut-être à référer non pas au narcissisme, mais à l'auto-érotisme. Antérieure à la « nouvelle action psychique » qui inclut le tiers dans le narcissisme, l'organisation auto-érotique n'a pas d'autre ni d'image. Toutes ses images, toutes les images la déçoivent autant qu'elles la fascinent. L'auto-érotique ne peut se permettre d'être « aimé » (pas plus qu'il ne se laisse aimer), que par un substitut maternel qui lui collerait à la peau comme un cataplasme — baume rassurant, peut-être asthmogène mais néanmoins enveloppe permanente. Cette fausse mère est l'unique « pèremanence » tolérée par celui qui, dès lors, pourra jouir mollement de ses propres organes en pervers polymorphe. Indifférencié, fixé dans les territoires éclatés de son corps morcelé, lové à ses zones érogènes. Indifférent à l'amour, replié sur le plaisir qui lui procure un scaphandre provisoirement rassurant. L'auto-érotique n'est cependant pas un autistique : il trouve des objets, mais ce sont des objets de haine. Cependant, à ces moments qui ne sont d'aucune grâce, et où le sujet est privé de permanence, la haine que lui projette un objet en face s'exerce en fait plus fortement sur lui-même, en le

menaçant de décomposition ou de pétrification. L'auto-
érotique qui se plaint ou se vante de ne pouvoir aimer, a peur
de devenir fou : schizo ou catatonique...

Dynamique de l'Idéal

Le sujet n'existe qu'à s'identifier avec un autre idéal qui est
l'autre parlant, l'autre en tant que parlant. Fantôme [1], formation symbolique au-delà du miroir, cet Autre qui a en effet la
grandeur d'un Maître, est un pôle d'identification parce qu'il
n'est pas un objet de besoin ni de désir. Idéal du moi qui
inclut le Moi par l'amour que ce Moi lui porte, il l'unifie,
freine ses pulsions, et en fait un *Sujet*. Moi — corps à faire
mourir, du moins à différer, pour l'amour de l'Autre, et pour
que Je sois. L'amour est une mise à mort qui me fait être.
Lorsque la mort intrinsèque à la passion amoureuse se produit dans la réalité et emporte le corps d'un des amoureux,
elle est l'intolérable suprême ; l'amoureux survivant mesure
alors l'abîme qui sépare la mort imaginaire qu'il vivait dans
sa passion, de l'implacable réalité dont l'amour l'avait depuis
toujours décalé : sauvé...

L'identification du sujet à l'Autre symbolique, à son Idéal
du Moi, passe par une absorption narcissique de l'objet du
besoin qu'est la mère, absorption constitutive du Moi idéal.
L'amoureux connaît cette régression qui, de l'adoration d'un
fantôme idéal, le conduit au gonflement extatique ou douloureux de sa propre image, de son propre corps.

Cette logique de l'identification idéalisatrice conduit à poser, en doublure de la structure visuelle, spéculaire du fan-

1. « Donc, le sujet prend conscience de son désir dans l'autre, par
l'intermédiaire de l'image de l'autre qui lui donne le fantôme de sa propre
maîtrise. » (J. Lacan, *Séminaire*, livre I, *Les Ecrits techniques de Freud*, Ed.
du Seuil, 1975, p. 178).

tasme ($ ◊ a) en quête de l'image toujours inadéquate d'un autre désiré, l'existence d'une condition préalable. — Si l'objet du fantasme est fuyant, métonymique, c'est qu'il ne correspond pas à l'idéal préalable qu'a construit le processus d'identification, $ ε A. Le sujet existe d'appartenir à l'Autre, et c'est à partir de cette appartenance symbolique qui le fait sujet à l'amour et à la mort, qu'il sera capable de se construire des objets imaginaires de désir. Transféré à l'Autre ($ ε A) comme au lieu même d'où il est vu et entendu, le sujet amoureux n'a pas accès à cet Autre comme à un objet, mais comme à la possibilité même du discernement, de la distinction, de la différenciation qui fait voir. Puissance cependant aveuglante, irreprésentable, soleil ou fantôme, que cet Idéal... « Juliette est le soleil », dira Roméo, et cette métaphore amoureuse transfère à Juliette l'éblouissement que Roméo vit dans l'état d'amour vouant son corps à la mort, pour se trouver immortel dans la communauté symbolique des autres reconstitués par son amour précisément.

Cette identification idéale au Symbolique soutenu par l'Autre, mobilise donc davantage la parole que l'image. La voix signifiante ne modèle-t-elle pas en dernière instance le visible et donc le fantasme ? — Il suffit d'observer l'apprentissage des formes par les jeunes enfants pour comprendre combien la « spontanéité sensori-motrice » est de peu de secours sans l'aide du langage... Que la musique soit le langage de l'amour, les poètes le savaient depuis la nuit des temps pour suggérer que l'énamoration captée par la beauté aimée est cependant transcendée — précédée et guidée — par le signifiant idéal : son à l'orée de mon être, il me transfère au lieu de l'Autre à sens perdu, à perte de sens, à perte de vue [1]... En résumé, l'identification fait être le sujet

1. « (La position imaginaire du désir) n'est concevable que pour autant qu'un guide se trouve au-delà de l'imaginaire, au niveau du plan symbolique, de l'échange légal qui ne peut s'incarner que de l'échange verbal entre les

dans le signifiant de l'Autre. Archaïquement, primitivement, elle n'est pas objectale mais opère comme un transfert au lieu d'un trait captivant et unifiant, un « trait unaire ». L'analyste est un objet (forcément partiel) mais il exerce aussi l'attraction d'un « trait unaire », d'un non-objet : la mouvance même d'une métaphoricité possible.

Le terme de métaphore ne doit pas faire penser ici à la figure rhétorique classique (*figuré* vs *propre*), mais, d'une part, aux théories modernes de la métaphore qui y déchiffrent un télescopage indéfini de sèmes, un sens en acte ; et, d'autre part, à la mouvance d'une hétérogénéité au sein d'un appareil psychique hétérogène, allant des pulsions et des sensations au signifiant et *vice versa* [1].

Cette non-objectalité de l'identification dévoile comment le sujet qui s'y risque peut se retrouver en définitive esclave hypnotisé de son maître : comment il peut s'avérer être un non-sujet, ombre d'un non-objet. Cependant et d'autre part, c'est en raison de cette non-objectalité de l'identification que le substrat pulsionnel, non objectal du signifiant, se trouve mobilisé dans la cure conduite sans refoulement de l'*Einfühlung*. C'est alors donc que le transfert a une chance d'avoir prise sur les états non objectaux du psychisme tels les « faux selfs », les « borderlines », et jusqu'aux symptômes psychosomatiques. Il est vrai, en effet, qu'on est malade quand on n'est pas aimé, entendez : c'est de manquer de métaphore ou d'idéalisation identificatoire qu'une structure psychique a tendance à la réaliser dans ce non-objet incarné qu'est le symptôme somatique, la maladie. Les somatiques ne sont pas des individus qui ne verbalisent pas, mais des sujets qui

êtres humains. Ce guide qui commande au sujet, c'est l'idéal du moi. » (*Ibid.*, p. 162.) Et ceci, même si « 'amour est un phénomène qui se passe au niveau de l'imaginaire, et qui provoque une véritable subduction du symbolique, une sorte d'annulation, de perturbation de l'idéal du moi. » (*Ibid.*)

1. Nous reviendrons sur la métaphore, p. 332-342.

manquent ou ratent cette dynamique de la métaphoricité qui constitue l'idéalisation en tant que processus complexe.

Enfin, d'être le pôle d'une identification amoureuse, l'*Autre* s'éclaire non pas comme « pur signifiant », mais comme l'espace de la mouvance métaphorique elle-même : condensation de traits sémiques aussi bien que de l'hétérogénéité pulsionnelle irreprésentable qui les sous-tend, les excède et leur échappe. En fait, en soulignant la partialité du « trait unaire » dans l'identification idéalisante, Lacan a situé l'idéalisation dans le champ du signifiant et du désir seuls, et l'a détachée nettement sinon brutalement aussi bien du narcissisme que de l'hétérogénéité pulsionnelle et de son emprise archaïque sur le contenant maternel. Au contraire, en insistant sur la *métaphoricité* du mouvement d'idéalisation identifiante, nous pouvons essayer de redonner au lien analytique qui s'y situe (transfert et contre-transfert) sa dynamique complexe qui embrasse la préobjectalité narcissique et pulsionnelle et permet son arrimage aux idéaux signifiants. Dans cette optique, il n'y aurait pas d'idéalisation analytique qui ne s'appuie pas sur une sublimation. C'est dire que la psychanalyse côtoie la foi religieuse pour la dépenser en discours... littéraire.

Immédiate et absolue

Parlant de l'« identification primaire », Freud la définit comme « directe et immédiate » *(direkte und unmittelbare)* [1], sans pour autant susciter, à notre connaissance, l'attention des analystes. A propos de ces termes, songeons donc un instant à la valeur que la philosophie spéculative, et en particulier celle de Hegel, donne à cette *immédiateté*.

1. « Le Moi et le Ça », *op. cit.*, p. 200, *G.W.*, t. XIII, p. 259.

La présence immanente de l'Absolu au Connaître se révèle au Sujet *immédiatement* comme une reconnaissance de ce qui ne l'a jamais quitté. Plus spécifiquement, l'*immédiat (Unmittelbare)* hégélien est le décollement ultime de la consistance vers la forme, la bascule interne à la réflexion-en-soi, la matière se supprimant en soi, sans encore être pour elle-même et donc pour l'autre. Hegel note dans la *Science de la logique* : « L'immédiateté qui, en tant que réflexion-en-soi, est *consistance (Bestehen)* aussi bien que forme, réflexion-en-autre-chose, consistance *se supprimant* [1]. » Heidegger a voulu interroger cette solidarité du Sujet et du Connaître, cette présence immédiate de l'Absolu, dans son texte « Hegel et son concept de l'expérience » consacré à l'Introduction de la *Phénoménologie de l'esprit*, pour faire apparaître l'*a priori* ou le coup de force de cet « immédiat », et pour donner à voir, en deçà et au-delà de lui, l'« éclosion du Logos » chère au discours heideggerien [2]. Dans le champ de ces réflexions, on pourrait soutenir que l'*immédiat* étant l'autodétachement de la certitude de soi, est à la fois ce qui la détache de la relation à l'objet, et ce qui lui confère sa puissance d'absolution *(Absolvenz)* sans médiation, sans objet, mais en les conservant et en les contenant l'un et l'autre ; que l'immédiat est donc la logique même de la *parousie*, c'est-à-dire de la présence du sujet à l'objet. « Il lui appartient de conserver toute relation qui ne fait que donner directement sur l'objet... », commente Heidegger. Annonce la plus fondamentale de la parousie, l'immédiat se donne aussi comme logique de l'*Absolvenz*, du détachement hors de la relation et constitue l'absoluité de l'absolu : « C'est là, dans l'autoreprésentation, que se déploie la parousie de l'absolu. » *(Ibid.)*

En d'autres termes, la présence de l'Absolu au Connaître

1. Vrin, 1970, p. 385-386.
2. Cf. *Chemins qui ne mènent nulle part*, Gallimard, 1962.

se révèle au sujet *immédiatement*, de sorte que tout autre « moyen » de connaissance n'est qu'une reconnaissance : « L'absolu est dès le départ en et pour soi auprès de nous et veut être auprès de nous », affirme Hegel dans l'Introduction de la *Phénoménologie*. Cet *être-auprès-de-nous* (parousie) serait la « façon dont la lumière de la vérité de l'absolu lui-même nous illumine », dira Heidegger dans son commentaire. Nous sommes immédiatement dans la parousie, « toujours-déjà », avant de produire notre « rapport » à elle.

Laissons de côté l'aspect visuel, imagé ou imaginaire de cette immédiateté de l'Absolu que Heidegger a fait entendre en dépliant le mot *savoir* dans sa sonorité (de *vidi*), et que Lacan a accentué en plaçant le *miroir* au cœur de la constitution du Moi. Soulignons d'abord que la fascination spéculaire est un phénomène tardif dans la genèse du Moi. Et essayons de penser l'interrogation philosophique sur le fond de ce que l'apparition du terme « immédiat » au cœur de l'« identification primaire » peut évoquer à l'analyste.

Chez Freud, le coup de force de cette apparition paternelle semble indéniable, en tout cas absolument nécessaire à la construction analytique interprétative. Cependant, la clinique nous fait constater que cet avènement du *Vater der persönlichen Vorzeit* s'élabore grâce au relais de la mère dite pré-œdipienne, pour autant qu'elle peut se signifier à son enfant comme ayant un désir autre que celui de répondre à la demande de son rejeton (ou simplement de la refuser). Ce relais n'est autre que le désir maternel pour le Phallus du Père.

Lequel ? Le père de l'enfant ou son père à elle ? Pour l'« identification primaire », la question n'est pas pertinente. S'il y a une *immédiateté* de l'identification enfantine avec ce *désir-là* (du Phallus du Père), elle provient sans doute du fait que l'enfant n'a pas à l'élaborer mais qu'il le reçoit, le mime, voire le subit par l'intermédiaire de la mère qui le lui offre (ou le lui refuse) comme un cadeau. D'une certaine façon cette identification avec le conglomérat père-mère selon Freud, ou avec ce que nous venons d'appeler le désir maternel du Phallus, lui tombe du ciel. Et pour cause, puisque dans cette modalité-là du psychisme, l'enfant et la mère ne font pas encore « deux »...

Quant à l'image qui constitue cet « imaginaire », elle ne devrait pas être pensée comme simplement visuelle mais comme une représentation qui mobilise divers frayages renvoyant à toute la gamme des perceptions et surtout aux *sonores*, en raison de leur éveil précoce dans l'ordre de la maturation neuro-psychologique, mais aussi en raison de leur fonction dominante dans la parole.

Cependant, qu'on ne se méprenne pas sur la facilité de cette *immédiateté*. Elle entraîne une conséquence importante : le terme d'« objet » comme celui d'« identification » deviennent, dans cette logique-là, *impropres*. Une non-encore identité (de l'enfant) se transfère, ou plutôt se déplace, au lieu d'un Autre qui n'est pas investi libidinalement comme un objet mais qui demeure un Idéal du Moi.

Pas moi

Remarquons maintenant que l'unité la plus archaïque que nous relevons ainsi — une identité autonome au point d'attirer des déplacements — est celle du Phallus désiré par la mère. C'est l'unité du père imaginaire, une coagulation de la mère et de son désir. Le père imaginaire serait ainsi la marque que la mère n'est pas toute mais qu'elle veut... Qui ? Quoi ? — La question est sans réponse autre que celle qui découvre le vide narcissique : « En tout cas, pas moi. » Le fameux « que veut une femme ? » de Freud n'est peut-être que l'écho d'une interrogation plus fondamentale : « Que

veut une mère ? » Elle se heurte au même impossible que
bordent, d'un côté, le père imaginaire, de l'autre, un « pas
moi ». Et c'est de ce « pas moi » (cf. la pièce de Beckett du
même nom) qu'un Moi essaie péniblement d'advenir...

Pour se soutenir en ce lieu, pour assumer ce *saut* qui
l'ancre définitivement dans le père imaginaire et dans le
langage, voire dans l'art, l'être parlant doit livrer un combat
avec la mère imaginaire dont il constituera, à la longue, un
objet séparé du Moi. Mais pour l'instant, nous n'en sommes
pas là. Le transfert immédiat vers le père imaginaire qui vous
tombe du ciel au point que vous avez l'impression que c'est
lui qui se transfère en vous, soutient un processus de rejet vis-
à-vis de ce qui a pu être un chaos et qui commence à devenir
un... *abject*. Le lieu maternel n'émerge comme tel, avant de
devenir un objet corrélatif au désir du Moi, que comme un
abject.

En résumé, l'identification primaire paraît être un transfert
au (du) père imaginaire, corrélatif à la constitution de la mère
comme un « ab-jet ». Le narcissisme serait cette corrélation
(au père imaginaire et à la mère « abjet ») qui se joue autour
du vide central dudit transfert. Ce vide qui apparaît comme
l'amorce de la fonction symbolique est précisément cerné en
linguistique par la barre signifiant/signifié et par l'« arbitraire » du signe, ou, en psychanalyse, par la « béance » du
miroir.

Si le narcissisme est une défense contre le vide de la
séparation, alors toute la machine d'imageries, de représentations, d'identifications et de projections qui l'accompagnent
dans la voie de la consolidation du Moi et du Sujet, est une
conjuration de ce vide. La séparation est notre chance de
devenir narcissiens ou narcissiques, des sujets de la représentation en tout cas. Le vide qu'elle ouvre est cependant aussi
l'abîme à peine recouvert dans lequel risquent de s'engloutir
nos identités, nos images, nos mots.

Narcisse mythique se penchait en définitive héroïquement sur ce vide pour chercher dans l'élément aquatique maternel une possibilité de représentation de soi ou d'un autre : de quelqu'un à aimer. Depuis Plotin au moins[1], la réflexion théorique a oublié qu'elle roulait sur le vide, pour s'élancer amoureusement vers la source solaire de la représentation, la lumière qui nous fait voir et à laquelle nous aspirons de nous égaler d'idéalisation en idéalisation, de perfectionnement en perfectionnement : *In lumine tuo videbimus lumen.* Les psychotiques, toutefois, nous rappellent, pour autant qu'on l'aurait oublié, que nos machines de représentation qui nous font parler, construire ou croire, reposent sur du vide. Sont-ils les athées les plus radicaux qui, d'ignorer ce que la capacité de représentation doit au Tiers, restent captifs de la mère archaïque dont ils portent le deuil par la souffrance du vide ?

La parade narcissique qui me permet de murer ce vide, de le tenir pacifié et d'en faire un producteur de signes, de représentations, de sens, je la construis au regard de ce Tiers. « Père de la préhistoire individuelle », je le séduis parce qu'il m'a déjà captée, en étant une simple virtualité, présence potentielle, forme à investir. Toujours-déjà-là, cette présence formante qui ne satisfait pourtant aucun besoin de mon auto-érotisme, m'attire dans l'échange imaginaire, dans la séduction spéculaire. Lui ou Moi : qui est l'agent ? Ou encore, est-ce lui ou est-ce elle ? L'immanence de sa transcendance, de même que l'instabilité de nos limites d'avant la fixation de mon image en tant que « propre », font de cette source trouble *(eine neue psychische Aktion)* d'où sortira le narcissisme, une dynamique de confusion et de délices. Secrets de nos amours.

Le Moi Idéal gorgé de l'Idéal du Moi prendra la relève de cette alchimie, et consolidera les défenses du Moi narcissique.

1. Cf. plus loin, p. 135 sq.

La conscience, et avec elle la conscience morale — cet héritage parental si sévère et si précieux — ne nous conduiront pas vraiment, sous la protection tyrannique du Surmoi, à oublier le vide narcissique et sa surface faite de reconnaissances et d'investissements imaginaires. Tout au moins nous aideront-elles à les emmurer, blessures plus ou moins douloureuses mais toujours là, au creux de nos fonctions, réussites ou échecs. En dessous de la libido homosexuelle que nos objectifs sociaux captent et retiennent prisonnière, s'étalent les abîmes du vide narcissique qui, s'il peut être un motif puissant d'investissement idéal ou surmoïque, est aussi la source primaire de l'inhibition.

D'être narcissique, on a déjà jugulé la souffrance du vide. Cependant la fragilité de la construction narcissique qui étaye l'image moïque ainsi que des investissements idéaux est telle que ses craquelures dévoilent immédiatement à ceux que les autres considèrent « narcissiques », le négatif de nos pellicules imagées. Plus qu'insensé, vide, cet envers de nos appareils de projection et de représentation est pourtant encore une défense de l'être vivant. Arrive-t-il à l'érotiser, à laisser se déchaîner en lui la violence non objectale, prénarcissique de la pulsion adressée à un abject, que la mort triomphe dans cette voie étrange. La pulsion de mort, et son équivalent psychologique, la haine, est ce que Freud découvrira après s'être arrêté chez Narcisse. Le narcissisme et sa doublure, le vide, sont en somme nos élaborations les plus intimes, les plus fragiles et les plus archaïques, de la pulsion de mort. Les vigiles les plus avancés, les plus courageux et les plus menacés, du refoulement originaire.

Par rapport à l'« identification projective » de Melanie Klein, la proposition avancée ici a l'avantage d'indiquer, dès avant le triangle œdipien et dans une modalité spécifique, la place du Tiers, sans laquelle la phase dite par M. Klein « schizo-paranoïde » ne saurait devenir une phase « dépres-

sive » et ne saurait donc faire passer les « équivalences symboliques » au niveau des « signes » linguistiques. Cette inscription archaïque du père me paraît être une façon d'altérer
le fantasme d'une mère phallique qui joue les phallus à elle
toute seule, seule et toute, dans l'arrière-boutique du klei-
nisme et du post-kleinisme.

Pour ce qui est du langage, la conception esquissée ici
diffère, par ailleurs, aussi bien des théories innéistes concernant la compétence linguistique (Chomsky) que des proposi-
tions lacaniennes d'un toujours-déjà-là du langage qui se
révélerait tel quel dans le sujet de l'inconscient. Nous suppo-
sons bien entendu la préexistence de la fonction symbolique
vis-à-vis de l'*infans*, mais nous soutenons, en outre, un postulat d'évolution qui nous conduit à chercher à élaborer *diverses modalités* d'accès à cette fonction, ce qui correspond aussi
bien à diverses structures psychiques.

A la lumière de ce qui précède, ce que nous avons appelé
une « structuration narcissique » semble être le point le plus
reculé (chronologiquement et logiquement) dont nous puis-
sions repérer les traces dans l'inconscient. Au contraire, entendre le narcissisme comme origine ou comme écran indé-
composable, inanalysable, conduit l'analyste, et quelles qu'en
soient par ailleurs les mises en garde théoriques, à offrir son
discours interprétatif comme un accueil soit réparateur, soit
frontalement attaquant vis-à-vis de ce narcissisme qui s'en
trouve ainsi reconnu et reconduit. Réparateur ou authentifiant (par exemple par la critique rationnelle, cf. les interprétations de type « fonctionnement mental »), un tel accueil
tombe dans le panneau du narcissisme et réussit rarement à
le conduire au travers du défilé œdipien jusqu'à la topologie
d'un sujet complexe.

En fait, des cliniciens comme Winnicott se gardaient d'un
tel écueil, ne serait-ce que dans la mesure où ils suggéraient
toujours un mélange d'interprétation « narcissique » et d'in-

terprétation « œdipienne » dans les états dits psychotiques. Cependant, si l'impasse qui vient d'être relevée peut se produire chez d'autres, il faut sans doute en chercher la raison dans une omission de base : celle de l'instance du père imaginaire dès l'identification primaire, une instance dont l'« identification projective » est une conséquence plus tardive (logiquement et chronologiquement). Cette impasse provient, au même titre, d'une négligence de la structuration très concrète et spécifique que requiert le psychisme dans cette modalité élémentaire que le terme de « narcissisme » risque de réduire à la fascination de ce qui n'est rien d'autre que le phallus de la mère.

Perse ou chrétien

La dynamique de l'identification primaire qui structure de *vide* et d'*objet* ce qui a pu apparaître comme un « écran narcissique », nous permettra de soulever un autre point énigmatique dans le parcours freudien.

On connaît l'inquiétude qui hantait Freud au sujet du christianisme, et que sa rationalité ne pouvait se permettre de formuler à l'égard de la religion révélée, mais qu'il a dite, ébloui et prudent, face à la religion perse. « Le visage inondé de lumière du jeune dieu perse nous est resté incompréhensible [1]. » On peut, en effet, interpréter cette jouissance lumineuse comme une identification primaire « directe et immédiate » avec le Phallus désiré par la mère ; ce qui n'est ni être le Phallus de la mère, ni entrer dans le drame œdipien. Une certaine potentialité incestueuse fantasmatique se réserve ainsi, qui opère depuis le lieu du père imaginaire et qui constitue le fondement de l'imaginaire lui-même. Par ailleurs,

----

1. *Totem et tabou*, Payot, p. 176 ; *G.W.*, t. IX, p. 184.

la nomination ultérieure de cette relation présente, peut-être, les conditions de la sublimation.

Dans le texte freudien, ce visage « lumineux et incompréhensible », dépourvu de sentiment de faute et de culpabilité œdipiennes, serait celui du chef de la horde des frères qui tue le père et se vante de son exploit (comme le suggère E. Jones) [1]. On pourrait, au contraire, envisager une modalité pré- ou non œdipienne de cette jouissance : une position de la symbolicité qui relève de l'identification primaire, avec ce que celle-ci suppose de non-différenciation sexuelle (père-et-mère, homme-et-femme) et de transfert immédiat au lieu du *désir maternel*. Ce serait là une inscription fragile de la subjectité et qui, sous le règne ultérieur de l'œdipe, ne conserve de statut que fantasmatique. En outre, cette paternité domestiquée, chaleureuse mais éblouissante, comporte aussi bien la jubilation imaginaire que le risque de la dissolution des identités que seul l'Œdipe freudien finit par consolider, bien entendu dans l'hypothèse idéale.

Maintenir contre les vents et les marées de notre civilisation moderne l'exigence d'un père sévère qui, de son Nom, nous fait séparation, jugement et identité, est une nécessité, un vœu plus ou moins pieux. Mais il faut bien constater que l'ébranlement de cette sévérité, loin de nous laisser orphelins ou inexorablement psychotiques, révèle des destins multiples et variés de la paternité, notamment de la paternité imaginaire archaïque. Ces destins ont pu, ou peuvent être manifestés par le clan dans son ensemble, par le prêtre, ou par le thérapeute ; mais dans tous les cas, il s'agit d'une fonction qui assure au sujet son entrée dans une modalité fragile, certes, du destin œdipien ultérieur et inéluctable, mais qui peut être aussi une modalité ludique et sublimatoire.

1. Cf. *Moïse et le monothéisme*, Gallimard, coll. « Idées », p. 118 et note 1 ; *G.W.*, t. XVI, p. 217-218.

Père séducteur ou idéal

Quant à l'idéalisation du Père, c'est *Moïse et le mono-théisme* qui reprend sa dynamique tragique à travers le thème de l'élection du peuple juif par son Dieu et dans l'histoire de Moïse. Rien n'oblige à imaginer cette élection comme une reprise de la vieille idée, abandonnée entre-temps par Freud, du père comme premier séducteur de l'hystérique. Ce père qui constitue un peuple par son amour est peut-être en effet plus proche du « père de la préhistoire individuelle », et, en tout cas, de cette instance d'idéalisation qui draine les premiè-res identifications non pas en tant qu'objet mais en tant qu'un « trait unaire ». On pourrait cependant interpréter la pensée freudienne à l'égard de ce père aimant de la manière suivante. — La structure hystérique de la horde des frères voit en lui un séducteur, un agent de la libido, d'Eros, et elle le met à mort : c'est le corps assassiné de Moïse. Toutefois, il y a aussi une nécessité structurale de son amour unique en tant qu'élection symbolique : elle apparaît par la suite en tant qu'urgence de donner des règles morales ou un droit à la tribu. Ce père sera reconnu alors non pas comme un séduc-teur, mais comme une Loi, comme une instance abstraite de l'Un qui sélectionne notre puissance identificatrice et idéalisa-trice. La trinité chrétienne, elle, réconcilie le séducteur et le législateur, en inventant une autre forme d'amour : l'*agapè*, d'emblée symbolique (nominale, spirituelle) *et* corporelle, ab-sorbant le meurtre avoué du corps érotique dans la profusion universaliste de la distinction symbolique pour chacun (frère ou étranger, fidèle ou pécheur...) [1].

Qu'est-ce qui s'oppose à la reconnaissance du père imagi-

1. Cf. plus loin chap. IV, 1, *Dieu est agapè*.

naire ? Qu'est-ce qui produit son refoulement, voire son en-
terrement ? Freud lâche le mot « caractère » dont on sait la
teneur anale : « Quelle que soit la résistance que le caractère
sera à même d'opposer plus tard aux influences des objets
sexuels abandonnés, les effets des premières identifications,
effectuées aux phases les plus précoces de la vie, garderont
toujours leur caractère général et durable [1]. »

Que le caractère soit une des limites de l'analysable, voilà
ce qui nous confirme la difficulté de la région que nous
sommes en train de visiter. Plus encore, de ce rôle résistant
du caractère anal vis-à-vis de l'identification primaire, l'apparition de l'abject dans la cure s'éclaire comme une première
brèche dans la résistance... Cependant et surtout, c'est la
rivalité œdipienne, créatrice de médiations, qui enténèbre
tragiquement l'éblouissement de l'identification primaire.
Avec l'œdipe, la question n'est plus : « qui l'*est* ? », mais « qui
l'*a* ? » ; la question narcissique : « suis-je ? », devient une
question possessive ou attributive : « ai-je ? ». Il n'en reste
pas moins que c'est à partir des drames œdipiens, de leurs
échecs, à rebours donc, qu'on pourra déceler les particularités de l'identification primaire. Cependant, on peut constater
que les « états limites » nous y conduisent directement, si-
tuant comme ultérieur ou secondaire le conflit œdipien.

Le garçon aura du mal à s'arracher à la situation pétri-
fiante d'être le phallus de sa mère ; ou, s'il y arrive, par grand-
père maternel interposé (entre autres), il ne cessera de guer-
royer avec ses frères à l'ombre d'un père inaccessible. Etre
fils-et-père dans la modalité immédiate et directe de l'identification primaire, et en faisant l'économie de la différence
sexuelle, ne lui sera possible que dans l'énonciation poétique,
dont les troubadours et Joyce portent le témoignage. La fille,
elle, ne gardera les traces de ce transfert primaire qu'aidée par

---

1. « Le Moi et le Ça », *op. cit.*, p. 199-200, *G.W.*, t. XIII, p. 259.

un père à caractère maternel, qui cependant lui sera d'un faible secours dans sa lutte pour prendre ses distances avec sa mère et pour trouver un objet hétérosexuel. Elle aura donc tendance à ensevelir cette identification primaire sous la fébrilité déçue de l'homosexuelle, ou bien dans l'abstraction qui, à s'envoler du corps, se fait tout « âme » ou fusion avec une Idée, un Amour, un Dévouement... Pour peu qu'une jouissance demeure, elle paraît néanmoins tenir de cette différenciation archaïque que Freud a si finement et si elliptiquement effleurée par « l'identification primaire ».

Permanence donc de la « structure narcissique » dans les plaintes d'amour qui nous appellent...

Jean, le passeur et le vide

Jean vient en analyse avec les plaintes bien répertoriées par Winnicott, Fairbairn et Rosenfeld, des « borderlines » : faux self, impuissance sexuelle, insatisfaction professionnelle. Son discours semble sacrifier à la mode, que pourtant il ignore en grande partie, lorsqu'il se livre aux jeux de signifiant, traite les mots comme des choses, ou procède par enchaînements fragmentaires, illogiques, chaotiques de ses phrases, donnant ainsi l'impression, après avoir tant vécu et tant parlé, d'être vide. Le thème du vide, explicite dans la cure de cet homme, engendre des configurations et des métaphores multiples, toutes convergeant vers la mère pour laquelle il n'emploiera jamais l'adjectif possessif. Comme si le refoulement était problématique, tous les contenus incestueux mais aussi meurtriers sont présents dans son discours. Cependant, s'ils ont un sens, ils n'ont pas de signification pour ce patient. Dans l'enceinte vide de son narcissisme, les contenus (pulsions et représentations) ne pouvaient trouver d'autre (de destinataire) qui, seul, aurait pu donner une signification à leur sens pesant et cependant ressenti comme vide parce que privé d'amour. Le transfert a fait émerger, de ce vide, deux éléments qui ont permis, par la suite, la longue marche autour de la problématique œdipienne.

Ce fut d'abord l'éclatement de l'abjection [1]. *Désirée ou à tuer, la mère n'a pris corps qu'abjecte, repoussante, parée de tous les détails d'une analité auparavant glacée. De la même façon, et toujours abrité par un transfert explicitement idéalisant, le patient transforme les limites incertaines entre ce qui n'est pas encore un Moi et ce qui n'est pas encore un Autre, en remplissant d'« abjects » ce non-encore-Moi, en le sortant ainsi du vide, et en lui donnant seulement alors une consistance narcissique : « Je suis dégoûtant, donc je peux être. » Ni sujet ni objet, tous les deux à tour de rôle ab-jects, mère et fils se détachent péniblement tout au long de ce stade initial de la cure, mobilisant forcément les frontières du corps (peaux ou sphincters), les fluides et les éjections, pour que s'y logent des symptômes passagers. Cette structuration élémentaire du narcissisme m'est apparue antérieure à toute possibilité d'« identification projective » qui, quoique diffuse dans ce premier temps de l'analyse, ne semblait pas essentielle (avait un sens mais pas une signification) et n'a pu être élaborée et interprétée que seulement après.*

Entre-temps, et c'est le deuxième élément parallèle à l'avènement de l'abject qui mérite d'être relevé, le patient fait un rêve. — Pour se protéger contre l'amant de sa mère qui attire ses identifications œdipiennes, Jean s'enfuit dans une course effrénée qu'il est pourtant en train de perdre au moment où, miraculeusement, un vieillard qui ressemble à un saint, « Christophe je crois, qui porte l'enfant Jésus, vient me prendre sur ses épaules pour traverser le pont. Il me porte,

---

1. Cf. notre *Pouvoirs de l'horreur*, essai sur l'abjection, Ed. du Seuil, 1980.

mais ce sont mes jambes qui marchent... ». Les séances sui-
vantes feront apparaître le père de Jean, mort lorsqu'il était
très jeune, mais aussi l'oncle et le grand-père maternels
auprès desquels il avait passé ses premières années. Le père
jusqu'à présent dénigré, déclaré absent ou nul, se profilera
timidement dans les paroles du patient comme un « intellectuel modeste », « amateur de cinéma », « lecteur de James »
(« *bizarre, un modeste employé lire des ouvrages comme ça* »),
pour le soutenir dans sa lutte contre l'abject et lui donner ainsi
des frontières plus stables, des « selfs » qui durent un peu
plus, avant d'apparaître comme faux, des repères conflictuels
qui jalonnent la blancheur de ce narcissisme dont il déplorait
initialement le vide.

Contrairement aux patients de Freud, le borderline parle
d'Eros mais rêve d'Agapè. Ce qui put être interprété comme
un « refoulement problématique », voire comme un « manque
de refoulement » chez ces patients, semble être plutôt une
autre position *du refoulement*. Chez le borderline, une dénégation pèse surtout et massivement sur l'identification primaire. Dire qu'il y a là une « forclusion du Nom du Père » est
trop général et inexact, ne serait-ce qu'en raison de l'existence du transfert et de l'émergence, consécutive au traitement, de l'œdipe qui peut être plus ou moins analysé. Mais ce
refoulement qui fait penser plutôt à une dénégation de l'Agapè
(j'utiliserai ici ce terme comme synonyme de l'identification
primaire) avec tout ce que cela suppose de refoulement de
l'homosexualité lorsqu'il s'agit de l'homme, modifie le statut
des représentations liées aux pulsions érotiques refoulées et
principalement aux relations érotiques de la relation duelle (y
compris de l'« identification projective »). De sorte que des
représentants d'affects franchissent la censure du refoulement
et apparaissent dans le discours comme vides, sans signification. Le discours lui-même subit un effet analogue ; chargé de
pulsions, il est cependant ressenti comme « castré », dit Jean,

*sans consistance, vide lui aussi car privé de ce Tiers ar-
chaïque et élémentaire qui aurait pu être son destinataire et
qui, en le recevant, aurait pu l'authentifier. S'il ne reste qu'un
Père Œdipien, un Père Symbolique, aucun combat contre
l'« abject », aucune autonomisation vis-à-vis de la mère phallique, ne saurait s'inscrire dans le corps du langage.*

    *L'analyste, dans ce parcours, est convoqué à la place du
père imaginaire, surtout (et c'est ce dont le borderline rêve)
pour que timidement, en cours du transfert, il/elle serve de
support de l'abjection.*

Marie et l'absence de la mère

    *Marie présente toutes les affres délicieuses de l'hystérie : de
revendication en revendication, d'affirmation en affirmation
jusqu'à l'« échec total » qui la laisse pourtant « froide »
quoique dramatiquement agitée, inquiète, angoissée... « C'est
étonnant, je suis constamment frappée par la vanité de tout. »
Ce qui ne lui épargne pas, au contraire, le symptôme pour
lequel elle demande une analyse : une asphyxie qui la saisit
dès qu'elle prend le volant de sa voiture. L'histoire de Marie
n'est pas ordinaire. Délaissée par sa mère disparue pendant la
guerre, elle a été d'abord prise en charge par la famille
paternelle et ensuite mise en nourrice. Son père se remarie et,
« complètement terrorisé par sa femme », dit Marie, ne voit sa
fille que rarement, fardeau d'un échec de jeunesse qu'il est
prêt à nourrir mais pas à aimer. Cette absence réelle de mère
portera à son comble l'idéalisation et la haine à son égard,
pour ne laisser de place qu'à cette dernière lorsque, à vingt-
cinq ans, Marie rencontrera déçue la famille de celle qui ne
cesse de ne pas avoir de place pour elle. Les rapports de Marie
avec les femmes sont fréquents, conflictuels et « insignifiants » : « Ça ne m'intéresse pas », dit-elle, après avoir cent*

fois reproduit son « symptôme », comme elle dit, en se rendant chez ces dames. Mais elle retient, n'exprime rien, n'objecte rien : « totalement maso, vous pouvez le dire ». Le souci d'une préservation narcissique essentielle la rend « serviable, aimable, gentille », alors que ses deux (« jamais moins de deux », précise Marie) partenaires sexuels avec lesquels elle maintient des relations séparées et conflictuelles en alternance, lui permettent de ne rien perdre ni de la structure de son enfance ni de ses gratifications, et lui restituent une complétude parfois « étouffante » mais combien satisfaisante, surtout lors des querelles du trio.

De ce vide central du narcissisme que l'histoire de Marie dessine peut-être trop directement (mais combien de mères d'hystériques présentes, adorées ou haïes, subissent la même éclipse derrière l'écran de la quête narcissique essoufflée dans le miroir infini de l'hystérie ?), Marie ne tire aucun objet pour s'y mesurer, confronter, projeter. Ce qui fut une abjection pour Jean, est pour Marie une inanité pure et simple, agitée, fébrile et vaine : à la recherche impossible d'un « vrai métier », d'un « vrai amour », qui mettrait fin à « personne ne m'aime ». Que cette logique la destine à être victime, elle ne s'en aperçoit que lorsqu'une amie le lui dit, perdue elle-même dans un espace sans frontière que seuls ponctuent ses symptômes (les « étouffements » — une limite, barrière, butée ?) et la jouissance de ses colères.

A l'occasion d'une grave maladie de son père où elle croit le perdre, Marie fait un rêve. Un faire-part de décès, un homme est mort, mais le nom inscrit est celui d'une femme. On s'aperçoit vite que c'est le nom de la demi-sœur de Marie, la préférée du père. Marie découvre par la suite que... les deux hommes de sa vie avaient, eux aussi, d'autres femmes, qu'elle n'est donc pas unique. Elle devient jalouse, se révolte contre ces femmes-là, contre l'analyste...

L'hystérie parle d'Agapê et rêve d'Eros Thanatos. *Mais que ce soit dans l'une ou l'autre modalité de son amour, elle soutient son infini narcissique d'une confusion de ses frontières avec sa mère où elles sombrent toutes les deux dans les délices de l'absence. Absence par rapport à quoi ? Par rapport à ce décalage élémentaire produit par l'identification primaire qui permet l'existence d'un Autre potentiellement symbolique. Car si elle se transfère au lieu du père imaginaire, pour autant que celui-ci garantit l'entrée dans le langage et contrecarre la potentialité phobique et psychotique de l'hystérie fusionnelle, elle s'y transfère avec armes de la représentation mais sans bagages de la pulsion.*

Ses bagages sont restés dans le vide de la fusion maternelle et/ou de l'absence maternelle. Je dis bien et/ou, *car en ce point, avoir ou non une mère et à condition que les besoins soient satisfaits (par une nourrice, infirmière ou mère qui n'est qu'une soignante sans désir autre), cela revient au même : elles sont la même, elle est la même. L'être qui satisfait les besoins (c'est-à-dire la mère sans désir pour l'Autre) ne saurait laisser de trace autre que de ne pas être, de non-être. Ce qui confère une existence à la mère, c'est l'identification primaire à partir de laquelle la mère de l'hystérique n'obtiendra pas les contours d'un* abject *mais d'une étrangère, une absente, une indifférente, avant de devenir, grâce à l'amorce de l'œdipe, un objet conflictuel d'identification projective.*

Une telle hystérie va vivre alors son Eros avec les femmes, en attendant une Agapè symbolique, idéalisante de la part de l'homme qui ne viendra cependant jamais répondre à son schème. Voilà ce qui hypothèque l'œdipe de l'hystérie, et éclaire le fait qu'elle aura le plus grand mal à choisir un objet amoureux de type paternel. Car, dans cette structure, le père imaginaire n'existe pas : il s'est épuisé avant de lui permettre de faire émerger du vide maternel un objet enfin susceptible d'amour et de haine, un objet érotique forcément à l'image de la mère (pour l'homme et pour la femme).

Prise entre la déréalisation (effacement des frontières, symptômes somatiques) où se déploie complaisamment un narcissisme sans frontières, et le règlement de comptes avec les femmes — un règlement de comptes forcément anaux mais refoulés et en ce sens pas du tout abjects —, l'hystérie quête son identité sous l'œil sévère du père symbolique, un père sans pitié. La route vers l'identification œdipienne avec le père est ici ou bien barrée, ou bien entravée par le refoulement du père imaginaire tout entier viré au compte de la mère. L'hystérique, homme ou femme, n'est pas le phallus de la mère, mais ne veut pas le savoir. La dénégation de l'identification primaire lui confère cette plasticité perverse, cette coquetterie, cette influençabilité feinte... où elle/il fait croire qu'elle n'existe pas puisqu'elle est... la mère, c'est-à-dire rien... ou un tout inaccessible.

On peut voir, dans cet évidement narcissique de la mère et dans l'économie (au sens de l'épargne) anale de l'abjection à son égard (l'hystérique s'épargne l'abjection maternelle, pour ne laisser, à l'égard de ce proto-objet, que du vide ou de la haine, une « hainamoration »), une des conditions de la violence propre aux identifications projectives dans cette structure. Plus marquées encore chez les femmes, ces particularités me paraissent éclairer la paranoïa féminine qui sommeille dans tant d'hystéries.

Mathieu ou le walkman contre Saturne

Mathieu est un de ces jeunes gens bardés de walkmen qui ont envahi récemment les rues de Paris et qu'on voit, je suppose, rarement, sur les divans. Il arrive avec son casque baigné de musique « évidemment classique », précise-t-il, et ne l'enlève que lorsqu'il me voit, pour le remettre à sa sortie de mon bureau. Diplômé d'une grande école, mathématicien

« *calé et ennuyé* » *comme il dit, il se consacre au chant qu'il
ne parvient cependant plus à interpréter, d'où sa demande
d'analyse. Doué pour les langues artificielles, Mathieu n'arri-
vait plus à parler à son entourage, ni à sortir un traître mot
pendant un premier essai d'analyse antérieure qui aurait
duré trois mois. Pendant plusieurs mois de thérapie en face à
face, Mathieu a moins analysé qu'appris à construire un
discours pour un autre. Depuis, allongé, il retrace une histoire
de famille que viennent couper de brèves séquences où il se dit
agressé : dans la rue, le métro, l'autobus. La musique l'isole
de ces violences mais il croit maintenant qu'elle les provoque
aussi. Un langage elliptique, allusif, comme scellé à l'abstraction, lui sert plutôt à démarquer un espace qu'à me signifier
quelque chose. Parler lui est pénible et fatigant, soit trop
général, soit trop intrusif. La musique seule harmonise cette
bipolarité (abstraction — intrusion) qui, sans le casque, se
pétrifie et cloue Mathieu au fond de son lit, sans téléphone,
coupé des autres, comme* « *entouré d'un cercle de craie invisible et infranchissable* ».

Cet appareillage phobo-obsessionnel a commencé à se dé-
geler lorsque la cure a fait advenir la figure d'un père dévorant : mangeur vorace, insatiable. Ce père-Saturne a pris la
place du « pauvre type » et a induit toute une série de figures
féminines et masculines d'éducateurs-persécuteurs-séduc-
teurs, à partir desquels Mathieu a commencé à s'interroger
sur le rôle de son walkman et sur son enfermement dans la
musique.

De cette phase de son analyse que ponctue pour moi l'arrivée de Mathieu avec le casque, je garde l'impression d'une
peur de la séduction paternelle : fantasmatique ou réelle ?
Appendu à sa mère décrite comme le personnage clé de la
famille, Mathieu n'a cessé d'être son phallus à elle. Qu'elle
puisse avoir un désir autre que son enfant, semblait apparemment exclu dans leur économie duelle que le père n'entamait

pas. *La voracité de cette symbiose duelle, avec le déni du père imaginaire et avec, par conséquent, un déferlement du sadisme oral retenu, revenaient à Mathieu de dehors, projetés, dès qu'apparaissait un objet, de préférence masculin (car la mère se confondait avec le patient).*

La musique fut le re-père, *l'intermédiaire entre la confusion, d'une part, et le cercle de craie invisible bordé d'attaques, d'autre part. Elle permettait à Mathieu de se constituer une identité mobile, et de rejeter hors d'elle, comme abject, tout ce qui n'y entrait pas (notamment la panoplie œdipienne à laquelle venaient se joindre le dégoût et le sadisme oral plus archaïques). Jubilatoire, extatique, amoureux, Mathieu n'était qu'en* walkman. *Le casque : un point qui englobait tous les points, un infini organisé, différencié, qui le comblait de consistance et lui permettait d'affronter la dévoration de Saturne mais aussi de faire admettre sa propre destructivité à son égard. L'oncle maternel de Mathieu était un pianiste de renom. L'analyse a utilisé le* walkman *; reconnaissant la coquille que ce casque était destiné à être, elle en a fait une prémisse d'autonomie, de démarcation.*

La névrose obsessionnelle abrite dans la cave de ses rites une errance, une instabilité, qui trahit l'échec ou la fragilité de l'identification primaire, et que le walkman *de Mathieu m'a aidé à entendre...*

« *O Dieu, je pourrais être confiné dans une coquille de noix et me sentir Roi de l'espace infini ; seulement voilà, j'ai de mauvais rêves* », dit Hamlet *(II, 2)* que Borges cite en exergue de son Aleph. « *Le lieu où se trouvent, sans se confondre, tous les lieux de l'univers* », Aleph est un « *privilège* » accordé à l'enfant pour que « *l'homme burinât un jour un poème* ».

Ce qui est ainsi envisagé, serait-ce la condition, et, pour certains, la possibilité sublimatoire qui consiste à re-faire un père imaginaire, à en prendre la place, à en créer la place dans le langage ? Une telle économie conduit la nomination au *plus près de ce lieu sans objet, point et infini, identité bloquée et identification immédiate. Lieu où le narcissisme n'est dit régner qu'à la manière douloureuse de Hamlet, cerné d'abject, de vide, de fantôme, de quête d'amour paternel. Car avant de le tuer œdipiennement, l'être parlant, pour parler, aime le « père de la préhistoire personnelle ». Souffrant, il se berce du son de sa croix, funambule sur une corde raide : s'y emmurer mort-vivant, ou en faire un poème ?*

II

Éros maniaque, Éros sublime
De la sexualité masculine

Une histoire des amours

Il y a une histoire des attitudes et des discours amoureux, qui est sans doute le dépôt le plus exquis de l'*âme* occidentale.

En effet, dès qu'elle existe, *Psyché* parle et ne se déploie qu'en amour. On relira Platon encore une fois, dans *Le Banquet* (385 avant notre ère) et le *Phèdre* (366), pour saisir, au chavirement du discours mythique en discours philosophique, la première apologie affirmée de l'Éros occidental sous les traits de l'amour homosexuel. Délire, manie *(mania)*, rapports de force, violence sado-masochiste — cette érotique-là s'inverse pourtant, au sein du texte platonicien lui-même, en élévation ailée vers le suprême Bien à travers la vision chaleureuse, fondante, effervescente du Beau. Éros — possession ravageante — deviendra en ce IVe siècle avant notre ère un Pterotos, oiseau idéalisant pris dans le mouvement ascendant de l'âme certes déchue mais qui se souvient immanquablement d'avoir été plus haut.

Nous verrons plus loin comment, à travers la réflexion néo-platonicienne, et soutenue par un nouveau mythe, celui de Narcisse, cette érotique ascendante s'intériorise, comment elle assume les violences de la manie et crée l'*espace intérieur* en tant que réflexion d'un alter-ego, d'un Moi idéalisé. Ainsi, grâce à l'amour sera assuré le salut. A l'âme platonicienne emplumée succédera l'âme plotinienne au miroir narcissique. Et cette mini-révolution nous léguera une nouvelle conception de l'amour : amour centré sur le soi, quoique aspiré vers l'Autre idéal. Ce sera un amour magnifiant l'individu comme reflet de l'Autre inaccessible que j'aime et qui me fait être.

Par ailleurs, un autre courant puissant, le biblique, vient s'adjoindre à ces éléments pour composer la matière de nos amours occidentales. Le judaïsme impose l'amour hétérosexuel, en fondant son éthique sur la famille, sur la reproduction et sur le nombre élu de ceux qui entendent la parole du Père. Jamais érotisme oriental, fût-il chanté dans les poèmes hindous ou bengalis les plus érotiques, n'égalera la passion joyeuse et frémissante du Cantique des Cantiques. Car en Orient, un corps jouit, étale le plaisir de ses organes, s'enfle jusqu'à l'infini dans le débordement de son plaisir tributaire en sourdine à la mère nourricière. Mais ce sont là des plaisirs d'une étendue différenciée en elle-même, des joies dévolues à une parole-cosmos qui s'embrasent en eux-mêmes dans leurs éléments. Alors que l'amour pour l'autre, et qui plus est, pour l'autre sexe, nous viendra pour la première fois du roi Salomon et de la Sulamite : triomphe précoce, fragile et teinté d'impossible, de l'hétérosexualité.

Le christianisme développera, depuis les Evangiles et dans ses théologies, les panoplies non pas d'*Eros*, mais d'une *Agapè* toujours-déjà assurée par un Père qui nous aime avant que nous ayons à l'aimer. Il assumera l'érotique grecque déguisée dans les drames de la passion propre à la chair. Cependant il y ajoutera la discrétion de l'ardeur familiale et la tension issues d'un irreprésentable, d'un impossible amour biblique, aussi fervent que distant, à la manière du Cantique des Cantiques. Réhabilitant fortement le narcissisme, la théologie, notamment thomiste, fera de l'*amor sui* le pivot de l'amour-salut, consolidant ainsi la réconciliation de l'âme occidentale avec elle-même pour deux mille ans.

Plus « pervers », les franciscains et les jésuites, après saint Bernard, imposeront, face à l'amour du Père, l'amour maternel, et l'image de la Vierge à l'Enfant deviendra, pour l'Occident tout entier, le socle de ce que l'amour a de plus cher : de plus rassurant, de plus comblant, de plus abritant devant l'abîme de la mort. Paternel, narcissique, maternel : l'amour chrétien se nourrit à toutes les sources de la défaillance individuelle, et propose peut-être la mosaïque de paroles la plus riche que l'être humain, ce précoce possédé, cet amoureux ait envie d'entendre.

Dans cette matière seront taillés nos mythes amoureux les plus tenaces. — Tristan et Iseult, symboles du couple interdit, de l'amour-mort, de la chair insurgée contre la loi. Don Juan — le séducteur incrédule envahi par la passion de pouvoir subjuguer sans posséder, fils éternel ne trouvant de jouissance que dans l'étreinte mortelle du père aussi idéalisé que terrifiant. Roméo et Juliette, les enfants maudits de Vérone qui croient triompher de la haine alors que la haine les consume aux moments les plus purs de leur passion. Mélange exquis de possession destructrice et d'idéalisation, crête entre le désir qui est un flux et l'interdit qui met des frontières, l'amour ne franchit le seuil de l'âge moderne qu'en littérature. Lorsque la théologie se retire devant une philosophie fondant l'*être* sur la connaissance plutôt que sur l'affection, c'est la rhétorique — comme aux temps de l'éclosion amoureuse — qui recueille la passion et l'enthousiasme des amoureux. Mais après le déferlement sadien de la pulsion, comme après le voyeurisme plus ou moins inspiré de la pornographie, l'amour contemporain trouve-t-il le dosage délicieux de hargne et d'élévation, de fulgurance et de paix, pour se maintenir ? Et si oui, quel est ce nouveau dosage ? L'oreille d'un juif goethéen déçu, vivant pendant l'entre-deux-guerres en Europe centrale, continue d'être la seule qui se propose pour aménager — avec combien de risques et d'incertitudes — un nouvel espace amoureux...

Et pourtant, les vieux mythes continuent de nous habiter, et les archéologues de l'amour trouvent en Grèce et dans nos rêves les paroles d'Aristophane et Diotime, de Phèdre et Alcibiade... Eros pédéraste ?

Il y a, bien entendu, Sapho, ainsi que les étranges *hetairis-triai* évoquées par Aristophane dans *Le Banquet* de Platon (191 e) qui sont « une coupure de femme » et n'accordent pas aux hommes « la moindre attention ». Il y a, fragile et acharnée, la revendication du féminisme moderne de se forger un amour à soi. Mais que nous disent-elles d'autre, sinon, quand ce n'est pas la même exaltation phallique, un retour aux amours maternelles de nos enfances où la douceur du lait et de la caresse transforme nos peaux en vases communicants ? On se souvient à cet égard aussi des androgynes aristophanesques, si ce n'est, de manière à peine plus sexuée, des soupirs des troubadours.

Eros est donc homosexuel, et il faut entendre homosexuel, par-delà l'amour pour les *paides*, les garçons, comme un appétit pour une homologation, une identification des sexes, sous l'égide d'un idéal érigé. Du Phallus. Que l'homosexualité féminine prenne des détours plus complexes, plus invisibles, plus invaginés, moins spéculaires pour embraser ce creuset de l'homologation à l'autre, et qu'elle ne soit donc pas du tout symétrique à la ruée masculine vers la domination phallique ou vers la soumission à sa poigne —, ne devrait pas empêcher de voir combien tout désir érotisé (masculin ou féminin) pour l'autre est une manie de jouir d'un semblable sous le mirage d'un supérieur.

Eros pédéraste, Eros philosophe

Du *Banquet* au *Phèdre*, les deux grands dialogues platoniciens consacrés à l'Eros, le langage du philosophe varie, certes, mais des constantes demeurent. Ancré dans la mythologie telle que vont la rapporter Aristophane ou Diotime dans *Le Banquet*, Eros s'en émancipe pourtant d'emblée pour s'affirmer, dans la dialectique platonicienne elle-même et dans la pratique même de la pédagogie, comme une initiation au Bien et au Beau [1]. Amour veut dire toujours et indistinctement, *amour des jeunes gens, amour du Bien, et amour du discours vrai*. Pédéraste et philosophe sans partage, Eros peut effleurer conséquemment d'autres corps (l'hypothèse qu'il concerne aussi les femmes est évoquée par Pausanias ou Aristophane, par exemple). Mais, formulé au sein même du discours philosophique en train de se constituer comme tel, porté, donc, par un philosophe en quête de son être, Eros est essentiellement le *désir* de ce qui manque à cet homme. Ayant fait comprendre que l'amour est amour de quelque chose (*Le Banquet*, 199 d), Socrate précise qu'en amour,

---

1. On lira l'interprétation classique de l'amour chez Platon par Léon Robin, *La Théorie platonicienne de l'amour*, Félix Alcan, 1933, (P.U.F., 1964). Pour le plaisir de lire Platon, et pour la mise en évidence de sa logique dialogique, on choisira de l'immense bibliographie sur le philosophe, Alexandre Koyré, *Introduction à la lecture de Platon*, Gallimard, 1962.

Ce qui nous intéressera dans ce qui suit concerne la mutation du *désir* sexuel en *amour* complexe, l'ambiguïté du terme grec *éros* recouvrant toute une gamme d'expériences physiques et psychiques qui comprend aussi la tendresse amicale, *philia* (*Banquet*, 182 c). La position très spécifique de Platon dans l'histoire de l'homosexualité grecque, et la lecture que nous en proposons, ne donnent pas, il va sans dire, une vision globale de l'homosexualité grecque. Pour cette question comme art de vivre et pour ses variantes historiques, on se référera à K.-J. Dover, *Homosexualité grecque*, La Pensée sauvage, Grenoble, 1982.

comme dans le désir, l'objet est, pour celui qui l'éprouve, « quelque chose qui n'est pas à sa disposition, et qui n'est pas présent, bref quelque chose qu'il ne possède pas, quelque chose qu'il n'est pas lui-même, quelque chose dont il est dépourvu » (*Kai houtos ara, kai allos pas ho epithumôn, tou mè hetoimou epithumei kai tou mè parontos, kai ho mè echei kai ho mè estin autos kai hou endees esti, toiaut'atta estin hôn hè epithumia te kai ho erôs estin.* 200 e) De même, dans le *Phèdre* (237 d) : « que l'amour soit désir est une évidence pour tout le monde » (*oti men oun de epithumia tis eros, apanti delon).*

Aspiration à l'union avec le suprême Bien, aspiration en même temps à l'immortalité, ce désir de ce qui manque et qui utilise le corps du jeune homme pour y faire transiter ses effluves, est considéré comme un *intermédiaire* : Platon dit un « démon », et y entend le messager, l'entre-deux, l'agent de synthèse entre deux domaines séparés. Ce *daimon* interprète et synthétisant est donc appelé à combler un vide pour constituer une unité totale, une apothéose de l'âme conduite ainsi par l'Eros au plus près de son unification avec le divin. Le voyage initiatique qu'il entame constituera, dans le *Phèdre*, l'espace en effet daimonique (intermédiaire, interprétatif et synthétique) de la Psyché.

Par l'Eros, selon le *Phèdre*, comme par la philosophie, l'âme déchue et ayant perdu des plumes, s'emplumera de nouveau et fera son ascension vers les hauteurs célestes, voire supra-célestes, qui toutefois motivent sa mobilité, son action et donc, plus concrètement, son amour. Le *Phèdre* démontre combien Psyché et Eros sont interdépendants, l'âme devenant l'espace nécessaire, le réceptacle de la passion amoureuse. On s'est souvent demandé s'il y avait une nécessité de mélanger dans un même dialogue des considérations sur l'amour et des considérations sur l'âme. Il suffit cependant de relever la complicité entre les dynamiques qui cons-

tituent les deux entités, Eros et Psyché, pour comprendre
que, non seulement en mythologie mais au fondement même
du discours philosophique, amour et âme sont indissociables.
Or, cette dynamique commune à l'âme et à l'amour ne repose
sur rien d'autre que sur l'appétance phallique. Nous sommes
d'emblée en présence de ce qu'il faut bien appeler l'érection
du corps toujours-déjà séduit, habité et transporté par le
Pouvoir. Socrate le dit presque explicitement lorsque, se
laissant emporter à son tour par le beau langage, il compare
l'ascension de cette âme amoureuse à l'envol d'un oiseau :
Psyché-Eros-Pterotos. Voici comment agit l'âme amoureuse,
l'âme en tant qu'amoureuse, ou bien l'amour en tant qu'il est,
pour le philosophe, un fait de l'âme : « ... une fois reçue par la
voie des yeux l'émanation de la beauté, il s'échauffe, et
l'émanation donne de la vitalité au plumage ; l'échauffement,
de son côté, fait fondre ce qui, concernant l'expansion de
cette vitalité, s'était depuis longtemps fermé sous l'action d'un
durcissement qui l'empêche de germer. Mais l'afflux d'un
aliment produit un gonflement, un élan de croissance dans la
tige des plumes à partir de la racine, dans tout le dedans de la
forme de l'âme. L'âme en effet, au temps jadis, était tout
entière emplumée ; la voilà donc, en celui-ci, dans une ébullition générale et toute palpitante ; ses impressions sont exactement ce que sont, dans le cas de la dentition, les impressions
de ceux qui font leurs dents, quand elles sont tout juste en
train de percer : une démangeaison, un agacement, c'est
identiquement ce qu'éprouve en vérité l'âme de celui chez qui
commencent à pousser les plumes ; elle est à la fois en
ébullition, agacée, chatouillée dans le temps où elle fait ses
ailes [1]. »

Cette description imagée d'une érection de dents ou de
plumes, d'un échauffement, d'un gonflement ou d'une ébulli-

---

1. 251 b, c, trad. Léon Robin, Ed. des Belles Lettres.

tion, toute prise qu'elle puisse être dans le mouvement péda-
gogique d'une idéalisation où chaque mot est la métaphore
du souvenir divin, s'impose néanmoins par sa nudité
sexuelle, pénienne. A la lire ainsi, dans sa connotation
sexuelle transparente, on ne saurait que partager les hésita-
tions des Pères de l'Eglise à accorder une âme aux... femmes.

A l'ombre du phallus : un psychodrame sado-masochiste

Très sérieusement cependant, Platon est divisé entre un
amour-délire bas, tel qu'il l'attribue à ses adversaires, et un
amour-délire sublime tel qu'il essaiera, par l'Académie et par
la philosophie, de l'imposer : de se l'imposer. Certains,
comme Wilamowitz, supposent que c'est à des amours physiques récentes et désormais condamnées que s'arrache Platon lui-même, au travers des rectifications successives de son
discours dans le *Phèdre*. Quelle que soit la vérité biographique désormais indécidable, demeure le fait que la conception du rhéteur Lysias, exposée par Phèdre et rejetée par
Platon, n'est combattue par le philosophe, dans son premier
discours, que dans sa *forme* incohérente aux yeux du dialecti-
cien ; mais elle est assumée en son fond qui est, en définitive,
une apologie de l'amour-manie, et plus spécifiquement, de la
manie d'asservissement. C'est la dialectique du maître et de
l'esclave qui, si l'on peut interpréter anachroniquement Lysias, serait à la base des rapports amant-aimé *(erastes-erome-
nos)*. Domination et servitude, possession et privation, exploi-
tation et leurre s'ébrouent à l'ombre de l'attirance phallique ;
et Platon, rectifiant les propos décousus selon lui de Lysias,
n'en conclut pas moins : « Les bonnes intentions n'ont point
de part à la genèse de l'amitié chez un amoureux, mais,
comme dans le cas de ce qui se mange, la réplétion en est
l'objet : la tendresse du loup pour l'agneau, voilà l'image

de l'amitié qu'ont des amoureux pour un jeune garçon »
(241 d).

Cette conception sera bien entendu corrigée, et même
radicalement transformée par l'intervention d'un autre délire,
droit celui-ci, car guidé par la sagesse. Il n'empêche qu'elle est
le point de départ, le repoussoir d'un immense effort d'idéalisation. Et qu'on retrouvera la trace du sado-masochisme qui
l'anime (si l'on peut dire), dans le pathos qu'éprouve l'âme
amoureuse décrite cette fois comme un attelage ailé, composé
de deux chevaux (un bon, un méchant) et un cocher. Le « flot
du désir », *himéros*, qui implique à la fois la poussée en avant
(hiénaï) et le jet des particules *(mérè)* d'un courant
(rhéo) (251 c), devient quelques pages plus loin une dramaturgie de lutte entre maître et esclave, une véritable scène sado-
masochiste : « Cela étant, quand à la vue de l'amoureuse
apparition le cocher, qui par la sensation a répandu de la
chaleur dans la totalité de son âme, a presque son compte du
chatouillement et des piqûres causés par le regret, alors celui
des chevaux qui obéit docilement au cocher, celui à qui, aussi
bien toujours qu'à présent, s'impose la contrainte de sa réserve, se retient de fondre sur l'aimé. Mais l'autre, qui ne se
soucie ni des pointes du cocher, ni de son fouet, d'un bond
violent s'élance et, donnant à son compagnon et à son cocher
toutes les peines imaginables, il les contraint à se porter vers
le mignon et à lui faire entendre combien sont délicieux les
plaisirs de l'amour ! Au début, tous deux se raidissent avec
indignation devant une contrainte qui tend à ce qu'ils jugent
abominable et contraire à la loi ; ils finissent pourtant, quand
le mal ne connaît plus de borne, par se laisser sans résistance
mener de l'avant et consentent à faire ce à quoi on les invite »
(253 e-254 b). A la vue de la suprême Beauté, le cocher tire
les rênes (du désir ?) pour dompter les chevaux de l'âme. L'un
se laisse faire, saisi de « honte et d'effroi » ; mais l'autre, dans
« sa colère répand des invectives ». « Enfin, maintenant que

les voilà à proximité (du bien-aimé), il se penche en avant sur
lui, il déploie sa queue, il mâchonne le mors, il tire sans
vergogne. Le cocher a cependant ressenti, plus vivement
encore, le même sentiment ; comme s'il avait devant lui la
barrière, il se renverse ; avec plus de violence encore, il
ramène le mors en arrière et, l'arrachant des dents du cheval
révolté, il ensanglante la bouche injurieuse et la mâchoire de
celui-ci ; forçant à toucher terre ses jambes et sa croupe, il le
livre aux douleurs » (244 d-e). Platon, on le voit, ne mâche
pas ses mots pour dévoiler l'envers, ou plutôt l'espace intérieur, psychique, tissé de violence et de douleur, de cet amour
si béatement dit « platonicien » au sens de spirituel et d'initiatique.

L'aimé, à son tour, ainsi soumis à l'âme fougueuse de
l'aimant, conçoit de l'*antéros*, un contre-amour dont le calme
assentiment revient à la très filiale amitié : « gonflé (de désir)
et bien en peine de savoir de quoi, il jette ses bras autour de
l'amoureux, il lui donne des baisers dans l'idée qu'il témoigne
ainsi son affection à quelqu'un qui lui veut grand
bien » (256 a). Nous nous acheminons à partir d'ici vers une
conclusion paisible de la relation amoureuse où, grâce à la
direction du sage philosophe, la modération et le bien l'emportent pour conduire à son terme heureux l'existence lumineuse d'un couple amoureux parfait. Mais on ne saurait
oublier que la vague du désir pathétique (*pathos* : désir passionné *et* regret) telle que la met en images le psychodrame de
l'attelage ailé, sous-tend cette perfection.

Le délire peut être une perfection

La rectitude de la sagesse, guidée par la remémoration
d'une vérité et d'une beauté antérieures, assure au délire
amoureux son caractère divin, et le distingue de la simple

manie honteuse. Comme le délire sublime des prophètes ou comme celui du poète inspiré des Muses, ou enfin comme le délire du philosophe qui se détourne des choses pour contempler les essences seules, l'amour n'est sublime qu'à condition de se souvenir du divin : de la perfection. Le coup de force qui arrache l'érotisme maniaque à la perversion pour le hisser aux sommets de l'idéalisation, est explicite : il s'appelle éducation et philosophie. Qu'il n'est que l'envers solidaire du pathos virulent propre à l'attelage ailé, semble évident, et l'imagerie sauvage de l'âme dans ce dialogue amoureux confirme cette dette de l'idéal vis-à-vis d'une épreuve de force déchaînée pour la conquête du pouvoir sur l'autre.

Noué à cette complicité entre *âme* et *amour*, dans la paix et la douleur, la sagesse et l'esclavage, le *discours philosophique* lui-même est le troisième visage de la même dynamique, où la domination phallique est ennoblie et métamorphosée en apprentissage du Bien et du Vrai. En se détachant de la perversion qu'elle ne méconnaît cependant pas, la philosophie est en même temps une psychagogie — une direction amoureuse des âmes, et une doctrine du discours. Du côté de l'amour-domination, de l'amour-esclavage, de l'amour-leurre professé par Lysias, Platon mettra la rhétorique éprise d'effets faciles, de séduction et d'envoûtement sans quête de l'essentiel. Dans la maïeutique du discours dialectique, par contre, il verra l'équivalent de ce qui, sur le plan d'Eros, est modération et tendance à la perfection. Si pareilles vertus amoureuses et de langage s'obtiennent au prix d'un interdit, force est de constater que le discours platonicien ne refoule pas la guerre entre dominant et dominé propre à la relation amoureuse. Disons que Platon l'*élabore* en quelque sorte, par le privilège qu'il accorde au *dialogue* comme épreuve du vrai face à l'autre : comme lutte de discours. Le dieu égyptien de l'écriture Toth sera rangé du côté du leurre : calque inessentiel de la parole dialogique qui demeure seule vraie, l'écriture comme la vaine rhétorique sont rangées, dans la hiérarchie platonicienne, du côté de la perversion.

On a voulu récemment réhabiliter, avec le geste d'une écriture archétypale, la violence avec laquelle la rhétorique transforme le langage calmé de l'idéalisation. Ce geste a l'avantage de restaurer la dignité de l'écriture judaïque cette fois, mais aussi de lever le refoulement qui, dans la position du sage, pèse sur le sado-masochisme vis-à-vis duquel la sagesse métaphysique amoureuse se repousse, ainsi que nous venons de le voir.

Cependant, une telle réhabilitation demeure souvent oublieuse de ce qui soutient l'écriture judaïque : de la Loi énoncée par une parole entendue aussi bien qu'écrite, cette Loi qui liquide la petite monnaie des objets partiels porteurs de plaisir, pour mener ses sujets aux sommets d'une jouissance où les guette, il est vrai, une autre menace enivrante, la paranoïa des élus. A prétendre s'en garder, à n'assumer donc du judaïsme que la lettre sans la Loi, on est conduit à revenir à la perversion de l'Eros grec et à la sophistique de son énonciation parcellaire. Mais cette fois, non pas comme une apologie franche de l'homosexualité masculine, mais sous les traits « déconstructivistes » d'un éloge de la féminitude indicible logée dans les plis de l'*être* et du *logos*. Ainsi refoulé, le sens qui est toujours celui du dialogue, revient cependant... au niveau élémentaire de la politique où le philosophe s'engagera par compensation.

Loin de toute dissimulation, Platon nous parle, par-delà ses commentateurs, en connivence avec les angoisses qui remplissent les métropoles modernes. Placé, en ce IVe siècle avant notre ère, comme sur un toit d'où s'amorcent deux pentes : celle de la possession maniaque, douloureuse, exorbitante, messes noires des nuits honteuses et des corps tirant plaisir d'être bafoués ; et celle de l'effort surhumain, « supra-céleste », dit-il, de l'âme qui, dans la même dynamique phallique, s'arrache à l'attraction de l'*avoir* pour accéder à la dignité du *savoir* et de l'*être*. Platon : notre contemporain, de Christopher Street à MIT ? Loin d'être un simple musée, l'histoire *des* amours est aujourd'hui une mosaïque étalée, synchronisée devant nos yeux : au choix ! Comme il vous plaît ! Lisez *Libération*, et vous verrez que Phèdre et Socrate sont parmi nous... Aussi possédés par leur manie, aussi empressés d'idéal politique, religieux..., aussi éperdument emplumés, pénis tendus à égaler le mirage d'un Phallus qui doit forcément exister puisqu'il draine les flux délirants...

Et les femmes, dans tout cela ?

Deux mythes, dans *Le Banquet*, celui des androgynes relaté par Aristophane, et celui de la naissance d'Eros, fils de Pénia et de Poros (de la Pauvreté et de l'Expédient) commenté et raisonné par la prêtresse Diotime, leur attribuent une certaine place dans ce crépuscule des idoles que fut la démocratie grecque.

Les androgynes

La manie, dans *Le Banquet*[1], est moins de posséder (comme chez Lysias et Socrate lui-même dans le *Phèdre*) que de s'unir. Fusionnante, daimonique, cette conception amoureuse semble plus féminine, et elle part de l'image d'un âge antique où évoluaient des êtres sphériques et doubles, entièrement comblés d'eux-mêmes au point de rendre les dieux jaloux : ce furent les androgynes. Troisième genre après le mâle et la femelle, l'androgyne « tenait des deux autres réunis et (dont) le nom subsiste encore aujourd'hui, quoique la chose ait disparu : en ce temps-là, l'androgyne était un genre distinct et qui, par la forme comme par le nom, tenait des

1. Trad. Léon Robin, Ed. des Belles Lettres (1929)-1976.

deux autres, à la fois du mâle et de la femelle ; aujourd'hui ce
n'est plus au contraire qu'un nom chargé d'opprobre »
(189 e). Sans manque aucun, d'« une seule pièce », la forme
de ces hommes était circulaire : « avec un dos tout rond et des
flancs circulaires ; ils avaient quatre mains, et des jambes en
nombre égal à celui des mains ; puis, deux visages au-dessus
du cou d'une rondeur parfaite, et absolument pareil l'un à
l'autre, tandis que la tête, attenant à ces deux visages placés à
l'opposé l'un de l'autre, était unique ; leurs oreilles étaient au
nombre de quatre ; leurs parties honteuses, en double ; tout le
reste, enfin, à l'avenant de ce que ceci permet de se figurer »
(190 a). Ces êtres totaux, voulant dans leur prétention escala-
der les cieux pour s'attaquer aux dieux, furent punis : les
dieux les ont coupés en deux, et cette section fut une sexuation. Désormais, chacun cherche la partie dont il a été dépourvu, et cette recherche est le véritable moteur de l'action
comme de l'amour. Si Aristophane semble ridiculiser l'ambition androgynale, il n'en tire pas moins une conclusion toute
sérieuse sur les conséquences de la sexuation : « Il s'ensuit
que chacun est constamment en quête de la fraction complémentaire, de la tessère de lui-même » (191 d). Le mot *tessère*
traduit ici le *symbolon* grec, et renvoie bien entendu à cet
objet coupé dont les deux parties servent à témoigner, pour
ceux qui les possèdent, de liens anciens entre eux-mêmes ou
leurs familles ; mais il signifie aussi *signe, contrat, signification* indéchiffrable sans sa contrepartie. Chaque sexe, de-
vrait-on entendre, est le « symbole » de l'autre, son complémentaire et son support, son donateur de sens. L'amour, en
tant que tendance à la synthèse, serait précisément ce qui crée
la reconnaissance des signes, une lecture des significations, et
s'opposerait ainsi au monde fermé et ovoïdal des androgynes.

Il suffit pourtant de se rappeler combien il est difficile de
maintenir un contrat, d'établir et de déchiffrer des symboles,

pour comprendre qu'il nous est plus facile, au lieu d'aimer
un(e) autre, de nous rêver androgynes. Androgyne n'est pas
bisexuel. *Bisexuel* impliquerait que chaque sexe n'est pas
sans avoir une part des caractères de l'autre, et conduirait à
un dédoublement non symétrique des deux côtés de la sexuation (l'homme aurait une part féminine qui n'est pas la
féminité de la femme, et la femme aurait une part masculine
qui n'est pas la masculinité de l'homme). Dans l'hypothèse de
la bisexualité, on compte avec quatre composantes, qui supposent au départ deux rapports différents, le masculin et le
féminin, au pouvoir du Phallus. L'androgyne, lui, est uni-
sexe : en lui-même il est deux, onaniste averti, totalité close,
terre et ciel télescopés, fusion bienheureuse à deux doigts de
la catastrophe. L'androgyne n'aime pas, il se mire dans un
autre androgyne pour n'y voir que soi-même, arrondi, sans
faille, sans autre. Fusion en lui-même, il ne peut même pas
fusionner : il se fascine de sa propre image. Il s'agit, bien
entendu, du fantasme homosexuel de l'androgynat, et non
pas de constitution biologique. Un fantasme qui ne se sert des
noms des deux sexes (« andro »- et -« gyne ») que pour mieux
dénier leur différence. Cette vision paradisiaque se perd à
l'orée de l'enfance chérie, quand le petit ou la petite ne sont
que le pénis de leurs mères, tout en réalisant, dans le passage
à l'acte adulte, le fantasme androgynal d'une génitrice hystérique. L'androgyne fait dans la réalité ce que sa mère vit en
imagination : fantasme réalisé, l'androgyne est de ces pervers
qui sont au plus près de la psychose. Sans amour, quel amour
le sauvera ? Peut-être celui d'une mère qui sait l'entendre,
mais aussi le couper, le sexuer... Quelque interminable que
soit une analyse, elle se termine toujours — il est possible de
la terminer — lorsque l'analysant se choisit *d'un* sexe. L'androgyne, hystéro-paranoïaque fixé, le pressent, et s'en méfie.
A moins de rencontrer un analyste jungien pour qu'ils se
racontent des histoires d'archétypes, l'androgyne a peur de la

parole qui différencie, coupe, identifie. Son bavardage amoureux est une fuite panique devant les misères et les joies de l'amour sexué. Ni tragique ni comique, l'androgyne est hors temps ; aussi sera-t-il de tout temps, point de fuite de nos angoisses affolées, de nos incomplétudes, besoins, désirs d'un autre... Absorption du féminin chez l'homme, voilement du féminin chez la femme, l'androgynat règle ses comptes à la féminité : l'androgyne est un phallus déguisé en femme ; ignorant la différence, il est la mascarade la plus sournoise d'une liquidation de la féminité...

Mais qu'en est-il d'un amour au féminin, hors du silence, extérieur à la maternité, et sans simulacre phallique-androgynal ? Une inspiration ? Le Mystère ?

La première platonicienne : une prêtresse

Diotime, dans *Le Banquet*, la grande prêtresse de Mantinée, la sage étrangère dont les sacrifices avaient sauvé Athènes de la peste, dicte à Platon la conception idéale, idéalisée, et en ce sens « platonique », de l'amour. Remarquons que dans *Le Banquet*, Socrate, vu par Alcibiade à la fin du dialogue, laisse, malgré ses efforts pédagogiques, l'impression tout ambiguë et carnavalesque d'un sage louche cachant sous un dehors séducteur et libidineux des richesses spirituelles admirables mais ambivalent pour le moins, troublant et sujet aux troubles de la passion. Le vrai idéal, le Socrate idéal, c'est Diotime. Comme s'il fallait une déesse, une femme, pour désexualiser l'amour et ainsi, de cette course à la domination-séduction-esclavage phallique célébrée aussi bien dans l'ivresse d'Alcibiade que, plus tard, dans les rebondissements du *Phèdre* que nous avons mentionnés plus haut, ne garder que la logique de l'idéalisation.

Face à l'amour-possession que Platon développera dans le

Phèdre, *Le Banquet* propose, peut-être même oppose, un amour-union. Dans les deux cas, l'objet aimé est un objet manquant : mais Diotime, plus féminine ou plus maternelle, l'atteint en s'y unissant ; alors que Lysias et Socrate, dans la pantomime de l'âme, y arrivent par le jeu du maître et de l'esclave. L'amour de Diotime est *daimon*, mais contrairement au démon chrétien, et plus paisiblement que dans le *Phèdre*, celui-ci est surtout un intermédiaire unificateur, un agent de la synthèse. Plus féminine aussi cette fondation de l'amour moins sur le plaisir que sur la procréation ou la création, la génération en tout cas de corps ou d'œuvres visant à l'immortalité. Ces thèmes sous-tendent bien entendu aussi le *Phèdre* dont la particularité s'affirme, cependant, nous semble-t-il, comme dominée par la dynamique sado-masochiste des emplumés. Comme si le *Phèdre* voyait l'Eros dans son *économie libidinale*, alors que Diotime dans *Le Banquet* le présentait davantage selon la *relation d'objet idéalisé* qu'il présuppose.

Entre Pauvreté et Expédient : Eros sublime

Le mythe de la naissance d'Eros est exemplaire à cet égard. Pénia (la Pauvreté, le Manque), non invitée au banquet des dieux, attend les restes du repas au seuil du jardin et, par ruse, s'unit à Poros (l'Expédient) qui, appesanti par l'ivresse, s'était endormi. Rappelons que Pénia est avant tout une privation de forme, une matière brute, et indique l'absence de toute détermination (pour Plutarque, elle équivaut à la *hulé*, matière aveugle et informe). Elle est une masse brute non illuminée par les dieux, rejetée par eux, aspirant en vain à leur commerce : la pauvre, la manquante. Poros, l'Expédient, est d'une descendance toute différente : contrairement à la pauvre Pénia, il est fils de la Ruse, de Métis. Alors que Pénia est sans repères, *Poros, proi* se dit des routes, des délimitations des espaces célestes ou maritimes, de ce qui éclaire l'obscurité des eaux primordiales et fraie son chemin au soleil. Stratagème et astuce, Poros est lié à la *techné* dans le *Prométhée* d'Eschyle. Rejeton de sa mère Métis, Poros porte forcément ses caractères qui tiennent du renard et du poulpe [1]. Préméditée, trompeuse, régnant sur le sensible alors que son mari Zeus règne sur l'intelligible, Métis est comme l'agent rusé du Symbolique dans le continent maternel : étincelle de la sagesse, prémices de l'âme dans l'univers féminin ?

Poros et *Pénia* vont donc ainsi engendrer *Eros*. De parents opposés et complémentaires, Eros aura précisément cette nature de *daimon* dont Diotime ne chantera que les privilèges, sans les affres. Insistons sur le fait qu'avec le « manque », le « chemin » s'inscrit dans *Le Banquet* parmi les caractères constitutifs de l'Eros. Plus généralement et plus profondément que la *techné* prométhéenne ou l'accouchement philosophique, car inhérent à leur *poros*, l'amour est peut-être le chemin par excellence : celui qui « ne connaît pas de procédé, pas de médiation » (Heidegger). Chemin du manque, un manque en route, le manque se frayant une voie. Mais aussi un chemin en manque de procédés, chemin sans essence... Par cette alliance du manque et du chemin, Eros serait-il le lieu où la dialectique se forme mais aussi s'ouvre vers un *daimon* qui la déborde ? L'amour comme chemin qui ne mène nulle part... si ce n'est à la vision immédiate, totalité dissipée.

Nous aimerons donc ce que nous n'avons pas : l'objet (d'amour) est l'objet manquant. Mais quel est cet objet ? — C'est la beauté, ou plutôt, le pouvoir d'enfanter selon la

---

1. Cf. M. Détienne et J.-P. Vernant, *Les Ruses de l'intelligence. La Métis chez les Grecs*, Flammarion, 1974. Sarah Kofman s'en sert dans une belle lecture différente de la nôtre (*Comment s'en sortir ?*, Galilée, 1983).

beauté. L'amour est un *daimon* créateur, et c'est pour cela que le philosophe, en manque et en quête de beau et d'œuvre, est un amoureux autant qu'il est un créateur. « ... hormis ce qui est bon, il ne reste rien d'autre qui pour les hommes soit un objet d'amour » (206 a). « Voici donc en résumé, conclut-elle, à quoi se rapporte l'amour : à la possession perpétuelle de ce qui est bon » (206 a). Quelle activité alors méritera le nom d'amour ? — « Cette manière d'agir, vois-tu, consiste en un enfantement dans la beauté, et selon le corps, et selon l'âme » (206 b). Mais pourquoi procréer ? — « Parce que perpétuité dans l'existence et immortalité, ce qu'un être mortel peut en avoir, c'est la procréation. Or, la nécessaire liaison de ce qui est bon avec le désir de l'immortalité est une conséquence de ce dont nous sommes convenus, s'il est vrai que l'objet de l'amour soit la possession perpétuelle de ce qui est bon » (207 a).

Cette procréation spirituelle conduira le sage amoureux, le sage et/ou l'amoureux, à une ascension *enthousiaste* vers la vision suprême. Celle-ci n'est plus une connaissance dialectique, mais le mystère de son trajet vers ce qui manque. La vision immédiate que suggère Diotime est peut-être une transposition intellectuelle d'une jouissance païenne, de l'éblouissement de la fertilité maternelle. N'est-ce pas l'archétype du pouvoir, du Phallus même si l'on veut donner au terme sa connotation symbolique ? Diotime l'*est*, ce Phallus, même si elle ne l'*a* pas. Elle le délègue au philosophe, qui aura à le posséder, à le conquérir et à s'en servir pour subjuguer ou éduquer. Platon nous fera le récit dialogué de cette appropriation lorsqu'il imaginera l'action dramatique de l'âme amoureuse dans le *Phèdre*. Mais ici, dans *Le Banquet*, quelques années plus tôt, tout ivre de la création de l'Académie en 387, il est ravi de reprendre le flambeau de la jouissance phallique de la déesse mère, pour s'adjuger ses bénéfices au titre de son enseignement. Diotime exhibe sans complaisance dramatique sa jouissance potentiellement procréatrice par le fait même qu'elle assure l'harmonie et la survie, l'immortalité donc, du socius. En plus des attributs de l'accoucheuse qu'il s'approprie dans le *Théètète*, Socrate prendra ici en charge cette sublimité-là que garantit en dernière instance une femme, pilier ultime de la stabilité sociale. Mais il va y adjoindre une autre logique, perverse, dépensière, dominatrice et victimaire, désirante sans être génératrice : celle du plaisir polymorphe du mâle. Eros maniaque et Eros sublime, Alcibiade-Phèdre d'un côté et Diotime de l'autre ; l'immature emplumé et la matrone sage, détachée, qui jouit dans la vision de l'Autre... Socrate et Platon en feront la synthèse sur laquelle repose l'amour en Occident... Notons seulement que la vision inspirée, jouissive, d'une beauté sublime, d'une idéalité puissante, absente mais accessible à force de procréation digne — vient d'une femme. Le philosophe amoureux est-il le disciple d'une fille visionnaire ? L'idéaliste, c'est la fille du père éblouissant, invisible. Tous les autres sont des pervers, à moins de la suivre... Nos amours — aux croisements.

Une seule libido : mâle

Eros serait-il le propre de l'homme, du mâle ? C'est du moins ce que pense Freud lorsqu'il précise qu'il n'y a qu'une « seule libido, la masculine [1] ».

1. « La libido est, de façon constante et régulière, d'essence mâle, qu'elle apparaisse chez l'homme ou chez la femme, et abstraction faite de son objet, homme ou femme », écrit Freud dès 1905 dans les *Trois Essais de psychanalyse*, Paris, Gallimard, 1949, p. 148, et il ajoute, en note, en 1915... : « "L'élément actif" et ses manifestations secondaires, telles qu'un développement musculaire accentué, une attitude d'agression, une Libido plus intense, sont d'ordinaire liés à l'élément "masculin", pris dans le sens biologique, mais il n'est pas nécessaire qu'il soit ainsi » (*ibid.*, p. 218, *G.W.*, t. V, p. 219).

Faite de rejets et d'appropriations, de maîtrise et d'esclavage, bagarreuse et absorbante, la libido atteint sa puissance
d'idéalisation en déplaçant cette dynamique pulsionnelle sur
un autre objet, différent du corps sexué dont le mirage reste
constitué pour l'homme, et quelle que soit sa course à la
conquête des femmes, par l'attraction du pénis tumescent-
détumescent. Cet *autre* objet est l'objet du savoir, tombé du
ciel de la maîtrise dont s'auréole, pour le petit garçon, la
poigne ou la sagesse maternelle. Le pouvoir phallique, au
sens d'un pouvoir symbolique déjouant les pièges de la performance pénienne, débuterait en somme par une appropriation du pouvoir archaïque maternel. L'homme, qui déplace
ses désirs dans le champ du sa-voir, accomplit en définitive
les recettes d'une Diotime qui le soulage du déchaînement
mortel de sa passion érotique, et lui propose la vision enthousiaste d'un objet immortel et immuable. Calque de la mère
idéale, cet objet du sa-voir idéal permet à l'homme de construire son Moi idéal. Appuyé par des Diotimes aussi solides
qu'autoritaires, le Moi idéal de l'homme résiste puissamment
aux bouleversements ravageants qu'induisent aux contraires
les passions sexuelles, homosexuelles. C'est de s'arracher à
l'Eros homosexuel, par l'intermédiaire en général d'une par-

La même affirmation est reprise dans la conférence « La Féminité » en 1932 :
« Il n'est qu'une seule libido, laquelle se trouve au service de la fonction
sexuelle tant mâle que femelle. Si, en nous fondant sur les rapprochements
conventionnels faits entre la virilité et l'activité, nous la qualifions de virile,
nous nous garderons d'oublier qu'elle représente également des tendances à
buts passifs. Quoi qu'il en soit, l'accolement de ces mots « libido féminine »
ne se peut justifier. De plus, il semble que la libido subisse une répression
plus grande quand elle est contrainte de se mettre au service de la fonction
féminine et que, pour employer une expression téléologique, la nature tient
moins compte de ses exigences que dans le cas de la virilité. La cause en peut
être recherchée dans le fait que la réalisation de l'objectif biologique :
l'agression, se trouve confiée à l'homme et demeure, jusqu'à un certain point,
indépendante du consentement de la femme » (*Nouvelles Conférences sur la
psychanalyse*, Gallimard, 1936, p. 180 ; *G.W.*, t. XV, p. 131).

tenaire hétérosexuelle ouvrant la voie à la désexualisation de la libido mâle, que s'accomplit pour l'homme sa réconciliation avec son Moi idéal ainsi qu'avec l'idéal tout court. Demeure, cependant, la dynamique érotique devenue « âme » : âme du groupe, de la bande, « effet de bande [1] ». Cette érotique homosexuelle enchaîne la pulsion de mort et sert de contrepoids à la mort. La quête sublime d'immortalité par échafaudage d'idéaux, l'homme ne l'accomplit-il pas pour conjurer la mort qui l'étrangle, plaisir et destruction, érection et chute, dans l'érotisme même ? Freud, lecteur apparemment assidu du *Banquet* (en témoignent les *treize* références à Platon dans ses écrits), identifie l'Eros platonicien avec sa propre notion de libido [2]. Et il évoque en détail le mythe rapporté par Aristophane sur les androgynes [3] pour étayer ses postulats concernant la pulsion de mort. Essayant de transposer le platonisme en biologie, Freud semble dater les pulsions sexuelles, au sens de pulsions de vie, d'une période assez récente, laissant dominer, antérieurement à cette période, la pulsion de mort [4]. Au-delà de la spéculation propre à l'individu Freud, ce raisonnement s'impose par le dépistage de l'ambiguïté originaire de la libido masculine : mortelle et procréatrice, ravageante et idéalisante, un côté « Phèdre », un

1. Cf. Michèle Montrelay, « L'Appareillage », in *Confrontation* automne 1981, p. 33-44.

2. « ... en "élargissant" la conception de l'amour, la psychanalyse n'a rien créé de nouveau. L'*Eros* de Platon présente, quant à ses origines, à ses manifestations et à ses rapports avec l'amour sexuel, une analogie complète avec l'énergie amoureuse, avec la libido de la psychanalyse... », in « Psychologie collective et analyse du moi », in *Essais de psychanalyse*, Payot, p. 110 ; *G.W.*, t. XIII, p. 99.

3. « Au-delà du principe de plaisir », *ibid.*, p. 73 ; *G.W.*, t. XIII, p. 62.

4. « Le "sexe" ne serait donc pas un phénomène bien ancien, et les instincts extraordinairement puissants qui poussent à l'union sexuelle ne feraient que répéter, reproduire quelque chose qui se serait produit une fois accidentellement et aurait été ensuite fixé et perpétué à cause des avantages qui s'y rattachaient », in « Au-delà... », *ibid.*, p. 71-72 ; *G.W.*, t. XIII, p. 61.

côté « Diotime », Eros maniaque et Eros sublime. Socrate a l'avantage de réunir, en les exhibant de manière paroxystique, ces deux aspects de la sexualité mâle. Son savoir métaphysique se serait-il imposé avec la force qu'on lui connaît, s'il ne dévoilait pas l'envers érotique homosexuel dont il se soutient, mais aussi sa lutte à mort contre la mort ? Ombiliqué à la mort dans la poussée agressive vers l'objet désiré, conjurant la mort à travers la fécondité symbolique qui crée des objets de sagesse, l'homme contourne le féminin qui est son abîme et sa nuit. L'amour respectueux et respectable pour un objet (maternel) idéalisé épargne les délices et les affres du sadomasochisme : le divin est en définitive une déesse, prêtresse du pouvoir archaïque, qui permet moins de refouler que de séparer le désir maniaque, de son polissage, de son éducation dialectique et académique au service de la Cité [1].

Mort de rire

Le rire est sans doute la synthèse — synthèse en éclat, abîmée, absurde — de ces deux bords de l'expérience éro-

---

1. On a noté l'anachronisme du terme « homosexualité » appliqué au monde grec. La notion est récente, tributaire de la psychiatrie du XIXᵉ siècle, alors que l'érotisme antique différenciait les postures passives ou actives, plutôt que des « identités sexuelles » féminine ou masculine. Cependant, le primat de la procréation demeure le critère moral essentiel, dans l'Antiquité et plus encore dans le christianisme, pour condamner la passivité et avec elle la sodomie. En fait, ce que l'on essaie de faire entendre ici, en relisant l'érotisme platonicien, après Freud, ce n'est pas une assignation de l'amour à tel ou tel organe ou position (optique qui demeure toutefois chez un Freud soucieux de répertorier tel plaisir d'organes à telle fixation dans l'histoire du sujet). Appelons « homosexuelle » cette hainamoration, forcément sado-masochiste, où l'identification amoureuse des protagonistes se joue à l'ombre de l'image phallique idéale. La psyché est le terrain de cette érotique qu'il faut bien appeler « âmosexuelle » (cf. plus loin). Lacan écrivait : âmour.

tique mâle. L'ironie de Socrate, et plus encore, le tourniquet des discours qui se contredisent et s'annulent tout au long du banquet, ainsi que la description dérisoire, vexée, et pourtant radicalement comique qu'Alcibiade donne du maître au moment même où une bande de fêtards envahit la scène à nobles prétentions, expriment bien ce fait incontournable qu'on ne rit que du Phallus. A condition d'être sûr de l'avoir, pour accepter provisoirement de s'en défaire. L'envers de cette sidération du pouvoir, qui peut être plus ou moins amère, est la mélancolie si chère aux poètes.

Télescopant la vie dans la mort, ne laissant aucune place entre elles, la mélancolie est un *souci* permanent sur le plan moral, une *impuissance* douloureuse sur le plan sexuel. Effondrement de l'*enthousiasme*, règne de l'abîme où l'on peut lire l'emprise indépassable d'une mère étouffante, la mélancolie désamorce le savoir, elle détruit l'érection. La réversibilité perverse (voyeur/exhibitionniste, sadique/masochiste) s'achève alors en une somme non disjonctive qui annule les deux attitudes (l'active et la passive) dans la tristesse de l'inaction et du désespoir. C'est sans doute d'avoir mis la barre trop haut, d'imposer des exigences surmoïques obsédantes, que la personnalité mélancolique s'effondre avant même de se poser. Ce spectre de la mélancolie qui hante l'arc bandé de la jouissance phallique, comme un envers de sa tension maximale, a pu trouver refuge dans l'expérience littéraire, de Nerval à Thomas Mann, pour s'y assouvir ou s'en guérir. L'attitude désabusée du bel esprit est sans doute une forme atténuée de ce mal qui démystifie sagesse, beauté, style et éros même. Incapable de maintenir longuement une forme ou un objet de désir, le mélancolique les abîme aussitôt que posés, et se dissout lui-même dans cette griserie sans maintien. Thomas Mann dans *La Mort à Venise* a célébré cette mélancolie esthétique au cœur de la passion homosexuelle honteuse et désabusée, en mentionnant le *Phèdre*

réinterprété à la sombre lumière d'une opulence moisie.
« C'est ainsi que nous adjurons la connaissance dissol-
vante, car la connaissance, Phaidros, n'est ni digne ni sévère ; elle sait, elle comprend, elle pardonne — elle n'a
ni rigidité ni forme ; elle est en sympathie avec l'abîme, elle
est l'abîme. » Acceptant en conséquence de ne se consacrer qu'au style, l'artiste, tel Gustav Aschenbach, est cependant de nouveau menacé : « Mais style et spontanéité, Phaidros, entraînent la griserie et le désir, risquent de conduire
celui qui sent noblement à d'effroyables sacrilèges du cœur,
encore que son goût de la beauté sévère les déclare infâ-
mes... c'est à l'abîme que mènent forme et style ; eux aussi à
l'abîme [1]. »

L'âmosexuel

Jouir des affres de cet abîme dans la douleur morale de la
déchéance autant convoitée que condamnée, ou dans la douleur physique mortifiant la chair propre, peut devenir alors
un des excès prévisibles de l'« attelage ailé » platonicien. La
douleur chrétienne s'enracine en grande partie dans cette
propension de l'âme homosexuelle — de l'*âmosexuel* — à
souffrir le martyre pour maintenir aussi bien le fantasme
qu'un pouvoir existe, que son envers masochiste de passivation, de « féminisation », complète. Le masochisme dont on
nous dit qu'il est essentiellement et originairement féminin
est une soumission au Phallus que l'âmosexuel connaît bien,
et qu'il peut assumer jusqu'à la mort pour devenir cette
« vraie » femme — passive, castrée, non phallique — que ne
fut pas sa mère. Mishima se prenant pour saint Sébastien, et
jusqu'à Pasolini se laissant mettre à mort par un loubard sur

1. *La Mort à Venise*, Fayard, 1971, p. 127.

une plage italienne, conduisent à leur extrême le moment esclavagiste de l'érotisme mâle appendu à la vénération mortifère du Phallus. Et tout ce qui a une âme — hommes ou femmes — de s'y mirer comme s'il s'agissait d'eux-mêmes. La mortification s'installe, en fait, lorsque la sublimation artistique — exutoire libérateur face au poids intenable de l'idéal — s'avère d'un mince bénéfice devant les délices morbides du corps tout entier transformé en pénis assassiné. Que les conditions sociales (persécutions, contraintes idéologiques et financières de tous genres, etc.) et les forces plus ou moins grandes de l'énigmatique talent soient ici des facteurs essentiels qui font barrage au déferlement morbide de la pulsion ou au contraire le précipitent, ne devrait pas cacher une donnée fondamentale : Eros est d'essence maniaque. Et son engouement pour le pouvoir, fût-il idéalisé, sa jouissance du Phallus, donc, possède un envers : la dépression, la délectation destructrice qui se fait plaisir de dissoudre le Moi et jusqu'au vivant lui-même. Plus archaïque probablement que la jouissance sexuelle, ce plaisir à forte composante morbide s'ancre, selon le mythe biologique de Freud, dans la préhistoire de la matière qui se perpétue en scissionnant avant d'avoir acquis l'organe à fonction érotique procréatrice. Quelle que soit la vérité biologique, le fantasme, quant à lui, enracine cette propension de l'âmosexualité au morbide (mais aussi toute dépression), dans les abords du *trou* (l'« abîme » dit Gustav Aschenbach) qu'est le sexe maternel adoré et abhorré...

Ainsi étendu sur une gamme qui va du sexe au ciel, du cheval à l'oiseau, Eros démonique est un autre moyen fondamental — l'autre mode — de culture et d'apaisement pour l'homme et la société. *Autre* par rapport à la *purification* mystique qui, elle, confrontait l'homme avec l'abjection maternelle : avec une mère moins souveraine que désirable autant que menaçante, attraction première des tendances centripètes et autonomistes du futur parlant [1]. L'homme de l'abomination, homme de la *catharsis*, était confronté dans la peur et la honte, avec un pré-objet fascinant et repoussant. Pour s'en détacher, il découpait sur son corps propre — et dans le langage qui est le vrai territoire de son habitat — des frontières, des interdits, des tabous. Au contraire, l'homme érotique, maniaque ou idéaliste, ne touche pas à la mère. L'interdit lui a été une fois pour toutes imposé : le langage et la loi sont déjà là. Il lui reste maintenant à les *maintenir*, en accomplissant ainsi le désir d'une mère souveraine, intouchable ; ou à les *transgresser*, tout en restant fidèle à son emprise à elle, dans l'atopie de la possession érotique homosexuelle. Cette dernière, quoique marginalisée par l'idéal éducatif métaphysique, travaillera cependant en doublure nocturne, honteuse et jouissive, aussi bien les corps que le langage de l'éducateur philosophe. Source de plaisir, et source de rhétorique. On ne contemplera jamais assez le mouvement exquis par lequel le rhétoriqueur viole subrepticement le langage moins pour imposer un style inouï, scandaleux, vil — comme l'aurait fait le styliste poète ou prosateur qui ose aussi toucher à la mère — que pour inclure ce dérangement subtil dans la communication la plus respectueusement docile, sage, harmonieuse. Amoureux de la langue, le rhéteur est un maniaque du détail, un fétichiste des belles formes déjà faites, et il les puise aux sources de son âmosexualité ainsi seulement dévoilée pour tisser sa couronne à une Diotime réelle ou imaginaire. Prototype de la Dame des troubadours, cette destinatrice suprême d'un éros transmué en création verbale apologétique n'a d'une femme que la puissance refoulante de la mère phallique. Celle qui ne jouit que d'être remplie de son père à elle : le divin.

1. Cf. notre *Pouvoirs de l'horreur*, essai sur l'abjection, Ed. du Seuil, 1980.

Que la libido, donc Eros, soit mâle, n'empêche pas absolument une femme d'y placer ses amours. Par identification plus ou moins douloureuse avec l'homme. Avec plus de déboires dans le versant maniaque sadomasochiste, avec plus de difficultés aussi à maintenir la foi dans la vision d'une sagesse suprême tombée des yeux d'une mère idéalisée. Elle aura tendance à remplacer la mère idéale par un père inspirateur de surmoi, et ce changement lui vaudra moins de visions jubilatoires, mais plus d'efforts surchargés et disciplinés par l'accession au sa-voir.

Et l'autre sexe en soi

Si, par contre, il y avait une libido féminine, une érotique du féminin pur serait-elle imaginable ?

Pour autant qu'elle ait une âme amoureuse, une femme est entraînée dans la même dialectique d'affrontement au Phallus, avec tout le cortège d'images idéales et d'épreuves de domination-soumission qu'il suppose. Voudrait-elle y échapper, qu'elle trouverait, à travers le mirage de l'androgynat ou dans l'amour pour une autre femme, la dynamique du *Phèdre*. Peu importe l'organe, la confrontation au pouvoir demeure. Toutefois, le paradis androgynal et, d'une autre façon, les amours lesbiennes comportent la plage délicieuse d'une libido neutralisée, tamisée, dépourvue du tranchant érotique de la sexualité masculine. Frôlements, caresses, images à peine distinctes plongeant l'une dans l'autre, s'effaçant ou se voilant sans éclats dans la douceur d'une dissolution, liquéfaction, fusion... Cela évoque le dialogue amoureux de la mère enceinte avec le fruit, à peine distinct d'elle, qu'elle abrite dans son ventre. Ou le roulement des peaux douces irisées non pas de désir mais de cette ouverture-fermeture, éclosion-étiolement, entre-deux à peine constitué s'effondrant brusquement dans une même chaleur, qui sommeille ou s'éveille dans l'étreinte du bébé et de sa mère nourricière. Peau ; bouche ; fente des lèvres vide, excitée ou remplie — enrobent ces effluves, filtrent leur tension et, hors de toute percée agressive, flottent, bercent, droguent. Détente de la conscience, rêve éveillé, langue ni dialectique ni rhétorique, mais paix ou éclipse : nirvāna, ivresse et silence.

Quand ce paradis n'est pas un à-côté de l'érotisme phallique, sa parenthèse et son repos, et qu'il aspire à s'ériger en absolu d'un rapport à deux, éclate le non-rapport qu'il est. Deux voies s'ouvrent ensuite. — Ou bien, elles reprennent, plus farouches encore, la manie érotique avec les ravages du jeu « maître-esclave ». Ou bien, et souvent en conséquence, la mort explose dans la paix qu'on croyait avoir absorbée. Mort par broyage dans ce ventre auparavant si protecteur, cajoleur et neutralisant. Mort de n'être qu'un *on* : identité perdue, dissolution léthale de la psychose, angoisse des frontières perdues, appel suicidaire du fond.

Insolubles, dramatiques jusqu'au moment même de l'extinction du drame, nos amours ne nous laissent que la solution dite perverse : passer de l'abject au sublime, goûter à la gamme des peines et des délices, garantie suprême contre l'ennui...

Une sainte folie : elle et lui

> *L'homme ne connaît ni l'amour ni la haine :*
> *tout est devant lui.*
>
> (L'Ecclésiaste, IX, 1)

Irreprésentable Loi

Qu'il soit passionnel, voire vil, comme le lien de l'homme et de la femme, ou sacré comme celui de l'homme à Dieu et *vice versa*, l'*amour* biblique se dit le plus souvent par la racine *'ahav*, « accepter », « adopter », « reconnaître » (et peut-être permuté avec « rejeter », « désavouer », « répudier » pour *haine*). Sur l'axe de l'absorption et du rejet, l'amour assimile, apprivoise, abrite, comportant ainsi une connotation maternelle, voire utérine ; mais aussi il s'allie, reconnaît, légalise, avec connotation paternelle. Ainsi, *riham*, de *rehem*, utérus, indique le sentiment familial ; *hafez*, signifie plaisir de, plaisir pour ; *razah*, se sentir bien avec, accepter ; plus intellectuels seraient les termes de *hashak*, exprimant l'attachement personnel ; *hanan*, suggérant une faveur concrète plutôt qu'une affection ; et enfin *hased*, signifiant loyauté mais aussi amour vrai, alliance (Gen. 20 : 13 ; 47 : 39).

Les premiers textes de la Bible ne font que deux mentions, très elliptiques, de l'amour de Dieu pour l'homme :

« Puis David consola Bethsabée, sa femme, et il vint vers elle, il coucha avec elle et elle enfanta un fils, qu'elle appela du nom de Salomon et Yahvé l'aima et il le lui manda par l'organe du prophète Nathan et il l'appela du nom de Yedidyah (aimé de Yah), à cause de Yahvé » (II Sam. 12, 24). C'est donc *par* (« avour ») Nathan que Yahvé fait savoir à David qu'il aime l'enfant : Dieu n'a pas parlé d'amour lui-même, il s'exprime ici par un intermédiaire ; un second nom est alors donné à cet enfant de l'amour illégitime, marquant qu'il est reconnu par Dieu ; mais ce nom de Yedidyah n'apparaîtra plus dans le texte.

« Béni soit Yahvé, ton Dieu, lui qui s'est complu en toi... », déclare la reine de Saba constatant que Yahvé aime Israël (I Reg. 10, 9). On notera que c'est une étrangère qui s'exprime, et qu'elle parle indirectement, par énigmes.

L'amour immédiat de Dieu pour son peuple, amour qui n'exige ni mérite ni justification, mais qui est de préférence et d'élection, constitue d'emblée l'aimé (qui est aussi un aimant) comme sujet au sens fort du terme. Il a pour corrélat d'être irreprésentable : c'est par Nathan, mais sans parole, qu'il est signifié que Salomon, fils de David, est aimé ; le nom de l'enfant Yedidyah ne sera pas repris mais semble s'inscrire là comme pour apaiser et relever le désir et le meurtre qui fondent la conception de Salomon ; la reine de Saba parle par énigmes... Cet amour irreprésentable, pour être dû à un dieu législateur, n'est pas moins accessible à quelqu'un qui, comme David, profère un discours amoureux qui n'est que geste et voix — son, cri, musique, flottant sur le refoulement originaire, incantation du narcissisme primaire. La « chora » de Platon dans le *Timée* est peut-être plus adéquate pour évoquer une telle signifiance antérieure au signe.

Ce thème de l'amour divin sera amplement développé par le Deutéronome (4, 37 ; 7, 8 et 13 ; 10, 15 et 18 ; 23, 6). Au seuil de l'exil, Ezéchiel reprend l'énoncé de l'amour de Dieu

pour son peuple (Ez. 34, 11-16) : « Me voici moi-même ! Je
me soucierai de mes brebis et veillerai sur elles... » De même,
Jérémie (2, 2-3) : « Je me souviens, pour toi, de la piété de ta
jeunesse, de l'amour de tes fiançailles... Israël était une chose
sainte pour Yahvé... »

Mais c'est comme une *loi d'amour*, comme un devoir du
fidèle vis-à-vis de son Dieu et de son frère, que s'énonce la
version la plus remarquée de l'amour biblique. « Tu aimeras
le Seigneur ton Dieu de tout ton cœur, de toute ton âme et de
tout ton pouvoir » (Deut., 6, 5), et « Tu aimeras ton prochain
comme toi-même » (Lév. 19, 18). Toutefois, cet amour-loi
fait souvent oublier la dynamique complexe de l'amour biblique que le Cantique des Cantiques reprend, met en évidence et amplifie.

Histoire, mémoire, phallus

Les avis sur la date éventuelle de la rédaction du Cantique
divergent. Pour certains, le texte qui fait de nombreuses
références à Salomon (3 : 7, 9, 11 ; 8 : 11, 12) serait composé
par Salomon lui-même, fils de David. La date la plus reculée
fut fixée vers 915-913 avant notre ère. Cet avis prévaut chez
les critiques juifs et chrétiens du XIXᵉ siècle [1]. D'autres
considèrent que le texte est plus récent mais qu'il contient des
allusions à des époques archaïques [2]. Les auteurs qui se fon-

---

1. Parmi les auteurs modernes qui le partagent à partir d'autres données,
signalons M. H. Segal, « The Song of Songs », *Vetus Testamentum*, 12,
p. 470-490, qui y voit les traits spécifiques de l'âge de Salomon, la sainteté et
la luxure ; G. Gerleman, « Die Bildsprache des Hohenliedes und die altägyp-
tische Kunst », *Annual of the Swedish Theological Institute*, I, p. 24-30, y
constate un rapport avec l'art graphique égyptien, etc.
2. Cf. H. Graetz, *Schir Ha-Schirim oder das Salomonische Hohelied*,
1871.

dent sur des analyses linguistiques estiment généralement [1] que le texte ne peut être daté que des environs du IIIe siècle avant notre ère. Parmi les savants modernes, Chaim Rabin revient à l'hypothèse de l'origine salomonienne du texte, en évoquant surtout l'influence religieuse indienne (attestée selon certains archéologiquement) sur la civilisation hébraïque jusqu'au deuxième millénaire avant notre ère. Cette influence indienne serait manifestée dans le texte du Cantique par le fait que c'est la femme qui est le sujet principal de l'énonciation, que le renouveau de la nature y est souvent célébré, et qu'enfin la note dominante du sentiment amoureux, par-delà une certaine agressivité du mâle, est la langueur de l'amante, coloration particulièrement familière, selon l'auteur, à la poésie tamil [2]. L'auteur suppose que le texte aurait pu être écrit par quelqu'un qui aurait voyagé en Arabie du Sud jusqu'en Inde, à l'âge d'or du commerce juif avec l'Orient, qui correspond aussi bien à l'époque de Salomon qu'à celle de la poésie tamil. Signalons qu'Adam Clarke [3] avait déjà établi des parallèles entre le Cantique et le texte de la *Gītā-Govinda*. Ces interprétations constatent des similitudes avec une divinité indienne (Krishna, par exemple) à la fois sensuelle et mystique, et l'amante du Cantique ; mais ils oublient de signaler que l'énonciation du Cantique est très spécifiquement individualisée, assumée par des sujets autonomes et libres qui, comme tels, apparaissent pour la première fois dans la littérature amoureuse mondiale.

Les premières interprétations juives, comme plus tard les

1. Comme H. L. Ginsberg, « Introduction to the Song of Songs », in *Jewish Publication Society Version*, 1969, p. 3-4, et « Northwest Semitic Languages », in *The World History of the Jewish People*, II, éd. H. Mazar, 1970, p. 102-124.

2. « The Song of Songs and Tamil Poetry », *Studies in Religion/Sciences religieuses*, 3, 1973, p. 205-219.

3. *The Holy Bible, Containing the Old and the New Testament, with Commentary and Critical notes*, III, Job to Solomon's Song, 1855.

chrétiennes, sont allégoriques. Les rabbins voient dans l'amour du Cantique la relation entre Yahvé et le peuple élu. C'est l'interprétation du Midrash ainsi que des commentateurs médiévaux, Saadia, Rashi, Ibn Ezra. Sur la base de données linguistiques, on pense que le Targum du Cantique daterait du Ve siècle après notre ère, jusqu'au IXe au plus tard [1]. On trouve dans le Targum le célèbre constat du grand savant Saadia (892-942) selon lequel le Cantique est un coffre dont les clés sont perdues. L'interprétation chrétienne, à la suite, y verra l'aspiration de l'Eglise pour Dieu, quand ce n'est pas le pressentiment de l'amour de la Vierge, ou de l'amour mutuel du Christ et de l'Eglise. Certains moralistes s'offusqueront des avances faites par une femme, et bergère de surcroît, à un souverain, et trouveront cette psychologie invraisemblable ou non occidentale. Bossuet, en 1693, remarque la correspondance entre la semaine nuptiale juive et la division du Cantique : une théorie sur le Cantique comme transposition de chants nuptiaux s'ensuivra, qui comprend l'étude de Renan mais aussi des travaux plus ethnologiques comparant le Cantique aux coutumes nuptiales syriennes. Des relations ont pu être établies entre le Cantique et les cultes païens de fertilité célébrés en Mésopotamie. On a pu y voir un culte du Dieu Tammuz-Adonis plutôt que du Dieu d'Israël [2].

Le mysticisme juif, bien connu actuellement grâce aux travaux de G. Scholem [3], interprète le Cantique à la lumière

1. R. Loewe, « Apologetic Motives in the Targum to the Song of Songs », in *Biblical Motifs : Origins and Transformations*, ed. by A. Altmann, Brandeis Univ., III, 1966, p. 159-196.

2. T.D. Meek, « The Song of Songs : Introduction and Exegesis », in *Interpreter's Bible*, ed. G.A. Buttriek et al., 12 volumes, 1952-1957, vol. V, 1956, p. 48-148.

3. Cf. *Les Grands Courants du mysticisme juif*, Paris, Payot, 1960, de même que *Jewish Gnosticism, Merkabah, and Talmudic Tradition*, New York, 1960.

de ce que R. Patai a pu appeler *the Hebrew goddess*. Pareilles exégèses partent de la démonstration qu'à l'origine Yahvé était représenté par une compagne féminine. Plus tard, lorsqu'il devint interdit de représenter Dieu, la femme fut réduite à la position de gardienne, représentée par deux chérubins femmes. Après la destruction du premier temple, l'idée s'impose que Dieu *seul* possède les deux aspects mâle et femelle, et désormais les chérubins ne signifient plus que des attributs divins. Pour le Talmud, le chérubin mâle représente Dieu, et le chérubin femelle, le peuple d'Israël. La kabbale enfin développe la théorie mystique des Séphiroth et considère le Roi et la Maronite comme deux entités divines [1].

Notons enfin que le « féminisme », comme en filiation avec une certaine tradition hindouiste dans les études du Cantique, y déchiffre un exemple d'appui pour son interprétation « dé-paternalisante » du judaïsme [2].

Que l'amour soit représenté dans le Cantique comme l'antidote puissant de la mort, a conduit certains chercheurs à trouver des rapports entre son texte et les célébrations orgiastiques des cultes funéraires babyloniens et grecs, tels que les attestent, entre autres, des textes ugarites. La présence obsédante de la myrrhe et des épices couramment utilisées dans ces banquets mortuaires et orgiaques, est invoquée comme pièce à conviction, ainsi que certaines données linguistiques. Rappelons que le grec *herma*, et l'ugaritique et l'hébreu yād, « main », sont utilisés pour désigner le phallus et la stèle mortuaire. De même, en hébreu, « mémoire » et « phallus » semblent liés à la même racine, *d*kr, *zkr [3]. Comment ne pas

---

1. Cf. R. Patai, *Man and Temple in Ancient Jewish Myth and Ritual*, 2nd ed., 1967.

2. Phyllis Trible, « Departriarchalizing in Biblical Interpretation », *Journal of the American Academy of Religion*, n° 41, 1973, p. 30-48.

3. Cf. Marvin H. Pope, Song of Songs, *A New Translation with Introduction and Commentary*, Doubleday, Garden City, New York, 1977,

prêter attention à ces interprétations quand on lit dans le Cantique que « l'amour est *aussi* fort que la mort » ?

Métaphore des métaphores

Le terme de *Shir ha-Shririm*, « Cantique des Cantiques », est un superlatif qui, d'emblée, excepte l'incantation amoureuse de tout autre discours, chant, sacré. Ce titre ne dévoile pourtant pas le ressort allégorique de l'incantation dramatique qu'il contient. Ce sera fait par le Livre des Lamentations qui porte en hébreu le nom du premier mot du texte : « comme », *èykàh* (« Comme elle est assise à l'écart, la ville populeuse, elle est comme une veuve... »). Cependant l'adverbe de comparaison, pivot des allégories, des symboles, du sens figuré, convient aussi bien, sinon plus, au chant d'amour qu'à la complainte. A moins que, réunis dans les *Cinq Rouleaux*, et séparés à peine par l'histoire de Ruth la Moabite, qui en assure peut-être plutôt la continuité heureuse, amour et lamentation ne soient des invocations jaillies du même fond d'incomplétude, de défaillance, d'appel au sens. L'amour comme plainte qui ne s'avoue pas ? La plainte comme amour qui s'ignore ?

La dramaturgie et la lyrique grecque d'une part, les cultes mésopotamiens de fertilité d'autre part, irriguent sans doute ce chant aux accents souvent païens qui trouve pourtant sa place naturelle dans la Bible. Les rabbins l'ont compris vers l'année 100, à Yabnéh, lorsqu'ils ont fini par accepter, non sans réserves, le dialogue amoureux au sein même des écritures sacrées. « A l'origine, les Proverbes, le Cantique des

p. 226 sq. Le lecteur se référera à cet ouvrage pour une bibliographie étendue sur le Cantique. Pour le texte français du Cantique, on lira le Cantique des Cantiques suivi des Psaumes traduits et présentés par A. Chouraqui, P.U.F., 1970, ainsi que l'édition de la Pléiade que nous citons dans ce qui suit.

Cantiques et l'Ecclésiaste furent supprimés ; parce qu'ils
étaient considérés comme de simples paraboles qui ne faisaient pas partie des Ecritures Saintes (les autorités religieuses) s'élevèrent pour les supprimer ; (et il en fut ainsi) jusqu'à
la venue des hommes de Hezekiah qui les interprétèrent [1]. »
Rabbi Akiba, de son côté, défendit avec ferveur, et sans doute
avec ironie, le droit de cité du texte contesté : « Dieu nous
préserve ! Jamais homme en Israël n'a discuté le caractère
sacré du Cantique des Cantiques ; car le monde entier n'est
pas digne du jour où le Cantique des Cantiques fut donné à
Israël. Si toutes les écritures sont saintes, le Cantique des
Cantiques est plus saint que les autres [2]. »

Avant d'aller à l'interprétation rabbinique allégorique qui
justifia l'insertion du Cantique dans la Bible, insistons sur
quelques aspects rhétoriques du texte lui-même.

Il existe : il fuit

L'hymne amoureux avoue d'emblée sa source, son objet et
son destinataire : le roi Salomon, à la fois auteur et aimé, est
aussi celui auquel s'adresse le texte. — « Le Cantique des
Cantiques qui est de Salomon./Qu'il me baise des baisers de
sa bouche !.../Tes caresses sont meilleures que le vin,/tes
parfums sont agréables à respirer,/ton nom est une huile qui
s'épand,/c'est pourquoi les jeunes filles t'aiment ! »

Triplement royal : souverain, poète, amant, le destinataire
de la passion amoureuse est là, posé d'entrée de jeu sans
hésitation aucune. Il existe, et il aime, car c'est de lui que
viennent les — ses ? — mots d'amour. L'aimé manifestera sa

1. *The Fathers according to Rabbi Nathan*, chap. I, Newhaven, 1955,
p. 5.
2. Cf. G. Sholem, *Jewish Gnosticism, Merkabah and Talmudic Tradition*,
New York, 1960, p. 118 sq.

présence aussi par des prises de parole personnelles et tout à fait semblables à celles de Sulamite l'amante, reprenant ses termes et ses tournures pour les lui retourner. Il est vrai que cette présence de l'aimé est fuyante, qu'elle n'est en définitive qu'une attente, et qu'à la fin (déplacée, dit-on) du chant, l'amante va jusqu'à épouser cette errance de l'aimé, cette fugue perpétuelle, en la lui suggérant (« Fuis donc, mon bien-aimé,/et sois semblable à la gazelle... »), comme s'il n'était pas déjà en lui-même, et depuis le début du texte, une course incessante... Cependant, et au travers même de cette fugue assumée par les deux protagonistes — amoureux non pas fusionnels, mais amoureux de l'absence de l'autre —, aucune incertitude ne pèse sur l'*existence* de celui qui est aimé et qui aime. « Qu'il me baise des baisers de sa bouche ! »

L'insaisissable de l'aimé se manifeste enfin par la présence du berger. Certains versets prêtent à des ambiguïtés : qui est l'amant — un roi ou un berger ? Renan croit apercevoir l'existence du berger aimé par la jeune fille que, précise-t-il, le verset 7 du 1er chapitre nous avait déjà fait entrevoir « et qui devient (...) maintenant (chap. V) d'une certitude absolue ». L'évidence cependant n'apparaît pas explicitement, et l'allégorisme généralisé du texte permet en effet toutes sortes de conjectures, sauf peut-être celle du berger précisément, pour le chap. V. « C'est ici, poursuit Renan, un point capital et la clé du poème. On ne s'est tant égaré sur le plan de l'ouvrage que parce qu'on n'a pas assez remarqué la distinction capitale faite en cet endroit, distinction d'où résulte que Salomon n'est pas l'objet aimé, bien plus, que son absence est la condition nécessaire pour jouir de l'objet aimé [1]. » Une telle lecture a peut-être l'avantage de mettre en relief la tension biblique entre un aimé présent (incarné), qui serait le berger, et un autre irreprésentable, détenteur de l'autorité et de l'interdit,

---

1. Renan, *Le Cantique des Cantiques*, Paris, Calmann-Lévy, 1860.

irrémédiablement hors d'atteinte quoique conditionnant l'existence de l'amante, et qui est Dieu (ici Salomon). Cependant, rationaliser de la sorte ces deux aspects de la divinité, les dissocier de manière aussi tranchée que le veut Renan, fait problème. En effet, ce découpage peut paraître étranger aussi bien au texte allégorique du Cantique —, qui se construit de brouiller les pistes en favorisant ainsi les lectures connotatives, les interprétations individuelles et collectives —, qu'à l'esprit biblique lui-même. Celui-ci, tout en maintenant Dieu invisible, ne cesse de le faire insister dans tous les aspects rituels mais aussi quotidiens de la vie, sans mettre en parallèle ni en compétition avec son autorité aucune réalité corporelle désirable (comme le serait le berger pour la bergère). La lecture de Renan est peut-être laïque, trop laïque, parce qu'elle est en définitive humaniste, trop humaniste, insensible à la tension absolue de l'amour pour l'Autre. Que l'autorité suprême, royale ou divine, puisse être aimée en tant que corps tout en restant essentiellement inaccessible ; que l'intensité de l'amour soit précisément dans cette combinaison de jouissance reçue et d'interdit, de séparation fondamentale qui cependant unit : voilà ce que vient nous signaler l'amour issu de la Bible, et très particulièrement sa modalité plus tardive que chante le Cantique.

En effet, dès que débute l'évocation de l'expérience amoureuse, nous sommes dans cet univers du sens indécidable qu'est l'univers des *allégories*. « Tes caresses sont meilleures que le vin,/tes parfums sont agréables à respirer,/ton nom est une huile qui s'épand,/c'est pourquoi les jeunes filles t'aiment ! » Le « nom » évoqué presque d'entrée de jeu, induit l'ivresse : la précision et l'unicité de ce nom déclenchent, semble-t-il, une ébullition du sens, un flux de significations et de sensations comparable à celui que produisent les caresses, les parfums et les huiles. Le sensitif et le significatif, le corps et le nom sont ainsi non seulement placés au même rang, mais fondus dans la même logique d'infinitisation indécidable, de polyvalences sémantiques que brasse l'état amoureux — foyer de l'imaginaire, source de l'allégorie.

La figure est amoureuse

Comme dans la poésie grecque, comme chez Théocrite ou Virgile, l'amour biblique du Cantique s'énonce en discours figuré. La figure est amoureuse : condensation et déplacement de sèmes, elle désigne une incertitude non pas de l'*objet* d'amour (Salomon est d'une existence plus que certaine, absolue, même s'il fuit — c'est lui l'auteur comme c'est lui le berger), mais une incertitude du lien, de la position du sujet amoureux envers l'autre. C'est le pacte énonciatif lui-même qui, dans sa particularité amoureuse et par l'intensité de l'affect requis de la part des deux amants que sont les deux énonciateurs, trouble l'échange d'information normale, univoque. Signé par un auteur, Salomon, mais énoncé à force égale sinon dominante par sa bien-aimée, une femme, la Sulamite, ce pacte-là ne cesse de dévoiler sa dramatique dualité, intériorisée par chacun des amants et peut-être même par chacun de leurs mots. Afin de devenir plus évocatrice pour l'autre de l'expérience propre au sujet amoureux — car tel est l'objectif du dialogue amoureux —, chaque information se charge de polyvalences sémiques et devient ainsi une connotation indécidable. On pourra suivre le destin de ce discours métaphorique chez Baudelaire, et son elliptisme non moins polyvalent chez Mallarmé. Indiquons cependant que, dès l'aube de la poésie lyrique — et le Cantique, qui rappelle la tradition grecque, en condense magnifiquement la rhétorique —, le transport de sens (*métaphérein* = transporter) résume le transfert du sujet au lieu de l'autre.

Infini et répétition

On a remarqué aussi l'ordre aléatoire des versets : le dernier pourrait être situé dans le corps du texte, et par ailleurs, tout autre changement d'ordre ne perturberait pas la valeur de l'ensemble. Quelles qu'en soient les raisons historiques ou textuelles, ce désordre compositionnel souligne en fait, et surtout dans la mesure où il n'entame pas la compréhension du message amoureux, que le *sens lyrique* est contenu dans chacun des éléments minimaux du texte qui condensent ainsi, en miniature, la totalité du message. Une métaphore, et peut-être même une simple invocation, un geste de la voix, ont la puissance sémantique de l'ensemble [1]. L'intensité d'un élément (mot, séquence mélodique ou dansée, etc.) est d'emblée existante, imposée, présupposée. Comme si du simple acte énonciatif amoureux, la totalité de la signification (elle-même indécidable, allusive, floue, ne contenant précisément que le principe de l'aspiration mutuelle des interlocuteurs l'un pour l'autre), s'insinuait dans les signes et les infra-signes. Le tout lyrique n'est pas un ordre, gradation logique ou structure fondée sur telle variante des lois de la répétition : il est une reprise, elle-même ouverte, infinie, indéfinie — en salves, en rafales, en réitération de la violence aussi bien sémantique qu'émotive — de l'intensité du pacte amoureux. Cette négligence vis-à-vis de la structure ne concerne que les grandes unités discursives (succession des versets, par exemple). Les syllabes, les rythmes, les allitérations sont rigoureusement ordonnés à l'intérieur de chaque verset, et par ailleurs

1. Cf. notre « Pour une sémiologie des paragrammes », in *Semeiotikè, Essais pour une sémanalyse*, Ed. du Seuil, 1968, qui traite de l'infinité du sens dans un texte poétique.

la reduplication est de rigueur. Ainsi, à la description de l'aimée par Salomon, chap. IV (« Que tu es belle, ma compagne, que tu es belle ! / Tes yeux sont des colombes derrière ton voile »), répond la description de l'aimé par la Sulamite (chap. V, 10) : « Mon bien-aimé est brillant et rose, / distingué parmi dix mille, / ... / Ses yeux sont comme des colombes »). On trouvera aussi dans le chap. VII, 4, une reprise de IV, 5 (« tes seins sont comme deux faons, / jumeaux d'une gazelle »), ainsi que de nombreuses comparaisons identiques du cou avec la tour, des dents avec les rangées de brebis, les évocations du Liban, du Carmel, etc.

Cette persistance de la *répétition* au niveau des petites unités du discours et des comparaisons ou métaphores codées, et son relâchement au niveau supérieur de l'organisation logique de l'ensemble — où elle continue cependant à régner en sourdine sans produire une composition ordonnée mais des reprises aléatoires — suggèrent l'impact de la pulsion de mort dans l'invocation amoureuse. L'aimée le dit directement : « L'Amour est fort comme la mort, la passion est violente comme l'enfer, / ses étincelles sont des étincelles de feu, / une flamme divine ! » (Chap. VIII, 6.)

Un dialogue

Enfin, notons le caractère dramatique du texte énoncé par deux solistes et un chœur qui, partagé en deux, chante aussi des duos : « Reviens, reviens, ô Sulamite, / reviens, reviens que nous te regardions ! — / Pourquoi regardez-vous la Sulamite, / comme dans une danse à deux chœurs ? » (Chap. VII.) Empruntés à la dramaturgie grecque mais aussi au rituel mésopotamien, ces traits inscrivent le discours d'amour dans la dynamique de la représentation *scénique*. Les personnages des autres séquences bibliques (songeons à David, à Isaac ou à Abraham, ou même à Ruth qui figure dans les *Cinq Rouleaux* contenant également le Cantique) sont les agents et les fonctions d'un *récit*. Quelle que soit l'épaisseur psychologique que le lecteur moderne leur attribue, ils sont en fait des marqueurs logiques à l'intérieur du déploiement de la parole divine adressée au peuple élu. Par contre, avec le *dialogue* entre la Sulamite et Salomon, nous assistons à la mise en scène d'une dialectique : le protagoniste se constitue comme tel, c'est-à-dire comme amoureux, au fur et à mesure qu'il parle à l'autre, ou qu'il se décrit pour l'autre. Technique de la dramaturgie grecque, en même temps que logique profonde de l'acte de communication, cette théâtralisation de la parole et de ses sujets s'accomplit avec le maximum d'intensité et de vraisemblance à propos de la situation amoureuse. Toutefois le dialogue du Cantique n'est ni tragique ni philosophique : opposant radicalement les sexes, il noue cependant leur communauté réelle et symbolique. Le dialogue amoureux est tension et jouissance, répétition et infini ; non pas communication mais *incantation*. Dialogue chant. *Invocation*.

Que le sujet parlant en tant que sujet amoureux soit en fugue permanente par rapport à son destinataire ; qu'il l'appelle — le précède, qu'il lui réponde — le suive, sans jamais s'unir à lui autrement que dans la synthèse des chœurs qui se scindent eux-mêmes en deux parties d'un duo —, cette dynamique indique, au cœur même du monothéisme, au moins deux mouvements. Le premier consiste en ceci qu'à travers l'amour, *je* me pose comme sujet à la parole de celui qui me subjugue — le Maître. L'assujettissement est amoureux, il suppose une réciprocité, voire une priorité de l'amour du souverain (Salomon est, nous l'avons dit, l'auteur présumé du chant, celui sans lequel le chant n'existerait pas). En même temps, et c'est le second mouvement, dans le dialogue amoureux *je* m'ouvre à l'autre, je l'accueille dans ma défaillance amoureuse, ou bien je l'absorbe dans mon exaltation, je m'identifie à lui. Par ces deux mouvements, les prémisses de *l'extase* (de la sortie hors de soi) et de *l'incarnation* en tant que devenir-corps de l'idéal, sont posées dans l'incantation amoureuse du Cantique. Mais plus immédiatement encore, l'espace d'une *intériorité psychique* s'esquisse ici, inséparable de l'espace amoureux. Cette intériorité demeure bien entendu scénique, d'une théâtralité polyvalente, ne serait-ce que par sa consistance vocale, gestuelle, visuelle autant que verbale. Et pourtant, de par l'aspiration amoureuse qui unifie et totalise par-delà la séparation irrémédiable soulignée par le topos de la fugue, l'amour est déjà le réceptacle de la vie intérieure. « Je suis malade d'amour », chante la Sulamite (chap. V, 8) préfigurant les méandres psychologiques à venir des mystiques aux romantiques.

Un chant — un corps

En raison de sa thématique corporelle et sexuelle (« Mon bien-aimé a retiré sa main du trou/et mes entrailles se sont émues pour lui », chap. V, 4), indissolublement mêlée au thème dominant de l'absence, de l'aspiration fusionnelle et de l'idéalisation des amants, la sensualité du Cantique conduit tout droit à la problématique de l'incarnation. L'aimé n'est pas là, mais j'éprouve son corps ; dans l'état de l'incantation amoureuse, je m'unis à lui, sensuellement *et* idéalement. L'interprétation rabbinique allégorique, voyant dans l'aimé Dieu lui-même, favorise en fait cette potentialité « incarniste » du Cantique : comment y échapper, en effet, si j'aime Dieu, si l'aimé est, par-delà le corps de Salomon, Dieu lui-même ? Carrefour de la passion corporelle et de l'idéalisation, l'amour est sans conteste l'expérience privilégiée pour l'éclosion aussi bien de la métaphore (l'abstrait pour le concret, le concret pour l'abstrait) que de l'incarnation (l'esprit devenant chair, la chair-verbe). A moins que l'incarnation ne soit une métaphore qui a glissé dans le réel, et a été prise pour de la réalité ? Une hallucination ayant pris le poids du réel dans la violence de la passion amoureuse qui est, en fait, la forme normale d'aliénation télescopant les registres de la représentation (réel-imaginaire-symbolique) ?

Sexe et Dieu

La question demeure cependant de savoir par quelle justification explicite et selon quelle logique inconsciente le Cantique a pu prendre sa place dans la Bible. Comment, de littéralement érotique, est-il devenu sacré ? On peut imaginer d'abord que, très logiquement et comme submergés par la métaphoricité amoureuse, les rabbins ont renchéri sur le sens figuré évident du texte amoureux, mais pour l'idéaliser d'un cran supplémentaire, d'un cran de taille, bien entendu, puisque le sublime aimé royal devient Dieu en dialogue d'amour avec sa bien-aimée, la nation d'Israël. Cependant, la signification érotique du texte ne pouvait échapper à personne [1]. L'ouvrage a été alors inséré dans les Ecritures peut-être parce qu'il remplissait un vide dans la panoplie biblique ? Tandis que les peuples environnants (Hittites aussi bien que Sémites) accomplissaient des rites sexuels dans le bosquet ou le temple sacré sans pour autant jamais se comparer à des amants de leurs dieux, les Juifs seuls ne procédaient à aucun rite sexuel. Hommage ultime à la fertilité de la déesse-mère, ces rites se trouvaient nécessairement écartés de la religion du Père. Introduisant le thème de l'amour sensuel, le Cantique n'est

---

1. Cf. Gershon D. Cohen, « Le Cantique des Cantiques et la mentalité religieuse juive », in *Les Nouveaux Cahiers*, 1974, n° 35, p. 56-66 ; conférence à The Samuel Triedland Lecture, 1966.

pas pour autant une concession à la féminité fertile. S'il
reconnaît le désir, s'il en décrit, volubile et voluptueux, les
fastes et les errances, c'est pour les soumettre à l'autorité
royale de l'Amant. Quant à elle, la Sulamite souhaite en effet
introduire son bien-aimé « dans la maison de ma mère »
(chap. VII, 4 ; VIII, 2) ; elle l'aurait préféré plutôt frère,
familial et ainsi aimé sans aucune gêne. Cependant il fuit,
défiant non seulement le foyer maternel où se blottit le
pouvoir de la déesse mère ou de l'épouse, mais jusqu'à la
fusion sexuelle elle-même : « Sur ma couche, durant la nuit,/
J'ai cherché l'aimé de mon âme,/je l'ai cherché et ne l'ai point
trouvé ! » (Chap. III, repris chap. V, 6.) N'est-ce pas ce défi,
cette tension précisément, qui mettent en évidence, en voix,
en geste, en poème, la force du désir à laquelle tout lecteur,
ancien ou moderne, est inévitablement sensible, et qui agit en
moteur puissant tout au long des aventures sexuelles, familiales, du peuple élu ?

   Compte tenu de la composante érotique disséminée dans la
totalité du texte biblique, comme par rapport à la présence
absolue de son Dieu exigeant autant qu'aimant, le Cantique
n'est pas un élément étranger de la Bible : il ne fait que mettre
les points sur les « i ». Désir et Dieu ont toujours été là, il
s'agit maintenant de les contempler tels quels ensemble dans
les plis de l'expérience psychique individuelle. Le terme
d'amour consacre leur réunion : amour sensuel et différé ;
corps et pouvoir ; passion et idéal.

Le couple légitime

   Qu'il s'agisse d'un amour conjugal est sans doute primordial pour que les influences éventuelles des mentalités religieuses ou sexuelles des peuples environnants s'intègrent
dans le corps de l'écriture biblique. Gerschon D. Cohen a

sans doute raison d'y insister [1] : l'amour du *couple consacré par la Loi* est le pilier de la société juive, et dépeindre les amants sous l'image d'un couple d'époux dévoués, maintenu par la jalousie du mari, mais assurant une sécurité de la femme, est incontestablement un trait de mœurs populaires qui légitime et ainsi seulement sanctifie l'amour. « Ma sœur, ma fiancée » semble indiquer la virginité de l'aimée plutôt qu'une relation littéralement incestueuse, et on notera aussi, par rapport à cette virginité, qu'à aucun moment l'union charnelle n'est consommée. Conjugal, exclusif, sensuel, jaloux, oui, l'amour du Cantique est tout cela à la fois, avec en plus l'innommable de la fusion charnelle. Notons que ces particularités le distinguent radicalement aussi bien des amours platoniciennes dont il n'a ni le psychodrame ni l'abstraction idéelle, que de la mystique pathétique et enthousiaste des amours orgiaques propre aux cultes païens dont il ne partage pas l'illusion de plénitude. A égale distance des deux, scellé par la loi autant que fondé sur une distance, une fuite, voire un impossible, l'amour du Cantique ouvre une page toute neuve dans l'expérience de la subjectivité occidentale. Son attrait énigmatique, son charme lyrique proviennent sans doute en grande partie de l'émerveillement que contient sa particularité psychosociale : d'être une légitimation de l'impossible, d'être un impossible érigé en loi amoureuse. Il faudrait chercher dans la sociologie et l'histoire du peuple juif les raisons d'une telle expérience de la vie conjugale — à moins qu'on n'admette aussi et à rebours que c'est le préalable de la divinité paternelle, une, sévère et aimante, qui a modelé en définitive cette expérience conjugale. Unique dans son genre, c'est la parole d'une loi inscrite dans le désir, qui, par-delà les influences étrangères, se recueille merveilleusement dans ce Cantique d'un amour novateur. Ni quête philo-

---

1. *Ibid.*

sophique ni enthousiasme mystique, l'amour biblique chante
en fait et pour cela même la bascule de la religion (qui est en
définitive une célébration du secret de la reproduction, secret
du plaisir, de la vie et de la mort) dans l'esthétique et dans la
morale.

Après avoir vu quel type d'amour évoque le Cantique et
par quelle procédure rhétorique générale, nous comprenons
mieux le sens de son insertion dans la Bible. Aucun autre
peuple, fût-il voué à des cultes sacrés orgiaques, n'a imaginé
sa relation à Dieu comme de l'amante à l'Epoux. L'amour du
Cantique apparaît inscrit tout à la fois dans le cadre de la
conjugalité et dans celui d'un accomplissement toujours à
venir (soutenu en somme par un « ce n'est jamais ça » très
féminin, très humain, très hystérique ?) sinon impossible
(reconnaissance de l'altération amoureuse comme imman-
quable ratage de l'autre frôlé et immédiatement perdu
comme au bord d'une hallucination psychotique ?). On est
ainsi en présence d'une véritable synthèse dialectique de
l'expérience amoureuse, avec ce qu'elle a d'universellement
troublant, pathétique, enthousiaste ou mélancolique, d'une
part, et de singulièrement judaïque, d'autre part, légiférant,
unifiant, subsumant la sensualité brûlante vers l'Un. L'Un est
d'abord entendu : on remarquera l'insistance du texte sur
l'oreille — « Voix de mon bien-aimé !/C'est lui qui vient.../
Le voici qui s'arrête devant notre mur... » (chap. II, 4) —
avant même que l'aimé soit visible. Mais aussi, et très largement, l'Unique est imaginé, vu, senti, comme en témoignent
toutes les descriptions visuelles, tactiles et olfactives des qualités corporelles des amants, à l'encontre du postulat de l'irreprésentabilité de Dieu. Dieu vu et entendu par des élus, des
amoureux, des amoureuses plutôt ; mais jamais fusionnant,
jamais définitivement offert pour une incarnation accomplie
une fois pour toutes.

Texte carrefour, donc, que ce Cantique, où l'on trouvera

aussi bien les particularités de la mentalité religieuse juive, que les influences esthétiques païennes et les signes avant-coureurs de la religion incarnée. On comprend l'hésitation des anciens rabbins orthodoxes à l'avaliser. Mais on ne peut que rendre un hommage fasciné à ces hommes qui, par-delà ce que nous croyons être leurs préjugés, l'ont accueilli dans l'écriture sainte, réalisant ainsi une de ces synthèses exceptionnelles du monde antique qui ne cessent de nous émerveiller. Et qui, en tout cas, avait sans doute différé la scission possible d'une nouvelle branche du monothéisme en tant que religion d'amour, comme le fera plus tard le christianisme.

Car, grâce à la teneur sexuelle immédiate du Cantique, à laquelle s'ajoutent les interprétations allégoriques des rabbins versant cette signification érotique au compte de Dieu, la Bible est loin de dénier au Dieu juif tout caractère sexuel humain. Mais en maintenant l'amour sous la souveraineté de l'époux, et en le protégeant de l'effusion mystique par l'établissement de la fugue au centre de l'aspiration amoureuse, le Cantique donne au judaïsme ce caractère unique d'être la plus érotique des abstractions, la plus idéale des sensualités.

On a pu démontrer que l'exégèse allégorique du Cantique est introuvable avant la destruction du Second Temple[1]. Mais le fait que le livre ait été rangé dans la bibliothèque de la secte de la mer Morte, ne prouve-t-il pas qu'il a été étudié religieusement *avant* ?

On peut voir dans le geste de Rabbi Akiba et de tous ceux qui ont appuyé l'admission du Cantique au titre de texte sacré, à condition de lui donner une lecture allégorique, non pas une censure de sa valeur érotique amoureuse ou lyrique, mais bien le contraire. Une reconnaissance de ces implica-

---

1. E.E. Urbach, « Rabbinic Exegesis and Origenes », *Commentaries on the Song of Songs and Jewish-christian Polemics*, en hébreu, Tabriz, XXX, 1980-1981, p. 148 sq.

tions-là est indispensable à l'exégèse symbolique qui les sous-entend pour les spiritualiser. De ce fait, l'exégèse symbolique n'est-elle pas un simple aveu de l'infini rhétorique — de la prolifération métaphorique — aux fondements du discours amoureux ?

Une épouse parle

Enfin, le Cantique est un dépassement subtil de l'érotique et du philosophisme initiatique grec ou mésopotamien par l'affirmation de la *femme* : de l'épouse amoureuse. Elle, l'épouse, prend pour la première fois au monde la parole devant son roi, époux ou Dieu ; pour s'y soumettre, soit. Mais en amoureuse aimée. C'est elle qui parle et qui s'égale, dans son amour légal, nommé, non coupable, à la souveraineté de l'autre. La Sulamite amoureuse est la première femme souveraine devant son aimé. Hymne à l'amour du couple, le judaïsme s'affirme ainsi comme une première libération des femmes. Au titre de sujets : amoureux et parlant. La Sulamite, par son langage lyrique, dansant, théâtral, par son aventure conjuguant une soumission à la légalité et la violence de la passion, est le prototype de l'individu moderne. Sans être reine, elle est souveraine par son amour et le discours qui le fait être. Sans pathétique et sans tragique. Limpide, intense, divisée, rapide, droite, souffrante, espérante, l'épouse — une femme — est le premier individu ordinaire qui, de son amour, devient le premier Sujet au sens moderne du terme. Divisée. Malade et cependant souveraine. « Je suis noire, mais jolie,/fille de Jérusalem,/comme les tentes de Cédar,/comme les pavillons de Salomon (...)/Il m'a introduit dans une maison de vin/dont l'enseigne, au-dessus de moi, était Amour !/Soutenez-moi avec des gâteaux,/réconfortez-moi avec des pommes,/car je suis *malade*

d'amour :/sa main gauche est sous ma tête/et sa droite m'en-
lace... » (Chap. I, 5 et II, 4.)

Et tout un peuple se vit comme la Sulamite, l'élue de Dieu.
Ce sommet du sentiment religieux est aussi son passage
immédiat à une liberté réglée de passion érotique et d'invention rhétorique sans précédent.

III

Narcisse : la nouvelle démence

... *novitasque furoris*.

Ovide,
Les Métamorphoses, III, 350.

Ce n'est qu'au début de l'ère chrétienne que la fable de Narcisse apparaît en littérature. On en doit la première variante *complète* à Ovide (né quarante-trois ans avant notre ère, mort en l'an 16 de notre ère), qui l'insère dans le troisième chapitre de ses *Métamorphoses* commencées en l'an 2, achevées en l'an 8, à la veille de son exil sur le rivage austère de la mer Noire. Conon, Philostrate, Pausanias, abordent aussi à leur façon l'histoire tragique du jeune homme amoureux de son image, sans que ces témoignages tardifs puissent permettre de reconstituer une forme originelle du mythe [1]. Bornons-nous donc à Ovide.

Rappelons le schéma du mythe. — Né à Thespies, en Béotie, du fleuve Céphise (nous retrouverons plus tard l'eau détentrice de son image) et de la nymphe Leiriopé (*leirion*, le

---

1. Cf. Louise Vinge, *The Narcissus Theme in Western European Literature up to the Early 19th Century*, Gleerups, 1967 ; ainsi que Pierre Hadot, « Le Mythe de Narcisse et son interprétation par Plotin » in « Narcisses », *NRPsy*, n° 13, 1976, p. 81-108. La réflexion qui suit doit sa source et son trajet à ce dernier travail.

lis, ne se métamorphosera-t-il pas dans le déroulement du mythe en cette autre fleur des régions humides qu'est le narcisse funéraire ?), Narcisse est un jeune garçon d'une beauté aussi éblouissante que dédaigneuse. Repoussant les jeunes gens autant que les jeunes filles, Narcisse rencontre une préfiguration de son dédoublement dans le reflet aquatique, en la personne de la nymphe Echo. Amoureuse de lui mais repoussée, Echo, qui ne sait que répéter les paroles des autres (c'est ainsi que l'a voulu Junon pour la punir d'avoir trop protégé les amours adultères de son père Saturne), finit par perdre son corps : « toute l'essence même de son corps se dissipe dans les airs », ses os se pétrifient, seule sa voix reste intacte. Les amoureux déçus de Narcisse finissent par réclamer de la « déesse de Rhamnonte », de Némésis, « qu'il aime donc de même à son tour et de même ne puisse posséder l'objet de son amour ». Le châtiment se réalise lorsque, penché sur une source pour se désaltérer au cours d'une chasse, l'enfant est saisi par une autre soif : « Pendant qu'il boit, séduit par l'image de sa beauté qu'il aperçoit, il s'éprend d'un reflet sans consistance, il prend pour un corps ce qui n'est qu'une ombre. »

Nous sommes ici devant ce qu'il faut bien appeler le vertige d'un amour sans objet autre qu'un mirage. Ovide s'émerveille, fasciné et épouvanté, devant un double aspect du leurre qui ne continuera pas moins d'alimenter la vie psychologique et intellectuelle de l'Occident pendant des siècles : d'une part, l'exaltation devant un non-objet, simple produit d'une erreur des yeux ; de l'autre, la puissance de l'image : « L'objet de ton amour n'existe pas ! *(Quod petis, est nusquam)* (...) Cette ombre que tu vois, c'est le reflet de ton image *(Ista repercussae, quam cernis, imaginis umbra est).* » « Elle n'est rien par elle-même, c'est avec toi qu'elle est apparue, qu'elle persiste, et ton départ la dissiperait, si tu avais le courage de partir *(Nil habet ista sui :*

tecum venitque manetque,/Tecum discedet, si tu discedere possis). »

On assiste ensuite à une scène érotique entre Narcisse et son double, toute tissée d'étreintes impossibles, de baisers ratés, de touchers abusés. Avec l'*œil*, la *bouche* est l'organe principal de l'aspiration amoureuse, ainsi que la *peau* frustrée par cette « mince couche d'eau (...) qui empêche notre union ».

Arrive enfin le moment de la compréhension. A force de frustrations, Narcisse devine qu'il est en fait dans un univers de *« signes »* : « d'un *signe* de tête tu réponds aussi à mes signes ; et autant que je le *devine* au mouvement de ta bouche charmante, tu me renvoies des mots qui n'arrivent pas à mes oreilles ! » *(nutu quoque sigaremittis/Et, quantum motu formosi suscitor oris,/Verba refers aures non pervenientia nostras).* Cet effort de déchiffrement le conduit à la connaissance, à l'autoconnaissance : « Tu n'es autre que moi-même, je l'ai compris ; je ne suis plus dupe de ma propre image *(Iste ego sum ! sensi ; nec me mea fallit imago).* »

Nous sommes ici au sommet du drame : « Que faire ? (...) Ce que je désire, je le porte en moi-même, mon dénuement est venu de ma richesse. Oh ! si je pouvais me dissocier de mon corps ! *(Quid faciam ? (...) Quod cupio, mecum est ; inopem me copia fecit/O utinam a nostro secedere corpore possem !).* »

La tragédie atteint un degré supérieur lorsque Narcisse, au moment où ses larmes troublent la source, se rend compte que non seulement cette image aimée est la sienne, mais que, de surcroît, elle peut disparaître : comme s'il avait pensé que, faute de pouvoir toucher, il pouvait néanmoins se satisfaire de la seule contemplation (« qu'il me soit permis d'en repaître mes yeux ») devenue désormais elle-même impossible. Désespéré, il « frappe son sein nu de la paume de ses mains de marbre ». Narcisse meurt ainsi au bord de son image, et

Ovide ajoute : « même dans l'infernal séjour, il se contemplait encore dans l'eau du Styx. » Alors que des pleureuses, dont Echo reprend les lamentations, préparent le bûcher, on s'aperçoit que « son corps avait disparu *(Nusquam corpus erat)* ». Dans une étrange résurrection, la fleur de Narcisse a pris sa place.

On a pu insister sur la signification morbide, narcotique, chtonienne, de cette légende, comme de la fleur qui porte son nom. La torpeur humide et souterraine de l'espace narcissique rattache la fable à l'ivresse végétale de Dionysos, comme en témoignent également le thème de la *vision* (Narcisse meurt après qu'il s'est vu lui-même, Penthée meurt pour avoir vu les mystères de Dionysos), et plus explicitement encore la généalogie du personnage, intégrée par Ovide dans le cycle dionysien (Poussin s'en souviendra dans *La Naissance de Bacchus* qui conjugue les deux mythes et les deux héros).

Mais peut-être est-il plus intéressant aujourd'hui de marquer l'originalité de la figure narcissique, et la place toute singulière qui est la sienne, d'une part dans l'histoire de la subjectivité occidentale, et d'autre part, compte tenu de sa morbidité, dans l'examen des symptômes critiques de cette subjectivité.

Plotin, ou la théorie du reflet et de l'ombre : une intériorité

Le *reflet* dont Narcisse s'éprend et qui le conduit à la mort deviendra le *topos* fondamental d'une pensée qui se détache de la philosophie antique pour nourrir la spéculation jusque dans la patristique des premiers siècles de l'ère chrétienne. Le corpus hermétique, ainsi que les gnostiques considéreront que le monde sensible est le résultat d'une faute en quelque sorte narcissique, en ceci que l'homme archétype se passionne pour son propre *reflet*, lequel n'est pourtant que le résultat d'une chute [1]. Chez Plotin (205-270 de notre ère), au contraire, le *reflet originaire* créateur du cosmos est un processus nécessaire, et c'est seulement le *reflet de ce reflet* dans des substances périssables, qui nous éloigne de l'idéal et lui vaut en conséquence d'être condamné.

Ce double mouvement plotinien mérite qu'on s'y attarde.

D'une part, comme dans les cosmogonies de son temps, le monde sensible chez Plotin est le résultat d'une réflexion dans le miroir : comme si le pernicieux reflet qu'on dit aujourd'hui péjorativement « narcissique » était logiquement, et très normalement, le créateur obligé du monde. En somme, l'âme produit un reflet en rencontrant la matière inerte de la même manière qu'un corps se reflète dans une surface brillante [2].

D'autre part et pourtant, ce serait une grave erreur de tenir pour une réalité solide ce qui n'est qu'un reflet, comme fait Narcisse. Voilà donc le narcissisme condamné, mais cette condamnation ne porte pas sur l'origine du processus des reflets : à lire Plotin, l'erreur commencerait simplement au moment où l'individu accorde une réalité à ces images, au lieu de se pencher sur sa propre intimité.

1. Cf. H.-Ch. Puech, in *Le Néoplatonisme*, C.N.R.S., 1971, p. 99.
2. « Tout ce que l'on croit voir en elle (la matière) se joue de nous et n'est qu'un fantôme, exactement comme en un miroir, où l'objet apparaît ailleurs qu'à l'endroit où il se situe ; en apparence le miroir est plein d'objets ; il ne contient rien et paraît tout avoir. » Et Plotin de reprendre une idée du *Timée* : « Ce qui entre dans la matière et en sort, ce sont des images et des fantômes des êtres » (*Ennéades*, III, 6, 7-25, Ed. Belles Lettres, trad. E. Bréhier). Et encore : « Quoi ! S'il n'y avait pas de matière, rien ne subsisterait ? — Pas plus que le reflet n'existe sans un miroir ou une surface analogue ; si la nature d'une chose est d'exister en une autre, elle ne se produit plus, quand cette autre n'est plus : or telle est la nature de l'image ; c'est ce qui est en une autre chose » (*Ennéades*, III, 6, 14, 1-5). Ce mouvement de réflexion n'a d'ailleurs rien de méprisable : « S'incliner, c'est illuminer la région inférieure et ce n'est pas plus une faute que de porter une ombre » (*ibid.*, I, 1, 12, 24).

« Que celui qui le peut aille donc et la suive (la beauté intérieure aux sanctuaires) jusque dans son intimité ; qu'il abandonne la vision des yeux et ne se retourne pas vers l'éclat des corps qu'il admirait avant. Car si on voit les beautés corporelles, il ne faut pas courir à elles, mais savoir qu'elles sont des images, des traces et des ombres ; et il faut s'enfuir vers cette beauté dont elles sont les images. Si on courait à elles pour les saisir comme si elles étaient réelles, on serait comme l'homme qui voulut saisir sa belle image portée sur les eaux (ainsi qu'une fable, je crois, le fait entendre) ; ayant plongé dans le profond courant, il disparut ; il en est de même de celui qui s'attache à la beauté des corps et ne l'abandonne pas ; ce n'est pas son corps, mais son âme qui plongera dans ces profondeurs obscures et funestes à l'intelligence, il y vivra avec des ombres, aveugle séjournant dans le Hadès [1]. »

L'allusion à Narcisse est ici généralement admise par tous les commentateurs. Cette évocation de l'erreur narcissique confère à la réflexion plotinienne une signification qui dépasse celle d'un platonisme orthodoxe (*Le Banquet* est commenté dans le traité de Plotin *Sur le Beau*) pour procéder à un déploiement plus psychologique, car plus spéculatif, des mouvements de l'âme.

Une autre référence mythique au miroir, chez Plotin, semble aller dans le même sens d'une condamnation de la dispersion imagée, tandis qu'est recommandée la réunification de l'âme dans l'unité toujours présente de l'intellect : « Et les âmes humaines ? Elles voient leurs images comme dans le miroir de Dionysos, et d'en haut elles s'élancent vers elles. Elles ne tranchent pourtant pas leurs liens avec leurs principes, qui sont des intelligibles [2]. » Rappelons que, selon une

---

1. *Ennéades*, I, 6, 8, 8.
2. *Ibid.*, IV, 3, 12, 1-4.

version du mythe, Dionysos enfant se laisse séduire par Héra
au moyen d'un miroir, avant de subir l'épreuve des Titans
qui le découpent en morceaux, pour être ensuite réunifié par
Athéna et Zeus, ou Déméter, ou Apollon[1]... Les détails
exquis de ce mythe repris dans la réflexion plotinienne
convergent donc bien, nous semble-t-il, vers le thème de
l'unification à travers la multiplicité des reflets inessentiels,
qu'on retrouve plus immédiatement dans le traitement plotinien du mythe de Narcisse.

L'erreur consiste donc à ignorer que le reflet ne renvoie
qu'à soi : Narcisse est coupable en somme de s'ignorer
comme origine du reflet[2]. Retenons cette accusation, qui
prend Narcisse en défaut de connaissance de soi : celui qui
aime un reflet sans savoir qu'il est le sien ignore en fait qui il
est. Notons cependant qu'au-delà de cette faute, le *reflet* — de
Narcisse — permet à Plotin d'hypostasier le mouvement de
la réflexion jusqu'à la constitution complète d'une conscience
de soi, face à laquelle l'*ombre* (narcissique, celle qui ignore
que sa source est le Moi lui-même) est un défaut suprême.
Intrigué par le reflet de Narcisse, le reflet chez Plotin n'a donc
rien de narcissique ; narcissien si l'on veut, mais violemment
antinarcissique, il condamne la vénération des images, à
commencer par la sienne propre : « N'est-ce pas assez de
porter le reflet dont la nature nous a revêtus ? — objecte-t-il à
son disciple Amélius qui lui demande de se laisser faire un
portrait. — Faut-il encore laisser derrière nous un reflet de ce
reflet, plus durable que lui, comme s'il s'agissait de quelque
chose de digne d'être regardé[3] ? »

Cependant, si l'ombre et les images-fétiches sont condamnées, le *regard* et le *reflet* — instruments sans doute platoni-

---

1. Cf. J. Pépin, « Plotin et le miroir de Dionysos », *Revue internationale
de philosophie*, 1970, n° 92, p. 304-320.
2. Cf. P. Hadot, *op. cit.*
3. Porphyre, *Vie de Plotin*, in *Ennéades, op. cit.*, t. I, p. 1.

ciens, mais combien dramatisés, humanisés et érotisés par
Narcisse — deviennent avec Plotin des éléments logiques
de la constitution, au-delà de la démence narcissique, de
cette conscience de soi occidentale, qui n'a peut-être rien à
voir avec un Moi amoureux de lui-même, mais dont la jouissance auto-érotique n'en est pas moins éclatante. Ecoutons
Plotin :

L'œil devenu désormais « intérieur » ne voit plus les « objets brillants » mais la « beauté de l'âme bonne », à condition
de suivre le précepte suivant : « Reviens en toi-même et
regarde ; si tu ne vois pas encore la beauté en toi, fais comme
le sculpteur d'une statue qui doit devenir belle : il enlève une
partie, il gratte, il polit... comme lui, enlève le superflu,
redresse ce qui est oblique, nettoie ce qui est sombre pour le
rendre brillant, et ne cesse pas de sculpter ta propre statue,
jusqu'à ce que l'éclat divin de la vertu se manifeste... Est-ce
que tu es devenu cela ? Est-ce que tu vois cela ? Est-ce que tu
as avec toi-même un commerce pur, sans aucun obstacle
à ton unification, sans que *rien d'autre ne soit mélangé
intérieurement à toi-même* ?... Tu es alors devenu une
vision... fixe ton regard et vois. Car c'est le seul œil qui voit
la grande beauté... Car il faut que l'œil se rende pareil et
semblable à l'objet vu pour s'appliquer à le contempler.
Jamais un œil ne verrait le soleil sans être devenu semblable
au soleil... [1] »

On assiste ici à une synthèse magistrale entre la quête
platonicienne de la beauté idéale, et l'auto-érotisme de l'image
propre qui rappelle immanquablement Narcisse. Comme si, à
l'intérieur du projet plotinien, l'auto-érotisme narcissique
permettait d'abord de réhabiliter le *mouvement* de l'opération
narcissique — à distinguer de sa *butée* : l'image-ombre prise
pour une réalité essentielle. Par ce mouvement, le dialogisme

---

1. *Ennéades*, I, 6, 9, 7 sq.

platonicien se transforme chez Plotin en un monologue qu'il faut bien dire spéculatif : il conduit l'idéal à l'intérieur d'un Soi qui, ainsi seulement, dans l'enchaînement des reflets, se constitue comme une *intériorité*. A l'ombre narcissique, leurre et chute, se substitue la réflexion auto-érotique qui conduit l'Unité idéale à l'intérieur d'un Soi illuminé par elle. Narcisse est transcendé, et la beauté s'incarne dans l'espace intérieur. Narcisse serait-il donc ce corps souffrant qui, comme celui de son illustre contemporain, le Christ, conduit — mais après coup, chez d'autres — l'idée à s'incarner dans une conscience de soi, à se subjectiver ? La douleur de Narcisse laisse pourtant sa trace dans l'apothéose de ce Tout noétique devenu intériorité de la conscience : comme s'il reprenait le malaise du jeune homme devant son inaccessible reflet, le Soi plotinien, individualité et totalité unies et se repoussant, se sait altéré. « Il est devenu autre, il n'est plus lui-même [1]. »

Ulysse vers le Père

On ne s'étonnera pas de constater que l'antithèse, ou plutôt la relève, de Narcisse dans le trajet de sa transformation en une intériorité spéculative, s'accomplit par l'intermédiaire d'une autre figure mythique : Ulysse, en quête lui aussi, mais non d'une image propre ni d'un corps inférieur. Fuyant courageusement ou astucieusement l'élément aquatique et les sirènes, Ulysse ne succombe pas non plus à son corps qu'il sait n'être qu'un reflet de son âme. L'âme ulysséenne, cette anti-Narcisse, part en quête de la « patrie », « vers le Père » [2] pour découvrir au-delà du corps cette lumière dont il n'est

1. *Ibid.*, VI, 9, 10, 15.
2. *Ibid.*, I, 6, 8, 21.

que le reflet, et pour accéder enfin à l'intellect réfléchissant la lumière primordiale. Saint Paul (Hebr. 11, 13), on l'a remarqué, ne dit pas autre chose. Ainsi semble s'accomplir chez Plotin un véritable Luna Park de miroirs réfléchissant l'Unité lumineuse, où se déploie la multiplication des reflets qui vont de l'idée au corps et *vice versa*. Ce miroitement réalise en fait le passage complet du regard dans la forme, de Narcisse dans la spéculation, de l'auto-érotisme en la belle-âme : « Echanger une manière de voir pour une autre... Qui verra donc cette faculté qui voit à l'intérieur [1] ? » ; ou encore : « la beauté ne nous émeut que lorsqu'elle est devenue intérieure à nous, en passant par les yeux ; or, à travers les yeux, seule passe la forme [2]. »

L'amour : vision de l'invisible

Cette unité intérieure, constituée par la vision intérieure et dont nous venons de voir la genèse mythique de Narcisse à Ulysse, procède par *amour* et par exclusion de l'impur. L'amour est en somme le *regard* de l'âme pour les choses invisibles [3] : la contemplation déclenche l'émotion, « mais il est possible d'éprouver des émotions (et l'âme les éprouve en fait) même à l'égard des choses invisibles ; toute âme, pour ainsi dire, les éprouve, mais surtout l'âme qui en est *amoureuse* [4] ». En définitive, c'est l'amour qui constitue l'unité intérieure de l'âme : comme dans *Le Banquet*, mais de manière explicitement auto-érotique, l'âme se constitue en s'aimant dans l'idéal. « Que sont cette ivresse, cette émotion, ce désir d'être avec vous-même en vous recueillant en vous-

1. *Ibid.*, I, 6, 8, 26.
2. *Ibid.*, V, 8, 2, 25-26.
3. *Ibid.*, I, 6, 4, 5 sq.
4. *Ibid.*, I, 6, 4, 15 sq.

même et hors du corps ? Car c'est ce qu'éprouvent les vrais amoureux... vous l'éprouvez en voyant en vous-même ou en contemplant en autrui la grandeur d'âme, un caractère juste, la pureté des mœurs, etc. [1] » Parallèlement et inversement, l'âme laide n'est pas une intériorité, elle ne possède pas d'espace propre, elle ne voit plus dans cette circularité qui unifie parce qu'elle élève vers le beau : « Elle ne voit plus ce qu'une âme doit voir ; il ne lui est plus permis de rester en elle-même, parce qu'elle est sans cesse attirée vers la région extérieure, inférieure et obscure... la laideur est survenue par l'addition d'un élément étranger... [2] »

Ce qui est défini comme un *amour* [3], c'est la diffusion lumineuse, la réflexion miroitante de l'Un que l'âme regarde et aime. L'Un cependant ne fait aucun effort pour aimer ou être aimé, il est en repos constant et seules les créatures, par une existence méritoire, peuvent s'élever à lui et le rejoindre. Il n'y a donc, dans cette réverbération amoureuse de l'Un plotinien, rien qui puisse faire penser à la générosité de l'*Agapè* chrétienne. Cependant, la formule « Dieu est amour » est bien chez Plotin, au sens d'un amour autarcique, qui irradie en soi et pour soi — heureuse reprise éblouissante de notre Narcisse. — L'Un est à la fois « *objet aimé, amour et amour de soi*, parce qu'il est beau, qu'il ne tire sa beauté que de lui, et qu'il l'a en lui [4] » *(kai erasmion kai eros o autos kai autou eros)*. Cet *autou eros* qui nous paraît comme une hypostase sublime de l'amour narcissique, devait constituer le pas décisif dans l'assomption de l'espace intérieur, espace autoréflexif du psychisme occidental. Dieu est Narcisse, et si l'illusion *narcissique* est pour Moi un péché, mon idéal n'en est pas moins *narcissien*.

1. *Ibid.*, I, 6, 5, 5 sq.
2. *Ibid.*, I, 6, 5, 35-50.
3. *Ibid.*, VI, 8, 15.
4. *Ibid.*, VI, 8, 15.

Œil-image-femme

« Imaginez le monde sensible, avec chacune de ses parties
restant ce qu'elle est sans aucune confusion, et cependant
toutes ensemble en une unité (...) comme en une sphère
transparente, en laquelle on peut réellement tout voir ; ayez
dans l'esprit l'image lumineuse d'une sphère, image qui
contient tout en elle. (...) Gardez bien cette image en vous et
supprimez-en la masse (...) mais invoquez le dieu qui a produit la sphère dont vous avez l'image et priez-le, pour qu'il
vienne jusqu'à vous. Le voici qui vient apportant son propre
monde avec tous les dieux qui sont en lui ; il est unique et il
est tous ; chacun est tous ; tous sont en un... [1] » Ainsi
s'énonce cette divinité Une et unifiante par la dynamique du
regard qui se délègue, en fait, à la lumière elle-même. Ni œil
ni image, ni sujet ni objet, ni intelligence ni objet pensé ; mais
clarté se contemplant elle-même, autovision de la lumière [2].
L'intelligence elle-même, mais aussi l'âme qui se constitue
d'être illuminée par elle, partageant la douceur arrondie et
apaisée d'une sphère contemplative : « Si on la comparait à
une sphère vivante et bigarrée, et si on se la représentait
comme un être sur la face de qui resplendit tout l'éclat des
visages vivants, ou encore comme l'union de toutes les âmes
pures et sans défaut qui ont à leur sommet l'intelligence
universelle, dont l'éclat intellectuel illumine toute cette région, on la verrait bien alors, mais de l'extérieur, et comme
un être en voit un autre ; il faut plus ; il faut devenir soi-
même intelligence et se prendre soi-même pour objet de
contemplation [3]. »

1. *Ibid.*, V, 8, 9, 1-15.
2. Cf. Pierre Hadot, « Plotin ou la simplicité du regard », *Études augusti-
niennes*, 2e éd., 1973, p. 82 sq.
3. *Ennéades*, VI, 7, 15, 25 sq.

Cette métamorphose intériorisante de l'intelligence propulsée par l'amour du bien, paraît nettement plus *féminine* comparée à l'Eros Pterotos de Platon[1]. Le féminin et le narcissien chez Plotin ne se rejoignent-ils pas dans cette image de sa biographie enfantine évoquée par Porphyre, où l'on voit l'enfant déjà âgé de huit ans continuer à téter le sein de sa nourrice[2] ? L'intériorité illuminée par Un bien qui en résulte est en tout cas regard et œil, comme l'est le bien lui-même, havre apaisant des dichotomies narcissiques, résorption extatique des clivages dedans/dehors, même/autre : « En outre, comment existe-t-il ? c'est comme s'il s'appuyait sur lui-même et s'il jetait un regard sur lui-même. Ce qui correspond à l'existence en lui, c'est ce regard[3]. »

Rien de moins sûr que la femme soit plus narcissique que l'homme, comme le soutient Freud. Mais qu'une femme puisse replier la soif insatiable d'une belle image propre sur le dedans de ses entrailles ou, plus psychologiquement, sur sa solitude intérieure, dans la douleur exquise de la contemplation, de la rêverie et jusqu'à l'hallucination : voilà ce qui est une véritable résolution du narcissisme qui n'a rien d'érotique (au sens grec) mais qui est toute, doucement ou fanatiquement, amoureuse. Consumation du regard en lui-même, fusion et permutation de l'un et de l'autre, ni voyant ni vu, ni sujet ni objet : cet amour au féminin sur lequel achoppent les expériences mystiques se love au corps à corps mère-bébé, aux indécisions des images avant le « stade du miroir ». Dévoration de l'imaginaire par le réel, émergence de l'imaginaire sous l'égide du symbolique, amorce et absolu de l'idéal — ce féminin de l'amour est peut-être la sublima-

1. Cf. P. Hadot, *ibid.*, p. 73.
2. *Ennéades*, I, P, 3, 2.
3. *Ibid.*, VI, 8, 16, 18-19. Cf. sur la puissance créatrice du regard en Egypte, Moret, *Le Nil et la civilisation égyptienne*, cité par Bréhier, trad. des *Ennéades*, t. VI, p. 154.

tion la plus subtile du sol psychotique secret de l'hystérie...

S'il est vrai que dans l'univers de Narcisse il n'y a pas d'autre, on peut penser cependant que la *source* est son partenaire. Symbole du corps maternel, n'est-elle pas d'une certaine façon pénétrée par le jeune homme qui y plonge son image ? Il ne reste pas moins que cette possession tout imaginaire, il faut bien le dire, ne réserve à l'autre, et en particulier à l'autre sexe, que la place du néant. Simple support, la source ne fait qu'engloutir et perdre celui qui s'y risque. Dans cet amour autarcique qui conduit à l'union avec une divinité elle-même autarcique, il n'y a pas d'autre qui ne soit un néant. La divinité plotinienne narcissienne est amour, mais c'est un amour de soi et en soi. Celui qui s'y constitue, se crée en et pour soi. Pas pour l'autre. Etre ou s'anéantir, résorber l'autre dans l'éblouissement... Saint Augustin (354-430) sur la route de Thagaste ou dans son jardin, illuminé par la révélation, est un lecteur de Plotin.

Seul à seul

L'âme devenue en quelque sorte un pur regard vers l'Un, vers l'intelligence et vers le bien, se dépouille donc du corps et, dans la dynamique de cette ascension amoureuse, elle crée l'espace de l'intériorité occidentale. L'intraduisible formule plotinienne MONOS PROS MONON, rendue couramment par « seul à seul », quoique existant déjà avec une signification sensiblement différente aussi bien dans des rites d'origine égyptienne que chez les néo-pythagoriciens, résume, chez Plotin, l'existence d'une solitude dépliée car orientée par une montée vers l'Un [1]. Plotin fait du même (MONOS) un autre

---

1. Cf. Erik Peterson, « Herkunft und Bedeutung des Monos pros Monon-Formel, bei Plotin », in *Philologus*, LXXXVIII, 1, p. 30-41, 1933, cité par H.-Ch. Puech, *En quête de la gnose*, t. I, Gallimard, 1978.

même (MONON, la forme neutre). Il crée une unité clivée mais
harmonisée que symbolisent les mains jointes de la prière.
Avant d'être une invocation, une demande, ou une implora-
tion, cette posture subjective *nouvelle* est, selon Plotin, efficace dans son déploiement seul, dans sa topographie propre
indiquant simplement la relation de *soi à soi* par l'intermédiaire de l'Un. Le sujet se prend ainsi pour objet dans un
dédoublement amoureux cependant dépassé par la médiation
de la montée vers le bien. « Il faut encore remonter vers le
Bien, vers qui tendent toutes les âmes (...) jusqu'à ce que,
ayant abandonné dans cette montée *(en tei anabasei)*, tout ce
qui est étranger à Dieu, on voit seul à seul *(monooi auto
monon)* dans son isolement, sa simplicité et sa pureté, l'être
dont tout dépend, vers qui tout regarde, par qui est l'être, la
vie et la pensée [1]. » Notons enfin que les *Ennéades* se termi-
nent par cette apologie de la solitude orientée vers l'Un,
comme par une assomption du narcissisme : « (l'âme) ne va
pas à un être différent d'elle, mais elle rentre en elle-même ;
mais dès qu'elle est en elle seule et non plus dans l'être, elle
est par là même en lui... (...) s'affranchir des choses d'ici-bas,
s'y déplaire, fuir seul vers lui seul » *(fugè monou pros monon)* [2]. En point d'orgue de cette apothéose de la solitude
contemplative, lisons ce passage qui précède de peu la
conclusion des *Ennéades*, en ayant en mémoire la tragique
aventure de Narcisse. La triste fleur chtonienne n'est pas
l'oubliée : elle est comme assumée, déplacée, subsumée dans
l'expérience devenue désormais non pas narcissienne mais
intérieure. « *Nous nous replions sur nous-mème* et n'avons
aucune part de nous-même qui ne soit en contact avec Dieu.
Ici même, l'*on peut le voir et se voir soi-même*, autant qu'il est
permis d'avoir de telles visions ; on se voit éclatant de lumière

1. *Ennéades*. I, 6, 7, 1-10.
2. *Ibid.*, VI, 9, 11, 40-50.

et rempli de la lumière intelligible ou plutôt on devient soi-
même une pure lumière, un être léger et sans poids ; on
devient ou plutôt l'on est un *dieu embrasé d'amour*... jusqu'à
ce que l'on retombe sous le poids, et que *cette fleur se
flétrisse* [1]. »

Sans objet : un mélancolique

Il peut paraître abusif d'accorder à Narcisse ce rôle crucial
dans l'histoire de la subjectivité occidentale qui consiste à
hypostasier la fonction du reflet et, à partir de son échec
narcissique, à impulser l'intériorisation du reflet pour transformer l'idéalité platonicienne en intériorité spéculative. S'il
est vrai que la lecture de Plotin nous y autorise, d'autres
mouvements mythiques, philosophiques ou historiques y
conduisent également et puissamment. Cependant, Narcisse
nous séduit et s'impose comme moteur du subjectivisme
occidental, et ce n'est pas seulement en raison de sa présence,
explicite ou allusive, dans les *Ennéades*. La banalité du personnage (le jeune homme de Thespies n'a rien d'héroïque)
mais tout aussi bien la démence de son aventure (Ovide parle
d'une *novitas furoris*, d'une nouvelle démence) font de lui un
cas limite, certes, mais un cas général. Ni Dionysos ni Christ,
mais tragique et immortel par métamorphose florale, cet
amoureux de lui-même nous est étrangement proche dans sa
puérilité quotidienne. Il nous gêne cependant, dégageant un
malaise subtil, un inconfort moite et froid. Comme si ce
début de nouvelle ère, l'ère chrétienne qui devait nous
conduire à assumer notre humanité à travers la souffrance
grandiose du Christ, insinuait parallèlement, non pas sur les
hauteurs sacrificielles du Calvaire, mais dans les terrains

1. *Ibid.*, VI, 9, 9, 55-60.

vagues, humides et marécageux de l'expérience humaine, que l'intériorité, cette Psyché devenue psychisme, se paie par... une nouvelle démence. Humaine, trop humaine...

On trouve en somme, à l'orée de l'intériorité occidentale, l'infantilisme et la perversion. La signification péjorative — aux yeux de l'Unité idéelle — de ces termes n'élimine en rien leur présence constitutive, quoique déplacée, relevée, « sublimée », aux fondements mêmes du psychisme. N'oublions pas enfin ce que les méandres des aventures narcissiques ont peut-être fait perdre de vue et qui compose pourtant le cadre de l'aventure narcissienne, sa cause et son but : l'amour. *Eros, amor* s'avouent sans objet autre que l'image propre, un reflet du corps propre, une partie idéalisée qui agit pour le tout. Que l'érotisme puisse être, dans l'élément aquatique d'une forêt archaïque, un auto-érotisme, est une démystification, un ravalement de la sublimité caractéristique de l'état amoureux. D'autre part, si l'expérience narcissienne est perçue par Ovide comme démente, elle ne l'est pas non plus au sens d'une fureur sexuelle, comme celle que connaissent Dionysos ou les bacchantes. Ici, la démence réside dans l'absence d'objet, qui est, en dernier ressort, l'objet sexuel. A quoi sert l'objet ? — A donner une existence sexuelle à l'angoisse. Narcisse n'y arrive pas. Il est dans une autre dimension. Non arrimée à un objet, son angoisse lui revient, et lorsqu'il reconnaît, dans ce ricochet, que cet autre dans la source n'est que lui-même, il a construit un espace psychique : il est devenu sujet. Sujet de quoi ? Sujet du reflet en même temps que de la mort. Narcisse n'est pas dans la dimension objectale ou sexuelle. Il n'aime ni les jeunes gens, ni les jeunes filles, ni les hommes ni les femmes. Il Aime, il S'aime : actif et passif, sujet *et* objet. En fait, Narcisse n'est pas complètement dépourvu d'objet. *L'objet de Narcisse est l'espace psychique ; c'est la représentation elle-même, le fantasme.* Mais il ne le sait pas, et il meurt. S'il le savait, il serait intellectuel, créateur

de fictions spéculatives, artiste, écrivain, psychologue, psychanalyste. Il serait Plotin ou Freud.

La psychiatrie allemande du XIX⁰ siècle a retenu du mythe
de Narcisse l'aspect pervers : l'amour du sujet pour son
propre corps. Telle est en effet l'utilisation qu'en fait P. Näcke
en 1899. Cependant, non seulement la perversion est une
notion que ses multiples paradoxes rendent incernable ; non
seulement elle paraît, à la limite, comme nécessairement et
universellement propre à la sexualité du néotène ; mais en
outre, et c'est ce que la fable exposée par Ovide a l'avantage
de mettre en lumière, il n'est pas du tout sûr que cette
« perversion » narcissique soit portée par le désir sexuel. Il
n'y a rien ici qui rappelle la manie érotique de Phèdre ou
d'Alcibiade. *« Amor »* narcissien qui amorce l'espace spéculatif de l'intériorité psychique, idéale et contemplative, serait-il
porté par une autre force ? Laquelle ? La mélancolie ? La
pulsion de mort ? Le terme de « négativité », ou de « pulsion
de mort », en effet, conviendrait peut-être mieux pour décrire
ce clivage malaisé, cette identité kaléidoscopique et en définitive brouillée, cette mort enfin du jeune épris de son image.
Une mort que rien ne justifie sauf si elle était... toujours déjà
là. Narcisse pervers ou Narcisse psychotique ? *Novitasque
furoris*, écrit Ovide, et on veut bien le croire. C'est une
démence nouvelle apaisée et perlaborée sur le fond d'un idéal
d'unité que la pensée post-mythique a fini par imposer à un
Occident devenu désormais chrétien.

Faudra-t-il insister sur le prix, sans doute très redevable à
l'histoire propre de Plotin mais qui ne perd pas pour autant sa
valeur de symptôme, dont se paie cette clôture lumineuse et
réflexive de l'espace psychique, auto-érotique sous l'œil constituant de l'Un ? « Il souffrait souvent d'un flux du ventre,
rapporte Porphyre dès le début de sa *Vie de Plotin*, mais il ne
voulut jamais prendre de lavements... il ne se baignait pas...
peu à peu, il fut atteint d'une esquinancie très grave... » Et au

moment de rendre l'âme, cet homme qui a vécu d'ignorer son corps pour construire, de sa souffrance, l'espace psychique dont il n'est pas sûr que nous soyons encore sortis, déclare : « Je m'efforce de faire remonter ce qu'il y a de divin en moi à ce qu'il y a de divin dans l'univers [1]. » Personnage mélancolique et pathétique, Plotin n'a pas cherché un objet pour y stopper son angoisse. Il s'est rivé à l'archétype ou plutôt à la source de l'objectalité : à l'image, au reflet, à la représentation, à la spéculation. En les totalisant, en les unifiant dans l'espace intérieur du Soi, « seul à seul », il fait basculer le platonisme en subjectivité. En suspendant, ou en attendant l'incarnation. Elle n'aura qu'à simplement réhabiliter les corps, forcément souffrants, et les images cependant inférieures. La passion christique et les arts de toutes les Eglises viennent ancrer dans l'histoire des créatures, des fils, cet espace psychique de l'amour que le mythe narcissien et le logos néo-platonicien venaient en fait d'achever.

Face à cette nouvelle fureur narcissique, des systèmes de pensées très différents et cependant apparentés, se disputent la domination idéologique du monde antique : le christianisme, le gnosticisme, le néo-platonisme. Les solutions proposées divergent, mais le problème auquel les penseurs ont à répondre est identique : il s'agit du désarroi affectif d'une société dont la cité *(polis)* n'est plus le centre, mais qui devient un univers civilisé *(oïkouménè)*, aussi cosmopolite que livrant l'homme à cette « solitude ineffable » dont parle H.-Ch. Puech [2]. Le platonisme, en lutte contre le gnosticisme [3], n'ignorait donc pas le christianisme. Mais il accomplit de manière autonome l'achèvement de la pensée hellénistique, en opérant la métamorphose du mythe en logos, de la fiction

1. Porphyre, *Vie de Plotin*, 1, 2, 25-30.
2. « Position spirituelle et signification de Plotin » (1938) in *En quête de la gnose*, t. I, Gallimard, 1978, p. 63.
3. Cf. le traité de Plotin « Contre les Gnostiques », *Ennéades*, II, 9, 11.

en philosophie. Mouvement épistémologique d'intériorisation, par lequel le représenté (les images mythiques) bascule
dans le discours du Sage représentant. Sans avoir besoin
d'aucun Sauveur, Messager ou Intercesseur, sans postuler
donc la nécessité d'un réel salut, l'univers plotinien, tout en
restant hiérarchisé, opère une présence et une implication
permanente du supérieur dans l'inférieur, et *vice versa*. Cette
mystique de l'immanence à l'intérieur d'une métaphysique de
la transcendance [1] s'appuie essentiellement, nous l'avons relevé, sur la dynamique du reflet, de la réflexion, au sens aussi
bien concret qu'abstrait du terme. Comment ne pas déchiffrer un mouvement narcissien inscrit dans la dialectique
même de l'idée qui produit l'intériorité d'un homme nouveau, dans des réflexions plotiniennes comme celles-ci : l'Un
« est tout entier tourné vers lui-même et intérieur à lui-
même [2] » ; « ce qui est en dehors de lui, c'est lui-même,
puisqu'il embrasse et mesure toutes choses. Ou plutôt, il est
au-dedans des choses et en leur profondeur [3] » ; et enfin :
« Le sage, déjà pénétré de raison, tire de lui-même ce qu'il découvre aux autres ; c'est vers lui-même qu'il regarde ; non
seulement il tend à s'unifier et à s'isoler des choses extérieures, mais il est tourné vers lui-même, et il trouve en
lui toutes choses [4]. » La solitude tragique et mortifère de
Narcisse est devenue désormais, dans la dialectique idéelle
des séparations audacieuses et des réflexions réciproques,
une apologie du « seul à seul », du MONOS PROS MONON,
sur lequel va se fonder un homme très différent de l'animal
politique et érotique de l'Antiquité. Laissant la politique à
ses lois, Narcisse devenu Sage ouvre la cité à la spéculation.
L'âme cesse d'être une déesse pour se réfléchir en psy-

1. H.-Ch. Puech, *op. cit.*, p. 69.
2. *Ennéades*, VI, 8, 17.
3. *Ibid.*, VI, 8, 18.
4. *Ibid.*, III, 8, 6.

chisme, en intériorité propre à chaque solitude individuelle.

Notons que si le mythe de Narcisse semble bien fournir un des éléments les plus spectaculaires de cette théorie du reflet, elle est trouvable aussi ailleurs et constitue probablement la trame générale qui soutient d'autres figurations mythiques. Pour concilier l'*infini* et la *limite*, la pensée de l'époque évoque souvent le thème de l'homme (Poimandres) ou de la femme (Sophia) *penché (parekupsen)*. Telle une « femme à la fenêtre » ou une « déesse à la fenêtre », l'être mythique se mire en bas comme dans la surface de l'eau et aspire à rejoindre cette image. Création en même temps que déchéance, cette image gnostique est une autre utilisation du thème du reflet. Enfin, les Actes apocryphes des apôtres (Actes de Jean cc. 26-29, Actes d'André, cc. 5-6) évoquent la connaissance par le miroir pour lui opposer la connaissance face à face, la vision immédiate du soi avec le soi étant considérée comme supérieure à la reconnaissance d'un simple reflet illusoire [1].

Une perte de/dans l'autre : l'extase

Enfin, comment ne pas voir aussi bien dans le mythe de Narcisse que dans les doctrines spéculatives de l'époque (gnosticisme, néo-platonisme, christianisme), une tentative douloureuse, tragique, impossible, d'aborder un problème que l'Antiquité n'avait pas résolu : l'altérité, *e éterótes* ? Quelle est la différence chez Plotin entre l'âme humaine sortie du cycle des incarnations et les âmes divines ? S'agit-il d'une différence de force et de fonction mais pas de qualité [2] ? La

1. Cf. H.-Ch. Puech, *Annuaire du Collège de France*, 1963, p. 201-210 ; et *Le Néoplatonisme*, C.N.R.S., 1971, p. 99.
2. Comme le suggère J.-M. Rist, « The Problem of "Otherness" in the Enneads », in *Le Néo-platonisme, op. cit.*

question ne se pose pas, en tout cas pas en ces termes. Cependant, si pour les gnostiques l'autre du Créateur ne peut être que de l'ordre du mal, l'*autre* plotinien ne l'est pas, pas plus qu'il n'est un différent numérique ou qualitatif : il est un mouvement indifférencié vers le non-être. *E éterótes* ne serait en somme qu'un désir pour le néant. Mais si tout ce qui n'est pas l'Un possède cette altérité et donc cette aspiration au néant, l'altérité disparaît lorsque nous nous fondons avec l'Un. L'amour-fusion avec l'Un est une élimination de l'altérité. Cette confusion de l'âme avec l'Un est décrite par Plotin en termes de vision : « se voir tout » (*blepe olon, Ennéades*, V, 5, 10, 10) et non pas « être tout ». L'âme perd alors sa spécificité, elle n'est plus complètement elle-même, elle est hors d'elle-même, dans l'*extasis*. Elle a écarté l'altérité, pour atteindre, au-delà de la saisie du néant, la stabilité du repos. Au-delà de la peur que suscite un tel mouvement, l'âme s'y adonne car elle est destinée à cette union : comme l'œil attend la levée du soleil. Or, c'est précisément le propre du *noũs* aimant (par opposition au *noũs* pensant [1]) d'opérer cette fusion qui est perte d'altérité. On a pu s'étonner des contradictions inhérentes à la théorie de l'altérité chez Plotin : comment concilier en effet le fait que l'Un est transcendant, que l'altérité est le premier produit de l'Un comme mouvement de séparation avec lui, et que l'âme enfin s'unit à l'Un dans le mysticisme ? L'imbroglio ne vient-il pas du fait que le soleil est pris comme modèle d'un univers incorporel ? Sans cela, il faudrait abandonner l'idée de l'autre comme tendance vers le néant, et n'y voir qu'un simple être fini, ce qui est un pas que Plotin ne franchit pas.

En fait, les choses retrouvent leur cohérence si l'on se souvient que le soleil n'est pas là pour représenter les lois qui agissent les corps physiques, mais pour fonder la théorie du

1. Cf. *Ennéades*, VI, 7, 35.

reflet. L'autre, c'est-à-dire l'œil, ne voit que parce qu'il reflète la lumière de la source unique. L'âme aimante doit donc renoncer à son altérité pour s'abandonner à la mêmeté de la lumière unique où elle se perd en tant qu'autre, c'est-à-dire pour Plotin en tant que non-être. L'erreur de Narcisse serait d'avoir inversé la perspective : d'avoir pris son œil comme source solaire, comme Un, et de croire qu'il peut y avoir un autre de cet autre. Plotin sait que l'âme est toujours déjà un autre, mais qu'elle peut sortir de sa solitude, de son néant, de sa déchéance possible, par le retour amoureux à la Source Une. A peine esquissée, l'altérité de l'âme est ainsi réintégrée dans le trajet mystique et initiatique du néo-platonisme non dualiste.

Narcisse mythique, lui, est un moderne plus proche de nous. Il rompt avec le monde antique parce qu'il se fait origine de la vision, et cherche l'autre en face de lui, comme produit de sa vision. Il découvre alors que ce reflet n'est pas un autre mais qu'il le représente lui-même, que l'autre c'est la représentation de soi. A sa façon donc, et par un chemin inverse à la mystique, Narcisse découvre dans la douleur et la mort l'aliénation constitutive de son image propre. Privé de l'Un, il n'a pas de salut ; l'altérité s'est ouverte en lui-même. Il n'a plus le *noûs* pensant de l'Antiquité pour aborder l'autre comme une pluralité, comme une multiplicité d'objet ou de parties. Il n'a pas le *noûs* aimant plotinien pour pouvoir échapper à son altérité dans la fusion avec l'Un. S'il est seul à seul, son altérité ne se boucle pas en totalité, elle ne devient pas intériorité. Elle reste ouverte, béante, mortelle, parce que privée d'Un.

Est-ce alors un hasard si les figures des Narcisses psychologiques ou esthétiques accompagnent les crises des religions du salut, et qu'elles s'imposent dans notre monde contemporain ébranlé par la mort du Dieu Un ?

Notre religion : le semblant

Freud chez Narcisse

Que s'est-il passé en deux mille ans avec Narcisse ?

Au début de l'ère chrétienne, lorsqu'il apparaît comme antidote à Eros, il est aussi le trait d'union, cependant sournois et ignoré, entre le monde mythique antique et le monde nouveau de l'incarnation. En effet, Narcisse n'est plus un Dieu de l'amour dont la puissance se mesure à partir de ses effets sur les autres : il est lui-même amoureux et, immédiatement, il est amoureux d'un leurre. Narcisse, ou l'amour de l'homme comme amour impossible. Narcisse, ou l'amour passion. Le coup de force du néo-platonisme et, nous le verrons plus loin, le coup de force du christianisme avec saint Thomas en particulier, sera de reprendre la *dynamique* narcissienne, réflexive, spéculaire, spéculative et intimiste, tout en considérant *l'événement* narcissique — son amour — comme une erreur, si l'on peut dire, de perspective. Si Narcisse savait qu'il n'était pas à l'origine du leurre, mais que lui-même était déjà un reflet de l'Unité essentielle, il aurait pu impunément s'aimer, aimer donc son image, dans l'orbe indépassable de l'unité essentielle, divine : espace propice de la spécularité comme de la spéculation amoureuse. Condamné seulement partiellement par Plotin, réhabilité en somme dans sa construction réflexive, le narcissisme est franchement restauré par la religion incarnée.

« Aime ton prochain comme tu t'aimes toi-même », disait déjà la Bible. « Que celui qui se glorifie, se glorifie dans le Seigneur » (I Cor. I, 31). Désormais, l'amour de soi n'est une erreur que pour autant qu'il oublie être un reflet de l'Autre (du Seigneur). De le savoir ne supprime pas le leurre, mais le réhabilite en l'insérant dans la dialectique de l'ascension vers l'Autre. La religion du salut n'est-elle pas, de ce point de vue, salvatrice précisément et dans la mesure où elle crée un espace d'amour qui compte avec le leurre, le semblant, l'impossible installé au cœur même de la réalité suprême : au cœur du rapport à l'Aimé, et donc au cœur de la réalité tout court qui ne se définit que de l'appartenance à l'Un ?

Sur le chemin de la mort

Lorsque Freud reprend le terme de narcissisme à la psychiatrie, Narcisse provoque de nouveau et plus que jamais du malaise : Narcisse est devenu symptôme pervers. L'immense construction réflexive dont Plotin ou saint Thomas ne représentent que des sommets éminents, s'était défaite, pour ne laisser choir, de la course spéculative pour la création d'une intériorité subjective, que l'aspiration maladive, illusoire, d'un Moi privé d'Autre. A travers ses débats avec Jung, Freud, à son tour et subrepticement, réhabilite le narcissisme. Non seulement au commencement était l'amour de soi, dit-il en substance, mais l'Idéal du Moi qui se profile dans toute relation amoureuse est une relève de ce narcissisme primaire ainsi seulement concilié avec les exigences parentales et sociales. Plus encore, comme par une fidélité — inconsciente ? — à la démarche plotinienne ou thomiste, Freud inscrit ce narcissisme qui est pour lui foncièrement et absolument libidinal, en dépendance d'une « nouvelle action psychique », qui s'avère être une occurrence archaïque de la paternité symbolique, en tant que pôle des identifications primaires et condition de l'Idéal du Moi. Ayant reconnu ainsi le fondement libidinal originaire du semblant narcissique, Freud, du même geste, consolide sa conception de la libido et du Moi en les définissant comme tributaires, par-delà l'auto-érotisme, de ce que Lacan appellera l'Autre. De ce fait, et tout en appuyant avec force la valeur dynamique de la relation amoureuse ou transférentielle, il trace déjà une limite à son pouvoir. Narcisse est moteur *et* barrière de l'amour.

Avec *Au-delà du principe de plaisir* (1920), la libido narcissique s'éclaire davantage et dramatiquement : les pulsions du Moi comprennent aussi les pulsions de mort. Narcisse amoureux cache Narcisse suicidaire ; la plus pulsionnelle de toutes est la pulsion de mort. Laissé à lui-même, sans le secours de la projection sur l'autre, le Moi se prend soi-même pour cible privilégiée d'agression et de mise à mort.

La réhabilitation du narcissisme chez Freud n'aboutit donc pas à une promesse de salut, mais à la découverte de l'œuvre de la mort. Fantasme personnel ? Echo d'une époque tragique ? Toujours est-il que cette fin du XXᵉ siècle, qui commence avec l'accomplissement de l'œuvre de Freud et avec la Seconde Guerre mondiale, nous lègue un espace amoureux intenable. Héritier par sa culture humaniste de la spiritualité et du symbolisme chrétiens, Freud tente une relève de la « religion du salut » en lui empruntant jusqu'à sa « talking cure ». Par un ultime soubresaut de compromis et de distance avec l'héritage psychiatrique et spiritualiste de son temps (de Näcke à Jung), Freud s'appuie sur Narcisse pour le réhabiliter d'abord en l'incluant dans sa machine libidinale : Eros est d'abord narcissique ; avant d'insister, très bibliquement cette fois-ci et en aggravant ce malaise présent déjà dans « Pour introduire au narcissisme », sur le fait que l'amour n'est qu'une stase hasardeuse de la haine. Ainsi, « Pulsions et destins des pulsions » préciseront que « l'amour provient de la capacité qu'a le moi de satisfaire une partie de ses motions pulsionnelles de façon auto-érotique, par l'obtention du plaisir d'organe. A l'origine, l'amour est narcissique, puis il s'étend aux objets qui ont été incorporés au moi élargi et exprime la tendance motrice du moi vers ses objets en tant que sources de plaisirs [1] ». Mais « la haine, en tant que relation d'objet, est plus ancienne que l'amour ; elle provient du refus originaire que le moi narcissique oppose au monde extérieur prodiguant les excitations (...) elle demeure toujours en relation intime avec les pulsions de conservation du moi, de sorte que les pulsions du moi et les pulsions sexuelles peuvent facilement en venir à une opposition qui répète celle de la haine et de l'amour [2] ».

S'il est vrai que toute autonomie du Moi se définit par opposition à son autre, à son objet, et que dire opposition, c'est dire haine — alors le Moi, drastiquement, est un Moi de haine. Précisons : si l'amour est la relève du narcissisme dans les pulsions sexuelles ultérieures, il est sous-tendu, porté, déterminé par la haine. Freud s'arrête au bord de Sade. Mais

---

1. *Métapsychologie*, coll. « Idées », 1968, p. 42 ; *G.W.*, t. X, p. 231.
2. *Ibid.*, p. 43. La pulsion de mort installe l'idiotie et le délire, la destruction et la mort, au même titre que l'amour, dans la dialectique sujet/objet dite par Freud « transfert ». Ni scénique ni ob-scène, cette écoute ouvre à l'irreprésentable. Au-delà du désir phallique du jeune Freud de pénétrer l'espace psychique, et au-delà de la dette vis-à-vis d'une féminité hystérique toute-puissante que cela suppose, succède chez le Freud des derniers écrits une position paternelle au sens où Moïse la laisserait entendre. Par-delà la mort, dans la présence de l'invisible, cette position résout la part féminine de la subjectivité, réserve de l'innommable, en lui laissant la place opératrice de la *haine* et de la *mort* promues au titre de moteurs de la Loi. Scandale ? Misogynie ? Des analystes femmes, à commencer par Melanie Klein, y reconnaîtront une vérité inconsciente : la leur ? En tout cas, c'est alors que la scène séductrice se change en *analyse*, et la représentation-dérobade en éclatement de l'impossible.

cette timidité n'est qu'apparente. Car là où l'amour sadien s'énonçait triomphal, avec et contre la Révolution ou le Pape, l'amour freudien — le transfert — maintient un pari lucidement lancé par-delà la haine et la mort : c'est le transfert amoureux qui produit les effets dynamiques de la cure. Le dualisme freudien trouve dans cette impossible harmonisation de l'espace amoureux, dans cette fracture de l'espace hainamoureux, sa plus forte expression. L'amour est un semblant nécessaire, à réparer, à susciter, à promouvoir sans fin. Pour l'analyser, c'est-à-dire pour le dissoudre jusqu'à sa trame, jusqu'à sa vague porteuse, qui est la haine. Le nouveau monde est hainamoureux. Ceux qui le regardent en face ne sont ni croyants, ni idolâtres, ni adeptes, ni fidèles, ni déçus. Seul à seul, *monos pros monon*, Narcisse se sait indépassable, mais sans se frapper, il bâtit des amours provisoires, arachnéennes, limpides. S'il traverse des passions ou des crépuscules, il n'est ni dramatico-romantique, ni fébrilement pornographe, ni malheureusement déçu. Désabusé mais non déprimé, Narcisse ne se prend depuis Freud ni pour une faute ni pour une valeur sublime : mais pour cette borne à l'infini depuis laquelle une sensualité immédiatement symbolique essaie de se dessiner. Comme sur une vidéo électronique, image en composition-décomposition, l'amour n'est que provisoirement et pour toute la vie. Fin de l'amour religion ? Réintégration, banalisation de l'amour esthétique ?

Le faux est nécessaire

Narcisse se tue parce qu'il prend conscience d'aimer du faux. La condamnation morale qui achève le mythe ovidien dévoile ainsi la concomitance du *narcissisme* et du *faux*. Cet aspect qui sera le seul explicitement repris et condamné par la chrétienté médiévale, a des racines profondes que la reprise freudienne du problème permettra enfin d'éclairer. Si, comme nous l'avons vu, on ne naît pas Narcisse (on naît auto-érotique), et qu'on ne devient Narcisse que sous l'impact d'une identification paternelle créatrice ultérieurement de l'Idéal du Moi, d'où vient le faux ? Le faux viendrait du fait que l'on n'arrive que rarement à s'identifier pleinement avec cet idéal : soit qu'il ne tient pas, soit qu'il est démoli, soit que Narcisse aidé par sa mère croit n'avoir pas besoin de lui parce qu'il l'est déjà (idéal pour sa mère). Alors, au lieu d'avoir à *créer* ce qui lui permettra d'égaler son idéal : une œuvre, ou un objet idéalisé à aimer, Narcisse *fabriquera* [1] un *ersatz*. Pour ce faire, il va investir, au lieu du Phallus paternel, tel pré-objet pré-œdipien (regard, oralité, analité, etc.). L'érotique anale de la fausseté narcissique va de pair avec la fétichisation de l'image propre (en tant que celle-ci est un faux idéal), et dévoile le moment de passivation érotique face au Père, auquel Narcisse est fixé. Ce moment sans doute nécessaire à toute idéalisation, à condition d'être introjecté par déplacement des incorporats dans l'œdipe, demeure chez Narcisse une butée. Qu'elle suggère des potentialités homosexuelles chez Narcisse ne doit pas nous cacher les conséquences de cette fixation orale-anale sur l'usage que Narcisse fera du langage. Il l'oralisera, précisément, mais il lui conférera aussi tout le poids secret et intense du modelage anal, pour le décaper de son idéalité abstraite, et le charger des latences jubilatoires d'une langue archaïque, maternelle. Echolalique, vocalisante, chantante, gestuelle, musculaire, rythmée. Le semblant narcissique comporte donc nécessairement une modification du langage. De quoi faire des prémisses pour tout l'art.

« Authentique » ou « fabriqué », l'art de toute façon com-

---

1. Selon le mot juste de J. Chasseguet-Sirgel, *L'Idéal du Moi*, essai psychanalytique sur la « maladie d'Idéalité », Tchou, 1975, p. 116 sq.

porte son moment narcissique, sa part nécessaire de semblant, de *faux* si l'on veut, avec laquelle il défie l'univers des
valeurs consacrées, s'en moque, et nous séduit par une prime
de facilité et de plaisir. Il se fait aimer...

Narcisse faussaire : homme et femme

Le Moyen Age reprend le thème de Narcisse afin d'y
condamner, pour l'essentiel, le funeste penchant humain vers
la semblance, la fausseté, voire la fraude parallèle à l'amour
de soi au détriment de l'amour pour les véritables valeurs
divines [1]. Ainsi, pour les Troubadours, « l'exemple de Narcisse doit mettre en garde à la fois contre l'orgueil et contre
les folies de l'amour [2] », alors que pour l'*Ovide moralisé*
(1316), Narcisse s'impose comme l'emblème des vanités
mondaines, de la semblance et de l'orgueil. Dans *Le Roman
de la Rose* par Jean de Meung, la fontaine de Narcisse est un
lieu de mort, d'apparence et de faux savoir, à laquelle s'oppose l'eau vive de la vérité.

Insistons sur un traitement aussi elliptique que magistral
de cette interprétation médiévale de Narcisse chez Dante
(1265-1321). L'évocation directe du « miroir de Narcisse »
apparaît dans le chant XXX de l'*Enfer*, v. 128. On a remarqué avec justesse que le contexte de ce chant est celui des
faussaires, des faux-monnayeurs et des fabricants de semblants [3]. Il s'agit en effet de Maître Adam qui frappe de faux

1. Cf. J. Frappier, « Variations sur le thème du miroir de Bernard de
Ventadorn à Maurice Scève », in *Cahiers de l'Association internationale des
études françaises*, Paris, 1939, Ed. Les Belles Lettres, p. 144 sq.

2. *Ibid.*, p. 141.

3. Cf. l'excellente étude de Roger Dragonetti, « Dante et Narcisse ou les
faux-monnayeurs de l'image », in *Revue des Etudes italiennes, Dante et les
Mythes*, Ed. M. Didier, 1965, p. 85-146. Le texte de Dante est cité selon la
traduction d'A. Pézard dans la Pléiade, 1965.

florins, et de « Sinon le faux, le Grec de Troie », qui aurait décidé les Troyens d'introduire dans leur ville le cheval de bois imaginé par Ulysse. L'atteinte à la monnaie — symbole de la valeur politique mais aussi morale — fait de celui qui s'y livre un être infâme : sa difformité physique en est la preuve comme elle est sa punition. Il souffre d'hydropisie, maladie consistant en une rétention de l'eau dans certaines parties du corps qui gonflent en disproportion avec d'autres qui s'atrophient (« L'hydropisie, qui grève et dépareille/les membres par humeurs mal digérées/ce que le chef jure après la ventraille,/les faisant haleter à lèvres bées/comme l'étique fait par male soif,/lâchant l'une au menton, retroussant l'autre », v. 52-55). Or, c'est précisément cet Adam contenant sa source croupissant en lui-même, qui prononce le nom de Narcisse la seule et unique fois dans *La Divine Comédie*. L'allusion semble claire ici, non seulement au fait que la fraude monétaire est simplement une des révélations du péché originel adamique (notons l'homonymie entre le faux-monnayeur et le premier homme), mais aussi et en même temps au fait que le péché originel (adamique) s'apparente à la faute de Narcisse. En effet, comme Narcisse qui s'éprend d'un faux-semblant, Maître Adam fausse la vraie monnaie symbole d'une loi et d'une éthique qui le transcendent, et, de vouloir ainsi usurper la place du Prince mais aussi de Dieu, endommage la *circulation* dans la cité comme dans son propre corps. Privé d'éthique (Dante joue malicieusement sur *étique*, dessèchement de la tête en l'occurrence, et *éthique*), il n'a plus de source pour se désaltérer : l'eau croupit en son ventre, alors que sa bouche a soif. Il n'a plus de repère par la même occasion : il ne voit pas, ses yeux sont murés (v. 122-123 : « et l'eau croupie/jusqu'aux yeux te maçonne la tripe »).

Sinon, le personnage inventé par Virgile, qui s'est présenté comme un déserteur du camp grec pour tromper les Troyens,

n'est pas mieux servi : il brûle de fièvre et dégage une fumée
puante. Assoiffé lui aussi (de vérité ? privé d'eau vive et
vraie ?), il est décrit par Maître Adam comme condamné à
« lécher le miroir de Narcisse » (v. 128). Les deux faussaires
se renvoient ainsi des images de soif et de cécité, qui semblent
bien être des métamorphoses du mythe de Narcisse, ou, si
l'on veut, des variantes qui condensent la faute originelle
avec celle du narcissisme et renforcent la condamnation des
deux. « Mais fraude est mal propre à l'homme, et déplaît à
Dieu » (*Enfer*, chant XI, v. 25).

Cependant, les commentateurs ne semblent pas, à notre
connaissance, avoir remarqué la présence d'un troisième
faussaire (en fait, premier par ordre d'apparition dans le
chant XXX) : il s'agit d'une femme, « Myrrha l'éhontée »,
« qui de son père/encontre droite amour devint amie./Pour
pécher avec lui, la fière louve/se vint faussant en la forme
d'une autre » (v. 38-41). Cette apparition de l'inceste fille-père
à l'entrée du chant sur la fausseté narcissique, en dévoile
peut-être un des sens sexuels que les fabricants de fausses
valeurs ou de malicieuses traîtrises n'explicitent pas. En
somme, emprunter une forme fausse procure le bénéfice de
se dérober à la loi qui est, en premier lieu, celle du père
interdit. L'inceste fille-père, comme la faute de Narcisse, est
une entorse à l'amour droit. La fille-créature brouille la
hiérarchie de la création en péchant avec son créateur ; Narcisse méconnaît cette hiérarchie en aimant une fausse création, sa propre image qui n'est pas une âme créée par Dieu.
Myrrha l'éhontée peut faire penser à la Sophia gnostique, qui
veut connaître son Père l'Infini et coïncider avec lui : elle se
perdrait en tentant cet impossible, si Dieu ne l'arrêtait pas
grâce à Horos, la « limite ». On notera que si Myrrha, comme
de leur côté Sinon et Maître Adam, offense Dieu par les trois
péchés d'« incontinence, malice et folle bestiauté » (chant XI,
v. 82), c'est à l'inceste fille-père qu'il incombe de représenter

l'aspect sexuel de cette catastrophe de la circulation, de l'échange et de la réflexion qu'est le péché infernal. Vice de pensée (« la fraude qui toujours mord conscience », chant XI, v. 52), d'image propre, d'identité du corps et de ses parties, la fraude originelle est aussi, peut-être, avant tout un dérèglement de l'interdit de l'inceste. On connaît par ailleurs la puissance avec laquelle Dante sublime l'inceste fils-mère, en dotant Béatrice des attributs de la Maternité spirituelle, et en déclarant par ailleurs la Vierge mère « fille de son fils ». Rien de tel apparemment dans le rapport fille-père : car avec le père nous touchons de toute évidence ce point ultime de l'édifice spéculaire et spéculatif dont la stabilité et l'unicité (telles qu'on peut les voir chez Plotin et saint Thomas) devaient nécessairement garantir l'existence même de l'intériorité psychique aussi bien que spéculative.

Par ailleurs, la fausseté de cette Myrrha scélérate est due probablement aussi au fait, déchiffrable à partir du récit que lui consacre Ovide, que le véritable objet passionnel de son amour autant que de sa haine semble être... sa propre mère. « Oh, que ma mère est heureuse d'avoir un tel époux », avoue Myrrha à sa nourrice, et abuse son père en se présentant à lui déguisée comme une autre jeune femme au moment même où sa propre mère célèbre les fêtes annuelles de Cérès. L'amour incestueux de la fille pour le père serait-il, en plus, « faux » de cacher une passion plus intense encore et inavouable pour la mère elle-même ? Transformée en arbre dont « les larmes ont un grand prix », la myrrhe, Myrrha nous quitte avec l'image fascinante d'un accouchement — un arbre qui accouche d'Adonis séducteur de Vénus. Le fils Adonis se venge ainsi de la passion inspirée à sa mère, mais en fait il réalise à la place de sa mère le véritable amour de Myrrha pour la déesse mère [1].

1. On notera la correspondance lexicale chez Ovide et Dante à propos de

Anti-Narcisse solaire

Cependant, il peut y avoir une erreur — l'erreur du poète — qui est « contraire à celle/de l'enfant pris d'amour pour la fontaine » (*Paradis*, chant III, v. 17-18). Qu'elle soit « contraire » n'implique nullement qu'elle ne soit pas « erreur »[1]. L'erreur consiste à avoir des visions : à voir des formes, des substances, un spectacle là où il n'y a que la transparence du soleil : « tels vis-je, prêts à parler, maints visages » (v. 16). Comme averti de l'erreur narcissique qui prend les reflets pour une réalité essentielle, le poète *immédiatement* « se juge » et « détourne les yeux ». Or, ce détournement, ce désaveu des images, cette précipitation vers l'éblouissement lumineux, est condamné par Béatrice : elle le considère comme une « cuidance enfantine », et précise que ce que le poète a cru être des leurres sont « de réelles substances » que Dieu comble de « vraie lumière » afin de les guider (v. 25-31). Ces visions, donc, ces ombres que le poète croyait mensongères, étaient une réalité. L'erreur poétique est, on le voit, opposée à celle de Narcisse qui croyait que l'ombre est une réalité. Cependant, elle lui est aussi symétrique, car, dans les deux cas, il s'agit de ne pas voir l'autre tel qu'il est, mais de faire refluer l'esprit sur soi-même, ce qui entraîne également la disparition de la réalité spécifique de l'image. Sans objet résistant, donc, le tour de l'esprit poétique consisterait à faire des objets une création du sujet — de prendre la réalité pour un fantôme créé par l'auteur. La quête dantesque

---

Myrrha. — Son amour est dit *scelus* par Ovide (*Met.* X, 314), de même que Dante emploie *de Mirra scellerata* (*Divine Comédie*, XXX, 38) et *Myrrha scelestis* (*Ep.*, VII, 24).

1. Dragonetti, *op. cit.*, p. 140, note justement que « les deux erreurs, celle de Narcisse et celle de Dante, participent en réalité de la même essence ».

dans le *Paradis* consiste à s'élever à la vision de la vraie lumière. Toutefois, à l'intérieur de cette ascension droite, Dante poète est happé par ce devenir-substance de la lumière, par ces épaississements de la transparence, par ces semblants moins visibles encore qu'une perle (v. 13-14). Esprit jugeant, il les rejette comme « narcissiques ». Epris de Béatrice, il est conduit cependant à les réhabiliter. Nous assistons ici à une analyse subtile de la condition poétique : fascinée par les images d'une part, en quête de vérité d'autre part. Ou peut-être en même temps ? En effet, c'est la simultanéité des deux mouvements qui assure la véritable sortie du leurre narcissique : il ne s'agit pas de s'aveugler devant les images au nom d'une vision immédiate de la vérité, mais de les reconnaître comme telles, comme reflets d'une aventure spirituelle faite de réflexions ascendantes et qui les dépasse.

L'Anti-Narcisse est en définitive un au-delà, pas un en-deçà de Narcisse. Fidèle à la tradition plotinienne et thomiste, Dante subsume les « semblants » comme repères nécessaires à l'intérieur du trajet paradisiaque. L'éblouissement lumineux demeure la vision suprême (« Tel le soleil qui lui-même s'efface par trop de feu... », *Paradis*, chant VI, v. 133), la foudre qui fait défaillir raison et vision étant précisément cet ultime « amour qui mène le soleil et les étoiles » (*Paradis*, chant XXXIII, v. 145). Mais dans cette voie « je, qui suis mortel, me sens clocher (boiter) » *(mi sento in questa disagguaglianza)* (*Paradis*, chant XV, v. 83), et on notera que c'est seulement la présence féminine — maternelle — de Béatrice qui, dans le chant III, lui permet de surmonter l'erreur inverse de celle de Narcisse, et d'investir ces semblants de corps, ces corps semblants, dans la quête de la vérité... En « boitant ».

Le poète est-il la défaite de Narcisse ? Ou plutôt sa relève : une réhabilitation du semblant pourvu qu'il soit placé, déplacé, au sein de l'amour entre le poète et sa maîtresse mère spirituelle qui le guide vers l'Autre ?

Epris de lui-même à son insu, victime de son regard qui lui semble créer le monde, le poète a tendance à prendre le monde pour un spectacle : arbitraire, faux, manipulable par lui-même. Par droiture, cependant, il s'en détourne et, pour se punir, se ferme les yeux. Seule Béatrice l'autorise à accepter qu'un Autre soit la source de ses visions qui sont, par conséquent, des réalités de l'Autre, et non pas des leurres « poétiques » ou « infantiles ».

Narcisse enfant

« Mon cœur soupire/la nuit le jour/ qui va me dire/si c'est d'amour [1] », chante désespérément, mélancoliquement, irrésistiblement le jeune page Chérubin dans *Les Noces de Figaro* de Mozart, et sa nostalgie, à la fois profondément comblée et à jamais inconsolable, est probablement la meilleure expression de ce que Narcisse aurait dit s'il avait pu chanter. S'il savait se donner le moyen, chrétien par excellence, d'incarner l'érotisme dans la musique [2]. Son chant élancé, embrasant, tendu de passion, n'est pas une invocation vers un autre : il se nourrit de sa propre élévation, de sa « lévitation ». Lové à son soupir, le cœur ne sait pas s'il veut un autre : il se chante, il chante. Serait-il d'amour, qu'il aurait dû avoir un objet. Mais la comtesse, figure schématique de la bonne (ou de la mauvaise ?) mère, n'est pas une entité réellement séparée de la

---

1. « Voi che sapete/Che cosa è amor/Donne vedete/S'Io l'ho nel cor./ Quello ch'io provo/viridiro :/E par me movo,/Capir nol so./Sento un affetto/Pien di désir, Ch'ora è diletto, Ch'ora è martir [...] Non trovo pace/ Notte nè di,/Ma pur mi piace/Languir cosi... »
2. Cf. à ce propos, S. Kierkegaard, « Les Etapes érotiques spontanées ou l'érotisme musical », in *Ou bien ou bien*, Gallimard, 1943, p. 41 sq.

passion en effet narcissique du jeune ignorant des différences (enfant/mère, jour/nuit, homme/femme). Cependant, tout cela importe peu à Mozart, qui a su trouver la voix pour faire surgir de la fureur narcissique la sublimité de la passion éprise de sa propre doublure veloutée. En tant que mythe, Narcisse est tragique. En tant que chant, il est Chérubin. La religion révélée et la société féodale dont nous aborderons plus loin quelques aspects [1], l'ont non seulement déculpabilisé et innocenté, mais elles ont fait de lui un personnage sinon séduisant, du moins adorable, Angélique. Le principe de plaisir s'insère ainsi dans la religion du salut.

Narcisse délice, symboliste ou « maraudeur aquatique »

La revendication plus ou moins sournoise de l'expérience narcissique comme fondement nécessaire à l'art, comme création de semblances et cependant comme unique voie d'accès à la vérité, écartelée entre plaisir et mort, est constante au long des siècles. Mais c'est à Paul Valéry que revient le mérite de revendiquer sans complexe les « délices » de l'« inépuisable Moi » *(Narcisse parle, Fragments du Narcisse, Cantate du Narcisse)*. Plus de trace de la moindre honte ou condamnation : l'écriture qui se sait et se veut signe et symbole revendique la figure divisée de Narcisse et s'inspire de cette exquise séparation interne à l'être parlant, qui « glisse entre nous deux le fer qui coupe un fruit » *(Fragments)*. Narcisse est donc désormais, pour le moderne, « un tendre parfum au cœur suave » *(Narcisse parle)*. La tragédie de ce jeune amoureux de son image apparaît comme la source même de la connaissance de soi : « Jusqu'à ce temps charmant je m'étais inconnu/Et je ne savais pas me chérir et me

1. Cf. chap. IV et VI, 1.

joindre ! » Et le poète, qui s'avoue moins parfait que « l'éphémère immortel », y trouve un inépuisable « trésor d'impuissance et d'orgueil », qui le justifie dans sa propre position de
ne reconnaître d'autre essence que celle du Moi. « ... Je ne
suis curieux que de ma seule essence ; (...) Tout autre n'est
qu'absence. » Hymne de la mort de Dieu, cette apologie de
Narcisse devient l'aboutissement psychologique de la position spéculative : « Je suis seul. Je suis moi. Je suis vrai... Je
vous hais » *(Cantate).* Ou encore : « A mon dédain des dieux,
pourrais-je rien changer ? J'aime ce que je suis. Je suis celui
qui aime » *(ibid.).* Cette polémique implicite avec le Cogito de
Descartes (« Je pense donc je suis »), est en réalité et en
conséquence une hypostase de la jouissance au travers de la
vérité, une glorification de l'incantation au-delà du savoir.
Apologie du miroitement des signes placés sur l'instabilité des
eaux : l'écriture défie l'Un et l'espace fermé, elle est un cri de
liberté nécessairement éphémère et néanmoins invoquée...
« Parole », « Fragments », « Cantate » : à travers Valéry,
Narcisse survit, réhabilité, en poète.

Plus retors, plus elliptique, plus ironique, plus fasciné par
la femme aussi, Mallarmé fut peut-être le premier de nos
modernes à métamorphoser Narcisse dans son espace
« vierge, vivace et bel aujourd'hui ». S'il ne l'évoque explicitement que dans *Les Dieux antiques* pour n'y déchiffrer que
« le mutisme ou la surdité du profond sommeil », on peut
penser que *Le Nénuphar blanc* est la version ou l'inversion
hétérosexuelle de Narcisse. On y rencontre d'emblée le poète
aux « yeux au-dedans fixés sur l'entier oubli d'aller », qui
n'échoue pas moins, cependant, dans « quelques touffes de
roseaux », « retraite aussi humidement impénétrable »,
« terme mystérieux de (sa) course ». Le sourire mallarméen,
cette énigme qui conjoint l'ironie du professeur fin de siècle et
le désabusement métaphysique devant la vacuité des symboles, est sans doute ce qui transforme la triste fleur chtonienne

de Narcisse en ce *Nénuphar blanc*, phare blanc, lumière incolore de l'impuissance à atteindre l'autre. Le sourire est l'aveu d'une peur à peine surmontée : « je souris au commencement d'esclavage dégagé par une possibilité féminine ». Le « maraudeur aquatique » goûte les délices de la solitude ensemble : « Séparés, on est ensemble : je m'immisce à de sa confuse intimité, dans ce suspens sur l'eau où mon songe attarde l'indécise... » « Résumer d'un regard la vierge absence éparse en cette solitude... » Sont-ils deux ? Qui le dira ? Demeure la certitude d'un « bonheur qui n'aura pas lieu », les nénuphars « enveloppant de leur creuse blancheur un rien ». Que le « rapt de (l')idéale fleur » soit accompli : en effet. Mais cela n'a rien à voir avec l'apologie valérienne, évoquée plus haut, du corps-essence unique. Le corps, le sexe, cet « imaginaire trophée », insinue Mallarmé, « ne se gonfle d'autre chose sinon de la vacance exquise de soi ». Ce qui ne l'empêche nullement, au contraire, ce qui le pousse à « aimer », « poursuivre », « toute dame arrêtée parfois et longtemps, comme au bord d'une source à franchir ou de quelque pièce d'eau ». Narcisse a beau être amoureux, le nénuphar blanc qui le déguise dévoile cependant la vacuité de son espace. Là mortelle, ici ironique, la réunion impossible ne mérite pas la mort. « Victorieusement fui le suicide beau... » Comme toute la modernité, Mallarmé a hérité de l'espace psychique narcissien. Mais cet espace est désormais vide. « Rien n'aura eu lieu que le lieu... »

Plus proche de Valéry auquel il dédie son *Traité du Narcisse*, Gide saisit le mythe pour en extraire un essai d'ésotérisme symboliste. Son Narcisse, qui pourtant ne semble rien devoir à Dante sinon l'évocation d'une même tradition, « rêve au Paradis ». Fantasme de l'androgyne avant la sexuation, cet « Adam des espaces parfaits » que serait Narcisse, est « grave et religieux ». Nécessaire car manifestant l'inévitable de la manifestation, il est cependant fautif dans la mesure où il préfère le manifesté, la forme, le symbole, à l'idée qui se manifeste. Le poète aurait la capacité de voir, au travers des apparences narcissiennes, les formes essentielles et stables, harmonieuses et vraies, et il serait pour cela même le détenteur du paradis. Scandaleux, mais absolu. Voué à la surface du regard, mais à la vérité aussi. « Le poète est celui qui regarde. Et que voit-il ? — Le Paradis. » L'Œuvre, Forme fatale, numérique, « paradisiaque et cristalline », n'est donc pas simplement apparence, puisqu'elle est symbole. « A-t-on compris que j'appelle symbole — *tout ce qui paraît* ? »

On aura assurément compris que Gide est l'anti-Mallarmé par excellence. A la vacance narcissienne chez l'un se substitue, par-delà l'« azur vide » cependant évoqué, la complétude du sens symbolique chez l'autre. A l'évidement mallarméen — la contemplation gidienne. A la pulvérisation du soi, du corps et le rire chez l'un — l'auto-érotisme de l'autre.

Deux voies s'offrent à l'espace psychique du Narcisse moderne, Narcisse artiste : le « maraudeur aquatique », ou la religion du Moi. La première est plus ironiquement que mythiquement narcissienne : décentrée, elle ouvre l'espace de la réflexion aux canaux labyrinthiques et embourbés d'une navigation indécidable, d'un jeu avec le sens et les apparences fugaces, avec les « looks »... L'autre est plus psychologiquement ou spéculativement narcissique : tributaire d'une religiosité laïque, elle fait descendre Dieu dans Narcisse, et impose le Moi comme socle de la nouvelle religion qu'est le symbolisme généralisé. Toute apparence « veut dire », donc le Moi est sacré. L'art ésotérique est l'achèvement du christianisme qui avait déculpabilisé Narcisse. S'il nous reste aujourd'hui une religion, elle est esthétique, car le narcissisme s'abrite le plus intensément dans les déploiements fugaces du sens fictionnel.

IV

Dieu est agapè

La loi d'amour, venue de la Bible, proposait aux chrétiens :
« Tu aimeras le Seigneur, ton Dieu, de tout ton cœur, de
toute ton âme et de tout ton pouvoir » (Deutéronome 6, 5) et
« Tu aimeras ton prochain comme toi-même » (Lévitique 19,
18). Sur cette base, une véritable révolution s'est opérée,
tributaire sans doute du monde hellénistique finissant, mais
surtout d'une attitude nouvelle, inouïe, scandaleuse et folle,
qui transforme l'*Eros* grec et l'*Ahav* biblique en *Agapè* [1].

Un don gratuit

C'est à Paul que nous devons la formulation la plus précise, et la plus spécifiquement nouvelle, de cette attitude
inouïe que les Evangiles synoptiques contiennent, certes,
mais qu'ils n'explicitent pas. En effet, le terme *agapè* (que le
latin a rendu par *caritas* — expression par trop atténuée dans
la tradition chrétienne, théologique et vulgarisatrice, pour
qu'on ne ressente aujourd'hui le besoin de recourir au grec,
dans l'intention d'en extraire la nouveauté) n'apparaît que

1. Cf. Anders Nygren, *Eros et Agapè, La Notion chrétienne de l'amour et
ses transformations* (1930), Aubier, 1962.

deux fois dans les Evangiles (Matth., 24, 12 et Luc, 11, 42), et dans un sens proche du biblique : amour-commandement, amour-mérite. Or, en même temps, dès les Evangilès, l'amour chrétien est bien un *don gratuit* : loin d'avoir à le mériter ou à craindre son retrait de la part de Dieu, le chrétien est assuré d'être aimé, indépendamment de ses qualités [1]. Cet amour serait-il aussi — surtout ? — un amour pour ceux qui ont démérité [2] ? De fait, amour théocentrique, aussi bien opposé à l'amour-mérite de l'homme qu'à un éros visant le bonheur, cette conception se prépare dans l'Ancien Testament [3] : mais il n'en reste pas moins que pour la Bible, « la

1. L'érotisme grec n'ignore pas le terme d'*agapè* pour désigner les relations entre *erastes* et *eromenos*, et Démosthène signale cet emploi ainsi que l'usage d'*agapan* pour indiquer l'attitude des dieux à l'égard de Ganymède et d'Adonis (cf. Dover, *op. cit.*, p. 69). Le terme d'*agapè* a été souvent utilisé, par ailleurs, dans le judaïsme hellénistique ; ainsi, chez Philon d'Alexandrie (cf. Deissmann, *Neue Bibelstudien*, p. 27, cité par Nygren, *op. cit.*, p. 119). Mais c'est bien Paul qui le premier lui donne sa valeur chrétienne, sa seule valeur religieuse.

2. « Je ne suis pas venu pour appeler les justes, mais les pécheurs » (Marc, 2, 17). « Ainsi, je vous le dis, il y aura plus de joie au ciel pour un pécheur qui se convertit que pour quatre-vingt-dix-neuf justes qui n'ont pas besoin de conversion » (Luc, 15, 7). « Grâce à cela, je te le dis, beaucoup de péchés lui seront remis car elle a beaucoup aimé. Mais à celui qui aime peu, on remet peu » (Luc, 7, 47).

3. « Car tu es un peuple saint pour Yahvé, ton Dieu, c'est toi que Yahvé, ton Dieu, a choisi pour devenir son peuple de prédilection d'entre tous les peuples qui sont à la surface du sol. Ce n'est pas parce que vous étiez les plus nombreux de tous les peuples que Yahvé s'est épris de vous et vous a choisi, puisque vous êtes le moins nombreux de tous les peuples ! Mais parce que Yahvé vous a aimés et parce qu'il a gardé le serment, qu'il a juré à vos pères, c'est pour cela que Yahvé vous a fait sortir par une main forte et qu'il t'a libéré de la maison des esclaves... » (Deut., 7, 6). On lira aussi Osée qui pose que Dieu « prend plaisir à l'amour et non au sacrifice » (Osée, 6, 6). De même Isaïe : « J'ai été trouvé par ceux qui ne me cherchaient pas, je me suis montré à ceux qui ne me demandaient pas (LXV, 1). » Enfin, l'amour du Cantique est, dans une de ses significations, don assuré dans la permanence de l'espoir. Ainsi, s'il n'est pas faux, comme l'a relevé hargneusement Nietzsche dans la *Généalogie de la morale*, que l'amour chrétien est un renversement de la

voie des pécheurs mène à la ruine » (Psaume I) et ne trouve aucune place dans la Loi de l'Eternel.

Paul, à qui revient donc le mérite de la nouvelle définition de Dieu comme Dieu d'amour [1], construit cette conception dans un triple mouvement mis en évidence par A. Nygren [2]. Paul met d'abord quelque peu en sourdine l'amour de l'homme pour Dieu, et accentue le théocentrisme évangélique : au lieu d'appeler l'homme à aimer Dieu, il postule que c'est Dieu qui aime, et gratuitement. Ensuite, il dévoile — et c'est sans doute le point le plus fort de sa pensée de l'amour — que ce don gratuit qu'est l'amour du Père, est en définitive le sacrifice du Fils : l'*agapè*, c'est l'agapè de la Croix (Rom., 5, 6-10). Enfin, c'est l'amour du prochain, incluant non seulement les proches et les justes mais les ennemis et les pécheurs, à « aimer comme soi-même », qui couronnera ce renoncement scandaleux au bonheur, et qui s'avère cependant la voie la plus directe d'adhésion au Père : non pas en tant que Loi, mais en tant que Nom, Verbe-et-Amour. Immersion nominale. Baptême chrétien.

Examinons de plus près cette dynamique de la pensée paulinienne. Est-elle toujours pour nous un scandale ou une folie, comme le fut selon Paul la Passion du Christ pour les Juifs et pour les Grecs [3] ? Sommes-nous toujours juifs et toujours grecs ? Y a-t-il une actualité post-chrétienne ? Le

« sublime rancune » d'Israël, il faut bien noter qu'il y a un amour biblique fondamental et indestructible qui est le véritable socle de l'agapè chrétienne, et auquel Nietzsche reste, symptomatiquement, aussi sourd qu'il est irrité de l'amour tout court.

1. II Cor., 13, 11 : *o theos tes agapes*.
2. A. Nygren, *Eros et Agapè, op. cit.*
3. Cf. Paul I, Cor., I, 22-25. « Alors que les Juifs demandent des signes et que les Grecs cherchent une sagesse, nous autres, nous prêchons un christ crucifié, embûche pour les Juifs et stupidité pour les nations, un christ puissance de Dieu et sagesse de Dieu pour les appelés, Juifs ou Grecs ; car la stupidité de Dieu est plus sage que les hommes et la faiblesse de Dieu est plus forte que les hommes. »

dilemme de l'amour et de son invisible présence qui nous envahit, informulable et lancinante par sa défaillance, aboutit, en dernier ressort, à ces questions.

Dans la relation amoureuse en cause, l'accent est donc mis sur sa source, Dieu, et non sur l'homme qui aime son créateur. Ce déplacement ira jusqu'à un changement de terme : pour Paul, en définitive, il ne s'agira plus (du côté de l'homme) d'*agapè*, mais de *pistis*, de foi. Dieu aime le premier : centre, source, don, son amour nous vient sans que nous ayons à le mériter, il nous tombe à proprement parler du ciel et s'impose avec l'impératif de la foi [1]. Cette définition de Dieu par son amour conduit dans un premier temps à modifier la position de la Loi, et sans l'abandonner, à penser son « accomplissement » ou sa « plénitude » que serait l'amour : « la charité est la plénitude de la Loi » (Rom., 13, 10). Elle aboutit logiquement à identifier Dieu avec l'amour [2], même si c'est chez Jean que la formule « Dieu est amour » trouve son développement rhétorique [3]. Le moment essentiel de ce théocentrisme est l'inversion de la dynamique d'Eros qui *montait* vers l'objet désiré ou vers la Sagesse suprême. Agapê, au contraire, en tant qu'identifiée à Dieu, *descend* : elle est don, accueil et grâce. C'est à l'amour juif que cette agapê fait davantage penser, tant il est vrai que le Dieu biblique, paternel, est celui qui *a élu* ses fidèles [4]. Nous revien-

1. « Or tout vient de Dieu qui nous a réconciliés avec lui par le Christ et qui nous a donné d'être au service de la réconciliation » (II Cor., 5, 18).

2. « Au reste, frères, réjouissez-vous, perfectionnez-vous, consolez-vous, tendez à l'unanimité, soyez en paix, et le Dieu d'amour et de paix sera avec vous » (II Cor., 13, 11).

3. « Dieu est amour et celui qui demeure dans l'amour demeure en Dieu et Dieu demeure en lui » (Jean, 6, 16).

4. Cet amour, qui se répand d'en haut, a été formulé, en opposition au christianisme, par Plotin. Nous avons insisté (p. 141) sur cette diffusion lumineuse, sur la réflexion miroitante et spéculaire de l'Un dans le monde ici-bas des créatures, et sur l'économie narcissienne de cette réflexivité. Remar-

drons sur la signification profonde que pourrait avoir, pour le sujet parlant, la position d'un tel amour-don, originairement agi par un Autre qui de sa passion nous fait offre et accueil. Insistons ici sur sa dette à l'amour biblique mais aussi sur la différence qui les sépare : *agapè* est gratuite, moins élection que générosité bienveillante, paternité non pas sévère mais domestiquée et éclairante. L'amour pour les impies est la meilleure démonstration de cette primauté sans réciprocité initiale de l'amour divin. « Magnifique l'homme à qui le Seigneur ne compte pas le péché ! » (*Rom.*, IV, 8).

Cependant, et c'est l'autre trait distinctif de l'amour chrétien, à proprement parler incompréhensible dans le contexte de la religiosité antique, ce don inaugural et sans rétribution

---

quons cependant que, chez Plotin, si l'Un lui-même obéit à ce mouvement réflexif, il n'apparaît pas en lui-même, il ne s'abaisse pas : « il y a un être un et identique qui ne se partage pas et qui reste entier ; il n'est éloigné d'aucune chose ; mais il n'a pas besoin de se répandre en elles » (*Ennéades*, VI, 5, 3) ; « Il n'y a point en lui (l'Un) d'effort, ce qui en ferait un être imparfait. Son effort serait d'ailleurs sans objet ; car il n'y a de choses qu'il ne possède, et il n'a donc aucun objet vers quoi faire tendre son effort (...). Pour qu'une chose existe après lui, il faut qu'il reste en lui-même, dans un repos absolu » (*Enn.*, V, 3, 12). C'est au contraire par un effort de sagesse dans l'existence, qu'une élévation surhumaine du « narcissisme » peut se produire pour que l'homme rejoigne l'Un. Cependant, la formule de Dieu-amour est bien chez Plotin, mais au sens non pas d'une immersion du divin et de l'humain, au contraire — au sens d'une autarcie divine. « Il est à la fois *objet aimé, amour et amour de soi*, parce qu'il est beau, qu'il ne tire sa beauté que de lui, et qu'il l'a en lui » (*Kai erasmion kai eros o autos kai autou eros..., Enn.*, VI, 8, 15). Ce Dieu *autou eros* est donc amour mais de soi, et seule sa diffusion descendante, lumineuse, réflexive, le rapproche du mouvement de l'agapè chrétienne. D'ailleurs, lorsque la pensée médiévale analogique aura été érodée, l'apparition d'un Dieu « causa sui » reprendra certains éléments de cette autarcie plotinienne, et, tout en libérant l'ego de sa dépendance vis-à-vis de sa cause transcendantale, indiquera combien il est impossible de *penser* une relation de l'Infini (amour) avec le Fini (créé). Leur lien est de l'ordre de l'impensable : du théologique, donc de l'amour et de ce qu'il implique comme homologation, représentation, identification, mais aussi comme effacement des limites et du sens.

présumée est, de surcroît, le sacrifice d'un corps. Le corps du Christ, du fils. L'amour s'accomplit par une mort provisoire certes, mais néanmoins scandaleuse, folle, inadmissible. Cet amour vise non pas l'éternité mais la résurrection en assumant, dans sa boucle, le moment bas de l'anéantissement du plus aimé. Est-ce une folie masochiste, un sacrilège, la fin du divin au sens de l'intouchable ? La fin du strictement interdit et pour cela même la fin du Tout-Puissant [1] ?

La mort est une immersion

Ce don d'amour à travers le sacrifice est l'inversion du péché : « Mais il n'en est pas du don comme de la faute : si en effet par la faute d'un seul beaucoup sont morts, à plus forte raison la grâce de Dieu et le don ont-ils, par la grâce d'un seul homme, Jésus-Christ, abondé sur beaucoup » (Rom., 5, 15). A la Loi qui fait abonder la faute (« où il n'y a pas de loi il n'y a pas de transgression », Rom., 4, 15), se substitue ainsi la *surabondance (pleonasmos)* de la grâce par l'amour-don (Rom., 5, 20)[2]. A l'autorité tissée de Loi et de péché, succède l'abondance, la profusion, la générosité de la grâce : « le péché en effet n'aura pas autorité sur vous, car vous n'êtes plus sous la Loi mais sous la grâce » (Rom., 6, 14). Pléthore, *immersion (baptisis, baptisma)* (Rom., 6, 3), abondance : l'amour s'impose d'abord, dans sa polémique avec le péché et

1. « A peine meurt-on pour un homme juste ; peut-être supporterait-on de mourir pour un homme de bien. Or, l'amour de Dieu pour nous, c'est que le Christ est mort pour nous quand nous étions encore pécheurs » (Rom., R, 7-8).
2. *Pleonasmos*, surabondance, excès ; *pleonazo*, être surabondant : « *Nomos de pareiselthen, ina pleonase to paraptoma, ou de epleonasen e amartia, upereperisseusen e charis.* — Or la Loi était intervenue pour que la faute abonde, mais où le péché abondait, la grâce surabondait » (Rom., 5, 20).

la Loi, comme un échange, règlement, fusion, « *réconcilia-tion* » (Rom., 5, 10-11) [1]. Une telle réconciliation-identifica-tion avec l'idéal suprême conduit le fidèle à une hypostase grandiose, et en même temps le prive du « vieil homme » qu'est le corps de convoitise [2].

Ce mouvement d'augmentation et de privation est, en effet, très loin de l'idée classique du sacrifice [3]. Non seule-ment ce qui est sacrifié l'est provisoirement (le corps du Christ ressuscitera tel quel), mais en outre, et à partir de l'immersion du fidèle dans le Christ, ce fidèle-là ne laisse mourir qu'un corps de convoitise, le corps érotique, pour retrouver, dans la résurrection, le corps tel quel mais tout entier investi dans l'idéal. Si perte il y a, elle est à la fois *totale* (ce n'est pas une partie du corps, ni même des objets utiles à ce corps, mais le corps entier qui est aboli) et *nulle* : simple marche dans l'accord (« réconciliation ») avec le Père-Dieu ; antithèse interne au mouvement triadique qui, parti de l'amour posé depuis toujours, assumera la négation et culminera dans la synthèse de la résurrection.

Homologie/analogie

La passion christique et, par homologie, toute passion qui va jusqu'à la mort, n'est donc qu'une preuve d'amour, et non

1. *Catallage, es* — échange d'argent, règlement, réconciliation, et par extension absolution. « Car si, ennemis, nous avons été réconciliés *(catalla-gemen)* avec Dieu par la mort de son fils, combien plus, une fois réconciliés *(catallagentes)* serons-nous sauvés par sa vie. Et non seulement, mais nous nous vantons de Dieu par notre Seigneur Jésus-Christ de qui nous tenons désormais la réconciliation *(catallagen)* », (Rom., 5, 10, 11).

2. « Nous savons en effet que le vieil homme en nous a été crucifié avec lui afin que soit aboli le corps du péché pour que nous ne soyons plus asservis au péché » (Rom., 6, 6).

3. Comme l'affirme R. Girard, *Des choses cachées depuis le commence-ment du monde*, Grasset, 1978.

un sacrifice dû à la loi du contrat social. Le sacrifice est une offrande qui, d'une substance, fait Sens pour l'Autre et, par conséquent, pour l'ensemble social qui en est tributaire. A l'inverse, l'amour-passion est un don qui assume la douleur et la perte totale non pas pour en faire une assomption métaphorique vers l'Autre, mais pour permettre à un Sens toujours-déjà là, antérieur et condescendant, de se manifester pour les membres de la communauté qui le partagent. Si le sacrifice est une métaphore (oblitération d'une substance concrète pour qu'un sens abstrait advienne aux sacrifiants), l'amour-passion est l'expérience d'une *homologation*, d'un baptême. Paul lâche le mot lorsqu'il parle de l'immersion du fidèle dans le Christ, dans sa mort comme dans sa vie : « Car si par analogie *(omoiomati)* avec sa mort, nous avons participé à sa nature, nous y participerons aussi par analogie avec sa résurrection » (Rom., 6, 5)[1]. Dieu analogue — plus exacte-

----

1. *Omoioma, atos*, objet ressemblant, image. A noter que Platon emploie ce terme lorsque, dissertant sur l'amour, il pose que si l'âme amoureuse aperçoit une *omoioma*, une imitation, des choses du monde céleste qui ressemblent à celles d'ici-bas, l'âme est hors d'elle-même *(Phèdre*, 250 a). L'assimilation, la transformation *(omoiosis)*, voire même ce qui représente *(omoiotikos)* sont ainsi, dès les origines et dans le christianisme de manière très accentuée, liés à l'amour. C'est la même relation d'*omoiosis* qui régit les rapports entre les Noms divins, ainsi que, comme on le voit dans Rom., 6, 5, les rapports entre Dieu et les créatures. Toute la pensée médiévale est dominée par l'énigme et la difficulté de l'*omoiosis* qui, sous le nom aristotélicien d'*analogia* préoccupe la théologie (rappelons Duns Scot et saint Thomas, cf. plus loin, p. 167-184 mais aussi Eustache de Saint-Paul, Suarez, etc.). Si elle apparaît essentiellement comme la médiation privilégiée du rapport fini/infini, l'analogie est précisément le contraire d'une relation logique, rationnelle, visant à établir un fondement ou une cause. Mieux : la doctrine théologique de l'analogie éliminait la recherche de causalité puisqu'elle s'y substituait. On peut suivre, cependant, la lente érosion de cette notion, qui conduisit à l'avènement du rationalisme moderne, en passant par une évolution interne à la théologie jusqu'à ce que J.-L. Marion a pu appeler une « théologie blanche » (cf. J.-L. Marion, *Sur la théologie blanche de Descartes*, PUF, 1981). Au rapport théologique d'une *omoiosis* constitutive des créatures dans l'*amour* (pas dans la raison) et nécessairement incommensurable

ment homologue — à l'homme doit être pour un temps mortel, pour que l'homme mortel devienne analogue à Dieu. Le *lien* que toute religion établit entre la divinité et ses croyants devient ici une *identification* (*Einfühlung* chez Freud, cf. p. 30 *sq.*) et c'est pour cela même que son nom est amour. Et non sacrifice.

Qu'il n'y a pas d'identification idéalisatrice sans meurtre de l'objet aimé qui est, dans cette homo-logique, aussi bien une

(puisque le Verbe homologue l'infini de Dieu au fini de la créature), donc débouchant sur l'impensable, se substitue progressivement la recherche d'une *proportionnalité*. L'analogie d'Aristote, cas particulier de la métaphore, trouve son application privilégiée en mathématique (*Poétique*, 21, 1457 b, 6-9). Le pivot de l'analogie serait une certaine unicité présumée, le point de vue commun qui permet l'unification des inclinations. (Cf. plus loin p. 253 *sq.*) On passera par *analogia entis* (analogie dans l'étant) et par *analogia fidei* (analogie dans la foi de Dieu révélée par Jésus). Duns Scot, et Suarez qui s'y réfère, pose comme base de l'analogie le principe de l'étant comme immédiatement perceptible et commun à Dieu et aux créatures : mais il vire l'univocité et l'indistinction au concept, au « conceptus entis »... voie qui conduira à Descartes. Saint Thomas, de son côté, défendra contre un Dieu-cause, la *similitude* : « il produit selon sa force des effets qui lui restent semblables, non univoquement mais analogiquement » (*I Sententiarum*, d.2, q.2, solutio). Les analogues seront alors pensés comme se rapportant à une perfection commune et cependant inégalement possédée (*per prius* en Dieu, et *per posterius* dans les créatures). Enfin, Dieu comme *causa sui, causa sive ratio*, chez Descartes, sera le dernier compromis entre la théologie amoureuse homologante et la rationalité naissante qui sort de l'analogie pour donner un *fondement* à la cogitation, fondement cependant encore béant, infini, impensable... On lira, sur cette évolution et ses embûches, le beau livre de Marion. Retenons, pour notre propos, le rôle décisif qu'a joué, dans ce mouvement, la précision de l'*omoioma* en *analogie*. La pensée paulinienne, qui comporte en ce point un écho platonicien, tout en étant théocentrique, suppose, par la notion de ressemblance-semblance-image-représentation, une relation à la fois différentiante et unifiante des identités dans la Trinité divine, mais aussi entre la créature et le Créateur. Cette notion de semblance — d'homologie — est à proprement parler inconcevable, illogique, impensable, en dehors de l'*agapè* qui en est la condition. Disons qu'elle concerne les sujets de l'énonciation dans leur lien amoureux, et non pas des signifiés ni des signifiants formellement analogiques ou métaphoriques qui, eux, sont pensables à partir de la relation de cause-effet centrée en définitive sur l'*ego cogito*.

mise à mort de soi-même : voilà ce que l'agapê de la croix vient imposer. Cette intériorisation du meurtre est sa consommation, sa consumation aussi.

La différence avec le masochisme ? La souffrance jubilatoire infligée au corps propre par une autorité suprême et chérie, est sans doute leur trait commun. Reste que la passion-agapê traverse cette économie avec la certitude de pouvoir passer outre. De se maintenir dans l'analogie, c'est-à-dire dans l'identification logique, nominale, avec l'Autre, sans avoir nécessairement à accomplir, dans la réalité du corps lui-même, l'obsédant retour du plaisir destructeur.

Récit vs fantasme : une cristallisation

Circonscrit dans l'expérience unique du Fils avec une majuscule, cette mise à mort du corps propre, pour que Je m'égale au Père, est dérobée du même coup au fantasme qui, lui, m'appartient et me happe dans mes plaisirs et mes pertes incommensurables. Au contraire, élevée au rang de *récit universel*, la passion de la croix est le point de fuite du fantasme : son déversement en une universalité qui, d'une part, m'interdit de me prendre pour le Christ (court-circuite le fantasme), et, d'autre part, conduisant au préconscient la nécessité idéalisatrice de la mort propre, favorise d'emblée mon saut dans le Nom du Père. Machine subtile de l'idéalisation plus que du refoulement *stricto sensu*, la passion-agapê ne vire au déchaînement érotique de la pulsion de mort que lorsqu'un narrateur — un Moi — s'avise de refaire l'Écrit du Sujet Universel, et d'accoler au Nom du Père son nom propre. Comme les mystiques, comme Sade ou Artaud se disant Jésus-Christ dans une rage aussi amoureuse que destructrice.

Pour le croyant, au contraire, la mise à mort du corps propre

comme condition de l'identification idéale, est en quelque
sorte suspendue par le *récit* évangélique : elle est tout à la fois
cristallisée, mise en évidence et immédiatement arrêtée dans
l'expérience du Christ et de lui seul. Habité par ce Christ,
« adopté » par le Père, le croyant ne fait mourir que son corps
de péché, sur la voie qui le fait accéder à l'agapè [1]. La mise à
mort est donc un moment de l'*adoption* — thème essentiel si
l'on veut comprendre l'agapè, car il met en valeur une paternité qui n'est pas de chair, mais de nom : « Vous avez reçu un
esprit d'adoption (pneuma uiothesias) par qui nous crions :
Abba, Père [2] ! » Le fils, et par *identification* le croyant, sera
accueilli par le Père, *homologué* à lui (on notera cette identification au deuxième degré) par-delà le sacrifice du corps, et
comme condition même de ce sacrifice. Le Père qui m'aime
m'accueille comme esprit pur, comme Nom, et non pas
comme corps. « Abba, Père ! » rappelle, on le sait, la parole de
Jésus sur le mont des Oliviers, peu avant sa capture, puis
dans ses derniers instants sur la croix [3]. Cette adoption douloureuse pour le Fils, dont le désarroi humain ne serait-ce
qu'un instant suggère qu'il aurait préféré s'épargner la passion, s'avère être, par l'homologation qu'elle provoque entre
Père et Fils, une élection. Elle est en conséquence une parade
puissante contre toute souffrance antérieure ou inférieure à la
mort. « Que dirons-nous donc après cela ? Si Dieu est pour

---

1. « Mais si le Christ est en vous, votre corps est mort pour le péché et
votre esprit vit par la justice. Si l'esprit de celui qui a relevé Jésus d'entre les
morts habite en vous, celui qui a relevé le Christ d'entre les morts fera vivre
aussi vos corps mortels par son esprit logé en vous » (Rom., 8, 10-11).

2. Rom., 8, 15. Cf. également « nous gémissons aussi en nous-mêmes, en
attente de l'adoption » (Rom., 8, 23).

3. Cf. entre autres Marc, 14, 34-36 : « Il leur dit : Mon âme est triste à
mourir. Demeurez ici et tenez-vous éveillés. Il s'avançait un peu, tombait par
terre et priait pour que, si c'était possible, cette heure passe loin de lui. Il
disait : Abba, Père, tout t'est possible, écarte de moi cette coupe. Cependant,
non pas ce que je veux, mais ce que tu veux. »

nous, qui sera contre nous ? Lui qui loin de ménager son propre fils l'a livré pour nous tous, peut-il ne pas nous donner tout avec lui ? Qui portera plainte contre les élus de Dieu ? Dieu ? Il les justifie. Qui les condamnera ? Le Christ Jésus qui est mort ou plutôt qui a été relevé, qui est à la droite de Dieu ? Il sollicite pour nous. Et qui nous séparera de l'amour du Christ ? l'affliction, l'angoisse, la persécution, la faim, la nudité, le péril ou le sabre ? selon qu'il est écrit : on nous fait mourir tout le jour à cause de toi, on nous compte pour des brebis d'abattoir. Mais en tout cela, nous triomphons par celui qui nous a aimés » (Rom., 8, 31-37).

Mon corps et son Nom

Un « nous » triomphal, dégagé de l'angoisse et bravant la mort, se lève de cet amour-adoption, et installe le croyant comme sujet de l'Autre — d'Un signifiant purifié par la passion. Jamais sans elle, mais au-delà d'elle. Qui pourra oublier, en effet, que le Nom de ce Père adoptif s'alimente à la passion corporelle du Fils, que l'amour pur passe par l'annulation du corps tout entier promis par là même à la résurrection, et néanmoins provisoirement mis à mort ? Le christianisme n'est un nominalisme qu'à condition d'affirmer un amour vivifiant à travers la mise à mort assumée. Que cette mise à mort assumée soit l'apogée du narcissisme négatif poussé à son extrême (la mort acceptée), explique sans doute qu'un tel mouvement de satisfaction narcissique (fût-elle négative) ait pu conduire au salut imaginaire. L'anéantissement du corps et de l'image du corps sont cependant hypostasiés dans le Christ, et ce mouvement conduit à l'abolition du Moi (du Moi-corps) en même temps qu'à sa relève dans le Sujet qui est le Fils adopté par le Nom du Père : « et si je vis ce n'est plus moi, c'est le Christ qui vit en moi ; et ce que je vis maintenant dans la chair, je le vis dans la foi au fils de Dieu, qui m'a aimé et s'est livré pour moi » (Gal., 2, 20).

L'amour chrétien est une idée qui transforme mon corps en Nom adoré. La mise à mort du corps sera la voie d'accès du Moi-corps au Nom de l'Autre qui m'aime et qui fait de Moi un Sujet immergé (baptisé) dans le Nom de l'Autre. Triomphe de l'idéalisation, par une élaboration sublimatoire de la souffrance et de la destruction du corps propre, l'agapè est, pour cela même, la fin du sacrifice. Ou, plutôt, elle le neutralise par une intériorisation subjective : par une perlaboration dans le récit évangélique.

Voilà en somme comment ce que Nietzsche appelait l'« horrible paradoxe d'un Dieu mis en croix [1] » s'avère être, plus profondément, un dépassement sublimatoire de la position masochiste en tant qu'elle conditionne l'idéalisation.

Le prochain comme soi-même

Le « nous » qui prend la place de ce Moi immergé pour mieux se poser idéalement, ce *nous* chrétien se construit enfin par le troisième mouvement de l'agapè : l'amour du prochain. Dépendant de la logique que nous venons de parcourir, l'amour du prochain contient un élément supplémentaire qui achève la relève idéale du narcissisme. « Car toute la Loi est remplie en cette seule parole : Tu aimeras ton prochain comme toi-même » *(agapéséis ton plésion son òs séauton)* (Gal., 5, 14) [2].

1. *Généalogie de la morale*, Gallimard, coll. « Idées », p. 43.
2. « Ne devez rien à personne, sinon de vous aimer les uns les autres, car celui qui aime autrui a rempli la Loi. En effet : tu ne seras pas adultère, tu ne tueras pas, tu ne voleras pas, tu ne convoiteras pas, et tout autre commandement se récapitule en cette parole : tu aimeras ton proche comme toi-même. La charité ne fait rien qui nuise au proche, la charité est donc la plénitude de la Loi » *(plérôma oun nomon è agapè)* (Rom., 13, 8-10).

Le précepte d'aimer son prochain comme soi-même n'est pas spécifiquement paulinien : on le trouve chez Matthieu (5, 43) et Luc (10, 27) et sa première formulation remonte, nous l'avons dit, au Lévitique, 19, 18. Il est vrai, par ailleurs, que cette recommandation n'a rien d'un égoïsme au sens banal du terme, et Paul insiste sur l'agapê désintéressée (I Cor., 13, 5 : « elle ne cherche pas son intérêt »). Cependant, le message judaïque est déjà modifié : non seulement le proche s'étend aux étrangers aussi bien qu'aux pécheurs, mais le « soi-même » *(séauton)* obtient une résonance plus personnelle, plus individualiste si l'on peut dire, dans le contexte de l'expérience christique d'un Soi incomparable et cependant exemplaire, pôle d'attraction, d'identification et de glorification. C'est précisément cet aspect « personnaliste » que développeront les théologiens, et en particulier, quoique de façons différentes, saint Augustin, saint Bernard et, magistralement dans son apologie du « propre », saint Thomas. Le Soi devient un pôle de référence (les autres seront aimés *comme* le croyant s'aime), de sorte que la déculpabilisation de l'amour de soi n'est pas un narcissisme ni un égoïsme coupables, mais peut s'affirmer, du moins sous certaines formes, digne de l'amour de Dieu. Plus encore, l'amour de Soi est le prototype de tout autre amour, au point que les théologiens se demanderont lequel des deux est premier.

Voilà qui achève le portrait de l'agapê chrétienne. En glorifiant un Soi placé dans un Père adoptif après s'être dépouillé de l'enveloppe Moi-corps, l'agapê construit l'espace psychique comme espace complexe d'un Sujet. La résorption du narcissisme dans la figure d'un Soi-même étendu à tous les proches, étrangers et pécheurs, aura été la touche finale de cette construction où peut se jouer désormais la dynamique de la vie intérieure : construction-destruction, vie-mort...

Paul et Jean

Dans les Epîtres de Jean, cette révolution paulinienne trouvera à la fois son expression formulaire la plus frappante, et une ambiguïté qui prouve sa fragilité et sa contamination par d'autres conceptions. Formules frappantes en effet, et qui poussent d'un pas plus loin l'identification déjà implicite chez Paul entre Dieu et amour, en l'explicitant : « Chers, aimons-nous les uns les autres, car l'amour est de Dieu. Quiconque aime est né de Dieu et connaît Dieu » (I Jean, 4, 7) ; « L'amour n'est pas que nous ayons aimé Dieu, c'est que lui nous a aimés et a envoyé son Fils en propitiation de nos péchés » (I Jean, 3, 10) ; « Aimons, car il nous a aimés le premier » (I Jean, 4, 19). La conception théocentrique de l'agapê, la primauté de l'amour de Dieu pour l'homme est ici affirmée avec le maximum d'insistance. Ce théocentrisme prend, comme le souligne Nygren, des dimensions cosmiques, car Jean nous dit que l'amour fut avant la création du monde : « ... toi qui m'as aimé avant la fondation du monde » (Jean, 17, 24). Antérieure à l'existence de quelque objet que ce soit (d'un quelconque « monde »), l'agapê comme amour du Père pour le Fils est donc autre que l'amour d'objet : une torsade interne au sujet, sa dynamique, sa consumation, sa potentialité même. Cependant, à cet amour quasi mystique, s'ajoute un amour johannique plus proche de l'amour-mérite et de l'amour motivé pour les frères : « car le Père vous aime *parce que* vous m'aimez et que vous croyez que je suis sorti du Père » (Jean, 16, 27). Or, ce glissement demeure, semble-t-il, dominé par l'idée que l'amour des frères n'est pas un amour pour des étrangers déchus dans le monde, mais pour des êtres qui appartiennent toujours-déjà au Nom du Père. — « Je prie pour eux. Je ne prie pas pour le monde, mais pour ceux que tu m'as donnés, car ils sont à toi. Tout ce qui est à moi est à toi et ce qui est à toi est à moi, et je suis glorifié en eux » (Jean, 27, 9-10). L'amour johannique dessine l'espace d'une relation entre Je et Tu, Fils et Père, exclusive et absolue, dans lequel Eux — les tiers — ne sont que des intermédiaires. Jamais, sans doute, l'amour donateur du Père, illuminant l'idéalisation et le devenir idéal du Fils, n'a été affirmé avec plus de clarté. Le refus du monde scelle cette apothéose de l'idéalité, ainsi que l'exprime l'*Épître* de Jean : « N'aimez pas le monde ni ce qui est dans le monde. Si quelqu'un aime le monde, l'amour du Père n'est pas en lui, car tout ce qui est dans le monde, convoitise de la chair, convoitise des yeux et vantardise des ressources, ne vient pas du Père, mais vient du monde » (I Jean, 2, 15-16). Il est possible qu'un Eros platonicien sublime, l'Eros céleste dépourvu de son poids de convoitise charnelle, se profile ici, ouvrant des perspectives exclusivement idéalisatrices pour un courant important de la chrétienté. Non que la passion du Christ soit absente chez Jean. Mais contrairement à Paul qui fut un impie à l'origine, l'accent que Jean met sur la sortie du monde semble lui épargner la violence douloureuse, nouée à la chair et exorbitante, de l'agapê paulinienne conçue spécialement comme une passion de la croix.

L'oralité consacrée au père

Identifiée ou non à l'Eucharistie, mais toujours établissant une communion par la nutrition, l'agapê devient dans le christianisme ultérieur synonyme du *repas* communautaire des chrétiens. L'oralité non pas rassasiée en tant que désir mais apaisée symboliquement ; la dévoration et l'assimilation de l'autre transformées en plénitude, en réconciliation dans l'excès — voilà ce qui dévoile le sens amoureux d'un banquet (celui de Platon par exemple). Que l'amour soit une identification au père idéal, et que cette identification repose sur une absorption, sur une assimilation orale de son corps, introduit dans le christianisme une relève du sadisme oral dirigé vers le corps maternel archaïque. La mère ne vous mangera pas, ne la mangez pas ; cherchez l'indice du Père en elle, et ne vous en effrayez pas mais assimilez-vous à ce carrefour qui est à la fois corps et nom, désir et sens. Vous deviendrez sensés, c'est-à-dire amoureux de vous-mêmes, de Lui, des autres. En introduisant ainsi le Tiers entre le Moi et sa faim destructrice, en établissant une distance entre ce même Moi et sa nourrice, le christianisme offre à l'avidité destructrice... un Verbe. Le langage. La parole individuelle n'advient qu'à ces conditions, et c'est de parler que la voracité s'apaise et bascule en identification satisfaisante du *même* et de l'*autre* mis à mort mais exaltés comme égaux au Tiers dans le lien amoureux. L'amour sera désormais un discours qui tient compte de la faim mortifère, se bâtit sur elle, mais la double, et en la déplaçant dans le symbole, l'excède. L'amour chrétien : une plus-que-faim au sein du Père... Sublimation de l'homo-sexualité, rapt des attributions nourricières maternelles, et subordination de l'imaginaire à la protection sadique de l'Un. Tu peux le laisser tuer, je le mange, nous nous réconcilions. L'idéalisation amoureuse est une oralisation symbolique au-delà du sado-masochisme...

Ego affectus est
Saint Bernard : l'affect, le désir, l'amour

> *Je sens que mes paroles vous plaisent.*
>
> Saint Bernard,
> *Sermons sur le Cantique*
> *des Cantiques*, 2,4.

> *Quel amour violent, dévorant, impétueux ! Il ne pense*
> *qu'à lui-même, se désintéresse de tout le reste, méprise*
> *tout, se contente de soi ! Il confond les rangs, brave les*
> *usages, ne connaît aucune mesure. Convenances, raison,*
> *pudeur, prudence, discernement sont vaincus et réduits en*
> *captivité !*
>
> Saint Bernard,
> *Sermons sur le Cantique*
> *des Cantiques*, 79, I.

Une Renaissance précoce : le XIIᵉ siècle amoureux

Curieuse époque que ce XIIᵉ siècle, qui voit fleurir, avec l'amour courtois, au moins trois grandes doctrines de l'amour. Celle d'Abélard (*Introductio ad theologiam*, 1121 ; *Commentaire sur l'Epître aux Romains*, 1136-1140) qui prône un amour sacrificiel, allant jusqu'à l'humiliation et le mépris de soi pourvu que l'aimé en jouisse et s'en glorifie. Celle de Guillaume de Saint-Thierry (*De Contemplando Deo* et

De natura et dignitate amoris, 1118-1135) qui, tout en restant
fidèle à l'abbé de Clairvaux, proclame sa propre conception
d'un amour naturel : celui-ci nous égale à Dieu et nous
conduit à nous connaître nous-même dans la connaissance
de notre grandeur. Celle de saint Bernard de Clairvaux
(1091-1153) surtout, par la place centrale que ce soldat de
Dieu occupa dans son siècle, aussi bien sur les routes menant
à Jérusalem que dans les sentiers d'une foi rénovée (*De
gradibus humilitatis*, 1125 ; *De Diligendo Deo*, 1127 ; *In Cant.
Canticorum sermones*, 1135-1153) qui illumine son époque
et, parallèlement à l'intransigeance d'un premier croisé, impose en Europe une idée de l'homme comme sujet amoureux.

Avant d'entrer dans quelques détails de la pensée de saint
Bernard, l'analyste ne peut éviter de s'interroger sur l'étrange
contemporanéité de la littérature courtoise avec ce florilège
mystique. Filiation, simple coïncidence dans le cadre combien large de la culture chrétienne, influence ponctuelle, ou
bien strict renversement ? E. Gilson a répondu par la négative à la tentative faite par certains d'établir un rapprochement, voire une analogie, entre le versant religieux et le
versant mondain de l'amour au XIIe siècle [1]. L'argument majeur de l'académicien consiste, schématiquement, à opposer le fait que dans le cadre de la religion, et *a fortiori* de la
mystique chrétienne, l'amour n'est que béatitude, au
contraire du *pur amour* courtois qui, dans sa pureté même et
surtout, est un renoncement et un mal. Pour le mystique,
Dieu nous ayant aimé le premier *(Ipse prior dilexit nos)*, notre
amour ne peut que posséder son objet suprême qu'est ce Dieu
même et atteindre ainsi la félicité, à condition bien entendu
qu'il soit ce qu'il doit être : c'est cette possession heureuse
et comblante qui constitue sa pureté. Au contraire, l'amour

---

1. Cf. *La Théologie mystique de saint Bernard*, 1933, 4e éd., Vrin, 1980.

courtois, pour désintéressé et pur qu'il soit, repose sur un renoncement : la Dame aimée n'aime pas forcément son chantre, et le troubadour de son côté n'aspire pas à la posséder, mais mesure la valeur de son amour au degré de sa frustration. On ajoutera à cette divergence de taille le fait que la lyrique courtoise célèbre un amour entre créatures, un amour humain, même si la Dame prend avec le temps de plus en plus les aspects de la Sainte Vierge ; alors que l'amour mystique se porte à un objet extraordinaire, idéal, hors mesure, et par déduction seulement peut concerner le soi propre ou le prochain.

Cette réfutation rationnelle laisse cependant dans le malaise le lecteur de la poésie courtoise — fleur énigmatiquement éclose et fanée en l'espace d'un siècle dans le sud et le sud-ouest de la France — d'autant plus qu'il s'est laissé porter par la ferveur, non pas de l'énoncé, mais de l'énonciation courtoise. De Marcabrun à Joffré Rudel et Guiraud de Borneuil, on demeure ébloui par l'intensité de l'incantation : la courtoisie est un chant de joie, de *joi*, avant d'être un message à une Dame imposante et plus ou moins accessible. Cette convergence de la jouissance lyrique interne à l'incantation elle-même, avec le thème du *joi*, d'une part, et avec l'expérience amoureuse, d'autre part, a été relevée par Paul Zumthor [1]. Elle indique, par ailleurs, si l'on revient au contexte de la mystique amoureuse du XIIᵉ siècle, que tout objet n'est pas impossible pour le troubadour, et que toute béatitude ne lui est pas interdite. Le troubadour est au moins sûr de posséder le Verbe dans lequel précisément il taille son être d'amoureux. Cette identification au Verbe-chant et au Créateur, cette joie de la création-incantation, est la seule preuve sensible — mais en existe-t-il objectivement une autre ? — de la béati-

---

1. *Essai de poétique médiévale*, Ed. du Seuil, 1972. Cf. plus loin p. 347 *sq.*

tude en général, et de la jouissance courtoise en particulier. Preuve d'un sentiment de plénitude en tout cas, si l'on veut rétablir le contact entre la finalité de l'amour chez les chartreux amoureux, et celle des troubadours.

D'autre part, si l'on envisage cette fois la doctrine religieuse elle-même, le sentiment de béatitude et de possession assurée de l'objet n'empêche pas que des *degrés* de l'amour aient été tracés, qui suggèrent des variantes dans la complétude du sentiment, voire des imperfections. Gilson l'a constaté mais, ne trouvant pas les mêmes degrés dans la progression amoureuse chez les mystiques et chez les troubadours, il conclut à l'inessentialité de l'analogie. Pourtant, par-delà les différences formelles, la conception commune d'un amour à degrés progressifs conduit à penser que pour le laïque comme pour le mystique, l'amour est un arrachement violent des amoureux l'un vers l'autre, une aliénation dramatique autant que jubilatoire. Chez Bernard, par exemple, et sans qu'il soit un mal comme il l'est pour un troubadour, l'amour ancré dans l'*affect* et le *désir*, loin d'effacer le *manque* qui définira le pur amour courtois, l'introduit pour le surmonter au cœur même de la violence amoureuse. Pour un commentateur du Cantique des Cantiques qui lui a consacré dix-huit ans de sa vie comme le fit saint Bernard, l'amour est aussi un mal, quelles que soient les raisons pleinement et normalement théologiques de cette dichotomie productrice de conflits, raisons liées à la nature corporelle et à la chute de l'homme.

La différence entre la doctrine religieuse et la doctrine mondaine de l'amour au XIIe siècle n'est peut-être donc pas aussi drastique qu'aurait pu le croire une interprétation soucieuse de préserver l'orthodoxie théologique des auteurs mystiques d'une part, et la laïcité stricte de la courtoisie d'autre part. Par-delà la question des influences, plus intéressant semble être le climat social et idéologique de cette époque qui a dû permettre la genèse parallèle sinon la contamination réciproque des deux discours. Ce climat nous révèle, par-delà l'affirmation de l'*Ego cogito* que Descartes nous léguera en ligne droite de saint Thomas, et dont notre époque recueille les fruits et les misères, une autre pratique de l'homme au cœur même de cette première expansion renaissante ou pré-coloniale que furent pour l'Occident les croisades. *Ego affectus est*, semblent proclamer saints et troubadours, glorifiant ainsi ce qui deviendra, à la lumière de la Raison, un irrationnel dégradé. Ils informent leur amour de volonté, l'illuminent de raison, le colorent de sagesse, pour l'élever à la dignité d'une essence divine. Et l'homme, incertain, passionné, malade ou heureux, s'identifie avec cet affect-là. Car Dieu est amour...

Qu'est-ce qu'un affect ?

Le langage de saint Bernard n'a pas la rigueur de celui que nous a légué saint Thomas : un même terme peut recouvrir chez lui des différences d'acception parfois importantes. Ajoutons à cela que sa pensée, essentiellement chrétienne bien entendu et, par conséquent, comprenant par « amour » Dieu (puisque, inversement, Dieu est amour), ne reste pas moins redevable aux rhéteurs et aux moralistes de l'Antiquité. Les gens cultivés du XIIe siècle consultaient Cicéron et son *De amicitia* pour y lire que l'amitié est cette *benevolentia* qui veut le bien de l'objet en dehors de toute considération d'utilité ; qu'elle est une vertu, qu'elle repose sur la similitude (la ressemblance) des partenaires et qu'elle ne se réalise pas sans réciprocité. Ils apprenaient leur code amoureux chez Ovide : le XIIe siècle a été très justement appelé *aetas Ovidiana* [1]. Ovide les persuadait que l'amour nous est

1. Cf. Ch. H. Haskins, *The Renaissance of the 12th Century*, Harvard Univ. Press, 1927, p. 107-110.

naturel au sens d'inné et que la seule chose à apprendre à son égard est non pas de le faire naître, mais de le purifier et le consolider. Enfin, ils lisaient également et surtout les auteurs scolastiques qui considéraient l'amour comme un *affectus cordis* mais en voyant, comme le suggère la signification moderne du mot « affect » et contrairement à la théologie du XIIᵉ siècle, le règne exclusif du sentiment et de la sensibilité.

Si l'*amour* est, pour Bernard, un des quatre affects (avec la *peur*, la *tristesse* et la *joie*), la notion d'affect revêt chez lui une complexité parfois ambiguë qui nous permettra d'approcher la densité et, par moments, les conflits auxquels le conduisent son expérience et sa pensée de l'amour. D'abord, il faut noter que l'affect *(affectus)* est situé dans l'âme tout en comptant parmi ses qualités. Par ailleurs, on distingue *affectus animae*, *affectus mentis* et *affectus cordis*. Comme pour les autres auteurs de son époque, l'affect, selon Bernard, est tributaire des *sens* autant que de la *volonté* puisque l'être parlant, en tant qu'être spirituel, est mû par une seule et même logique.

Lien de l'homme avec l'extériorité, avec Dieu et avec les choses, l'affect est une notion connexe à celle de *désir*. La différence entre les deux consistera peut-être en ceci que le *désir*, comme nous le verrons, accentuera le *manque*, alors que l'*affect*, tout en le reconnaissant, privilégie le mouvement vers l'autre et l'*attraction* réciproque. Aelred de Rievaulx, disciple de Bernard, en donne la définition suivante : « L'affect est une inclination spontanée et donc du cœur lui-même à l'égard de quelqu'un [1]. »

Par ailleurs, Bernard emploie le terme d'*affectiones* souvent au sens d'*affect* tout en lui réservant une signification

---

1. *Speculum caritatis*, cité par J. Blanpain, « Langage mystique, expression du désir », in *Collectanea cisterciensia*, 1974, vol. 36, nº 1, p. 45-68. Nous nous référerons souvent à cette éclairante étude.

plus spécifique : il désignera les divers sentiments composés d'affects que l'âme éprouve pour Dieu (ainsi : *timor, spes, obedientia, honor, amor*). « Notez que parmi les pires maux auxquels succombent les hommes, l'Apôtre compte l'absence d'affection (référence à Rom., I, 31) », écrit Bernard dans le *Sermon 50* sur le Cantique. Il y distingue trois types d'affections : une affection qui vient de la chair, une autre qui gouverne la raison, une troisième enfin qui établit la sagesse. « La première est celle dont l'Apôtre dit qu'elle n'est pas et ne peut pas être soumise à la Loi de Dieu », écrit Bernard dans le même *Sermon 50, 4*, et nous retrouverons souvent chez lui cette constatation d'un premier degré de l'affect ou de l'amour irrémédiablement rebelle à la loi divine.

Passif-passion

Avant de revenir sur cet aspect qui représente un des points les plus intéressants et les plus discutés de sa doctrine, notons que l'*affectus*, comme son nom l'indique, est, pour le penseur du XIIᵉ siècle, fondamentalement *passif*. Il faut un agent extérieur pour que l'âme mise ainsi en action manifeste en réponse un affect. L'origine des affects est extérieure à l'homme : *Ipse dat occasionem, Ipse creat affectionem* [1].

Il est difficile en somme de trouver un équivalent moderne à la notion bernardine d'affect car, d'une part, elle semble indiquer une composante très primitive, très rudimentaire et essentielle au lien du sujet à l'Autre, et, d'autre part, elle est

---

1. « C'est lui qui en fournit l'occasion, qui en suscite le mouvement/de l'amour/ », Saint Bernard, *Œuvres mystiques*, traduites par Albert Béguin, Ed. du Seuil, 1953. Nos citations renvoient, sauf précision, à ce livre. On constate la difficulté qu'il y a à rendre en français le terme *affectus* (*affectionem* donne « mouvement »...). Bernard de son côté est amené à proposer un terme actif pour désigner le mouvement affectif chez Dieu lui-même : « Deus non est *affectus*, affectio est » (*De la considération*, V, 17).

d'emblée non seulement donnée comme acquise, résultat d'une action externe, mais aussi comme intrinsèquement spirituelle. *Pathos*, si l'on retient son aspect passif ; *pulsion*, si l'on pense à son caractère primitif et rebelle à la loi, de composante des désirs ; *amour*, si l'on envisage le degré final de l'affect purifié. On jugera de cette complexité qui est, pour certains, une contradiction, par la définition suivante, entre autres : « Les affections, simplement dites, se trouvent en nous par le fait de la nature, il semble qu'elles sortent de notre propre fonds, ce qui les complète vient de la grâce ; il est bien certain en effet que la grâce ne règle pas autre chose que ce que la création nous a donné, en sorte que les vertus ne sont que des affections réglées [1]. » A certains moments, du moins, de son raisonnement, Bernard envisage que les quatre affects peuvent produire des effets non ordonnés, confus et ignobles : pathétiques, pulsionnels ? « Il n'y a point d'âme humaine sans ces quatre affections-là (amour, joie, crainte, tristesse) ; mais chez les uns, elles sont pour la honte, chez les autres pour la gloire. En effet, sont-elles purifiées et bien ordonnées, elles sont la gloire de l'âme sous la couronne des vertus ; sont-elles déréglées, elles sont sa confusion, son abaissement et son ignominie [2]. »

Cependant, cette possibilité d'un affect qui se serait soustrait à la volonté régulatrice, est écartée par d'autres définitions qui supposent l'immanence de l'affect dans la spiritualité. « Sachez, dit-il, que je suis doux et humble de cœur » ; Bernard reprend ainsi Matthieu, XI, 29, et commente : « De cœur : d'affection, c'est-à-dire de volonté » *(Cordis affectu, id*

---

1. *De gratia et libero arbitrio*, in *Œuvres complètes*, trad. M. l'abbé Charpentier, Ed. Louis Vivès, Paris, 1865, t. II, p. 410.
2. *Sermons divers, O.C.*, 50, 2. Ou encore : « En effet, recouverte et comme enduite d'affections terrestres, elle (l'âme) ne peut plus contempler son propre visage. Elle est tombée au fond du bourbier et ne se voit plus telle qu'elle est » *(Sermons divers*, 86, *O.C.*, t. IV, p. 42).

est voluntate)[1]. De par le fait de l'incarnation, et en témoi-
gnant de son amour pour nous dans sa chair, le Christ
devient le motif premier pour que nous renoncions à la
concupiscence de la chair, à l'affect ignoble privé de volonté
qui nous envahit en raison de la nature et de la chute, et pour
choisir la contemplation de Sa passion : « ... en effet, que
peut-il y avoir pour lui (l'homme) de doux dans la chair
quand il trouve tant de douceur dans la passion de Jésus-
Christ ? » Pourtant un tel argument, pour absolu qu'il soit, ne
paraît pas suffisamment sûr à Bernard qui connaît bien les
puissances de la concupiscence : « Mais cette tendresse peut
se tromper, enchaîne-t-il, si elle n'est pas accompagnée de la
prudence, et il n'est pas facile de se mettre en garde contre le
poison qui se trouve mêlé au miel[2]. » La raison vient en aide
à l'affection pour la chair christique, afin d'armer le croyant
de prudence dans la voie vers le pur amour.

Région de dissemblance. Le corps-vache

Pour le chrétien donc, homme emprisonné dans sa chair,
l'affect de chair est déjà signifiant : fût-il le degré zéro de
notre amour pour l'Autre, l'affect est déjà habité par le
Christ. On constate le nœud extrêmement serré entre chair et
esprit que constitue pour Bernard la notion d'affect tradui-
sant en ceci l'exquise dialectique de la Trinité, que nous ne
saurions aborder dans ce travail. Sans retrancher la chair
d'une spiritualité qui deviendrait ainsi trop éthérée, sans

---

1. *Sermons sur le Cantique*, 42, 7. Même l'*affectio carnalis*, comme le
remarque très justement J. Blanpain *(op. cit.)* à partir du *Sermon 20* sur le
Cantique, est cet « amour du cœur » qui « s'attache surtout au corps de Jésus-
Christ et à ces choses qu'il a faites ou commandées dans sa chair » (*Sermons
20*, 6).
2. *Sermons divers*, 29, *O.C.*, t. III, p. 607.

oublier cependant non plus la présence de l'esprit dans cette chair qui constitue une *région de dissemblance fondamentale* entre l'homme et Dieu.

Empruntée à saint Augustin, comme l'a établi E. Gilson [1], la notion de *regio dissimilitudinis* indique chez Bernard la « région du péché et de la difformité de la dissemblance perdue » qui implique, plus profondément et sur le plan ontologique, une véritable perte d'être. « La noble créature qui a été faite dans la région de la dissemblance, et qui a été faite à la ressemblance de Dieu, ne comprit point qu'elle était en honneur, et s'est laissée tomber de la ressemblance à la dissemblance [2]. » Toutefois, ce retour fréquent de Bernard sur l'exil de l'homme dans une création sensible et animale, ne suggère nullement un quelconque dualisme de sa pensée ou une parenté suspecte avec Baïus ou Luther [3] au sujet d'une nature irrémédiablement pécheresse rebelle à la grâce. Il témoigne en fait de l'attention simplement anthropologique (et pas seulement théologique) de Bernard pour la dynamique de la passion amoureuse comme passion corporelle autant que spirituelle. Cependant, cet affect charnel susceptible d'ignominie s'il n'était pas ordonné, et qui apparaît étonnamment moderne par l'immanence du signifiant en lui, indique en effet la distance profonde qui sépare le christianisme de l'univers platonicien ou néo-platonicien qui se détachent en définitive tous les deux du corps. « Je crois, pour ma part, que c'est là la raison principale pour laquelle le Dieu invisible voulut être vu dans la chair et prit visage humain pour parler aux hommes ; il comptait que les créatures de chair, qui ne

---

1. *Op. cit.*, p. 63.
2. *Sermons divers*, 42, *O.C.*, t. III, p. 653.
3. Le postulat de Luther : « Deligere Deum super omnia naturaliter est terminus fictus, sicut chimaera », in *Disputatio contra scholasticam theologiam*, thèse 18, 1517 — est radicalement incompatible avec la certitude d'un amour béatifiant chez Bernard.

sont capables que d'un amour charnel, reporteraient tout leur
élan sur l'amour salutaire de Sa chair [1]. »

Ce corps bernardin traduit-il l'influence d'Ovide et de Cicéron et, en arrière-plan, celle d'Aristote avec son *Ethique à
Nicomaque* proclamant la dignité naturelle des appétits *(épi-
thumia)* qui régissent, selon lui, l'amitié et l'amour ? Ou bien
l'expérience propre de ce grand malade que fut Bernard lui
rappelait-elle que le corps, par ses maux d'estomac et ses
vomissements fréquents, est une indépassable présence d'un
reste de mort ? Ou plus simplement et plus courageusement
encore, est-ce le caractère composite, hétérogène, souterrai-
nement conflictuel du christianisme incarniste, qui poussait
Bernard à prêter attention à la dissimilitude, sinon à la dualité, qui caractérise l'expérience humaine et dont l'amour est
l'expression dramatique ? Toujours est-il que la pensée
amoureuse de ce guerrier fut destinée à subsumer un corps
qu'il n'hésite pas à appeler « vache ». « Il y a deux places
pour l'âme raisonnable, l'inférieure qu'elle gouverne, et la
supérieure où elle repose. L'inférieure, celle qu'elle régit, est
le corps, et la supérieure, celle où elle repose, c'est Dieu...
Notre corps se trouve placé entre l'esprit qu'il doit servir, et
les désirs de la chair ou les puissances des ténèbres, qui
guerroient contre l'âme, comme le serait une vache entre le
paysan et le voleur [2]. »

Plus le mystique dépasse ce corps-vache, plus il lui assigne
sa place de résidu animal, plus « la vache » s'impose dans
l'affect et dans l'amour cependant gérés, dictés, implantés en
nous par la grâce de l'Autre. « L'âme, née pour être élevée à
la pourpre, étreint le fumier et se vautre dans la fange comme
une truie [3]. » « Rougis, mon âme, d'avoir échangé la ressem-

1. *Sermons sur le Cantique*, 20, 6 ; cf. J. Blanpain, *op. cit.*, p. 63.
2. *Sermons divers*, 84, *O.C.*, t. IV, p. 40.
3. *Lamentations*, IV, 5.

blance divine pour celle des bêtes, et de rouler dans la boue, toi qui viens du ciel. Regarde-moi, dit le corps, et tu auras honte[1]. » S'il y a une faute, elle ne revient pas à l'affect charnel, fût-il le plus naturel, mais à l'âme torve[2] qui l'a saisi dès l'origine de son être...

Le désir : violent et pur

Une autre notion, complémentaire à celle d'affect, vient se nouer cependant à la notion dramatique d'amour chez Bernard : celle de *désir*. Abondamment développée dans les *Sermons sur le Cantique des Cantiques*, mais déjà amplement présente dans le *Traité de l'amour de Dieu*, cette notion résume ce qu'Augustin entendait déjà par le même mot : « rerum absentium concupiscentia » (le désir est la concupiscence de la chose absente)[3]. Bernard considère d'abord le désir psychologique comme étant propre à tout homme aspirant à ce qu'il n'a pas. Et tout en plaçant le désir de Dieu sur un plan différent, il voit ce désir mystique s'enraciner dans le premier désir humain, qui est en définitive une « voracité[4] ».

Le désir des sens corporels, insatiable, est cependant ordonné par la raison qui les prévient et leur fixe un autre chemin : « Mais ce n'est pas une moindre folie de croire que les choses corporelles peuvent nourrir un esprit doué de raison, alors qu'elles ne font que l'enfler[5]. » Ainsi, si le désir de Dieu s'enracine dans le désir vorace, c'est de Dieu aussi que s'inspire le désir : Dieu l'informe, le dirige, l'ordonne, malgré et au-delà de la nature et de la chute. — « C'est lui qui

1. *Sermons sur le Cantique*, 24, 6.
2. *Ibid.*
3. Cf. *Enarratio in Psalmis 118*, VII, 4, etc.
4. *Traité de l'amour de Dieu*, 7, 19.
5. *Ibid.*, 7, 22.

inspire tes désirs : c'est lui encore que tu désires [1] » ; « C'est lui qui rassasie le désir [2] ».

Cette quête de Dieu au titre d'un objet désirable ou manquant, quête cependant inspirée de lui, sous-tend tous les commentaires du Cantique. Manquant mais comblant, absent mais procurant la satisfaction : tel est cet objet désiré extraordinaire qui quitte les sentiers de l'expérience humaine psychologique où Bernard a commencé à le comprendre, avec les impies. Ce désir de Dieu s'avère en dernière instance comblant si et seulement si l'amant (le croyant) accepte que Dieu nous a désirés le premier au point de nous créer à son image. C'est pourquoi Dieu est défini comme désirant lui aussi, et le premier : « Le festin des noces est prêt... Dieu le Père nous attend, *il nous désire* non seulement à cause de son amour infini — comme le fils unique qui est dans le sein du Père nous le dit : *Mon Père vous aime* —, mais pour lui-même, comme le dit le Prophète : Ce n'est pas pour vous que je le ferai, mais pour moi [3]. »

Notons ce mouvement en miroir : mon désir arrivera à satisfaction par Lui, car Il a satisfait le sien en me créant à son image. Cette spécularité de l'amour chrétien et la reprise sublimatoire du narcissisme qu'il produit sont fréquents : on les retrouvera chez saint Thomas. Une idéalité aimée à aimer est ramenée à la portée de l'expérience humaine par référence aux objets immédiats qui assouvissent les désirs de l'individu. Nous retombons sur une sorte de « narcissisme primaire » indépassable autrement qu'à travers la position d'un Autre présupposé avant nous et qui n'ignore pas, à son tour, cette aspiration à l'autosatisfaction et à la satisfaction totale. Rappelons ici, à cet égard, une expression peu orthodoxe mais

1. *Ibid.*, 7, 21.
2. *Ibid.*, 7, 22.
3. *V. Nat.*, 2, 7, cité par Blanpain, *op. cit.*, p. 53.

hautement significative de cette identification jubilatoire de l'amant à son Dieu, dans une prière qu'un inconnu prête à Augustin : « Mon Dieu, si j'étais Dieu et que vous fussiez Augustin, j'aimerais mieux que vous fussiez Dieu et moi Augustin [1]. »

Complétude et privation

Ainsi seulement, grâce à l'attachement spéculaire originaire à cet Autre-là, le désir pour un absent — désir avide, total, impossible — pourra être guidé par la volonté et la sagesse, et devenir un désir *pur*. *Pur* pour Bernard signifie comblé par la fusion avec l'Aimé, Dieu. « Vos actions, votre zèle, votre désir soient comme des lis, par leur candeur et leur parfum [2]. »

Mais n'oublions pas que cette complétude dans la béatitude présupposée et atteinte en dernier ressort, comporte aussi toute l'expérience humaine de la privation comme préalable à l'identification avec l'Objet idéal : « Il est *violent*, ce désir qui la pousse non seulement à se lever mais à faire vite (...). L'Epoux ne la réveille donc pas contre son gré, puisqu'il commence par lui en donner le désir, en lui inspirant l'impatience d'agir saintement [3]. » On ne saurait mieux souligner la

1. Formule rapportée par Massoulié, *Traité de l'amour de Dieu*, 1701 (1866), p. 237.
2. *Sermons sur le Cantique*, 71, 1.
3. *Ibid.*, 58, 2. « Car il faut que toute âme où il doit entrer prévienne sa venue dans l'*ardeur d'un désir* qui consume toute souillure des vices et fasse place nette pour le Seigneur » (*Ibid.*, 31, 4). « S'il se retire, c'est précisément pour se faire désirer davantage : comment appellerons-nous sa présence, si nous ne remarquons pas son absence » (*ibid.*, 17, 1). « Et chaque fois qu'il m'échappera, je dirai cet appel. Je ne cesserai de crier en quelque sorte après lui, de clamer le désir qu'a de lui mon cœur, le suppliant de revenir » (*ibid.*, 74, 7).

dissimilitude, l'hétérogénéité de l'amant et de l'ami, de l'épouse et de l'époux, de l'homme et de son Dieu, qu'en insistant sur ce désir qui fait perdre à l'un sa contenance et le conduit à défaillir, pleurer, gémir, se tourmenter pour essayer de rejoindre l'autre : « Lorsqu'une âme de cette sorte a souvent soupiré, ou plutôt prié sans interruption et souffert à force de désirer la présence divine... [1] » Une telle souffrance provoquée par le manque de l'autre est la doublure indispensable de la satisfaction béate présumée et acquise. La souffrance conditionnerait ainsi la jouissance alors que la jouissance serait le stimulant d'une nouvelle quête souffrante [2].

Dialectique masochiste de la jouissance sous l'injonction d'un idéal aussi aimant que fondamentalement sévère ? Dépassée à son tour par la béatitude — cette identification fusionnelle avec l'idéal, *ad unum*, — elle participe néanmoins d'un mouvement exceptionnel d'équilibre et de limitation du désir. Sans refoulement mais en assumant pour les dire jusqu'aux états paroxystiques de la passion. Exceptionnelle, cette harmonie resta confinée au XIIᵉ siècle et à quelques élus ascétiques, malgré la popularité ultérieure et la vulgarisation affadie plus tardive de l'amour chrétien. Mais quelle admirable réussite toutefois, qui déchaîne le désir en même temps qu'elle le contrecarre et l'apaise en lui donnant un objet à la mesure de sa démesure : un Objet infini. *Je est comme* cet Infini. *Aimer* vient ici à la place de *être* et de *comme* : copule et comparaison, existence et image, vérité et leurre. Télescopage du symbolique, du réel et de l'imaginaire.

---

1. *Ibid.*, 74, 7.
2. « La plénitude de la joie ne consomme pas le désir, elle est plutôt l'huile qui vient en alimenter la flamme, avoue très ouvertement Bernard. — La joie sera parfaite, mais le désir n'aura pas de fin et donc la recherche non plus » (*ibid.*, 84, 1).

Les degrés de l'amour : l'antériorité de l'amour charnel

Bernard semble distinguer un *amour naturel* déterminé par la condition humaine de l'amant, et un *amour sublime*, dû à Dieu. La primauté idéale du second dépend de l'antériorité du Créateur aussi bien que de l'antériorité de son amour pour nous : elle est évidente et indiscutable pour un chrétien. Cependant, penché sur l'expérience humaine dans laquelle, en renaissant précoce, il veut enraciner l'expérience religieuse, Bernard définit l'*amour charnel* comme originaire en *fait* sinon en *droit*. « C'est là l'amour charnel : l'homme commence par s'aimer lui-même par le seul amour de soi », ainsi que le dit saint Paul : « La part animale est venue la première, et ensuite la part spirituelle (I Cor., XV, 6). Ce n'est pas là un commandement, mais un fait inhérent à la nature. Quel est en effet celui qui hait sa propre chair ? (Ephés., V, 29) [1]. »

Cette antériorité de *fait*, sinon de *droit*, de l'amour charnel, suscite, on le devine, des interprétations et des discussions diverses. Certains, tel Gilson, tendent à minimiser son importance, en l'attribuant à une maladresse d'expression, et privilégient le sous-entendu en effet présent partout d'une antériorité *logique* de l'amour divin (de Dieu et pour Dieu). D'autres, tel P. Rousselot [2], insistent sur la *dualité nécessaire* entre homme et Dieu qu'une telle originarité de l'amour charnel présuppose. Expression paroxystique, pourrait-on dire, de la *regio dissimilitudinis*, cette dualité conditionne une autre particularité psychique observable dans l'état amoureux, à sa-

1. *Traité de l'amour de Dieu*, 8, 23.
2. Cf. son ouvrage, admirable par sa précision et sa concision, *Pour l'histoire du problème de l'amour au Moyen Age*, 1933 (1981), Vrin.

voir la violence que l'homme doit se faire pour sortir de soi, se vider de soi, dans l'amour pour l'autre.

Une lecture sensible à l'originalité de Bernard se doit de relever en lui non seulement sa conformité avec le canon chrétien, mais plus encore l'apport particulier de sa pensée à la doctrine classique. Cette interprétation semble s'imposer, par-delà l'ambiguïté du vocabulaire bernardin, par le simple fait que l'accès à l'amour suprême est un processus d'arrachement à l'amour charnel antérieur. A cet état *charnel* de l'amour succède ce qu'on pourrait appeler un amour de *besoin* : on aime « mais encore pour l'amour de soi et non pour Dieu lui-même [1] ». Les épreuves de la vie conduisent pourtant à un troisième degré où l'on *jouit* de la douceur *de l'Autre* : l'homme « en arrive ainsi à aimer Dieu non seulement dans son propre intérêt, mais pour lui-même [2] ». Enfin, le quatrième degré est celui où « l'homme ne s'aime plus lui-même que pour Dieu », accomplissant à travers cet apparent renoncement un agrandissement exorbitant de l'amour de soi aux dimensions de Dieu, comme le proclamait le Psaume LXXII, 26 : « Ma chair et mon cœur se sont anéantis, Dieu est la part de mon cœur pour l'éternité. »

Etat d'harmonie, de déification (cf. *Traité*, 10, 28 : « Connaître cet état, c'est être déifié »), de transformation du corps en « corps spirituel et immortel, intact, paisible, heureux, totalement assujetti à l'esprit » (*Traité*, 10, 29), cette apothéose de l'amour est en définitive une transformation violente de l'amour charnel en un état jubilatoire d'idéalisation de Soi par identification réussie à l'Autre.

---

1. *Traité de l'amour de Dieu*, 9, 26.
2. « A l'occasion de chacune des nombreuses misères qui l'assaillent (...) il arrive dès lors que l'on soit conduit à aimer Dieu purement pour cette douceur éprouvée plus que pour le besoin qu'on a de son aide. » « Ce besoin, note Bernard, est comme un langage de la chair qui proclame par son comportement les bienfaits dont elle a fait l'expérience » *(ibid.).*

Plusieurs textes insistent sur le caractère pénible de cet arrachement conduisant à la jouissance dans l'Autre : « ... ceux qui ont purifié le cloaque de leur âme ne doivent pas non plus se croire pour cela entièrement purifiés eux-mêmes ; au contraire, c'est alors que, pour eux, se fait sentir le besoin de se purifier souvent non seulement avec l'eau, mais avec le feu [1]. »

On notera par ailleurs qu'il ne s'agit pas d'aimer mais de *s'aimer*, et plus encore de *s'aimer en Dieu* [2]. Etat de jouissance des âmes qui se sont libérées du corps [3], cet amour au quatrième degré ne renonce pas en fait au corps mais l'altère et le déplace pour le retrouver ailleurs : « Désirer de recouvrer son corps mais son corps glorifié [4]. »

Le ravissement : indice d'un dualisme

Le terme de *ravissement* désigne ce déplacement des âmes hors de leur corps, la charge du corps agissant cependant comme une force permanente de violente et contradictoire stimulation : « Leurs âmes étaient intérieurement ravies par une grande force d'amour, qui leur permit d'exposer leurs corps à la souffrance et de mépriser la torture. Mais il est certain que l'atrocité de la douleur physique, sans aller jusqu'à détruire leur sérénité, n'a pas pu ne pas l'altérer [5]. » Cet exposé subtil d'un dédoublement dont l'extase amoureuse est une réalisation critique, perdure jusqu'à la description de la béatitude : en elle, c'est la permanence du désir qui signale l'insistance d'une chair, affect indomptable et cepen-

1. *De conversione*, chap. 17, *O.C.*, t. II, p. 236-237.
2. « Que celui qui se glorifie, se glorifie dans le Seigneur », I Cor., I, 31.
3. *Traité de l'amour de Dieu*, 11, 30.
4. *Ibid.*, 32.
5. *Ibid.*, 29.

dant sublimé. « De là cette satiété sans dégoût, cette curiosité toujours en éveil mais sans inquiétude, ce désir éternel, inexplicable, alors que rien ne fait défaut [1]. »

Est-ce à dire que cette violence faite à l'amour charnel pour qu'il s'élève à ce quatrième degré extatique implique que l'amour charnel dont on s'arrache est foncièrement mauvais ? Ceux qui essaient d'abord de minimiser un certain dualisme chez Bernard démontrent que tel n'est pas le cas. En effet, Bernard distingue entre *amor* qui agit *(urget)* par *nécessité (necessitas)*, et *cupidité* connotée négativement qui *entraîne (trahit)* [2]. Cependant, Bernard applique souvent à l'amour les qualités de la cupidité et de la concupiscence : « Toutefois, parce que nous sommes faits de chair et parce que nous naissons du désir charnel, il est inévitable que notre *convoitise (concupiscentia)* ou *notre amour* commence par la chair [3]. » On fera remarquer que cette distorsion de l'amour qui, en principe, ne saurait être que noble puisque créé par Dieu, est due à la chute, qu'elle est donc *secondaire* et non pas, comme le veut Bernard, *nécessaire* et *antérieure* [4].

Tous ces arguments sans doute valables dans le cadre de la théologie catholique ainsi que dans l'ensemble du texte ber-

1. *Ibid.*, II, 33.
2. Cf. Gilson, *op. cit.*, p. 56.
3. *Traité de l'amour de Dieu*, 39. De même : « Cependant, comme nous sommes charnels et que nous naissons de la concupiscence de la chair, la *cupidité, c'est-à-dire l'amour*, doit commencer en nous par la chair *(necesse est cupiditas vel amor noster a carne incipiat)* ; (...) car ce qui est spirituel ne devance pas ce qui est animal ; au contraire, le spirituel ne vient qu'en second lieu ; aussi avant de porter l'image de l'homme céleste, devons-nous commencer par porter celle de l'homme terrestre » (« Lettre XI », in *O.C.*, t. I, p. 47).
4. D'ailleurs, il écrit lui-même dans ce sens : « ... il n'y a que le péché qui émousse et obscurcisse l'œil de notre âme, car il ne peut exister d'autre obstacle entre notre œil et la lumière, entre Dieu et l'homme » (*De conversione*, chap. 17, *O.C.*, t. II, p. 236), en contradiction avec ce qu'il affirme en note 2 ci-dessus.

nardin n'effacent pas l'ambiguïté de sa pensée. Que cette ambiguïté soit due à une maladresse, que la *nécessité* postulée par Bernard de l'amour charnel antérieur ne soit que morale (due au péché) et non pas essentielle ; c'est sans doute éminemment juste si l'on fait du texte bernardin une lecture... thomiste. Bernard, lui, reste dans l'ambiguïté, écartelé entre Soi et Autre, chair et esprit, convoitise et harmonie. Toute l'étendue de son amour en tant qu'arrachement, gradation, passage, est inscrite, en effet, dans une dialectique plutôt que dans un dualisme qui ignorerait la préséance de l'Un chrétien. Toutefois, la présence de l'hétérogénéité charnelle est telle que Bernard va même jusqu'à identifier tout amour (qu'il soit de parents, d'amis, d'ennemis ou de Dieu) avec un des cinq sens, plaçant au plus haut la vue comme « celui de nos sens qui a le plus de ressemblance avec l'amour de Dieu [1] ». L'enracinement charnel de l'amour est ainsi posé avec le maximum de naïveté et d'éloquence.

Vis-à-vis de cet enracinement, la liberté de l'amour réside, en effet, selon Bernard, d'abord et surtout dans la liberté de la volonté qui l'extrait du désir charnel, et l'ordonne en suivant la grâce et la raison directrice des sens [2]. Le libre arbitre et la grâce nous permettent de nous dépasser : « Car il vaudrait mieux pour nous ne pas être que d'être toujours à nous [3]. »

La sainte violence : hérésie ou liberté

Mais la liberté de l'amour, en tant qu'amour et non pas raison, réside aussi dans cette indépendance relative de la

---

1. *Sermons divers*, 10, *O.C.*, t. III, p. 545-547.
2. « C'est donc par le *libre arbitre* que nous voulons, c'est par la *grâce* que nous voulons le bien ; l'un nous donne le vouloir et l'autre, le bon vouloir » (*De gratia et libero arbitrio*, chap. VI, *O.C.*, t. II, p. 410).
3. *De la grâce...*, chap. VI, *O.C.*, t. II, p. 411.

chair, des affects et des désirs. Signifiants de Dieu autant qu'hétérogènes à son Sens, ils résistent à la volonté et à la raison, et cette résistance fait moteur aussi bien pour l'amour que pour le libre arbitre. Liberté d'aimer, de ne pas consentir. Bernard souligne qu'il y a, dans l'amour comme dans l'expérience religieuse en général, une nécessité de *montée* autant que de *descente* : « Nul n'est monté au ciel que celui qui est descendu du ciel [1]. » L'amour nous apparaît ainsi comme la région de liberté parce qu'il assume la dissimilitude des protagonistes et jusqu'à leur conflit, au même titre qu'il vise l'identification de l'un à l'image de l'Autre : de l'homme animal centré sur l'antériorité de ses besoins, à une Idéalité cependant défiée car présumée accessible.

Bernard combat Abélard qui hypostasiait la dualité de l'amant et de l'aimé, et qui exigeait en conséquence la soumission humiliante de l'un à la perfection glorifiante de l'autre. Pour Bernard, la déification au contraire est possible à travers l'harmonieuse identification à l'Aimé accessible par-delà la violence. Il annonce ainsi saint Thomas. Mais contrairement à l'abstraction spéculative rigoureuse du docteur angélique, Bernard considère la réalité de la condition humaine telle que la constitue le péché. Fin psychologue plus que philosophe, Bernard n'évite pas la tendance profonde à l'égoïsme et au narcissisme, mais va droit à la difficulté théologique qui pourrait se schématiser ainsi : compte tenu de notre perversité, il faut atteindre la cité de Dieu. En effet, dominée par l'inclination supérieure vers le bien et vers Dieu, la nature déchue demeure cependant rebelle. Sans cette résistance, nous n'aurions pas eu besoin de la *sainte violence* qu'est l'amour pour atteindre l'idéal. Sans elle, le christianisme serait une philosophie du bien, un rationalisme à la limite, et non cette passion du corps s'arrachant à lui-même

---

1. Cf. *Sermons divers*, 42, 86, etc., *op. cit.*

qu'on appelle amour. La parole de saint Paul ne pouvait pas laisser insensibles ces amoureux plus passionnels que rationnels que furent les théologiens du XIIᵉ siècle : « Je détruirai la sagesse des sages et j'anéantirai la science des savants... Car ce qui serait folie de Dieu est plus sage que la sagesse des hommes [1]. » Et Bernard de renchérir : « Quel amour violent, dévorant, impétueux ! Il ne pense qu'à lui-même, se désintéresse de tout le reste, méprise tout, se contentant de soi ! Il confond les rangs, brave les usages, ne connaît aucune mesure. Convenances, raison, pudeur, prudence, discernement sont vaincus et réduits en captivité [2]. »

La doctrine de Bernard se tient ainsi à égale distance, semble-t-il, aussi bien de l'hérésie propre à Fénelon-Baïus qui accentue la « mauvaise nature » pour que l'amour la détruise et que le « pur amour » ne puisse être atteint qu'au prix du sacrifice du désir et du bonheur personnel ; et de celle des pélagiens qui considèrent que la tendance naturelle de l'homme est déjà d'aimer Dieu, ce qui réduit la grâce à un complément de la nature heureuse [3]. L'amour à la saint Bernard apparaît en somme comme ce trait d'union qui constitue la spécificité de l'homme en tant que nature-et-sens, corps-et-idéalité, péché-et-grâce divine. Evoquons une des multiples expressions de ces ambivalences : « Nous aimons notre esprit charnellement aussi, quand nous le brisons dans la prière, avec larmes, soupirs et gémissements. Nous aimons notre chair d'un amour spirituel, quand après l'avoir soumise à l'esprit, nous l'exerçons spirituellement dans le bien et veillons avec discernement à sa conservation [4]. »

L'hétérogénéité maintenue de ces bords, en même temps

1. I Cor., I, 18-25 ; III, 18.
2. *Sermons sur le Cantique*, 79, I.
3. Cf. R.P. Garrigou-Lagrange, O. P., « Le Problème de l'amour pur et la solution de saint Thomas », in *Angelicum*, t. 6, 1929, p. 85-124.
4. *Sermons divers*, 101, *O.C.*, t. IV, p. 69.

que leur indiscutable subordination à la priorité essentielle de l'Idéalité divine, font de la mystique cistercienne, plus que de toute autre doctrine, le moyen adéquat et puissant pour définir l'*être* de l'homme en tant qu'*amoureux*. Ni péché ni sagesse, ni nature ni connaissance. Mais amour. Aucune philosophie n'égalera cette réussite psychologique qui a su donner une satisfaction au narcissisme pulsionnel tout en l'élevant au-delà de sa région propre pour lui conférer un rayonnement visant l'autre, les autres : un rayonnement divin certes, et social en passant.

Morale et félicité

Pour Kant, le désir de bonheur relève de la sensibilité rousseauiste, et si nous devons accomplir nos devoirs envers nous-mêmes et nos semblables pour obtenir le bonheur de la vie future, ce ne sera que *comme si* cela était commandé par Dieu. Car en définitive, l'homme règle ses obligations par l'autonomie de sa volonté. L'immanence, posée par Bernard, de l'amour de Dieu dans notre nature cependant charnelle et cupide, fait défaut chez Kant et entraîne la perte de la part qu'on appellera volontiers « inconsciente » de l'amour, en même temps que la perte du bonheur amoureux comme définition essentielle du fait humain. Par ailleurs, Kant dissocie notre félicité pour laquelle Dieu nous a créés selon le philosophe, de la gloire que, ce faisant, Dieu s'est donnée : le contraire supposerait trop d'égoïsme de la part de Dieu, pense Kant. Or, précisément, cette autorisation d'être idéalement égoïste : de se mirer dans un Dieu qui lui aussi aime et jouit —, garantit chez les mystiques l'harmonie du désir et de la possession qu'est le bonheur amoureux.

Même Spinoza, le grand penseur de la félicité [1] qui pose

1. Cf. plus loin p. 239-240.

l'identité entre l'amour intellectuel du soi et l'amour de Dieu, réduit la richesse conflictuelle et jubilatoire de l'amour telle qu'elle se présente chez Bernard. Car, immédiate, l'identification spinoziste entre amour de soi, amour de Dieu, voire amour de Dieu pour lui-même, tend à supprimer les deux bords de la contradiction extatique que nous avons parcourue sur divers registres ; en conséquence, le libre arbitre et le mérite d'une part, comme le péché d'autre part, s'en trouvent exclus... [1]. L'éthique solidement fondée sur l'entendement neutralise l'enfer amoureux qui gronde chez Bernard...

Cependant, par-delà les implications théologiques et philosophiques que pouvaient et peuvent avoir les écrits de Bernard, l'expérience laïque de l'amour, humaine et quotidienne, banale et singulière, s'en trouve-t-elle éclairée ? Que nous importent, qu'importaient aux gens simples de son temps, ces divagations sur les degrés de la perfection amoureuse, lorsque nous dominent nos joies ou nos maux d'amour ?

L'insistance souvent ambiguë, pour certains maladroite, sur l'antériorité, voire sur la résistance de l'affect charnel dans l'expérience amoureuse, indique bien sûr d'abord la part du plaisir et du désir que comporte toute exaltation amoureuse essentiellement idéalisante. Ne confondez pas amour, plaisir, désir, semble dire Bernard ; si vous désirez, vous n'aimez pas forcément, car aimer suppose un certain arrachement à soi au bénéfice de l'identification idéale avec l'aimé. Mais plus sournoisement, et de manière plus nocturne, cette insistance sur la chair résistant à l'idéalisation et au désintéressement amoureux ouvre l'amour vers ce qui échappe à la conscience, à la connaissance et à la volonté : vers cette région que nous avons la facilité d'appeler aujourd'hui un inconscient. L'amour est donc la manifestation permise, autorisée parce que incluse dans le bien, de la force incontrô-

1. Cf. Garrigou-Lagrange, *op. cit.*

lable de l'inconscient. Définir ainsi l'être de l'homme est un acte qui, par-delà le champ théorique et philosophique visant la subjectivité, féconde l'expérience amoureuse vécue, au même titre que le langage, la rhétorique, la littérature — en tant que terrains d'une folie admise.

D'autre part, lorsque nous commençons à nous ennuyer devant l'ascension bernardine sur les gradins qui le conduisent au pur amour de Dieu, n'oublions pas qu'à l'intérieur de nos propres amours, en plus du désir et du plaisir et au-delà d'eux, nous sommes dans une alchimie de l'idéalisation dont nous ignorons laïquement les méandres. Si nous avons du mal à aimer, c'est parce que nous avons du mal à idéaliser : du mal à investir notre narcissisme dans un autre tenu comme valeur incommensurable, pour garantir ainsi notre propre potentialité à la démesure. Et au contraire, lorsque nous arrivons à aimer, n'est-ce pas parce que quelqu'un, homme ou femme ou enfant ou un mot, une fleur..., a pu résister à notre puissance increvable de méfiance, de haine et de peur à nous déléguer dans une altérité idéale ? Enfin, nos propres « degrés » d'attachement à nos aimés sont-ils tellement différents de l'ascension au pur amour que le cistercien du XIIᵉ siècle vouait à son objet idéal, à son Dieu ?...

Avant de refermer cette page bernardine qui, sauf pour quelques-uns qui ont choisi de vivre hors du temps, n'est qu'une page de musée —, admirons encore une fois l'exceptionnel équilibre entre un moi vorace et un idéal tyrannique, un désir inassouvi et une possession cependant assurée. Cette paix tendue, cette harmonie douloureuse, ce narcissisme du Moi-corps gonflé à l'infini pour être vidé au profit d'une identification violente à un alter ego sublime : c'est l'amour. Moyen radical de traiter le mal en tant que symptôme ou en tant que folie, par la position du mal d'amour au cœur de l'être humain ? Ego ne se sait pas encore *être* parce qu'il pense... « Je » *est* parce que *j'aime*. Un *je* qui d'ailleurs ne se définit pas, qui séduit en style, mais qui ne se désigne pas en tant qu'identité fondamentale, scindé comme il est entre l'Autre et l'affect. Un *je* passion. *Ego affectus est*. « Je sens que mes paroles vous plaisent » (saint Bernard).

Ratio diligendi
ou le triomphe du propre
Saint Thomas : amour naturel
et amour du soi

Tous aiment le bien dans la mesure où il est propre.

Traité de la charité, Secunda Secundae,
Question 26.

Tous ceux qui ont déjà l'être aiment celui-ci comme propre et le conservent de toutes leurs forces.

(*De veritate*, 21.2 + 3G 19).

« J'aime pour être »

Par-delà les discussions spécieuses dans lesquelles la théologie a pu s'engager en s'interrogeant sur l'amour de Dieu, deux aspects au moins de ses considérations concernent le lecteur moderne. Il y déchiffrera d'une part une tentative puissante d'affronter l'*amour de soi* comme fondement à la fois nécessaire et limitatif de tout amour[1]. Il y trouvera,

---

1. L'amour de soi pourrait être rapproché du « narcissisme secondaire » qui, pour Freud, ne désigne pas seulement un état de régression, mais une structure permanente du psychisme que Laplanche et Pontalis définissent ainsi : « *a)* Sur le plan économique, les investissements d'objet ne suppriment pas les investissements du moi mais il existe une inévitable balance énergétique entre ces deux sortes d'investissement. *b)* Sur le plan topique, l'idéal du moi représente une formation narcissique qui n'est jamais abandonnée » (*Vocabulaire de la psychanalyse*, P.U.F., 1967, p. 264).

d'autre part, la croyance de pouvoir fonder à la place de la déception que suscite immanquablement toute quête amoureuse, un Objet idéal absolu qui, au-delà, garantit la béatitude avec le désir.

Le sujet parlant est un sujet aimant, semblent postuler ces ontologies de l'amour. Nous avons beau savoir que l'homme du Moyen Age ne peut pas écrire sans aimer et que son amour se réalise au mieux dans l'effervescence des signes qu'est le texte amoureux — comme le démontre l'histoire littéraire auscultant l'héritage des troubadours : nous avons cependant du mal à franchir la barrière de l'*Ego cogito* pour concevoir, par-delà sa lumineuse lucidité, un autre sujet qui définirait son être comme équivalent à ce mélange d'affect, de désir et de sens qu'est l'amour. *Je suis en tant qu'aimé, donc j'aime pour être*, serait pour le penseur médiéval une définition implicite de l'être du sujet, s'il pouvait formuler une pensée de sujet. En fait, c'est une déformation cartésienne, sans doute, qui nous fait rêver d'un tel sujet amoureux précartésien. Cependant, par-delà ce fantôme théorique, ne voit-on pas *réellement* se lever dans l'œuvre de saint Thomas un sujet qui n'est connaissant qu'en tant qu'amoureux : dialectique complexe de passivité et d'activité, d'effet et de cause, d'assujettissement et de liberté, de chute et de grâce... Mais aussi mélange exquis d'affect, de désir et de sens noués de façon à découper, en les liant, un dedans et un dehors, une chair et un esprit, un « propre » et un « être bon »... Dire que ces élaborations consolent et relèvent le narcissisme secondaire (et plongent peut-être leurs effets jusqu'au primaire), est une position brutale qui choquera le croyant et gênera l'analyste de se trouver comparé à un discours auquel il s'oppose. Il ne reste pas moins vrai que ce qu'on a pu définir comme l'aspect non anthropologique, non psychologique de cet amour, a dû attendre les développements récents de la psychanalyse englobant l'expérience psychotique et l'insérant au fondement du psychisme, pour obtenir non seulement son intelligibilité inhumaine pourtant si humaine, mais aussi pour permettre à rebours d'envisager des moyens laïques, post-théologiques, de sublimation de notre mal d'être qui est un mal d'amour.

Déjà chez Augustin, s'il est vrai que le péché vient de l'amour de soi, la bonne manière d'aimer c'est encore de « s'aimer » « en vue et à cause de Dieu » ou « en Dieu » [1].

S'aimer ou aimer l'autre. Une apologie du propre

Le privilège accordé à l'amour de soi remonte, en philosophie, à Aristote [2]. Ce primat de l'amour de soi qui traverse tant de discussions théologiques trouve chez saint Thomas (1227-1274) une solution dialectique dont nous goûterons ici le compromis habile.

Evoquant Augustin dans ce texte de jeunesse qu'est son *Commentaire des sentences* (1254-1256), Thomas, en fait, souscrit au postulat d'une antériorité de l'amour de soi qui serait la voie naturelle pour l'expérience individuelle d'accès à la bonté ontologique.

Ayant sans doute bien connu les positions de Bernard, s'appuyant sur Augustin et Aristote, Thomas d'Aquin consacre à ce primat de l'amour de soi les distinctions 27, 28, 29 du IIIe *Livre des sentences*. Après avoir réfuté la possibilité d'aimer Dieu de concupiscence (« Dieu est le bien de l'homme » ne doit pas s'entendre, prévient Thomas, comme s'il s'agissait d'un bien utile, mais comme un ensemble dont l'homme participe, le « de » indiquant un génitif objectif) ;

1. Cf. *La Cité de Dieu*, I, 14, 28.
2. « L'amitié que l'homme porte à son ami vient de celle qu'il se porte, en tant qu'il se réfère à son ami comme à soi » (*Ethique à Nicomaque*, 1166 a I).

après avoir écarté la tentation d'aimer l'ami en vue de la *merces*, la récompense — ce serait une concupiscence et non pas une amitié — Thomas précise, dans l'art. 5 de la distinction 29, la hiérarchie entre les trois amours. Notre bien propre se trouve, selon le docteur angélique, dans Dieu comme dans sa *cause*, en nous-même comme dans son *effet*, dans le prochain comme en une *similitude*. Aussi le plus grand bien est Dieu, mais le premier accès à lui nous vient de notre rapport immédiat à nous-même ; par ailleurs, la similitude des autres avec nous-même nous permet d'avoir accès à eux. L'amour de soi possède, dans cet enchaînement logique auquel le soumet Thomas, une primauté historique ou génétique. Mais Dieu demeure le bien *propre*, absolu, le meilleur moi-même, plus moi-même que moi, le Soi absolu. L'extase serait définie alors de manière précise : le Soi en est le départ mais la sortie de Soi en est la condition. — « L'amour pousse l'homme hors de soi, et l'établit en celui qu'il aime : dans l'amour celui qui aime se délaisse toujours soi-même de quelque manière », avance un objecteur citant Denys (*Div. Nom.*, 4, 13). Thomas démontre que c'est le contraire (*sed contra*), en définissant l'amour final comme une conciliation du bien ontologique avec le primat génétique du soi. — S'il est vrai, développe-t-il, que dans l'amour l'aimé comme tel passe avant (*potius est*) l'aimant, il ne reste pas moins que chacun peut, par amour de soi, passer avant tout autre aimé à condition de s'aimer plus que tout autre, et c'est ce qui se produit si l'on est à soi-même son aimé favori. Rien d'égoïste en ceci pour Thomas, car ce moment permettra de « *s'établir en soi* », c'est-à-dire d'être dans le bien ontologique premièrement accessible en tant que *propre* : d'être *bon*. En effet, comment pourrait-on porter cette bonté à d'autres sans l'avoir établie bien en soi ? Cette apologie du bien propre, voire du Propre comme Bien, s'énonce en ces termes : « Il est vrai que le bien que j'ai peut se reconnaître plus parfaitement en un autre qu'en moi-même. Mais il se trouve néanmoins plus parfaitement en moi, en tant que propre. Le bien de l'autre n'est jamais mien, sinon par similitude, alors que le bien qui est en Dieu est aussi mien, selon la cause [1]. »

S'établir en soi

On lira aussi avec attention, à propos de l'amour de soi, l'interprétation très spécifique que donne Thomas du fameux *secut teipsum* (« tu aimeras ton prochain *comme toi-même* ») dans le développement qu'il consacre à l'amour des anges. D'abord Thomas postule que même si l'amour est *unifiant* et que, par conséquent, comme l'a précisé Denys, il ne saurait s'adresser simplement à soi, cependant être *Un* est plus qu'être *uni*. C'est dire que l'amour des autres procède de l'amour de soi, et ceci non seulement parce que l'amour de soi serait le modèle, mais parce que le sujet affirme en s'aimant sa consistance ontologique (d'être bien) [2]. En conséquence, aimer *comme* soi sera analysé à partir de notions de *proximité* (être avec, se rassembler, se retrouver, *convenire cum*) et de *similitude* (notamment, l'amour pour l'espèce). *Sicut te ipsum* signifiera en définitive pour Thomas non pas « *autant* que toi-même », mais « *semblablement* à toi-même ». On appréciera le sens identificatoire de cette précision qui spécifie la place du Soi en tant que centre projeté sur les autres.

C'est donc l'amour du propre en tant que bien propre, qui détermine et oriente les autres amours consécutifs. Cependant, cet amour du « soi propre » ne se conçoit que comme

1. *Livre des sentences* 3, 29.5.2m.
2. Cf. *Somme théologique*, Prima pars, question 60, art. 3. Cf. plus loin, p. 230-231.

participation au *bien ontologique* qui renvoie évidemment à Dieu, mais qui est à lire aussi comme une préservation de l'espèce. La créature aime en participant de l'espèce : elle se *conserve* par l'amour, et parce qu'elle est « de Dieu ».

La notion de l'*amour de soi* occupe donc dans l'ontologie thomiste une place charnière : elle fait circuler l'un dans l'autre l'*esse suum* et le *bonum proprium* [1]. Si je suis, si je participe à l'être, si j'ai l'être — je ne peux que l'aimer comme propre, et en le conservant, je me conserve. Or, c'est parce que l'être est bon que chacun s'y tient [2]. L'amour de soi manifeste le désir de conservation dans l'être et le bien : il est donc l'agent de convertibilité de l'être et du bien. En lui, et par la valorisation du « propre », s'effectue la perception de l'être comme bien. L'amour de soi est ce qui constitue le *propre* au sens d'une unité, ainsi que comme *bien propre*, unité aimable. Un tel *être* en général et l'être (bon) de soi, sont en définitive essentiellement désirables.

L'être désirable

Tout être est désirable avant d'être connaissable ou tout en l'étant ; mieux : c'est à l'être lui-même que convient avant tout le caractère de désirable — *appetabilis*. En conséquence, chacun désire naturellement conserver son être, et fuyant ce qui tend à le détruire, y résiste tant qu'il peut. Ainsi donc, l'*être* lui-même, en tant que désirable, est le *bien* [3]. Mon être

1. Nous suivrons sur ce sujet l'excellente thèse de Roger de Weiss, *Amor sui, Sens et fonctions de l'amour de soi dans l'ontologie de Thomas d'Aquin*, Genève, Imprimerie du Belvédère, 1977, thèse présentée à la faculté des Lettres de Fribourg en 1975.

2. « (...) le beau et le bien sont aimables pour tous les êtres, puisque chaque être a une tendance naturelle vers ce qui convient à sa nature » (*Somme théologique*, II, 11, question 26, art. 1).

3. Cf. *De malo*, I.I./I.G.37, cité par Weiss, *op. cit.*

ne l'est pas moins : je m'appréhende et me désire comme une perfection propre. *Je suis, c'est-à-dire je suis bien, donc je m'aime* : voilà comment on pourrait résumer cette apologie du *propre* qui subsume ce que le moderne appellera un narcissisme dans une ontologie de l'amour.

L'expérience immédiate du *propre* comme présence du *bien* dans le soi est donc la seule qui, dans le soi, permet l'*échange*, en tant que réciprocité, amitié, voire amour. *Esse* est un esse *bonum* donc *appetabilis*. Le Soi, dans son immanence ontologique, l'est également : bon et désirable. L'être comme *bon* — ce qui ne présume en rien de l'être *vrai* — conduit immédiatement à l'être *propre* par le biais du désir qui « s'approprie » naturellement ce qui est bon. S'il *est* (du) bien, *je* ne peut en avoir une perception et une connaissance qu'en tant que bien pour soi. Je suis donc partie de ce *bien*, et cette proposition est synonyme de mon appétit naturel pour le *bien*. En tant que tel, je m'aime. Par-delà sa valeur psychologique de justification et de déculpabilisation d'un narcissisme dirigé, l'amour de soi se présente ainsi, chez Thomas, comme le médiateur logique qui intériorise le *bien* en même temps qu'il ontologise le Soi en tant qu'un *propre* toujours participant du *bien*. Une subjectivité désirante est en voie de constitution, et cependant, à rebours, l'immanence ontologique de chaque être à soi-même est au cœur de cette théologie.

La charité et le propre

Il serait cependant légitime de se demander si cet amour de soi, second après celui de Dieu mais premier dans l'expérience humaine d'accès au *bien*, n'est pas dépassé dans la *charité*, cet étrange mélange d'amitié et de surnaturel. Le *Traité de la charité* (in *Secunda Secundae* de la *Somme théologique*) confirme cependant la présence indépassable parce que *naturelle* de l'amour de soi dans la charité aussi. L'article 4 de la question 25 : « l'homme doit-il s'aimer lui-même en charité ? » rappelle que l'amour de soi est la « forme » et la « racine », la cause formelle, de tout amour. Ce qui conditionne, pour Thomas, cette priorité de l'amour de soi, est non seulement la bonté du Soi que nous avons aperçue plus haut, mais ce qu'il énonce en termes spatiaux : la *proximité* de soi à soi. On s'aime parce qu'on est meilleur (de par l'expérience propre de participation au *bien*), et parce qu'on est plus proche de soi que quiconque. L'objection cependant se maintient jusque dans cette définition spatiale de l'amour de soi : cette préférence de soi à soi ne doit-elle pas disparaître dans la vie glorieuse, puisque là nous sommes plus près de Dieu que de quiconque ? « La vie glorieuse, répond Thomas, n'ôte pas la vie naturelle, mais la parfait. Mais l'ordre de la charité (...) procède de la nature. Mais c'est par nature que tout être s'aime soi-même plus que les autres ; cet ordre de la charité subsistera donc dans la "patrie" [1]. Le primat de l'amour de soi perdure donc dans la charité, y compris vis-à-vis de meilleurs que nous [2]. »

1. Art. 13, question 26, *Traité de la charité*.
2. « Le don de charité est conféré par Dieu à chacun, pour que, premièrement, il ordonne son esprit à Dieu, ce qui concerne l'amour qu'il se porte à lui-même, et secondairement, pour qu'il veuille l'ordination des autres à Dieu » *(ibid.)*. De même cette précision : « Quoique l'amour et la dilection tels qu'ils sont dans l'appétit intelligentiel signifient la même chose, cependant ils diffèrent en ce que la dilection n'est pas dans le concupiscible, mais qu'elle n'existe que dans la volonté et dans les êtres raisonnables. La charité ajoute à l'amour une idée de perfection, en ce sens que l'objet aimé est estimé d'un grand prix, comme le mot l'indique aussi *(carus, caritas)* (...) l'amour et la dilection se confondent dans la partie intellective. (...) l'homme peut tendre vers Dieu plus vivement par l'amour qu'il conçoit passivement lorsque Dieu l'attire vers lui que quand il n'a pas d'autre moyen que sa propre raison pour le porter à l'aimer, comme il arrive à l'égard de la dilection ainsi que nous l'avons dit. C'est ce qui fait que l'amour a quelque chose de plus divin que la dilection » *(Somme théologique*, II, II, question XXVI, art. III).

Ainsi donc, sans accès au *bien propre* — pas d'accès à Dieu. Sans amour de soi — pas d'amour de Dieu perçu ni pensé, et, en conséquence, pas de don d'amour aux autres.

On est tenté d'entendre ces raisonnements psychologiquement, et une lecture attentive au préconscient sinon à l'inconscient se trouve légitimée à le faire. Cependant, et en essayant de rester fidèle à l'optique thomiste, on ne saurait trop insister sur l'expansion du Soi s'aimant qui se trouve ainsi justifié, jusqu'aux dimensions de l'être : l'amour de soi permet à Thomas d'installer l'être au cœur du Soi. L'analyste, à rebours, déchiffrera, à son habitude, l'envers de la médaille : si je m'aime, c'est bien entendu en tant que partie du Tout, mais surtout en tant que je me considère moi-même un *bien* aussi valable que le Tout *bien*. Cette similitude de la partie et du tout, de l'individuel et de l'universel, basée sur le *bien*, fonde, pour Thomas, la valeur absolue de l'individualité singulière. L'immense respect qu'il atteste ainsi pour le singulier, repose sur la reconnaissance d'une aspiration grandiose à être (du) Tout. Reconnaissance de notre conservation par un méga-appétit ? de notre mégalomanie ?

L'amour naturel est un jugement

Qu'entend par « amour naturel », au sens que Thomas donne à cette expression ? La *Somme théologique* (*Prima pars*, question 60) précise, à propos de l'amour des anges, ce qui pourrait s'étendre à l'homme au titre d'une *dilectio naturalis*. Si cet amour naturel comportait chez Bernard, nous l'avons vu, certaines ambiguïtés (reconnaissance de la chair de concupiscence, du péché ou de la nature vile cependant déjà informée par la présence divine), l'équivoque perdure chez Thomas, mais l'effort de précision est incomparable. « Naturel » signifie d'abord pour lui ce qui se rapporte à

l'affect primitif antérieur à la volonté. « Naturel » est aussi le
contraire de l'amour théologique qu'est la charité. Mais
comme le rappelle R. de Weiss, « naturel » désigne également
ce qui s'oppose à la bestialité. On dira « naturel » le désir de se
conserver perpétuellement *(perpetuo manere)*. Enfin, « naturelle » sera la volonté elle-même, la volonté considérée
comme naturelle : « Tous veulent naturellement la béatitude. » Les êtres humains, quoique intellectuels, n'échappent
pas à cette « inclination » naturelle : ils ont donc un *amour
naturel*.

On peut dire, en somme, que l'amour naturel est défini par
son objet : le bien ; et par sa fin : la béatitude. Il s'inclura dans
les actes de volonté comme leur principe et leur cause [1].

Une telle naturalité de l'amour nous permet de constater,
comme on pourra le faire à propos d'autres aspects de la
doctrine de Thomas, combien amour et connaissance s'entremêlent chez lui. Même si l'« appétit sensitif » et l'« appétit
intelligentiel » sont maintenus en tant que puissances diverses [2]. Thomas conduit à son apogée l'identification de
l'amour et de la connaissance faite déjà par Aristote, Cicéron,
et de manière plus évidente encore par Guillaume de Saint-
Thierry [3]. Ne serait-ce que par la logique du raisonnement
qui met en parallèle l'amour et la connaissance, la seconde absorbe et subsume la première. Ainsi, Thomas dira que si l'être

1. *Somme théologique*, I, quest. CIII, art. 1, 2, 3.
2. *Ibid.*, t. II, 1ʳᵉ section, question 60, art. 2.
3. « L'objet de la connaissance et de l'appétit est le même subjectivement,
mais (...) il diffère rationnellement. Car il est tenu comme étant sensible et
intelligible, tandis qu'il est recherché ou appété comme une chose bonne et
convenable (...) il arrive que chaque puissance appète naturellement l'objet
qui lui convient. Mais au-dessus de cet appétit naturel, il y a l'appétit de
l'animal qui est une conséquence de sa faculté cognitive. Par cet appétit,
l'animal ne recherche pas une chose parce qu'elle convient à tel ou tel acte, à
telle ou telle puissance, comme la vue cherche à voir et l'ouïe à entendre,
mais qu'elle lui est convenable selon l'étendue de son être » (*Somme théologique*, t. I, question 80, art. II).

intellectuel est capable de réflexivité dans la connaissance, il sera capable d'intentionnalité réflexive dans l'amour de soi[1].

Dire que l'amour de soi est naturel implique en définitive qu'il soit constitutif de la volonté elle-même dirigée par la raison et la sagesse[2]. L'hétérogénéité du désir de la chair vis-à-vis de la volonté du Sens, et bien entendu vis-à-vis de la connaissance (hétérogénéité présente chez Bernard) s'efface ici. Pour saint Thomas, le désir amoureux est toujours-déjà volontaire, parce que saisi par le *bien propre* dont Dieu est la présence absolue. Si la concupiscence demeure parmi les catégories avec lesquelles il travaille, elle n'est qu'un *accident* de la substance *amour* : la concupiscence même n'a plus rien de sensuel, elle est simplement un changement ou plus précisément une partialisation de l'objet aimé (on aime d'amour quand on aime l'objet de l'amitié pour *lui-même*, et de

1. Cf. R. de Weiss, *op. cit.* Ou encore : « Puisque le bien n'est l'objet et la cause du mouvement appétitif qu'en tant qu'il est perçu, il est nécessaire que la perception et la connaissance soient dans chaque être cause d'amour », et de préciser : « La connaissance est donc la cause de l'amour pour la raison qu'on ne peut aimer le bien qu'autant qu'on le connaît » (*Somme théologique*, II, V, quest. 27, art. 1).

2. D'où cette imprégnation de l'*appétit* lui-même par le libre arbitre et *vice versa* : « L'acte propre du libre arbitre étant l'élection, et l'élection étant principalement l'acte de la vertu appétitive, il faut que le libre arbitre soit une puissance appétitive (...) Car l'appétit, quoiqu'il ne compare pas, est cependant mû par la faculté cognitive à laquelle il appartient de comparer, et pour ce motif, il paraît établir une comparaison entre les objets dont il préfère l'un à l'autre » (*Somme théologique*, I, quest. 83, art. 3). L'intrication thomiste du désir-amour et de l'intelligence est maintes fois vérifiable. Ainsi : « L'homme désire naturellement se maintenir perpétuellement : cela est clair, puisque l'être est ce que tous désirent, et que l'homme, par son intelligence, n'appréhende pas seulement l'être comme "maintenant", comme les animaux, mais en tant qu'être (*simpliciter*). C'est donc par son âme que l'homme est éternel puisque c'est par elle qu'il appréhende l'être en tant qu'être, sans qu'il soit limité par une temporalité particulière » (*Contra Gentiles*, 2.79, 82, cité par de Weiss, *op. cit.*, p. 33).

concupiscence — quand on l'aime pour le *bien* propre à cet aimé d'amitié) [1].

La raison amoureuse

Si le désir et l'amour s'avèrent ainsi toujours informés par l'intelligence (ne serait-ce qu'à travers la volonté immanquablement présente), la raison, à son tour, est sous-tendue d'amour : elle est une *ratio diligendi*. En tant que telle, elle a pour objet Dieu mais si et seulement si il est mon propre bien. Cependant, pour que Dieu me soit mon propre bien, ou pour que mon propre bien me soit une *ratio diligendi*, il faut que je m'aime moi-même. Sans cela, dans l'hypothèse où je ne m'aime pas, je n'aime pas Dieu. Voilà comment la *ratio diligendi* est naturelle : elle procède de l'universalité (naturelle) de l'amour de soi comme accès indispensable au suprême *bien* préexistant. On voit que la thèse de la naturalité de l'amour de soi est une conséquence de la thèse, induite par la théologie de la création, de l'être en tant que bon.

Une naturalité créativiste implique l'immanence de l'esprit dans cette nature, et subordonne toute antériorité logique (par exemple affective) à la volonté et à la connaissance. L'amour de soi est naturellement orienté vers le *bien* car il fait partie de lui : il sera nécessairement naturel et vertueux. Au

1. « L'amour de concupiscence diffère de l'amour d'amitié en ce que par le premier on se porte plutôt vers le bien qu'on souhaite à quelqu'un que vers la personne à laquelle on le veut ; tandis que par le second c'est pour la personne même à laquelle nous voulons du bien que nous nous sentons de l'attrait », postule Thomas ; il ajoute : « L'amour qui se rapporte au *bien* que l'on veut à l'autre est l'amour de *concupiscence* ; celui qui se rapporte au *sujet* auquel on veut ce bien est un amour d'*amitié*. (...) ce qu'on aime d'un amour d'amitié, on l'aime absolument pour lui-même, tandis que ce qu'on aime d'un amour de concupiscence, on ne l'aime pas de la sorte, on ne l'aime que par rapport à *un autre objet* » (*Somme théologique*, II, I, question 26, art. 4).

contraire, le péché, et l'amour des pécheurs pour eux-mêmes,
n'est pas un amour, il n'est pas « naturel ». Car l'amour
naturel est par définition synonyme d'amour vertueux [1].

L'assomption de l'amour de soi à travers le *bien propre* se
fait ainsi au profit de la vertu : on supprimera donc du champ
de l'amour toute affectivité non subsumée par la visée du
bien, qui sera déclarée non naturelle, pécheresse.

L'intérêt amoureux : une convenientia

L'amour de soi lie l'homme à lui-même, mais en outre il lui
procure un « quelque chose de plus » (Denys) qui est d'être
une entité une : une unité. Et c'est seulement à la suite de
cette *unité* accomplie que peut se réaliser l'*union* avec l'autre
dans l'amitié ou l'amour [2]. Examinons de plus près cette
union amoureuse.

Dans ce qu'on peut appeler, avec de Weiss, une théorie
« mécaniste » de l'amour, Thomas compare l'attraction amicale ou amoureuse à ce qui se produit lorsqu'un moteur
tire vers soi un objet qui subit ainsi son action : celui-ci
requiert alors une inclination vers le moteur, puis il se meut,
enfin il se repose. Ainsi, « dans les mouvements de l'appétit, le bien possède comme une force attractive, le mal une
force répulsive. C'est donc le bien qui, en premier lieu,
cause une inclination dans l'appétit, une aptitude à une
conaturalité au bien. C'est ce qui concerne l'amour, en tant

1. Il en découle, entre autres, cette intense dénégation de la haine : « Puisque
la haine est l'effet de l'amour, l'amour est absolument plus fort et plus puissant
qu'elle, quoique parfois on sente la haine plus vivement que l'amour » (*Somme
théologique*, II, I, quest. 29, art. III). En s'aimant d'abord et par-dessus tout en fin
de compte, le moi ne peut se haïr : « Puisque tous les êtres inclinent et tendent par
l'amour au bien qui leur est propre, il est impossible qu'un individu se haïsse
absolument lui-même » (*ibid.*, art. IV).
2. *Traité de la charité*, art. 4, question 25.

que passion, à quoi correspond, comme opposé, la haine[1] ».

Cependant, ce mécanicisme apparent est immédiatement corrigé par la notion de *convenientia* : un rapport de complicité entre le moteur et le mû, l'aimant et l'aimé. L'homme, être intelligent, ne se laisse pas seulement *mouvoir* par l'objet mais juge si l'objet singulier convient à la notion universelle du *bien*. La convenance est en somme un *jugement* de convenance, une connaissance aimante non seulement de soi mais aussi de l'aimé. L'amour est ainsi défini, on le constate une fois de plus, non pas subjectivement (il n'y a pas de subjectivisme à proprement parler dans cette ontologie) mais comme une *relation* néanmoins, antérieure à tout affect, et cette relation implique une connaissance préalable, un jugement, une intention[2].

---

1. *Somme théologique*, t. I, II, 23, 4. Ou bien, ce développement « physiciste » à propos de la passion : « L'amour selon qu'il est dans l'appétit concupiscible étant une modification de cet appétit par l'objet désiré, reçoit à proprement parler le nom de passion, et on le lui donne dans un sens large quand on le considère selon ce qui est dans la volonté », conclut Thomas avant de préciser le rôle de l'objet dans la passion : « La gravitation, qui est le principe du mouvement vers le lieu où l'objet est naturellement attiré, peut, en vertu de cette conaturalité, recevoir dans un sens le nom d'*amour naturel*. L'objet que l'on appète donne ainsi à l'appétit une certaine proportion qui le rend apte à s'unir à lui ; cette prédisposition n'est rien autre chose que la complaisance que l'amour trouve dans la chose aimée, ce qui produit le mouvement qui le porte vers l'objet qu'il désire. Car, selon la remarque d'Aristote (*De anima*, lib. III, text. 55), le mouvement de l'appétit est circulaire (...). La première modification de l'appétit par l'objet qu'il désire reçoit le nom d'*amour* et n'est rien autre chose que la complaisance que met celui qui aime dans celui qui est aimé. C'est de cette complaisance que naît le mouvement vers l'objet désiré, mouvement qui n'est d'abord qu'un désir, et qui se termine par le repos qui n'est lui-même que la joie et le plaisir. Ainsi donc, puisque l'amour consiste dans la modification de l'appétit par l'objet désiré, il est évident que c'est une passion » (*Somme théologique*, II, I, question 26, « Des passions de l'âme et d'abord de l'amour », art. 2).

2. « Mais l'inclination naturelle vient du fait que l'être naturel est doué d'une affinité et d'une *convenientia* (selon sa propre forme — laquelle est à ce titre principe de l'inclination), avec ce vers quoi elle tend (...). Pour la

Cette relationalité qu'implique la théorie de la *convenientia* s'exprime, de Weiss l'a déjà analysé, dans la thèse des deux types de transcendantaux : les dépendants de l'*être en soi*, et les dépendants de l'*être pour un autre*. *Aliquid, bonum* et *verum* appartiennent, on le sait, à la deuxième classe. L'âme est cet être exceptionnel qui présuppose un *aliquid* différent des autres, « à qui il sera donné de rencontrer *(convenire cum)* tout être » : elle accomplit donc cette relationalité par excellence qu'est la fonction amoureuse de convenir avec un autre. « Cet être, c'est l'âme qui se fait toutes choses, en un sens, comme le dit Aristote au 3ᵉ livre du *Traité de l'âme*. Dans l'âme, il y a un pouvoir de connaître et un pouvoir de désirer. La *convenientia* de l'être à l'appétit est exprimée par le terme de bien (...). Et la *convenientia* de l'être à l'intelligence est exprimée par le terme de *vrai* [1]. »

Identification ou singularité

Dans ce cadre se situera le commentaire thomiste du « Aime ton prochain comme tu t'aimes toi-même ». Dans le *Livre des sentences* (t. 3, 29, 2.1), on lit : « Parce que l'amour unit en quelque sorte celui qui aime à l'aimé, celui-là se comporte envers celui-ci comme envers lui-même, ou comme envers ce qui relève de sa propre perfection. » Le mobile de l'amour pour l'autre doit donc être ce bien que je

même raison toute inclination de la volonté provient du fait que l'objet est appréhendé comme convenant ou intéressant *(afficiens)* par la forme intelligible. Mais le fait d'être intéressé par un objet *(affici)*, c'est proprement aimer. C'est donc dire que toute inclination de la volonté, tout comme l'appétit sensible, prend origine dans l'amour » (4 *Summa contra Gentiles*, 19). De même : « Mais nul n'incline que vers un objet semblable ou convenant, et si tout être, en tant qu'existant, en tant que substance, est lui-même un bien, alors nécessairement toute inclination porte au bien » *(ibid.)*.

1. *De veritate*, I, I.

suis pour moi. Voilà ce qui me conduit à ne plus accentuer les différences ontologiques qui me séparent des autres, mais à dépasser même la *convenientia* au profit de l'*identification* et de la *similitude* [1].

Le triomphe du Soi dans cette identification totale à l'autre signe le règne du narcissisme idéalisé et omniprésent. Par-delà le jugement et l'acte amoureux de l'union, c'est cependant l'unité de l'autre qui s'impose dans l'amour comme finalité suprême. En ce sens, le terme « comme », « sicut », ne désigne pas l'égalité mais, comme nous l'avons déjà remarqué, la similitude, et il incite à aimer l'autre comme une autre singularité, un nombre particulier, un autre soi-même [2].

Cependant, la tradition mystique de Denys, par exemple, et sans doute un courant de la propre pensée de Thomas, impose au Docteur d'envisager l'amour du prochain non seulement comme *unité* mais aussi comme *union*. Ce dernier terme implique qu'une violence soit faite au même de sorte que, tout en se préservant, il disparaisse dans l'autre. L'amour-blessure est loin d'être un thème absent chez Tho-

---

1. « ... ce qui est de l'ami est tenu pour sien propre, que celui qui aime semble être dans l'ami comme s'il s'identifiait à lui. Mais en échange, c'est dans la mesure où celui qui aime veut et agit à cause de son ami comme à cause de lui-même, s'identifie ainsi à lui, que l'aimé (à son tour) est dans celui qui aime » (*Somme théologique*, I, II, 28, 2). Ou bien cette apologie de la ressemblance comme cause de l'amour : « Puisque la ressemblance qui existe entre des objets qui ont une même forme et qui se produisent qu'une seule et même chose sous cette forme, porte l'un à s'attacher à l'autre, comme n'étant qu'un avec lui, et l'engage à lui vouloir autant de bien qu'à lui-même, elle est par conséquent cause d'amour » (*Somme théologique*, II, I, quest. 27, art. 3).

2. « Le *sicut* ne désigne pas une égalité mais une similitude. En effet, comme la dilection naturelle se fonde dans l'unité naturelle, ce qui est moins uni à l'aimant est naturellement moins aimé. C'est pourquoi on aime naturellement plus ce qui (nous) est immédiatement uni, que ce qui ne l'est que spécifiquement ou génériquement. Mais il est naturel d'avoir une dilection pour autrui semblable à celle qu'on a pour soi, en aimant l'autre, en lui voulant du bien, comme on s'aime en se voulant du bien » (*Somme théologique*, I, 60, 4, 2m).

mas [1]. Perte du propre, extase, ravissement, bouillonnement :
les métaphores [2] du théologien tendent à résumer cette difficulté de sa doctrine qui, dans son ensemble, ne prépare pas
nécessairement à penser la conflictualité du même et de
l'autre puisqu'ils sont présumés ontologiquement semblables
dans le *bien*.

Une voie plus spécifiquement thomiste, toutefois, brillam-
ment mise en lumière par de Weiss, explique l'*union* amoureuse à partir des exigences du sujet connaissant. En privilégiant la similitude et la proximité des amants en Dieu, l'union
amoureuse n'est pas une union dramatique de substances
mais une fusion de vies qui étaient déjà celle de Dieu : « Mais
l'amour incite à l'union des choses, autant que possible. Pour
cette raison, l'amour divin fait que l'homme, dans la mesure
du possible, ne vit plus sa vie, mais celle de Dieu [3]. »

En définitive, la logique thomiste de l'amour consiste à
poser que parce qu'il y a Unité et amour de cette Unité (de
Soi), il y a aussi Union des deux (l'aimé étant identifié à soi) [4].

---

1. « L'amour de ce qui convient, comme Dieu, perfectionne celui qui
aime, mais l'amour de ce qui ne convient pas, comme le péché, le blesse ;
toutefois, on peut dire en général que *tout amour blesse* à cause des modifica-
tions excessives qu'il fait subir au corps » (*Somme théologique*, II, I, question 28, art. 5).

2. Ainsi, le *3ᵉ Livre des sentences*, 25, I.I.4m : « Or nul être ne se sépare
jamais de soi-même sans que disparaisse ce par quoi il se contenait en lui-
même. Ainsi, l'être naturel : il ne perd jamais sa forme, sauf si les dispositions par lesquelles cette forme était retenue dans la matière viennent à
disparaître. Il faut donc que l'aimant perde cette délimitation, par laquelle il
était contenu sous ses seules limites propres. C'est pour cette raison qu'on dit
de l'amour qu'il liquéfie le cœur : ce qui est liquéfié n'étant plus contenu dans
ses propres limites, tout au contraire de l'état qui correspond à la "dureté" de
cœur. »

3. *3ᵉ Livre des sentences*, 29, 3, 1 m.

4. « La première sorte d'union [l'amour de concupiscence : on appréhende l'objet par son intérêt pour son bien propre], l'amour la réalise à la
manière d'un effet (*effective*) : car il pousse à désirer, à chercher la présence
de l'aimé, comme ce qui lui convient, lui importe. La deuxième sorte d'union

Cette argumentation thomiste fondée sur l'unité peut être interprétée comme une démarche platonicienne, qui expose dans une relation de causalité ce qui relève d'une hiérarchie formelle [1], tout en se référant abusivement à Denys. Quant à ce qu'il en est de l'aspect psychologique qui nous occupe ici, disons que cette dynamique de la pensée thomiste achève la *sublimation* [2] du narcissisme, au sein d'une ontologie du *bien*.

Un amour apaisé de l'autre, qui prépare la pensée de l'autre

Dès que l'ontologie cessera d'être celle du *bien* en reléguant celui-ci dans la seule morale, le narcissisme restera en souffrance. La *ratio* qui, ainsi privée, ne sera plus *amoris* mais *cogitans*, ne peut que condamner, ou oublier, *l'amor sui* pourtant fondamental. Misère et grandeur du sujet connaissant qui a refoulé son avènement en tant que sujet aimant. Chez Thomas, la connaissance du soi s'aimant n'est pas encore ce refoulement, mais une idéalisation, une sublimation peut-être pour certains de ses disciples, et magistrale. Altérant aussi bien le même que l'autre et à la lumière de leur union, Thomas relativise l'unité de chacun, et bouleverse toute identité propre pourtant initialement et jalousement posée. Cette altération du « propre » liquéfié dans l'autre au sein de l'union amoureuse, opère comme une résorption du

[qui appréhende l'autre comme un autre soi-même à qui on veut du bien comme à soi], l'amour la réalise formellement : il est lui-même cette union, cet attachement. C'est cela qui fait dire à Augustin, au 8ᵉ livre du *Traité de la Trinité*, que "l'amour est comme une vie qui lie deux termes ou qui désire les lier". "Qui lie", renvoie à l'union affective, sans laquelle il n'y aurait pas d'amour ; "qui tend à les lier" montre qu'il pense à l'union réelle » (*Somme théologique*, I, II, 28, I). Ou plus brièvement : « ce qui unit se comporte semblablement à ce qui est un » (*3ᵉ Livre des sentences*, 28, 6).

    1. Cf. de Weiss, *op. cit.*, p. 86.
    2. De Weiss parle quant à lui de « désubstantialisation ».

clivage à l'œuvre chez l'être aimant. Elle reçoit d'ailleurs le terme éminemment sublimatoire de « diffusion », « diffusibilité ». Généreuse, transitive, mêlant les frontières des substances sans effacer les différences des unités formelles. Une fois de plus, la présence du *bien* « appetabilis » réussit cette opération miraculeuse en atténuant les différences entre les aimants. A la limite, l'autre n'est qu'un intermédiaire de la diffusion de l'Autre bien en moi, de moi en l'Autre en tant que bien. Absorption de l'autre dans le jugement du bien, cette philosophie amoureuse résorbe la violence du dualisme mystique. Sa bienveillance unifiante prépare le règne du sujet unifié par son jugement propre, non plus affectif mais connaissant. Ce dernier aura tendance à écarter l'appétit qui le travaille dans l'*esse bonum*, et ne conservera que son intelligence de l'*esse verum*.

L'assomption du narcissisme aura été l'agent de cette révolution qui, de sublimatoire dans une théologie du bien, s'avouera refoulante dans une philosophie du vrai. Du « propre » thomiste, il ne restera que le sens d'« unité » chez le sujet connaissant qui aura oublié l'appétit du bien...

Relisons simplement Thomas pour redécouvrir que le sujet pensant est un sujet pensant l'autre, et que comme tel il est analogue au sujet aimant l'autre. *Ratio diligendi* et *Ego cogito* : tous les deux portent la cicatrice d'un narcissisme aspirant à s'arracher — ou à s'unir — à l'autre comme à un bien propre. Saint Thomas révèle cependant la délectation de l'aliénation, au moment même où il pose l'impossibilité de l'aliénation dans la citadelle du *propre* : du *bien*. Le clivage entre les amoureux, ainsi que celui intérieur à chaque amant, sera immédiatement effacé par la machine du jugement afférant au sens et au bien propre. « Parce que la relation (de la bienfaisance) à son effet est le bien constitué en l'autre. De ce point de vue, et dans la mesure où nous considérons le bien de l'autre comme notre propre bien, à cause de l'union de l'amour, nous nous délectons dans le bien qui pour nous advient en d'autres, principalement en nos amis, comme en notre bien propre [1]. » L'*amor sui* comme noyau de l'amour thomiste serait-il le traitement angélique de l'aliénation : une paranoïa recommandée, jugée nécessaire, et donc forcément réussie ?

Lacan devait en savoir quelque chose, lui pour qui les pulsions elles-mêmes étaient déjà signifiantes. Un thomiste, Lacan ? Comme Marx fut hégélien ? L'un sans Dieu, l'autre sans Esprit absolu ? A pure perte, dans l'impossible et avec tous les risques de ratage. Car, s'il n'y a pas de Créateur, d'où viendrait ce bien *appetabilis* qui nous ferait aimer ? D'où viendrait la « naturalité » signifiante des pulsions du désir, de l'amour ? En écartant le Créateur, nous écartons le fondement du bien. Mais comment viser alors un « bien propre » ? La cure n'a donc de sens qu'absurde ou de choix individuel à tous les instants. Comme en amour... lucide. *Ratio diligendi* : j'aime ma vérité telle que tu me la fais entendre.

Le salut : une hypostase du « propre »

On appréciera ici l'importance épistémologique et psycho-logique de cette valorisation de l'*amor sui* chez saint Thomas. Que la nature soit « créée », certains diront aujourd'hui plus modestement : qu'elle soit « signifiante », ne suffisait pas pour proposer une ontologie fondée sur des *valeurs positives* tels le bien et le vrai. Sans forcément, sans encore, construire de la subjectivité, il fallait aménager un accès de l'expérience humaine à cette ontologie-là. L'hypostase du « propre », ce recueillement du bien universel dans l'appétit amoureux, et du vrai dans le jugement tels que les connaît l'être intelligent,

1. *Somme théologique*, I, II, 32.6.

devenait le point nodal de la construction théologique. Psychologiquement, une telle fondation de la participation du propre au bien universel *via* l'amour, passait par une normalisation du narcissisme : par sa déculpabilisation, grâce à sa correction idéalisatrice. A condition de se reconnaître comme participant, uni ou convenant au bien suprême, ce Tiers absolu, l'amour de soi, loin d'être une fin mortelle ou un leurre désastreux, peut s'avérer notre voie de salut. De jouissance.

Apparemment, la littérature courtoise ne partage pas cette inspiration. La passion funeste des trouvères — et que trouvèrent-ils, sinon une exaltation de l'impossible possession du bien qui ne leur sera jamais propre ? — semble plus proche de l'humiliation d'Abélard que de la glorification extatique de Bernard, ou de l'unification logique du soi au bien chez Thomas. Cependant, nous l'avons rappelé, *l'incantation poétique* est en elle-même un équivalent de ce *joi* que célèbrent ces chantres nostalgiques, signalant par là même la jouissance de celui qui *dit* sa participation amoureuse à son idéal. La béatitude du troubadour est « performative » : elle existe dans le signifiant fondé sur la *mezura* attentive au « bien des amants », à « lor benananssa » (Marcabru), autant qu'à l'harmonie de son chant, texte et musique mêlés. Elle est un signifiant qui relate l'enivrement ésotérique (Raimbaud d'Orange, Arnaud Daniel de Ribérac) ou plus directement saisi par l'acte érotique, voire pornographique (Guillaume IX, Bertrand de Born)[1] ; un chant respectueux ou nostalgique, mais qui demeure essentiellement tourné vers la contemplation de sa *relation* (unité-union) à l'Autre : la Dame idéalisée est cet Autre qui m'idéalise. L'*énonciation* de ce

---

1. Cf. R. Nelli, *L'Erotique des troubadours*, 1964, éd. Privat ; *L'Erotisme au Moyen Age*, études présentées au IIIe Colloque de l'Institut d'Etudes médiévales, sous la direction de Bruno Roy, éd. de l'Aurore, Montréal, 1977.

rapport d'assomption constitue le troubadour comme tel : comme amoureux et/ou comme poète. Son existence n'a pas d'autre réalité que celle de l'énonciation où il jouit. Peu importe que la Dame existe réellement ou non, qu'il l'ait possédée ou seulement contemplée mélancoliquement : il jouit de parler une unité-union rêvée, réelle, impossible — imaginaire. L'incantation est le seul garant de son *être* en même temps que son seul titre de *gloire*.

Un texte tardif, et dont la rédaction est contemporaine de l'œuvre de saint Thomas, explicite de manière naïve et imagée cette relève du narcissisme qui a été tentée aussi bien par la théologie et par la lyrique courtoise.

Le Roman de la Rose de Guillaume de Lorris (1240-1280) raconte que le protagoniste, jeune homme lyrique en quête d'amour (une sorte de troubadour attardé en plein XIIIᵉ siècle) se regarde dans la fontaine de Narcisse à un moment crucial de son aventure. Le lieu de mort qu'est la Fontaine de Narcisse pour le personnage d'Ovide, devient, grâce aux pouvoirs réducteurs aussi bien qu'amplifiant des cristaux jumeaux qu'elle contient, une Fontaine d'Amor — lieu de transformation et de renouveau. Le héros *lyrique* se transforme en effet, à partir de ce qu'il voit avec et au-delà de son image propre, en personnage de plus en plus raisonnant du *récit* qui va suivre : il devient un héros romanesque, Amant aventurier et philosophe. Car l'eau léthale ovidienne lui révèle à lui, habitant de la chrétienté, qu'il existe, par-delà la mort, une Rose : un Objet, un But de la quête amoureuse externe à lui-même, et cependant jailli de la réfraction de son image propre. L'amour serait-il un au-delà de l'image propre qui la prend en compte pour la métamorphoser par réduction et amplification ? Un Luna-Park du propre ? Un au-delà du narcissisme mais qui en tient compte ? Naissant du désir lyrique sans objet autre que le soi propre qui d'ailleurs s'ignore comme propre, le narcissisme peut accéder à un autre à partir du

moment où il est blessé par la *vue* de la Rose et par les flèches
du Dieu d'Amour. L'Amant se lance dès lors non plus dans
une (auto-)célébration lyrique, mais dans la conquête romanesque de son jardin amoureux. Conquête narrative et logique d'un territoire qui est moins la plaine de l'intériorité
subjective qu'une géographie complexe, sociale et relation-
nelle [1]. A Narcisse la poésie, à l'amour d'objet — la Dame et
le récit. Et jamais le second sans le premier. La relève de
l'*amor sui* dans la poésie courtoise et la littérature romanesque qu'elle a influencée à sa suite, trace le pointillé qui les
rattache sinon à l'inspiration et à la finalité théologiques, du
moins à la même obsession que le Moyen Age semble avoir
eue dans des moments de grâce réussis : sauver le narcissisme en sauvant l'amour et le bien, l'amour du bien. Pouvons-nous en faire autant aujourd'hui ? Pour l'amour de quel
bien ? Le narcissisme seul demeure, en souffrance.

La joie de Spinoza : *amor intellectualis*

Ce survol, qui s'arrête ici brusquement, avec saint Thomas, au seuil de la philosophie moderne, n'a que l'ambition
de relever, en deçà du grandiose projet cartésien, quelques
flottements du discours philosophique et théologique à l'ombre du monothéisme, qui posent une dynamique de l'appé-
tence avant — ou autant — qu'une systématique de la
connaissance. Il aurait fallu poursuivre, avec Descartes, Spinoza, Kant, Hegel, les survivances de cet appétit amoureux,
qui, vertige vers l'Un et appropriation du bien, se trahit en

1. Cf. Michelle A. Freeman, « Problems in Romance Composition :
Ovid, Chr. de Troyes and *The Romance of the Rose* », in *Romance Philology*,
XXX, n° 1, aug. 1976 ; et Joan Kessler, « La Quête amoureuse et poétique :
la Fontaine de Narcisse dans le *Roman de la Rose* », in *Romanic Review*,
vol. LXXII, n° 2, march 1982, p. 134-146. Cf. plus loin, p. 359 *sq.*

esthétique ou en morale, en sublime ou en jouissance...
Laissons-les en suspens : arbitrairement, provisoirement,
comme dans une passion amoureuse qui ne s'assouvit, qui ne
se dit, qu'en partie...

Cependant, avant d'aborder quelques *mythes* qui dominent
notre imaginaire amoureux, ouvrons les pages de cet athée
qui, tout en posant que Dieu est l'être vrai, définissait le vrai
comme l'entendement lui-même : Spinoza (1632-1677). Participant donc comme une partie de l'infinité de son *Deus sive
natura*, l'entendement humain ignore moins qu'ailleurs qu'il
est amoureux de cet Infini divin. L'esprit humain spinoziste,
cette idée du corps existant en acte, ne trouve-t-il pas, par le
troisième genre de connaissance, que « la Béatitude consiste
dans l'amour envers Dieu [1] ». « L'amour intellectuel de l'esprit envers Dieu est l'amour même de Dieu *(Mentis amor
intellectualis erga Deum est ipse Dei amor)*, dont Dieu s'aime
lui-même, non en tant qu'il est infini, mais en tant qu'il peut
être expliqué par l'essence de l'esprit humain considérée sous
l'espèce de l'éternité ; c'est-à-dire que l'amour intellectuel de
l'esprit envers Dieu est une partie de l'amour infini dont Dieu
s'aime lui-même [2]. » Il est évident pour Spinoza que Dieu
n'aime pas à proprement parler, car il n'y a pas d'objet
externe à lui, mais il s'aime lui-même, et c'est de participer à
cette vérité que l'entendement atteint son but : le salut. Aussi
l'amour spinoziste ne sera-t-il pas défini, comme l'avait fait
Descartes, en tant que « volonté de celui qui aime de se
joindre à la chose aimée », mais comme il suit : « L'amour est
la joie accompagnée de l'idée d'une cause extérieure » *(Amor
est laetitia concomitante idea causae externae)* [3]. Si volonté il

---

1. Démonstration de la proposition finale de l'*Ethique*, Spinoza, *Œuvres*,
Pléiade, p. 595.

2. Spinoza, *op. cit.*, Proposition XXXVI, p. 589.

3. *Ibid.*, chap. III, « Origine et nature des sentiments, définition VI », *op.
cit.*, p. 472.

y a, elle est entendue ici comme une satisfaction *(acquiescen-tia)*, comme une marche vers la joie et la béatitude, et non pas comme un libre décret ni comme un désir. Mais c'est la mise en place de cette « cause extérieure », amoureuse d'elle-même, à la fois objet et moteur de l'amour spinoziste, qui sera à souligner ici. Pour révéler comment le mouvement amou-reux de la *joie* est une identification du soi-même à Dieu *(sive Natura)* : sans le repli cartésien vers une subjectivité de maî-trise, mais par l'immersion jubilatoire de l'entendement dans un objet ou une cause infinie elle-même joyeusement amou-reuse de soi. — « ... En quoi consiste notre salut, autrement dit la Béatitude et la Liberté ; dans l'amour constant et éternel envers Dieu, autrement dit dans l'amour de Dieu envers les hommes. (...) En effet, en tant qu'il est rapporté à Dieu, il est la joie (...) qui accompagne l'idée de soi-même *(laetitia concomitante idea sui)* [1].

S'il n'y a que la connaissance, elle est un amour — un amour intellectuel, *amor intellectualis* — qui rapporte le soi (dont on n'oubliera pas le corps) à Dieu. Ainsi seulement, la connaissance peut conduire à l'horizon éthique : à la joie du *salus*. De la *ratio diligendi* thomiste à l'*amor intellectualis* spinoziste s'est joué, semble-t-il, un véritable renversement, celui de la théologie en éthique. Sans que pour autant l'amour s'efface de la logique lorsque celle-ci ne renonce pas à la félicité : à la jouissance. Une jouissance discrète chez saint Thomas, éclatante et novatrice chez Spinoza.

Le reste n'est qu'imagination, fantômes, fables qui, de l'amour, déplient les impasses : les délices.

---

1. *Ibid.*, p. 589-590.

V

Don Juan ou aimer pouvoir

La séduction masculine

Venu de la sombre et chaleureuse terre d'Espagne (*El Burlador de Sevilla* de Tirso de Molina date de 1630), il traverse la légèreté de l'air et de la voix italienne (*Convitato di pietra* de Cicognini, 1650), et jette aux femmes et au ciel (comme il se doit en douce France : *Dom Juan* de Molière, 1665) des clins d'œil aussi ironiques que fascinés : Don Juan séducteur, scélérat, ridicule, irrésistible est sans doute la figure la plus parfaitement ambiguë — la plus parfaite — que nous lègue la légende occidentale à propos de la sexualité masculine. Il a fallu attendre Mozart enfin qui, en 1787, crée à Prague son *Opera buffa Don Juan*, pour que la redoutable séduction du noble espagnol s'affranchisse de la condamnation morale qui l'a accompagnée, probablement dès sa naissance, dans l'imagination enfiévrée des précurseurs obscurs de Tirso de Molina, et qu'elle trouve dans la musique le langage direct de l'érotisme amoral. Elle peut résonner ainsi sur le monde entier comme un hymne à la liberté. *« Pèntiti, scellerato — No, vecchio infatuato ! — Pèntiti. — No. — Si. — No. »*

Pourtant, ce n'est pas la portée sociale et politique de Don Juan annonçant la Révolution française qui nous intéressera

ici. Son athéisme n'est-il pas *une* conséquence possible de son
érotisme ? Plus intrinsèquement liée à notre écoute est la
position de Kierkegaard [1] qui éclaire la musicalité essentielle
de cet érotisme : la « génialité érotico-sensuelle » issue (selon
le philosophe danois) du christianisme est cette « abstraction » suprême qui ne peut s'exprimer que par la musique.

Mais qu'est-ce qui fait courir Don Juan ? Que cherche-t-il ?
Et réciproquement, pour leur malheur et délaissement,
qu'est-ce qui attire vers lui les femmes ? Enfin, qu'est-ce qui
rassemble autour de Don Juan ces hommes qui s'imaginent,
se désirent, se comportent *comme* s'ils étaient lui ? Trois
questions qui supposent trois objets d'amour différents, et qui
éclairent, peut-être, trois aspects de la séduction masculine.

Narration et musique : morale et infini

Il y a au moins deux façons d'entendre les aventures de
Don Juan. La première consistera à essayer d'en saisir le
sens, tel que le raconte le narrateur, Molière par exemple, ou
Lorenzo da Ponte (pour le libretto de Mozart). La seconde
prêtera plutôt l'oreille à la virtuosité de la prose de Molière
(*Dom Juan* est sa première pièce écrite en prose), à la jubilation légère, lucide et d'une authenticité indestructible propre
à la musique de Mozart, au rire enfin, à sa tonalité complice
et libératrice qui accompagne les exploits du séducteur. Où se
place l'analyste ? Que Freud n'ait pas aimé la musique, et
qu'il en fût de même pour Lacan, suggère plutôt la nécessité,
pour le moderne, d'ouvrir ses oreilles vers les deux directions
qui constituent le mythe de Don Juan : le sens et la séduction,
le « message » et la virtuosité.

Si l'on dépouille cette histoire des effets stylistiques pour ne

1. « Les Etapes érotiques spontanées ou l'érotisme musical », in *Ou bien...
ou bien*, Gallimard, 1943.

lui laisser que l'expression du sens global, le point de vue du narrateur est le point de vue du moraliste, c'est-à-dire de la victime, en l'occurrence : de la femme séduite. Ceci éclate si l'on s'avise, par un choix vicieux et en réalité difficile à maintenir rigoureusement (tellement Don Juan est, pour les citoyens du XXᵉ siècle, intrinsèquement constitué par la musique de Mozart), de lire le libretto de da Ponte en oubliant la musique mozartienne. La fatuité du séducteur apparaît alors sans conteste : Don Juan n'est qu'un libidineux enfiévré, prétentieux, abusant de la faiblesse des femmes et du peuple, d'autant plus excité qu'un autre homme côtoie la maîtresse convoitée (Mazetto avec Zerlina, ou Leporello autour de Donn'Elvire dans la fameuse scène du déguisement), désireux de conquérir parce que incapable de retenir. Mais il suffit de faire retentir, sur cette histoire édifiante issue d'une moralité médiévale en décomposition, la musique joyeuse et majestueuse de Mozart, pour que le point de vue change, et qu'à la place de la revendication maussade de la victime, retentisse la pure jouissance d'un conquérant, bien sûr, mais d'un conquérant qui se sait sans objet, qui n'en veut pas, qui n'aime ni le triomphe ni la gloire en soi, mais des deux le passage : l'éternel retour, à l'infini.

Pas simplement l'infini numérique, celui dont jouit son valet-chef comptable Leporello (« *In Italia seicento e quaranta,/In Germania, duecento e trentuna,/Cento in Francia, in Turchia novantuna/Ma in Ispagna son già mille e tre* ») : pour malicieux que soit le plaisir de ce décompte, il ne capitalise en somme que le sadisme de réduire en numéros les possédées d'une passion qui, pour le Maître, n'est pas un compte mais un jeu. L'infini que révèle la musique mozartienne est celui précisément d'un jeu, d'un art, dépassionné. Aux antipodes du romantisme, Don Juan de Mozart jouit d'élaborer une combinatoire. Ces épouses sont des repères (retenons ce terme) de sa construction : s'il les désire, il ne les

investit pas comme objets autonomes, mais comme des jalons de sa propre construction. Est-ce à dire que tel Narcisse,
il ne fait que s'aimer indéfiniment à travers des fantômes
désirables où il croit apercevoir des femmes ? Pas tout à fait.
Don Juan musical s'est arraché à l'univers chthonien du
narcissisme morbide, mais sans investir un objet. A partir
d'une panoplie de maîtresses et d'épouses, il multiplie son
univers, il en fait un polytope. Don Juan est musical précisément parce qu'il n'a pas de Moi. Don Juan n'a pas d'intériorité, mais, tel que nous le présentent ses errances, ses fuites,
ses demeures aussi multiples qu'intenables, il est une multiplicité, une polyphonie. Don Juan, c'est l'harmonisation du
multiple. Qu'on ne dise pas trop vite qu'il s'agit là simplement
de Narcisse devenu paranoïaque. La proposition ne serait
recevable qu'à condition de la retourner : Don Juan *réussit* là
où le paranoïaque échoue. Il réussit à conquérir les femmes, à
défier Dieu, à se construire une existence comme on construit
un opéra bouffe par exemple. Don Juan *peut*. Le donjuanisme est un art, comme l'a été à une époque l'aristocratie ou
le dandysme [1].

Molière : l'Idéal est-il vraiment comique ?

Ce clivage entre Don Juan vu par la victime et Don Juan
éclatant dans la joie même du séducteur, que l'on peut observer dans le jeu entre le texte et la musique de l'opéra de
Mozart, est sans doute moins net dans le texte du *Dom Juan*
de Molière. Le médium de l'art ici est le langage, et il assume
à lui tout seul l'expression, le sens et la performance de la

---

1. Cf. Domna C. Stanton, *The Aristocrat as art.*, Columbia Univ. Press,
1980. L'auteur soutient qu'une certaine conception de l'expérience intérieure,
propre à l'honnête homme du XVIIe siècle et jusqu'au dandy, est en fait un
équivalent de l'art.

séduction. On remarquera la phrase rythmée, poétique toute
en vers blanc, et tissée d'alexandrins, de cette première comédie en prose écrite par Molière. On évoquera la richesse des
énonciations : ironique, aristocratique, populaire, tragique,
qui annonce non seulement le talent de l'auteur mais aussi la
plasticité du héros fait de registres multiples, de portées diverses, artiste, comédien si l'on veut, « un homme orchestre »
avant la lettre. Molière séduit à son tour, semble-t-il, par le
« grand seigneur méchant homme », le condamne-t-il ou
l'absout-il ? Pourquoi *Dom Juan* est-il la seule pièce que le
célèbre comédien n'a pas fait publier de son vivant ? Par peur
des dévots ? Ou pour leur avoir fait des concessions ? Car,
comment ne pas trouver sympathique, dans le signifié même
(et sans parler du signifiant), ce Dom Juan qui baise la main
noire de Charlotte, qui s'assume avec noblesse devant ses
pairs dom Carlos et dom Alonse, les frères d'Elvire, ou qui
déclare non sans franchise : « J'aime la liberté en amour, tu le
sais, et je ne saurais me résoudre à renfermer mon cœur
entre quatre murailles. Je te l'ai dit vingt fois, j'ai une pente
naturelle à me laisser aller à tout ce qui m'attire. Mon cœur
est à toutes les belles, et c'est à elles de le prendre tour à tour,
et à le garder tant qu'elles le pourront » (acte III, scène v). On
peut supposer, sans risquer une trop grande injustice, que
Molière l'impertinent n'était pas indifférent à celui qui déclare ne croire que « deux et deux sont quatre » (acte III,
scène i). Un tel positivisme dévoile qu'aucune idolâtrie, pas
plus dans l'ordre des idées que dans l'ordre des personnes,
n'est possible dans l'univers de Dom Juan. Cependant, c'est
un tel relativisme que Molière lui-même tire la force de son
comique. Dom Juan, lui, en fait le principe d'une quête abstraite, d'un idéal irreprésentable, d'une esthétique ou d'une
érotique pour laquelle les objets visibles, sans être dévalo-
risés, ne sont que des stations éphémères vers l'impossible absolu. Il y a, en effet, dans la célèbre tirade de *Dom*

Juan de l'acte I, scène II, une célébration de la passion absolue qui fait de cet ennemi des dévots un dévot du désir. —
« Pour moi, la beauté (*sic !* pas une belle, mais le principe
même du beau) me ravit partout où je la trouve, et je cède
facilement à cette douce violence dont elle nous entraîne. J'ai
beau être engagé, l'amour que j'ai pour une belle n'engage
point mon âme à faire injustice aux autres (...). Quoi qu'il en
soit, je ne puis refuser mon cœur à tout ce que je vois
d'aimable ; et dès qu'un beau visage me le demande, si j'en
avais dix mille, je les donnerais tous. Les inclinations naissan-
tes après tout ont des charmes inexplicables, et tout le plaisir
de l'amour est dans le changement. On goûte une douceur
extrême à réduire, par cent hommages, le cœur d'une jeune
beauté, à voir de jour en jour les petits progrès qu'on y fait,
(...) à forcer pied à pied toutes les petites résistances qu'elle
nous oppose, à vaincre les scrupules dont elle se fait un
honneur et la mener doucement où nous avons envie de la
faire venir. Mais lorsqu'on en est maître une fois, il n'y a plus
rien à dire ou rien à souhaiter ; tout le beau de la passion est
fini, et nous nous endormons dans la tranquillité d'un tel
amour, si quelque objet nouveau ne vient réveiller nos désirs,
et présenter à notre cœur les charmes attrayants d'une
conquête à faire... »

L'aveu, en fait banal, que le désir se nourrit du changement d'objet [1], côtoie ici un trait plus particulièrement spécifique à Don Juan : la recherche de la conquête sans la
possession. Pour être chevaleresque voire antibourgeoise,
cette inconstance n'en est pas moins, sur le plan subjectif,
révélatrice d'une double dynamique. D'une part, aucun objet
amoureux n'est captivant : aucune des belles ne saurait être
La Beauté qui seule arrêterait la course du séducteur ; rien

---

1. On connaît à cet égard les analyses sur le libertinage présentées par
Pascal, dans les *Pensées*.

n'équivaut à l'idéal absolu aussi libérateur pour le séducteur que tyrannique pour les séduites.

D'autre part, renoncer à la possession c'est dépasser la fixation anale, le besoin de thésauriser. Au contraire, comme l'indique la fameuse scène entre Dom Juan et son créancier M. Dimanche (acte IV, scène III), ainsi que celle entre Dom Juan et le pauvre qui reçoit sa pièce d'or promise par le séducteur même s'il refuse de blasphémer (acte III, scène II), Dom Juan dépense sans compter, et s'il ne paie pas ses dettes, il n'est point avare. Sa générosité le détache de toute possession, matérielle ou matrimoniale : seul lui importe le plaisir de la conquête.

Le séducteur serait-il le phallus même ? La maîtrise provisoire, la puissance périodique, la dépense en pure perte ? Le mouvement même de l'érection et de la détumescence, fantasmatiquement à l'infini ?

L'« esprit de sérieux » ne manque pas de se poser la question de savoir s'il n'y a pas, *quand même*, un objet ; un objet impossible, soit, mais existant, qui propulse, soutient et garantit cette quête. Fanatique du désir, Dom Juan n'est-il pas en dernière instance possédé lui aussi par quelqu'un ?

Par le Père ? Il est vrai que les stratagèmes du séducteur semblent être des défis constants à cette Loi que le Commandeur incarne en tant que stéréotype (étymologiquement : écriture de pierre) et que le père réel de Dom Juan (chez Molière, Dom Louis) représente familialement. On remarquera le constat de Dom Louis : « A vrai dire, nous nous incommodons étrangement l'un l'autre », et son aveu trop empressé qui trahit un amoureux de son fils (est-ce cela l'envers, ou le générateur de donjuanisme ?) : « J'ai souhaité un fils avec des ardeurs non pareilles » (acte IV, scène IV). Dom Juan, par ailleurs si prévenant, se montre insolent et violent avec ce père-là, comme à travers ces mots lancés à Sganarelle : « La peste le benêt » (acte V, scène II) ; la réplique se rapporte autant à l'hypocrite conversion que Dom Juan vient d'accomplir qu'à son père pour lequel il l'accomplit, même si en sa présence il observe les convenances. Plus ambiguë est cependant son attitude envers le Commandeur : tout en ne croyant pas aux croyances de Sganarelle/Leporello quant à l'existence de ce fantôme de l'au-delà, à ce messager de la Morale et de Dieu, Don Juan s'empresse cependant de lui répondre et de l'inviter à dîner. Tentative de réconciliation orale, d'introjection si l'on veut, communion ratée, cette scène peut être entendue comme révélant le châtiment paternel en tant qu'objet ultime de la passion séductrice. Que veut le séducteur ? — La punition paternelle. En ce sens, il n'est sans doute pas juste de faire de Dom Juan un être amoral ni même athée. Plus exactement, sa père-version indique, sur le plan sociologique, un moment précis de la décomposition du monothéisme qui en préserve, cependant, la dynamique en négatif. Sans qu'il s'agisse réellement d'une théologie négative, nous assistons à une apologie de la transgression qui s'avoue en permanence bordée par un interdit non moins bafoué que maintenu.

Un anti-humaniste

Il semble difficile de suivre la vision d'Albert Camus qui prête foi à la légende selon laquelle Don Juan termine sa vie, mélancolique et rayonnant, dans la cellule d'un monastère d'Espagne. N'est-ce pas là une vision humaniste, moraliste, plus proche du désert algérien que de la joie insolente de l'hidalgo bravant la mort ?

Le paradoxe de Don Juan est, à la sortie du Moyen Age, de ne pas être humaniste. Sa polytopie, son plaisir combinatoire, son manque d'attachement, son rire avec et contre l'interdit, font de lui cet être sans intériorité avec lequel la morale

humaniste ne peut s'identifier, malgré les gages d'athéisme
qu'il lui donne dans une grande mesure. Le libertinage
n'est-il pas plutôt une aspiration à faire de l'existence une
forme, un jeu, une jouissance ? Le libertinage n'est-il pas une
extraordinaire prétention à faire de la vie un art ? Autrement
dit, la séduction à la Don Juan, le pouvoir phallique du
conquérant à tout prix, provisoirement et éternellement, sans
objet et dans l'indéfini des réalisations « à plus tard ou à
jamais », n'est-ce pas dans la dynamique de l'art simplement
et uniquement qu'elle se trouve ?

L'homme baroque : un homme sans nom

Ne serait-ce que par son masque chez Tirso di Molina et
par son goût du secret et du travestissement chez Mozart,
Don Juan s'affirme tout entier dans un jeu d'inconstances, de
semblants et de fascinations [1]. *« Quién eres, hombre ? »*, demande Isabelle d'entrée de jeu, et Don Juan de se définir ainsi
dès sa première parole dans la pièce de Tirso : *« Quién soy ?
Un'hombre sin nombre. »* « Qui suis-je ? Un homme sans
nom [2]. »

Fête de l'inconstance baroque que ce donjuanisme qui
s'assume tel quel et s'oppose à la condamnation chrétienne de
l'inconstance chez Sponde, A. d'Aubigné et jusqu'à Pascal.
Par ailleurs, tout entière tournée vers l'illusion scénique que
consacrera l'« île enchantée » si fréquente dans les spectacles

1. Avec une finesse et une pertinence exemplaires, Jean Rousset a montré
les liens intrinsèques entre Don Juan l'inconstant et l'esprit de l'art baroque,
inconstant lui-même, mobile, fasciné et fascinant par le leurre, le semblant et
l'enchantement. Cf. Jean Rousset, *L'Intérieur et l'Extérieur*, essai sur la
poésie et sur le théâtre au XVIIᵉ siècle, José Corti, 1968. Cf. aussi, du même
auteur, *Anthologie de la poésie baroque française*, Paris, A. Colin, 1961.
2. J. Rousset, *L'Intérieur...*, *op. cit.*, p. 137 précise : « Car il n'a pas de
moi propre mais une infinité de moi de rechange. »

du XVIIᵉ siècle ainsi que la « scène italienne », l'esthétique baroque invite le spectateur au rêve et à l'hallucination mais en indiquant qu'il s'agit là d'un jeu à ne jamais confondre avec la réalité. Un tel enivrement par le semblant ne devient pas pour l'homme baroque pas plus que pour Don Juan une « seconde nature » (comme vont l'exiger de la part de l'acteur les « réalistes » du XIXᵉ siècle). Au contraire, il se déploie comme l'indice d'une « liberté » métaphysique cependant illusoire. En effet, dans cet univers la liberté n'est pas une valeur : elle n'est rien qu'un jeu, une aisance plutôt qu'une revendication. Lorsque la fête baroque se consumait en brûlant le décor fastueux des *Plaisirs de l'île enchantée* ou de l'opéra d'*Armide*, par exemple, c'était moins pour fustiger une illusion coupable que pour mettre en évidence l'extravagante supériorité de l'homme baroque sur les impératifs d'une réalité suspendue et d'une transcendance maintenue et momentanément défiée. Le feu qui engloutit Don Juan est le même que celui qui emporte le décor baroque. C'est un triomphe du semblant qui, après avoir subjugué ses victimes amoureuses et après nous avoir conquis, nous, spectateurs hallucinés, se donne le luxe de se dépenser. Pour rien ? Ou pour affirmer sournoisement, et à la face de l'Un, le pouvoir de homme inessentiel, de l'homme « comédien ». Un homme artiste sans authenticité autre que son habileté à changer, à vivre sans intériorité, à se donner des masques juste pour jouer. Le libertin partage la « vagabonde inconstance » du poète baroque. Don Juan est un Bernin en acte : volatile, mobile, enjoué... « Toute chose est muable au monde... Il faut aimer à la volée » (Lortigue). Par-delà l'art baroque, tout art n'est-il pas essentiellement baroque, c'est-à-dire donjuanesque ?

Séduction-sublimation

Ainsi, la fin de Don Juan, suspendu au bras de pierre du Commandeur, voué aux flammes et à la mort, n'est peut-être pas simplement une condamnation morale conventionnelle pour satisfaire les dévots et les bien-pensants. On pourrait voir dans cette fin, en fait extatique, plutôt la fin de l'*homme*, pour que perdure, du séducteur, la musique. Pour que se dégage la signification profonde du mythe : *la séduction c'est la sublimation*. Dom Juan serait donc Molière lui-même, virtuose de la rhétorique théâtrale. Ou mieux encore, Don Juan c'est Mozart transcendant le sens juridique de la légende pour en dégager la joie sublime d'une vie menée comme une suite de constructions, innovations, libérations. S'il y a de l'amour dans cette ivresse, c'est l'amour de pouvoir faire une œuvre ouverte. Pouvoir phallique, forcément, qui intègre la puissance pétrifiée du stéréotype moral, qui s'en nourrit et le dépasse. Don Juan n'est pas effrayé de constater que lui, le séducteur impie, doit succomber à une puissance qu'il dénie. Artiste, il n'est même pas livré à cet état de déréliction que le Christ connut de se voir abandonné de son Père. Don Juan séducteur-sublimateur, maître provisoire d'une œuvre infinie-indéfinie, est peut-être simplement, légèrement, déçu de constater combien son art, son érotique, sa musique, sont singuliers, non partageables, incommensurables. Combien la Loi en tant que pouvoir de la mort, pouvoir du mort, est absolue, indépassable, garantie ultime de la communauté, de sa consistance et de sa pesanteur. Et dire que je voulais (vous) sortir de cet enfer... — c'est peut-être la seule amertume du séducteur puni, qui n'abandonne pourtant en rien sa quête de beauté.

L'existence bornée, à la limite stupide, du Commandeur et

de ses acolytes, de Sganarelle-Leporello à Donna Anna et Donna Elvire, révèle cependant l'agressivité du séducteur — les victimes se plaignent de sa « méchanceté ». La dominance du principe du plaisir dans l'érotique donjuanienne, mais aussi dans la sublimation, balaie sur son chemin les besoins et les désirs des autres, elle ignore leurs intériorités et ne se propose que de les faire participer à sa propre jouissance faite de déplacements et de combinatoires. Mais cette jouissance-là n'est pas une jouissance de sujets, c'est la jouissance d'Un maître.

Les esclaves et les femmes sont autrement faits. Quel *pouvoir* (analogue à celui du séducteur ou de l'artiste) peuvent-ils opposer à la pulsion érotique dévoilée dans son essence de pulsion de mort ? Pour ce qu'il en est des valets : aucun, sinon le meurtre du maître, donc la Révolution pour l'instant impossible et, de toute façon (l'avenir le montrera), insuffisante, tant le bain de sang est moralement insoutenable et libidinalement inférieur au bain de signifiant. Pour ce qu'il en est des femmes : l'enfantement, les enfants ; mais Don Juan n'est ni père ni géniteur, il se contente de passer. Baudelaire semble être le seul à avoir imaginé un fils à Don Juan, « pourri de vices et d'amabilité », et dont le rôle aurait dû être joué par... une femme.

La jouissance de Don Juan est supérieure à son plaisir. Les textes ne s'attardent pas trop sur sa sensualité, et ce n'est peut-être pas simplement une pudeur d'époque, si l'on songe aux fabliaux, à Sade ou à Restif. On a même pu se demander si ce voluptueux de la conquête féminine n'est pas un enfant insensible, voire un impuissant. En tout cas, ce n'est pas la sensualité, fût-elle auto-érotique, qui l'exalte, mais la démonstration de savoir mettre sous son pouvoir en les détournant de leur propre chemin *(se-ducere)* toutes celles qu'il rencontre.

Des esprits malicieux ont relevé qu'il y a une absente dans

cette affaire, et qu'elle n'a pas moins, peut-être, un rôle prépondérant dans l'assurance du conquérant. En effet, rien ne nous est dit de la mère de Don Juan, et on peut supposer que l'absolu de cette beauté qui l'excite en permanence, c'est *elle*, en définitive : originaire, inaccessible, interdite. Pure supposition, que vient confirmer cependant l'adhésion réelle des « don juans » quotidiens, à l'image maternelle. Le pouvoir phallique, combinatoire, du séducteur serait donc destiné à faire contrepoids au pouvoir d'une mère innommable qui ne peut — mais par quel miracle ? — qu'éclater dans le viol sublime de la langue, rhétorique et musique confondues ?

Il reste, bien entendu, la rivalité du séducteur avec les autres hommes : les hommes de ses femmes, une rivalité avec ses frères en somme. Don Juan serait-il le *fantasme d'un frère aîné* jaloux de ses frères cadets, impuissant à les remplacer devant la mère qui semble les préférer, sans appui auprès d'un père distrait hystériquement confondu avec les frères, et décidé à leur montrer à tous qu'il peut les avoir toutes ? L'émule de Don Juan serait-il le fils d'un tel frère aîné qui lègue à son descendant le rôle de chef disposant de toutes les femmes ? Ou le fils d'une mère que son mari laisse rêveuse, et qui transmet à son petit de les conquérir toutes comme personne ne l'a jamais conquise, elle [1] ? Ses hypothèses sont plausibles à condition de lire dans la légende le seul message, non la performance formelle. Pas même la fascination mêlée au rire, que seule peut susciter la puissance symbolique phallique. Les exploits des pénis sont dramatiques, tragiques, voire comiques. Le phallus, puissance symbolique, est le véritable séducteur. Sans combler, sans décevoir, il ne

---

1. Cf. sur l'« échec œdipien » de Don Juan « frère aîné », le développement inspiré par M. Neyraut, de D. Braunschweig et M. Fain, *Eros et Antéros*, Payot, 1971, p. 33 sq.

s'adresse à vous que pour vous laisser à vos propres capacités plus qu'auto-érotiques : imaginaires et symboliques. Si vous n'en avez pas, vous serez des victimes séduites : hommes ou femmes. Si vous en avez : vous êtes conquis en riant, c'est-à-dire, en reprenant la victoire de Don Juan à votre compte par une identification sidérée. Ainsi, une liberté peut se dire : non-obtention d'un sens, mais levée des refoulements et des ressentiments. Le pouvoir des pénis agit avec son cortège de mélancolie, prix du plaisir. Le pouvoir phallique mis en jeu, fin de l'intériorité, mort du Moi, est la réalisation de l'amour en soi, la jouissance en acte. C'est pourquoi il n'existe pas... ailleurs que dans la fascination esthétique et son apogée, la fascination musicale. Tout le reste est fantasme entre maître et esclaves, répétition éternelle de cette fin de l'histoire qui est entrée en scène en Europe dès la fin du XVIIe siècle...

Cette féminité qui fait courir

Mais qu'est-ce que cette mère originaire, source d'excitation intarissable en même temps qu'objet impossible, secret innommable, tabou absolu ? On pensera de nouveau à l'identification primaire, orée de l'identité et de l'idéalisation, où le futur être parlant ne capte son image qu'à partir de l'aperception idéale d'une forme extérieure à ses besoins et à ses désirs, non investie libidinalement, mais possédant les qualités des deux parents. Que Freud ait appelé cette idéalité première un « père de la préhistoire individuelle » ne devrait pas faire oublier qu'elle possède des caractéristiques des deux parents. Ultérieurement, lorsque l'idéal paternel sera œdipianisé, la rivalité du garçon ne gardera de cette idéalité princeps « préhistorique » que la part féminine, celle qu'aucun objet spécifique de désir ou d'amour ne peut subsumer. Tributaire de l'identification primaire, cette « part féminine » est, sous un certain angle, la féminité idéale du sujet lui-même. « Idéale » devrait s'entendre ici au sens d'impossible, d'autre, d'inabordable par l'investissement libidinal. On comprend aisément qu'une telle « idéalité » peut être aussi bien positive que négative, ou plutôt essentiellement ambivalente, antérieure au jugement critique inducteur d'identités univoques. Le « Madame Bovary c'est moi » de Flaubert n'est pas étranger au mirage que cette féminité-là représente pour le romancier ou pour l'artiste en tant que séducteur. La plasticité de l'hystérique, l'aspiration dominatrice de la paranoïaque, l'insatisfaction endeuillée de la mélancolique perpétuellement déçue, sont évidemment parmi les traits qui composent cet appât du « féminin » et poussent Don Juan non pas à le juguler ni à l'éliminer, mais au contraire à jouer avec, à le perpétuer. Zerline, Donna Anna, Donna Elvire... « Ces nymphes, je les veux perpétuer », écrit Mallarmé, en écho, sans doute affadi, et lové au pli du langage symboliste, à la même et infatigable quête d'un impossible objet identificatoire au féminin. Don Juan de Mozart, plus affirmatif, plus jubilatoire, plus franchement attaché aux femmes (qui séduit qui, dans cette course au pouvoir sur l'autre ?) chante triomphalement : *« Lasciar le donne ! Pazzo ! / Sai ch'elle per me / Son necessarie più del pan che mangio, / Più dell'aria che spiro ! »* (acte II, scène I). Nourriture essentielle, pain quotidien pour ce Dionysos post-chrétien, les femmes ne sont cependant pas des objets : pré-objets, elles virent immédiatement non pas à la divinisation, comme on a pu le dire, mais à la gloire du séducteur lui-même. Prétextes de sa jouissance. *« Vivan le femine ! / Viva il buon vino ! / Sostegno e gloria / D'umanità ! »* (Acte II, scène XVII.) Honneur et gloire de l'humanité, soit ! A condition de comprendre cette humanité autrement que comme une communauté humaniste. La communauté de Don Juan n'est pas l'ensemble des hommes (les femmes comprises), pas plus que la Beauté qui attire Dom Juan de

Molière n'est l'ensemble des (femmes) belles. Idéales, sources de gloire, elles — l'Humanité, la Beauté — sont l'impossible de la passion, une passion pour laquelle on n'a pas à pâtir sur une croix, mais à jouir d'un entre-deux, à l'infini. Gloire de la dépense, du gaspillage, part maudite de la perte, envers joyeux du christianisme. Dom Juan le suggère, lorsque, « pour l'amour de l'humanité », il offre en pure perte un louis au pauvre qui a pourtant refusé de blasphémer. En effet, le pouvoir du jouisseur souverain se situe moins dans la destruction blasphématoire de la dévotion, que dans l'affirmation de la possibilité de dépense : de perte, à l'infini, pour rien, pour l'humanité donc, en gloire. Le pouvoir de triompher en jouant.

On peut imaginer cette affirmation triomphale de la joie comme un envers, ou un au-delà de l'horreur, de la maladie et de la mort. C'est en effet de ne pas les ignorer — et les flammes qui consumeront son corps entraîné en enfer par la main du Commandeur en témoignent — que Don Juan s'auréole de cette souveraineté cependant bouffonne, dont parle Georges Bataille. Mais ce qui domine, dans le renversement donjuanien de la passion christique, c'est la gloire seule : un éros jubilatoire et peut-être d'autant plus insolemment triomphal qu'il se sait mineur, filial, honni, repoussé, quelque peu malade d'être éternellement avide de pain et de vin. L'oralité paradisiaque de cet anti-Dionysos ivre de joie sans perdre la tête, vainqueur amoureux des bacchantes, et souverain sans autre conquête permanente que sa propre capacité ludique, indique en somme la voie lactée, la voie maternelle, que prend toute sublimation. « Moi seul je me nourris de la mère » avoue dignement le Sage taoïste dans le *Tao Tö-king*. Mais peut-être, de le savoir, ce Chinois en est-il moins joyeux. Don Juan au contraire, libre de ne pas savoir, préfigure ce « gai savoir » que Nietzsche alla chercher dans la nuit des temps...

Emile : les émules de Don Juan et leurs femmes

Il est temps maintenant de distinguer Don Juan séducteur parce que essentiellement artiste, consumateur-consommateur de conquêtes provisoires, construites et délaissées, aussi vraies lorsqu'elles résistent que condamnées à devenir de faux semblants dépourvus d'intérêt lorsqu'elles sont subjuguées — de ce qu'on a pu appeler « les émules de Don Juan [1] ». De le distinguer donc de ceux qui prennent le fantasme de la toute-puissance phallique pour une performance athlétique de leur appareil génital, et dans la réalité des conquêtes féminines cherchent à assouvir... une impuissance imaginaire et symbolique.

Le brio désinvolte, extravagant, envoûtant ou plus au moins ridicule de ces personnages, les auréole d'un mystère où se mêlent la fascination due à l'habileté du conquérant, en même temps qu'un brin d'attendrissement devant la fragilité infantile de celui qui ne sait pas renoncer. La communauté dramatique de « toutes les femmes », constituée (pour une fois ?) du fait que quelqu'un les a eues toutes, savoure peut-être alors, dans l'amertume orgueilleuse du délaissement, cette solitude désabusée des abandonnées qu'on appelle une homosexualité féminine. La fidélité navrée et navrante de Donna Elvire, la nostalgie coquine teintée de ressentiment pervers de Donna Anna, cèdent aujourd'hui, lorsqu'un émule de Don Juan apparaît, devant le clin d'œil complice de toutes les femmes du séducteur. Elles ne s'en laissent plus conter, tout en gardant un émerveillement secret devant l'art provisoire de leur conquérant éphémère. Est-ce parce que les amoureuses modernes passent plus facilement qu'elles ne le

1. Cf. Braunschweig et M. Fain, *op. cit.*

faisaient auparavant de la condition de séductrices séduites à celle de mères indépendantes ?

Mais c'est la vie cachée, la face obscure, du séducteur émule de Don Juan, qui frappe l'analyste par cette angoisse redoutable dont son aisance semble être l'armure dorée. Emile, venu en analyse pour essayer de remédier à ses difficultés sexuelles en ménage autant qu'à sa culpabilité de « coureur », me confie tout de suite que ses problèmes disparaissent hors du foyer et qu'il devient même, en « partouzes », un véritable superman. « Avec ma femme, c'est différent... Est-ce parce que j'ai pour elle de l'estime ? » Peu après m'avoir dit qu'il regrettait « le côté trop mental, trop statique » de la situation analytique, Emile me fait part d'un rêve. — Il est petit garçon de 5-6 ans, en train de faire ses besoins dans les W.-C. Un grand serpent, un dragon, sort de la cuvette ; il ne sait pas très bien si c'est par-devant ou par-derrière, mais il se rappelle les yeux de la bête : de grands yeux glauques comme ceux des aveugles ; en tout cas, Emile est sûr que la « chose » ne le voit pas. Saisi d'effroi en même temps que de fascination, Emile ne peut que contempler, plutôt admiratif, l'agrandissement incessant du monstre. La voix de son père l'extrait brusquement de cette rêverie, lui reprochant de s'attarder trop aux lieux d'aisances, avant que le petit garçon ne voie la tête de son père passer par la porte entrouverte, décorée des éternelles lunettes cerclées d'or « qui m'ont toujours glacé ». Ce cauchemar nocturne fut la première visualisation, en même temps que le premier récit, qu'Emile a pu apporter de ces sueurs froides qui le réveillaient, « sans images, sans mots », et qui peuplaient presque toutes ses nuits, depuis longtemps. Le plaisir de la masturbation phallique-anale interrompu par la voix, puis par le regard du père, est vécu comme menacé d'aveuglement : si je jouis trop, j'aurai le regard glauque des aveugles. Emile n'a pas d'objet érotique (dans le rêve), il ne le voit pas autrement *que comme une excroissance monstrueuse de son propre pénis et du pénis anal. L'autre, un éventuel objet différent de son corps propre, n'apparaît qu'avec la voix et les lunettes du père qui invite l'enfant à table avec les autres. Cet avènement de l'objet érotique rend l'angoisse et la jouissance intolérables, il interrompt le sommeil et arrête la représentation onirique. Les troubles de la vision qu'Emile avait dans la petite enfance ont sans doute favorisé le report spectaculaire de la castration sur les yeux (le serpent aveugle). Mais la formidable puissance de dénégation de la castration, appuyée sur le pénis anal — véritable socle de l'érection dans le rêve —, permet de braver l'interdiction en même temps que l'excitation qui vient de la part du père. « Si tu es menaçant comme un serpent à lunettes, je suis, moi, un dragon », semble dire le rêve d'Emile comme un défi à son père. Dans ce face à face, dans ce sexe à sexe, le père et le fils portent chacun la trace de la castration (les yeux malades du père, l'immobilité et l'infériorité du fils aux toilettes) en même temps que sa surcompensation (la voix puissante du père, les dimensions incroyables de la « chose » du fils). Cette épreuve de force, cette mensuration quasi mystique refoule dans son ombre tout autre élément : l'autre sexe, la mère, les femmes. A proprement parler invisibles, elles semblent tomber dans le glauque de l'œil, en deçà ou au-delà de la « chose », elles restent « oralement » seules à table... A partir d'un tel évitement, Emile aurait pu trouver ses objets érotiques parmi ses semblables pourvus de pénis. Pourquoi n'est-il pas homosexuel ? Parce qu'il est épris du sien propre, et parce qu'il a un père qu'il ne cesse d'entendre et de voir. De braver. Son père l'appelle à table, avec les autres, avec les femmes aussi. Fini l'aisance : obéissant à papa, Emile ira maintenant observer les apparences. Combien ? « Mille e tre ? » Peu importe, il ne les voit pas, il sait seulement qu'elles lui donneront, mais à condition de les goûter en secret, l'occasion d'expérimenter la puissance de sa « chose ». Le secret, comme les W.-C., sera le domaine réservé, privilégié, indispensable, de cet émule de Don Juan. Il aura besoin de sa pénombre, de son abri, pour se persuader, avec des partenaires « invisibles » parce que secrètes, mais dont la rumeur attestera l'existence certaine, qu'il est capable de jouir. De jouir en fait tout seul, à l'aide de celles qui lui permettent de se protéger du père : de se créer un lieu à lui, un lieu où il est à l'aise, pour un temps, toujours provisoirement. Sans cette panoplie de maîtresses provisoires, il risquerait, peut-être, de se fondre avec ce père, de s'écraser en lui, douleur et passion, plaisir et angoisse, et de perdre aussi bien la voix et le regard de l'autorité que l'inépuisable plaisir de la « chose ». Si le donjuanisme d'Emile est une perversion, elle est bordée par la pulsion sadique anale d'un côté, et, de l'autre, par l'identification idéalisante et terrifiante avec un Moi idéal immédiatement surmoïque qui commande l'impuissance. Son donjuanisme est une formation de compromis entre les deux. « Mais pourquoi pas ma femme ? Je me comporte avec elle comme si elle était ma mère. » Le mot « mère » intervient pour la première fois dans le discours d'Emile après ce rêve, pour évoquer une relation respectueuse et paisible avec une mère accaparée des jeunes frères et sœurs d'Emile qui fut l'aîné trop vite, trop tôt détaché d'elle. « Elle vous rappelle peut-être votre père », dis-je volontairement ? inconsciemment ? en laissant dans le vague l'identité de cette « elle » (la mère ? l'épouse ?). « C'est drôle, enchaîne Emile, ma femme porte les mêmes lunettes cerclées d'or que mon père. Si l'amour a un sens, je n'aime qu'elle. Les autres, les secrètes, me font bander... »*

L'« effet de bande [1] », pour tributaire qu'il soit de l'identification aux frères supposés en érection phallique-anale, se produit sans doute sous l'œil menacé et pourtant vigilant,

---

1. Cf. M. Montrelay, *L'Appareillage, op. cit.*

*sous la voix lointaine et pourtant puissante d'un père perma-
nent. A condition qu'une mère autoritaire se blottisse dans
l'ombre, sens ultime et contenant suprême de l'excitation.
Beauté intouchable.*

*Le donjuanisme peut être la variante solitaire, glorieuse,
paradoxalement protégée, de cet « effet de bande » qui
n'épargne ni le corps à corps avec les frères (à travers leurs
femmes interposées), ni le frisson délicieux d'une désobéis-
sance secrète au père aussi redouté qu'adoré. Variante protégée en effet, car avec ses victimes délaissées et complices,
l'émule de Don Juan ne risque rien : ce sont ses doubles
féminins, spectres internes à sa jouissance sans objet, qui ne
font que glorifier sa « chose ».*

*Reste que si les femmes consommées dans tout cela ne sont
que des mirages ou des semblants, leur existence comme leur
fonction n'est pas moins réelle : impossible mais vraie. Ce n'est
que dans le semblant que le désir donjuanesque s'autorise,
révélant peut-être ainsi, à travers les cachotteries du séducteur, le leurre narcissique inhérent à la relation amoureuse.*

*Don Juan, lui, mythe métamorphosé en esthétique, remonte
de ces mirages à leur source : à l'ivresse baroque des signes, à
leur inconstance originelle, musicale...*

Roméo et Juliette :
le couple d'amour-haine

Hors la loi

Amour transgression, amour hors la loi, c'est l'idée générale qui prévaut dans la conscience courante ainsi que dans les textes littéraires, et Denis de Rougemont dans son *L'Amour et l'Occident* a largement contribué à imposer cette conception sous sa forme maximale : l'amour est adultère (cf. *Tristan et Iseult*).

Ce constat, d'une évidence aveuglante, repose sur l'incompatibilité de l'idéalisation avec la loi dans ce que son maintien a de surmoïque. Que l'amoureux (ou surtout l'amoureuse) aspire à légaliser sa passion, est un fait. La raison en est peut-être que la loi externe au sujet est une instance de pouvoir et d'attraction qui peut se confondre avec l'Idéal du Moi. Cependant, une fois instaurée pour le sujet, la loi dévoile sa face non plus idéale mais tyrannique, tissée de contraintes quotidiennes et de stéréotypes conformes donc répressifs. De ce « nous » amoureux en état de déstabilisation délicieuse, elle fait alors un ensemble cohérent, un pilier de la reproduction, de la production ou simplement du contrat social. C'est de se fondre avec l'exercice surmoïque de la loi que le mariage — institution historiquement et socialement déterminée — est antinomique de l'amour. Il n'empêche cependant pas de penser à d'autres réglages de la légalité dans la relation matrimoniale où la loi maintiendrait son versant idéal et abriterait ainsi l'idéalisation si propice à nos amours, tout en s'allégeant de ses aspects surmoïques. Un mariage devenu le miroir social reconnaissant nos amours, sans pour autant s'ériger en autorité freinant nos désirs ? Est-ce une perversion dans le mariage qu'on imagine ainsi possible ? Et si, comme la littérature en témoigne plus publiquement que ne le fait le discours des analysants, l'essence même de la relation amoureuse résidait dans le maintien de cette nécessité de l'Idéal et de son décollement vis-à-vis du Surmoi ? Et si l'évolution économique des sociétés techniques permettait de reléguer de plus en plus en dehors de la famille ces contraintes dont dépend la vie de l'espèce ? Ce n'est pas que la famille devrait devenir un lieu vacant d'autorité. Mais une autorité que je puisse idéaliser plutôt que redouter, car elle est d'abord un idéal et secondairement une contrainte, n'est-ce pas une autorité à aimer ? Perversement ? Utopiquement ?

Du secret et du nombre 3

Le couple amoureux est hors la loi, la loi lui est mortifère —, c'est ce que clame aussi l'histoire de Roméo et Juliette immortalisés par la célèbre pièce de Shakespeare. Et les jeunes gens du monde entier, quelle que soit leur race, religion, condition sociale, s'identifient aux adolescents de Vérone qui ont pris l'amour pour la mort. Aucun autre texte n'affirme aussi passionnément qu'en aspirant à l'union sexuelle aussi bien qu'à la légalisation de leur passion, les amoureux n'ont cependant qu'un bonheur éphémère. L'histoire du couple célèbre est en fait une histoire du couple impossible : ils mettent moins de temps à s'aimer qu'à se préparer à mourir. Toutefois, cet amour damné n'a rien à voir avec la rencontre impossible des amants dans le Cantique des Cantiques : là où la Bible posait une distance érotique et métaphysique qui en réalité garantissait la pérennité du couple juif, ici la fusion renaissante, humaniste, totale, conduit droit à la mort par l'artifice d'une loi sénile et tribale qui, dès l'origine, rejette la jouissance des corps et décrète des incompatibilités sociales. Mais avant d'en venir à cet aspect morbide, apparemment plus insolite lorsqu'on aborde l'aventure de jeunes amants, insistons d'abord sur leur bonheur. Car si le couple est voué à la mort, semble dire Shakespeare, les amants clandestins sont le paradis de la passion amoureuse.

L'infraction à la loi est la condition première de l'exaltation amoureuse : les Capulets et les Montaigus ont beau se haïr, nous allons nous aimer. Ce *défi* (car Roméo sait parfaitement que Rosaline comme Juliette appartiennent à la maison ennemie) se protège par le *secret*.

A Vérone, et universellement. Des regards enflammés échangés en cachette, messagers qu'on espère insaisissables. Des mots chuchotés ou camouflés dans la banalité de la conversation anodine transparente aux autres. Des frôlements sous la surveillance de ceux qui ne se doutent de rien, et qui embrasent les sens plus que ne le fait l'étreinte la plus obscène. Il y a, dans le bonheur des amants secrets — comme dans cette scène fugace et unique de *Roméo et Juliette* dans le jardin des Capulets, elle sur son balcon, entre la lune et les étoiles (acte II, scène II) —, le sentiment intense d'être à deux doigts de la punition. Jouissent-ils de la plénitude d'être ensemble ou de la peur d'être blâmés ? L'ombre du tiers : parents, père, époux ou épouse pour l'adultère, est sans doute plus présente dans les émois charnels que ne veulent l'admettre les innocents quêteurs d'un bonheur à deux. Enlevez ce tiers, et l'édifice s'écroule souvent faute de cause du désir, après avoir perdu de sa couleur passionnelle. En fait, sans ce tiers commandeur du secret, l'homme perd sa soumission amoureuse vis-à-vis du père menaçant. Alors que dans sa fougue vengeresse contre son propre père ou mari, la femme retrouve chez son amant secret les jouissances insoupçonnées d'une fusion maternelle. N'oublions pas le cas du mari infidèle qui, de l'épouse, fuit la mère imaginée possessive, pour trouver dans la série de ses conquêtes l'assurance d'un auto-érotisme à toute épreuve... Par ce défi à la loi, les amants secrets s'approchent de la folie, sont prêts au crime.

Dire que leur feu est de la perversion serait inexact. A moins qu'on n'emploie ce mot dans un sens très large indiquant que nous sommes tous pervers parce que néotènes, incapables de subsister uniquement dans l'ordre symbolique, constamment poussés à nous abreuver aux sources animales d'une passion qui défie le Nom au profit de la perte de soi dans le torrent du plaisir. « Ton nom seul est mon ennemi. Tu n'es pas un Montaigu, tu es toi-même. Qu'est-ce qu'un Montaigu ? Ce n'est ni une main, ni un pied, ni un bras, ni un visage, ni rien qui fasse partie d'un homme... », se plaint Juliette brûlant du désir de posséder la « partie d'un homme ». « Oh ! sois quelque autre nom !... (...) Roméo, renonce à ton nom ; et, à la place de ce nom qui ne fait pas partie de toi, prends-moi tout entière [1]. » Perds ton entité symbolique, pour que, à partir de ton corps aimé fragmenté, je devienne entière, toute, une : de moi-même et de moi seule un couple ! Que, par ailleurs, Juliette se trompe et que le nom de son amant ne soit pas indifférent au déclenchement de leur passion, mais au

---

1. « This but thy name that is my enemy/Thou art thyself, though are not Montague./What's Montague ? It is nor hand nor foot/Nor arm nor face nor any other part/Belonging to man. O be some other name (...) Romeo, doff thy name,/And for thy name, which is not part of thee,/Take all myself » (III, II, 38-49). Pour la traduction française de *Roméo et Juliette*, cf. le texte de Pierre Jean-Jouve dans l'édition intégrale de Shakespeare au Club français du Livre.

contraire, qu'il le détermine, — nous le verrons en abordant le couple sous l'angle de la haine [1]. Mais restons encore dans l'idylle.

La mort amoureuse

The most excellent and lamentable tragedy of Romeo and Juliet est, comme son titre l'indique, un texte profondément ambivalent, « excellent et lamentable », puisque lamentable et excellente est la situation amoureuse qu'il chante. C'est bien d'un *chant* qu'il s'agit, et on a maintes fois remarqué les qualités lyriques de la pièce (la phrase introductive est faite de transitions entre le vers blanc et la rime ; les paroles d'amour de Benvolio et de Roméo sont dites en couplets rimés ; lorsque le père de Juliette parle de sa petite enfance, la rime revient ; Benvolio propose sous forme de sonnet à Roméo de chercher une nouvelle maîtresse à la place de Rosaline, etc.). Le sonnet apparaît nettement au moment de la rencontre extatique entre les deux amants, et on peut imaginer l'innovation que représentait, pour un public séduit par cet art, la véritable absorption du sonnet dans le mouvement de la pièce [2]. Influencée sans doute par *Asphodil and Stella* de Sidney, tributaire d'un certain code mélancolique de l'amoureux à la sensibilité un peu littéraire (on notera que Shakespeare accentue cette tendance en faisant dépendre la pièce et ses rebondissements de la transmission des messages et de leur mau-

---

1. Roméo, lui, se doute que le Nom est obscène comme une partie obscène du corps, et que, par conséquent (nous pouvons le dire, pas lui), c'est le nom qui est la source du désir : « In what vile part of this anatomy/doth my name lodge ? Tell me that I may sack/The hateful mansion » (III, III, 105-7) : « Dans quelle vile partie de cette anatomie/Loge mon nom ? Dis-le-moi, que je puisse saccager/La hideuse demeure. »

2. Cf. The Arden Edition of the Works of W. Shakespeare, « Romeo and Juliet », ed. by Brian Gibbons, Methuen, London and New York, 1979.

vaise interprétation ¹), la pièce demeure cependant exclusivement shakespearienne par la présence immanente de la mort
dans l'amour. Cette logique conduit à une mise en relief de
l'*instant*, et, pour ce qui est de l'énonciation, à un discours
abrupt, résolu et impératif qui apparaît dès que Roméo
s'éprend de Juliette, contrastant ainsi avec sa parole antérieure. C'est que le temps de cet amour est « sauvage » : *« The
time of my intents are savage-wilde,/More fierce and more
inexorable far/Than empty tigers or the roaring sea ². »* Fil-
trée par la passion amoureuse, idéalisante, cette présence de
la mort confère au symbolisme de la mort un caractère
résolument gothique : *« Shall I believe/That unsubstantial
Death is amorous,/And that the lean abhorred monster
keeps/Thee here in dark to be his paramour ³. »*

Amour solaire ou aveugle

Seule la toute première rencontre des amants semble
échappe à la compression ambiguë du temps provoquée par
l'immanence de la mort ⁴. Leurs premiers regards induisent
cependant l'éblouissement réciproque, et font apparaître, dans
le discours amoureux, cette métaphore des métaphores qu'est
le Soleil : indice de la métaphoricité du discours amoureux,

1. *Ibid.*, p. 41.
2. V, III, 37-39 : « Le temps et mes intentions sont sauvages, cruels,/Plus
furieux et inexorables beaucoup plus/Que le tigre à jeun ou la mer rugis-
sante. »
3. V, III, 102-105 : « Dois-je penser/Que l'insubstantielle Mort est amou-
reuse/Et que le monstre maigre abhorré te conserve/Ici pour être ton amant
dans la ténèbre ? »
4. Peut-être faut-il également mentionner le discours de la nourrice,
bonne mère, qui reste confiante dans le temps et se plaît à évoquer la
naissance, l'enfance, le destin de Juliette ainsi que les tremblements de terre
d'ailleurs négligemment, innocemment avancés...

de son irreprésentabilité. — « *It is the east and Juliet is the sun !/Arise fair sun and kill envious moon.* »

Hors temps, hors espace, cette modalité solaire, éblouissante de l'amour, Gibbons le signale, récuse jusqu'au nom propre et l'identification elle-même (Roméo suggère qu'il « *never will be Romeo* »). Le temps de l'amour serait celui de l'instant (aucune tristesse ne peut « *countervail the exchange of joy/that one short minute gives me in her sight* [1] », et le mariage en tant que continuité lui est opposé. Le rythme des rencontres, des rebondissements et des contretemps est non seulement la conséquence de cette incompatibilité entre l'instant amoureux et la succession temporelle : il exprime aussi comment la passion démiurge modifie réellement pour les sujets, donc en fait magiquement, la succession temporelle. C'est à ce moment de son trajet, assuré de son pouvoir solaire, que l'amour se choisit, comme point de mire, un envers de la métaphore solaire : la métaphore nocturne. Idéalisant, l'amour est solaire. Condamné dans le temps, resserré dans l'instant, mais tout aussi magistralement confiant dans son pouvoir, il se réfugie dans l'aveugle, dans le noir. — « *Or, if love be blind/It best agrees with night. Come, civil Night,/ Thou sobersuited matron, all in black,/ (...) Come, gentle Night, come loving black-browed Night,/Give me my Romeo ; and when he shall die/Take him and cut him in little stars,/ And he will make the face of heaven so fine/That all the world will be in love with night,/And play no worship to the garish sun* [2]. »

1. II, VI, 3,5 : « Compenser cet échange de joie/que sa vue dans une petite minute me donne. »
2. III, II, 9-25 : « Ou bien, s'il est aveugle/L'amour s'accorde mieux avec la nuit. Viens, sérieuse nuit,/Toi matrone simplement toute vêtue de noir,/(...) Viens, gentille Nuit ; viens, Nuit aimante, au front sombre,/ Donne-moi mon Roméo ; et quand il devra mourir/Prends-le et coupe-le en petites étoiles/Et il fera la face du ciel si belle/Que le monde entier sera amoureux de la nuit/Et ne rendra plus de culte à l'éclatant soleil. »

Précisons encore : la métaphore solaire brisée, assassinée, exhibe le désir inconscient de Juliette de morceler le corps de Roméo. Dans le sombre aveuglement d'une telle passion, s'élève pourtant le sens d'une autre métaphore, celle de la Nuit. Comme si l'amour puisait à deux sources, celle des lumières et celle des ténèbres, et ne pouvait soutenir son insolente assurance que de leur alternance : jour et nuit. Qu'est-ce que la Nuit ? — Nuit femme, et c'est en effet Juliette qui en parle ; ou Nuit mort... La nuit est cependant, comme son antipode le soleil, non seulement la moitié de l'espace-temps réel, mais une part essentielle du sens métaphorique propre à l'amour. Elle n'est pas néant, non-sens, absurde. Dans le déploiement civil de sa tendresse noire, il y a une aspiration intense, positive au sens... Insistons sur ce mouvement nocturne de la métaphore et de l'*amor mortis* : il porte sur l'irrationnel des signes et des sujets amoureux, sur l'irreprésentable qui conditionne le renouveau de la représentation... Que ce soit Juliette qui nous révèle cette accélération infernale conduisant à la nuit de la mort, accélération propre au sentiment amoureux, ne signifie pas seulement qu'une femme est naturellement, dit-on, en prise directe sur le rythme. Plus imaginairement, le désir féminin est peut-être davantage ombiliqué à la mort : est-ce parce que cette source matricielle de la vie sait combien il est dans son pouvoir de la détruire (cf. lady Macbeth), et que par ailleurs c'est de la mise à mort symbolique de sa propre mère qu'une femme se fait mère ? Bercé dans le flot d'un tel courant inconscient, le sujet-femme ne le domine pas, mais qui y parvient ? Le constat dramatique du poète concerne un « nous », nous tous : « *It lies not in our power to love, or hate,/For will in us is over-rul'd by fate*[1]. » Enfin une certaine mélancolie in-

---

1. « Il n'est pas de notre libre pouvoir d'aimer ni de haïr,/Car la volonté est en nous gouvernée par la fatalité », Marlowe, *Hero and Leander*, I, 167-168 ; cf. Gibbons, p. 12-15.

trinsèque chez Juliette, tranche avec l'empressement solaire de Roméo, lorsqu'elle exprime sa luminosité à elle à travers, non pas le soleil, mais les étoiles (III, ii, 1-25) et les météores : « *Yond light is not daylight, I know it, I./It is some meteor that the sun exhales/To be to thee this night a torchbearer/And light thee on thy way to Mantua* [1]. »

Il existe toutefois une verve comique dans cette tragédie, comme si Shakespeare voulait maintenir la croyance dans une vitalité au-delà de la passion funeste. Cependant, si comique il y a, il est déployé par la Nurse et par Mercutio, par exemple (I, ii, 12-57, et I, iv, 53-103), en dehors de la passion des deux amoureux à proprement parler. Or, même cette figure rassurante et amicale qu'est la nourrice dans la première partie de la pièce, semble trahir le courant vital de l'œuvre pour agir, après le bannissement de Roméo, comme une matrone opportuniste insensible au sentiment de Juliette et lui recommandant le mariage avec le comte. D'ailleurs, toutes les scènes comiques ne sont-elles pas plutôt dominées par la rage que par le rire joyeux (ainsi, Mercutio parlant de la reine Mab, I, iv, 53-93 ; ainsi que II, iv, 13-17 et 28-36) ?

La Mort, comme un orgasme final, comme une nuit pleine, attend la fin de la pièce. Lorsqu'elle apparaît dans le texte en tant que telle et non pas simplement comme insinuation ou pressentiment, il s'agit d'une mort qui se trompe d'objet : c'est la mort fausse, ironique, si l'on veut, d'un rival qui n'en mérite pas tant. Tybalt ou Paris tués par Roméo ne résorbent pas la passion mêlée de violence qui anime le sentiment amoureux. Ils nous laissent insatisfaits, comme ils laissent insatisfait et troublé Roméo lui-même : non pas cou-

---

1. III, v : « Cette clarté n'est pas le jour, je le sais, moi :/C'est quelque météore que le soleil exhale/Pour qu'il soit ton porteur de torche en cette nuit/Et qu'il t'éclaire sur ta route vers Mantoue. »

pable, mais désarçonné de n'avoir pas frappé le bon objet.
Car d'avoir pénétré de son épée deux rivaux, Roméo a libéré
la furie sous-jacente à son amour, et elle ne le quittera plus.
— « *Away to heaven respective lenity/And fire-eye'd fury be
my conduct now* » (...) « *O, I am fortune's fool* [1] ». Juliette
aussi se sent affolée, de cette mise en liberté de la mort (on
notera la mini-glossolalie de son discours « *I-Ai-eyes* ») : « *I
am not I if there be such an "I"/Or those eyes shut that makes
thee answer "Ai"* [2] », dit-elle à la nourrice embarrassée dans
son récit du meurtre de Tybalt par Roméo. Mais c'est en
réalité la jeune amante de Vérone qui parle de sa perte
d'identité sous le flot de la mort menaçant désormais l'univers des amoureux.

Un dernier indice de cette passion portée par son envers se
trouve sans doute dans le paradoxal imbroglio de la mort des
protagonistes. Que d'artifices et que de méprises en effet,
pour suggérer une Juliette non pas morte mais rigide, endormie par la potion, et plus belle que jamais dans cette rigidité.
Qu'est ce corps faussement mort et beau, sinon l'image d'une
passion contenue, cadenassée, faut-il dire frigide, de n'avoir
pas pu donner libre cours à sa violence ? Elle rejoindra la
nuit, elle jouira, en se pénétrant, tout à la fin de la pièce, du
poignard de Roméo. Toute seule. Roméo, après avoir possédé par la mort ses rivaux, Tybalt et Paris, se donnera la
mort sans étreindre Juliette.

La jouissance-nuit a quelque chose d'autarcique pour chacun des deux partenaires du couple amoureux. La sombre
caverne est leur seul espace commun, leur unique communauté réelle. Ces amants de la nuit demeurent des solitaires.

1. III, I, 118-131 : « Retourne à ton ciel, attentive douceur/Et que la furie
à l'œil de feu soit dorénavant mon guide !/(...) O, je suis le fou de la
Fortune ! »
2. III, II, 48-49 : « Je ne suis plus moi si j'entends un tel "oui",/Si ces
yeux sont fermés qui te font dire "oui". »

Voilà le plus beau rêve d'amour en Occident. L'amour, un rêve solaire, une idée contrariée ? Et une réalité nocturne, solitaire, une mort frigide à deux. A qui la faute ? Aux parents ? A la société féodale ? A l'Eglise, car c'est vrai que frère Laurent s'en va honteux ? Ou à l'amour lui-même, bi-face, soleil et nuit, délicieuse et tragique tension entre deux sexes ?

Le salut par le couple : Shakespeare et Hamnet

Si idylle il y a, et elle existe en effet, c'est le secret qui la garantit et la brièveté qui l'autorise. Imaginons que Roméo et Juliette émancipés, vivant d'autres mœurs, se souciant peu de l'animosité entre leurs parents, survivent. Ou bien que, dans le cadre shakespearien lui-même, un dramaturge médiocre les ait faits survivre : que frère Jean, par exemple, ait réussi à prévenir Roméo à temps de l'endormissement d'ailleurs si bizarre que frère Laurent fait subir à Juliette, et que la belle épouse se réveille dans les bras de son mari. Qu'ils échappent à leurs persécuteurs, et qu'une fois la haine clanique apaisée, ils retrouvent l'existence normale des couples mariés. Il n'y aurait alors que deux solutions limites, avec des combinaisons et des variantes évidemment possibles entre elles. — Soit l'alchimie du temps métamorphose la passion criminelle et secrète des amants hors la loi en la banale, quotidienne et terne lassitude d'une complicité fatiguée et cynique : c'est le mariage normal. Soit le couple marié continue d'être un couple passionné, mais ceci à travers toute la gamme du sado-masochisme que les deux partenaires avaient annoncé déjà dans la version pourtant relativement paisible du texte shakespearien. Jouant chacun à tour de rôle les deux sexes, ils créent ainsi une machine à quatre qui s'auto-alimente à coup d'agression et de fusion, de castration et de gratification, de résurrection et de mort. Et qui, aux moments de passion, a recours aux adjuvants : partenaires provisoires, sincèrement aimés et cependant victimes, que le couple monstrueux broie dans sa passion de fidélité à soi-même, se soutenant de son infidélité aux autres.

Imaginons les deux vicieux de Vérone, survivants éventuels de leur dramatique histoire, suivre la deuxième voie. On pourrait trouver des arguments pour un tel scénario jusque dans leurs propres répliques. Mais Shakespeare, lui, semble avoir voulu sacrifier aux convenances, pour une fois : en les faisant mourir, il a sauvé le couple pur. Il a sauvegardé la candeur du mariage sous le linceul de la mort, et n'a pas voulu aller dans ce texte au bout de la nuit passionnelle qui est celle du couple durable. Pourquoi ? Shakespeare sauvant l'idée du mariage qui ne périt que par la faute des autres ? Alors que si le mariage se marie avec la passion, comment pourrait-il durer sans une certaine réhabilitation de la perversion ? O, lady Macbeth, ô couples immondes autour de Hamlet... Mais alors, n'est-ce pas la fin du beau rêve, dit désormais « œdipien », de tous les enfants : « Tes parents peut-être, mais pas les miens... » Si tout est ainsi haineux, pervers, immonde, n'est-ce pas la fin du foyer chaste, du mariage aseptisé — pilier de l'Etat ? N'est-ce pas un scandale ?

En l'année 1596, Shakespeare n'a pas besoin d'une telle subversion. Publiée en 1597, écrite probablement en 1595 ou 1596, lorsque Shakespeare (1564-1616) a une trentaine d'années, *Roméo et Juliette*, la neuvième de ses pièces, appartient à ce qu'on appelle sa seconde période, celle des pièces et chefs-d'œuvre lyriques (avec *Songe d'une nuit d'été*, par exemple), et fut le premier grand succès de l'auteur. Certains critiques, se basant sur l'évocation d'un tremblement de terre dans la pièce, la font remonter à 1591, ce qui ferait d'elle la première pièce. Si l'on admet la première hypothèse retenue officiellement aujourd'hui qui la date de 1595-1596, il apparaît que Shakespeare compose ce drame de l'hainamoration très exactement à l'âge de trente et un-trente-deux ans. Jeune sans doute. Mais plus important semble un fait majeur dans sa biographie : c'est en 1596 que meurt son fils Hamnet (né en 1585), à l'âge de onze ans. Depuis onze ans déjà, depuis la naissance des jumeaux Hamnet et Judith, William a quitté sa femme Anne Hathaway pour s'installer à Stratford. *Roméo et Juliette* nous parvient, à partir de ce contexte, comme une certaine nostalgie du mariage apparu désormais impossible, mais idéalement maintenu face à la douleur coupable de la perte du fils. Comme une ardeur juvénile à sauver l'image de deux amants que la vie se charge de désunir. Cette coloration idyllique de la pièce trahit sans doute la jeunesse de l'auteur. Faisons aussi l'hypothèse, sans autre preuve que les recoupements possibles entre les sentiers inconscients du lecteur et ceux de l'auteur (texte et biographie), que la mort de Hamnet a déclenché chez Shakespeare la nostalgie d'un couple qui, lui, serait amoureux. Amoureux comme précisément n'ont pas su l'être William et Anne Hathaway, l'épouse plus âgée que lui et qui lui a donné une fille après six mois de mariage en 1582, puis des jumeaux trois ans après.

A son mariage banalisé par les naissances, marqué par la mort, William rêveur et déjà blasphémateur acharné de la puissance matriarcale-matrimoniale, oppose le songe des amants brûlés par la loi de la haine mais en eux-mêmes immortellement sublimes. Amants idéaux, couple impossible : l'éros prometteur et la haine réelle tissent la réalité. Shakespeare semble s'excuser : la haine est venue des autres. Songeons donc à *Roméo et Juliette*, dans sa tonalité idyllique, comme à un chant de deuil à la mort du fils. La culpabilité du père avoue dans cette pièce, avec la haine du mariage, le désir de maintenir le mythe des amants épris. Préserver cette idéalisation du couple, fût-il éphémère, pour ne pas avoir à entrer dans la haine qui habite le mariage et produit la mort (des enfants : de Roméo, de Juliette... de Hamnet ?) : c'est peut-être le cadeau du père au caveau du fils. Un don de William Shakespeare à Hamnet Shakespeare. La loi, haineuse, est sauve. Pour faire dormir en paix les fils et blanchir les pères, elle a désormais un envers lumineux : c'est l'amour sublime des jeunes gens hors la loi.

Plus tard, lorsque le père de Shakespeare mourra, en 1601, la loi s'écroulera. Viendra alors, avec la même similitude qui lie *Roméo et Juliette* à la mort de Hamnet, la pièce *Hamlet*, en parallèle, cette fois, avec la mort du père. Dans *Hamlet*, en écho à la mort et du fils et du père, mais en antithèse par rapport à *Roméo et Juliette*, aucun couple ne tient sous la langue corrosive de Shakespeare poussant la vengeance du fantôme paternel contre la mère épouse criminelle, jusqu'à rendre hideux tout couple [1]. Puis, en 1609, meurt la mère du poète, et Shakespeare publie ses *Sonnets* qui glorifient l'amour homosexuel pour William H., la *Black Lady*, William Hamnet, le fils, ou le père qui s'est découvert fils, homme-chair, homme-femme, passion christique du corps plutôt... [2].

Mais en 1596, nous n'en sommes pas là. *Roméo et Juliette* existe comme conjuration de la mort de Hamnet, comme antidote au mariage raté. Hamnet est mort, il faut cependant des amants sublimes et intouchables. Nostalgie du bonheur

1. Cf. A. Green, *Hamlet et Hamlet*, éd. Balland, 1982, et en particulier sa thèse selon laquelle les enfants de Polonius sont des enfants illégitimes du Roi ; ce serait pour venger cette infidélité que la Reine tue le Roi-père et épouse son frère. Mariage de trahison et de haine, cette vision œdipienne généralisée que Hamlet aurait acquise de son destin, impose au cœur de son expérience psychique la scène primitive elle-même. Comme un archireprésentable, un spectacle originaire, un moteur de cette pièce qui célèbre la représentation de la représentation...

2. Cf. Ph. Sollers, *Femmes*, éd. Gallimard, 1983, p. 467-469, qui avance cette interprétation de l'« homosexualité » de Shakespeare...

amoureux ? Nostalgie : *nostos*-retour ; *algos*-douleur. Retour
douloureux sur un passé cependant mort et qui conduit à un
mort ? Reçois, cher Hamnet, en couronne mortuaire, l'im-
mortelle image des amours passionnées de tes parents qui,
amoureux fervents, t'auraient sauvé de la mort, ou bien,
amoureux damnés à la Roméo et Juliette, t'auraient épargné
d'être. Pour toi, Shakespeare immortalise l'amour, mais ta
mort est le symptôme, la preuve que la haine triomphe...

« My only love, my only hate »

On assimile souvent le couple Roméo et Juliette à Tristan
et Iseult, pour y voir la démonstration d'un amour contrarié
par les règles sociales ; pour souligner comment le couple est
maudit et détruit par la chrétienté qui étouffe la passion au
sein du mariage ; pour y chercher la révélation de la mort qui
domine au cœur de la jouissance amoureuse. Le texte shakespearien comporte, avec tout cela, un élément plus corrosif
encore, que son art de l'ambiguïté et du renversement des
valeurs manie avec une magie insidieuse au sein même de la
plus intense glorification amoureuse. Qu'à travers le sexe,
c'est la haine qui triomphe : voilà ce qui saute aux yeux et
aux oreilles dès les premières pages du texte. Dès la première
scène, les propos émaillés de jeux de mots et d'obscénités des
deux valets font planer sur cette idylle présumée pure l'ombre du sexe et des inversions de tous genres. On est déjà
préparé à la réplique de Roméo qui qualifiera l'amour de
« folie la plus raisonnable » (I, I, 184), voire de « brutal, rude,
violent ! il écorche comme l'épine » (I, IV, 25-26). Peu après,
il sera décrit par Mercutio — personnage funeste qui conduit
avec Benvolio à un engrenage de la violence et dont la mort
au troisième acte obligera Roméo à le venger en tuant Tybalt
— sous l'apparence de la fée accoucheuse, la reine Mab.

Fantôme gnomique, fascinante et hideuse, dominatrice des corps amoureux, envers nocturne, ivre et meurtrier de la luminosité amoureuse, n'est-ce pas Mab qui mène le jeu : « son fouet, fait d'un os de grillon, a pour corde un fil de la Vierge » (I, IV, 65).

Mais c'est Juliette qui trouve les formules les plus intenses pour indiquer que cet amour est étayé par une haine. On peut voir, dans ces propos de la jeune fille noble, un simple procédé rhétorique annonçant d'emblée la mort finale, ou bien une clause de langage ambiguë marieuse de contrastes, et que l'on trouve à l'œuvre aussi bien à d'autres endroits de la pièce que dans l'esthétique shakespearienne en général. Mais plus profondément, c'est d'une haine à l'origine même de l'élan amoureux qu'il semble s'agir. D'une haine préexistant au voile de l'idéalisation amoureuse. Notons que c'est une femme, Juliette, qui en a l'inconscience la plus immédiate, la lucidité la plus somnambulique. Ainsi, dès leur première rencontre, et alors que Roméo oubliant brusquement Rosaline dont l'amour pourtant le tenaillait brutalement peu de temps avant, s'avoue uniquement envahi d'« un trouble à son comble » devant Juliette fille d'une famille ennemie, c'est Juliette elle-même qui formule franchement : « Mon unique amour émane de mon unique haine » *(My only love sprung from my only hate,* I, V, 136).

Cependant, Roméo lui-même n'était-il pas allé à la fête des Capulets en sachant qu'il allait à un festin de haine ? Toujours Juliette : « Ton nom seul est mon ennemi » (II, II, 38). Ou bien, au comble même du monologue amoureux qui met en place la passion de l'attente et exalte les qualités des amants : (« A moi, nuit ! Viens, Roméo, viens : tu feras le jour de la nuit !... »), Juliette enchaîne innocemment : « Viens gentille nuit. (...)/et quand il devra mourir,/Prends-le et coupe-le en petites étoiles/Et il rendra la face du ciel si belle/Que le monde entier sera amoureux... » (III, II, 20-23.)

« Quand il sera mort, prends-le et coupe-le » : on croit entendre une version pudique de *L'Empire des sens* japonais. Cette
adversité passe inaperçue parce qu'elle est emportée par une
haine qu'on peut regarder en face — la malédiction familiale,
sociale, est plus avouable et supportable que la haine inconsciente des amoureux entre eux. Il n'en reste pas moins que la
jouissance de Juliette s'énonce souvent en prévoyant — en
désirant ? — la mort de Roméo, bien avant que son sommeil
drogué ne trompe Roméo jusqu'à le conduire au suicide, et
que ce désir de mort ne se retourne sur elle-même à la vue du
cadavre de Roméo pour la conduire au suicide elle aussi :
« Maintenant que te voilà si bas, tu m'apparais comme un
mort au fond d'une tombe », dit-elle dès l'acte III (III, v,
55-56).

Cette évocation fréquente de la mort n'est pas simplement
destinée à affirmer qu'il n'y a pas de place pour la passion
dans le monde des vieux et, par extension, dans le mariage :
que l'amour doit mourir au seuil de sa légalisation, qu'éros et
loi sont incompatibles. Frère Laurent le dit bien, et c'est là un
reliquat de l'ascétisme chrétien vulgarisé : « Vivre longtemps
mariée, ce n'est pas être bien mariée ; la mieux mariée est
celle qui meurt jeune » (IV, v, 76-77).

Plus profondément, plus passionnément, il semble s'agir
de la présence intrinsèque de la haine dans le sentiment
amoureux lui-même. Dans la relation à un objet, à un autre,
la haine, dit Freud [1], est plus ancienne que l'amour. Dès
qu'un *autre* m'apparaît différent de moi, il m'est étranger,
repoussé, repoussant, abject : haï [2]. Même l'amour hallucinant, distinct de la satisfaction auto-érotique, en tant
que sentiment précoce de complétude narcissique où

---

1. Cf. « Pulsions et destin des pulsions », 1915, *op. cit.*
2. Cf. à ce propos notre *Pouvoirs de l'horreur*, essai sur l'abjection, Ed.
du Seuil, 1980.

l'autre n'est pas nettement séparé de moi, n'advient par ailleurs dans la relation à cet autre que plus tardivement, à travers la capacité d'idéalisation primaire. Mais dès que la force du désir qui se noue à l'amour embrase l'intégrité du moi ; dès qu'il entame sa solidité par le torrent pulsionnel de la passion, la haine —— repère primaire de la relation objectale —— émerge du refoulement. Erotisée selon les variantes du sado-masochisme, ou bien froidement dominante dans des relations plus longues et qui ont déjà usé les délices de l'inconstance aussi leurrante que séductrice, la haine est la note de fond dans la mélodie passionnelle du couple. Hétéro- ou homosexuel, le couple est ce pari utopique de rendre durable le paradis perdu —— mais peut-être n'est-il que simplement désiré et en réalité jamais connu ? —— de l'entente amoureuse entre l'enfant et ses parents. L'enfant de sexe féminin ou masculin, hallucine sa fusion avec une mère nourricière-et-un-père-idéal, avec un conglomérat en somme qui déjà condense deux en un. Cet enfant-là, l'amoureux enfant, dans sa manie du couple, essaie de faire deux là où ils étaient trois. Homme ou femme, au moment où il aspire au couple, l'amoureux (l'amoureuse) traverse le mirage d'être l'« époux » ou l'« épouse » d'un père idéal : tant l'objet d'amour idéalisé revêt les parures de ce « père de la préhistoire individuelle » dont parle Freud [1] et qui absorbe les délicieuses identifications primaires. Dans une telle couplaison avec l'idéal qu'étaie une paternité heureuse et domestiquée, l'homme se féminise ; quoi de plus androgyne, de féminin même, que l'adolescent fou amoureux de son adolescente ? On s'aperçoit vite, cependant et en dernier ressort (c'est-à-dire si le couple devient réellement un, s'il dure), que chacun des protagonistes, il et elle, a épousé, dans l'autre, sa mère.

1. *Trois Essais, op. cit.*, cf. également, ici même, p. 38 sq. et 55 sq.

La mère : socle du couple

L'homme trouve alors un havre de satisfaction narcissique pour l'éternel enfant qu'il a réussi à demeurer : normalisation exquise de la régression. La femme s'apaise provisoirement dans le soutien réparateur que lui fournit l'époux-mère. Ce qui provoque, dans un second temps, l'homosexualité féminine devenue ainsi préconsciente et cherchant à s'assouvir telle quelle ; quand ce n'est pas la dépression de se voir dépossédée, par un être à pénis, des valeurs nourricières attribuées cependant fantasmatiquement à une mère inaccessible. Il lui faudra alors, à cette épouse heureuse d'avoir trouvé chez son mari une mère, de solides satisfactions phalliques, par enfants interposés ou gratifications sociales réitérées, pour que l'équilibre du duo continue de régner.

Chez l'homme comme chez la femme, toucher à la mère chez le partenaire, c'est toucher au socle du couple et, par là même, le pérenniser. Mais cette figure donatrice de vie induit paradoxalement la mort — vainement contrecarrée à coups de renforts phalliques. La mère, la mort... Pourquoi ?

« La terre, qui est la mère des créatures, est aussi leur tombe/Leur sépulcre est sa matrice même », profère sentencieusement frère Laurent[1]. L'évanouissement jubilatoire de l'identité au sein d'un amour nostalgique d'une étreinte maternelle, est éprouvé cependant par l'adulte comme une perte, voire comme un danger mortel. Les mécanismes de défense réagissent alors, pétris de pulsions et de haine moïque et surmoïque, pour redonner contour, identité et existence au *même* englouti dans l'*autre*. L'alternance amour/haine tresse

---

1. II, III, 9-10. « The earth that's nature's mother is her tomb/What is her burying grave, that is her womb. »

l'écheveau de la passion, et son éternel retour ne fait jamais
« meilleur » couple que du couple sado-masochiste. Meilleur,
parce que s'alimentant de sa possibilité interne de recharge et
de décharge libidinale, qui suppose que chacun des partenaires assume l'ambivalence sexuelle. Est-ce à dire l'androgynat ? Pas exactement. Car le « féminin » de l'homme n'est pas
le « féminin » de la femme, et le masculin de la femme n'est
pas le « masculin » de l'homme. Le lien asymétrique des deux
sexes au phallus, qui détermine leur caractère sexuel, fait
qu'ils sont quatre à vouloir faire deux dans le couple, et régler
ainsi l'insoluble harmonisation de l'impair. Faire couple de la
triade enfant-père-mère, où le tiers n'est devenu sujet qu'à
être exclu. L'amour-haine est la quadrature de ce cercle
imaginaire que devrait être l'amour idéal si *je* pouvait être
papa-maman-et-moi uni en un Tout.

Juliette, si froide avec sa mère, renvoie en miroir à sa
génitrice la distance glacée que lady Capulet maintient avec
sa fille. Juliette imaginant son amant mort ; Juliette se révoltant contre une apparemment bonne mère qu'est la nourrice
lorsque celle-ci fait volte-face et l'incite à oublier Roméo ;
Juliette se transperçant du couteau de Roméo. — On remarquera que cette « dame en espoir de la terre » de son père (au
dire de Capulet lui-même, I, II, 15), et qui fait entrer ce père
dans une colère trop passionnelle pour être innocente,
lorsqu'elle refuse le mari choisi par ce père même (acte III,
scène V) — est habitée par le rejet et une présence d'esprit
qu'il faut bien appeler phallique, signant une violence certaine, une aversion possible. — « Mon unique amour émane
de mon unique haine. »

C'est frère Laurent, par ailleurs, qui relève la féminité de
Roméo dont les chaudes amitiés masculines, sans doute cou-
rantes pour l'époque, n'en révèlent pas moins que c'est de la
comparaison, de la commensuration avec le pouvoir (sexuel)
des autres, et au mieux avec celui des ennemis (objets privilé-

giés de passion), que se bâtit l'amitié masculine. De ce fait, ce
sont les échauffements passionnels des hommes appartenant
à des clans ennemis qui conduisent Roméo à s'introduire
auprès de sa première bien-aimée Rosaline, pour y découvrir
aussi la seconde, Juliette, avant de pénétrer... mortellement
Tybalt et Paris. On notera que Tybalt, le cousin, est le substitut du père Capulet, comme l'est Paris, le mari choisi par le
même père. De même que la facilité avec laquelle Roméo
passe de Rosaline à Juliette, s'explique par le fait que toutes
deux procèdent de la même source de... haine, la famille des
Capulets. Mais le savant prêtre dévoile l'envers de cette médaille agressive et vengeresse dans l'emportement amoureux :
une certaine « féminité » de Roméo. — « Es-tu un homme ?
ton corps le proclame ; mais tes larmes sont d'une femme, et
ta sauvage action (le meurtre de Tybalt) dénonce la furie
déraisonnable d'une bête brute... (...) mais toi, maussade
comme une fille mal élevée, prends garde... » (III, III,
109-111, 143).

Actualité du couple

*Si le désir est volage, ivre de nouveauté, instable par
définition, qu'est-ce qui pousse l'amour à rêver de couple
éternel ? Pourquoi la fidélité, le vœu d'une entente durable,
pourquoi en somme le mariage d'amour — non pas comme
nécessité de certaines sociétés, mais comme désir, comme
nécessité libidinale ?*

*C'est dans l'adolescence, en général, que garçons et filles
rêvent de fidélité et de couplaison stabilisée. La découverte du
plaisir sexuel, au contraire, déstabilise, mais elle conduit
aussi, en contrepoint, au besoin de sécurité (maternelle ?) et à
la nostalgie de recréer le paradis perdu de la dyade originaire.
Plus tard, maîtrisant davantage le jeu avec la castration*

qu'est l'expérience de la jouissance, l'homme fuit l'engloutis-
sement dans le couple matrimonial, pour essayer de s'assurer
une puissance phallique dans les miroirs successifs des
conquêtes plus ou moins nombreuses, transgressives, rassu-
rantes parce que éphémères et multiples. Mais une femme est
rarement Don Juan, ou bien quand il lui arrive de jouer à ce
jeu, c'est par identification virile qu'elle y parvient, au prix
d'une bravoure plus scandaleuse encore que celle de son
homologue mâle, et avec plus de risques d'effondrement psychique. C'est un lieu commun, et les changements cependant
radicaux de nos mœurs sous les coups du féminisme n'ont pas
bouleversé cet aspect de la vie érotique : les femmes veulent le
mariage. Instinct matriciel de stabilité pour la nidation de la
progéniture, disent les adeptes de l'éthologisme. Plus psychi-
quement, il s'agirait peut-être d'un besoin inaltérable de s'assurer une fois pour toutes, à travers le mari, la possession de
la mère nourricière, celle qu'une femme perd irrémédiablement par son accès au père comme objet normal de son désir
d'hétérosexuelle. Se marier donc, pour que, dans la stabilité
chaleureuse et abritante du foyer, la petite fille de son père
puisse non seulement être une mère à son tour, mais aussi...
avoir une mère, s'en nourrir et en jouir. Mais en réalité, c'est
l'épouse qui sera l'homme, le mari de cette mère fantasmatique qu'est l'époux stable et nourricier. Elle sera le phallus, si
vous préférez, en adoptant les masques de la virilité domestiquée : dominatrice secrète, distraite, indulgente mais sûre, du
mari maternel. Le fantasme du couple réussi pour une femme
n'est-il pas d'épouser une mère dont elle, l'épouse, sera le
phallus ? Qu'elle puisse être la clé de la jouissance de l'autre,
mais aussi sa délégation sociale sourdement et solidement
dominante ? On croit, dans le fantasme du bon mariage, que
la femme épouse un bon père : mais si le fantasme de bonté
perdure, c'est qu'une bonne mère s'est glissée dans l'autorité
paternelle, pour assurer — avec l'identification primaire ga-

rante du narcissisme — quelques possibilités de régression plus archaïque. Sans quoi, d'où viendraient les « joies du mariage » ? Elles risquent fort de se réduire à la soumission masochiste, si attirante, il est vrai, d'une servante du logis. Tout un chapitre de la vie conjugale s'y loge : une libido épongée dans les tracas de la ménagère...

Les mœurs modernes, fouettées par la pilule et l'insémination artificielle, dissocient de plus en plus la sexualité de la reproduction. Elles vont rendre socialement et scientifiquement inutile le couple éternel, ainsi que l'institution du mariage en tant que nécessité sociale assurant les conditions optimales pour la reproduction de l'espèce. Les besoins psychiques de couplaison permanente vont de toute évidence s'estomper aussi, sans pour autant disparaître.

Car, d'une part, ce couple fidèle que souhaitait naguère la loi, demeure pour beaucoup une nécessité érotique thérapeutique devant la perte d'identité que provoque la multiplicité ouverte des plaisirs et des jouissances. En assurant une sécurité par le repère d'identité qu'il procure (« tu m'aimes donc je suis, y compris dans la passion, dans la maladie... »), le couple est un miroir durable, une reconnaissance répétée. Il soutient, comme une mère son nourrisson. Cependant, par-delà cette fonction réparatrice, peut-il s'arroger aussi la vocation d'être ce temple où brûle le feu éternel du désir ? La perversion seule est maîtresse en la matière, attachant dans l'amour-haine des partenaires enchaînés à tel objet partiel que fournit l'autre, ou à telle alternance actif-passif, masculin-féminin, que procure la dramaturgie érotique ou existentielle... Les grandes envolées d'indépendance féminine n'ont pas brisé cette loi forcément réactionnaire parce que inconsciente, qui ressource et abîme en même temps le désir dans le giron de l'objet maternel archaïque. La lutte féministe a relancé la vitalité libidinale par compétition phallique, à travers la guerre amoureuse sous-jacente à l'identification avec l'autre sexe. Toutefois, les couples, honnis, se sont reformés, homo-ˉ ou hétérosexuels, maternants ou sadomasochistes.

On peut supposer que, quelle que soit l'évolution des sciences du corps et celle des mœurs qui les précèdent et les suivent, les femmes auront besoin, surtout dans la période fécondable de leur vie, d'une certaine fiabilité du couple. Quitte à dissocier une partie de leur vie sexuelle de la vie de ce couple-là. La maternité — autre amour dissolvant et mortifère, extatique et lucide, délicieux et pénible — nécessite un support. Une mère de la mère doit être là : rôle qui, depuis l'effondrement des grandes familles ou des tribus dans la vie moderne, est conféré au mari.

Pourquoi l'homme consentira-t-il à cette fonction ? Qu'a-t-il à y chercher, Don Juan poussé par des émois de bandes ? Adolescent plus ou moins incorrigible, il se rêve libre cependant, tel le poète, pour autant qu'il chérit la mère : il la refait en l'engrossant à la place du père ; ou bien, matricide, il la rejette en lui préférant une rivale. Mais n'en sort pas. C'est sa façon à lui de lui régler ses comptes à elle, castratrice désirable, morbide source de vie, terre mère, terre de morts. Un compte éternellement en suspens, y compris lorsqu'il abandonne la mère comme l'épouse, pour se consacrer à sa bande dans la suite des femmes ou dans la suite des signes de gloire, pour le compte de son amour-propre. L'au-delà du couple est un au-delà de la mère. Ceux qui croient y arriver n'arrêtent pas de la violer dans la langue : créateurs de styles, de musiques... La femme, elle, accède à cet au-delà en femme-mère, à travers la communauté de ses enfants qui neutralise la prégnance du couple. Dans la plupart des cas, il est vrai, les enfants refoulent la génitrice qui cependant connaît la gloire discrète de se multiplier à travers ses descendants...

Et les couples de vieillards, me direz-vous, les plus touchants, les plus tenaces ? N'est-ce pas une autre histoire : celle

*d'un amour fané, toujours espiègle peut-être, mais assagi
dans l'automne jaune de l'amitié...*

Ginette ne rêve que carnages...

*Rien de moins ressemblant que Ginette, cette blonde au
corps solide de paysanne landaise, et la belle Italienne que
Shakespeare immortalise sous le nom de Juliette. Et pourtant,
son éternelle enfance, son innocence intelligente qui masque
une malicieuse et par moments terrible agressivité, m'ont fait
penser tout de suite à l'héroïne de Vérone. Rapprochement qui
n'a cessé de s'imposer à moi, malgré le destin peu idyllique de
Ginette, et qui me faisait, on le comprendra, sourire de mes
tendances aux analogies faciles... Ginette se plaint, au début
de l'analyse, des rapports orageux qui ne manquent pas de se
produire entre elle et les femmes de son entourage. Une mère
que nous avons appelée, pour notre usage à deux (et je
reviendrai sur ce « couple » nouveau et étrange qu'est l'analysant avec son analyste), une mère sous-marine, tellement sa
présence fut profonde et invisible dans la vie de Ginette, et qui
est vite apparue dans son récit. Détentrice du seul pouvoir
avouable dans cette famille plus que modeste, le pouvoir
culinaire, la mère est pour Ginette une cuisinière impeccable
et dégoûtante, corps gras et sale qui domine le père fluet,
amateur de musique déraciné des fêtes foraines d'outre-mer
qui furent sa seule joie... Ginette fit le deuil symbolique de sa
mère pendant les premières années de son analyse, s'arrachant à son emprise à coups de grossesses qui lui ont apporté
une fille et un garçon : assurances tangibles qu'elle est, elle
aussi, une mère, et même meilleure que l'autre.*

*C'est à ce moment qu'un autre personnage, annoncé avec
beaucoup de mystère et de vénération idéalisante dès nos
premiers entretiens, essentiel mais lui aussi sous-marin, entra*

en scène : le mari. Comme par hasard, Jean faisait le même métier que moi, et Ginette a pu me dire tout le mal qu'elle en pensait, à propos bien entendu de l'exercice qu'en faisait... son mari. Je savais déjà qu'elle l'avait épousé pour « quitter ma famille, c'est moi qui lui ai appris le sexe, et c'est tout dire, car à dix-sept ans, je n'en savais rien ». Mari-enfant, sauveur mineur, Jean était, par sa famille dont l'aisance à la fois séduit et agace Ginette, un foyer, une solidité, une maison. Ce mari indécis qu'il lui fallait guider au début, était cependant pour Ginette une sorte de bonne mère. Ou du moins complétait-il, à travers son clan à lui, l'image défaillante de cette mère source de honte que Ginette avait eue en son enfance : le clan Jean apporta l'image de la belle-mère élégante, bien à l'aise, capable d'en imposer aux autres femmes. Une mère idéale. Mais maintenant, lorsque Ginette elle-même mère, était en train de devenir elle aussi cette femme reconnue et appréciée qu'elle avait trouvée chez son mari — que faire d'un tel mari ? Lequel, en plus, ne se contentait plus de sa place de mineur, mais, en suivant sa propre évolution, prenait des allures de maître ? Le couple compensatoire n'avait plus de raison d'être.

« Tuer », cette pensée devenait de plus en plus obsédante pour Ginette. Tuer qui ? Lui, ou moi ? Car le couple abhorré, désiré, bouche-trou et fardeau, sécurisant et dissolvant, c'est aussi celui que l'analysant forme imaginairement avec son analyste. Pour le meilleur et pour le pire, avec le désir que ça dure, et la hantise affolée que cela ne cesse jamais... Et que penser des analystes qui, dit-on, jouent le jeu, marient et font divorcer : pour prendre place dans le couple ?

Ginette, elle, croit vouloir tuer Jean. Par moments, cela lui paraît un désir faux, surgi d'un film ou d'un roman policier, et auquel elle n'adhère pas. Par moments, au contraire, cela lui semble la seule issue raisonnable. Car sinon, comment se séparer de ce poids qu'est désormais, croit-elle, son époux ?

Divorcer lui paraît impossible : « Il y a les enfants, et puis nos parents — les miens, ceux de Jean — ne le supporteront pas ! » Elle songe alors à l'accident — meurtre camouflé en accident... Ginette ne rêve que carnage : elle précipite Jean dans un ravin ; un train lui passe sur la gorge — oui, précisément, et avec une justesse incroyable ; elle fait piéger sa voiture qui explose en déchiquetant son corps, « on ne trouve que des morceaux non identifiables... » — « Vous voulez peut-être dire qu'il ne s'agit pas de Jean. — Oh ! si, affirme Ginette, toujours prête à rejeter mes suggestions. D'ailleurs, continue-t-elle, tout près du lieu de l'accident se trouvait une maison entourée d'un jardin, comme la vôtre, avec un lac en plus, où vous étiez en train de vous noyer, quand l'explosion a fait accourir du monde et ainsi on vous a sauvée... Alors, vous voyez... », conclut Ginette soulagée. « Le meurtre de Jean sert à sauver la mère sous-marine », — je continue à m'obstiner. Ginette, une fois de plus, dit ne pas voir le rapport. Seulement, brusquement, en rapport sans doute avec ma noyade, elle ne vient plus à ses séances pendant presque deux mois. Elle fait la morte : j'avais pris la place de Jean et de sa mère dans son désir de tuer le couple engloutissant ; elle voulait donc à la fois prendre le large (je la noyais ?) et expier le désir de meurtre par une fuite honteuse.

Lorsqu'elle est revenue, c'était pour me dire qu'en fait tout allait bien ; et j'avais, suppose-t-elle, compris sûrement qu'elle n'avait pas besoin de moi dans ce cas. Très bonnes vacances avec Jean, « toujours aussi insupportable, mais que voulez-vous ». Et nous avons passé longtemps à désenfouir sa haine, à travers moi, pour cette mère qu'elle ne pouvait se permettre de haïr : la même haine que Ginette avait enfouie dans « son » couple. Amour-haine, passion de la fille aînée rejetée au profit de la petite puînée, de la jeune sœur préférée du père et nourrie par la mère sevrant pour cela Ginette. Il ne lui restait qu'à rejeter à son tour toute cette famille, son clan méprisable, pour s'élever au-delà, dans les livres. Mais l'intellectuelle coupée de ses racines restait nostalgique de cette grosse mère dévorante et à dévorer. Une jouisseuse, en somme, que cette ménagère, qui avait avoué à sa fille (« mais il est possible que j'invente », doute Ginette) le plaisir qu'elle éprouvait lorsqu'elle faisait l'amour avec son père à elle, Ginette, et combien elle était sûre que tel orgasme avait produit tel enfant... Depuis qu'elle avait imaginé qu'elle pouvait se comporter avec Jean comme si elle était sa mère nourricière, Ginette était devenue frigide.

Le couple de Ginette sombra, un moment, dans les bourrasques de cette haine que l'analyse dévia cependant partiellement sur des figures maternelles, celle de l'analyste pour commencer. Ginette quitta Jean pour « aimer follement, d'un vrai amour », un jeune homosexuel de ses amis : Henri, en mal d'amitié aux creux de ses épuisements érotiques « hards ». Ils ont vécu quelque temps l'idylle sentimentale à la Roméo et Juliette : avec tendresse, courtoisie, style troubadour, identification androgynale. Et avec toute la gamme de l'orgasme clitoridien-anal de Ginette ainsi identifiée à une femme à pénis, sale femme mais totale. Cette assomption phallique fut dépassée lorsque, ayant acquis la certitude d'avoir le phallus et même de pouvoir l'être — « comme Henri, nous sommes pareils » —, Ginette sortit de sa phobie sociale et se lança à la conquête d'une véritable reconnaissance professionnelle. Elle devint chef de son service, et lâcha dès ce jour sa passion pour Henri sans pour autant le quitter. La mort de sa mère la fit revenir au foyer : moins chez Jean qu'auprès des enfants. « Femmes à deux couples, voilà ce que je suis, une bigame. En fait, il aurait fallu que Jean soit plus pervers et qu'Henri se montre plus maternel, pour que ce soit l'idéal. »

Le nom et l'enracinement social que donne le mari sont un faible barrage contre la fièvre d'excitabilité scandée d'« en-

core » et de « ce n'est pas ça » qui secoue l'hystérique. Au-
delà d'eux — et c'est bien d'un au-delà qu'il s'agit — le
corps, plaque tournante du désir, aspire à une idéalisation
éthérée où flotte le mirage du « couple parfait ». L'idéal de
l'hystérique serait un havre maternel pourvu de pénis : une
mère perverse. Pour cela, pour s'imaginer pareille, elle est
prête à tout, de l'orgie à la douleur, de l'esclavage à la
mort.

La mère perverse : un conglomérat de bonne mère et de
père tout-puissant, télescopés dans un être monstrueux, adorable, comblant. Désiré sexuellement ? Pas exactement. La vie
érotique de Ginette avec Henri fut plutôt fantasmatique que
réelle (car Henri continuait à trouver son meilleur plaisir avec
les hommes). Mais c'est de donner libre cours à ces fantasmes
de « femme égale à l'homme », de « mère au pénis » qu'elle
s'accroche à lui. L'expérience homosexuelle avec Henri lui
avait permis d'avoir un discours sans handicap, osé, obscène :
de parler en somme comme on est censé parler devant un
analyste, comme un analyste est censé parler, même si il/elle
se tait. Henri et Ginette — une autre variante du couple
analyste-analysant ?, passage à l'acte d'un fantasme érotique
frustré par le divan ?

A l'opposé, Jean maternel, phobo-obsessionnel, sécurisant,
tout entier loi, n'avait pas d'imaginaire. La loi dépourvue
d'imaginaire est l'ennemi du couple. Elle repose sur des maris
qui ne font que leur devoir, et rien de plus : accolés à leurs
propres mères frigides, épouses et ménagères impeccables, ces
maris fondent un logis, pas un couple. Leur performance
sexuelle, souvent honnête, n'évite pas aux épouses d'être dé-
primées, nymphomanes ou suicidaires. Et les épouses hystériques ne se trompent pas. Brusquement pétries de haine, ces
bacchantes modernes se lancent alors à l'assaut de leur plaisir
et de leur amour imbriqués, indissociables, sous les allures
d'une revendication de reconnaissance phallique. Maintes

exigences féministes contemporaines se sont coulées dans ce moule.

L'hainamoration androgynale, l'identification fascinée de Ginette avec Henri fut irriguée plus violemment encore qu'avec Jean par la haine. A cette différence près que, une fois nommée, présente, avouable, la haine apparut enfin comme le ressort profond de la jouissance de Ginette. Ci-gît une mère sous-marine et pénétrante, que ma jouissance et mon aspiration paranoïde au pouvoir veulent égaler : voilà ce que signale une telle ménagerie passionnelle. De l'avoir vécue jusqu'au bout, en chair et en parole, Ginette finit son analyse en se choisissant... femme. « Le vrai couple, avec quelqu'un de différent et qui se tient, c'est avec vous, en définitive, que je l'ai eu, me dit-elle. Mais dans la réalité, Jean me convient mieux, si tant est qu'il faut, qu'on doit, vivre avec quelqu'un. Parce que nous sommes l'un et l'autre incomplets, et le couple, ça complète, sinon, ça n'a pas de sens. Alors qu'avec Henri, il n'y a jamais deux, il y a le même en deux exemplaires, la photo et le négatif. Evidemment, cela me fait jouir, mais je m'y perds aussi. Je deviens folle, pour tout vous dire : par moments, je ne sais plus quel sexe est le mien et lequel — le sien. Alors, j'ai envie de disparaître, de me tuer. Pas lui, cette fois, mais moi... Heureusement qu'il y a Jean, qui supporte que je navigue de l'un à l'autre... »

Le sommeil des amoureux

La mort des amoureux de Vérone a beau être irrémédiable, le spectateur garde le sentiment qu'il ne s'agit que d'un sommeil. Dans ce déni qui nous fait rêver les deux cadavres comme de simples dormeurs, c'est peut-être notre soif d'amour — défi magique de la mort — qui parle.

Le jeu risqué avec le somnifère dans les péripéties mêmes

du texte suggère déjà une telle confusion. Cependant, l'image finale du couple immobile nous conduit peut-être à cette terre promise qu'est le sommeil des amoureux. En effet, la satisfaction érotique des désirs n'est pas l'identification primaire apaisante, et en ce sens l'« amour confisque le narcissisme [1] ». Le sommeil est alors à la fois une réparation du narcissisme épuisé dans le désir, et un pare-excitation qui permet à la réprésentation amoureuse de prendre forme. Sans cette représentation de l'union des amoureux qui dorment dans les bras les uns des autres, la dépense érotique est une course à la mort. Le sommeil des amoureux, d'ailleurs [2], ne fait que recharger une énergie d'imaginaire prête, au réveil, à de nouvelles dépenses, de nouvelles caresses, sous l'empire des sens... Roméo et Juliette morts-endormis sont, comme notre sommeil à deux lorsque nous sommes amoureux, une réserve d'images fusionnelles qui apaisent pour un temps la frénésie érotique avant de la relancer...

La situation transférentielle et le discours analytique nous pourvoient aussi d'une certaine réserve imaginaire amoureuse pour nos drames érotiques et sociaux. Mais sans nous laisser nous assoupir, l'analyse se propose d'être l'éveil lucide des amoureux...

1. Cf. D. Braunschweig et M. Fain, *Eros et Antéros*, Payot, 1971, p. 195 sq.
2. *Ibid.*, p. 197.

Stabat Mater

Le paradoxe : mère ou narcissisme primaire ?

Si d'une *femme* il ne peut être dit ce qu'elle *est* (au risque d'abolir sa différence), peut-être en serait-il autrement de la *mère* puisque c'est la seule fonction de l'« autre sexe » à laquelle nous pouvons attribuer, à coup sûr, de l'existence ? Pourtant, là aussi, nous sommes pris dans un paradoxe. — D'abord, nous vivons dans une civilisation où la représentation *consacrée* (religieuse ou laïque) de la féminité est résorbée dans la maternité. Toutefois, si l'on y regarde de près, cette maternité est le *fantasme* que nourrit l'adulte, homme ou femme, d'un continent perdu : il s'agit de surcroît moins d'une mère archaïque idéalisée que d'une idéalisation de la *relation* qui nous lie à elle, illocalisable — d'une idéalisation du narcissisme primaire. Or, lorsque le féminisme revendique une nouvelle représentation de la féminité, il semble identifier la maternité avec cette méprise idéalisée et, parce qu'il refuse l'image et ses abus, le féminisme contourne l'expérience réelle que ce fantasme occulte. Résultat ? — Dénégation ou rejet de la maternité par certains secteurs avant-gardistes du féminisme. Ou bien, acceptation — consciente ou non — de ses représentations traditionnelles par les « larges masses » de femmes et d'hommes.

FLASH — instant du temps ou du rêve sans temps ; atomes démesurément enflés d'un lien, d'une vision, d'un frisson, d'un embryon encore informe, innommable. Epiphanies. Photos de ce qui n'est pas encore visible et que le langage forcément survole de très haut, allusivement. Mots toujours trop lointains, trop abstraits pour ce grouillement souterrain de secondes qui se plient en espaces inimaginables. Les écrire est une épreuve du discours, comme l'est l'amour. Qu'est-ce aimer, pour une femme, la même chose qu'écrire. Rire. Impossible. Flash sur l'innommable, tissages d'abstractions à déchirer. Qu'un corps s'aventure enfin hors de son abri, s'y risque en sens sous voile de mots. VERBE FLESH. De l'un à l'autre, éternellement, visions morcelées, métaphores de l'invisible.

Le christianisme est sans doute la construction symbolique la plus raffinée dans laquelle la féminité, pour autant qu'elle y transparaît — et elle y transparaît sans cesse —, se réserve dans le *Maternel*[1]. Appelons « maternel » le principe ambivalent qui tient, d'une part, de l'espèce, de l'autre — d'une catastrophe d'identité qui fait basculer le Nom propre dans cet innommable qu'on imagine comme de la féminité, du non-langage ou du corps. Ainsi, le Christ, ce Fils de l'homme, n'est tout compte fait « humain » que par sa mère : comme si l'humanisme christique ou chrétien ne pouvait être qu'un maternalisme (c'est d'ailleurs ce que certains courants laïcisants dans son orbe n'arrêtent pas de revendiquer par leur ésotérisme). Pourtant, l'humanité de la Vierge mère n'est pas toujours évidente, et nous verrons comment,

---

1. On lira, dans les lacunes de cet article, Marina Warner, *Alone of all her sexe. The Myth and Cult of the Virgin Mary*, Weidenfeld and Nicolson, London, 1976, et Ilse Barande, *Le Maternel singulier*, Aubier-Montaigne, 1977, qui sous-tendent ces réflexions.

par sa soustraction au péché par exemple, Marie se distingue du genre humain. Mais, parallèlement, la révélation la plus intense de Dieu qu'est la mystique ne se donne qu'à celui qui s'assume « maternel ». Saint Augustin, saint Bernard, Maître Eckhart, pour ne citer que quelques-uns, se mirent dans le rôle de vierges épouses du Père quand ils ne reçoivent pas, tel saint Bernard, directement sur les lèvres les gouttes du lait virginal. L'aisance par rapport au continent maternel devient alors le socle sur lequel s'érige l'amour de Dieu, de sorte que les mystiques, ces « Schrebers heureux » (Sollers), éclairent d'une lueur bizarre la plaie psychotique de la modernité : elle apparaît comme étant une incapacité des codes modernes d'apprivoiser le maternel, c'est-à-dire le narcissisme primaire. Rares et « littéraires », mais toujours quelque peu orientales sinon tragiques, sont leurs répliques contemporaines : Henry Miller qui se dit enceint, Artaud qui s'imagine comme « ses filles » ou « sa mère »... C'est la branche orthodoxe du christianisme, par la bouche d'or de Jean Chrysostome entre autres, qui va consacrer cette fonction transitionnelle du Maternel, en disant la Vierge « lien », « milieu » ou « intervalle », et en ouvrant ainsi la porte à ses identifications plus ou moins hérétiques avec le Saint-Esprit.

Cette résorption de la féminité dans le Maternel, résorption propre à de nombreuses civilisations mais que le christianisme conduit, à sa façon, à l'apogée, serait-elle simplement l'appropriation masculine du Maternel, lequel, selon l'hypothèse que nous adoptons, n'est donc qu'un fantasme recouvrant le narcissisme primaire ? Ou bien, ne pourrait-on y voir, par ailleurs, le mécanisme de l'énigmatique sublimation ? Mécanisme de la sublimation masculine, peut-être, mais sublimation néanmoins, s'il est vrai que pour Freud imaginant Léonard et même pour Léonard lui-même, l'apprivoisement de cette économie (du Maternel ou du narcissique primaire) est la condition de la réalisation artistique, littéraire ou picturale ?

Deux questions parmi d'autres restent pourtant, dans cette optique, sans réponse. — Qu'est-ce qui, dans la représentation du Maternel en général, et en particulier dans la représentation chrétienne, virginale, du Maternel, telle qu'elle calme l'angoisse sociale et comble un être mâle, satisfait aussi une femme, de sorte que la communauté des sexes soit établie au-delà et malgré leur flagrante incompatibilité et leur guerre permanente ? Qu'est-ce qui, par ailleurs, dans ce Maternel-là ne tient pas compte de ce qu'en dirait ou voudrait une femme, de sorte que lorsque aujourd'hui des femmes prennent la parole, c'est sur la conception et la maternité que porte fondamentalement leur mécontentement ? Au-delà des revendications socio-politiques, ceci conduit le fameux « malaise dans la civilisation » à un point devant lequel Freud reculait : à un malaise de l'espèce.

Un triomphe de l'inconscient dans le monothéisme

Il semblerait que l'attribut « vierge » pour Marie soit une erreur de traduction, le traducteur ayant remplacé le terme sémitique désignant le statut socio-légal d'une jeune fille non mariée, par le terme grec *parthenos* qui spécifie quant à lui une situation physiologique et psychologique : la virginité. On pourra y déchiffrer la fascination indo-européenne, analysée par Dumézil, pour la fille vierge comme dépositaire du pouvoir paternel ; on peut y voir aussi une conjuration ambivalente, par spiritualisation excessive, de la déesse mère et du matriarcat sous-jacent avec lequel se débattaient la culture grecque et le monothéisme juif. Toujours est-il que la chrétienté occidentale orchestre cette « erreur de traduction », qu'elle y projette ses propres fantasmes et y produit une des constructions imaginaires les plus puissantes que l'histoire des civilisations ait connues.

L'histoire du culte virginal dans le christianisme est en fait une imposition de croyances à racines païennes sur, et parfois contre, les dogmes de l'Eglise officielle. Il est vrai que les Evangiles posent déjà l'existence de Marie. Mais ils ne suggèrent que très discrètement l'immaculée conception de la mère du Christ, ne disent rien sur l'histoire propre de Marie, et ne la mentionnent que très rarement aux côtés de son fils ou autour de sa crucifixion. Ainsi Matthieu, I, 20 (« ... voilà qu'un ange du Seigneur lui apparut en songe et dit : Joseph fils de David, ne crains pas de prendre Marie ta femme, car ce qu'elle a conçu est de l'Esprit saint ») et Luc, I, 34 (« Marie dit à l'ange : Comment ce sera-t-il, puisque je ne connais pas d'homme ? ») ouvrent une porte, au demeurant étroite mais qui ne tardera pas à s'élargir par des interventions apocryphes, pour une fécondation sans sexualité, selon laquelle une femme, préservée de l'intervention masculine, conçoit seule avec une « troisième personne », une non-personne, l'Esprit. Les rares fois où la Mère de Jésus apparaît dans les Evangiles, c'est pour se faire signifier que la relation filiale ne tient pas de la chair mais du nom, ou, en d'autres termes, pour que toute matrilinéarité éventuelle soit désavouée et que seul persiste le lien symbolique. Ainsi Luc, 2, 48-49 (« ... sa mère lui dit : Enfant, pourquoi nous as-tu fait cela ? Voilà que ton père et moi nous nous rongeons à te chercher. Il leur dit : Pourquoi me cherchiez-vous ? Ne saviez-vous pas que je dois être aux affaires de mon père ? »), mais aussi Jean, 2, 35 (« ... la mère de Jésus lui dit : Ils n'ont plus de vin. Jésus lui dit : Femme, qu'y a-t-il de commun entre toi et moi ? Mon heure n'est pas encore venue ») et 19, 26-27 (« Jésus voyant sa mère, et, près d'elle, le disciple qu'il aimait, dit à sa mère : Femme, voici ton fils. Puis il dit au disciple : Voici ta mère. Et depuis lors le disciple la prit chez lui »).

A partir de ce matériau programmatique qui reste néanmoins maigre, va proliférer un imaginaire irrésistible allant essentiellement dans trois directions. D'une part, il s'agira d'homologuer la Mère au Fils en développant le thème de l'immaculée conception, en inventant une biographie de Marie analogue à celle de Jésus, et, en la privant ainsi de péché, de la priver de mort : Marie trépasse en Dormition ou Assomption. Ensuite, il s'agit de lui donner des lettres de noblesse, un pouvoir qui, fût-il exercé au-delà, n'en est pas moins politique, puisque Marie sera proclamée reine, dotée des attributs et des attirails de la royauté et, parallèlement, déclarée Mère de l'institution divine sur terre, de l'Eglise. Enfin, la relation à Marie et de Marie sera révélée comme prototype de la relation d'amour et suivra, dans ce but, deux aspects fondamentaux de l'amour occidental : l'amour courtois et l'amour de l'enfant, épousant ainsi toute la gamme qui va de la sublimation à l'ascétisme et au masochisme.

Ni sexe ni mort

La vie de Marie imaginée sur le modèle de la vie de Jésus semble être le fruit de la littérature apocryphe. L'histoire de sa propre conception miraculeuse dite « immaculée conception », par Anne et Joachim après un long mariage stérile, ainsi que sa biographie de jeune fille pieuse, apparaissent dans des sources apocryphes dès la fin du Iᵉʳ siècle. On en trouve la totalité dans le *Livre de Jacques*, mais aussi dans l'*Evangile selon Pseudo Matthieu* (qui inspirera les fresques de Giotto par exemple) ; ces « données » sont citées par Clément d'Alexandrie et Origène mais ne seront pas officiellement reconnues, et si l'Eglise d'Orient les tolère aisément, elles ne sont traduites en latin qu'au XVIᵉ siècle. Pourtant, l'Occident n'a pas beaucoup tardé pour glorifier, par ses

propres moyens quoique toujours sous inspiration orthodoxe, la vie de Marie. La première poésie latine « Maria » sur
la naissance de Marie est due à la religieuse Hroswitha de
Gandersheim (morte avant 1002), dramaturge et poète.

L'ascétisme du IVe siècle, développé par les Pères de
l'Eglise, se greffera sur cette verve apocryphe pour développer et rationaliser le postulat de l'immaculée conception. La
démonstration sera fondée sur une relation logique simple :
l'implication entre la sexualité et la mort. Puisqu'elles s'impliquent mutuellement, on ne saurait éviter l'une sans fuir
l'autre. Cet ascétisme applicable aux deux sexes est formulé
vigoureusement par saint Jean Chrysostome (*De la Virginité :*
« Car là où il y a mort, il y a aussi copulation sexuelle ; et
là où il n'y a pas de mort, il n'y a pas non plus de copulation
sexuelle ») ; quoique combattu par saint Augustin et saint
Thomas, il n'a pas moins irrigué la doctrine chrétienne.
Ainsi, Augustin condamne la « concupiscence » (*epithumia*)
et pose que la virginité de Marie n'est en fait qu'un préalable
logique pour la chasteté du Christ. L'orthodoxie, héritière
sans doute d'un matriarcat plus violent dans les sociétés
d'Europe orientale, insiste plus franchement sur la virginité
de Marie. On opposera Marie à Eve, la vie à la mort (saint
Jérôme, *Lettre 22* : « La mort vint par Eve, mais la vie vint
par Marie » ; Irénée : « Par Marie, le serpent devient colombe
et nous nous libérons des chaînes de la mort ») ; on s'engagera même dans des débats tortueux pour démontrer que
Marie reste vierge après son accouchement (ainsi le
Deuxième concile de Constantinople, en 381, sous l'influence
de l'arianisme, accentue le rôle de la Vierge par rapport au
dogme officiel et proclame la perpétuelle virginité de Marie ;
le concile de 451 la dira *Aeiparthenos* : toujours vierge). Ceci
établi, Marie peut être proclamée non plus Mère de l'homme
ou Mère du Christ, mais Mère de Dieu : *Theotokos* — c'est ce
que fera le patriarche Nestor pour la déifier définitivement.

Tête couchée, nuque en-
fin délassée, peau-sang-
nerfs chauffés, coulant lumineux : courant de che-
veux en ébène, en nectar,
smooth darkness through
her fingers, miel étince-
lant sous les ailes des abeil-
les, sparkling fils bur-
ning bright... soie, mercure,
cuivre ductile : lumière
congelée chauffée sous les
doigts. Toison de bête —
écureuil, cheval et le bonheur d'une tête sans visage,
narcisse du toucher sans
yeux, le regard fondu dans
des muscles, des poils, des
couleurs lourdes, lisses, pai-
sibles. Maman : anamnèse.

*

Tympan tendu arrachant
du son au silence sourd. Du
vent dans les herbes, un cri
lointain de mouette, échos
de vagues, de klaxons, de
voix, ou rien ? Ou ses pleurs
à lui, mon nouveau-né,
spasme du vide syncopé. Je
n'entends plus rien mais le
tympan continue à trans-
mettre ce vertige sonore à

Dans la très complexe re-
lation entre le Christ et sa
Mère où se nouent les relations de Dieu à l'humani-
té, de l'homme à la femme,
du fils à la mère, etc., apparaîtra très vite la problématique du *temps* parallèle à
celle de la *cause*. — Si
Marie est antérieure au
Christ et s'il s'origine d'elle
ne serait-ce que du point de
vue de son humanité, la
conception de Marie elle-
même ne devrait-elle pas être
aussi immaculée ; car, dans
l'hypothèse contraire, comment un être conçu dans le
péché et le portant en soi-
même donnerait-il lieu à
un Dieu ? Des apocryphes
n'avaient pas hésité, sans
trop de précautions, à sugge-
rer cette absence de péché
dans la conception de Marie,
mais les Pères de l'Eglise
sont plus prudents. Saint
Bernard répugne à célébrer
la conception de Marie par
sainte Anne, et essaie ainsi
de freiner l'homologation de
Marie au Christ. Mais c'est
Duns Scot qui transforme
cette hésitation autour de

mon crâne, aux cheveux. Mon corps n'est plus à moi, il se tord, souffre, saigne, s'enrhume, met ses dents, bave, tousse, se couvre de boutons et rit. Pourtant, quand sa joie à lui, mon enfant, revient, son sourire ne me lave que les yeux. Mais la douleur, sa douleur — elle m'arrive de dedans, ne reste jamais séparée, autre, elle m'embrase aussitôt, sans une seconde de répit. Comme si c'était elle que j'avais mise au monde et qui, ne voulant pas se détacher, s'obstinait à me revenir, m'habitait en permanence. On n'accouche pas dans la douleur, on accouche la douleur : l'enfant la représente et elle s'installe désormais, permanente. Evidemment, vous pouvez fermer les yeux, boucher les oreilles, faire des cours, des courses, ranger la maison, penser aux objets, aux sujets. Mais une mère est toujours marquée par la douleur, elle y succombe. « Et toi, une épée te passera au travers de l'âme... »

la promotion d'une déesse mère dans le christianisme en problème logique, pour les sauvegarder toutes les deux, la Grande Mère aussi bien que la logique. Il considère la naissance de Marie comme une *praeredemptio* au titre d'un argument de congruité : s'il est vrai que seul le Christ nous sauve par sa rédemption sur la croix, la Vierge qui le porte ne peut qu'être préservée du péché « récursivement » depuis sa propre conception jusqu'à ladite rédemption.

Pour ou contre, dogmes ou astuces logiques, la bataille autour de la Vierge se durcira entre jésuites et dominicains, mais la Contre-Réforme finira, on le sait, par vaincre les résistances : désormais, les catholiques vénéreront Marie en elle-même. La Compagnie de Jésus aura réussi à achever un processus de pression populaire distillé par l'ascétisme de la patristique et à résorber, sans hostilité explicite ni rejet brutal, la part de

*

Rêve sans lueur, sans son, rêve de muscles. Noire torsion, douleurs du dos, des bras, des cuisses — tenailles devenues fibres, brasiers éclatant des nervures, pierres brisant les os : broyeuses des volumes, des étendues, des espaces, des lignes, des points. Que de mots maintenant, toujours du visible pour marquer le fracas d'un silence qui fait mal partout. Comme si un fantôme de géométrie pouvait souffrir en s'effondrant dans un tumulte sans bruit... Pourtant l'œil ne captait rien, l'oreille restait sourde. Mais ça grouillait et s'écroulait, ça se tordait, se cassait — le broiement continuait... Alors, lentement, une ombre s'amassa, se détacha, brunit et se profila : vu de ce que doit être la vraie place de ma tête, c'était le flanc gauche de mon bassin. Rien qu'osseux, lisse, jaune, difforme, un bout de mon corps s'avançant contre nature,

Maternel (au sens dit plus haut) utile à un certain équilibre entre les deux sexes. Curieusement et nécessairement, c'est lorsque cet équilibre commençait à être gravement menacé au XIXᵉ siècle, que l'Eglise catholique — plus dialectique et plus subtile en cela que les protestants qui engendraient déjà les premières suffragettes — donna à l'Immaculée Conception le statut de dogme en 1854. On suggère souvent que la floraison du féminisme dans les pays protestants est due, entre autres, à la plus grande initiative qui y est donnée aux femmes sur le plan social et rituel. Il est permis de se demander si, en outre, cette éclosion n'est pas le résultat d'un *manque* dans l'édifice religieux protestant à l'endroit du Maternel qui, au contraire, fut élaboré dans le catholicisme avec le raffinement auquel les jésuites ont donné la dernière touche, et qui rend encore le catholicisme très difficilement analysable.

L'accomplissement, sous

contre symétrie, mais coupé : surface d'écaille tranchée, découvrant sous ce membre pointu démesuré, les fibres d'une moelle... Placenta congelé, branche vivante d'un squelette, greffe monstrueuse de vie dans cette morte vivante que je suis... Vie... mort... indécidable. A l'accouchement elle est partie à gauche avec le placenta... ma moelle enlevée qui fait pourtant greffe, qui me blesse mais m'augmente. Paradoxe : privation et acquis de l'enfantement. Mais un calme survole enfin la douleur, la terreur de cette branche sèche qui revit coupée, blessée, privée de son écorce miroitante. Calme d'une autre vie, la vie de cet autre, qui chemine, alors que je reste désormais comme une ossature. Nature morte. Cependant, il y a lui, sa chair à lui, qui fut mienne hier. La mort, alors, comment pourrais-je y succomber ?

le nom de Marie, d'une totalité faite de femme et de Dieu, se produit enfin par l'évitement de la mort. La Vierge Mère connaît un sort plus radieux que son fils : n'ayant pas subi de calvaire, elle n'a pas de tombeau, elle ne meurt pas et donc n'a pas besoin de ressusciter. Marie ne meurt pas, mais comme en écho aux croyances orientales et, entre autres, taoïstes où les corps humains passent d'un lieu à l'autre dans ce flux éternel qui est en lui-même un calque du réceptacle maternel — elle transite.

La transition est plus passive dans l'Eglise d'Orient : elle est une Dormition (*Koimesis*) lors de laquelle, selon certaines représentations iconographiques, on voit Marie se transformer en petite fille dans les bras de son fils devenu désormais son Père ; elle inverse ainsi son rôle de Mère en rôle de Fille pour la plus grande joie des amateurs des « Trois coffrets » de

Freud...

En effet, *mère* de son fils et *fille* de celui-ci, Marie est aussi, et en outre, son *épouse* : elle réalise par conséquent la triple métamorphose d'une femme dans le système le plus étroit de la parenté. Depuis 1135, transposant le Cantique des Cantiques, Bernard de Clairvaux glorifie Marie dans son rôle de bien-aimée et d'épouse. Mais déjà sainte Catherine d'Alexandrie (martyrisée en 307) se voyait recevant l'anneau nuptial de la part du Christ aidé par la Vierge, tandis que sainte Catherine de Sienne (morte en 1380) fait un mariage mystique avec lui. Est-ce l'impact de cette fonction de Marie bien-aimée et épouse du Christ qui est à la base de l'épanouissement du culte marial en Occident après saint Bernard et grâce aux cisterciens ? *« Vergine Madre, figlia del tuo Figlio »*, s'exclame Dante qui condense peut-être le mieux cette réunion des trois fonctions féminines (fille-épouse-mère) en une totalité où elles s'effacent en tant que corporalités spécifiques tout en préservant leurs fonctions psychologiques. Leur nœud constitue le fondement de la spiritualité immuable et intemporelle : « terme fixe d'un éternel dessein », précise magistralement *La Divine Comédie*.

La transition est plus active en Occident, Marie s'élevant corps et âme vers l'autre monde en une *Assomption*. Cette fête, célébrée à Byzance dès le IVe siècle, arrive en Gaule au VIIe siècle sous l'influence de l'Eglise d'Orient, mais les premières visions occidentales de l'assomption de la Vierge, visions de femmes (notamment d'Elisabeth de Schonan, morte en 1164) ne datent que du XIIe siècle. L'Assomption ne deviendra un dogme pour le Vatican qu'en 1950. Pour calmer quelle angoisse de mort à l'issue de la plus meurtrière des guerres ?

Figure du pouvoir

Côté « pouvoir », *Maria Regina* apparaît en image dès le
VIᵉ siècle, dans l'église Santa Maria Antiqua à Rome. Il est
intéressant de noter que c'est elle, femme et mère, qui se
charge de représenter la puissance terrestre suprême. Le
Christ est roi, mais ce n'est pas lui ni son Père qui sont
imaginés portant couronnes, diadèmes, riches attirails et autres signes externes d'abondants biens matériels. C'est sur la
Vierge Mère que se centralise cette entorse opulente à l'idéalisme chrétien. Plus tard, lorsqu'elle prendra le titre de *Notre
Dame*, ce sera aussi par analogie avec le pouvoir terrestre de
la noble dame féodale des cours médiévales. Cette fonction de
Marie-dépositaire du pouvoir, freinée plus tard par l'Eglise
qui commence à s'en méfier, ne perdure pas moins dans la
représentation populaire et picturale, comme en témoigne
l'impressionnant tableau *Madona della Misericordia* de Piero
della Francesca, désavoué en son temps par les autorités
catholiques. Pourtant, non seulement la papauté vénère de
plus en plus la mère christique au fur et à mesure que se
renforce le pouvoir du Vatican sur les villes et les communautés, mais elle identifie franchement sa propre institution
avec la Vierge : Marie est officiellement proclamée Reine par
Pie XII en 1954, et *Mater Ecclesiae* en 1964.

Eia Mater, fons amoris !

Des aspects fondamentaux de l'amour occidental convergent enfin sur Marie. Dans un premier temps, il semble bien
que le culte marial homologuant Marie à Jésus et poussant à
l'extrême l'ascétisme, se soit opposé à l'amour courtois pour

la noble dame, qui, tout en représentant une transgression sociale, n'avait cependant rien d'un péché physique ou moral. Pourtant, dès cette aube de la « courtoisie » encore très charnelle, Marie et la Dame partageaient les traits communs d'être les points de mire des désirs et des aspirations des hommes. Par ailleurs, du fait d'être unique, d'exclure toute autre femme, la Dame comme la Vierge incarnaient une autorité absolue d'autant plus attirante qu'elle apparaissait soustraite à la sévérité paternelle. Ce pouvoir féminin devait être vécu comme un pouvoir dénié, plus agréable à prendre car à la fois archaïque et second, une sorte d'ersatz du pouvoir effectif dans la famille et la cité mais non moins autoritaire, double sournois de la puissance phallique explicite. Dès le XIIIᵉ siècle, l'implantation du christianisme ascétique aidant et surtout, dès 1328, grâce à la promulgation des lois saliques qui excluaient les filles de la succession et rendaient ainsi l'aimée très vulnérable, colorant l'amour pour elle de toutes les teintes de l'impossible, le courant marial et le courant courtois se rejoignent. Autour de Blanche de Castille (morte en 1252), la Vierge devient explicitement le centre de l'amour courtois, agglomérant les qualités de la femme désirée et celles de la sainte mère dans une totalité aussi accomplie qu'inaccessible. De quoi faire souffrir toute femme, rêver tout homme. On trouve en effet, dans un *Miracle de Notre Dame*, l'histoire d'un jeune homme qui abandonne sa fiancée pour la Vierge : celle-ci lui apparaît en rêve pour lui reprocher de l'avoir quittée pour une « terrienne femme ».

Cependant, à côté de cette totalité idéale qu'aucune femme singulière ne saurait incarner, la Vierge devient aussi le point d'ancrage de l'humanisation de l'Occident et de l'humanisation de l'amour en particulier. C'est toujours vers le XIIIᵉ siècle, avec saint Fran-

Odeur de lait, verdure en rosée, acide et claire, rappel du vent, de l'air, des algues (comme si un corps vivait

sans déchet) : elle glisse sous ma peau, ne reste pas à la bouche ni au nez mais caresse les veines, décolle l'épiderme des os, m'enfle comme un ballon d'ozone, et je plane les pieds bien calés sur terre pour le porter, sûre, stable, indéracinable, pendant qu'il danse dans mon cou, flotte avec mes cheveux, cherche à droite à gauche une épaule douce, slips on the brest, swingles, silver vivid blossom of my belly, et s'envole enfin sur mon nombril dans son rêve porté par mes mains. Mon fils.

*

Nuit de veille, sommeil épars, douceur de l'enfant, mercure chaud dans mes bras, caresse, tendresse, corps sans défense, le sien ou le mien, abrité, protégé. Une vague repart, lorsqu'il s'endort, sous ma peau — ventre, cuisses, jambes : sommeil des muscles, pas du cerveau, sommeil de la chair. La langue veillant se

çois, que cette tendance prend corps par la représentation de Marie pauvre, modeste et humble — madone de l'humilité en même temps que mère dévouée et tendre. La célèbre *Nativité* de Piero della Francesca à Londres, dans laquelle Simone de Beauvoir a vu trop rapidement une défaite féminine puisque la mère s'agenouille devant son fils à peine né, condense en fait le nouveau culte de la sensibilité humaniste. Il remplace la haute spiritualité qui assimilait la Vierge au Christ, par une perception charnelle d'une mère tout humaine. Source des images pieuses les plus vulgarisées, cette humilité maternelle se rapproche plus que les représentations antérieures du « vécu » féminin. Mais en outre, s'il est vrai qu'elle absorbe un certain masochisme féminin, elle en étale aussi la contrepartie de gratification et de jouissance. Tant il est vrai que la tête baissée de la mère devant son fils ne l'est pas sans orgueil incommensurable de

rappelle doucement un autre abandon, le mien : du plomb fleuri au fond d'un lit, d'un creux, d'une mer... Enfance retrouvée, paix recréée, rêvée, en étincelles, flash des cellules, instants de rire, sourire dans le noir du rêve, la nuit, joie opaque qui m'enracine dans son lit à elle, ma mère, et le projette lui, un fils, papillon buvant la rosée de sa main, là, à côté, dans la nuit. Seuls : elle, moi et lui.

Il revient du fond du nez, de la glotte, des poumons, des oreilles, perce leur coton maladie étouffant bouchant, et s'éveille dans ses yeux. Douceur du visage endormi, relief de jade rosé — front, sourcils, narines, joues, traits entrouverts de la bouche, menton fragile, dur, pointu. Sans pli ni ombre, ni étant ni néant, ni présent ni absent, mais réel, innocence réelle, inaccessible, poids attachant et légèreté séraphique. Enfant ? — Ange, lueur dans une toile italienne, rêve impassible, paisible — drogue des pê-

celle qui se sait aussi son épouse et sa fille. Elle se sait promise à cette éternité (spirituelle ou d'espèce) qu'aucune mère n'ignore inconsciemment, et par rapport à laquelle le dévouement ou même le sacrifice maternel n'est qu'un prix dérisoire à payer. Prix d'autant plus aisément supportable qu'en face de l'amour qui lie la mère et son fils, le reste des « rapports humains » éclate comme un flagrant simulacre. La représentation franciscaine de la Mère traduit bien des aspects essentiels de la psychologie maternelle, entraînant ainsi l'afflux du peuple dans les églises en même temps qu'un formidable accroissement du culte marial, comme en témoigne la construction des nombreuses églises qui lui sont dédiées (« Notre Dame »). Cette humanisation du christianisme par le culte de la Mère conduit aussi à s'intéresser à l'humanité de l'homme-père : la célébration de la « vie de famille » mettra Joseph en valeur dès le XVe siècle.

cheurs en **Méditerranée. Et puis, la goutte de nacre s'éveille : mercure agile. Frisson des cils, imperceptible torsade des sourcils, la peau frémissant, reflets inquiets cherchant sachant et revenant de leur savoir sur mon non-savoir : ironie fugace de la douceur enfantine qui s'éveille au sens, le surpasse, le dépasse, me fait planer en musique, en danse. Raffinement impossible, viol subtil des gènes hérités : avant que l'appris ne vienne le bombarder, durcir, mûrir. Dure, douceur espiègle de la première maladie vaincue, sagesse innocente de la première épreuve traversée, reproche encore plein d'espoir pour les souffrances dans lesquelles je t'ai plongé en t'appelant, désirant, créant... Douceur, sagesse, reproche : ton visage est déjà humain, la maladie t'a fait rejoindre notre espèce, tu parles sans parole mais ta gorge ne gazouille plus — elle écoute avec moi le silence de ton sens né qui tire mes larmes vers le sourire.**

Quel corps

Du corps virginal nous n'aurons droit qu'à l'oreille, aux larmes et aux seins. Que l'organe sexuel féminin se soit transformé en cette innocente coquille réceptacle du son, peut éventuellement contribuer à érotiser l'écoute, la voix, voire l'entendement. Mais, du même mouvement, la sexualité se trouve rabaissée au rang de sous-entendu. L'expérience sexuelle féminine s'ancre ainsi dans l'universalité du son, puisque l'esprit est *également* donné à tous les hommes, à toutes les femmes. Une femme n'y aura le choix que de se vivre soit *hyper-abstraite* (« immédiatement universelle », disait Hegel) pour mériter ainsi la grâce divine et l'homologation à l'ordre symbolique ; soit rien que *différente*, autre, chue (« immédiatement particulière », disait Hegel). Mais elle ne pourra pas accéder à sa complexité d'être

*

L'amant parti : vient l'oubli, mais le plaisir des sexes demeure, et rien ne manque. Aucune représentation, sensation, rappel. Brasier du vice. Plus tard, l'oubli revient, mais cette fois comme chute — du plomb — gris, fade, opaque. Oubli : mousse aveuglante, étouffante mais en douce. Comme le brouillard qui mange le parc, engloutit les branches, efface le sol vert rouille et brouille mes yeux.

Absence, brasier, oubli. Scansion de nos amours.

Demeure, à la place du cœur, une faim. Spasme qui s'étale, parcourt les vaisseaux, jusqu'aux bouts des seins, jusqu'aux bouts des doigts. Palpite, troue le vide, l'efface et s'installe peu à peu. Mon cœur : une immense plaie battante. Une soif.

Angoissée, coupable. Le *Vaterkomplex* de Freud sur l'Acropole ? L'impossibilité d'être sans légitimation réi- partagée, d'hétérogène, de pli-catastrophe-de-l'« être » (« jamais singulière », disait Hegel).

Sous sa large robe bleue, le corps maternel virginal ne laissera apparaître que le sein, tandis que le visage, assouplissant peu à peu la rigidité des icônes byzantines, se couvrira de larmes. Lait et pleurs seront les signes par excellence de la *Mater dolorosa* qui envahira l'Occident depuis le XIᵉ siècle pour atteindre son apogée au XVIᵉ siècle. Mais elle ne cessera d'habiter les visions mariales de ceux ou celles (souvent enfants, enfantes) que déchirait l'angoisse d'une frustration maternelle. Que l'oralité — seuil de la régression enfantine — se manifeste côté sein, tandis que le spasme à l'éclipse de l'érotisme se déverse côté larmes, ne saurait cacher ce que lait et larmes ont de commun : d'être les métaphores du non-langage, d'un « sémiotique » que la communication linguistique ne recouvre pas. La Mère et ses attributs évoquant l'hu-

térée (sans livres, homme, famille). Impossibilité — possibilité déprimante — de la « transgression ».

Soit du refoulement où *Je* passe à l'Autre ce que je désire des autres.

Soit ce soufflement du vide, plaie ouverte en mon cœur qui ne me fait être qu'en purgatoire.

Je désire la Loi. Et puisqu'elle n'est pas faite pour moi seule, je me risque à désirer hors la loi. Alors, le narcissisme ainsi éveillé qui se veut sexe, erre soufflé. Dans le transport des sens, je suis désemparée. Rien ne rassure car seule la loi fixe. Qui appelle cette souffrance jouissance ? C'est le plaisir des damnés.

manité douloureuse, deviennent ainsi les représentants d'un « retour du refoulé » dans le monothéisme. Ils rétablissent le non-verbal et se présentent comme le réceptacle d'une modalité signifiante plus proche des processus dits primaires. Sans eux la complexité du Saint-Esprit aurait été mutilée. En revanche, revenant par la Vierge Mère, ils trouvent leur éclosion dans l'art — peinture et musique — dont la Vierge sera nécessairement à la fois la patronne et l'objet privilégié.

On voit ainsi se dessiner la fonction de ce « Maternel virginal » dans l'économie symbolique occidentale : de la haute sublimation christique à laquelle elle aspire et qu'elle dépasse par moments, aux régions extralinguistiques de l'innommable, la Vierge Mère occupe l'immense territoire qui s'étend en deçà et au-delà de la parenthèse du langage. Elle ajoute à la Trinité chrétienne et au Verbe qui en trace la cohérence, cette hétérogénéité qu'ils récupèrent.

La mise en ordre de la libido maternelle atteint son apothéose autour du thème de la mort. La *Mater dolorosa* ne connaît de corps masculin que celui de son fils mort, et son seul pathos (qui tranche avec la douce sérénité un peu ab-

sente des Madones allaitantes) est celui des larmes sur un
cadavre. Puisque résurrection il y a, et que, Mère de Dieu,
elle doit le savoir, rien ne justifie cette crise de douleur de
Marie aux pieds de la croix, si ce n'est le désir d'éprouver
dans son propre corps la mise à mort de l'homme que lui
épargne son destin féminin d'être la source de la vie. L'amour
aussi obscur que millénaire des pleureuses pour les cadavres
puiserait-il à la même aspiration d'une femme que rien ne
comble — l'aspiration d'éprouver la douleur toute masculine
d'un homme expirant à chaque instant de jouissance par
l'obsession de sa mort ? Pourtant, la douleur mariale n'a rien
d'un débordement tragique : la joie et même un certain
triomphe succèdent aux larmes, comme si la conviction que
la mort n'existait pas était une irraisonnable mais inébranla-
ble certitude maternelle, sur laquelle devait s'appuyer le principe de la résurrection. La figure magistrale de cette torsade
entre un désir pour le cadavre masculin et une dénégation de
la mort, torsade dont on ne saurait passer sous silence la
logique paranoïde, est magistralement posée par le fameux
Stabat Mater. Il est probable que toutes les croyances de
résurrections s'enracinent dans des mythologies à forte pré-
dominance de déesse mère.

La croyance dans la mère s'enracine dans la peur fascinée d'une pauvreté : la pauvreté du langage. Si le langage est impuissant de me situer et de me dire pour l'autre, je présume — je veux croire — qu'il y a quelqu'un qui supplée à cette pauvreté. Quelqu'un, quelqu'une *avant* que ça ne parle, avant que la langue

Le christianisme, il est vrai,
trouve sa vocation dans le
déplacement de ce détermi-
nisme bio-maternel par le
postulat que l'immortalité est
principalement celle du Nom
du Père. Mais il n'arrive pas
à imposer *sa* révolution
symbolique sans s'appuyer
sur la représentation féminine d'une biologie immor-
telle. N'est-ce pas Marie bra-

ne me fasse être à coups de frontières, de séparations et de vertiges. En affirmant qu'au « commencement était le Verbe », les chrétiens devaient trouver ce postulat suffisamment dur à croire pour l'accompagner, à toutes fins utiles, de sa contrepartie, doublure permanente : par le réceptacle maternel, fût-il purifié par le fantasme de virginité. L'amour archaïque maternel serait un englobement de ma souffrance qui ne défaille pas, comme il arrive souvent au filet lacunaire des signes. En ce sens, toute croyance, par définition angoissée, se soutient de cette peur fascinée de l'impuissance du langage. Tout Dieu et jusqu'à celui du Verbe, repose sur une Déesse-mère. Le christianisme est peut-être aussi la dernière des religions pour avoir exhibé en pleine lumière cette structure bipolaire de la croyance : d'un côté, la difficile aventure du Verbe : une passion ; de l'autre — le rassurant enrobement dans

vant la mort que nous transmettent les nombreuses variations du *Stabat Mater* qui, dans le texte attribué à Jacopone da Todi, nous enivre aujourd'hui en musique, de Palestrina à Pergolèse, Haydn et Rossini ?

Ecoutons le baroquisme du jeune Pergolèse (1710-1736) mourant de tuberculose en écrivant son immortel *Stabat Mater*. Son invention musicale qui, à travers Haydn, résonnera chez Mozart, est sans doute sa seule et unique immortalité. Mais lorsque jaillit ce cri, s'agissant de Marie devant la mort de son fils : *« Eia mater, fons amoris ! »* (« Salut mère, source de l'amour »), — est-ce seulement un résidu d'époque ? L'homme surmonte l'impensable de la mort, en postulant en son lieu — en lieu et place de la mort et de la pensée — l'amour maternel. Cet amour, dont l'amour divin ne sera qu'une dérivation pas toujours convaincante, est peut-être psychologiquement un rappel, en deçà des

le mirage préverbal de la mère : un amour. C'est pourquoi il ne semble exister qu'une seule façon de traverser la religion du Verbe comme son pendant, le culte plus ou moins discret de la Mère : la façon des « artistes », ceux qui compensent le vertige de la pauvreté langagière par la sursaturation des systèmes de signes. En ceci, tout art est une sorte de Contre-Réforme, un baroquisme assumé. Car n'est-il pas vrai que si les jésuites ont fini par faire admettre à l'Eglise officielle le culte virginal, après le passage puritain des réformés, ce dogme ne fut en fait qu'un prétexte, et son efficace fut ailleurs. Il devint non pas le contraire du culte maternel, mais son renversement par sa dépense dans cette profusion de signes qu'est le baroque. Lequel rend inutile la croyance dans la Mère, puisqu'il excède la pauvreté symbolique où elle se réfugie retirée de l'histoire, par une surabondance de discours.

premières identifications, de l'abri primitif qui assurait la survie du nouveau-né. Cet amour est en fait, logiquement, un déferlement de l'angoisse au moment même où s'effondre l'identité de la pensée et du corps vivant. Les possibilités de communication balayées, on ne préserve comme ultime rempart contre la mort que la gamme subtile des traces sonores, tactiles, visuelles plus anciennes que le langage et à nouveau élaborées. Rien de plus « normal » qu'une représentation maternelle vienne s'ériger à l'endroit de cette angoisse tamisée dite amour. Personne n'y échappe. Sauf peut-être le saint, le mystique ou cet écrivain qui, par la force du langage, n'arrive pourtant à rien de mieux qu'à démonter la fiction de la mère-support de l'amour, et à s'identifier à l'amour lui-même comme ce qu'il est en fait : *un feu de langues*, une sortie de la représentation. L'art moderne n'est-il pas alors, pour les rares qui s'y attachent, la

*

Incommensurable, illocalisable corps maternel.

Il y a d'abord ce partage antérieur à la grossesse mais que la grossesse fait apparaître et impose sans issue.

— D'un côté — le bassin : centre de gravité, terre immuable, socle solide, lourdeur et poids auxquels adhèrent les cuisses que rien, à partir de là, ne prédestine à l'agilité. De l'autre — le buste, les bras, le cou, la tête, le visage, les mollets, les pieds : vivacité débordante, rythme et masque, qui s'acharnent à compenser l'immuabilité de l'arbre central. Nous vivons sur cette frontière, êtres de carrefour, êtres de croix. Une femme n'est ni nomade, ni corps mâle qui ne se trouve charnel que dans la passion érotique. Une mère est un partage permanent, une division de la chair même. Et par conséquent, une division du langage — depuis toujours.

mise en œuvre de cet amour maternel — voile de la mort, en son lieu même et en connaissance de cause ? Une célébration sublimée de l'inceste...

Seule de son sexe

Freud collectionnait, entre autres objets d'art et d'archéologie, d'innombrables statuettes représentant des déesses mères. Cet intérêt n'apparaît pourtant que discrètement dans l'œuvre du fondateur de la psychanalyse. Il se manifeste lorsque Freud interroge la création artistique et l'homosexualité à propos de Léonard et qu'il y déchiffre l'emprise d'une mère archaïque vue par conséquent du côté de ses effets sur l'homme et plus particulièrement sur cette étrange fonction qu'il a parfois de changer les langages. Par ailleurs, lorsque Freud analyse l'avènement et les mutations du monothéisme, il souligne que le christianisme s'approche des mythes

Il y a ensuite cet autre abîme qui s'ouvre entre ce corps et ce qui a été son dedans : il y a l'abîme entre la mère et l'enfant. Quel rapport entre moi, ou même plus modestement entre mon corps, et ce pli-greffe interne qui, le cordon ombilical coupé, est un autre inaccessible ? Mon corps et... lui. Aucun rapport. Rien à voir. Et ceci dès les premiers gestes, cris, pas, beaucoup avant que *sa* personnalité ne soit devenue mon opposante : l'enfant, *il* ou *elle*, est irrémédiablement un autre. Qu'il n'y ait pas de rapports sexuels est un maigre constat devant cet éclair qui m'éblouit face à l'abîme entre ce qui fut mien et n'est désormais qu'irrémédiablement étranger. Essayer de penser cet abîme : hallucinant vertige. Aucune identité n'y tient. L'identité d'une mère ne se soutient que par la ferme-ture bien connue de la cons-cience dans la somnolence de l'habitude, où une femme se protège de la frontière qui

païens en intégrant, à travers et contre la rigueur judaïque, une reconnaissance précons-ciente d'un féminin mater-nel. Pourtant, on cherche en vain parmi les patientes ana-lysées par Freud des mères avec leurs problèmes. A croire que la maternité était une solution de la névrose, et qu'elle écartait *ipso facto* une femme de cette autre solution que pouvait être la psycha-nalyse. Ou bien qu'à cet en-droit, la psychanalyse passe la main à la religion ? Schéma-tiquement, la seule chose que nous dit Freud de la maternité, est que le désir d'enfant est une transformation de l'envie de pénis ou de la pul-sion anale, ce qui lui permet de découvrir l'équation né-vrotique enfant-pénis-fèces. Nous voilà éclairés sur un ver-sant essentiel non seulement de la fantasmatique... mas-culine à l'égard de l'enfan-tement, mais aussi sur la fan-tasmatique féminine pour au-tant qu'elle épouse, en grande partie et dans ses labyrinthes hystériques, la masculine. Reste que sur la complexité

coupe son corps et l'expatrie de son enfant. Une lucidité, au contraire, la restituerait coupée en deux, étrangère à son autre — et terrain propice au délire. Mais aussi, et pour cela même, dans ses franges, la maternité nous destine à une jouissance insensée à laquelle répond, par hasard, le rire du nourrisson dans l'eau ensoleillée de l'océan. Quel rapport entre lui et moi ? Aucun rapport, sinon ce rire débordant où s'écroule quelque identité sonore, subtile, fluide, doucement soutenue par les vagues.

*

De cette époque de mon enfance, parfumée, chaude et douce au toucher, je ne garde qu'un souvenir d'espace. Aucun temps. Odeur de miel, rondeur des formes, et les embûches de l'expérience maternelle, Freud propose plutôt un *rien* massif que vient ponctuer, pour ceux qui voudraient l'analyser, tel propos de la mère de Freud lui démontrant dans la cuisine que son corps à lui, Freud, n'a rien d'immortel mais qu'il s'effritera comme de la pâte ; ou telle photo amère de Mme Marthe Freud, l'épouse, toute une histoire muette... Il restait donc aux successeurs un continent en effet tout noir à explorer, dans lequel Jung s'engouffra le premier en y laissant toutes les plumes de son ésotérisme, mais non sans attirer le regard sur quelques points chauds de l'imaginaire concernant la maternité et qui résistent encore à la rationalité analytique [1].

On pourra sans doute essayer d'aborder ce lieu obs-

[1]. Jung nota ainsi les relations « hiérogamiques » entre Marie et le Christ, de même que l'étrange sur-protection de la Vierge à l'égard du péché originel qui la met en marge de l'humanité ; il insista enfin beaucoup sur la reconnaissance par le Vatican de l'Assomption comme dogme, voyant dans ce fait un des mérites considérables du catholicisme face au protestantisme (C.G. Jung, *Réponse à Job*, trad. fr. Buchet-Chastel, 1964).

soie et velours sous mes doigts, sur les joues. Maman. Presque pas de vision — une ombre qui noircit, m'absorbe ou s'éclipse en éclairs. Presque pas de voix, dans sa présence placide. Sauf, peut-être et plus tardivement, l'écho des querelles : son exaspération, son ras-le-bol, sa haine. Jamais directe, toujours retenue, comme si, quoique méritée par l'enfant récalcitrant, la haine maternelle ne pouvait pas être reçue par la fille, ne lui était pas destinée. Une haine sans destinataire, ou plutôt, dont le destinataire n'était aucun « moi », et qui, troublée par cette absence de réception, s'atténuait en ironie ou s'écroulait en remords avant l'arrivée. Chez d'autres, cette aversion maternelle peut s'emballer dans un spasme tenu comme un orgasme qui tarde. Les femmes reproduisent sans doute, entre elles, la gamme cur qu'est la maternité pour une femme, en écoutant plus attentivement que jamais ce que disent les mères aujourd'hui, à travers leurs difficultés économiques et, au-delà de la culpabilité qu'un féminisme trop existentialiste leur a léguée, dans leurs malaises, insomnies, joies, rages, désirs, douleurs et bonheurs... On pourra, parallèlement, essayer de voir plus clair dans cette prodigieuse construction du Maternel que l'Occident s'est donnée par la Vierge et dont nous venons de tracer quelques épisodes d'une histoire qui n'arrête pas de finir.

Qu'est-ce qui donc, dans cette figure maternelle qui, seule de son sexe, dérogeait à chacun des deux sexes [1], a pu attirer les désirs d'identification des femmes aussi bien que les interventions bien précises de ceux qui se chargeaient de veiller sur l'ordre symbolique et social ?

---

1. Comme le dit Caelius Sedulius cité par Marina Warner, *op. cit.* : « Elle... n'a pas de pair / Ni dans la première ni dans aucune des autres femmes / qui devaient venir, mais unique de son sexe / elle a plu à Dieu. »

étrange du corps à corps oublié avec leur mère. Complicité dans le non-dit, connivence de l'indicible, du clin d'œil, d'un ton de la voix, du geste, d'une teinte, d'une odeur : nous sommes là-dedans, échappées de nos cartes d'identité et de nos noms, dans un océan de précision, une informatique de l'innommable. Pas de communication entre individus, mais correspondance d'atomes, de molécules, des brins de mots, des gouttes de phrases. La communauté de femmes est une communauté de dauphins. Inversement, lorsque l'autre femme se pose comme telle, c'est-à-dire comme singulière et forcément en s'opposant, « je » suis saisie au point que « je » n'y suis plus. Il reste deux voies alors à ce rejet qui signe la reconnaissance de l'autre femme comme telle. Ou bien, ne voulant pas la savoir, je l'ignore et, « seule de mon sexe », je lui tourne amicalement le dos : haine qui, n'ayant pas de destinataire suffisamment

Avançons, à titre d'hypothèse, que ce maternel virginal est une façon (pas des moins efficaces) de faire avec la paranoïa féminine.

— La Vierge assume son déni féminin de l'autre sexe (de l'homme) mais elle le subjugue en opposant à l'autre une troisième personne : Vierge, *je* ne conçois pas de *toi*, mais de *Lui*. Cela donne une conception immaculée (sans homme ni sexe par conséquent) mais conception néanmoins d'un Dieu dans l'existence duquel une femme est donc bien pour quelque chose à condition de s'y reconnaître soumise.

— La Vierge assume l'envie paranoïaque du pouvoir en faisant d'une femme une Reine aux cieux et une Mère des institutions terrestres (de l'Eglise). Mais elle arrive à juguler cette mégalomanie en la mettant à genoux devant l'enfant-dieu.

— La Vierge oblitère le désir de meurtre ou de dévoration par un fort investissement oral (le sein), par la valorisation de la douleur (le

digne de sa force, tourne en complaisance indifférente. Ou bien, outrée par son obstination à elle, à l'autre, de se croire singulière, je m'acharne contre sa prétention à la destination, et je ne trouve de répit que dans l'éternel retour des coups de force, des coups de haine — aveugles et sourds mais obstinés. Je ne la vois pas en elle-même, mais je vise, au-delà d'elle, la prétention à la singularité, cette ambition inadmissible d'être autre chose qu'une enfant, ou qu'un repli du plasma qui nous constitue, qu'une résonance du cosmos qui nous unifie. Ambition inconcevable que cette aspiration à la singularité non naturelle, en ce sens inhumaine, et que la rage éprise d'Unicité (« Il n'y a qu'Une femme ») ne peut que récuser en la condamnant « masculine »... Dans cette étrange balançoire féminine qui « me » fait basculer de la communauté innommable des femmes à la guerre des singularités individuelles, il

sanglot) et par l'incitation de remplacer le corps sexué par l'oreille de l'entendement.

— La Vierge assume le fantasme paranoïque d'être exclue du temps et de la mort, par la très flatteuse représentation de la Dormition ou de l'Assomption.

— La Vierge adhère surtout à la forclusion de l'autre femme (qui est sans doute fondamentalement une forclusion de la mère de la femme) en proposant l'image d'Une femme comme Unique : seule parmi les femmes, seule parmi les mères, seule parmi les humains puisque sans péché. Mais cette reconnaissance de l'aspiration à l'unicité est immédiatement matée par le postulat que l'unicité s'atteint uniquement à travers un masochisme exacerbé : une femme concrète digne de l'idéal féminin que la Vierge incarne comme pôle inaccessible, ne saurait être que nonne, martyre ou, si elle est mariée, en menant une existence qui l'extrait de cette condition « terrienne »

est troublant de dire « je ». Les langues des grandes civilisations anciennement matrilinéaires doivent éviter, évitent les pronoms personnels : elles laissent au contexte la charge de distinguer les protagonistes, et se réfugient dans les tons pour retrouver une correspondance sous-marine, transverbale des corps. Une musique dont la civilité dite orientale se déchire, à l'impromptu, par des violences, des meurtres, des bains de sang. Ne serait-ce ça, un discours de femmes ? Le christianisme n'a-t-il pas voulu, entre autre, figer cette balançoire ? L'arrêter, arracher les femmes à son rythme, et les installer définitivement dans l'esprit ? Trop définitivement...

et la voue à la plus haute sublimation étrangère à son corps. Une prime cependant : la jouissance promise.

Savant équilibre de concessions et de contraintes à la paranoïa féminine, la représentation de la maternité vierge semble couronner les efforts d'une société pour concilier, d'une part, les survivances sociales de la matrilinéarité et les besoins inconscients du narcissisme primaire, avec, d'autre part, les impératifs d'une nouvelle société basée sur l'échange et bientôt sur la production accélérée, qui exigent l'apport du surmoi et s'appuient sur l'instance paternelle symbolique.

Alors qu'aujourd'hui cette habile construction d'équilibre semble chanceler, la question se pose : à quels aspects du psychisme féminin cette représentation du maternel ne donne-t-elle pas de réponse ou bien ne donne-t-elle qu'une réponse ressentie par les femmes du XXᵉ siècle comme trop coercitive ?

Le non-dit pèse sans doute d'abord sur le corps maternel : aucun signifiant ne pouvant l'exhausser sans reste, car le signifiant est toujours sens, communication ou structure, tandis qu'une femme-mère serait plutôt un pli étrange qui altère la culture en nature, le parlant en biologie. Pour concerner chaque corps de femme, cette hétérogénéité insubsumable par le signifiant n'éclate pas moins violemment avec la grossesse (seuil de la culture et de la nature) et avec l'arrivée de l'enfant (qui extrait une femme de son unicité et lui donne une chance — mais non une certitude — d'accès à l'autre, à l'éthique). Ces particularités du corps maternel font d'une femme un être de plis, une catastrophe de l'être que ne saurait subsumer la dialectique de la trinité et ses suppléments.

Le silence n'est pas moins lourd sur la souffrance, corporelle et psychique, de l'accouchement et surtout de cette abnégation qui consiste à devenir anonyme pour transmettre la norme sociale qu'on peut désavouer pour soi-même, mais dans laquelle *on doit* inclure l'enfant pour l'éduquer dans la suite des générations. Souffrance doublée de jubilation — ambivalence du masochisme — par laquelle une femme, plutôt rétive à la perversion, s'autorise en fait un comportement pervers codé, fondamental, garantie ultime de la société, sans lequel cette société ne se reproduira pas et ne conservera pas sa constance de foyers normés. La perversion féminine n'est pas dans le morcellement ou la multiplication donjuanique des objets du désir, elle est immédiatement légalisée sinon paranoïsée par l'intervention du masochisme : tous les « dérèglements » sexuels seront admis et donc insignifiants pourvu qu'un enfant suture ces fuites. La « pèreversion » féminine se love dans le désir de la loi comme désir de reproduction et de continuité, elle promeut le masochisme féminin au rang de stabilisateur de la structure (contre ses écarts) et, par l'assurance qu'elle procure à la mère d'entrer ainsi dans un ordre qui dépasse la volonté des humains, lui donne sa prime de plaisir. Cette perversion codée, ce corps à corps du masochisme maternel avec la loi, les pouvoirs totalitaires de tout temps l'utilisent pour s'associer les fem-

mes, et, bien sûr, réussissent sans mal. Pourtant, il ne suffit
pas de « dénoncer » le rôle réactionnaire des mères au service
du « pouvoir mâle dominateur ». Il faudrait voir en quoi ce
rôle répond aux latences bio-symboliques de la maternité et,
à partir de là, essayer de comprendre comment, le mythe de
la Vierge ne les subsumant pas ou plus, leur déferlement
expose les femmes aux manipulations les plus redoutables,
quand ce n'est pas à l'aveuglement ou au rejet pur et simple
par le militantisme progressiste qui refuse d'aller y voir de
près.

Il y a aussi, parmi les oublis du mythe virginal, la guerre de
la fille avec sa mère, résolue magistralement mais trop rapidement par la promotion de Marie comme universelle et
particulière, mais jamais singulière : comme « unique de son
sexe ». Le rapport à l'autre femme est en train de poser à
notre culture, massivement depuis un siècle, la nécessité de
reformuler ses représentations de l'amour et de la haine,
héritées du *Banquet* de Platon, des troubadours ou de Notre
Dame. Sur ce plan aussi la maternité ouvre un horizon : une
femme traverse rarement (quoique non nécessairement) sa
passion (amour et haine) pour une autre, sans avoir pris la
place de sa propre mère — sans être devenue mère elle-
même, et surtout sans le long apprentissage de la différenciation des mêmes que lui impose le face à face avec sa fille.

Enfin, la forclusion de l'autre sexe (du masculin) ne semble
plus pouvoir se faire sous les auspices de la troisième personne hypostasiée par l'intermédiaire de l'enfant : « ni moi ni
toi, mais lui, l'enfant, le troisième, la non-personne, Dieu,
que je suis quand même en dernière instance... ». Puisque
forclusion il y a, elle demande désormais, pour que l'être
féminin qui s'y débat puisse s'y maintenir, non pas la déification du tiers mais des contre-investissements dans des valeurs
fortes, dans de forts *équivalents du pouvoir*. La psychose
féminine aujourd'hui se soutient et s'absorbe par la pas-

sion pour la politique, la science, l'art... Sa variante qui accompagne la maternité pourra, peut-être plus facilement que les autres, être analysée en ce qu'elle comporte comme rejet de l'autre sexe. Pour permettre quoi ? Sûrement pas une quelconque entente des « partenaires sexuels » dans l'harmonie préétablie de l'androgynat primordial. Mais pour conduire à la reconnaissance des irréductibles, des inconciliables intérêts des deux sexes dans l'affirmation de leurs différences, dans la recherche pour chacun — et pour les femmes après tout — d'une réalisation appropriée.

L'amour de Dieu et pour Dieu habite un hiatus : l'espace brisé qu'explicite le péché d'un côté, l'au-delà de l'autre. Discontinuité, manque et arbitraire : topographie du signe, de la relation symbolique qui place toute altérité comme impossible. L'amour ici n'est que de l'impossible.

Pour une mère, au contraire, étrangement, cet arbitraire qu'est l'autre (l'enfant) va de soi. Pour elle, l'impossible c'est comme ça : il se résorbe dans l'implacable. L'autre est inévitable, semble-t-elle dire, faites-en un Dieu si vous voulez, ça n'en est pas moins naturel car cet autre est quand même issu de moi qui n'est pas d'ailleurs moi mais un flux de germinations interminables, un cosmos éternel. L'autre va tellement de soi et de moi qu'à la limite il n'existe pas pour soi. Ce « quand même » de la quiétude maternelle plus obsti-

Voici donc quelques questions, entre autres, autour de cette maternité qui reste aujourd'hui, après la Vierge, sans discours. Elles posent en somme la nécessité d'une éthique pour ce « deuxième » sexe qu'on affirme en renaissance.

Rien ne dit pourtant qu'une éthique féminine soit possible, et Spinoza en excluait les femmes (avec les enfants et les fous). Or, si

née que le doute philosophique, ronge par son incrédulité fondamentale la toute-puissance du symbolique. Il contourne la dénégation perverse (« je sais bien mais quand même ») et constitue le fondement du lien social dans ce qu'il a de général au sens de « ressemblant aux autres, et en définitive à l'espèce ». Une telle attitude effraie si l'on pense qu'elle peut écraser tout ce que l'autre — l'enfant — a de spécifiquement irréductible : dans cette modalité de l'amour maternel s'enracine d'ailleurs la chape de plomb qu'il peut devenir, étouffant toute individualité différente. Mais c'est là aussi que trouve refuge l'être parlant lorsque craque sa carapace symbolique et apparaît cette crête où sa parole fait transparaître sa biologie : je pense au temps de la maladie, de la passion sexuelle-intellectuelle-physique, de la mort...

une éthique de la modernité ne se confond plus avec la morale ; si une éthique consiste à ne pas éviter l'embarrassante et inévitable problématique de la loi, mais à lui donner corps, langage et jouissance — alors sa reformulation exige la part des femmes. Des femmes porteuses du désir de reproduction (de stabilité). Des femmes disponibles pour que notre espèce parlante qui se sait mortelle puisse supporter la mort. Des mères. Car l'éthique hérétique dissociée de la morale, l'*héréthique*, n'est peut-être que ce qui, dans la vie, rend les liens, la pensée et donc la pensée de la mort, supportables : l'hérétique est a-mort, amour... *Eia mater, fons amoris*... Ecoutons donc encore le *Stabat Mater*, et la musique, toute la musique... elle engloutit les déesses et en dérobe la nécessité.

(1976)

VI

Maux d'amour :
le champ de la métaphore

A travers le miroir

Il peut paraître paradoxal de chercher le discours de la relation amoureuse dans des esthétiques limites. Etrange qu'au lieu de mettre en évidence le langage direct d'une idéalisation simple de l'objet aimé, on analyse des états douloureux ou extatiques où l'objet se dérobe. Un tel choix n'est pas dicté simplement par le fait que la mise en scène de la capture amoureuse dans un récit a été davantage explorée. Il est commandé essentiellement par deux observations.

La première, psychanalytique, consiste à soutenir [1] que l'expérience amoureuse repose sur le *narcissisme* et son aura de vide, de semblant et d'impossible, qui sous-tendent toute *idéalisation* également et essentiellement inhérente à l'amour. Plus encore, lorsque le consensus social favorise *peu* ou *pas du tout* une telle possibilité idéalisatrice, comme on peut l'observer dans l'époque actuelle (phénomène dont la crise religieuse et morale n'est qu'un aspect), cette déréalisation sous-jacente à l'idéalisme amoureux apparaît dans toute sa puissance.

En second lieu, la transposition dans le langage de cette

1. Cf. chap. I et III, 1.

idéalisation au plus près du refoulement originaire qu'est l'expérience amoureuse, suppose que l'écriture et l'écrivain investissent en premier lieu le langage précisément en tant qu'objet favori : lieu d'excès et d'absurde, d'extase et de mort. Une nomination de l'amour, qui met l'accent sur l'énonciation plus que sur l'énoncé (« Il faut que *je dise* au plus près de ce que je vis avec l'autre »), mobilise nécessairement, non pas la *parade* narcissique, mais ce qui nous est apparu comme une *économie* narcissique. Une telle parole amoureuse que nous verrons en état d'incertitude et de condensation métaphorique, dévoile la permanence de cette économie narcissique, y compris dans l'expérience amoureuse « anodine » qui n'ose pas se dire autrement qu'en surface, qui ne s'aventure pas à chercher sa logique en deçà du miroir où les amoureux se fascinent. De dire ainsi la vérité douloureuse mais aussi constituante de l'amour, cette écriture-là nous attire. Nous devenons ses lecteurs dans les intervalles de nos propres amours, lorsque nous sommes capables d'en supporter une vision moins pelliculaire, plus fondamentale : celle que nous ne pouvons pas forcément échanger avec nos partenaires, mais dont nos rêves, nos angoisses et nos jouissances portent les témoignages.

Du référent et du sujet de la métaphore

Appelons métaphore, au sens général d'un *transport de sens*, cette économie qui affecte le langage lorsque le sujet et l'objet de l'énonciation confondent leurs frontières. On pressent déjà qu'une des intentions de cette étude est de fonder une théorie de la métaphore sur certaines conditions spécifiques du sujet de l'énonciation. Ni récusation philosophique de la métaphore, ni extension (inversement symétrique) de son impact sur tout acte de langage, notre lecture de la métaphoricité suppose une distance théorique qui n'est pas non plus celle de la philosophie spéculative. C'est de la distance ambiguë, amoureuse, propre au transfert analytique, qu'elle s'autorise, en s'appuyant sur les analyses modernes (sémantiques, syntaxiques, discursives) de l'acte métaphorique[1]. Nous chercherons toutefois l'intelligibilité de cette métaphoricité élargie dans l'économie amoureuse du sujet de l'énonciation qui manifeste en métaphores l'acte complexe de l'identification (narcissisme *et* idéalisation).

« Le métaphorique n'existe qu'à l'intérieur des frontières de la métaphysique », postule Heidegger[2]. Cette affirmation est incontestable pour le champ de la métaphysique elle-même, et convient à la métaphoricité propre au discours philosophique qui a pu se perpétuer du fait même du bannissement de la métaphore[3]. Reprenons cependant, dans ce débat, quelques points qui sont essentiels à notre propos.

On connaît l'obsession du discours philosophique, depuis Platon (cf. le *Gorgias*, mais aussi le *Phèdre*), à établir cette ligne de démarcation entre philosophie et rhétorique qui est sa véritable condition d'existence.

Eidos, omoiosis, analogia

La problématique de la *ressemblance*, de ce qui « fait image », préoccupe, on le sait, toute la pensée platonicienne.

---

1. I.-A. Richards, *The Philosophy of Rhetoric*, 1936 ; M. Black, *Models and Metaphors*, 1962 ; R. Jakobson, « Deux aspects du langage et deux types d'aphasie », in *Essais de linguistique*, éd. de Minuit, t. I, 1965 ; « La Métaphore », in *Langages*, n° 54, Larousse, 1979.

2. *Der Satz vom Grund*, Pfullingen, Neske, 1957, p. 77-90, trad. fr., *Le Principe de raison*, Gallimard, 1962, p. 112-128.

3. La discussion que Paul Ricœur consacre à ce problème, ainsi qu'à la déconstruction métaphysico-métaphorique qui s'est ensuivie dans l'œuvre de J. Derrida, est lumineuse. Cf. *La Métaphore vive*, Seuil, 1975, p. 356 sq.

On a maintes fois montré, depuis Heidegger, comment la lumière, le « visible » et l'« image » se dissimulent dans l'« idée » et fondent la pensée elle-même au titre d'une métaphore lexicalisée, *eidos*. Détachons cependant de cette imagerie constitutive de l'*idée* la part de ressemblance qui, elle, étaye la métaphore. « *It is the east, and Juliet is the sun* », dit Roméo à Juliette, car Juliette et le soleil pour lui sont également éblouissants, ils se ressemblent de par leur éblouissement. *Omoioma, atos* : Platon emploie ce terme lorsqu'il disserte sur l'amour dans le *Phèdre*, et pose que l'âme amoureuse aperçoit une *omoioma*, une *imitation* des choses célestes dans celles d'ici-bas qui leur *ressemblent* et qui pour cela même la rendent amoureuse, c'est-à-dire la mettent hors d'elle. On est amoureux de ce qui ressemble à un idéal hors vue mais présent au souvenir : tout le mouvement du transport métaphorique est déjà dans cette relation d'*omoiosis* qui a l'avantage de mettre, dès l'aube de la pensée grecque, l'amour en connivence avec la mise en image, la ressemblance, l'homologation. L'ontologie grecque va enfouir ce mouvement, et nous le retrouverons, avec la même terminologie platonicienne, dans les Evangiles qui parlent d'*omoioma*, pour penser les rapports entre les Noms divins, ainsi que les rapports entre Dieu et les créatures (Paul, Rom., 6, 5). Cependant, en s'écartant de la métaphoricité amoureuse des Evangiles [1], c'est à la notion aristotélicienne d'*analogia* que s'intéressera la théologie médiévale, soumise comme elle fut à un effort de rendre pensable la sidération inhérente à l'*omoiosis* amoureuse et à la métaphore. La place d'Aristote est donc capitale dans cette « ontologisation de la métaphore » qu'est la création de la catégorie philosophique d'*analogie*. Ecartelé entre ontologie et théologie, la pensée d'Aristote ne cesse de viser leur conciliation qui, impossible, ruine en

1. Cf. chap. IV, 1, p. 178-180.

définitive sa visée ontologique [1]. Un des indices de ce conflit est l'effort de construire une langue philosophique univoque démarquée de toute poéticité et cependant attentive à certains effets signifiants de celle-ci.

Ayant donc écarté l'équivocité métaphorique hors du champ de la philosophie, Aristote ne cesse d'essayer de conquérir, dans ce champ même, « une parcelle d'équivocité [2] ». Il y réussit, d'une part, en affaiblissant progressivement la précision de la fonction prédicative (la copule prédicative peut s'entendre comme un *être dit de* — « Socrate est [dit] un homme », et comme un *être dans* — « Socrate est musicien », « musicien » étant un accident de la substance). Mais d'autre part et surtout, Aristote est conduit à parler d'*analogie* (dans un sens différent de celui qu'il donne à ce terme lorsqu'il le considère comme un cas de la métaphore), pour traiter l'aporie des « acceptions multiples de l'être ». Il y a un être, mais on peut le dire de diverses façons. Comment concilier ces deux postulats sinon par l'*analogie* ? En effet, ayant hérité du dehors de sa propre philosophie une théologie platonicienne de l'être-Un, Aristote est obligé de concilier son discours catégoriel sur le monde physique dans la diversité de ses acceptions catégorielles, avec ce *pros hen, ad unum*. L'*ousia* divine est constamment sous-jacente à l'unité catégoriale de l'être. C'est précisément ce que dira la *Métaphysique* en introduisant le terme d'analogie : « Les causes de toutes choses sont les mêmes par analogie », et encore : « Puis les causes des substances peuvent être considérées comme les causes de toutes choses [3]. » Le pensable, l'ontologique s'appuie sur un théologique impensable mais qui, fût-il impensable, et peut-être pour cela même, donne la structure

---

1. Ainsi que l'a montré J. Vuillemin, *De la logique à la théologie*, cinq études sur Aristote, Flammarion, 1967.

2. P. Ricœur, *op. cit.*, p. 344.

3. *Mét.* Λ 5, 1071 a 33-35.

de la recherche. L'*analogie* ainsi introduite sera d'abord de *proportion*, donc mathématique, avant de s'énoncer comme une analogie d'*attribution* [1]. En rompant avec la *poétique*, Aristote récupère *une certaine* métaphoricité au titre d'un autre discours, non plus métaphorique, mais transcendantal : l'analogie est le témoin de ce *pros hen, ad unum*, dans sa recherche. Et il faudra attendre tout le développement post-kantien de la logique positiviste, pour arriver avec Carnap et Russell à définir la prédication comme l'appartenance d'un élément à une classe, et dégager ainsi le problème de l'*attribution* de l'orbe de l'*analogie*. Ce qui se perd cependant en cours de route, ce sont les autres sens de la copule prédicative, et notamment sa fonction de désigner l'être en acte en suscitant par là même une interrogation sur l'acte même de l'énonciation. La récupération philosophique de l'analogie chez Aristote avait l'avantage d'ouvrir la question de l'*être* comme acte, et en même temps de soulever, ne serait-ce qu'implicitement, le problème de l'*acte de la nomination*. Certaines formulations aristotéliciennes le disent d'ailleurs assez nettement : la métaphore « signifie les choses en acte » (*Rhét.*, III, II, 1411, b, 24-25) ; « on peut imiter en racontant... ou en présentant tous les personnages comme agissant, comme en acte *(energountas)* » (*Poet.*, 1448 a 24) ; « c'est la fable qui est l'imitation de l'action » (*Poet.*, 1450 a).

N'oublions pas cet avantage, ne l'enfouissons pas dans le simple mouvement logique de la prédication ou de la prédication comme mouvement. Car cette dynamique nous éclairera sur la signification de l'autre métaphore, la vraie, la poétique. Soulignons simplement, en cet endroit, que l'analogie, fût-elle philosophique, s'impose à la pensée pour construire une recherche (non une science) onto-théologique (le

1. Cf. J. Vuillemin, *De la logique à la théologie*, Flammarion, 1967, p. 22.

terme est de Heidegger) tributaire de l'être *Un* et de l'*acte*.

D'autre part, la théologie médiévale, en se séparant à son tour de la métaphoricité poétique du discours biblique, postulera avec saint Thomas une *analogia entis*. Elle fera d'abord une distinction entre une *analogie de la proportio* (comportant une distance déterminée et un rapport strict, *determinata habitudo*, entre les termes) et une *analogie de la proportionalitas*, qui est une simple ressemblance de rapports (par exemple 6 est à 3 ce que 4 est à 2). Mais c'est pour penser le rapport entre Dieu infini et les créatures finies, sans recours à un principe extérieur, que saint Thomas pose la *causalité* elle-même comme *analogie*. Ce qui était une relation de signification (des créatures par analogie à Dieu) devient une *efficience* : on ne peut nommer Dieu d'après les créatures qu'en raison de la relation que la créature entretient avec Dieu, son principe et sa cause, en qui préexistent excellemment toutes les perfections de ce qui existe [1]. Une telle analogie élevée au rang de cause bannit en effet la métaphore proprement poétique ; mais comme le remarque Ricœur [2], elle l'intègre aussi subrepticement lorsque, examinant deux sens analogues (par exemple dire « sage » pour un homme et pour Dieu), saint Thomas constate que la *nominis significatio* (propre à l'« homme sage » et attribuée par analogie à Dieu) est excédée par un surplus de sens impossible à circonscrire, dans la *res significata* (Dieu)... Ce surplus de sens (la *res significata* est plus riche que la *nominis significatio*) qui résulte ici du *nouveau mouvement prédicatif*, est à proprement parler l'effet métaphorique spécifique à la poésie et que le logicisme de saint Thomas voulait circonscrire par l'*analogia entis*.

Une dernière remarque sur l'histoire philosophique de la

---

1. *Somme théologique*, Ia, qu. 13, art. 5.
2. *Op. cit.*, p. 356.

métaphore tracée par Ricœur nous rapprochera de notre propos. Il est vrai qu'une certaine conception de la métaphore, elle-même issue d'une interprétation métaphysique réductrice et qui d'ailleurs n'est plus partagée, se prête à confiner cette figure dans le champ de la métaphysique. Il s'agit de l'interprétation qui y voit un simple glissement entre *propre* et *figuré, originaire* et *secondaire, animé* et *inanimé*, etc. : autant de distinctions en effet métaphysiques, qui ne se soutiennent que dans une théorie naïve de la métaphore dominée par le *mot* et insensible à son déploiement syntaxique et discursif. Les travaux de I. A. Richards, Max Black, et, à un autre niveau, de E. Benveniste, de R. Jakobson et des sémanticiens modernes, qui situent à leur suite la métaphore dans la *phrase* et le *discours*, développent une certaine potentialité propre à l'interprétation aristotélicienne de la métaphore. Le *kurion* (nom « courant ») ou l'*idion* (traduit comme « propre ») désignent simplement le *terme de départ* du mouvement métaphorique, et ne semblent pas avoir eu pour le philosophe grec le sens d'un « propre » originaire, primitif *(etumon)*. La théorie actuelle de la métaphore met en évidence l'interférence de deux *champs sémantiques non hiérarchisés*, et de deux domaines de références également non hiérarchisés, en privilégiant dans son analyse aussi bien le contexte phrastique ou discursif du mouvement métaphorique, que l'énonciation comme acte référentiel et intersubjectif.

« *Être comme* » ou le « *désètre* »

La métaphoricité nous apparaît, en conséquence, comme l'énonciation non seulement d'un être Un en acte, mais plutôt, voire au contraire comme l'annonce d'une incertitude de la référence. *Être comme* est non seulement *être* et *non-*

être, c'est aussi une aspiration au *désêtre* pour affirmer comme seul « être » possible non pas une ontologie, c'est-à-dire une extériorité au discours, mais la contrainte du discours lui-même. Le « comme » du transfert métaphorique à la fois assume et bouleverse cette contrainte, et dans la mesure où il probabilise l'identité des signes, il met en question la probabilité même de la référence. Etre ? — *Désêtre*.

Dans sa belle étude, P. Ricœur parle d'une « véhémence ontologique [1] » propre à la visée sémantique de cette métaphore en acte, qui porte en elle le pressentiment de l'inconnu que le concept viendra saisir. C'est ici que nous nous séparerons de lui. Son interprétation ontologise définitivement la métaphore qu'il a pourtant si fortement réhabilitée dans sa portée onto-théologique possible mais non absolue. En disant que la métaphore annonce une nouvelle référence à nommer, Ricœur renferme la dynamique métaphorique dans une philosophie spéculative dont il avoue explicitement le projet, une philosophie soumise à l'Etre Un, comparable à l'opération que nous avons décelée d'ailleurs avec lui chez Aristote et chez saint Thomas.

Existe-t-il toutefois une autre possibilité de penser la métaphoricité, sans la simplifier pour la réduire à une métaphysique elle-même simplifiée, et sans en circonscrire les impacts en tant que « pressentiment de concept » dans le cadre de la philosophie spéculative ? Il nous semble que oui. Nous allons entendre la dynamique métaphorique non pas comme fondée par la dénomination d'une référence forcément réductible à l'être, mais comme fondée sur la relation que le sujet parlant maintient avec l'Autre dans l'acte de l'énonciation. C'est précisément l'énonciation qui nous paraît, depuis la position analytique, être le seul fondement du sens et de la signification dans le discours.

1. *Op. cit.*, p. 379.

Ce n'est pas une simple inversion de perspective que nous réclamons ici : poser un fondement intérieur, un « état d'âme » ou de discours, à la place d'un fondement extérieur, le référent. Le *sujet* n'est pas un simple dedans vis-à-vis du dehors référentiel. La structure subjective, entendue comme une articulation spécifique du rapport entre le sujet parlant et l'Autre, détermine la position même de la réalité, son existence ou sa non-existence, son chavirement ou son hypostase. Dans une telle perspective, l'ontologie se voit subordonnée à la structure signifiante dont se soutient un certain sujet dans son transfert à l'Autre [1].

Nous avons rappelé que le support ultime de la métaphore aristotélicienne est un être en acte. La métaphore poétique mais aussi la catégoriale ne font que rendre « le mouvement et la vie » ; or, l'« acte est mouvement », insiste Aristote. Cependant, face aux difficultés que rencontre l'ontologie à définir la « puissance » et l'« acte », risquons la proposition suivante. — L'« être en acte » ne saurait être que pour un sujet en *contact* symbolique, c'est-à-dire en mouvement, en *transfert* avec un autre. L'être en acte se donne dans l'expérience subjective, et plus encore dans ce paroxysme de l'identification déstabilisante-et-stabilisante qu'est l'amour pour deux sujets. Il n'y a pas d'acte, pas plus qu'il n'y a d'acte sexuel, en dehors de l'amour, car c'est dans la violence constituante de son champ que s'ébranle la structure signifiante du sujet, pulsions et idéaux compris. C'est là, et par la modification du sujet — la mise en procès du sujet dans l'expérience amoureuse — que s'accomplit la modification de son être et de l'être, leur éclosion si l'on veut, leur déploiement. Ce n'est plus la physique, c'est la subjectivité parlante qui nous pose désormais la question épistémologique clé : qu'est-ce qu'une mouvance, qu'est-ce qu'une innovation ?

---

1. Cf. plus haut sur l'identification, p. 36-61.

« Qu'est-ce que » signifiant ici : comment les dire ? L'expérience amoureuse comme dynamique de la crise et de la rénovation subjective et discursive, et son corrélat linguistique, la métaphoricité, paraissent être, de ce point de vue, au centre d'un débat essentiel.

L'univocité des signes passe par une équivocité et se résout dans une connotation plus ou moins indécidable, lorsque le sujet de l'énonciation, en transfert (en amour) vis-à-vis de l'autre, transpose la même opération d'identification, de transfert, sur les unités du langage : sur les signes. L'effet référentiel incontestable de cette opération, qui réside dans l'ambiguïsation de la référence, ne devrait pas nous cacher le fondement subjectif de l'opération. L'unité signifiante (le « signe ») s'ouvre jusqu'à ses composantes pulsionnelles et sensitives (comme dans une métaphore synesthésique) alors que le sujet lui-même, dans l'état de transfert amoureux, s'embrase de la sensation à l'idéalisation.

Si l'on accepte cette interprétation, on comprend pourquoi la réflexion philosophique sur la métaphore chez Platon s'enracine dans une réflexion sur l'amour et sur la direction que doit assurer par rapport à lui le discours philosophique : Platon vise une maîtrise de l'*amour* en même temps que de la *métaphore*, par l'onto-théologie. On comprend aussi pourquoi seul le discours théologique, concerné par l'Un et par le rapport de l'être parlant à lui — par la foi donc —, s'est vu contraint à faire ce bord à bord avec la *métaphore* que fut la délimitation, à partir du champ poétique et en dehors de lui, de la théorie de l'*analogie*. Enfin, lorsque la théologie se vide de son essence, et que, avec Descartes, elle maintient l'Autre en position d'une *causa sive rationem*, pour ne chercher le véritable fondement de la raison que dans l'articulation du jugement et non plus dans l'analogie, laquelle, même maintenue, perd sa fonction, nous assistons à un double bannissement. Le rationalisme naissant écarte du même mouvement l'*analogie*, cette cicatrice de la métaphoricité dans le domaine propre de l'onto-théologie, et son corrélat que fut un *Ego affectus est* : le sujet amoureux. Pour qu'advienne le *jugement* et l'*Ego cogito*.

La psychanalyse : poésie et histoire

La position psychanalytique permet de faire ce constat d'une véritable mutation du discours occidental dont la métaphore est l'enjeu, et dont le sujet amoureux fait les frais ; elle détermine ainsi une place qui ne peut qu'être scandaleuse dans l'histoire et les types de discours interprétatifs. Opérant selon les mêmes conditions amoureuses qui régissent la production de la métaphoricité dans le discours poétique, la psychanalyse se maintient cependant à une certaine distance de lui puisqu'elle en produit un effet de connaissance. Est-ce à dire qu'elle en produit le concept ? Si c'était le cas, elle ne se différencierait pas de la philosophie spéculative et de l'onto-théologie. On dira plutôt que ce voisinage avec la philosophie spéculative, elle l'analyse précisément. Non pas en disséminant chaque concept en métaphore ou en affirmant que tout signe est forcément une métaphore oubliée qu'il s'agirait de mettre en évidence pour en dissoudre la saisie conceptuelle idéalisante. Mais en maintenant une *typologie des discours* (par exemple « le poétique » n'est pas « le philosophique » qui n'est pas « l'analytique »). Et en s'assignant cette particularité d'être, d'une part, un lieu de production de métaphores (comme dans l'état amoureux et comme en poésie) et, d'autre part, un lieu d'interprétation *provisoire*. C'est le *provisoire* (« cela veut dire ceci, pour l'*instant* ») qui introduit dans l'interprétation analytique la *durée* à la place de l'*absolu*. *La psychanalyse est le moment le plus intériorisé de l'historicisme occidental*. Ce provisoire introduit aussi le *hasard* de la rencontre subjective dans la dynamique du transfert. Si c'est le choc amoureux qui me fait dire, et si ce dire peut avoir une histoire, c'est qu'il n'y a pas d'absolu extérieur à notre amour, à notre discours. Pas plus ton histoire réelle que quiconque ne détient la référence de la signification de notre discours. Amoureux, il y a du sens palpitant, passionnel, unique mais seulement pour ici et maintenant, et qui peut être, dans une autre conjonction, absurde. Pour la première fois l'amour, et avec lui la métaphoricité, sont extraits de la domination autoritaire d'une *Res externa* forcément divine ou divinisable. L'amour et la métaphoricité, ainsi déontologisés, à l'extrême, déshumanisés, sont désormais un destin du langage déployé dans toutes ses ressources. Le sujet lui-même n'étant qu'un sujet : accident provisoire et différemment reconductible à l'intérieur du seul *infini* où nous pouvons déployer nos amours, qui est l'infini du signifiant. *L'amour, ça se parle, et ce n'est que ça* : les poètes l'ont toujours su.

Les styles amoureux s'étaleront désormais devant nous comme des réalisations diverses, historiques, de la métaphoricité essentielle aux états amoureux : comme des variantes stylistiques de cette *cure*, autre nom de la *vie*, qu'a subie le sujet occidental depuis deux mille ans à travers ses attitudes amoureuses déposées dans les codes amoureux désormais officialisés.

Vers une typologie des transferts de sens

La rhétorique courtoise nous permettra d'observer comment la métaphore se fait à la fois invocation, chant et non-dit, secret pesant aussi bien sur le nom de la Dame que sur le sens même du message dans les textes les plus extrêmes, les plus hermétiques. Le *joi*, apothéose de la jouissance amoureuse, n'étant rien d'autre que l'exaltation du troubadour et l'auto-consumation des signes.

Une crise mystique tardive du XVIIᵉ siècle nous permettra de voir avec l'œuvre de Jeanne Guyon, comment dans une métaphoricité amoureuse subordonnée à la position dominante d'un absolu extra-discursif, aussi idéalisé que sévère comme le fut Dieu pour Mme Guyon, cet idéal de « pur-amour » suspend l'effervescence métaphorique et conduit soit à la banalisation des métaphores, soit au silence.

L'incandescence de la métaphoricité romantique, et plus encore celle de Baudelaire, nous dira comment, dans un amour bordé par un objet déchu (« la charogne ») et par un idéal divin (« Dieu est un scandale, un scandale qui rapporte », *Fusées*), la métaphore se fait antithétique comme pour brouiller toute référence, et s'achève en synesthésie comme pour ouvrir le Verbe à la passion du corps lui-même, tel quel.

Mallarmé, plus près de nous, mais si étrange toujours, a nommé plus sournoisement que ne l'a fait Nerval la mélancolie de l'impuissance amoureuse [1]. Attiré par l'autre sexe, il met en dentelle (tellement ses signes restent elliptiques, troués) une énamouration problématique, cependant recommencée pour être finalement mise en suspens par l'impossible possession identificatoire de l'autre sexe. Le langage de cet amour blanchi et chanté comme une « inanité sonore » sera plutôt l'ellipse que la métaphore : forme ultime de la condensation au bord de l'aphasie.

Le *fantasme* amoureux chez l'égotiste stendhalien nous montrera comment, l'ironie et le fiasco aidant, l'amour moderne devient une affaire politique ou une ruse diplomatique. La « cristallisation » est cependant une épreuve de force qui se soutient d'une image idéale : d'une mère aussi morte que

---

1. Cf. « Notre religion le semblant », p. 166-170.

maîtresse. La métaphore glisse alors dans la métonymie de la quête impossible, mais cette poursuite amoureuse se soutient elle-même de la croyance que l'idéal — une métaphore — existe. A l'interpréter, nous entrons dans l'ère de la psychologie.

Enfin, un bref texte de Georges Bataille, *Ma mère*, nous montrera comment, lorsque l'érotisme cesse d'être le secret de Polichinelle de l'expérience amoureuse, et qu'il s'avoue dans sa nudité obscène et cruelle, le discours de l'amour ne s'énonce plus en métaphore mais en *récit* lacunaire d'une part, et en *méditation* d'autre part. Comme s'il fallait que tout ne soit pas dit du désir pour que l'amour, donc une certaine idéalisation de l'autre, persiste, et qu'elle soit la condition de cette enflure sémantique qu'est la métaphore au sens étroit du terme (qu'elle soit romantique ou surréaliste). Est-ce à dire que la pornographie nous prive de métaphoricité ? Elle nous épargne peut-être la métaphore *stricto sensu*, mais non le transfert-de-sens. L'aveu du désir dans le langage ouvre le champ du récit : on peut voir cette transformation s'opérer admirablement au moment où le *Roman de la Rose* poétique d'un Guillaume de Lorris devient le *Roman de la Rose* narratif de Jean de Meung : l'époque ne permet pas encore beaucoup d'audaces sexuelles, mais dans la seconde partie la violence de la situation amoureuse ne nous est pas épargnée, et ce fait, outre qu'il a choqué toutes les féministes de l'époque, a changé la métaphoricité de la première partie en allégorisme didactique dans la seconde. Chez Bataille, comme dans un verre grossissant, l'aveu obscène de ce noyau d'amour qu'est l'inceste, produit un récit fait de suspensions et d'associations libres : une narration aussi classique qu'éclatée.

Ainsi perçue, la littérature nous apparaît comme le lieu privilégié où le sens se constitue et se détruit, s'éclipse alors qu'on peut penser qu'il se renouvelle. Tel est l'effet de la métaphore. De même, l'expérience littéraire se révèle comme une expérience essentiellement amoureuse, déstabilisant le même par son identification à l'autre. Rivale en ceci de la théologie qui, sur le même terrain, a consolidé l'amour en foi, en subjuguant ainsi par l'absolu le moment critique que l'amour comporte, la littérature est aujourd'hui à la fois source de renouveau « mystique » (pour autant qu'elle crée de nouveaux espaces amoureux) et négation intrinsèque de la théologie pour autant que la seule foi que la littérature véhicule est l'assurance, pourtant combien douloureuse, de sa propre performance comme autorité suprême. Amoureux de nos propres productions, à ciel vide, nous ne sommes pas sortis de la religion esthétique. Religion de l'imaginaire, du Moi, de Narcisse, la religion esthétique a la vie plus dure que ne le pensait Hegel. Il avait oublié peut-être, en voulant régler son compte à la théologie, qu'il fallait compter, pour cela, avec nos amours dont la théologie avait, quant à elle, la ruse de se soucier. Depuis, désertés par la foi mais toujours amoureux, donc imaginatifs, moïques, narcissiques, nous sommes les fidèles de la dernière religion, l'esthétique. Nous sommes tous sujets de la métaphore.

Les troubadours :
du « grand chant courtois »
au récit allégorique

Quand faire c'est dire

La courtoisie des troubadours d'abord, des trouvères ensuite, de langue d'oc pour commencer, française enfin, fut
une invention miraculeuse du XIIᵉ siècle qui impose pour la
première fois au monde de façon aussi massive la *fin amor*,
cette perfection épurée, aussi joyeuse qu'idéale, dont nous
gardons encore la nostalgie postromantique. Qu'elle soit
influencée par la mystique arabe ou cathare n'empêche pas
qu'elle transporte sur le plan laïque la ferveur amoureuse
d'un *Ego affectus est* qu'exaltera, comme on l'a vu, la mystique cistercienne de saint Bernard. Mystérieux XIIᵉ siècle,
Renaissance précoce, qui a su faire briller dans l'âme amoureuse les splendeurs de l'au-delà. Fête de l'immanence de la
transcendance, la *fin amor* est cependant et essentiellement
un art du Sens. Irréductible à une simple éthique de cour
féodale, ni à une très objective valorisation de l'« épouse du
maître » (littéralement la *domina*, la dame), cet amour comporte un code. En font partie la coloration à la fois sentimentale et érotique de la relation qui vise un « achèvement » *(fin)*
et qui demeure un adultère. On notera l'attribution, à l'origine métaphorique, du rôle du *suzerain* à la femme et du rôle
du *vassal* à l'homme, la dame exerçant une « saisie »,

l'homme un « service ». Fait d'*onor* (à la fois fief et titre de gloire) et de *paratge* (égalité, familiarité des courtois les séparant du monde externe), cet amour comporte une *merce*, une récompense de la part de la dame et ne reste nullement platonique. Raison de plus pour qu'il demeure secret : le *señhal*, le tabou sur le nom de la dame est une des conditions de son exaltation et de la perfection. Cependant, ces règles de comportement amoureux que nous déduisons des chants courtois laissent souvent oublier que la réalisation essentielle de la courtoisie, et du moins celle qui nous arrive par-delà les siècles, c'est l'incantation.

Avant d'être un art d'aimer, ou plutôt parce qu'elle l'est et en même temps qu'elle l'est, la courtoisie est une énonciation. Laquelle ?

Une parole chantée

D'abord, comme la lyrique grecque, ce discours d'amour est un chant. Le linguiste n'a pas l'habitude de s'arrêter sur cet aspect de la rhétorique courtoise cependant essentiel. Nous ne possédons, il est vrai, que deux cent soixante-quatre mélodies de troubadours, soit un dixième environ des poésies conservées [1], et c'est seulement de Bernard de Ventadour que nous avons le nombre considérable de dix-huit mélodies. Par ailleurs, la notation par notes carrées, grégoriennes, strictes pour indiquer la hauteur mais sans souci de la durée, donc du rythme, rend le déchiffrement de ces témoins du chant courtois très problématique. Il semble cependant que l'absence de notation rythmique n'est pas une simple faiblesse d'écriture mais qu'elle traduit une particularité : la dominance de la mélodie et de la variation personnelle dans ce mouve-

1. Cf. H. I. Marrou, *Les Troubadours*, Ed. du Seuil, 1971, p. 80.

ment souple de la chanson qu'on appelle un *tempo rubato*.
Le mélisme complexe, opulent, luxurieux, fait de sinuo-
sités, d'incantations de plaisir, de vocalises expressives, de
contours saccadés ou, au contraire, portant sur des groupes
de mots ondulants, sont en fait le premier codage du transport amoureux du chanteur, les marques de la joie ou du
joi. Le terme est attesté sous deux formes, masculine et féminine, et dénote une jouissance, une force vitale, un élan em-
bellissant et épurant, une « fête de l'être » ; ainsi, Arnaud
de Mareuil : « Comme la vie des poissons est dans l'eau, —
moi je l'ai en la joie et tout temps l'y aurai ». Le chant
est son signifiant et son signifié essentiels. Il ne porte pas
de signification référentielle, objective, il est le sens de la
joie.

Le chant n'est pas une métaphore mais, inscription la plus
immédiate de la jouissance, il est déjà un transfert, une
aspiration de l'affect au sens absolu qui se dérobe.

On pourrait soutenir que l'équivalent dans le discours de
cette indécidabilité musicale, de cette hésitation ondulatoire et
jubilatoire de la voix, serait la règle du *trobar clus*, le style
clos qui s'oppose au style plan ou clair, le *trobar leu*.

Le *trobar clus* donnera le *trobar ric*, le style riche achevé
qui, s'il comporte des obscurités, ne les intègre pas à la
manière d'une recherche formaliste ésotérique, mais comme
une nécessité intrinsèque à l'alchimie de l'amour secret lui-
même, embrasant les unités subjectives aussi bien que signifiantes. Raimbaud d'Orange parlera d'*entrebescar los motz*,
d'entrelacer, d'enchevêtrer les mots (« *Cars bruns et teinz
mots entrebec/Pensius pensans* » — Pensivement pensif, j'en-
trelace des mots rares, sombres et colorés).

Entrelacer les mots

Nous entrons ici dans la technique rhétorique qui aspire à
être à la hauteur de l'incantation jubilatoire du chant : comment faire pour traduire en signes univoques cette irradiation
sémantique, cette contamination des signes et des individus
dans l'expérience de la *participation* [1] amoureuse ?

L'emploi de mots homophones ou de sonorité voisine
ajoutera à la musicalité, mais surtout fera porter un doute sur
le sens au sein même du signe : « Arnauld envoie sa chanson
sur l'*ongle* et l'*oncle/* pour complaire à la cruelle qui de sa
verge à l'âme / a son ami désiré dont la gloire en toute
chambre entre » (sans doute Bertrand de Born).

Le *jeu des oppositions* (« de sa verge à l'âme ») introduit un
paradoxe logique qui lui aussi favorise le primat de l'affect
sur le sens. On notera dans le même sens chez Arnaud Daniel
de Ribérac : « Je suis Arnaud qui amasse le vent/chasse le
lièvre avec un bœuf/et nage contre le courant [2]. »

Cet art de mêler les mots n'est cependant pas vécu par le
troubadour comme la recherche du non-sens, mais de ce
qu'on appellera faute de mieux un *affect* pour autant que,
dans le *joi*, il excède le sens et témoigne de l'irreprésenté, de

1. On entendra ce mot au sens de la *metexis, v. metexein,* tel que le pose
Platon dans le *Timée*, et que saint Thomas, après Aristote, développera en
tant que théorie complexe de la participation.
2. J'ai vu à Kyoto, dans une rétrospective de l'art zen, une peinture qui
résume, parfaitement me semble-t-il, l'esprit d'évidement propre à cette
méditation : le peintre zen Josetsu (environ 1413) présente un personnage qui
essaie d'attraper un poisson-chat avec une citrouille ; et ce n'est pas une mise
en scène de l'absurde, mais la représentation du vide. On lira sur les
implications mythologiques de ce poisson « namazu », Cl. Lévi-Strauss, *La
Voie des masques*, Skira, 1975, t. II, p. 89 sq., et C. Ouwehand, *Namazu-e
and their themes*, An Interpretative Approach to Some Aspects of Japanese
Folk Religion, Leiden, 1964.

l'irreprésentable. « Pour moi, j'estime qu'il faut autant de sens pour raison garder que pour les mots mêler », affirme Guiraud de Borneuil, mais il précise : « Car sens recherché apporte valeur et la donne à proportion qu'on lui reproche non-sens débridé ; mais je crois que nul chant, jamais, ne vaut au commencement autant qu'ensuite quand on l'entend. »

L'aboutissement syntaxique de cet *entrebescar los motz* est souvent une *juxtaposition de syntagmes* qui évite la pose conclusive de l'énonciation phrastique, et suit la sinuosité du chant : « Car prière, ni jeu, ni viole, ne peuvent d'elle,/d'un travers de jonc, me séparer... Que dis-je ? Que Dieu me submerge ou m'abîme... » (Arnaud Daniel). Enfin, c'est dans l'*ambiguïté de la métaphore* que se recueille également ce débordement de la signification par le *joi*.

Prenons pour illustrer ce fait une chanson d'Arnaud Daniel [1]. Ce texte a l'avantage d'être un chant sur le chant et de manifester clairement certaines ambiguïtés de la métaphore courtoise.

En cest sonet coind' e lèri
Fauc motz e capug e doli,
E seran verai e cèrt
Quan n'aurai passat la lima;
5 Qu'Amors marves plan' e daura
Mon chantar, que de lièi mòu
Qui prètz mantén e govèrna.

Tot jorn melhur et esmèri,
Car la gensor sèrv e còli
10 Del mon, çò'us die en apèrt.
Sieus sui del pò tro qu'en cima,

E si tot venta ilh freid' aura,
L'amors qu'inz el còr mi plòu
Mi ten chaut on plus ivèrna.

15 Mil messas n'aug e'n profèri
E'n art lum de cera e d'òli
Que Dieus m'en don bon issèrt
De lièis on no'm val escrima ;
E quan remir sa crin saura
20 E'l còrs gai, grailet e nòu
Mais l'am que qui'm dès Lu-
[sèrna.

1. Cf. *Anthologie des troubadours*, textes choisis, présentés et traduits par Pierre Bec, édition bilingue, 10/18, 1979, p. 186 sq. Je remercie Bernard Cerquiglini de sa traduction qui a déchiffré le maximum d'ambiguïté du texte à partir d'une lecture poétique et philologique de l'ancien provençal.

Tan l'am de còr e la quéri
Qu'ab tròp voler cug la'm tòli,   35
S'om ren per ben amar pert.
25 Que'l sieus cors sobretracima
Lo mieu tot e no s'eisaura ;
Tant a de ver fait renòu
Qu'obrador n'a e tavèrna.

No vuolh de Roma l'empèri   40
30 Ni qu'òm m'en fass apostòli,
Qu'en lièis non aja revèrt
Per cui m'art lo còrs e'm rima ;

E si'l maltrach no'm restaura   45

Ab un baisar anz d'an nòu,
Mi auci e si enfèrna.

Ges pel maltrach qu'eu soffèri
De ben amar no'm destòli,
Si tot me ten en desèrt,
Qu'aissi'n fats los motz en rima.
Pièitz trac aman qu'òm que laura,
Qu'anc plus non amèt un òu
Cel de Monclá N'Audièrna.

Ieu sui Arnautz qu'amàs l'aura
E chatz la lèbr' ab le bòu
E nadi contra subèrna.

(Texte de R. Lavaud).

1. Sur cette musique précieuse et gaie, je fais des paroles, je les charpente, et rabote ; elles seront vraies et sûres quand j'y aurai passé la lime. Car Amour sans hésiter aplanit et dore mon chant qui provient d'elle, celle que mon prix maintient et gouverne.

Ou bien : Dans cette musique de parure (v. *coindrir*, « parer », qui appelle « charpenter ») et de joie, je fais des paroles, je les charpente et me plains (v. *dolar*, « souffrir ») ; elles seront vraies et sûres quand j'aurai passé dessus la rime (permutation phonique possible *lime-rime*). Car Amour mauvais (*marves* peut permuter avec *malvatz*, « méchant ») se plaint (v. *planher*, « se plaindre ») et dure mon chant qu'elle rabaisse (v. *moure, mover*, « rabattre un prix »), elle qui cependant mon prix maintient et gouverne.

2. Tous les jours je m'améliore et je m'affine/ou : je purifie l'or, cf. v. *esmerar*, « épurer l'or »/, car je sers et je révère la plus gentille du monde/ou : l'embellissement, l'ornement, cf. v. *gensar*, « orner, embellir »/. Je vous le dis sans détour, je suis à elle des pieds jusqu'à la tête, et même si vente l'air froid, l'amour qui pleut sur mon cœur me tient chaud au plus froid de l'hiver.

3. J'entends et j'offre/ou : je profère, cf. v. *proferar*, proférer/mille messes, je brûle la lumière de cire et d'huile, pour que Dieu me donne une bonne issue auprès de celle dont l'escrime ne me protège pas/ou : contre qui toute défense est inutile/. Quand je regarde ses cheveux blonds, son corps gai, svelte et neuf, je l'aime plus que celui qui me donnerait Lucerne/ou : la lumière, cf. v. *luzir*, « briller », subst. *luzerna*, « lampe »/.

4. Je l'aime de cœur et je la cherche/ou : désire/tant qu'à trop la vouloir,
j'imagine, je me l'enlève à moi-même/ou : je la prends pour femme, de
l'expr. *tolir por molher*/, si l'on peut perdre un être à force de l'aimer. Que
son corps submerge le mien tout entier et ne sèche pas, tant elle en a pratiqué
l'usure/ou : le renouveau/qu'elle possède à la fois l'artisan/ou : la boutique/
et la taverne/ ou : la redevance/.

5. Je ne veux ni l'empire de Rome ni qu'on me fasse pape, si je ne dois
pas revenir à celle par qui mon cœur brûle et me ronge. Car si elle ne me
guérit pas de ce malheur, par un baiser, avant l'année nouvelle, elle me tuera
et ira elle-même en enfer.
Ou bien : Je ne veux ni l'empire de Rome ni qu'on me fasse pape, si je ne
peux à son sujet à elle faire des renversements/cf. v. *revertar*, et *reversari*,
« hypallage »/, elle pour qui mon cœur fait de l'art et rime/cf. v. *rimar*,
« gercer » mais aussi « rimer »,/ etc.

6. Le tourment que je souffre ne me détourne nullement de bien aimer,
même si je me tiens dans la solitude, car ainsi je mets les paroles en rime. Je
supporte/ou : je tire/plus en aimant qu'un homme qui laboure, car jamais
celui de Moncli n'aima, plus même que la valeur d'un œuf, Dame Audierne.

7. Je suis Arnaud qui amasse le vent ; je chasse le lièvre avec le bœuf et
nage contre le courant.

Maître du *trobar ric*, loué par Dante et traduit par Ezra
Pound, Arnaud Daniel compose ce chef-d'œuvre du chant
sur le chant en même temps que sur l'amour, qui fascine par
sa concision et son ambivalence. L'ambiguïté déjà remarquée
chez d'autres troubadours se loge dans le vocabulaire courtois lui-même toujours érotique et sentimental à la fois, mais
elle tisse ici le sens profond de l'état amoureux en tant que tel.
Non seulement l'abstrait et le concret se chevauchent (*dé-
fense/escrime, Lucerne/lumière, supporter/tirer,* etc.) et les
connotations érotiques infiltrent la vénération frustrée de la
Dame (*chercher/désirer, son corps submerge le mien,* etc.),
mais les couples d'opposés charpentent le texte dès le début. *Raboter/souffrir, maintenir/rabaisser, perdre/prendre,
usure/renouveau, atelier/taverne (travail/ivresse), inonder/
sécher...,* ainsi que des glissements sémantiques à partir

des phoniques *rime/lime, marves/malvatz*... et jusqu'à la sentence finale (« je chasse le lièvre avec le bœuf et je nage dans le courant »), — plongent le lecteur dans l'incertitude, la réversibilité et la contamination sémantique aussi bien que phonique des signes, qui portent à son zénith l'ambiguïté du sens métaphorique. Est-ce l'amour une métaphore du chant, ou le chant — une image de l'amour ? L'amour-chant gai ou douloureux ? L'un *et* l'autre sans doute, union des contraires, paradoxe, pluie, submersion, *joi*...

Le comte de Poitiers, le premier et déjà le plus accompli des troubadours, insistait sur le fait que l'incantation courtoise n'a pas de référence fixe, objectale, bornée, mais qu'elle passe nécessairement par l'évocation du néant et de l'indécidable. « *Farai un vers de dreyt nien* (Je ferai un vers de pur néant) » et encore : « *Fag ai lo vers, no' say de cui* (Je fais un vers, je ne sais de quoi...). »

L'ambiguïté de deux messages : la dame ou la joie ?

En fait, à la limite, la chanson courtoise ne décrit ni ne raconte. Elle est essentiellement message d'elle-même, signe de l'intensité amoureuse. Elle n'a pas d'objet — la dame est rarement définie et, s'éclipsant entre présence retenue et absence, elle est simplement un destinataire imaginaire, prétexte de l'incantation. Comme une mise en place onirique mais sans l'acte du récit, sans même pouvoir maintenir un *sens concret* au vocabulaire et encore moins au vocabulaire amoureux, le chant courtois renvoie à sa propre performance. Il faudrait le lire en l'entendant, et l'interpréter comme un vaste mouvement de transport du sens univoque hors de ses limites, vers les deux bords du *non-sens* et de la totalité métaphysique mystique du *Sens*. Ce dernier pôle de l'incantation conduira vite à inscrire la rhétorique courtoise dans la religion et à faire de la Dame une Vierge Marie. Non seulement l'idéologie de l'époque y contribuait, mais la dynamique même de l'énonciation courtoise tendue entre perte de sens et hypostase de sens, s'y prêtait.

Il faudrait, en somme, dédoubler chaque fois le message courtois en un *M 1* composé d'une signification littérale et ayant comme objet référentiel la Dame, et un *M 2* se référant à la seule joie et qui a comme signe le *chant* mais aussi cet *excès de sens*, ce « plus-que-sens » introduit par la syntaxe indéfinie, par le paradoxe ou par la métaphoricité du vocabulaire lui-même. Le référent de M 2 est pour le moins paradoxal, car d'être la joie du chant, il boucle l'incantation sur le procès même du sujet de l'énonciation, sur sa jouissance performative. Est-ce une apothéose du narcissisme ? Ou l'aveu, par-delà la confusion des référents (« elle » est souvent, pour le troubadour, la *chanson* aussi bien que la *dame*), du fait que l'incantation porte un sens en mouvement que l'énoncé linguistique ne saurait assumer : le sens précisément de la participation, de l'identification amoureuse. — « Je n'ose dire, sinon en chantant », dit le châtelain de Couci [1].

L'achèvement — au sens d'accomplissement et de fin — de la courtoisie verra l'incantation se perdre au profit de la narration. Par le même mouvement où le chant perdra de sa dignité dantesque (Dante y célébrait la réalisation parfaite de la poésie, rassemblant la musique et la langue *in unum et idem*), l'énonciation courtoise se fera plus littérale. Les métaphores qui forgeaient le code courtoise se lexicalisaient et donc se banalisaient. Ce fut à l'*allégorie* d'exprimer la figurabilité de l'énonciation courtoise. Cependant, l'*allégorie*, cette personnification de la tension sémantique et subjective pro-

1. *Chanson du châtelain de Couci*, Ed. Lerond, Chanson VIII, Paris, 1964, cité par Zumthor.

pre à la métaphore, est son tombeau. L'allégorie fixe et moralise, elle découpe, calme et pontifie. On peut évoquer les ballades et les rondeaux de Charles d'Orléans pour situer cette mutation du chant au récit. Le style de Charles d'Orléans, rétif à la rhétorique de l'incantation et dépouillant le texte de toute évocation généralisante ou ambiguïsante au profit du concret, de l'expérience objective, à la limite du médiocre, est sans doute un trait personnel.

Ceci ne reste pas moins une évolution générale. En tant que figure, l'allégorie maintient une allusion à un univers de valeurs abstraites (le Danger, la Vertu, etc.), mais elle perd l'ambiguïté propre au jeu et à la joie, elle conceptualise et précise ; avec elle, *le récit* s'instaure dans l'univers sémantique de M 1, sans aucune ouverture, recours ou déstabilisation vers M 2. Cessant d'être une évocation intrinsèque, immanente, sacrée de la joie et du *joi*, le récit devient psychologique. La dame sera désormais effectivement son *objet*, et les méandres psychologiques de la capture et de la séduction de l'autre s'ouvriront comme champ d'exploration de la narration. Le *Roman de la Rose* illustre très nettement ce basculement de la lyrique en narration, de la métaphore en allégorie. Avec un gain cependant qui est la mise en évidence de l'agressivité propre à l'interaction amoureuse. Il n'est plus question de *joi*. La courtoisie est devenue séduction et possession, et l'incantation, réalisme.

C'est chez Sade que cette logique narrative trouvera son apogée, achevant ainsi le romanesque dans le mouvement même par lequel Sade dévoile massivement son non-dit : la jouissance comme mise à mort de l'autre et de l'Autre.

Dans le passage du chant en récit, du *joi* en réalisme psychologique, l'*allégorie* va jouer un rôle essentiel. Suivons de plus près ce mouvement à l'intérieur de la courtoisie elle-même.

Du chant au récit

Le chant et la poésie vont se dissocier au XIVᵉ siècle, après un processus complexe dont sortira la *narration, versifiée* d'abord, *prosaïque* pour finir. Cette évolution comporte deux aspects principaux sur lesquels les médiévistes ont beaucoup insisté dernièrement. — D'une part, les thèmes courtois cèdent devant la description de la vie ordinaire, et une certaine banalisation du discours orienté vers le quotidien s'accompagne d'une éclosion de verve satirique à la place de l'idéalisation antérieure. Dès qu'apparaissent des objets de discours, externes à l'énonciation incantatoire, ces objets sont la proie de l'agressivité plus ou moins freinée. Les ritournelles basées sur les menus faits de la « bonne vie », et pour finir, l'image péjorative de la Dame (« La Belle Dame sans merci » d'Alain Chartier, 1424 ; ou chez Jean Molinet, 1481, etc.), résument bien cet aspect de l'achèvement courtois. Cependant, la mutation la plus profonde de l'univers courtois s'observe à ce niveau de la rhétorique où le chant s'efface devant la narration.

D'autre part, en effet, étant d'abord un *chant narratif*[1] qui continue à être basé sur les strophes et les laisses plutôt que sur la logique propre du récit, le texte se fait enfin *récit chanté*. Celui-ci se déroule dans le temps propre à l'action d'une troisième personne (« il ») qui supplante le « je » lyrique. Antérieur ou parallèle au grand chant courtois, ce récit chanté épouse d'abord le rituel ecclésiastique : *La Séquence d'Eulalie* (IXᵉ siècle), les Chansons de saint Etienne ou de saint Alexis (XIIᵉ siècle) marient, par le thème de la souffrance et par le chant, l'*expérience intérieure* qui demeure rebelle à

1. Cf. Zumthor, *op. cit.*, p. 287.

la désignation verbale univoque et le discours sur une *réalité extérieure* désormais de plus en plus dominante. Hors du champ courtois, la résorption du chant se fait très tôt, et dès le premier tiers du XIIᵉ siècle, apparaît une narration versifiée sans chant (1120, puis 1140-1150). Deux types de discours à économies différentes deviennent donc contemporains : le grand chant courtois, et la narration versifiée sans chant. Comme si une révélation de l'état amoureux identifié à l'état incantatoire, s'opposait, dans la même société, à une désignation et à une maîtrise d'un dehors pacifié de par la position observatrice, et non plus passionnée, du sujet de l'énonciation. Epopée collective (essentiellement les chansons de geste) ou histoire individuelle, la narration dégagée du chant deviendra *roman*. Même si les premiers romans (notamment d'Alexandre d'Albéric de Pisançon, 1130) semblent destinés au chant, la grande aventure romanesque telle que l'œuvre de Chrétien de Troyes en porte témoignage (1160-1190) est déjà un laboratoire de la prose qui germe par-delà les enjambements et les audaces syntaxiques de la narration versifiée.

Le récit, donc, par sa logique propre basée sur les aventures d'un tiers, écartera les volutes de l'*énonciation* (amoureuse) du premier plan des textes, et fera du roman le domaine privilégié de l'*énoncé*. Même si beaucoup de textes ne cessent de revenir sur leur propre sens, cette autoréférentialité n'a plus rien à voir avec l'enthousiasme performatif de l'incantation célébrant son *joi* dans le grand chant. L'autoréférence devient didactique, explicative, moralisante : elle ne vise pas la jouissance mais la communication et l'enseignement.

Des mouvements sociaux ont indéniablement présidé à ce parcours qui a arraché le troubadour — sujet de sa passion et de son chant — à sa subordination amoureuse à un Autre aux confins de la foi, pour en faire un auteur détaché d'une réalité à laquelle il peut participer en tant qu'acteur, mais dont il détient, en dernier ressort, le sens. Nous ne nous y arrêterons pas [1]. Insistons seulement sur la fonction clé de l'*allégorie* dans cette véritable révolution qui a traversé le XIIᵉ-XIIIᵉ siècle et qui a fait basculer un *Ego affectus est* en la position d'Auteur.

Le Roman de... Narcisse amoureux

Le *Roman de la Rose* avec ses deux versions nous en présente la dynamique complète. La première partie due à Guillaume de Lorris (vers 1236), plus poétique et plus énig-matique, comprend 4 058 vers émaillés d'allégories qui sont réunis en un ensemble narratif selon les figures de la « ren-contre » et du « songe ». Le poète écrit à sa Dame pour mériter ses faveurs, et lui fait part d'un rêve qu'il a fait à l'âge de vingt ans. Ce lieu commun de la rhétorique médiévale qu'est le rêve remonte, de l'aveu de Guillaume lui-même, au songe de Scipion par Cicéron et à son commentaire par Macrobe. Le récit de rêve marie cependant ici deux univers discursifs : l'un où, au dire du poète, l'« *art de l'Amors* est toute enclose », et l'autre, celui de la *suite d'épreuves* que va subir un héros qui ne se présente pas tant comme le sujet de sa passion que comme un individu à la fois auteur et acteur de son histoire. L'histoire elle-même, qui n'est que la trame du récit de rêve, est relativement simple. — Arrivant devant un *mur* gardé par de redoutables personnages (Haine, Convoitise, Tristesse et Pauvreté), le poète frappe, par un beau matin de mai, à sa porte. Une gracieuse fille Oiseuse lui ouvre le *verger* de Déduit (topos traditionnel lui aussi, avec connotations

---

1. On relira à ce sujet, et entre autres, R. Bezzola, *Les Origines et la formation de la littérature courtoise en Occident*, Paris, 5 vol., 1958-1963. Cf. sur l'auteur et l'acteur dans la naissance du roman, notre *Texte du roman*, Mouton, 1970.

classiques remontant à Tibulle, et chrétienne rappelant le Paradis) où s'ébat une troupe de joyeuses demoiselles et leurs seigneurs : Beauté, Richesse, Largesse, Franchise, Courtoisie, Jeunesse. Le poète s'y mêle, puis, parcourant le jardin, tombe devant une *fontaine* au fond de laquelle deux pierres de cristal réfléchissent le jardin. Une inscription signale qu'il s'agit de la fontaine qui jadis engloutit Narcisse. Cependant notre poète-héros regarde mieux et, sans doute aidé par les pierres réfléchissantes, aperçoit une image... différente de la sienne : un bouton de rose. Le violent désir de cueillir cette fleur — symbole de l'objet aimé — lui fait comprendre que le Dieu d'Amour vient de lui décocher, de son arc d'or, les cinq flèches qui font aimer (Beauté, Simplesse, Franchise, Compagnie et Beau Semblant). Les dix commandements du code courtois lui sont enseignés par la suite ; ils constituent un véritable manuel résumant les préceptes de la courtoisie : soigner sa mise, éviter bassesse ainsi qu'orgueil, être mesuré et modeste dans son langage, se montrer gai, enjoué, généreux, ne jamais médire des femmes mais leur devoir un respect absolu, etc. Les premières péripéties de la quête transforment cependant ce compendium allégorique de l'amour courtois en un récit d'aventures. Dans et par le récit, les allégories se transforment en personnages qui favorisent la quête (tels Bel Accueil fils de Courtoisie, ou Franchise et Pitié) ou bien empêchent l'accès à la Rose (tels les gardiens de la tendre Rose, Danger, Honte, Peur, Male Bouche et Jalousie). Ayant réussi à obtenir une faveur (le don d'une feuille verte voisine du bouton, puis même un baiser), l'amant cause en fait le malheur de son amie : la Rose est enfermée dans le donjon d'un château fort. Lui-même est assailli de « personnages » qui essaient de le détourner de sa passion : Raison plaide contre l'amour, alors que l'Ami conseille des ruses pour entrer dans les grâces des gardiens... Nous sommes en pleine logique ; l'argumentation l'emporte sur la passion.

Séparé de sa bien-aimée, l'amant se plaint, et c'est en plein monologue que s'arrête le texte de Guillaume.

Un « je » puissant et cependant débordé par l'amour s'exprime dans ce texte narratif autant que poétique, contrairement à ce qui a pu être soutenu. Les allégories-« personnages » ne sont pas toujours des aspects de l'Amant, mais elles indiquent souvent les conflits dans lesquels l'Amant entre avec des forces extérieures qui le maintiennent cependant toujours dans l'espace de la *fin amor*. Le thème principal du texte semble être non pas l'initiative psychologique d'un individu libre ni ses empêchements, mais l'*espace* même de la passion, l'espace amoureux. Le *mur*, le *verger*, la *fontaine*, tracent ses frontières, et peuvent être vus moins comme des phases d'une expérience psychologique que comme des aspects du territoire de l'amour qu'un « je » lyrique jalonne et apprivoise. Un conflit espace-temps semble tendre le texte, sensible dans l'opposition entre un *discours de désignation* qui met en place le code courtois et glose sur sa « senefiance », et un *discours narratif* traçant, quant à lui, la suite temporelle des épreuves. Il en résulte une « senefiance » précisément assez floue non seulement parce qu'elle est personnelle, construite par les fantasmagories personnelles du narrateur autant sinon plus que par les références au canon courtois *stricto sensu*, mais aussi en raison des ambiguïtés mêmes du texte. On a déjà noté que les « personnages » ne tiennent pas forcément les discours qu'on attendrait logiquement d'eux à partir de leurs noms. Par ailleurs, la signification du lexique et des phrases demeure souvent ambiguë et le sens cependant « littéral » exige une interprétation. Même si les personnages sont construits selon la tradition romanesque déjà établie par Chrétien de Troyes, une polyvalence de sens semble voulue, qui se trouve comme programmée par le symbole de la pierre de cristal qui pluralise et pulvérise l'image monolithique du jardin au fond de la fontaine. La

quête de la Rose semble être aussi et toujours une quête du
sens « couvert » transcendant le sens littéral. C'est pourquoi
le texte de Guillaume de Lorris est proche encore du grand
chant : la Rose a beau être un objet externe à l'Amant et un
dépassement de la fontaine de Narcisse, c'est à la recherche
du sens poétique lui-même que part le poète, d'allégories en
allégories et de gloses en gloses. Si Rose il y a, elle est
néanmoins une vision interne aux réfractions lumineuses de
l'univers narcissique. Ne nous trompons donc pas, le « sens
littéral » ne l'est justement pas du tout. Aux yeux mêmes de
Guillaume, il semble s'agir d'une construction (miroitement
de cristaux) au sein de l'Amour-espace essentiel de l'écriture
et coextensif à son déploiement. L'espace de l'amour est
l'espace de l'écriture, semble dire le poète, et en lui toute
signification, comme les visions « narcissiques » de Dante
dans le *Paradis* ne sont que des fictions. Toute signification
est donc une approximation, mais aussi une analogie — une
allégorie — du seul sens vrai qui est amour ainsi que poésie.
Il s'agit, en fait, de la construction d'un espace ou de la
mécanique propre à un destin qui nous englobe, et non pas
d'une aventure psychologique : c'est ce qui est suggéré, entre
autres, par la soumission du récit à la figure de la quête
d'objet-de-sens. De manière plus frappante encore, n'est-ce
pas ce que laisse deviner le motif de la mécanique en mouvement qui globalise le récit dans l'*Orloge amoureuse* de Frois-
sart ?

L'allégorie personnage ou la moralisation

L'allégorie se situe précisément sur la ligne de tension entre
l'énonciation lyrique dont le chant est l'apogée, et l'énonciation narrative. Nous avons vu, chez Arnaud Daniel, comment
le lexique même de la courtoisie était le résultat d'une méta-

phoricité instabilisée jouant sur la tension entre univers sémantique érotique et univers sémantique noble ainsi que sur une série d'autres dichotomies. Filée tout au long du discours courtois du grand chant, cette métaphore se stabilise en sens littéral noble. Une telle stabilisation nous fait quitter l'énonciation comme performance subjective et comme *joi* ou jouissance, et nous conduit à lire la courtoisie comme un *code* sémantique de valeurs et de règles. Guillaume de Lorris continuera cependant à chercher les polyvalences de cet univers sémantique comme si une telle polyphonie restituée par sa glose pouvait être l'équivalent de l'incantation. Cependant, en dépit de cette polyphonie éventuelle du figuré, le sens littéral s'en détache et prétend s'imposer comme dominant le flux du récit par le biais de la personnification. Devenue un personnage, la « Vertu » par exemple indiquera son sens indépendamment de la glose, par ses dires et ses actes propres. Nous ne sommes plus au niveau de l'énonciation, ni à celui d'un code sémantique, mais dans le *récit* qui agit et se justifie, acte et interprétation à la fois. L'allégorie devenue personnification conduit le récit dans l'histoire d'une part, dans l'idéologie moraliste d'autre part et immédiatement. L'allégorie est une métaphore lexicalisée qui raisonne et agit pour se donner un sens. Le récit serait-il le supplément linéaire (dans le temps) et didactique (par l'idéologie) d'une métaphore achevée en allégorie ?

Jean de Meung qui « continue » le *Roman de la Rose* (1275-1280) accomplit cet achèvement de l'allégorie dans le didactisme, par le mouvement qui le mène hors de l'espace amoureux courtois, dans le temps d'une aventureuse et agressive prise de l'objet. « Fin amor » est morte, vive la procréation seule digne d'intérêt, et, éventuellement, le plaisir qui n'en est que la ruse. Dans cette somme gigantesque de dix-huit mille vers, l'allégorie demeure le seul point commun avec le texte de Lorris. Mais entièrement dépourvue de ses

tensions métaphoriques, elle est désormais moyen d'enseignement, *modèle* pour les conceptions philosophiques ou
cosmogoniques de l'auteur. Ce n'est pas que Jean de Meung
ne croie plus à l'allégorie [1]. Au contraire, l'allégorie avec lui
s'est achevée normalement, allant au bout de sa propre logique qu'elle portait déjà chez Guillaume de Lorris et les
autres auteurs antérieurs moins didactiques. Simplement, les
poussées socio-historiques imposant le naturalisme et le savoir contre la mystique et l'Eglise, ont développé à outrance
chez cet écrivain philosophe les potentialités rhétoriques propres à l'allégorie personnifiée elle-même. Premier poète français scientifique et philosophique, avec son air XVIIe-XVIIIe siècle, Jean de Meung oppose en fait à la Courtoisie et à
l'Amour le culte de la Nature et de Genius dont on connaît
les résonances antiques, qui viennent sans doute en ligne
droite d'Alain de Lille et de son *De planctu naturae*. Ce culte
de la Nature qui doit beaucoup aux platoniciens du XIIe siècle
et aux aristotéliciens du XIIIe siècle, n'ignore cependant pas
Dieu, même s'il rejette le péché comme la grâce. L'espace
intérieur se ferme au profit non pas d'un voyage dans les
replis de l'âme et de sa doublure qu'est l'énonciation, mais au
profit d'un voyage de connaissance et de possession du dehors.

Le récit satirique : un objet à conquérir

Placée en dehors de l'énonciation, la Dame n'a plus de
raison d'être exaltée : objet à conquérir, au même titre que le
reste du monde, le personnage féminin est en proie à la satire
(J. de Meung doit sans doute beaucoup à Rutebeuf et aux

---

1. Cf. Jauss, H.R., « La Transformation de la forme allégorique entre
1180 et 1240 », in *Humanisme médiéval*, Paris, 1964, p. 108-109, 111, 112.

satiristes du XIIIe siècle). L'indignation de Christine de Pisan, de même que la colère des femmes contre Jean de Meung jusqu'au début du XVIIe siècle [1] ne pouvaient pas avoir de prise sur ce discours où la Raison de plus en plus dominante devait bannir Amor et Joi, et, avec eux, non pas la femme (a-t-elle jamais réellement été la préoccupation fondamentale de la courtoisie ?), mais la possibilité même de l'idéalisation étayée sur la rencontre possible-impossible avec l'autre sexe. La femme devenue un objet de carnaval ou de satire signe la fin d'une certaine modalité d'idéalisation que l'Occident laïque s'était donnée avec les troubadours et les trouvères. Le combat contre Dieu et le progrès du réalisme, en même temps que de la science, comportent en négatif une certaine carence de la possibilité idéalisatrice. La Renaissance n'en sentira pas les méfaits, portée comme elle fut par l'affirmation de l'idéal humaniste et rationaliste, mais aussi par le rire, ce géant jumeau fratricide de l'idéal et inséparable de son trône qu'il ne cesse de renverser. Il faudra attendre les romantiques pour que la courtoisie nous affecte de nouveau, mais cette fois comme idéal impossible sinon maléfique. Comme nostalgie au mieux, comme mélancolie le plus souvent, mais jamais plus comme *joi*.

1. Cf. Claude Fauchet, *Recueil de l'origine de la langue et poésie française*, 1910.

Un pur silence :
la perfection de Jeanne Guyon

Lorsque Jeanne-Marie Bouvier de La Motte (future épouse Guyon du Chesnoy) naît en 1648, la France est déjà en train de devenir cartésienne. Jeanne n'a qu'*un* an lorsque Descartes publie, en 1649, son *Traité sur les passions de l'âme*, dans lequel, déterministe et naturaliste, il soutient que « le principal siège de l'âme » est une « petite glande dans le cerveau ». Le mouvement de subordination des passions à la pensée, évident chez saint Thomas, s'accomplit magistralement dans l'œuvre cartésienne qui prône la suprématie de la pensée (art. 50, 74) et de la connaissance (art. 139) sur les passions. Un peu plus tard, Pascal, dans son *Discours sur les passions de l'âme* (1654), insiste sur l'implication de la raison dans l'amour et retient de celui-ci la vision juste et lucide des vérités, non l'aveuglement. Cette subordination de l'amour à la connaissance vraie s'oppose à la thèse médiévale d'une vérité qui ne découlerait que de l'amour de Dieu. La foi détrônée par la raison s'accompagne d'une mutation de l'amour qui s'éclipse dans la connaissance. L'histoire de la philosophie pourra suivre avec minutie dans les textes de ces penseurs, comment le sujet chrétien, constitué par sa référence à Dieu explicitement identifié avec l'amour, cède devant le sujet du Cogito.

Quiétisme et politique

Dans ce contexte, l'expérience mystique de Jeanne Guyon, quiétiste fondatrice de la Confrérie du Pur Amour (1690, avec ses amis Chevreuse, Beauvillier — Mmes de Chevreuse et de Beauvillier étaient les filles de Colbert — et Mortemart), paraît archaïque. Plus encore, elle est condamnée comme hérétique par une Eglise éprise, avec Bossuet, de rhétorique mais aussi de raison et d'institutions fiables. Jeanne Guyon sera d'abord retenue, en 1688, à la Visitation de Paris pendant sept mois et demi. Un tribunal spécial réuni en 1694 pour examiner sa doctrine [1] la condamnera à la détention après que Bossuet eut donné l'impression qu'il l'avait acquittée. Jeanne sera internée à Vaugirard et à la Bastille de 1696 jusqu'en 1703, et ne sera autorisée à vivre seule qu'à partir de 1706. Jeanne Guyon mourra à l'âge de soixante-neuf ans, en 1717, à Blois [2].

1. Le tribunal fut composé par Tonson, de Noailles, évêque de Châlons, futur archevêque de Paris, et Bossuet.
2. Certains détails de cette affaire méritent d'être rappelés. — Après avoir rédigé sa *Vie*, Jeanne avait été reconnue non hérétique par Bossuet. Cependant, pensant plus à Fénelon qu'à elle-même, Bossuet semble se raviser et la commission nommée pour examiner de plus près le cas Guyon ne désarme pas. Jeanne rédige ses *Justifications*, Fénelon ses *Recueils*. La campagne de calomnies se déchaîne. L'évêque de Paris, Harlay de Charvallon, censure les écrits de Jeanne Guyon. En 1695, Jeanne s'installe à Meaux auprès de Bossuet et signe sa soumission à la censure, à la suite de quoi Bossuet la laisse quitter Meaux avec un certificat d'orthodoxie. Puis, on l'interne, au grand affolement de ses amis de la Cour. Fénelon refuse de publier une censure de Jeanne dans son diocèse de Cambrai. En janvier 1697, Fénelon publie l'*Explication des maximes des saints* favorable aux idées des quiétistes. En février, Bossuet répond par l'*Instruction sur les états d'oraison* où il attaque violemment Jeanne Guyon. Bossuet décide Mme de Maintenon et le Roi à condamner la doctrine, et essaie de faire condamner Fénelon par Rome, par l'entremise de son neveu l'abbé Bossuet. Fénelon est en disgrâce à la

Ce quiétisme apparemment si doux, si enfantin, si innocent, du moins dans la version de Jeanne Guyon, a quelque chose d'obscène au sein d'un siècle qui voit Louis XIV, Mazarin, la Fronde, Versailles, Vauban, mais aussi les guerres austères des non moins austères jansénistes, des protestants, les dragonnades... Un siècle dont les grands déchirements et les options des partis adverses vont, malgré tout, dans le « sens de l'histoire ». L'expérience de Jeanne qui, il est vrai, attire une partie de la noblesse, et ne manque pas de prendre des connotations politiques (ses associés du Pur Amour étaient liés avec la Ligue et le parti dévot), reste cependant tout à fait extravagante [1]. Réactionnaire au sens d'une réac-

Cour, assigné à résidence à Cambrai, puis déchu de son préceptorat du duc de Bourgogne. En juin 1698, Bossuet publie *Relation sur le quiétisme*. En juillet, Fénelon répond par *Réponse à la Relation sur le quiétisme*. En septembre, Bossuet écrit des *Remarques*..., en novembre, Fénelon répond par ses *Réponses aux Remarques*... En 1699, un bref papal condamne des Maximes, mais Bossuet n'est pas satisfait car l'Eglise gallicane a toujours refusé de recevoir des « brefs »... La même année, Fénelon écrit *Télémaque* que beaucoup interprètent comme un violent réquisitoire du règne de Louis XIV. N'aurait-il pas écrit une lettre au duc de Chevreuse suggérant que l'on associe la nation elle-même au Roi pour sauver le pays ?... Le « pur amour » avait décidément des prolongements très nettement politiques. En 1700, Bossuet réhabilite partiellement Jeanne Guyon.

1. L'époque se méfie des élans mystiques quand elle ne les psychiatrise pas. On se souviendra du père Surin, de Jeanne des Anges (« une malade qu'il ne convient pas d'assimiler aux saintes authentiques », écrit Henri Brémond dans son *Histoire littéraire du sentiment religieux en France* (1916), éd. 1924, t. V), de Louise du Néant dont les « délire et extravagances » lui valent un enfermement à la Salpêtrière en 1677 avant qu'elle ne quitte l'hôpital pour être « portée au pinacle »... Notons que quelques années seulement plus tôt, la mystique du « pur amour », de la « désoccupation », voire de l'« abjection » a pu être prônée sans aucun danger, par un homme, il est vrai, le père Jean Chrysostome (1594-1646), très estimé semble-t-il par Louis XIII et Richelieu. Ce créateur de la société de la Sainte Abjection écrit dans son *Homme intérieur* (publié par Boudon en 1684) des descriptions de l'état d'oraison dignes de Jeanne Guyon et de Fénelon, comme : « Perte générale, anéantissement entier du propre intérêt, et temporel et spirituel » (cf. H. Brémond, *op. cit.*, t. VI, p. 234-240).

tion aux éléments les plus rationnels de la foi, son humilité qui glorifie l'anéantissement de soi dans l'amour de Dieu, procède en fait d'une vitalité et d'une confiance dans on ne sait quelles sources profondes de la subjectivité, qui rejoignent les régions de l'enfance mais aussi rappellent une culture extra-européenne, court-circuitant ainsi toute une civilisation d'adultes pensants.

La souillure

Il est vrai que cette singularité a pris place à l'intérieur d'un courant hérétique qui a pu opposer, à la foi officielle et de plus en plus raisonnable, une résistance, certes mineure, mais cependant de groupe. Dans sa *Relation sur le quiétisme* (1694-1695), visant Fénelon par-delà son amie Jeanne Guyon, Bossuet situe cette femme, qui jouerait selon l'évêque de Meaux les prophétesses, dans le cadre du *quiétisme* [1] fondé par le prêtre italien d'origine espagnole Molinos, qui fut condamné en 1675. Bossuet reproche aux quiétistes de vouloir « aller par l'anéantissement à la paix » que leur donnerait

1. On a pu résumer la doctrine quiétiste comme suit : « 1. Il est dans cette vie un état de perfection dans lequel le *désir* de la récompense et la *crainte* des peines n'ont plus lieu ; 2. Il est des âmes tellement embrasées d'amour de Dieu, et tellement résignées à la volonté de Dieu que si, dans un état de tentation, elles venaient à croire que Dieu les a condamnées à la peine éternelle, elles feraient à Dieu le sacrifice absolu de leur salut. » Molinos a appelé quiétisme l'état d'inaction et d'inattention dans lequel l'âme reçoit passivement l'impression de la lumière céleste. Sans rien désirer, elle serait aussi dispensée de la pratique des sacrements et des bonnes mœurs. Fidèle à un de ces préceptes, Mme Guyon visait, en somme, une contemplation continuelle qui dispensait pour toujours des actes de religion. Dans son *Explication des maximes des saints* (1697), Fénelon reprend à sa charge certains de ces aspects du quiétisme, en réfute violemment d'autres, et essaie de se tenir sur une ligne orthodoxe, mariant la rationalité de ses arguments (composés d'ailleurs en paragraphes intitulés « vrai » et « faux » : un véritable art du dialogue) à l'intensité de la régression amoureuse dans la foi.

un accès fusionnel avec un « Dieu pur, ineffable, abstrait de toute pensée particulière, dans le silence intérieur ». Une autre particularité des quiétistes, consécutive à l'objectif majeur d'anéantissement et de paix, leur a valu le plus d'objections : elle consisterait à croire que « certaines souillures pouvaient être un moyen dont Dieu se servait pour élever une âme à un plus haut degré d'anéantissement en lui-même ». Une telle recommandation de la souillure impliquait forcément une abolition de fait de la catégorie du péché par les quiétistes, et ne pouvait qu'encourager ce que l'Eglise et le consensus social considéraient comme amoral. La « supposition impossible » discutée par Bossuet fait le lien entre la théorie de l'amour-abandon et la recommandation subtile de l'amoralisme : elle reviendrait à penser que, « si par impossible », Dieu voulait nous damner, nous devrions y consentir. Loin d'être étranger à certains aspects de la mystique chrétienne (François de Sales, mais aussi Denys l'Aréopagite), cet aspect du quiétisme ne semble pas avoir pris chez Mme Guyon les formes paroxystiques et encore moins orgiaques qu'on lui a connues chez d'autres quiétistes. Quoi qu'on ait pu dire de la hardiesse de son décolleté ou de la trop grande intimité entre elle et son premier directeur de conscience, le père François La Combe, religieux barnabite (ils ont voyagé ensemble), ou même de sa relation suspecte avec Fénelon (le terme équivoque d'« amica » de Fénelon prononcé par l'abbé Bossuet au Vatican, paraît avoir été décisif pour la condamnation papale des *Maximes des saints*, ne serait-ce que par un « bref » en 1699), Jeanne Guyon semble avoir maintenu ses désirs à l'état de fantasmes inconscients ou préconscients.

« *Leur sublime s'amalgama* »

Il faudra lire ses rêves, tels qu'elle les expose candidement dans sa *Vie* [1], ou bien les critiques auxquelles les soumet Bossuet, pour y déceler les aspirations érotiques de la femme. Toute l'énigme de cette grande amoureuse réside, au contraire, dans l'alchimie à laquelle elle soumet le désir, pour n'en extraire que du « pur amour ». Même si elle lisait *Peau d'âne*, *Don Quichotte* ou Molière, c'est dans le sublime qu'elle plaça tout de suite sa relation avec Fénelon qui coûtera au précepteur du duc de Bourgogne cette disgrâce si nuisible à sa carrière sinon à sa gloire. Saint-Simon, auquel rien n'échappait, l'a admirablement bien vu et dit : « Dans ce temps-là, encore obscur, il (Fénelon) entendit parler de Mme Guyon qui a fait depuis tant de bruit dans le monde, qu'elle y est trop connue pour que je m'arrête à elle en particulier. *Il la vit. Leur esprit se plut l'un à l'autre, leur sublime s'amalgama.* Je ne sais s'ils s'entendirent bien clairement dans ce système et cette langue nouvelle qu'on vit éclore d'eux dans les suites ; mais ils se le persuadèrent, et la liaison se forma entre eux. » Tout est merveilleusement juste dans ce croquis : « leur sublime s'amalgama », « je ne sais s'ils s'entendirent bien clairement dans ce système et cette langue nouvelle... », la remarque sur le « trop de bruit » que Jeanne fait ou qu'on fait autour d'elle, le soupçon de désinvolture sinon de misogynie qui fait écrire à Saint-Simon qu'il refuse de « s'arrêter à elle en particulier ». Tout est merveilleusement juste, sauf peut-être le « il la vit ». Car, à lire leur correspondance, c'est *elle* qui le vit et l'entraîna, pour s'y amalgamer, dans le sublime.

---

1. Cf. *La Vie de Mme J.-M. B. de La Motte-Guyon, écrite par elle-même*. Cologne, 1720, 3 vol.

— « Quelque temps avant le mariage de ma fille, rappelle plus tard Jeanne, j'avais connu M.A.d.F. (abbé de Fénelon) comme je l'ai déjà dit [1] (...) Nous eûmes quelques conversations au sujet de la vie intérieure, dans lesquelles il me fit beaucoup d'objections. Je lui ai répondu avec ma simplicité ordinaire, et j'eus lieu de croire qu'il en a été content. Comme les affaires de Molinos faisaient grand bruit alors, on avait pris des défiances pour les choses les plus simples, et sur les termes les plus usités parmi ceux qui avaient écrit de ces matières. Cela me donna lieu de lui expliquer à fond mes expériences. » La correspondance qui s'ensuit est prolifique du côté de Jeanne, très modérée du côté de Fénelon. Son enthousiasme à elle qui a tout de suite occupé la position maternelle (quand ce n'est pas d'épouse, mais spirituelle), le prend forcément comme fils et enfant prodigue dont une mère se doit d'assurer l'avenir et la gloire spirituelle [2]. Fénelon est plus réservé, voire plus critique : « Rien n'égale mon attachement froid et sec pour vous » (mais n'est-ce pas le fond du « pur amour » que d'être froid et sec, sans épanchement et sans intérêt propre ?). Ou encore : « Vous tenez

1. Il s'agit d'une rencontre chez la duchesse de Béthune-Charost, fille de Fouquet, en 1689. Jeanne a quarante et un ans et vient d'être libérée d'une première incarcération au couvent de la Visitation, puis à la Bastille et à la prison de Lourdes, pour hérésie et débauche.

2. On notera que Jeanne Guyon *de La Motte* (de son nom de jeune fille) écrit à l'abbé *de La Mothe* Fénelon. Cette homophonie hasardeuse est-elle pour rien dans les liens en effet familiaux que Jeanne imagine immédiatement entre elle et son « fils » Fénelon ? Les biographes rapportent la grande influence qu'avait exercée sur Fénelon sa propre mère, Mlle de La Copte, jeune fille belle et pauvre, introduite avec un malaise allant jusqu'au scandale dans la famille des Fénelon. Quoi qu'il en soit, Jeanne a « une certitude plus grande des desseins de Dieu sur lui » (lettre VII, cf. P.-M. Masson, *Fénelon et Jeanne Guyon*, Hachette, 1907), et lui promet qu'il sera « la lampe ardente et luisante qui éclaire l'Eglise de Dieu ». Lorsque Fénelon fut nommé précepteur du duc de Bourgogne, Jeanne, qui avait « prévu » quelque temps avant une grande charge pour son « fils », pense voir dans cette nomination la réalisation de cette même prédiction.

encore à l'estime des honnêtes gens... Le moi dont je vous ai parlé si souvent est encore une idole que vous n'avez pas brisée. » Ou enfin, à Mme de Maintenon (1696) : « Je n'ai jamais eu aucun goût naturel pour elle ni pour ses écrits. » Le moins qu'on puisse dire est que ce mot est un franc désaveu du « pur amour » en pleine disgrâce aussi bien de Fénelon que de Jeanne qui, elle, sera enfermée. Est-ce simplement une autodéfense humaine, trop humaine, de la part de Fénelon ; ou bien le moralisme naturaliste du précepteur du duc de Bourgogne était-il, en réalité, moins profondément en désaccord qu'on ne le croit avec le rationalisme théologique du précepteur gallican du Grand Dauphin [1] ?

Par-delà l'histoire personnelle, cependant, on retiendra « leur système », « leur langage » (Saint-Simon). Lesquels ?

Un abandon du désir et de la représentation

Si le quiétisme vise, et dit trouver, un état d'amour de Dieu sans souci de récompense ni de châtiment, un état d'indifférence sans recherche de perfection personnelle ni désir de salut, un acte de contemplation sans considération des attributs de Dieu et de l'humanité du Christ, comme le précise le fameux « bref » d'Innocent XII, alors Jeanne Guyon est quié-

---

1. Rappelons aussi les propos suivants de Fénelon au moment de la condamnation de Mme Guyon : « Les prélats qui la condamnent (allusion au « tribunal » réuni en 1699 pour examiner la doctrine de Mme Guyon) le font par des écrits qu'ils ont publiés ; puis on l'a enfermée et chargée d'ignominie. Je n'ai jamais dit un seul mot pour la justifier, ni pour l'excuser, ni pour adoucir son état : n'est-ce pas beaucoup faire, sachant ce que je sais ? Le moins que je puisse donner à une personne malheureuse, et de qui je n'ai jamais reçu que de l'édification, est de me taire pendant que les autres la condamnent » (propos rapportés dans la *Nouvelle Histoire de Fénelon*, « publiée par ordre du marquis de Fénelon, et dont les exemplaires furent presque tous supprimés », in « Préface » aux *Œuvres de Fénelon*, par M. Aimé-Martin, Paris, 1835).

tiste par les aspects essentiels de sa doctrine. Elle l'est par l'incitation à l'abandon, à l'anéantissement de soi, passant par la recherche d'un état enfantin et allant jusqu'à l'apothéose du néant. Elle l'est aussi par son assurance, merveilleusement optimiste et jubilatoire, d'une présence continue de Dieu qui se donnerait à ceux qui l'aiment dans le désintéressement, comme une transparence immédiate. Elle l'est plus encore par son refus de penser au châtiment et à l'enfer, persuadée dans sa contemplation amoureusement béate que le péché est évitable. Elle l'est enfin lorsque, pour atteindre cette mort à soi dans la présence amoureuse de l'Aimé, elle préconise une communication immédiate non seulement hors méthode et hors pensée, mais aussi hors langage, culminant dans le silence pur.

L'enfance est l'état le plus sensitif et le plus objectivement imaginable de ce « pur amour ». A la mort de son père et de sa fille en 1672, Jeanne fait un « mariage mystique » avec l'enfant Jésus. Lorsqu'elle fonde, en 1690, la confrérie du Pur Amour, on l'appelle aussi « l'Ordre des Associés à l'Enfance de Jésus ». Les membres sont des « Christofflets » (ceux qui veulent porter Jésus enfant) ou bien « Michelins » (ceux qui sont si petits qu'ils ne peuvent marcher et que porte leur maître saint Michel). Jeanne préfère évidemment les « Michelins », les plus démunis, ceux qui s'abandonnent en l'état de l'enfance la plus désarmée, ceux qui sont les plus proches de « la perte de tout intérêt propre et de la propre réflexion ». « Je souffre gaiement, comme un enfant », dira plus tard Jeanne en parlant de ses crises à Thonon, ou ailleurs. Une enfance éprouvée mais heureuse se délègue à l'idéal jusqu'à se perdre en lui, en perdant toute possibilité de représentation. L'apothéose de ce mouvement se trouve sans doute dans ces pages de sa *Vie* où l'on lira la transformation du Moi en un rien innommable, sans vue ni pensée, et cependant glorieux de se savoir dans l'amour de l'Autre.

« Dans ces derniers temps je ne puis parler que peu ou point de mes dispositions. C'est que mon état est devenu simple et invariable. *Le fond de cet état est un anéantissement profond, ne trouvant en moi rien de nominable.* Tout ce que je sais, c'est que Dieu est infiniment saint, juste, bon, heureux ; qu'il renferme en soi tous les biens, et moi toutes les misères. *Je ne vois rien au-dessous de moi, ni rien de plus indigne que moi...* Le bien est en Dieu ; *je n'ai pour partage que le rien.* Que puis-je dire d'un état toujours le même, *sans vue ni variation ?* Car la sécheresse, si j'en ai, est égale pour moi à l'état le plus satisfaisant. Tout est perdu dans l'immense, et *je ne puis ni vouloir ni penser. C'est comme une gouttelette d'eau perdue et abimée dans la mer : non seulement elle en est environnée, mais absorbée.* Dans cette immensité divine, elle ne se voit plus, mais elle discerne en Dieu les objets, sans les discerner autrement que par le goût du cœur. Tout est ténèbres et obscurité à son égard ; tout est lumière de la part de Dieu, qui ne lui laisse rien ignorer sans savoir ni ce qu'elle sait, ni comment elle le sait... Il n'y a là ni clameur, ni douleur, ni peine, ni plaisir, ni incertitude ; *mais une paix parfaite ;* non en soi, mais en Dieu : *nul intérêt pour soi, nul souvenir, ni occupation de soi.* Voilà ce que Dieu est en cette créature. Pour elle, misère, faiblesse, pauvreté, sans qu'elle pense, ni à sa misère, ni à sa dignité. Si on croit quelque bien en moi, on se trompe et on fait tort à Dieu. Tout bien est en lui et pour lui. Si je pouvais avoir un contentement, ô c'est de ce qu'il EST CE QU'IL EST, ET QU'IL LE SERA TOUJOURS. S'il me sauve, ce sera gratuitement, car je n'ai ni mérite ni dignité.

« Je suis étonnée qu'on prenne quelque *confiance en ce néant ;* je l'ai dit : cependant je réponds à ce qu'on me demande sans m'embarrasser si je réponds bien ou mal. Si je dis mal, je n'en suis pas surprise : si je dis bien, je n'ai garde de me l'attribuer. Je vais sans aller, sans vues, sans savoir où je vais. Je ne veux ni aller ni m'arrêter. La volonté et les instincts sont disparus : pauvreté et nudité sont mon partage. Je n'ai ni confiance ni défiance, *enfin rien, rien, rien* [1]. »

« Celui qui aime parfaitement, écrit Jeanne à Fénelon,

[1]. On trouvera des idées analogues chez Fénelon : « Exilés ici-bas pendant un moment infiniment petit, Jésus-Christ veut que nous regardions cette vie comme l'enfance de notre être, et comme une nuit obscure, dont les plaisirs ne sont que des songes passagers, et tous les maux des dégoûts salutaires. » « Pour être parfait chrétien, il faut être désapproprié de tout, même de ses idées. Imposez donc silence à votre imagination ; faites taire votre raison. Dites sans cesse à Dieu : Instruisez-moi par le cœur, et non par l'esprit ; faites-moi croire que les saints ont cru, faites-moi aimer comme les saints ont aimé » (*Rencontre avec Ramsai*, en 1710). Dans son discours philosophique sur l'Amour de Dieu, l'auteur de l'*Éducation des filles* et de *Télémaque* précise de manière très guyonienne :

« Quatrième preuve
Par la nature de l'amour

L'amour est le mouvement de l'âme par lequel elle tend, s'unit et s'attache aux objets qu'elle aperçoit. On peut s'attacher à un objet pour la perfection qu'on y découvre, ou pour le plaisir qu'il nous cause. C'est l'excellence de l'objet qui fait la perfection de notre amour. Plus l'objet est parfait, plus notre amour est imparfait, si nous y tendons par un motif indigne. *Si je n'aime Dieu que par cette seule raison qu'il me cause du plaisir, ce n'est pas lui que j'aime, c'est moi-même.* Je tends vers lui, je m'attache à lui, il est vrai ; mais je n'y tends et je ne m'y attache que pour moi. *Le vrai amour, au contraire, est une justice qu'on rend à l'excellence de ce qu'on aime. Sa nature est de sortir de soi, de s'oublier, de se sacrifier pour l'objet aimé,* de ne vouloir que ce qu'il veut, de trouver notre bonheur dans le sien. Tout le reste n'est qu'un accident qui n'entre point dans l'essence de l'amour.

L'amour humain et héroïque est une image de l'amour divin.

En parlant de l'amour profane, l'imagination imite ces traits de la souveraine raison. Elle les applique mal, mais elle les trouve dans le fond de notre être. Dans les peintures qu'on nous fait des passions nobles, l'on ne s'intéresse aux héros qu'autant qu'ils s'exposent à périr pour ce qu'ils aiment. *C'est ce transport et cet oubli de soi qui fait toute la beauté et l'élévation des sentiments humains.*

Je conviens que ce transport n'est jamais réel pour la créature. Elle n'a ni le pouvoir de nous enlever à nous-mêmes, ni le droit de nous attacher à elle. Nous ne l'aimons jamais hors de Dieu, que pour la rapporter à nous d'une manière subtile ou grossière. Dieu seul peut nous tirer hors de nous-mêmes, en se montrant infiniment aimable, et en nous imprimant son amour. Ce qui est romanesque, injuste, impossible à l'égard de la créature, est réel, juste, et dû au souverain Être. »

n'aime parfaitement que parce qu'il est entièrement mort lui-même [1]. » Le pur amour est décrit comme « un travail sans travail », « nuit passive », « privation de tout », « trépas », « désappropriation » [2].

On comprend que lorsque cette « sainte indifférence » contamina Saint-Cyr, les autorités se soient émues. Mme de Maintenon, d'abord séduite, recule ; Mme du Perron, du parti adverse, fustige « cette prétendue résignation à la volonté de Dieu, qu'on poussait à consentir aussi franchement à sa damnation qu'à vouloir être sauvée, c'était en cela que consistait le fameux acte d'abandon qu'on enseignait, après lequel on n'avait plus que faire de se mettre en peine de son sort pour l'éternité ». Le célèbre logicien et grammairien de Port-Royal Pierre Nicole n'est pas moins sévère : « Le quiétisme, dit-il, est une adresse du Diable qui, désirant abolir tous les mystères et tous les attributs de Dieu par lesquels il a opéré le salut des hommes, et n'y pouvant réussir, a trouvé le secret de les anéantir au moins dans leur mémoire, en faisant prendre à de faux spirituels une méthode qui consiste à n'y plus penser [3]. »

Une protection contre le jugement ?

En effet, l'anéantissement des attributs propres, l'amortissement des désirs, volontés, intérêts personnels, la mort en somme du Moi, a comme corrélat logique de faire de Dieu une simple présence éblouissante, privée d'attributs elle aussi.

1. Cf. Masson, *Lettres, op. cit.*, p. 47.
2. *Ibid.*, p. 29-30, 32, etc.
3. Cité par Fr. Mallet-Joris, *Jeanne Guyon*, Flammarion, 1978, p. 241. — Bossuet trouvera des mots très durs pour condamner cette hérésie, mais peut-être surtout la personne de Fénelon. Ainsi : « Il faut délivrer l'Eglise du plus grand ennemi qu'elle ait jamais eu. Je crois qu'en conscience, les évêques ni les rois ne peuvent laisser M. de Cambrai en repos. »

En dépouillant son idéal d'attributs, c'est surtout de son jugement et de son châtiment que Jeanne le prive, pour en faire un Dieu purement et oblativement aimant, qu'elle ne saurait que louer et glorifier. Non craindre ni même prier. « Tout ce que je voyais m'instruisait à vous aimer... S'il pleuvait, je voulais que toutes les gouttes d'eau se changeassent en amour et louanges... Je m'unissais à tout le bien qui se faisait au monde et j'aurais voulu avoir le cœur de tous les hommes pour vous aimer », écrit-elle encore dans sa *Vie*, au milieu de tant de déboires, de maladies, d'abandons et de déménagements qui ne semblent pas l'atteindre. On trouvera l'apothéose de cette louange dans les *Torrents* (poème théologique écrit avant 1684) mais surtout dans son *Explication du Cantique* (« Le Cantique des Cantiques de Salomon interprété selon le sens mystique et la vraie représentation des états intérieurs », dans son *Examen de l'Ecriture sainte*, écrit depuis 1685, publié à partir de 1704). Le discours analogique et sensuel du Cantique biblique se prête aisément, dans la lecture qu'en fait Jeanne, à accentuer l'union continuelle avec l'Aimé, mais ne contribue pas à révéler sa tension. Les fleurs, les tourterelles, les saisons sont pour elle les preuves de la présence divine dans laquelle nous sommes baignés, inondés. Cette osmose trouve dans le *parfum* (thème amoureux par excellence, thème baudelairien) la métaphore la plus puissante de l'union des amants. « Votre nom est comme une huile répandue », dit le texte, et Jeanne enchaîne sur cette présence divine « comme un baume répandu qui s'accroît insensiblement, à mesure qu'il se répand davantage ; et avec une odeur si excellente que l'âme commençante se trouve toute pénétrée de sa force et de sa suavité ». Bossuet se révolte contre pareille assurance qui se croit si prétentieusement digne de l'amour divin, qui s'égale même sournoisement à Dieu dans cet amour si immédiat, si pleinement partagé. Jeanne est imperturbable : « Il y a des personnes qui disent que cette union ne peut se faire que dans l'autre vie, mais je tiens pour certain qu'elle peut se faire en celle-ci ; avec cette différence qu'en cette vie, on possède sans voir, et dans l'autre, on voit ce qu'on possède. »

D'où vient cette assurance de posséder l'invisible qui nous aime ?

L'enfer est un songe

Jeanne ne croit pas en l'enfer. La certitude que l'enfer n'est peut-être qu'un songe, elle l'a depuis l'âge de neuf ans, lorsqu'elle avoue à sa maîtresse qu'elle « avait douté jusqu'à présent de l'enfer », avant de faire un rêve. « Il me paraissait comme un lieu d'une obscurité effroyable où les âmes étaient tourmentées. » Ce lieu des songes, ces affres de l'inconscient, elle préfère les ignorer. L'extraordinaire est qu'elle y réussit. Non sans un certain effort d'ailleurs, car elle avoue que si pour échapper aux souffrances on doit éteindre les désirs dans l'état d'abandon, eh bien !, « il faut se tenir ferme à l'abandon », sans écouter le raisonnement ni la réflexion [1]. Une « volonté de ne pas vouloir » serait requise dans cet évidement de l'enfer (de l'inconscient ?) qui nous incite à chercher ses ressorts imaginaires.

Un combat sémiologique : les sentiments sont-ils nommables

Enfin, c'est toute une sémiologie rebelle à la conception courante des signes et de leur usage que préconise Jeanne. Bossuet le comprend, lui qui fait art de la parole : au lieu de

---

1. *Le Moyen court et très facile pour l'oraison que tous peuvent pratiquer très aisément*, 1883.

juger des sentiments sur les paroles qui sont au commencement et qui dominent, Jeanne « juge des paroles sur les sentiments », s'indigne-t-il. Elle fait résider en somme un « sens caché », mystique, dans l'en-deçà du langage. Dans *Les Instructions sur les états d'oraison* (1697), livre secrètement influencé et en tout cas inspiré par le débat avec Mme Guyon et Fénelon, Bossuet soutient que tout état considéré irreprésentable est en réalité nommable. A travers Guyon, Bossuet combat, semble-t-il, le protestantisme. Il passe ainsi à côté de ce *vide* qui est le véritable objet de l'oraison de Jeanne : à côté de l'expérience où le *Moi* se vide pour se faire tout entier *Sujet* égal à son Dieu aimé (Jeanne se dit, dans sa *Vie*, l'épouse et la mère du Christ, voire le Christ lui-même, ce qui horrifie Bossuet...).

L'oraison de « pur amour » trouvera ses précédents chez sainte Jeanne de Chantal et chez saint François de Sales que Jeanne lit à treize ans. L'oraison est un discours amoureux tacite qui dans un premier temps se débarrasse de la méthode, de la raison, des règles mêmes du jugement pour se laisser porter enfin par une sorte de non-savoir et de réserve. « O mon Dieu ! enseignera-t-on avec méthode à faire l'amour à l'Amour même ! », s'exclame *Le Moyen court*. De même : « Il faut remarquer, qu'il faut que les vertus paraissent être venues dans l'âme sans aucune peine ; car l'âme dont je parle n'y pense pas, puisque toute son occupation est un Amour général, *sans motif ni raison d'aimer*. Demandez-lui ce qu'elle fait à l'oraison et durant le jour : elle vous dira qu'elle aime. *Mais quel motif ou raison avez-vous d'aimer ?* Elle n'en sait ni n'en connaît rien. Tout ce qu'elle sait, est qu'elle aime, et qu'elle brûle de souffrir pour ce qu'elle aime. Mais c'est peut-être la vue des souffrances de votre Bien-Aimé, ô âme, qui vous porte ainsi à souffrir ? Hélas, hélas, dira-t-elle, je n'y pense pas, et elles ne me viennent pas à l'esprit Mais c'est donc le désir d'imiter les vertus que vous voyez en lui ?

Hélas, *je n'y pense pas*. Que faites-vous donc ? J'aime. N'est-ce pas la vue de votre Bien-Aimé qui enlève votre cœur ? *Je ne regarde pas* cette beauté. Qu'est-ce donc ? *Je n'en sais rien*. Je sens bien dans le fond de mon cœur une blessure profonde, mais si délicieuse que je me repose dans ma peine, et je fais mon plaisir de ma douleur. »

Le « rien » mélancolique

Cependant, il semble que la souffrance, la maladie, le repli sur soi que Jeanne endure, aient conduit plus loin encore ce chavirement de la pensée vers le *rien*. « Ce fut dans cette maladie, mon Seigneur, que vous m'apprîtes peu à peu qu'il y avait une autre manière de converser avec les créatures qui sont toutes à vous, que la parole... Dans un silence ineffable... Le langage des anges... » Ces « communications de silence », si spécifiques à Jeanne, plongent le sujet dans ses replis narcissiques les plus secrets, les plus archaïques ; et s'il croit réussir à les communiquer, c'est que la même plongée narcissique chez son partenaire se prête parfaitement à la projection et à l'identification.

Pourtant, cette adepte passionnée de la « communication de silence » est un écrivain volubile. Une correspondance abondante, une *Vie*, des traités, et surtout ce premier texte si prolixe, si symptomatique, si torrentiel en effet que sont les *Torrents* [1], indiquent que le langage demeure, pour cette contemplative du vide, un lieu de plaisir.

---

1. La « Préface à la première édition » ajoute à *Torrents* le qualificatif « spirituels » « pour développer et adoucir un peu la métaphore qui, sans cela, aurait paru un peu obscure et un peu étrange pour un titre ».

Un objet érotique : le langage

Si sa jouissance est le transport immédiat d'un Moi vide dans l'idéal embrasant, son plaisir est dans la parole et l'écriture. Jeanne écrit surtout à et pour Fénelon, mais ses destinataires peuvent se multiplier ou varier pour que demeure, constamment, l'écriture. Une écriture fugueuse, souvent relâchée, sans souci de style, avec des réussites provisoires, certes, mais sans visée de rigueur, laxiste. Répétitive, stéréotypée dans son contenu et dans sa forme, l'écriture de son poème *Torrents*, par exemple, a quelque chose d'ivre, de somnambulique, d'automatique. Jeanne n'en était pas dupe et voyait bien comment on pouvait la prendre pour une « folle ». Peut-être ne savait-elle pas que l'écriture lui a permis de baliser cet espace intérieur aussi douloureux qu'amoureux et dont elle ne voulait pas trop scruter l'enfer. Ceci est surtout valable des *Torrents*, écrits à un moment crucial de sa vie où Jeanne, dépouillée de sa fortune par sa famille et les *Nouvelles catholiques* de Gex, très liée au père La Combe, est en pleine crise physique et psychique : nous sommes en 1683 et elle sera internée, nous l'avons dit, à la Visitation en 1688.

L'écriture est peut-être ce « semblant de volonté » qui permet de se passer d'une volonté morale ou active, pratique, pour « se tenir ferme à l'abandon ». Pareille *tenue* confère une autorité au Moi qui peut se revendiquer « vide » à condition de procéder parallèlement à un véritable travail de repérage et de reconstitution par le texte. Cette écriture de consommation fantasmatique et de consumation de sens est plutôt une parole associative à la dérive...

« Ma mère me voyait fort grande pour mon âge... »

On est tenté aujourd'hui de chercher dans la petite enfance de Jeanne les raisons d'une telle économie amoureuse. On n'y trouve que mésaventures objectives et triomphalisme subjectif. Née au bout d'une grossesse de huit mois (« ma mère a eu une frayeur terrible »), Jeanne tombe tout de suite malade d'inflammation des jambes et du dos, l'abcès conduisant à une gangrène ; on la croit perdue, mais elle en guérit ; on la met en nourrice, comme d'ailleurs tous les enfants de son époque ; à peine sortie de nourrice, la voilà éloignée à nouveau de sa famille, pour être confiée au couvent ; à sept ans, on l'enverra chez les Ursulines avec ses demi-sœurs, puis, après des conflits avec celles-ci, elle se retrouvera chez les dominicaines où elle contracte la petite vérole... Son seul moment de bonheur semble avoir été, à l'âge de quinze ans, l'amour pour un cousin. Cependant, les parents mettent vite fin à cette idylle et la marient, sans qu'elle sache avec qui au moment de la signature du contrat de mariage. L'époux est un homme beaucoup plus âgé qu'elle, riche et généreux mais difficile et insupportable pour sa jeune épouse. Elle sera mère de cinq enfants dont deux mourront en bas âge. Son fils aîné contracte à son tour la petite vérole, et pour la deuxième fois elle en est atteinte ; tous les deux en resteront défigurés... Et ce n'est là qu'une partie infime de ses déboires. On retiendra surtout l'absence de révolte, et un certain « quiétisme » en effet précoce (peut-être simplement imaginé après coup par celle qui, écrivant sa *Vie*, était déjà devenue quiétiste), avec lequel elle accueille ses malheurs. Une seule amertume persiste cependant, que la « tenue » de la quiétiste n'a pas su effacer : à l'égard de sa mère distraite, froide, sinon cruelle. — « Ma mère me voyait fort grande pour mon âge, et plus à son gré qu'à l'ordinaire, ne songeait plus qu'à me produire, qu'à me faire voir les compagnies, à me bien parer... » « Elle m'aimait un peu plus, parce qu'elle me trouvait à son gré. Elle ne laissait pas de préférer mon frère à moi... car lorsque j'étais malade et je trouvais quelque chose à mon gré, mon frère le demandait, et quoiqu'il se trouvât bien, on me l'ôtait pour le lui donner. »

Une mère froide, une solitude et une privation ostensible, injuste, blessante... Est-ce la guérison de cette plaie précoce, inscrite jusqu'à l'abcès dans son dos et la gangrène dans ses jambes, que Jeanne cherchera en imaginant — et en réussissant à rendre réel cet imaginaire — un Dieu pleinement aimant et directement accessible dans une oraison préverbale, enfantine ?

« Sans autre volonté que son père... »

Si ses parents sont absents, du moins ne sont-ils pas répressifs. On l'a même trouvée, un jour, en train de jouer dans la rue avec des enfants d'une autre condition, ce qui montre que la surveillance n'était pas ce qu'elle aurait dû être. Jeanne évolue dans un vide d'amour, mais elle ne souffre pas de surmoi tyrannique. Dans cet univers de solitude et de négligence, un être idéalisé demeure : son père qui semble être, selon le récit qu'elle fait de son enfance, le personnage le plus attentif à Jeanne. Très symptomatiquement, elle remarquera que son modèle, sainte Jeanne de Chantal, « parut toujours sans autre volonté que son père ». Jeanne ne fera-t-elle pas de même lorsque, jeune fille pleine de verve et de ruse, elle s'abandonne complètement à la volonté de ce père pour n'épouser, en somme, et avec une certaine satisfaction, que cette volonté paternelle, puisqu'elle accepte le mariage arrangé sans même savoir qui est le mari ?

Tout semble bien, trop bien mis en place, pour qu'un narcissisme blessé ait pu, par structures extra-familiales (nourrices, couvents, etc.), passer entre les mailles de la loi surmoïque, et élaborer des défenses dont les fondements s'enracinent dans ce que nous avons appelé un père imaginaire, pré-condition de l'Idéal du Moi, lieu de constitution du Moi Idéal. Le « pur amour » n'est-il pas un glissement perpétuel du vide à l'Un, du Moi qui n'est qu'en Lui, à Lui qui est un Moi vide, dans la permanence de l'Union ? C'est d'ailleurs à chaque fois soutenue par un père, de l'Eglise cette fois, mais en position inconfortable, que Jeanne sortira de l'état profondément névrotique de son mariage. Ce sera d'abord le rôle de La Combe et, enfin, de façon infiniment plus brillante mais toujours en dissidence par rapport au dogme officiel, celui de Fénelon. Pleurs, migraines, incompatibilité de caractères avec son mari et sa famille — toute cette réalité de son mariage a sans doute des raisons objectives qui ne la rendent pas moins douloureuse, et les lectures, pas plus que les oraisons, n'en arrivent réellement à bout. Il a fallu attendre la mort de Guyon (1676)[1], la relation avec La Combe, puis Fénelon, pour que l'équilibre du « pur amour » advienne... sous sa plume.

Le silence comme une mère artificielle

D'autre part, la passion de Mme Guyon pour la communication silencieuse semble viser ce continent du narcissisme

---

1. Jeanne devient veuve à vingt-huit ans. Elle se dévoue dès lors, avec le père La Combe et d'autres, à diverses œuvres qui la conduiront en voyages fébriles à Genève, Thonon, Verseil, Grenoble... S'occupant des *Nouvelles Catholiques*, dont d'ailleurs Fénelon était le chef, Jeanne refuse cependant toute charge de supérieure, et se consacre à une œuvre d'oraison et d'écriture dont le rayonnement s'exerça sur l'opinion, non sur les institutions.

précocement fixé et consolidé par une idéalisation potentielle, mais qui tient prisonnier l'affect du côté d'une mère innommable. Une mère insaisissable, non seulement parce qu'elle est pré-œdipienne, mais parce qu'elle est affectivement ravageante : trop blessante ou trop absente. *Le silence* apaise la douleur d'un tel manque maternel. Il réconcilie le sujet avec la peine creusée par ce manque ; il le couvre, l'apprivoise doucement ; il le panse, pourrait-on dire, s'il ne le pense pas. Le silence comme une mère artificielle. Soutenu par l'idéal, « Je » peut alors s'approprier cette douleur, la neutraliser, l'apaiser. Sans masochisme, et sans paranoïa, qui supposerait une soumission à une loi sévère, non pas un amour pour et de la part d'un Tiers. Là où l'hystérique souffre de tenir cet affect prisonnier de la mère dans une érotique homosexuelle indicible ; là où Dora tombe malade, fuit son analyste, hait les hommes et en somme ne cesse d'être obsédée par le sexe de la mère, de l'autre femme — Jeanne choisit le repli. Non pas la guerre, ni même la quête de l'objet premier, pas plus que des « autres ». Elle cherche et réussit la consolidation de la frontière originaire entre le non-encore-Moi et l'Autre : orée du narcissisme, du vide mitoyen de l'idéal, terre promise des idéalisations primaires... Etait-ce parce que, comme le dit Françoise Mallet-Joris dans son livre émouvant de sympathie pour Jeanne [1], elle a été une fille saine, naturelle, pleine de vie et d'élan ? Contrairement à la reconstruction presque joviale que Jeanne propose de son personnage, son écriture donne plutôt l'impression d'un être ballotté, constamment au carrefour de la déréalisation et de l'action, du songe et de la pression sociale. Elle déploie des efforts insensés pour se consolider une parcelle sinon de réalité, du moins de réel. Un réel impossible qu'elle ne possède même pas en propre, qui n'est pas « sien », mais où elle *tient* grâce à son dispositif

---

1. Cf. *Jeanne Guyon*, Flammarion, 1978, *op. cit.*

imaginaire de « silence » et de « pur amour ». C'est l'élaboration la plus fidèle, la plus solide possible, de sa fragilité où le
corps et le sens risquent de basculer dans l'affect noir et
indicible. Force est de constater que le cadre social et idéologique, quoique de plus en plus contraignant pour les individus aussi intimement enracinés dans le narcissisme, se prêtait
néanmoins à son élaboration, fût-elle hérétique. Ce père, tous
ces pères dissidents... Aujourd'hui, l'analyste devrait pouvoir
être, aussi et pour un temps, le support de notre Idéal du
Moi...

Une père-version du langage

Il y a enfin cette guerre paisible et cependant si violente,
contre le culte désormais dominant de la représentation, et,
plus encore, de la représentation rationnelle. Au-delà de
Bossuet, c'est avec Descartes que Jeanne entre en conflit. Au
cartésianisme qui soutient que le rêve lui-même est en définitive une représentation identique à celle qui constitue l'idée [1],
Jeanne amoureuse, Jeanne emportée par sa logorrhée au
bord de l'aphasie, du rien, de l'innommable, oppose... Quoi ?
Le simple fantasme hystérique d'un en-deçà du langage,
havre victimaire des amours maternelles, source de symptô-

---

1. Descartes définit l'*idée* par l'*image* et l'*image* par l'*idée* au point que
même l'image du rêve lui paraît comme l'homologue de l'idée forcément
consciente. Le cartésianisme devient en effet « la variante la plus problématique de la théorie de la représentation, suivant laquelle les idées doivent être
l'objet immédiat de l'expérience » (cf. W. Röd, « L'Argument du rêve dans la
théorie cartésienne de l'expérience », in *Etudes philosophiques*, 1976, n° 4,
p. 461-473).
    Notons que Bossuet est d'accord avec le cartésianisme au moins sur la
nécessité de lutter contre les quiétistes, comme il l'écrit à Malebranche tout en
regrettant que dans sa lutte contre eux Malebranche ne propose rien à la
place (cf. *Correspondance*, éd. Urbain-Levesque, Paris, 1909-1923).

mes et d'angoisses ? Ou bien propose-t-elle quelque chose de plus, grâce au « travail sans travail » que fut l'oraison, mais aussi grâce à cet évidement fantasmatique qu'est l'écriture ? Une possibilité peut-être d'élargir les bords du nommable par-delà les frontières que lui assignerait un discours de méthode et d'idées : en transposant dans les signes l'expérience non pas d'un sujet-point d'appui de la raison, analogue blanchi du Dieu créateur, mais l'expérience d'un sujet amoureux, panoplie de permanences et d'absences, dialectique de pertes et de plénitudes... Un tel sujet est archaïque en cette fin du XVIIᵉ siècle ; il est si moderne pourtant par son insistance dans les symptômes et par notre impossibilité de nommer les affections dites narcissiques. Jeanne en a indiqué le territoire, en militante vaincue devant des adversaires triomphants qui avaient pour eux l'avenir. Le proche avenir. D'autres, avant elle, avaient su en construire le discours avec plus de talent, mais aussi avec plus de compréhension socio-historique : sainte Thérèse, saint Jean de la Croix... Jeanne, elle, ne manque pas d'apparaître niaise, et en tout cas de se laisser capter par un regard, notre regard, qui repère les symptômes plus facilement chez elle que chez ses prédécesseurs : toutes ces confréries, toutes ces activités frivoles, toutes ces lettres mi-laïques mi-théologiques, mi-amoureuses mi-édifiantes... Elle est entre deux codes : penchée sur ses drames narcissiques dont elle jouit par une perversion du langage, aussi bien que happée par son siècle, prête à basculer dans l'activité raisonnable. Ou simplement à lui opposer un envers acceptable : l'enfance, la spontanéité, sans oublier la préciosité mondaine qu'elle absorbe couramment dans certains de ses textes.

Lisons-la cependant avec l'amour que méritent les vaincus des causes qui ont tout l'avenir devant elles. Leurs problèmes sont les nôtres — sous d'autres formes, avec d'autres solutions...

Car l'affrontement du sujet avec du non-représentable relève, pourrait-on dire, d'une exposition de la structure narcissique qui, sans s'effondrer dans l'aphasie ou la psychose, s'agrippe à l'ultime crête de sa consistance, à ce qui la fait être comme un « degré zéro » de la subjectivité : au père imaginaire. C'est dire que le *culte* de l'irreprésentable est un culte du père imaginaire : celui qui nous aime, pas celui qui nous juge.

L'Occident connaît un autre abord de cette nécessité structurale : au lieu de lui rendre un culte, le Fils prend d'assaut l'instance de ce père imaginaire. Père et Fils, socialisation du narcissisme, réussite là où le psychotique échoue : telle sera la mission de l'artiste qui fera briller d'images les églises chrétiennes. Jusqu'aux troubadours et Joyce, l'artiste essaiera de nommer au plus près de l'innommable cette courbe d'amour qu'est le narcissisme. La nomination qui en résulte est nécessairement éclatée, pulvérisée. La libido homosexuelle sous-jacente au culte irreprésentable du père imaginaire s'y résorbe en s'exhibant, elle s'y consume en se sublimant.

Une histoire simple pourrait cependant être la version moderne... et souffrante du « silence » de Jeanne.

Cause toujours, ou la parole déçue

Suzanne vient en analyse accablée par « le destin », pense-t-elle. Un père mort dans un camp nazi ne lui lègue que le souvenir d'un jour de soleil où il promène Suzanne bébé à vélo : elle en garde la chaleur de son corps, et la sensation de l'agrippement. Mort ? Pas tout à fait : pour Suzanne, ce père mythique n'est qu'en « voyage ». Des années après la guerre, elle l'attendra, sans y croire, mais quand même... Cependant, on peut penser qu'elle a cru le retrouver, puisque depuis

*longtemps Suzanne vit avec Roger, un handicapé de son âge.
Elle se dévoue à lui, Samaritaine sublime et agacée déjà, sans
pouvoir pour autant ni le quitter ni se résigner à être sa
compagne éternelle. Suzanne parle abondamment, ardem-
ment : une force noire qui ne cesse de s'exprimer, sans blanc,
sans ponctuation. Mais sans rien dire non plus. Une lassitude
habite ce discours fébrile, une vanité souvent consciente et
lucide : « Je m'agite mais je n'y crois pas, c'est pas ça, je fais
semblant, il y a comme une distance, un espace creux entre ce
que je dis et ce que c'est... Mais je ne sais même pas ce que
c'est... » Avant Roger, Suzanne vivait avec sa mère : une
passion folle, adhésion totale et colère permanente. « Je fais
des fautes de français, dit Suzanne, j'emploie toujours
« confusion » pour « scission », et vice versa. » Ce lapsus, qui
trahit tout un drame de l'individuation, s'accompagne du fait
qu'elles ont toutes les deux, mère et fille, une langue à elles,
langue privée que ne partage aucune de leurs connaissances :
l'allemand. C'est la langue de la mère que la fille comprend
mais ne parle pas. Cependant, la consommatrice passive de la
langue maternelle sait retourner l'excitation de cette étreinte
maternelle en la maîtrise blanche, distanciée, décevante et
néanmoins existante, de son activité sociale. Suzanne est
décoratrice et femme d'affaires : tout pour le regard, le toucher et l'argent... « Mais, je vais vous dire, ça me laisse
froide. » Et frigide.*

*Il y a, dans l'hystérie, un curieux chiasme (le chiasme est,
rappelons-le, le croisement que forment les nerfs optiques :
simple coïncidence), qui rappelle le narcissisme primaire.
Comme si le sujet se plaçait au lieu même où les pulsions
basculaient en une inscription psychique qui conduit à l'organisation mentale symbolique. Situé à ce carrefour, l'hystérique ne peut qu'osciller. Côté mère, elle/il retrouve l'excitation pulsionnelle indicible. Côté père, elle/il s'ancre dans le
langage et dans le symbolique mais en se lestant de son corps.*

La surabondance verbale de l'hystérique est en somme une aphasie... *Le symptôme (douleur ou angoisse) qui peut advenir comme tentative de résoudre ce chiasme intenable en instaurant, à la place du croisement narcissique, un bouclage de la motion pulsionnelle sur le corps même, illustre l'échec de cette séparation pulsion/langage qui amorce la constitution de l'espace psychique.*

Le sentiment de l'hystérique d'avoir un « discours futile, discours vain » (le féminisme en a fait une idéologie militante en déclarant le discours « phallocrate » et en s'insurgeant contre lui), *s'éclaire, me semble-t-il, à la lumière du narcissisme primaire tel qu'il a été évoqué p. 56-57 ; un objet d'un côté, un père imaginaire de l'autre, une formation narcissique épousant les deux et reposant sur ce vide qu'est l'exquise différenciation de la* motion pulsionnelle en inscription psychique [1]. *La parade narcissique sera une tentative d'affronter ce vide à l'objet, pour le remplir de pulsions, de satisfaction ou de dégoût. Cette parade narcissique peut prendre aussi l'aspect d'une fuite imaginaire qui enclenche le registre symbolique (d'où les activités fébriles, etc.). Un tel activisme reste cependant « futile », « vain » : comme en exil.* Suzanne met souvent en scène pareils triomphes narcissiques à travers un scénario apparemment masochiste : elle est l'élément tiers dans les ébats d'un couple d'amis, papa et maman, qui bien entendu se sert d'elle pour l'écarter ensuite, mais par rapport auquel elle a nettement le sentiment d'être le « centre », un « rien », peut-être, mais qui leur permet, à chacun séparément et à tous les deux ensemble, d'être Tout : de jouir.

Le père disparu, le père en voyage, est apparemment la cause dynamique de cette déception exaltée de l'hystérique. Il n'est pas un père forclos (psychotisant) ni un père mort (d'ob-

---

1. Cf. plus haut, p. 38 sq.

sessionnel) mais un père au « conditionnel passé », qui « aurait pu », mais « n'est pas »... Un soupçon de... Peut-être bien que... Mais non... Que l'histoire tragique de Suzanne ne nous cache pas une situation plus banale : le père de l'hystérique est toujours déjà un « cher disparu » du désir de la mère, un absenté pour le continent maternel endeuillé, toujours déjà déçu, face auquel ce père imaginaire du futur être parlant ne fait pas le poids : face auquel il ne se justifie que par un non-lieu.

Dans un tel contexte, l'analyste est sollicité d'« arrondir » le narcissisme du sujet. Côté abject, c'est l'impact archaïque transverbal de la mère qui est évidemment convoqué dans le transfert, à travers l'afflux d'une excitation qui se dérobe au langage et le déborde. Cet affect irreprésentable s'énonce souvent comme une plainte du discours hystérique contre le langage qui « ne dit pas le fond des choses ». Il peut aussi être éprouvé comme une douleur imaginaire ou comme une véritable souffrance somatique. Cependant, le tourniquet du chiasme narcissique peut propulser le transfert vers le père imaginaire. Le sujet se délègue, alors, à travers une idéalisation de son analyste, au père de sa préhistoire individuelle ; homme et femme, père et mère, sorte d'être bisexuel(le). Tous les registres sont par conséquent mis en œuvre dans un discours de séduction, avant que les représentants (verbaux ou de comportement) de cette agitation n'apparaissent coupés des affects, nuls et vains devant le jugement de l'instance œdipienne à laquelle le père imaginaire ne s'est pas intégré.

Servir de pare-excitation, en maintenant strictement le cadre analytique ; susciter l'afflux pulsionnel en interprétant le transfert idéalisant dans le cadre analytique : voilà ce qui, dans un premier temps, permet à l'analyste de conduire l'analysant à construire une dynamique de ses imagos et, par là même, une dynamique des signes qui le parlent. On voit que cette dynamique, qui vise à redonner sens au discours déçu en lui faisant rencontrer les motions pulsionnelles (Triebregung), *passe par une restructuration du narcissisme dont les carences sont sans doute la base de ce qui apparaît comme une éclipse de la représentation.*

Baudelaire,
ou de l'infini, du parfum et du punk

> *De la vaporisation et de la centralisation du Moi. Tout est là.*
>
> *L'amour, c'est le goût de la prostitution (...) Qu'est-ce que l'art ? Prostitution.*
>
> *Fusées*

Chez Baudelaire (1821-1867), le *texte* prime l'expérience amoureuse cependant explicite, et dans laquelle deux bords s'offrent à la lecture : d'une part, la passion destructrice (« sadique », a-t-on dit [1]) des corps ; de l'autre, la vénération exaltée d'un idéal inaccessible mais absolu et nécessaire. Baudelaire amant, Baudelaire catholique, Baudelaire mystique : ce n'est peut-être pas le même, mais c'est un texte tout entier fondé sur la *métaphore*.

Narcisse au tribunal de la philosophie

Auscultant l'intimité baudelairienne dans un texte [2] que la

1. Cf. G. Blin, *Le Sadisme de Baudelaire*, Corti, 1948.
2. J.-P. Sartre, *Préface aux écrits intimes de Ch. Baudelaire*, Ed. Point du jour, 1946 (cf. aussi Sartre, *Baudelaire*, Gallimard, 1946). Cf. la réplique de

polémique avec Georges Bataille a rendu célèbre, Sartre découvre chez le poète un « tête-à-tête sombre et limpide d'un cœur devenu son miroir ». Et voilà Narcisse au tribunal de la philosophie, condamné d'en être resté à une « conscience réflexive » — simple « esquisse avortée » de la dualité, sans atteindre la conscience philosophique révoltée. Sartre exige en somme de Baudelaire, catalogué cependant Narcisse, de réfléchir en « systèmes secondaires », pourrait-on dire, et de prendre même des positions philosophiques ou politiques. Il passe en conséquence à côté du véritable monde baudelairien qui livre sa guerre à *l'abjection* [1] pour maintenir un Moi précoce, méchant parce que fragile, amoureux parce que séparé. Devant un témoignage aussi poignant de l'archéologie de notre identité amoureuse qu'est la poésie baudelairienne et sa souffrance bâtie de séparations et de décompositions, c'est au moins un contresens que de demander au poète de « jeter à la face » de sa famille et de la société « que leurs vertus bourgeoises sont atroces et stupides ». L'œuvre baudelairienne s'affirme et s'épuise tout entière dans le transport métaphorique : elle n'a pas de « position » autre que celle de l'élévation et la sidération du sens. S'agit-il vraiment d'une « démission » de la part du poète qui aurait choisi le parti des bourreaux (la croix, l'Académie) ? Ou, au contraire, d'une intenable posture entre *animalité* et *Loi* dont les figures sadiques et ennuyées révèlent la logique profonde de l'émergence du sens, pénible et violent, chez l'être parlant ?

Cependant, ce « raté » fait « œuvre humaine », et cet acte

Georges Bataille : « Sartre parle du poète avec l'intention de le supprimer » (« Baudelaire mis à nu », in *Critique*, 8-9, 1947) ; « Il est vrai que la poésie voulant l'identité des choses réfléchies et de la conscience qui les réfléchit, veut l'impossible. Mais le seul moyen de n'être pas réduit au reflet des choses n'est-il pas, en effet, de vouloir l'impossible ? » (« Baudelaire », in *La Littérature et le mal, Œuvres complètes*, t. IX, p. 197). Cf. aussi G. Blin, *op. cit.*

1. Cf. notre *Pouvoirs de l'horreur*, essai sur l'abjection, Ed. du Seuil, 1981.

inauthentique rachète cependant sa misanthropie, aux yeux
de Sartre, par « un humanisme de la création ». Or, les choses
étant plus complexes, c'est l'« empreinte chrétienne » d'un tel
« humanisme » qui fera désormais problème. Et Sartre de
l'opposer à l'« anomalie sexuelle » de Gide qui, lui, aurait su
affirmer une *autre* morale. On remarquera, en effet, la solution catholique de la jouissance chez Baudelaire : moins morale et encore moins moralisante, elle fait être le péché dans la
loi, l'innommable dans la passion baroque des signes, l'infini
du créateur dans la finitude bornée et asthénique des créatures. Cependant, et au-delà de cette idéologie, pour Baudelaire
comme probablement pour le poète plus que pour le prosateur, c'est le processus de l'écriture qui fait advenir, avec la
singularité, la possibilité même de sa jouissance. C'est là que
sa différence individuelle, *spleen* ou souffrance, peut être
vécue non pas comme figée, mais comme exaltée, crête
incandescente entre l'infini et le néant. Il n'y a qu'un seul
enthousiasme : celui de l'avènement et de la reconstruction
des signes. Une telle opération ressemble à une enfance
perpétuellement refaite, cette « enfance » en effet si souvent
revendiquée par le poète et que la critique a tendance à
identifier avec l'âge tendre antérieur à l'acte de l'écriture : elle
n'est peut-être rien d'autre qu'un corps devenu tout entier
érotique, comme l'est le corps de l'enfant réel, mais cette fois
à force de s'écrire dans la multiplicité de ses registres, des
pulsions aux idéaux.

« L'enfance retrouvée à volonté », cet « enfant (qui) voit
tout en *nouveauté* ; il est toujours *ivre* », est-ce autre chose
que l'écrivain-archéologue de nos narcissismes, tiraillés entre
idéal et abjection, entre image et vide, infini et non-sens ?

La question ne manque cependant pas de se poser : quelle
est cette instance idéale, de rectitude et de morale, mais aussi
de soutien généreux et qui semble être le destinataire ultime
d'une telle écriture, cependant exaltée par le mal ? Joseph de

Maistre fournit à Baudelaire non seulement sa théocratie comme cadre global pour une société possible, mais aussi sa compréhension de la *prière* qui conjugue, Blin l'a bien vu, la volonté de l'*orant* avec une auto-idolâtrie cependant commandée du dehors : la prière est une « dynamique confiée à l'homme ». Toutefois, Baudelaire réfléchit ce système dans sa propre dynamique et, de cette théocratie, il ne garde que la nécessité absolue d'un Autre, pur lieu de l'être qu'il n'est pas nécessaire de faire habiter par un existant. « Quand même Dieu n'existerait pas, la Religion serait encore sainte et divine » *(Fusées)*. De même, lors de sa crise religieuse en 1861, il écrit à sa mère : « Pendant trois mois, par une contradiction singulière, mais simplement apparente, j'ai prié à toute heure (qui ? quel être défini ? Je n'en sais absolument rien) » (Lettre du 1er avril 1861). Tout au long de l'écriture, demeurera la tension vers ce *lieu* : instance dont il a besoin pour écrire sa perte et son spleen ; principe dont la position l'assure d'être une « âme hyperbolique » toute en « lévitation » *(Art romantique)* et que signalent fortement des titres comme « Jet d'eau » ou « Fusées ».

Fonction paternelle ? Lieu du « père imaginaire »[1] plus précisément, qui permet à la structure narcissique de se déployer et de se dire. Si Baudelaire est regardé par quelqu'un qui le fait exister dans son identité fragile, cet autre est bien le... symbole lui-même : « ... à travers des forêts de symboles qui l'observent avec des regards familiers ». Il célébrera cet Autre aimant dans l'une des versions du « Vin des chiffonniers » : « grandeur de la bonté de celui que tout nomme ».

Le *mal* de la passion narcissique avec une mère aussi parfumée que tyrannique s'énonce alors, grâce à ce contrat maintenu avec « la bonté de celui que tout nomme », comme une floraison de signes : comme une manipulation doulou-

1. Cf. plus haut, p. 38 sq.

reuse et extatique du langage, comme « *fleurs du mal* ».

Au contraire, de nous épuiser corps et âme dans la fureur sexuelle, sans répit, trace ni symbole, nous sommes souvent des amants déçus, nos discours vidés de sens dévoilant, par-delà l'emprise maternelle, la misère de nos liens avec nos pères déchus. Ainsi Justine...

Justine ou la branche sèche

Elle évite mes yeux pendant les premiers entretiens, rougit de la racine des cheveux au fond du décolleté provocant, ou éclate d'un rire nerveux lorsque son discours l'amène, malgré elle, à me parler de ses angoisses. A sa phobie perverse s'ajoute une intelligence vive dont elle tire une fierté évidente mais dont elle se trouve de plus en plus dépossédée par l'inhibition. Universitaire autrefois brillante, Justine « se détruit » dans une sexualité débordante (« J'y laisserai ma peau ») qui l'épuise et la conduit au bord de la clochardisation.

Justine dit connaître la source de cet état : une mère dont elle a honte, aventurière et destructrice insatiable de ses amants de plus en plus jeunes qu'elle souhaite partager avec sa fille plus ou moins fascinée ou effrayée par l'offre. « Etouffante », « dégoûtante », cette mère aurait poussé Justine dans une grave maladie de la peau à la toute première enfance qui l'a coupée de tout autre contact. Puis, Justine a pris ses distances vis-à-vis de cette « horreur sans bornes », en se jetant dans les études : « Il fallait que je fasse quelque chose qu'elle ne comprend pas, que je sorte de son monde. » La « sortie du monde » fut aussi, et comme en miroir avec la « honte » maternelle, une surenchère érotique où Justine se jeta à corps perdu pour faire jouir hommes et femmes.

De cette érotique déchaînée, elle décrit les détails avec une

*réticence perverse mais aussi avec une pudeur authentique.
Car ses moyens symboliques sont clivés du corps qui s'abîme
dans l'Eros, et se tiennent raisonnablement en retrait des
orgies où Justine ne laisse en effet que sa peau : « Quand j'en
sors, ma peau me fait mal », « j'ai une peau enflammée et
douloureuse ».*

*Justine souffre en fait, comme elle le dit, le transfert aidant,
de ne pas être aimée, de ne pas aimer. « Je ne trouve pas la
juste distance. » Louis, son dernier amant toxicomane, « préfère en somme sa propre mère ». Bernard, le tout récent, se
conduit comme une femme dans l'acte sexuel et « ne cherche
de moi qu'un plaisir, mais ne me laisse pas dormir chez lui ».
Justine s'est cloîtrée dans une petite chambre qu'elle ne quitte
que pour ses orgies de plus en plus lassantes, mais qu'elle
commence depuis quelque temps à habiter pour y écrire des
poèmes. Son père (« un pervers, un faible, un raté, qui ne
pensait qu'à me séduire ») appelait son sexe de petite fille
« ma muse ».*

*De l'inexistence de ce père aux yeux de la mère, Justine tire
une image : la seule œuvre paternelle, un laurier qu'il avait
planté dans le jardin, est désormais complètement morte.
Cependant, Justine fait un rêve : Dans une auto, coincée entre
une femme-homme et un homme-femme, étouffant dans l'espace confiné, elle entend un haut-parleur annoncer la promotion de son père au poste de Directeur. La « stupidité » de ce
rêve la fait rire d'abord, puis elle s'attendrit devant son désir
de voir son père « promu ». D'abandonner l'auto(-érotisme)
plus ou moins masochique de ses orgies sera, à partir de là,
l'ambition de Justine qui part non pas à la conquête d'une
image idéale de son père (la réalité du personnage apparemment ne s'y prête pas) mais à une véritable création d'une
relation amoureuse en tant qu'elle suppose un objet idéalisable. Que l'autre ne soit pas un enfer, fût-il extatique ou bâti à
coup d'érotisme, mais qu'il puisse avoir une part de sublime.*

Que le sublime existe, Justine s'en est aperçue lorsque, en revisitant le jardin de son enfance, elle a découvert que le laurier de son père n'avait qu'une branche sèche mais que par ailleurs il éclatait de sève et de verdure. Et tout cela, sans elle.

L'analyste, dans ce parcours, n'avait ni à être une « bonne mère » aimante ni à jouer au « vrai père » sévère. Mais à se placer comme un étranger : à donner une interprétation à la fois sexuée et distante, et à ponctuer l'étouffement de Justine moins par son silence que par une parole présente. Une parole — source de temps qui diffère l'angoisse phobique devant l'explosion érotique (du contenant : de la peau), et qui lie les affects dans un objet étranger, tiers, donateur de sens (de forme, d'image, d'idée) à l'endroit même où se déclenche la fureur passionnelle. Le sublime n'est-il pas la forme de cette fureur ?

Que la parole psychanalytique agisse au même lieu, ne lui confère cependant ni la sublimité de l'art (qui fait voir ou entendre la fureur mais, par ce mime précisément, nous purge d'elle en la déplaçant dans un style), ni la dignité de la maîtrise (qui proscrit la fureur, et de ce refoulement appuie son pouvoir). Instantanée, essentiellement inachevée, ni œuvre ni loi, l'interprétation analytique juste, quand elle touche et relève la fureur sexuelle pour la déplacer et ainsi la faire exister comme telle mais aussi pour la dé-penser dans le registre du sens —, crée le temps et l'espace de l'amour.

Constructivisme et douleur : le signe poétique

De placer le principe symbolique au-dessus de tout comme condition de sa création poétique, Baudelaire se situe à l'opposé du courant surréaliste absolutisant, quant à lui, le corps[1]. Purement abstrait, mathématique en quelque sorte, l'infini baudelairien a quelque chose de constructiviste : il permet de « poétiser » au sens étymologique de « faire ». « *Tout* est nombre, le nombre est dans *tout*, le nombre est dans l'individu » *(Fusées)*. Les arts sont tous des balisages de l'espace car « ils sont nombre et le nombre est une traduction de l'espace[2] ». Se révoltant dans *Les Paradis artificiels* contre la « dépravation du goût de l'infini », il aspire à être Dieu par la construction même du poème qui devrait s'éloigner non seulement du regard et de la passion vile mais aussi de la signification pour égaler la musique. La vue sera alors « ouïe de dedans » et l'ouïe sera « vue de dedans » pour capter cette construction toute numérique qu'est la musique[3]. Est-ce vraiment la mort de la sensation que proclame Baudelaire, ou bien un codage suprême du signifiant au plus près de la sensation : un « culte de la sensation multipliée s'exprimant par la musique » *(Mon cœur mis à nu)* ?

Porteuse de l'effort sublimatoire et de la lascivité érotique, une telle musique, comme l'art baudelairien en général, est proche de la douleur : « Le violon déchire comme une lame qui cherche le cœur » ; ou encore : « Les sons d'une musique énervante et câline/Semblable aux cris lointains de l'humaine douleur. »

Dire infiniment l'infini du symbolique et de l'imaginaire,

---

1. Cf. G.-E. Blin, *Baudelaire*, Gallimard, 1939, p. 101.
2. *O.C.*, Pléiade, 1975, t. 1, p. 702. Cf. Joseph de Maistre, *Soirées, VIII, Œuvres*, t. V, p. 94-103 : « Je ne crois qu'au nombre, c'est le signe, c'est la voix, c'est la parole de l'intelligence, et comme il est partout, je le vois partout », cité par Blin, *op. cit.*, p. 104.
3. « Les notes musicales deviennent des nombres, et si votre esprit est doué de quelque aptitude mathématique, la mélodie, l'harmonie écoutée, tout en gardant son caractère voluptueux et sensuel, se transforme en une vaste opération mathématique, où les nombres engendrent les nombres... », *Paradis artificiels*, in *O.C.*, t. I, p. 419. Cf. à ce propos G. Blin, *Baudelaire, op. cit.*, p. 152 sq.

voilà l'objectif non plus de Narcisse, mais de l'artiste qui se crée dans les nombres et les signes. Selon Sartre, l'infini de Baudelaire est un non-fini, « ce qui ne peut pas finir », « touché presque et pourtant hors d'atteinte ». On pourrait cependant penser que c'est l'infini du transport poétique du sens, l'indécidable connotation du langage poétique qui est le plus proche de cette immanence de l'infini revendiquée par Baudelaire le théoricien. S'il est vrai que l'homme baudelairien est « une interférence de deux mouvements opposés mais également centrifuges dont l'un se porte vers le haut et l'autre vers le bas », comment ne pas voir que cette tension est précisément ce que Baudelaire réalise dans et par son esthétique, et plus restrictivement dans et par le mouvement même de ses métaphores, gouffre en même temps qu'infini du sens ?

Tout entier être de signes, Baudelaire ne semble jamais avoir été « substantiellement en Dieu [1] ». « Mais mon cœur, que jamais ne visite l'extase/Est un théâtre où l'on attend/Toujours, toujours en vain (...) [2]. » Si le sujet de l'écriture ne s'égale à Dieu que dans une manipulation ravissante du langage, ce Dieu n'est pas un Moi. Aucune intériorité ne le remplit, faite d'introjections de parents aimés. Les jalons de son identité demeureront *externes* : symboles, ils permettent seulement de tracer des frontières qui ouvrent vers les deux domaines séparés de l'infini et de sa perte. Aussi, le construction de l'infini est-il le constructeur du néant. « Au moral comme au physique, j'ai toujours eu la sensation du gouffre, non seulement du gouffre du sommeil mais du gouffre de l'action, du rêve, du souvenir, du désir, du regard, du remords, du beau, du nombre, etc. [3]. »

1. Cf. G. Blin, *Baudelaire, op. cit.*, p. 176.
2. *Les Fleurs du mal*, LIV, in *O.C.*, t. I, p. 55.
3. *Journaux intimes*, in *O.C.*, t. I, p. 668.

Amor mortis : un faux-semblant

Dans cette perspective, l'amour est non seulement l'envers de la mort, mais il s'appuie sur la mort : « L'Amour est assis sur le crâne de l'Humanité » (*L'Amour et le Crâne*). Saisie par le vide de Narcisse, l'aimée elle-même est dépouillée de sa passion, dévitalisée, squelettique. Elle est rendue ainsi moins dangereuse qu'une mère qui désire et qui abandonne. — « Figurez-vous un grand squelette féminin tout prêt à partir pour une fête... » (*Salon*, 1859). On comprend alors que l'amour puisse être imaginé comme un « amour contenu, mystérieux, voilé, couleur de chanoinesse » (*Fusées*).

Dire qu'il est aussi « prostitution », comme l'est l'art, n'est pas seulement un renversement paradoxal de la première proposition. Il y a, chez la chanoinesse, comme chez la prostituée ou chez le poète, une extinction des désirs crus, et une transfusion du sujet dans le semblant qui s'accompagne d'une jouissance problématique et protégée provenant d'un Autre aimant : père imaginaire qui abrite et éclaire à la fois. C'est lui qui permet au Moi blessé de se maintenir au nom d'Un sens... Ailleurs... La prostitution est le négatif de la sublimation : la sœur nocturne de l'art.

« Car la passion est chose naturelle, trop naturelle même pour ne pas introduire un ton blessant, discordant dans le domaine de la beauté pure ; trop familière et trop violente pour ne pas scandaliser les purs Désirs, la gracieuse Mélancolie, les nobles Désespoirs qui habitent les régions surnaturelles de la poésie [1]. » Le culte baudelairien de la beauté est un culte de la sublimation elle-même : de cette traversée qui neutralise le corps, les passions et tout ce qui rappelle de près

1. *O.C.*, p. 114 et 334.

ou de loin la famille-berceau des désirs. Dans le fantasme, cette sublimation donne la main à la rigidité cadavérique ou frigide, sans doute parce que « cadavre » et « frigidité » font partie de la défense contre l'érotisme en dernière instance toujours familiale. Ces thèmes morbides et froids représentent un certain reflux de la réalisation sublimatoire, ou bien son négatif psychologique névrotique.

Au contraire, quand les signes assument entièrement des correspondances infinies, quand ils deviennent ces nébuleuses en fusion, ces parfums en condensation par ailleurs si souvent évoqués chez Baudelaire — la rigidité s'évapore, et le Moi vaporisé en une métaphoricité généralisée est le terrain non pas d'une passion « vile » mais de la jouissance même, tout entière devenue *beauté*. Entendez : *signe*, ou plutôt interférence des signes, indécidable signification des *jeux métaphoriques* : « Quelque chose d'un peu vague, laissant carrière à la conjecture. »

L'écriture filtre la jouissance, alors que le fantasme (« charognes », « squelettes », « frigidité », etc.) et l'attitude existentielle qu'il entraîne (spleen, dandysme) sont destinés à la freiner. Non pas à l'éliminer, mais à la retenir. Le sentiment de culpabilité serait la cause de cette rétention, supposant qu'il y aurait dans l'économie poétique et fantasmatique quelque chose d'inacceptable par l'autre, de rejeté par lui. « Condamnation à mort pour une faute oubliée (...) Je ne discute pas l'accusation. Grande faute non expliquée dans le Rêve [1]. » Est-ce cette exaltation précoce du Moi, souvenir du premier âge (cf. « La Morale du joujou ») que Baudelaire redoute ? Un des compromis entre la *faute* et la *soif diabolique* serait cet appel ironique, feint, faux vers la mère à travers la *maladie* ou le *mal* qui semblent si souvent n'être que des faux-semblants : « Que je souffre de te voir souf-

---

1. « Poèmes à faire », in *O.C.*, t. I, p. 371.

frir ; quoi de plus vrai et de plus croyable — mais au fond, je regarde tout ceci comme de pures exagérations [1] » ; « Je suis et ai toujours été à la fois responsable et vicieux [2] » ; « J'ai une soif diabolique de jouissance, de gloire et de puissance [3]. »

La charogne et le paradis

Deux objets amoureux jalonnent le texte baudelairien, qui rappellent à de nombreux commentateurs l'expérience mystique.

D'une part, l'abject : femme-nature, corps vil, charogne, pourriture. Ainsi : « une charogne infâme/Sur un lit semé de cailloux » *(Une charogne)* ; « infâme à qui je suis lié », « le cadavre de ton vampire » *(Le Vampire)* ; « Je te frapperais sans colère » ou « Et pourtant vous serez semblable à cette ordure/A cette terrible infection » *(Une charogne)* ; de même « Comme après un cadavre un chœur de vermisseaux » *(Les Fleurs du mal,* XXIV) ; ou, à l'opposé de la Vierge, la mère du poète « choisie entre toutes les femmes/Pour être le dégoût de mon triste mari » *(Bénédiction)* ; enfin, devant l'incarnation du Diable qu'est George Sand, le poète « ne peut penser à cette stupide créature sans un certain frémissement d'horreur » *(Mon cœur mis à nu,* XXVII). « Ce qu'il y a d'ennuyeux dans l'amour, c'est que c'est un crime où l'on ne peut pas se passer d'un complice » *(id.,* XXXV) ; « L'Amour dans sa guérite,/Ténébreux, embusqué, bande son arc fatal./Je connais les engins de son vieil arsenal : Crime, horreur et folie ! » *(Sonnet d'automne).*

De l'autre, une hauteur idéalisée qui se nomme intellec-

1. *Correspondance,* La Pléiade, 1973, t. I, p. 113.
2. Lettre à sa mère, le 21 juin 1861.
3. Lettre, 4 novembre 1856.

tuellement Dieu (« Dieu est le seul être qui, pour régner, n'a
même pas besoin d'exister », *Fusées*), et qui, subjectivement,
retrouve le souvenir d'une mère sublime parce que aimée à
l'ombre d'un père imaginaire pré-œdipien. Ainsi : « j'ai gardé
la forme et l'essence divine/De mes amours décomposés »
(Une charogne). « Puisée au foyer saint des rayons primitifs »
(Bénédiction) cette « mère des souvenirs, maîtresse des maîtresses » *(Fleurs du mal*, XXXV) « éblouit comme l'Aurore/
Et console comme la nuit » *(Tout entière)*, pareille aux « As-
tres dont nul soleil ne peut flétrir la flamme » *(Le Flambeau
vivant)*. « Il y a eu dans mon enfance une époque d'amour
passionné pour toi : écoute et lis sans peur (...) J'étais toujours
vivant en toi, tu étais uniquement en moi. Tu étais à la fois
une idole et un camarade » (Lettre à Mme Aupick, 6 mai
1861). « ... il me semble qu'il me manque quelque chose (...)
c'est toi qui me manques. Il me manque cette présence,
quelqu'un à qui l'on dit toutes sortes de choses, avec qui l'on
rit sans aucune sorte de gêne ». « ... le goût précoce du *monde*
féminin, *mundi muliebris*, de tout cet appareil ondoyant,
scintillant et parfumé, fait les génies supérieurs » *(Un mangeur d'opium VII, Chagrins d'enfance)*[1]. « Comme vous êtes
loin, paradis parfumés » *(Moesta et Errabunda)*, etc.

On a pu voir ce dédoublement baudelairien s'incarner dans
des relations amoureuses concrètes : le *sexe* avec Jeanne
Duval d'un côté, l'*amour* cristallisé avec Marie Daubrun et
Mme Sabatier de l'autre. On en a surtout souligné la portée maléfique, agressive, sadique : « Il y a dans l'acte
de l'amour une grande ressemblance avec la torture, ou avec
une opération chirurgicale[2] ; la « volupté unique et suprême de l'amour gît dans la certitude de faire le *mal*[3] ».

1. In *Paradis artificiels, O.C.*, La Pléiade, 1975, t. I, p. 499.
2. In *Fusées, ibid.*, p. 659 ; cf. aussi p. 651.
3. *Ibid.*, p. 652.

On s'est dit, enfin, frappé par son « impuissance » (Sartre).

Il serait cependant léger de voir dans l'image négative de la femme chez Baudelaire une simple vengeance incestueuse, œdipienne, contre l'épouse du général Aupick. Plus fondamentalement, la « charogne » renvoie à un corps sans limites, in-sensé et ravagé d'une crise qu'on pourrait dire narcissique profonde. Si l'on admet en effet qu'en littérature, comme en rêve, ce dont « je » rêve ou « je » parle est ce que « je » suis, les abjections baudelairiennes sont autant d'indistinctions entre le *sujet* et l'*autre* : des corruptions d'une identité qui s'avoue impossible.

Néanmoins, cette abjection se soutient, existe et se dépense par et dans un contrat qui constitue irrémédiablement celui qui parle en *signe*, en *lettre*, en *texte*. — « Dieu est un scandale, un scandale qui rapporte » (*Fusées*, XVII). S'il y a une mystique ou un mystère de Baudelaire, ils sont là : dans la possibilité de ce Moi décrépit de se *dire* métaphoriquement « vaporisé » grâce au contrat maintenu avec l'Autre. Il embrasse par la métaphoricité élargie toute la gamme du psychisme et *se substitue au refoulement originaire*. Produite par les moyens du langage, une telle « vaporisation » pour un tel tremblement d'identité ne saurait être qu'une ruine de la psychologie. On sait avec Freud que celle-ci est le discours du Moi en tant que projection du corps propre, voire de sa surface (de sa peau). Ici, au contraire, un sujet centré « là-bas », ailleurs (cf. *Invitation au voyage* : « *Là*, tout n'est qu'ordre et beauté... »), transforme le discours de la décomposition du Moi-corps en... *parfum*.

Le *parfum* chez Baudelaire a des connotations fusionnelles condensant le souvenir ivre d'un corps maternel envahissant tout autant qu'envahi, et qui sont sans doute l'envers sublime de la déjection agressive. Mais le *parfum* est également, il est surtout l'allégorie de la pulvérisation du sens et du langage, de la pulvérisation de l'identité propre. — « Vieux faubourg, tout pour moi devient allégorie. » Or, c'est la dynamique même de l'allégorie, ou plus restrictivement et plus nettement, la dynamique de la *métaphore*, qui est le nucléus de la mystique baudelairienne.

L'influence de Swedenborg, de Saint-Martin et surtout de Joseph de Maistre, est à prendre en compte dans cette expérience qui établit des « correspondances » et un symbolisme universel. D'autre part, les écrits de E. A. Poe, de Hoffmann et de Quincey, entre autres références favorites de Baudelaire, insistent sur la réversibilité des sensations et des figures. Le haschisch, enfin, et avec lui toute drogue, conduit à ces mélanges de perceptions, toutes limites confondues, où « de temps en temps la personnalité disparaît » *(Du vin et du haschisch* [1]*).*

Comme dans la tradition métaphysique qui, du principe « ad unum », déduisait que les prédicats des phénomènes ne sauraient s'énoncer que par analogie, Baudelaire tendu vers la possibilité logique d'Un Autre, support généreux, envisage son propre discours comme un réseau d'analogies. Aussi la création sera-t-elle une « faculté quasi divine » d'imaginer « les rapports intimes et secrets des choses, les correspondances et les analogies » et pour cela même, « positivement apparentée avec l'infini » [2]. Et encore : « Je me suis toujours plu à chercher dans la nature extérieure et visible des exemples et des métaphores qui me servissent à caractériser la jouissance et les impressions d'un ordre spirituel [3]. » « L'homme raisonnable n'a pas attendu que Fourier vînt sur terre pour comprendre que la nature est un verbe, une allégorie, un moule, un *repoussé*, si vous voulez... nous le savons par nous-mêmes et par les poètes [4] », « les choses se sont toujours exprimées

1. *Ibid.*, p. 393.
2. *Ibid.*, t. II, 1976, p. 329 et p. 621.
3. *Ibid.*, p. 148.
4. Lettre à Toussenel, 21 janvier 1856.

par une analogie réciproque, depuis le jour où Dieu a proféré le monde comme une complexe et invisible totalité [1] ». Dans cet univers tendu entre vide et infini, l'amour est aussi, il est surtout une analogie : « Dans ce beau pays si calme... ne serais-tu pas encadrée dans ton analogie et ne pourrais-tu pas te mirer, pour parler comme les mystiques, dans ta propre correspondance ? » (« *Invitation au voyage* », *Poèmes en prose*).

La métaphore amoureuse : « spirituelle » et « antithétique »

Cependant, Baudelaire indique clairement que c'est dans l'économie de l'art lui-même, de la poésie en particulier, que se trouve le ressort aussi bien que le témoignage ultime de ces « métamorphoses mystiques ».

Toute *métaphore* est l'indice de ce carrefour où l'écrivain (ou l'amant) se tient aimanté de toutes parts, vers les *Fleurs* et vers le *Mal*, entre le « langage des fleurs » et celui des « choses muettes ». Car toute métaphore est précisément une *fusion* (identification) du figuré et de la figure, comme elle est, en même temps, *« élévation »* (de Maistre dira « lévitation », mot si propice à l'extase baudelairienne, cf. *Jet d'eau, Elévation*) du sens, à travers les significations confondues, vers l'*infini* de la connotation et le *vide* du non-sens.

Fusion : car contrairement à la comparaison où les deux termes persistent intacts, la métaphore réduit la dualité sans pour autant exclure aucune des parties (« toute contradiction est devenue unité », *Paradis artificiels* [2]).

Plus encore, la métaphore baudelairienne est souvent dominée par le *pôle sémantique abstrait*, « spirituel », de la condensation métaphorique, de sorte que le concret et l'abs-

1. *O.C.*, t. II, p. 784.
2. *Ibid.*, t. I, p. 394.

trait d'une métaphore usuelle perdent leurs consistances propres chez l'auteur des *Correspondances*, et produisent l'impression d'un symbolisme étendu, d'une idéalisation généralisée. « La correspondance et le symbolisme universels, ce répertoire de toute métaphore », écrit Baudelaire dans *L'Art romantique* [1], éclairant ainsi le fameux sonnet des *Correspondances* précisément. Il résulte de la métaphore chez Baudelaire que c'est moins le spirituel qui est imaginé par une identification à un objet sensoriel, que l'objet qui se laisse saisir par identification au spirituel. Ainsi : « Ces meubles, ces fleurs, c'est toi. C'est encore toi... ces canaux tranquilles qui réfléchissent la profondeur du ciel » (*Invitation au voyage*, version en prose). Ou : « ta robe, ce sera mon désir », « Dans ma Jalousie... je saurai te tailler un Manteau... doublé de soupçon », « je te ferai de mon respect de beaux souliers » (*A une Madone*). « Ta tête, ton geste, ton air/Sont beaux comme un beau paysage » (*A celle qui est trop gaie*). Baudelaire parle en effet de ces « sensations morales qui nous sont transmises par l'être visible », et du « sens moral de la couleur, du contour, du son et du parfum » (*Art romantique*) [2].

D'autre part, l'abondance de métaphores antithétiques (« La nature est un temple où de vivants piliers » : nature *vs* temple, vivant *vs* pilier), met en évidence le penchant baudelairien à construire de nombreux textes sur le principe de la logique binaire qui a fait les délices du structuralisme [3].

1. *Ibid.*, t. II, p. 117.
2. *Ibid.*, p. 132, 621.
3. Cf. Roman Jakobson et Claude Lévi-Strauss, « Les Chats de Charles Baudelaire », in *L'Homme*, II, i, janvier-avril 1962.
Les auteurs semblent entrevoir dans cette ambivalence rhétorique chez Baudelaire l'indice d'une élimination de la femme qui se verrait absorbée par la nature androgyne du poète des « Chats ». C'est sans doute une façon structurale de décrire, ou de réduire la jouissance. Jean Pommier, par contre, aborde ce problème frontalement dans *La Mystique de Baudelaire*, Les Belles Lettres, 1932.

Baudelaire revendique souvent cette dichotomie de son univers comme l'équivalent d'un amour impossible : « Je suis comme un peintre qu'un Dieu moqueur/Condamne à peindre, hélas ! sur les ténèbres... » *(Fantôme : Les ténèbres)* ; ou « Je suis comme le roi d'un pays pluvieux,/Riche mais impuissant, jeune et pourtant très vieux,/Qui, de ses précepteurs méprisant les courbettes,/S'ennuie avec ses chiens comme avec d'autres bêtes » *(Spleen)*. Cette logique contradictoire de la métaphore baudelairienne annonce le surréalisme et s'enracine dans une tradition fantastique ou baroque qu'il aime évoquer en parlant de Bruegel le Drôle ou de Grandville : « Visions d'un cerveau malade, hallucinations de la fièvre, changements à vue du rêve, associations bizarres d'idées, combinaisons de formes fortuites et hétéroclites [1]. »

La condensation métaphorique n'est-elle pas aussi l'infrastructure du *temps* baudelairien : cet instant qui comprend l'éternité mais qui peut aussi être pulvérisé par la mort, comme la métaphore est faite de sens infinis et d'absurde ? — « Je veux tout, tout d'un coup » (Lettre du 20 décembre 1855) ; il veut aussi « emporter le Paradis d'un seul coup » *(Paradis artificiels)*, et « voir trois minutes en une » *(Fusées)* ; de même, l'avantage suprême de la drogue est, selon le poète, d'économiser « le travail du temps ».

En fait, cet antithétisme semble être la révélation, sur un plan logique, d'une scission du Moi et du sens, scission productrice d'infini : « Je ne vois qu'infini par toutes les fenêtres » *(Gouffre)*. La *limite*, qui constitue les unités uni-

---

1. *O.C.*, t. II, p. 573. L'ambiguïté sémantique de l'univers baudelairien a été étudiée en détail par J.-D. Hubert, *L'Esthétique des « Fleurs du mal »*, essai sur l'ambiguïté poétique, Pierre Cailler, éd., Genève, 1953. L'auteur relève notamment les ambiguïtés spatiales, chronologiques, érotiques, morales, ainsi que ce qu'il appelle les ambiguïtés de rapprochements, de même que le passage constant entre comique et ironique.

voques du langage ainsi que leur système, n'est supportable que porteuse d'*infini* auquel le poète aspire autant que les femmes damnées « chercheuses d'infini ». L'*orgie* amoureuse comme l'*écrit* s'auréolent de se tenir inassouvis mais tendus vers l'infini : « Que tu viennes du Ciel ou de l'Enfer, qu'importe/Si ton œil, ton sourire, ton pied m'ouvrent la porte/ D'un infini que j'aime et n'ai jamais connu » *(Hymne à la Beauté)*.

Au-delà de l'absence de plaisir que l'acte de l'écriture peut cependant conduire indéfiniment d'un texte à l'autre vers l'infini du sens et des lectures, cet « infini jamais connu » est aussi l'horizon du *vide* qui « creuse le Ciel ». Mais il s'agit également, avant tout attendrissement horrifié devant l'impuissance sexuelle de l'auteur, de ce *vide sémantique* qui sidère d'énigmes chaque métaphore et qui repose, peut-être, sur une déception narcissique fondamentale où s'origine le sens comme condensation, de même que l'énonciation poétique. » « Le Vide (sensation de vide indéfini) », est le titre d'un poème projeté par Baudelaire [1].

La synesthésie : le règne du parfum ou la métaphore invisible

Cependant, la condensation métaphorique est un « processus dont l'action se prolonge jusqu'à l'arrivée dans la région des perceptions [2] ». C'est là précisément que la métaphore devient *métamorphose* ou *synesthésie*, et que le sens infinitisé d'énigmes qu'elle produit, vire à la jouissance proprement sensuelle, corporelle. « O métamorphose mystique/De tous mes sens fondus en un ». « Lorsque tout me ravit, j'ignore/Si

1. Œuvres diverses, in *O.C.*, t. I, p. 371.
2. Cf. Freud, *Le Mot d'esprit et ses rapports avec l'inconscient*, coll. Idées, Gallimard, p. 252.

quelque chose me séduit » *(Tout entière)*, écrit Baudelaire. Et il explique ailleurs cette disparition de l'objet d'amour qui cède la place à une véritable objectivation du sujet : « Votre œil se fixe sur un arbre (...) ce qui ne serait dans le cerveau du poète qu'une comparaison fort naturelle, deviendra dans le vôtre une réalité. Vous prêtez d'abord à un arbre vos passions, votre désir ou votre mélancolie ; ses gémissements et ses oscillations deviennent les vôtres, et bientôt vous êtes l'arbre » *(Paradis artificiels)* [1]. Paroxysme de l'identification où, sans objet stable, l'amoureux s'identifie avec sa contemplation : il passe en elle, il est elle : l'artiste comme le prophète est à la fois « cause et effet, sujet et objet, magnétiseur et somnambule » *(Paradis artificiels)* [2]. Toute métaphore qu'on prend pudiquement pour une mise en image d'un terme banalisé ou abstrait, est en fait grosse d'une telle métamorphose où le sujet ne se stabilise qu'en s'identifiant à un objet entendu, vu, touché, goûté, senti. L'acmé de ce processus qui rappelle l'« identification primaire » de Freud est, selon Baudelaire, la béatitude, le *kief* des Orientaux, où l'« homme est passé Dieu ». La métaphore serait-elle la célébration permanente de l'identification primaire ?

L'infrastructure de cet état d'écriture (comme on dit : état amoureux) sera la synesthésie : une condensation des infrasignes, des indices sémiotiques qui ont un sens sans pour autant avoir une signification. Répartis sur les divers registres perceptuels (ouïe, vision, odorat, goût, toucher), les uns empruntent aux autres leur jouissance pour faire exister l'expression et la sensation propre : « Son haleine fait la musique,/Comme la voix fait le parfum » *(Le Démon)*. Mais cet échange est aussi une contamination et une condensation. La synesthésie : une métaphore dans une langue en déstabili-

1. *O.C.*, t. I, p. 419-420.
2. *Ibid.*, p. 398.

sation, une langue qui n'est pas encore, qui n'est déjà plus. Il faut relire encore les *Correspondances* [1] :

> Il est des parfums frais comme des chairs d'enfants,
> Doux comme les hautbois, verts comme les prairies,
> — Et d'autres, corrompus, riches et triomphants,
>
> Ayant l'expansion des choses infinies,
> Comme l'ambre, le musc, le benjoin et l'encens,
> Qui chantent les transports de l'esprit et des sens.

Le parfum : une condensation invisible

Le *parfum*, thème baudelairien par excellence, sublimation du rejet (du sadisme ?) et de la charogne (« La Circée tyrannique aux dangereux parfums », *Les Fleurs du mal*, CXXVI) devient, en cette fin du sonnet, une métaphore de *la* métaphore qui élargit ici son règne jusqu'aux synesthésies. Le parfum : blason des correspondances qui, loin d'établir une hiérarchie ésotérique comme elles le font chez les auteurs spiritualistes, se condensent en mots et en sensations, pulvérisant ainsi les identités des uns et des autres. Bombe. Spray.

Le parfum est ainsi la métaphore la plus puissante de cet univers archaïque antérieur aux regards et dans lequel se joue le transport des identités indéfinies des amoureux les

1. On a noté l'influence, pour *Correspondances*, de V. Hugo (« A Albert Dürer), de G. de Nerval, (Cf. *Chimères*), de Chateaubriand (« Les forêts ont été les premiers temples de la Divinité... », *Le Génie du christianisme, O.C.*, éd. Garnier, t. II, p. 293-294), etc. Toute l'esthétique romantique, et en particulier la tardive, est imprégnée de cette passion synthétique des arts mêlés jusqu'aux perceptions qui les sous-tendent, et visant à dépasser le syncrétisme wagnérien (cf. M.-A. Chaix, *La Correspondance des arts dans la poésie contemporaine*, Alcan, 1919 ; Irving Babbit, *The New Laokoon. An Essay of the Confusion of the Arts*, New York, 6ᵉ éd., 1924 ; J. Pommier, *La Mystique de Baudelaire*, Les Belles Lettres, 1932).

plus opaques et des paroles les plus glacées : « Il est de forts parfums pour qui toute matière/Est poreuse. On dirait qu'ils pénètrent le verre » *(Le Flacon)*.

Même lorsque la volupté est déclenchée par le regard, l'image est fugitive et insaisissable : l'objet aimé ne se laisse pas prendre car, au fond, on ne saurait même le regarder. — « Un éclair... puis la nuit. — Fugitive Beauté/Dont le regard m'a fait soudainement renaître,/Ne te verrais-je plus que dans l'éternité ?/Ailleurs, bien loin d'ici ! Trop tard ! *Jamais* peut-être./Car j'ignore où tu fuis, je ne sais où je vais,/O toi que j'eusse aimée, ô toi qui le savais ! » *(L'Ame passante)*. Citadin, le monde de Baudelaire est cependant essentiellement assombri par cette absence de soleil qui est un regard voilé, incurvé, dominé par le feu passionnel : « ... nuls vestiges/De soleil, même au bas du ciel,/Pour illuminer ces prodiges,/Qui brillaient d'un feu personnel » *(Rêve parisien)*. « Charme profond, magique, dont nous grise/Dans le présent le passé restauré !/Ainsi l'amant sur un corps adoré/Du souvenir cueille la fleur exquise » *(Fantôme)*.

S'il est vrai que tout l'univers proustien est déjà dans ces vers, on constatera comment, de manière très spécifiquement baudelairienne, l'ambiguïté métaphorique est un mouvement qui se dérobe au regard, et, « les deux yeux fermés », évoque l'osmose olfactive d'un âge précoce. Antérieure à l'image visuelle, cette fusion avec l'aimée conduit la métaphore qu'on a dite héliotrope, à son zénith et à son effondrement : au soleil qui ne fait pas voir mais qui éblouit, tel un être tiers donateur de forme et cependant ravageant. — « Quand les deux yeux fermés, en un soir chaud d'automne,/Je respire l'odeur de ton sein chaleureux,/Je vois se dérouler des rivages heureux/Qu'éblouissent les feux d'un soleil monotone » *(Parfum exotique)*. Evoquant ailleurs cette « forêt aromatique » suggestive autant d'un passé que d'un monde lointain, Baudelaire précise : « Comme d'autres esprits voguent sur la

musique,/Le mien, ô mon amour ! nage sur ton parfum »
(La Chevelure). « Et mon esprit subtil que le roulis caresse/
Saura vous retrouver, ô fécondes paresses,/Infinis berce-
ments du loisir embaumé » *(ibid.).*

Cependant, cet univers de vaporisation jubilatoire est au
bord de l'extinction, car sa volupté comporte aussi une menace de mort : « Dans tes jupons emplis de ton parfum/
Ensevelir ma tête endolorie/Et respirer comme une fleur
flétrie,/Le doux relent de mon amour défunt » *(Le Léthé).*

Plus encore, la femme est féroce, bête fauve et dévoratrice,
désir animal pur et pour cela même dangereuse pour celui
qui s'en défend par cette vapeur de signes qu'il appelle une
Beauté : « — Ta main se glisse en vain sur mon sein qui se
pâme./Ce qu'elle cherche, amie, est un lieu saccagé/Par la
griffe et la dent féroce de la femme./Ne cherchez plus mon
cœur ; les bêtes l'ont mangé » *(Causerie).* « O Beauté, dur
fléau des âmes, tu le veux./Avec tes yeux de feu, brillants
comme des fêtes,/Calcine ces lambeaux qu'ont épargnés les
bêtes » *(Ibid.)*

La perte d'identité se profile au cœur d'une telle exploration, accompagnée de cette peur d'être englouti par le plaisir
et par l'inconscience du sommeil : « J'ai peur du sommeil
comme on a peur d'un grand trou/Tout plein de vague
horreur, menant on ne sait où » *(Le Gouffre).* Chaque amour
baudelairien a ce goût de mort, en même temps qu'il a ce
goût de mer/mère : « Ces serments, ces parfums, ces baisers
infinis,/Renaîtront-ils d'un gouffre interdit à nos sondes./
Comme montent au ciel les soleils rajeunis/Après s'être lavés
au fond des mers profondes ?/ — O serments ! ô parfums ! ô
baisers infinis ! » Le nuage parfumé de l'identité amoureuse
ivre, est un terrain de violence, de blessures et de ravages :
« Mon cœur est un palais flétri par la cohue ;/On s'y soûle,
on s'y tue, on s'y prend aux cheveux !/ — Un parfum nage
autour de votre gorge nue !... » *(Causerie).*

Mais où est donc l'objet d'amour dans cette métamorphose qui chavire de la putrification à l'encens, de la volupté mortelle à la connaissance (« extase faite de volupté et de connaissance ») ? Le Moi vaporisé ne peut se centrer, s'écrire, qu'*en métaphore*. Transport. *Metaphorein*. Non pas transfert vers un objet, mais « lévitation », assomption vers un Autre invisible.

L'amour baudelairien serait la capacité de *dire* le mal comme mise à mort, comme corruption du Moi. La métaphore comme mise à mal du sens Un, comme manifestation de sa bascule dans l'infini, est alors le discours même de l'amour : le point où Dieu bascule en Satan et *vice versa*.

Rien que des « looks »

Reste le problème du dandysme.

Lié à l'« anti-naturalisme », l'artificiellisme, la frigidité », ainsi que Sartre le souligne, soit. Qu'un Narcisse précocement blessé ait besoin d'un témoin pour qu'il puisse fixer une image propre dans le regard de cet autre, et que, simultanément, ce regard authentifiant le chosifie, le fixe, le prive de la délicieuse promiscuité qui réside dans l'indécision d'être sujet ou objet — cela aussi conduit à l'ambiguïté de la notion même de dandysme chez Baudelaire. « ... Le mot *dandy*, écrit-il, implique une quintessence de caractère et une intelligence subtile de tout le mécanisme moral de ce monde ; mais, d'un autre côté, le dandy aspire à l'insensibilité et c'est par là que M. Guys, qui est dominé, lui, par une passion insatiable, celle de voir et de sentir, se détache violemment du dandysme [1]. » Le dandy provocant et exhibitionniste serait, en somme, au plus près de cette doublure du narcissisme blessé

1. *O.C.*, t. II, p. 691.

qui se manifeste dans les sentiments de *solitude* et de *vide*, ces *congélations* provisoires de la pulsion de mort. Se construire un aspect — une image — aussi artificielle que choquante, qui signifie, d'une part, l'absence de signification et, d'autre part, une farce violente, un défi enragé vis-à-vis de ceux qui, dévots naïfs de l'authenticité, se laissent épater par cette clownerie : voilà cependant une attitude qui n'est pas simplement un malaise sociologique de l'artiste « parasite » dans une société de bourgeois. Plus profondément, ce comportement « punk » avant la lettre indique la faillite du « propre », la mort de « l'authentique » à l'intérieur d'une subjectivité toute tournée vers le paysage intérieur pré-œdipien, sous l'ombre cependant désirée et haïe de l'idéal. Rien que des compositions provisoires et vides d'une identité indécidable, fluide, éphémère, comme dans les eaux mouvantes de la fontaine de Narcisse, mais dont le poète se fait l'explorateur et, par le langage, le constructeur. Dans l'art poétique, la victime devient un créateur de sa condition : en la disant en vers, il fait advenir pour lui comme pour nous la défense indolore, insensibilisée, d'une souffrance permanente. Les « looks » sont des pansements du désêtre, des anesthésies de la douleur narcissique. Dire, comme le fait Sartre, qu'il s'agit là d'un « choix » — Baudelaire se serait créé tel que les conditions familiales l'avaient en fait préfabriqué —, est inexact dans la mesure où il ne saurait s'agir d'un choix délibéré qui aurait eu la liberté d'écarter certaines solutions au profit d'autres. Choisit-on vraiment d'être poète plutôt que philosophe ou ingénieur ? « En art, c'est une chose qui n'est pas assez remarquée, la part laissée à la volonté de l'homme est bien moins grande qu'on ne le croit [1]. »

Cette parade frigide du dandy avec le semblant, ce goût de la parure désinvestie, est sans doute aussi une tentative de

---

1. *Art romantique, ibid.*, p. 573.

glisser de la virilité feinte à une féminité également feinte, ainsi seulement et finalement neutralisée. Dans ce règne du transfert où les identités s'exaltent d'être impropres, faire semblant d'être une femme (ces longues boucles, ces gants rosés, ces ongles teints comme les cheveux) n'est pas vraiment un passage à l'homosexualité. Il y manque la manie érotique dans la poursuite sadomasochiste de l'objet du même sexe. Le dandy paré en femme s'insurge en fait contre ce qui (chez les autres ou en lui-même) croirait que le féminin, le maternel, est essentiel. Rien n'est essentiel en dehors du semblant, du signe, du texte qui a consumé les affects, grimace le dandy ; et ce cri étouffé dans sa rigidité élégante et ecclésiastique est un aspect de son combat contre l'abject féminin maternel (la « charogne ») dont il ne cesse de se séparer. La féminité que le dandy s'autorise est une créativité symbolique — la poésie elle-même — qui avoue que sa cause est externe, même s'il se l'approprie et s'en sert. Dieu, ou l'état théocentrique de Joseph de Maistre, conviennent parfaitement à cet empire du semblant qui se sait dépendant non pas de l'opinion, mais d'une instance symbolique externe [1]. A ce titre, reconnaître cette dépendance symbolique est la véritable reconnaissance d'une certaine féminité inhérente à chaque sujet. C'est ainsi qu'il faudrait entendre peut-être cette phrase sibylline des *Fusées* : « De la féminéité de l'Eglise comme raison de son omnipuissance [2]. » En état d'Eglise, en état de lune, mais aussi en état d'*élu* par la puissance symbolique : c'est un Autre sévère mais aussi aimant que le poète imagine pour se maintenir en état d'écriture.

Dire que le dandysme est une réaction post-flaubertienne à

1. Sartre croit que la féminité soumise à l'opinion, la féminité de la bourgeoisie, séduit Baudelaire par sa dépendance par rapport au regard de l'autre ; plus profonde est cependant la fascination baudelairienne devant la dépendance de chaque être parlant vis-à-vis de l'Autre.

2. *O.C.*, t. I, p. 650.

l'aspiration aristocratique de l'artiste, ce « bon à rien » dans le monde bourgeois qui se cherche une communauté symbolique d'oisifs, et soutenir que, dans le cas douloureux du « choix » baudelairien, cet artiste n'accepterait qu'une élite de dissidents extravagants, brisant même la possibilité d'un groupe, fût-il le plus noble — c'est soumettre la compréhension de l'écriture au contexte sociologique de l'ère industrielle. Autrement plus fondamentaux, les mobiles et les buts de l'écriture, et en particulier de l'écriture moderne qui explore les drames du « propre », sont essentiellement solitaires et asociaux : plus proches de la psychose atomiste ou errante que de la névrose qui impose à l'individu le problème érotique du « socius ».

Le romantisme, et en particulier ses variantes tardives, consécutif à la crise institutionnelle et religieuse ouverte par la Révolution française, met en discours une instabilité inouïe de l'individu. Les mythes puissants de la Terre, du Souverain, de Dieu, tenaient auparavant en sourdine les errances aux frontières du dicible et du visible. Ou bien, quand cette instabilité subjective pouvait se dire, des codes miraculeusement et provisoirement harmonisés, tel celui de la courtoisie, s'en chargeaient. Face aux grands courants du réalisme, la « vaporisation du moi » ne s'énonçait que sous l'égide de l'idéal divin, en extase ou en musique. Cependant, la société de production et de besoin (dont le discours sartrien sur la poésie est le symptôme le plus percutant) ne pouvait que déconsidérer l'expérience amoureuse et reléguer l'écriture de la jouissance au rang de « parasite ». Au mieux, il s'agissait à ses yeux d'un parasite prétentieusement aristocratique, décoratif ou religieux, de toute façon archaïsant, survivance du passé. Si dans cette écriture synonyme de l'état amoureux — expérience aux limites de l'identifiable — l'écrivain ne peut trouver d'autre place au sein de la société bourgeoise que celle d'un réfugié auprès de la noblesse non productive, ou de l'Eglise protectrice de fétiches à l'obre du symbolique, force est d'y voir une accusation de cette société même, plutôt qu'une preuve de la faute ou de l'« échec » de l'écrivain.

Bataille a préféré, dans ce contexte, se dire « coupable » et revendiquer le droit au péché, plutôt que le droit à une affirmation de l'état amoureux. Sa position victimaire voit cependant juste lorsqu'elle indique comment une entente sociale, et plus encore celle éprise d'efficacité et de production de biens, se bâtit d'exclure — de culpabiliser — le discours de la jouissance coextensive à l'état amoureux.

Sublimation

Pensons donc Baudelaire dans une temporalité ouverte : ce prisonnier de son siècle écrit au moins deux mille ans d'histoire amoureuse, son texte est aussi atemporel.

Or, deux grandes figures du discours d'amour se dégagent dans notre tradition. L'une opère avec des entités stabilisées par œdipe. A travers les tourments passionnels que provoque la crise narcissique amoureuse, elle maintient cependant la frontière sujet/objet, sous la tutelle de l'idéal qui permet aux deux narcissismes des partenaires amoureux de se confondre tout en préservant leur « propre ».

L'autre découvre un Moi blessé, troué, hémorragique, qui essaie de parer à ses pertes, ou de parer ses pertes, par l'érotisation de ses parties ou de sa rage. La perversion — du voyeurisme et de l'exhibition à l'érotisation des déchets et au sadomasochisme — vient alors proposer son écran d'*abjects*, pellicules fragiles, ni sujets ni objets, où se signifie la peur, l'horreur d'être *un* pour un *autre*. C'est la « tyrannie de la face humaine » pour un « héautontimorouménos » moderne (« Je suis la plaie et le couteau ! »).

Cependant, cet enfer possède son en-vers : la métaphore

et la métamorphose par lesquelles le mal d'amour devient un état d'écriture. Une écriture comme évidement — ou infinitisation, ou indéfinitisation — de la perversion. Devenue, par cela même, a-psychologique ; pire : inhumaine, satanique ou angélique. La métaphore, en deçà et au-delà des anges et des satans, serait-elle le discours réussi d'un pervers amoureux qui, de ses objets instables, produit un nuage de sens, et transfère ainsi son corps solide, souffrant et morcelé, en la *sublimation* parfumée d'une langue en condensation ?

D'où vient alors le déclic pour que ce discours existe, que la métaphore *soit* ?

On pense à Joseph-François Baudelaire, père du poète, prêtre, philosophe, fonctionnaire au Sénat... Il nous reste cependant une zone d'ombre, énigmatique. De l'inconnu. Comme une métaphore.

Stendhal
et la politique du regard
L'amour d'un égoïste

> *En effet, l'amour a toujours été pour moi la*
> *plus grande des affaires, ou plutôt la seule.*
>
> Vie de Henri Brulard

Une politique de la passion : Le Rouge et le Noir, La Chartreuse de Parme.

Il fallait peut-être la France de Charles X, hantée par les violences de la Révolution et des guerres napoléoniennes, autant que par l'altière noblesse du Moyen Age, pour que l'amour apparaisse, chez Stendhal (1783-1842), dans la tragique et ironique splendeur d'une affaire politique.

Non que Balzac, avec ses Rastignac et ses Chouans, ne nous ait pas habitués à ce jeu. Mais dans la complexité de la comédie humaine, l'amour balzacien ne semble pas mener le jeu plus que l'argent ou la chair. Par contre, dans la « chronique de 1830 », publiée par un Stendhal quadragénaire, le procès d'Antoine Berthet (rapporté par la *Gazette des tribunaux* en décembre 1827) donne le prétexte à l'auteur de *De l'amour* (1822) pour un déploiement subtil de l'amour, précisément, comme degré intime et suprême de la politique. La portée politique du roman de Stendhal, *Le Rouge et le Noir*, réside sans doute aussi, comme on l'a maintes fois souligné, en ce « miroir » qu'il promène dans la vie mondaine et les tremblements sociaux de la province et de la capitale, en passant par les jardins jurassiens, les salons parisiens ou les complots aristocratiques. Plus intrinsèquement, cependant, une métamorphose du sentiment amoureux qui, de romantique ou mystique, devient un amour politique, traduit fondamentalement le parti pris du romancier aussi bien qu'elle reflète une nouvelle mentalité. Celle que Stendhal prévoyait dominante au XXᵉ siècle. « Et moi, je mets un billet à une loterie dont le gros lot se réduit à ceci : être lu en 1935 [1]. »

La religion est corrompue, les Tartuffes sont partout. Ce n'est donc pas dans l'exaltation extatique de l'autre adoré ou abhorré que se réfugiera l'alchimie amoureuse. La spontanéité phobique et les effusions mystiques de Mme de Rênal sont un archaïsme balayé dans la deuxième partie politique du roman, et qui ne retrouvent leur pouvoir envoûtant que comme doublure de la mort, face à la guillotine. En réalité, l'amour éternel est cependant historique, et il façonnera avec *Le Rouge et le Noir* son nouveau visage en empruntant ses traits à la logique froide et calculatrice, ambitieuse et sournoise, de la conquête du pouvoir dans la cité.

Huit ans plus tard, *La Chartreuse de Parme* (1838, publiée en 1839) présente un Fabrice qui, comme Julien Sorel, rêve de Napoléon, cette fois non pas auprès de sa patronne à conquérir, mais entre sa mère et sa tante, et ne voit qu'une seule chance pour sa vie : faire carrière et/ou plaire aux femmes. Cependant, lorsqu'il s'aperçoit que la Sanseverina l'aime, le jeune ambitieux se fixe pour règle de conduite de l'éviter sans l'offenser, pour « ne pas compromettre son avenir ». Puisque le pouvoir dépend des femmes, tout dépend de

---

1. *Vie de Henry Brulard*, in *Œuvres intimes*, t. II, La Pléiade, 1982, p. 745.

l'amour feint pour elles et destiné en réalité au pouvoir seul. Mais comment distinguer feinte et réalité ? L'amour et la politique ne feront donc qu'un...

Une telle politisation de l'amour rapproche sans doute sa dynamique de l'épreuve de forces sadomasochistes propre à l'Eros homosexuel platonicien, et Julien Sorel amant de Mathilde de La Mole reconnaît volontiers en sa maîtresse les qualités d'un homme. Toutefois, la panoplie de manœuvres et de faux-semblants destinés à assurer l'empire des amants l'un sur l'autre — Stendhal les décrit volontiers comme des « ennemis », et Mathilde s'exalte à l'idée que Julien puisse être un Danton — se soutient d'un océan de tendresse où les larmes s'allient aux charmes physiques qui alimentent la passion.

Le fils du charpentier du Jura est étrangement dépourvu de mère : le lecteur sait tout de l'avarice félonne et triste de son père, et même des persécutions que le petit Julien subit de la part de ses frères et ennemis depuis son plus jeune âge ; mais qu'est devenue sa mère dans cette affaire ? A Mme de Rênal revient de combler le manque, et elle le fait admirablement — origine voluptueuse de la première passion adolescente, douce sensualité des instants douloureux de la mort. Très effacée aussi, la duchesse del Dongo, mère de Fabrice, se délègue, mais cette fois plus incestueusement encore, dans la tante paternelle, la fatale Gina del Dongo Pietranera Sanseverina Mosca, dont la polynomie la rapproche du personnage masqué que Stendhal imaginait être lui-même. La sublime Sanseverina incarnera un « amour d'instinct », familial et archaïque, infiniment plus autoritaire et viril que celui de Mme de Rênal, et mènera d'une main de maître les intrigues, les feintes, les diplomaties, toute une politique bridant la passion, pour servir l'ambition de son neveu. Où se termine la volonté ou le désir de Sanseverina, où commence la volonté et le désir de Fabrice ? Qui est l'arme de l'autre ? Ou

bien sont-ils des pions de l'Amour-Affaire, tel que le crée le
roman de Stendhal, récit de guerre et de conquête, de crimes
et de prisons, de sang et de masque, c'est-à-dire : d'amour
« moderne » ? « Quand on aime une femme, on se dit :
"Qu'en veux-je faire ?" [1] »

Passion mortelle, passion de mort — voilà l'envers solidaire de l'amour stratagème qui cependant charpente l'univers de Julien et de Mme de Rênal presque autant que celui
de Julien et de Mathilde, et de manière plus insidieuse encore
l'amour de Fabrice joué entre Gina et Clélia. Toutefois, ses
feintes et ses diplomaties se laissent déborder par le vertige de
la volupté maternelle. En réalité, l'amour politique ne croit
pas en Dieu, il va jusqu'à pulvériser ironiquement la spontanéité sacrée du sentiment amoureux. Mais il s'auréole toujours d'une mère secrète.

Avant de revenir sur ce versant maternel de l'amour politique, essayons d'abord d'en dégager les rouages proprement
diplomatiques. L'ambition qui l'inspire l'apparente à un donjuanisme désireux de conquérir plus que de posséder. Aimer
signifie pour Julien Sorel faire son Napoléon, dominer, être le
plus fort. L'hypocrisie, du moins initiale (l'amant se lance à la
conquête de sa proie depuis le comble de la froideur, sans
aucune sensualité, sans excitation, comme pour défier l'impuissance de ce « babilan » dont *Armance* nous conte les
malheurs), fait de l'amant stendhalien un Tartuffe de l'affect.
Jamais amour n'a été si peu affectueux, en effet, et si pleinement délibéré. Jamais non plus il n'a été aussi explicitement
amour de l'Autre sous les dehors laïques du pouvoir ou de la
gloire, avant d'être amour pour une femme. Julien n'aime
pas sa patronne spontanément, et s'il s'intéresse à Mme de
Rênal, c'est pour s'assurer, dans le champ de bataille que lui
destine le parc de Verrières ou de Vergy, qu'à défaut d'un

1. *Ibid.*, p. 532.

vrai combat napoléonien, il peut être *comme*... Napoléon. Pour la charmante méprise de Mme de Rênal qui, comme maintes intuitions de la jalousie, voit la vérité, la véritable maîtresse de Julien est la personne du portrait caché dans le matelas du précepteur. Et c'était, on s'en souvient, ni plus ni moins que Napoléon en personne...

Le génie politique de la Sanseverina se confond avec son génie amoureux, et *vice versa*. La face visible de l'amour dans *La Chartreuse* se joue bien sûr de par l'étourderie emportée de Fabrice, dans son duel avec Giletti, mais surtout, et selon l'architecture même du roman, dans la cour des rois de Parme grâce à la coquetterie calculée de la Sanseverina. Stendhal a dédoublé son univers érotique : la Sanseverina livrera la bataille politique dans le monde, Fabrice se réfugiera dans le secret de la tendresse masquée pour... Clélia, dans l'enclos de la forteresse. Un côté cour, un côté forteresse, la diplomatie et la prison, la bataille et la solitude : l'amoureux est cependant toujours dans un jeu de cache et sans prise sur son objet. Mais il a deux jeux possibles : la politique pour et avec la Sanseverina, l'observation froide pour Fabrice, séducteur attendri, mais loin d'être passionné, de Clélia. Car au fond, ils ont tous les deux, la tante et le neveu, « un cœur politique ».

Le coup de foudre déchire cependant ce jeu de maîtrise et de calcul ; or ce sont de préférence les femmes qui l'éprouvent. Mme de Rênal, Clélia et même l'austère descendante de Boniface de La Mole sont des êtres qui ne savent pas ce qui leur arrive : surprises et emportées par un amour indomptable. Julien aussi découvrira que « dans les faits, il en (de Mme de Rênal) était éperdument amoureux », et Lucien Leuwen à l'annonce de Mme de Chasteller perd la parole, de sorte que « le peu qu'il dit était à peu près inintelligible ». Cet abîme troublant de la passion ne s'ouvre pourtant que dans la surface de la politique calculée. Celle-ci s'impose comme trait d'époque sans doute, mais aussi comme réalisation fantasmatique de cette prise de pouvoir qui seule intéresse l'égotiste et qu'il surnomme un « amour ». Avec Stendhal, l'amoureux est un amoureux du pouvoir.

Une feinte

Cet amour de semblant et de masques, de feintes et d'approximations qui réservent l'indicible — et l'irréalisable — de la grande passion maternelle, s'énonce au mieux dans les pages intimes du journal où le polyglottisme brise la langue française et, par une polyphonie pré-joycienne, exprime l'inauthenticité essentielle d'un amoureux acteur ou diplomate. « Je pourrais *have a fair woman of the society, this is necessary for loving absolutely Vict.*(orine), même *in the case nel quale troverei in lei quel alma, grande e veramente amante, che forse ho sognata* [1]. » Comme si aucune maîtresse n'étant La maîtresse, aucune langue ne pouvait saisir le sens amoureux : elles (femmes et langues) sont toutes interchangeables, mais l'étrangère gardera le pouvoir suprême de fascination, d'appât nourri d'énigmes et d'inaccessibles charmes.

S'agit-il d'un amour sensuel, ou bien cet amour du pouvoir magique de La Femme n'est-il (et Stendhal choisira l'anglais pour le dire en biais, mais en fait assez directement, car la langue étrangère éloigne la gêne de la passion originelle) *the love of glory* ? « Je me suis connu moi-même et ai vu que c'était au temple de Mémoire que je devais frapper pour trouver le bonheur, et que chez moi l'amour serait la seule passion qui ne fût pas chassée *by the love of glory*, mais qu'elle serait subordonnée à cette dernière ou ne pourrait au plus usurper que des instants [2]. »

1. *Journal* (1804), in *Œuvres intimes*, La Pléiade, t. I, 1981, p. 127.
2. *Ibid.*, p. 112.

La cristallisation comme fantasme

« Aimes-tu mieux avoir eu trois femmes ou avoir fait ce roman ? », note Stendhal en marge de *La Chartreuse*. Ce dilemme, qui est moins rare et moins absurde qu'on n'est tenté de le croire, et qui ne cesse d'obséder l'auteur et l'œuvre, trouve sa résolution dans l'existence des romans elle-même. Le centre de l'amour stendhalien est fait de ce nœud d'écriture et de femmes abordées, prises ou « manquées ». Il s'appelle : cristallisation. En effet, à lire Stendhal, on s'aperçoit que ce qui pourrait concilier le fait d'« avoir » des femmes avec celui de « faire » un roman, c'est l'amour cristalli-sation. Sans se confondre ni avec la passion érotique ni avec le métier littéraire, cet état d'amour traverse le sexe, la langue et l'écriture, et se résume en dernier ressort dans le *fantasme*.

Un tel amour irréalisable (parce que tout objet est déce-vant) à force d'être absolu (il existe un objet idéal), va de pair avec la langue de l'égotiste, aussi inadéquate à exprimer les profondeurs du moi qu'elle est la feinte absolue à travers laquelle l'acteur-diplomate essaie de les atteindre[1]. Sur le plan proprement linguistique, on pourra chercher dans le polyglottisme de Stendhal (comme dans sa polynomie), la marque de ce désaveu du langage, mais aussi bien de son hypostase. Concernant le style de l'amoureux, on a noté le mépris de la langue vulgaire, l'exil noble dans une langue qui se veut scientifique ou simplement précise, ainsi qu'une cer-taine attitude « métalinguistique » de Stendhal aussi méfiant des mots plats que piégé par les stéréotypes. Le « faux self » de l'égotiste se déchiffre dans un tel idiolecte, et la dynamique

---

1. Cf. Michel Crouzet, *Stendhal et le langage*, Gallimard, 1981.

du babilan se réalise, sans doute, dans cette écriture refroidie jusqu'au cliché mais aussi chérie et polie jusqu'au fond passionnel de l'indicible. Cependant, ce n'est pas dans les « petites unités » de la langue qu'éclate le génie amoureux de celui qui voulait se « tirer » de son siècle pour célébrer un amour qui « vit dans les orages », un amour « convulsif »[1] qui le rapprocherait de Shakespeare, Corneille, Mozart et Mme Roland. Il s'affirme surtout dans ce produit trans-verbal qu'est la représentation de l'interaction amoureuse : dans l'*image* du *pouvoir-et-de-l'impossible* en amour. Dans le fantasme.

Ce terme technique, choquant pour plus d'un amateur des palais cristallins qui abritent l'âme beyliste, renvoie, en commun avec la « cristallisation » stendhalienne, à la fascination du visible et au leurre des réfractions magnifiantes. Comme le fameux « rameau d'arbre effeuillé par l'hiver » que les mineurs jettent dans les mines de sel de Hallein près de Salzbourg, pour le retrouver quelques mois après mais « couvert de cristallisations brillantes[2] », l'amoureux construit de son aimée une image d'autant plus belle et éloignée de la réalité que sa maîtresse a été inaccessible, frustrante et à peine donnée à voir. « Tant qu'on n'est pas bien avec ce qu'on aime, il y a cristallisation à solution imaginaire[3]. »

Stendhal se passionne pour le théâtre dès son enfance, tombe amoureux d'une actrice, Mlle Kubly, écrit sur la peinture, remplit de dessins ses écrits intimes... Scénique, voyeur, ce maître du fantasme paraît aux antipodes de l'écriture

1. *Journal littéraire*, éd. V. del Litto et Ernest Abravanel, Cercle du bibliophile, 1802, t. 33, p. 27 et 23.
2. « Les plus petites branches, celles qui ne sont pas plus grosses que la patte d'une mésange, sont incrustées d'une infinité de petits cristaux mobiles et éblouissants. On ne peut plus reconnaître le rameau primitif... », *De l'amour*, Ed. Garnier-Flammarion, 1965, p. 433.
3. *Ibid.*, p. 43.

amoureuse poétique, métaphorique. En effet, ses amours
fixés par le regard ne le conduisent pas aux synesthésies
baudelairiennes où les parfums, les couleurs et les sons se
confondent. A la surface du beau et non dans ses profondeurs, figé en adoration émue aux portes fermées de l'érotisme féminin, et non dégustateur opiomane de vertiges pas-
sionnés, Stendhal s'est décrit comme le mélancolique de
Cabanis qui, visionnaire, s'oublie et oublie même son objet
mais ne cesse de le poursuivre [1]. On a rarement été aussi près
de la logique fuyante, « métonymique », de l'objet du désir
dans le fantasme.

Toutefois, le fantasme amoureux stendhalien ne se comprend qu'à condition de lui ajouter, « en doublure », cet
« objet » métaphorique de l'idéalisation qui fonde l'*Einfühlung* [2]. Chaque corps de femme aimée ne transporte-t-il pas la
sublimité elle-même : la croyance maintenue que le sublime,
le bonheur, l'aimée absolue pourrait exister, même si les
ratages du parcours jettent une lumière ironique sur un tel
absolu ?

La scène des amours stendhaliennes déploie donc l'espace
psychique et sensitif des amoureux en commençant par les
regards échangés, en passant aux mains et décolletés effleurés
— on se rappellera les soirées chaudes ou fraîches dans le
jardin de Mme de Rênal, et la stratégie des distances suppri-

---

1. « Chez le mélancolique, des mouvements gênés produisent des déterminations pleines d'hésitation et de réserve : les sentiments sont réfléchis, les
volontés ne semblent aller à leur but que par des détours. Ainsi, les appétits,
ou les désirs du mélancolique, prendront plutôt le caractère de la passion que
celui du besoin ; souvent même le but véritable semble totalement perdu de
vue ; l'impulsion sera donnée avec force pour un objet : elle se dirigera vers
un objet tout différent » (Cabanis, *O.C.*, Paris, Bossanges frères, 1824, t. III,
« Rapports du physique et du moral de l'homme », p. 414). Et il est en effet
possible de déceler chez l'écrivain jusqu'à « des privations superstitieuses ou
sentimentales qu'il s'impose lui-même », « trop souvent employées à poursuivre des fantômes, à systématiser des visions » (*ibid.*, p. 415).

2. Cf. plus haut, p. 36-45 et 50-53.

mées ou imposées par Julien à sa maîtresse... Mais c'est dans l'*invisible* que se joue le culte du pouvoir ou de la soumission, c'est dans un transport silencieux entre les deux espaces amoureux que s'effectue la subjugation propre à la politique amoureuse. En définitive, la « cristallisation » s'avère moins scénique que transférée vers l'innommable, pleine de sous-entendus, incurvée vers l'indicible idéal, sous-tendue par l'élan de la métaphore idéalisante et s'ouvrant ainsi vers les profondeurs allusives du sens métaphorique... Mais qu'est ce mouvement sinon l'ouverture du visible vers la psychologie comme mystère ?

Dans l'univers pourtant réaliste de Stendhal, tout dépend en effet et peut-être plus qu'ailleurs, plus que ne le croit le lecteur naïf, de l'interprétation : de la projection identificatoire demandée au lecteur. Qu'elle soit plus osée ou plus pudique, l'interprétation du sens amoureux demeure toujours indécidable. Mais c'est bien l'indécidable qui commande la suite des événements stendhaliens, et non pas telle vérité des actions ou des sentiments des partenaires. Cependant, pour qu'il y ait de l'amour, il faut quelqu'un pour lequel l'interprétation de cet univers indécidable soit toujours idéale. Quelqu'un pour qui un menu fait, malgré les doutes, n'a en définitive que le sens d'une fusion possible des amants. Ce rôle est tenu généralement par le personnage de l'amoureuse. Mme de Rênal finit par ne plus se méfier des attouchements de Julien, mais par leur conférer d'emblée un sens métaphorique codé nécessairement courtois, idéal... La maîtresse détient le zénith du sens amoureux dans l'espace duquel le héros pourra jouer sa feinte d'ailleurs essentielle... Elle y croit, il joue.

L'obstacle et le regard

Logé dans l'espace de l'interprétation des métaphores, cet amour fantasme ne cherche pas la satisfaction, mais se nourrit d'obstacles qu'affronte le regard.

En effet, privé de satisfaction, l'amant absorbe l'aimée par le regard qui devient le vecteur maximal, en même temps qu'il est le distanciateur le plus puissant de l'affect amoureux. C'est dans le culte à la fois esthétique et amoureux de la beauté (Stendhal écrit *De l'amour* en 1820, publié en 1822, après l'*Histoire de la peinture* en 1817), que se réfugie le désir transposant dans le visible l'intensité du sentiment subjectif. Stendhal a pu lire chez Cabanis cette importance accordée à l'*image* comme signe fidèle de l'émotion [1]. Cependant, depuis des temps immémoriaux, les amoureux n'accordaient-ils pas

---

1. Cf. en ce sens la préface de Michel Crouzet de *De l'amour, op. cit.* La vue est citée par Cabanis comme la première impression sensorielle à travers laquelle s'exerce la *sympathie* : « La vue, en faisant connaître la forme et la position des objets, donne une foule d'utiles et prompts avertissements. Ses impressions vives, brillantes, éthérées, en quelque sorte, comme l'élément qui le transmet, ne sont pas seulement la source de beaucoup d'idées et de connaissances ; elles produisent encore, ou du moins elles occasionnent une foule de déterminations affectives qui ne peuvent être entièrement rapportées à la réflexion (...). Les aspects du mouvement volontaire (des corps animés) nous avertit qu'ils renferment un *moi* pareil à celui qui sert de lien à toute notre existence. Dès ce moment, il s'établit d'autres relations entre eux et nous ; et peut-être, indépendamment des affections et des idées que leurs actes extérieurs ou les mouvements de leur physionomie manifestent, les rayons lumineux émanés de leurs corps, surtout ceux que lancent leurs regards, ont-ils certains caractères physiques, différents de ceux qui viennent des corps privés de la vie et du sentiment » (Cabanis, *op. cit.*, t. IV, p. 338-339). Une véritable mystique de la voyance s'exprime dans cette « science », tributaire autant de l'observation que de l'expérience amoureuse : « C'est par cette étendue et cette puissance de vision, qu'ils (les oiseaux) découvrent et reconnaissent au loin les objets de leurs amours » (*ibid.*, p. 339).

à la vue le rôle de messager premier du frisson amoureux ?
Cet amateur de miroir que fut Stendhal (« un roman est un
miroir qui se promène sur une grande route », *Le Rouge et le
Noir*) savait ce que les archéologues du « stade du miroir »
nous ont révélé. — L'autre visible est beau parce que nous y
projetons le plein d'affection que nous lui portons, et qu'il
nous laisse tragiquement seul, en « fiasco », de l'autre côté,
tout juste capables de cristalliser en lui (ou en *elle*) ce que de
notre convulsion auto-érotique nous ne pouvons plus goûter
ni toucher ; car, désormais pour nous existe la vue d'un
autre. Mélangeant délicieusement sujet et objet qui demeurent aussi indistincts [1], le culte visuel de l'aimée est une
rêverie que le langage de la musique exprimerait au mieux [2],
et que toute clarification cependant nécessaire, sans doute
parce qu'elle est défensive, ne saurait évidemment que tuer.

Cette absorption visuelle de l'objet aimé est cependant, en
quelque sorte, sa destruction, sa soumission totale au regard
de l'aimé. Dans l'amour, il n'y a pas de beauté vue à proprement parler : il reste la vision, le regard du voyant : « Au
moment où vous commencez à vous occuper d'une femme,
vous ne la voyez plus *telle qu'elle est réellement*, mais telle
qu'il vous convient qu'elle soit... que par l'œil de ce jeune
homme qui commence à aimer [3]. » « En effet, l'amour a
toujours été pour moi la plus grande des affaires, ou plutôt la
seule [4]. » Et tout de suite, cette définition de l'amour tout
entier sous l'emprise du regard, de la regardée regardant, du
reflet jaloux des images insaisissables, kaléidoscope de la

---

1. « L'un des malheurs de la vie, c'est que ce bonheur de voir ce qu'on
aime et de lui parler ne laisse pas de souvenirs distincts », *De l'amour, op. cit.*,
p. 58. « On peut tout dire avec un regard et cependant on peut toujours nier
un regard, car il ne peut pas être répété textuellement » (*ibid.*, p. 93).
2. *De l'amour, op. cit.*, chap. XVI.
3. *Ibid.*, p. 336.
4. *Vie de Henry Brulard, op. cit.*, p. 767.

jalousie : « Jamais je n'ai eu peur de rien que de *voir* la femme que j'aime *regarder* un rival avec intimité [1]. »

Dans cette fabrique au demeurant banale de l'érotisation scopique, Stendhal a l'avantage d'accentuer la part de la *frustration*, agent de l'idéalisation. Elle imposerait, en somme, l'ajournement de l'acte érotique et introduirait au temps amoureux, qui ne serait ainsi rien d'autre que l'endurance de l'idéalisation.

L'obstacle qui suscite « le doute à l'œil hagard » en serait le moteur primordial, et l'on remarquera que toutes les maîtresses de Stendhal se font désirables à force de résister. C'est tout particulièrement le cas de Métilde Visconti, ex-épouse du général Dembovski, que Stendhal rencontre à Milan en 1818 ; la passion qu'il éprouve pour elle fournit la trame profonde de *De l'amour*. Stendhal est très vite réduit, dans cette « affaire », et par la seule volonté froide et dure de Métilde, « âme prosaïque » s'il en fut, à deux visites mensuelles ; plus tard, l'écrivain, si l'on en croit sa correspondance, envisage de lui demander de le recevoir « quatre fois par mois une demi-heure », voire « un quart d'heure une de ces soirées ». Une relation antérieure, orageuse celle-ci, avec Angela Pietragrua, ne fut pas plus heureuse : l'impétueuse Italienne a cette invention méprisante qui en dit long sur sa connaissance du désir de Stendhal, de réduire l'écrivain à son rôle de voyeur, en lui faisant observer ses ébats avec ses amants à travers la serrure... Mais aussi bien l'amour de Stendhal pour la comtesse Pierre Daru, que plus tard pour la comtesse Curial ; celui pour Giulietta Rinieri qu'il demanda en mariage en 1830 et qui en épousera un autre en 1833 ; ou enfin pour la mystérieuse Earline un peu avant sa mort —, tous comportent cette part d'obstacle recherché ou créé qui fait de ces affaires des « batailles » ou des « guerres », d'autant plus

1. *Ibid.*

« cristallisantes » que l'affect insatisfait vagabonde et ne s'assouvit que dans l'imaginaire. Le chapitre inédit « Des fiasco » dans *De l'amour* (complément de l'édition Michel Lévy en 1853) justifie l'échec sexuel de l'amoureux devant un « être qui, pour lui, semblable à la Divinité, lui inspire à la fois l'extrême amour et le respect extrême [1] » ; car « si l'âme est occupée à avoir de la honte et à la surmonter, elle ne peut pas être employée à avoir du plaisir ». Si l'amour est un fantasme, il recueille l'affect comme son enfer irreprésentable, au risque de l'oblitérer...

On comprend alors que l'amour physique soit suivi de dégoût et coloré de violence meurtrière. — « Tout amour finit, quelque violent qu'il ait été, et le plus violent plus promptement que les autres. Après l'amour vient le dégoût ; rien de plus naturel ; alors, on se fuit pour quelque temps [2]. » Et à propos d'Angela Pietragrua : « Ça ne m'ôtait pas un *noir* rongeur. Je rentrai chez moi furieux, c'est-à-dire que j'aurais trouvé du plaisir à déchirer des chairs sanglantes si j'avais été lion (...) parce que j'aurais été consolé en faisant acte de puissance [3]. » Envers du fiasco, cet amour-vengeance est surtout le temps fort d'une permanente mélancolie : « Si elle (Angela) ne m'eût pas aimé, j'aurais eu des moments affreux (...). Elle m'aime, et l'ennui me saisit [4]. »

Stendhal amoureux avoue que sa vie peut se résumer en une liste de noms féminins dont il inscrirait les initiales sur la poussière comme Zadig : « Virginie (Kubly), Angela (Pietragrua), Adèle (Rebuffel), Mélanie (Guilbert), Mina (de Griesheim), Alexandrine (Petit), Angéline, que je n'ai jamais aimée (Bereyter), Angela (Pietragrua), Métilde (Demboski), Clémentine, Giulia, et enfin, pendant un mois au plus, Mme Azur

1. *De l'amour, op. cit.*, p. 328.
2. Lettre à Pauline, *Correspondance*, La Pléiade, 1968, t. I, p. 107.
3. *Journal* (1811), La Pléiade, t. I, *op. cit.*, p. 751.
4. *Ibid.*, p. 760.

dont j'ai oublié le nom de baptême, et, imprudemment, hier, Amalia (Bettini)[1]. » « La plupart de ces êtres charmants, poursuit Stendhal, ne m'ont point honoré de leurs bontés ; mais elles ont à la lettre occupé toute ma vie. A elles ont succédé mes ouvrages. »

Dégustation subtile de la défaite, délectation dans l'échec plus que dans la victoire dont le goût militaire séduit mais ne comble pas : « Et ce qu'il y a de singulier et de bien malheureux, me disais-je ce matin, c'est que mes *victoires* (comme je les appelais alors, la tête remplie de choses militaires) ne m'ont pas fait un plaisir qui fût la moitié seulement du profond malheur que me causèrent mes défaites[2]. »

D'ailleurs, le fiasco est tout simplement ce dont se paie l'éblouissement amoureux : l'ambitieux a beau déployer toute une stratégie militaire, il n'élimine pas l'éternel Werther qui s'avoue peut-être impuissant mais transi. « Mais j'allais trop loin : au lieu d'être galant, je devins passionné auprès des femmes que j'aimais, presque indifférent et surtout sans vanité pour les autres ; de là, le manque de succès et les *fiasco*. Peut-être aucun homme de la cour de l'Empereur n'a eu moins de femmes que moi que l'on croyait l'amant de la femme du Premier ministre[3]. »

Amant malheureux, c'est-à-dire esthète : moins créateur actif que contemplateur ravi des beaux-arts comme des femmes. L'amour des femmes comme un des beaux-arts dont on jouit sans forcément l'exercer. « L'état habituel de ma vie a été celui d'amant malheureux, aimant la musique et la peinture, c'est-à-dire à jouir des produits de ces arts et non à la pratiquer gauchement[4]. »

---

1. *Vie de Henry Brulard, op. cit.*, p. 541.
2. *Ibid.*, p. 532-533.
3. *Ibid.*, p. 572. Allusion à Alexandrine Daru.
4. *Ibid.*, p. 548.

La femme maîtresse

Ces délices sadomasochistes que le rameau de Salzbourg est appelé à métaphoriser, rendent incongrue la question de savoir qui est le *véritable* objet de l'amour stendhalien, tant il est évident que le vrai ici ne peut être que de l'imaginaire. Si une mère majestueuse et cependant incestueusement désirée se profile derrière ses quêtes d'images aussi voluptueuses que différées (« Je voulais couvrir ma mère de baisers et qu'il n'y eut pas de vêtements... [1] » ; Stendhal notera qu'en aimant « à la fureur » Alberte de Rubempré, par exemple, sa « manière d'aller à la chasse au bonheur n'avait nullement changé »), force est de constater qu'une telle figure féminine est en même temps et immédiatement celle d'une *maîtresse femme* et d'une *femme morte*.

Il faut entendre la *maîtresse* stendhalienne au sens fort du terme. Le maître, c'est elle, et rarement le phallus a été aussi royalement incarné par l'amante. Que la Dame soit cette lune qui réfléchit le pouvoir solaire de son père ou de son époux, l'érotique courtoise le savait déjà, et l'« amour fou » des surréalistes en a presque avoué les coulisses homosexuelles [2]. L'amant stendhalien aime cependant la femme qui ne transmet aucune puissance mâle. Il est amoureux de l'autorité qui n'est que féminine ; on dirait que pour Stendhal, elle est d'essence féminine, dans un univers d'hommes fantomatiques (bourgeois décadents, pâles aristocrates, ou alors belliqueux et sanguinaires brigands plus ou moins archaïques ou affolés...). Ce qui le séduit, c'est le viril de la femme poussé au point de faire peur. La preuve ? Outre les majestueuses Ita-

---

1. *Ibid.*, p. 556.
2. Cf. Xavière Gautier, *Surréalisme et sexualité*, Gallimard, 1971.

liennes, ces constats : « Une maîtresse désirée trois ans est
réellement maîtresse dans toute la force du terme : on ne
l'aborde qu'en tremblant, et, dirais-je aux don Juan, l'homme
qui tremble ne s'ennuie pas [1]. » « Le sanguin ne peut connaître tout au plus qu'une espèce de fiasco moral : c'est lorsqu'il
reçoit un rendez-vous de Messaline et que, au moment d'entrer dans son lit, il vient à penser devant quel terrible juge il
va se montrer [2]. » Par ailleurs, les femmes orgueilleuses,
désirables entre toutes, ne cèdent-elles pas seulement à
condition de s'identifier aux hommes que leurs amants arrivent à conquérir ? « Ces caractères altiers (de femmes) cèdent
avec plaisir aux hommes qu'elles voient intolérants avec les
autres hommes [3]. » Clorinde ou Bradamande, Mathilde,
Gina, Clélia elle-même, sont les véritables forces de l'« affaire », dans laquelle ce romancier voluptueux de la psychologie se complaît à jouer le rôle, dénigré par les vaniteux,
d'un amant apparemment défait, conquis, pâtissant, en un
mot passionné à la Werther. Il croit échapper ainsi à la vanité
que Stendhal dit française et qu'il méprise, du don Juan
prétendant toujours au beau rôle du conquérant...

La posture de l'amoureux stendhalien — adorateur d'une
mère interdite, vierge — est en effet plus infantile, plus
adolescente. Cet athée qui s'émerveille devant la Madone du
Corrège bénie par Jésus *(Rome, Naples, Florence)*, écrit :
« Chez les âmes tendres, la crainte des jugements de Dieu se
manifeste par l'amour de la Madone ; elles chérissent cette
mère malheureuse qui éprouva tant de douleurs, et en fut
consolée par des événements si surprenants : la résurrection
de son fils, la découverte qu'il est Dieu, etc. [4]. » Fasciné
autant par la divinité du fils que par l'insondable amour

1. *De l'amour*, p. 242.
2. *Ibid.*, p. 330.
3. *Ibid.*, p. 98.
4. *Promenades dans Rome*, in *Voyages en Italie*, La Pléiade, 1973, p. 979.

maternel, Stendhal se rend au fait que « la faiblesse humaine
a besoin d'aimer, et quelle divinité fut jamais plus digne
d'amour » que cette Vierge Mère qui est, par conséquent, et
miraculeusement, « plus Dieu que Dieu lui-même [1] ».

Werther auteur

L'enfant ébloui n'est-il pas cependant roi, voire Dieu, y
compris — ou surtout — dans le « peu de succès » ? « Avec
toutes celles-là (les femmes de la liste amoureuse) j'ai toujours
été un enfant ; aussi ai-je eu très peu de succès [2]. »

Sa course amoureuse semble propulsée non pas par cette
sombre crainte de la captation-castration qui fait courir Don
Juan d'un objet à l'autre, mais par une soif tout orale et
visuelle subjuguée par l'univers d'une mère qui se refuse. La
maîtresse se refuse ? Eh bien, je serai le maître de la scène
dont j'ai envie : je l'aurai dans mes yeux, dans ma bouche,
dans ma langue. Pareil fantasme amoureux transforme en
fait son Werther en auteur d'héroïnes. L'écrivain se donnera
alors le masque des ambitieux (Julien Sorel ou Fabrice del
Dongo) pour *être* la passion de Mme de Rênal ou de la
Sanseverina. Pour *être* une passion féminine, faute de l'avoir
— de la dominer... « ... en amour, posséder n'est rien, c'est
jouir qui fait tout [3] ». Cet éternel adolescent précoce n'est pas
Mme de Rênal, ni la Sanseverina, comme Flaubert a pré-
tendu être Mme Bovary. Pétillant, sémillant, « champagnisé »
au dire de Stefan Zweig, Stendhal est le plus français des
psychologues, peut-être parce qu'il se place tout entier dans

---

1. *Ibid.*, p. 985. Cf. à ce sujet et en détail sur Stendhal, l'amour et la mort,
Micheline Levowitz-Treu, *L'Amour et la Mort chez Stendhal*, éd. du Grand
Chêne, 1978.
    2. *Vie... op. cit.*, p. 544.
    3. *De l'amour, op. cit.*, p. 122.

l'entre-deux de la passion pour une femme et d'une femme...
Il ne s'identifie ni avec Elle ni avec Lui : sa psychologie
amoureuse capte la pulvérisation des identités dans le champ
de force de la passion scopique dominée toutefois par la
puissance féminine. Dans cet entre-deux où se bâtit le fantasme de l'amour adolescent, l'amour sera sous la puissance
magique, dominatrice et métamorphosante des regards des
amoureux. Clélia fait le vœu de ne pas *voir* Fabrice, alors que
dans un texte étrange ce privilège du regard commande —
est-ce ironiquement ? — l'intensité du sentiment amoureux [1].

Dans cet univers de regards, l'amour-vision traduit la projection de l'amant au lieu de sa maîtresse. Par le masque de
l'ambitieux, l'écrivain s'approprie la passion qui serait le
secret essentiel de la super-femme, et cette absorption fait de
lui un plus-qu'homme, un sur-homme. Les vraies femmes,
celles à aimer, sont chez Stendhal cornéliennes, les maîtres
par excellence, les phallus imaginaires. Elle me frustre, donc
je la vois en amoureux ; je me la vois, donc je suis l'œil qui
écrit. L'écriture — plus que la fameuse assurance stenda-
lienne qui a tant irrité certains de ses contemporains [2] — est
la preuve ultime du dépassement du pouvoir féminin phallique. Une écriture des méandres psychologiques en vue du
paraître. Psychologie amoureuse d'une incertitude spéculaire
qui ne se stabilise qu'en s'assurant de reproduire — de mimer
— l'image impressionnante produite pour l'autre.

1. « Miracles. Le privilégié ayant une bague au doigt et serrant cette
bague en *regardant* une femme, elle devient amoureuse de lui à la passion,
comme nous croyons qu'Héloïse le fut d'Abélard. Si la bague est un peu
mouillée de salive, la femme *regardée* devient seulement une amie tendre et
dévouée. *Regardant* une femme et ôtant une bague du doigt les sentiments
inspirés en vertu des privilèges précédents cessent. » (« Les Privilèges », in
Œuvres intimes, t. II, La Pléiade, p. 983).
2. Cf. G. Blin, *Stendhal et les problèmes de la personnalité*, Corti, 1958,
p. 17. Blin relève chez Stendhal, après Taine et d'autres, une « excessive
sécurité de l'élocution ».

On a souvent ironisé sur les « pauvres filles » qui furent « manquées », selon l'aveu fort complaisant de Stendhal lui-même. Il fut sans doute nécessaire à la vanité de Stendhal de s'attarder sur cette faiblesse plus que werthérienne, pour affirmer, en doublure et en contrepoids, la puissance magique de sa plume. Ce qui compte dans l'amour n'est pas tellement l'exploit sexuel mais le fantasme de toute-puissance, que les femmes parées pour la vue sont bien placées pour représenter, et que l'écriture à sa façon — rivale en ceci de la mascarade féminine — peut plus magistralement encore mettre en scène, au travers des femmes bien sûr, mais souverainement. Ecriture supérieure : ironique et solitaire. La position d'un Werther en fiasco serait-elle une ruse ultime pour que s'affirme le don Juan de l'écriture ?

Une mise à mort du féminin

Cependant, il y a la femme morte. Henri Beyle perd sa mère dont il s'avoue amoureux, à l'âge de sept ans, en 1790. *De l'amour* évoque l'histoire de Madonne Pia tuée par jalousie et « si belle même dans le sein de la mort ». Béatrice Cenci minutieusement décrite ; l'intérêt pour les cercueils italiens découverts ; la mort de Clorinde qui attire ; les morts de Mme de Rênal, de Clélia ; « Je suis au désespoir à cause de Métilde ; elle meurt ; je l'aimais mieux morte qu'infidèle [1] ». Ces quelques exemples suffisent à rappeler que la morte s'inscrit dans l'imaginaire stendhalien comme le point de fuite des désirs amoureux. Simple résurgence de la mère précocement perdue ? Célébration baudelairienne de la frigidité cadavérique : culte de la femme insensible, impénétrable, donc définitivement phallique ? Il y a peut-

1. *Vie..., op. cit.*, p. 541.

être surtout, dans ces mortes, une manière spécifiquement stendhalienne d'idéaliser l'aimée telle qu'elle perd ses qualités d'être une autre — un autre sexe — et se confond avec la puissance désirée de l'amant. La vision-objet et le regard-sujet, entremêlés, indistincts, se télescopent en une célébration placide de l'objet du désir comme s'il était un *au-delà* : objectivé et infinitisé par la mort. La morte n'est pas un cadavre chez Stendhal, pas plus que ne l'est Béatrice chez Dante. La morte est l'absolu intouchable dont s'auréole la mère interdite. La morte, c'est peut-être aussi, et par ailleurs, la jouissance comme nostalgie : à portée de la main mais à jamais perdue, impossible. Là, en ce point précis, la femme (l'autre, l'objet) est abolie pour cependant renaître dans cette cristallisation maximale qu'est l'amour post-mortuaire où l'auteur projette la toute-puissance de son désir de la posséder, de se posséder au-delà d'elle. Que l'idéalisation phallique s'édifie sur le socle d'une mise à mort du corps féminin, ses femmes maîtresses-et-mortes nous le rappellent.

Mais justement, qui est mis à mort dans cette fusion du regard avec l'objet vu ? L'aimée ? ou le « féminin » de l'amant : son innommable passion, sa faiblesse werthérienne, narcissienne, docilement lovée au continent maternel invisible, antérieur au miroir ?

Une certaine coquetterie à distiller sa cruauté, du moins sa cruauté enfantine, n'est pas étrangère à Henry Brulard : « Mon premier souvenir est d'avoir mordu à la joue ou au front Mme Pison du Galland, ma cousine, femme de l'homme d'esprit député à l'Assemblée constituante... [1]. » Et ce résumé des amours du petit garçon avec sa mère lectrice de Dante qui « avait de l'embonpoint, une fraîcheur parfaite », « était fort jolie », « avait une noblesse et une sérénité

---

1. *Ibid.*, p. 551.

parfaite dans les traits » : « Quant à moi, j'étais aussi criminel
que possible, j'aimais ses charmes avec fureur [1]. »

Mais on notera surtout certaines parentés entre cette capta-
tion finale de la femme morte par une écriture qui la fait
mourir mais lui survit, et la logique du pseudonyme.

Mascarade

La polynomie de Stendhal fuit le poids grenoblois de Beyle
pour se masquer sous une série de faux noms dignes des
Mille et Une Nuits. Ces masques sont de toute évidence autant
d'agressions pour le destinataire (« vous ne me connaîtrez
pas », tel est leur défi) que de défenses d'une intimité secrète
(« le fond restera innommable ») s'étiolant en définitive dans
une identité en puzzle multiforme. « Me croira-t-on ? Je por-
terais un masque avec plaisir ; je changerais de nom avec
délices. *Les Mille et Une Nuits* que j'adore occupent plus d'un
quart de ma tête. Souvent je pense à l'anneau d'Angélique :
mon souverain plaisir serait de me changer en un long
Allemand blond et de me promener ainsi dans Paris [2]. » Le
protocole social reçoit cette polynomie comme une série de
reniements tous inauthentiques. Toutefois, la création de
personnages romanesques devient l'expression la plus fidèle
de cette mascarade, dévoilant de fait le but de la pseudony-
mie : imposer le pouvoir infini d'une écriture qui tue l'auteur
et, de ce sacrifice, engendre des masques pris désormais dans
la dialectique d'une interminable négation et reformulation [3].

1. *Ibid.*, p. 557.
2. *Souvenirs d'égotisme, Œuvres intimes*, t. II, La Pléiade, p. 453.
3. Cf. J. Starobinski, « Stendhal pseudonyme », in *L'Œil vivant*, Gallimard, 1961. L'auteur constate que la polynomie de Stendhal fait de lui « un
homme qui souhaite d'être à soi-même plus intérieur et plus étranger qu'il
n'est permis » (*ibid.*, p. 244).

Mise à mort du Nom paternel, le pseudonyme stendhalien est surtout sacrifice de la sonorité française (Stendhal est le nom d'une petite ville allemande [1]). Le nom français meurt pour que renaisse l'auteur qui, par les merveilles de la langue française, forgera des héros et des héroïnes amoureux bravant le risque et la mort. Comme le fantasme, le pseudonyme est une maîtrise qui cache un secret. Ce qui se donne à voir (telle la cristallisation fantasmatique mais aussi ce nom inventé par son propre auteur qu'est le pseudonyme) permet de garder pour soi, dans la nuit impersonnelle de la pulsion, l'innommable empreinte d'une passion obscure. Une mère maintenue ainsi à l'abri vivante : morte-vivante ? N'est-ce pas cette amante archaïque et morte que l'écrivain ressuscite, lorsque ses héroïnes sculpturales maîtresses d'elles-mêmes — les Sanseverina, les Clélia, les Mathilde de La Mole — laissent apparaître leurs défaillances sublimes sous leurs heaumes de maîtresses femmes ? Cette folie qu'est le courage déraisonnable des femmes stendhaliennes, est peut-être le moment où la mère morte s'anime en pulsion de mort : en passion. Même la douceur provinciale et pudique de Mme de Rênal qui serait inconscience de sa « douce volupté », éclate dans l'audace de sa passion pour Julien... Comme l'éveil miraculeux d'une endormie, comme la résurrection d'une morte-vivante otage de la sinistre vie provinciale... Mais pour la conduire à la mort en définitive...

---

1. Fils de sa mère et de son grand-père maternel en quelque sorte, Stendhal ne cesse d'adorer l'exquis Dr Gagnon, tout en reprenant, très ironiquement peut-être, le récit familial de ce « tragique événement » de sa petite enfance qui « fut qu'entre ma mère et mon grand-père je me cassai deux dents de devant » (*Vie de Henry Brulard*, p. 578). Rarement, en tout cas, animosité du fils pour le père a été dite aussi franchement. Œdipe décidé et définitif, Stendhal déclare : « Jamais peut-être, le hasard n'a rassemblé deux êtres plus foncièrement antipathiques que mon père et moi » (*ibid.*, p. 597).

Entre deux femmes

Le dédoublement de l'amour stendhalien apparaît sous un autre jour dans cette constante de son univers érotique qu'est la position de l'amant entre deux femmes. Julien Sorel entre Mme de Rênal et Mathilde ; Lucien Leuwen entre Mme de Chasteller ou Mme d'Hocquincourt ou Mme Grandet ; Fabrice del Dongo entre la Sanseverina et Clélia, entre la Sanseverina et Marietta, entre la Sanseverina et Fausta, et, pour commencer, entre la Sanseverina et sa propre mère...

Ces « duos » féminins ne sont pas seulement deux variantes de la femme aimée : la passionnée et la cérébrale, l'archaïque et la moderne, la maternelle et la virile, la noble et la vulgaire, etc., qui permettraient à Stendhal de tisser sa carte du tendre en dosant ses préférences pour le courage ou la violence, ou la pudeur, ou le risque, ou la retenue... Ils ne servent pas seulement à mettre en scène la jalousie dont le rôle est sans doute prépondérant (avec celui de la frustration, de l'absence, du refus, de la crainte) dans la dynamique de la « cristallisation ». L'« entre-deux-femmes » chez Stendhal suggère aussi une stratégie de sauvegarde. Pour ne pas se laisser engloutir par *une* d'entre elles, l'égotiste s'en donne au moins deux. Ruse éternelle de la sexualité masculine hantée par la castration, ce maintien de deux pôles de cristallisation [1] satisfait sans doute Stendhal le voyeur. La passion unique, semble dire le récit stendhalien, est mortifère et conduit à la claustration ou à la confusion irreprésentable. Les femmes

---

1. Parfois, ils sont successifs : d'abord Mme de Rênal, puis Mathilde, enfin les deux ensemble avec dominance de Mme de Rênal ; parfois inextricablement concomitants : la tante séductrice Gina ne fait-elle pas « cristalliser » Clélia dès sa première rencontre avec Fabrice rentrant de Waterloo, et avant même que celui-ci n'entame aucune bataille séductrice ?

peuvent s'y laisser engloutir, telle Mme de Rênal, l'abbesse de Castro, Clélia. Mais l'égotiste, mû par cette ambition qui s'avère être par moments un amour, se doit de rester à la surface du visible. Comme si une femme n'était visible que comparée à une autre. Il se sent en outre authentifié, il récupère son identité lorsqu'il se voit dans le regard d'une *autre* femme et ceci au moment le plus dangereux où il est happé par son double, une rivale ou une complice. Il ne semble pas que ce soit le désir de conquérir à la Don Juan qui pousse ici notre héros à jouer son érotisme avec deux partenaires femmes. Mais plutôt la crainte de se laisser anéantir par une passion qui risquerait de compromettre son ambition. Les maîtresses en duo seront destinées à être les jalons fétiches de cette ascension qui transforme une éventuelle passion en jeu : un jeu de pouvoir.

Dans un but analogue, le classement, la mise en ordre mathématique de ces dames ou même les considérations militaires dans les menées des campagnes amoureuses, ne seront que des stratagèmes pour contrecarrer l'éblouissement du regard, la perte de vue (et de soi), dans le ravissement amoureux. — « Pour les considérer le plus philosophiquement possible et tâcher ainsi de les dépouiller de l'auréole qui me fait *aller les yeux*, qui m'éblouit et m'ôte la faculté de voir distinctement, j'*ordonnerai* ces dames (langage mathématique) selon leurs diverses qualités. Je dirai donc, pour commencer par leur passion habituelle : la vanité, que deux d'entre elles étaient comtesses, et une baronne... » « Je cherche à détruire le charme, le *dazzling* [on notera le terme visuel : "dazzling", aveuglement par la lumière] des événements, en les considérant ainsi militairement [1]. »

Cependant, si l'entre-deux-femmes permet l'évitement calculé de la jouissance, le destin tragique du héros dont la

1. *Vie de Henry Brulard*, op. cit., p. 544.

prison ou le meurtre sont les symboles spécifiquement stendhaliens — dévoile la permanence en définitive insurmontable de la menace mortelle. L'amour avait, dès le commencement, destiné les amants à mourir ; l'amour c'est la mort.

L'homme mortel et l'être femme

Enfin, les duos féminins de l'Eros stendhalien font apparaître l'homme comme un objet d'échange entre femmes.
Comme si aux yeux de Stendhal, le code social était fondé sur
l'homosexualité féminine, complice ou rivale, qui dicte en
coulisse les carrières des ambitieux. Plus encore, et même si
l'intrigue amoureuse est dans cet univers souvent amorcée
par le héros masculin, tel le vaniteux Julien, ce sont la
passion et l'audace féminines bravant la morale, qui règlent
en définitive le jeu. L'amour stendhalien est une affaire de
femmes : se souvient-on que le premier regard de Mme de
Rênal sur Julien le fit prendre pour une fille ? L'amant
stendhalien est un lesbien secret.

Stendhal femme, Stendhal au corps de femme — il l'avoue
dans un de ces excès d'introspection apparemment inspirés
de Cabanis, mais dont il est sans doute la seule et suprême
source autant visuelle que sensitive. — « J'ai la peau beaucoup trop fine, une peau de femme (plus tard j'avais toujours
des ampoules après avoir tenu mon sabre pendant une
heure) ; je m'écorche les doigts, que j'ai fort bien, pour un
rien ; en un mot, la superficie de mon corps est de femme. De
là, peut-être, une horreur insurmontable pour ce qui a l'air
sale, ou *humide*, ou *noirâtre* [1]. »

La chasteté prévaut ici comme sur le reste, et le lesbia-
nisme stendhalien ne s'avoue jamais comme le fait presque

1. *Vie de Henry Brulard, op. cit.*, p. 687.

explicitement celui de Rodin, par exemple, voyeur averti et fier de l'être, exhibant dans ses dessins des étreintes entre femmes. Le babilan stendhalien, par contre, qui ne se lance dans l'amour que par devoir et ambition — sans doute pour parer à l'avance à un éventuel fiasco — ne nous dit rien des ébats amoureux des couples. Trait d'époque, soit. Mais on notera l'insistance que met Stendhal à montrer que la chasteté de Mme de Chasteller allume les feux idéalisateurs de Lucien Leuwen plus que le libertinage de Mme d'Hocquincourt ; ou bien cette condamnation des propos sexuels grinçant « comme le liège que coupe un couteau », de Mme de Lavenelle aux oreilles de l'égotiste [1]. Pour l'égotiste, il ne s'agit pas d'aimer « l'homme physique », et surtout pas de le dire en français : cela irait mieux en italien [2]. On remarquera que les nuits de Julien et de Mme de Rênal sont décrites avec pour seul détail de leurs ébats... le ronflement de M. de Rênal. Par ailleurs, les montées de Julien dans la chambre de Mathilde donnent lieu à de minutieuses descriptions du maniement de l'échelle et du risque encouru, mais seule une phrase laconique nous avertit des relations sexuelles des amants : « Aujourd'hui, à peine un de ces messieurs lui parlait-il quelques instants, qu'elle se trouvait avoir une question à faire à Julien, et c'était le prétexte pour le retenir auprès d'elle. Elle se trouva enceinte et l'apprit avec joie à Julien. » En contrepartie, on remarquera que la correspondance avec la générale de Vervaques est l'objet d'interminables descriptions qui, évidemment, nous maintiennent autant dans la vanité-mensonge aux antipodes de la passion que dans l'entre-deux-femmes...

---

1. Cf. *Souvenirs d'égotisme, ibid.*, p. 460.
2. *Ibid.*

Stendhal féministe

Stendhal fut-il féministe ? Certaines pages dans *De l'amour*
font profession du programme réformateur de Destutt de
Tracy prônant le libre choix du mariage, la possibilité de
divorce, et une éducation pour les femmes. Exigeant frater-
nellement et généreusement une éducation équitable pour les
femmes, ou proclamant « tous les génies qui naissent *femmes*
sont perdus pour le bonheur public ; dès que le hasard leur
donne le moyen de se montrer, voyez-les atteindre aux ta-
lents les plus difficiles » — Stendhal est sans doute un de ces
esprits libéraux encore très rares à son époque. Cependant un
tel « féminisme » est soutenu, nous l'avons vu, par une idéalisation de la femme qui s'érige en idéal fantasmatique et
devient, tel un condensé de la pulsion de mort, un pôle
d'identification pour l'écrivain. Comme l'écrivain est celui
qui nomme l'innommable, la femme est son analogue imaginaire puisqu'elle vogue courageusement entre corps et tête,
passion et société. Plus nettement encore dans le sens de ce
rapprochement entre féminité stendhalienne et écriture, les
amoureuses écrivent : on songera à la lettre fatale de Mme de
Rênal, il est vrai suggérée par son confesseur, mais qui n'en
reste pas moins le vrai mobile du dénouement romanesque et
qui précipite la chute de Julien ; on se souviendra aussi de
l'écriture que Gina inventa pour correspondre avec Julien...

Stendhal athée ne croit même pas à l'amour puisqu'il le
loge au creux de l'ambition de ses roués vaniteux. Mais il
croit à la Femme avec une majuscule : « L'empire des femmes est beaucoup trop grand en France, l'empire de la
Femme beaucoup trop restreint [1]. » Ses héroïnes ne sont pas

---

1. Cité par Crouzet, préface, in *De l'amour, op. cit.*, p. 21.

des partenaires dont l'altérité permet aux héros de s'accomplir. Elles ont la force du destin, la puissance des divinités antiques. Par leur face laïque, elles assurent ou détruisent le pouvoir social de leurs amants adeptes de Don Juan, alors que par leur face nocturne elles provoquent la folie et la mort de leurs Werthers.

La croyance de Stendhal

Il fallait sans doute avoir l'enthousiasme de Simone de Beauvoir et sa volonté de consacrer l'aspiration des femmes au pouvoir, pour déclarer que Stendhal « aime les femmes dans leur vérité » et qu'il « ne croit pas au mystère féminin » puisque « aucune essence ne définit une fois pour toutes les femmes [1] ». Une telle interprétation de Stendhal ne s'attarde pas sur la sexualité stendhalienne — ni sur celle des romans ni sur celle des écrits intimes. Elle ne retient que le premier degré de l'image offerte par Stendhal d'héroïnes courageuses en révolte inconsciente avec leur milieu. Et oublie de mentionner que les favorites de ce Français libéral et athée que fut Stendhal, étaient toutes des femmes archaïques : des catholiques, des aristocrates éprises de valeurs médiévales, des Italiennes irrationnelles. Par-delà l'image superficielle de l'émancipation, Stendhal cherche dans les femmes cette différence érotique que la deuxième génération du féminisme si proche des suffragettes n'a pas du tout revendiquée. Maternelle, passionnelle, mortelle, irreprésentable et cependant à l'œuvre dans les grandes actions du sujet romanesque — du Sujet ? —, cette altérité qu'on peut bien métaphoriser en la nommant féminine, est par Stendhal fétichisée et transformée en idole laïque. Qu'est-ce qui reste

1. *Le Deuxième Sexe*, t. II, Gallimard, 1949, p. 365.

à aimer dans cet univers où les pères sont dérisoires ? La Femme, et encore avec ironie, et même si c'est une « affaire » perdue d'avance, un fiasco... De quoi faire *Le Catéchisme d'un roué* (1803)...

D'avoir localisé l'idolâtrie dans l'amour du féminin comme antipode de la religion, Stendhal a dévoilé la machine secrète de la croyance. Par ailleurs, le dualisme de son érotique ancrée dans la quête d'un pouvoir phallique qu'incarne une Femme et qu'exerce l'homme guerrier jusque dans les alcôves, rend l'univers stendhalien plus complexe que la vulgate féministe. « Il n'est aucun de nous qui ne préférât, pour passer la vie avec elle, une servante à une femme savante [1] » : l'aphorisme n'est pas seulement un écho de Molière, mais aussi une récusation des effets niveleurs de la démocratie. Ce libéral épris des Italiennes pieuses avait-il la passion sourdement catholique à la Chateaubriand ? Le deuxième livre de *De l'amour* laisse entendre, en tout cas, que l'amour est en contradiction avec la raison démocratique, et que l'émancipation se doit de sauvegarder le mystère. Clélia ne trahit-elle pas son père libéral pour l'amour de Fabrice ? Mais Stendhal précurseur de Tocqueville [2], en fascination et en fiasco devant les maîtresses femmes, ne fait pas que montrer les contradictions entre une pensée libérale et les exigences d'autonomie féminine. Il exprime, plus simplement et plus intimement, l'érotique d'un homme qui cherche dans l'amour une valeur refuge de son angoisse. Stendhal pseudonyme demeure ambigu aussi face à l'émancipation féminine : grandiose ou ridicule, l'émancipation féminine est comme le dernier et sublime fleuron dans le discours de l'ambitieux. Mais elle est balayée par l'explosion passionnée (Sanseverina) ou par la douce retenue intelligente (Mme de Chasteller).

---

1. *De l'amour, op. cit.*, p. 207.
2. Cf. Michel Crouzet, Préface à *De l'amour, op. cit.*

Dans cet univers de crime qu'est l'amour stendhalien [1], les héroïnes ancien régime et les mères apaisantes ou violentes l'emportent devant les jeunes filles modernes instruites et émancipées. Si féminisme stendhalien il y a, il est dans ce culte précisément qui suggère que le féminisme est peut-être notre dernière religion, celle de la femme d'autorité. Elle n'est pas morte, la mère primordiale, maîtresse absolue : elle nous pousse à l'amour, à la mort... Prenons nos fiascos avec humour, avec amour...

---

1. Stendhal collectionnait des ouvrages sur le crime : sa bibliothèque contenait, entre autres, trois volumes des *Causes célèbres, Chroniques du crime, Cours d'assises, Palais de justice* ; en Italie, il recueille des manuscrits avec des histoires tragiques. Cf. Victor Brombert, *Stendhal Analyst or Amorist ?*, Prentice Hall, 1962.

Bataille solaire, ou le texte coupable

« Le soleil ni la mort ne se peuvent regarder fixement », dit La Rochefoucauld, et Bataille évoque cette phrase lorsque le personnage de *Ma mère*, jeune homme qui se donne pour le narrateur, raconte les débordements sexuels de sa mère. Désormais complice de ce désir maternel aussi intense que dégradant, parfois jouet parfois victime des mises en scène érotiques de cette mère que rien ne saura satisfaire sauf la mort, il nous confie cependant la paradoxale affirmation de ses crimes : « La mort à mes yeux n'était pas moins divine que le soleil, et ma mère dans ses crimes était plus proche de Dieu que rien de ce que j'avais aperçu par la fenêtre de l'église [1]. »

Une éclipse du sens : l'obscène

On peut avoir tendance à attribuer l'expérience érotique de Bataille à un catholicisme assumé jusqu'au bout de sa logique pécheresse, qui conduirait à son renversement interne. Cet aspect sans doute important de l'écriture chez Bataille, ne saurait éclipser la logique universelle qu'elle contient. Lorsqu'il écrit que « seules les parfaites ténèbres sont semblables

1. Ed. 10/18, p. 21.

à la lumière ¹ », nous sommes devant le déploiement d'une métaphore antithétique qui télescope deux champs sémantiques opposés *(ténèbres, lumière)* et, par la tension de cette réunion non synthétique, produit un effet de non-sens, de sidération. Loin d'être cependant le néant, cet instant paradoxal de la métaphore antithétique ici mise en évidence, est le lieu de l'affect maximal. Comme si l'embrasement érotique du sujet et du sens, au même titre que l'aveuglement du soleil ou l'intolérable de la mort (« Le soleil ni la mort ne se peuvent regarder fixement »), trouvait comme codage maximal la jonction de l'opération *métaphorique* avec l'opération *antithétique*. La métaphore, nous dit-on en simplifiant, rend visible. Mais peut-on rendre visible l'intolérable et l'aveuglant, la mort et le soleil, ou l'inceste ? Comment rendre visible ce qui n'est pas visible du fait qu'aucun code, convention, contrat, identité ne le supporte ? S'agit-il d'ailleurs de rendre visible l'irreprésentable, qui semble être ici la passion déchaînée d'une mère sans interdit ? Le langage figuré, la littérature, se doivent alors d'être à la mesure de cet invisible mais aussi de son intensité pulsionnelle. Ils doivent produire une éclipse de sens, en même temps qu'un transport du sens... vers quoi ? — vers un point où le sens se brouille, mais où persiste le trouble passionnel qui saisit le sujet amoureux devant le corps nu, sublime ou dégoûtant, de l'aimé.

Nous ne nous débarrasserons jamais du refoulement, tant que nous parlons. Mais si, depuis Freud, une certaine censure a pu être levée sur le désir, le plaisir et l'amour, la question rhétorique majeure n'en reste pas moins : quel langage donner à cette levée de la censure ? Nommer tel quel l'acte sexuel dans son organicité ne dit rien de la relation amoureuse comme mise en procès troublant de ses sujets. Le récit doit alors se charger d'une double fonction. D'abord, il se fait

1. *Ibid.*, p. 39.

obscène ; il suit tant qu'il peut le fantasme jusque dans ses recoins pervers. Pierre de *Ma mère* deviendra d'abord l'amant de Réa, une amie de sa mère que cette mère lui offre elle-même. Il s'éprendra par la suite du couple sado-maso-chiste que forment Hansi et Loulou, deux amies de sa mère également, et qui représentent auprès du jeune homme toute la panoplie de ce qu'il fantasme comme une sexualité fémi-nine toute-puissante, ravageante, agressive et victimaire à la fois, mais en définitive autarcique comme un Dieu antique, car dépourvue d'objet. La mère ne dit-elle pas : « Je ne sais pas si j'aime vraiment les femmes. Je crois n'avoir jamais aimé que dans les bois. Je n'aimais pas les bois, mais j'aimais sans mesure. Je n'ai jamais aimé que toi, mais ce que j'aime en toi, ne t'y trompe pas, ce n'est pas toi. Je crois que je n'aime que l'amour, et même dans l'amour, que l'angoisse d'aimer, je ne l'ai jamais sentie que dans les bois ou le jour où la mort (...) [1]. »

Le récit démesuré

Toutefois la simple désignation, la dénomination univoque des relations perverses, leur description « scientifique », n'est pas à la hauteur de la « démesure » propre à l'angoisse d'ai-mer. Et c'est justement pour répondre à cette démesure que d'abord le récit se fait incohérent : anticipation, introduction de lettres, de réflexions méditatives étrangères à la brutalité de la scène érotique, etc. Cette technique qui rappelle le roman picaresque, ou celui de Sade, est ici conduite dans l'espace d'un cour récit. Elle est donc condensée, non justi-fiée, non « vraisemblabilisée ». Elle évoque par conséquent l'état crépusculaire d'une conscience troublée par le désir. Par

1. *Ibid.*, p. 65.

ailleurs, aucune énigme, au demeurant sexuelle, n'étant désormais maintenue dans cette obscénité généralisée, la « métaphore » comme trope poétique n'est plus de mise, avec son
cortège d'idéalisation et de mystères. Cependant, le mouvement tendu de la condensation sera repris pour alimenter le
champ d'une « méditation paradoxale ». La métaphore courtoise ou romantique s'efface devant cette méditation paradoxale. Méditation sur le sublime, pôle essentiel de l'amour :
méditation sur Dieu. Elle sera toutefois et en effet paradoxale, car le sublime dévoilé dans son support obscène,
agressif, destructeur, mortel, ou simplement douloureux et
abject, est un sublime dégradé, vertigineux, risible. « De quoi
rire ici-bas sinon de Dieu ? » « Il me semble le plus souvent
que j'adore ma mère. Aurais-je cessé de l'adorer ? Oui : ce
que j'adore c'est Dieu. Pourtant je ne crois pas en Dieu. Je
suis donc fou ? Ce que seulement je sais : si je riais dans les
supplices, pour fallacieuse qu'en soit l'idée, je répondrais à la
question que je posais en regardant ma mère, que posait ma
mère en me regardant. De quoi rire, ici-bas, sinon de
Dieu [1] ? »

Le récit amoureux moderne essaie donc de dire à la fois
l'idéalisation et la sidération propres au sentiment amoureux : le sublime est ce ni-sujet-ni-objet que nous avons
appelé une « abjection ». Le fantasme érotique converge avec
la méditation philosophique pour atteindre ce foyer où le
sublime et l'abject, socle de l'amour, se rejoignent dans la
« fulguration [2] ». Le récit moderne n'est pas essentiellement
une performance technique comme le nouveau roman a
voulu nous le faire croire dans son effritement pointilleux. Le
récit moderne (de Joyce à Bataille) a une visée post-théolo-
gique : communiquer la fulguration amoureuse. Celle où

1. *Ibid.*, p. 82.
2. *Ibid.*, p. 21.

« Je » s'élève aux dimensions paranoïdes de la divinité sublime, tout en étant près de l'effondrement abject, du dégoût de soi. Ou tout simplement de sa version modérée qu'est la solitude.

Pour nous conduire dans cette expérience, le récit se fait *littéral*, par le dévoilement du fantasme sexuel. Sans suite, sans structure, simple association libre, une *dérive*, un engrenage d'événements narratifs. En outre, la narration devient *méditative* en reprenant par ce dernier mouvement la réflexion théologique ou philosophique pour s'y appuyer ou pour les défaire. Le résultat de ces opérations est cependant celui d'un *transfert* et d'une *condensation*, d'une *epiphora* magnifiée, extensive. Ouverture vers le non-sens de la passion ou de l'affect sans signe. Le comble de la représentation et le réalisme outrancier, aboutissent ainsi, lorsqu'ils sont pris dans une logique de *transfert de sens* contradictoires (sexuel-scientifique-philosophique, etc., sublime-dégradant, etc.), à l'évocation de l'invisible. Or l'invisible que fut Dieu, c'est précisément, dans l'expérience dramatique de l'animal pensant, l'*obscène* : le hors-scène, l'irreprésentable insistant cependant dans les failles de la trame (langue, discours ou récit) qui représente.

Si jamais la métaphore fut un héliotrope, éprise du sens suprême solaire, dans le récit moderne elle s'éclipse. Ainsi s'achève le mouvement de raffinement et d'extinction du sens, qui impulsait la métaphore filée dans l'écriture automatique, où elle joue le rôle d'une étoile filante, plus que d'un tournesol [1]. Le champ de l'*epiphora*, du transfert et de la condensation de sens, aboutit à ouvrir la surface des signes vers l'irreprésentable qui les sous-tend et qui, s'il est la part indicible du courant amoureux, a besoin de la stratégie dis-

---

1. Cf. M. Riffaterre, « La Métaphore filée dans la poésie surréaliste », *La Production du texte*, Ed. du Seuil, 1979.

cursive et narrative pour se signaler en creux. L'érotisme écrit est une fonction de la tension verbale, un « entre-les-signes ».

Dire la chose sexuelle

Que devient donc la métaphore ? — Elle passe dans cette variante de la condensation qu'est l'ellipse narrative. Elle se résorbe aussi dans des indices multiples tout au long du récit, suggérant que « je » amoureux, pervers et jouisseur voit la *chose* (qui n'est plus le soleil de Roméo, ni Dieu — *Res significata*, mais très crûment le sexe maternel) en face et sans gêne, mais ne peut la dire toute. Le réel ne saurait se dire tel quel. Cette retenue n'est ni l'impuissance de la mélancolie, ni le refoulement frigide de la censure. Au contraire, lorsque le désir irrigue franchement l'idéalisation amoureuse, son flot fait sortir l'être parlant de ses gonds, et dans l'épreuve du langage qui s'ensuit, le signe de non-dit devient l'équivalent le plus intense de l'embrasement érotique. Puisque la méta-phore est le signe du désêtre, elle trouve son acmé et son achèvement dans la suspension de sens, au moment même où le récit explicite certaines étapes érotiques de ce désêtre.

Une telle condensation devient, dans un récit sans gêne, l'envers de la prolixité : c'est le blanc entre les lignes. Théma-tiquement, c'est l'aveu de la *défaillance* (Bataille se dit « cou-pable ») comme envers inséparable de la jouissance. L'acmé de la littérature nous atteint en exhibant en elle-même son impossible. Seul témoin, non de la complaisance pour le sexe tant exploitée dans l'art commercial, mais de ce que Bataille appelle une « souveraineté ». Un amour qui abrite et porte à l'infini la défaillance exquise et douloureuse de la passion. Nous l'avons rappelé : le narrateur de *Ma mère* prononce la phrase de La Rochefoucauld en évoquant les débordements

sexuels de sa mère. Le soleil, le sexe, l'inceste, ne se regardent
pas fixement, en effet, mais de biais, en transport, en récit
érotique et méditatif : amoureux. Récit théologique et philosophique, avec son air saint-Thomas mais aussi avec son air
libertin, cette méditation narrative prolonge les connotations
de l'expérience amoureuse, indéfiniment, faisant ainsi contrepoids à la *suspension* de cette connotation par l'avènement du
sens obscène. La métaphore a, en somme, renoncé à sa
course vers l'invisible ou l'éblouissant. Elle se déploie désormais comme une chevauchée jubilatoire et coupable, entre méditation et obscénité, plénitude du sens et évidement du
sens... La métaphysique s'est résolue en transport, en transfert, en mouvement perpétuel des sens et du sens...

Thanatos

L'analyste se demandera comment décrire un tel sujet
amoureux dont le narrateur de *Ma mère* nous offre l'exemple
exquis. Pervers ? Paranoïaque (« ... je me sentais semblable à
Dieu ») ? Croyant obstiné et obsessionnel dans une libido
féminine toute-puissante qui serait l'équivalent d'un phallus
maternel ? Ennemi œdipien du père condamné désormais à
n'imaginer que des partenaires homosexuelles à sa mère, et à
se féminiser lui-même, passif et quasi victimaire ? Pareilles
étiquettes ont le désavantage d'insinuer un autre amour qui,
lui, serait exempt de perversion ; elles masquent, en outre,
une question clé de la dynamique amoureuse. — S'il est vrai
que dans l'alchimie amoureuse la pulsion sexuelle subit
l'idéalisation nouée au narcissisme qu'on lui connaît, que
devient en amour l'envers de l'Eros, le Thanatos ? C'est en
somme d'un codage de la pulsion de mort, dont Freud nous
dit qu'elle est antérieure à l'objet et à l'amour, qu'il s'agit dans
le récit obscène. Celui-ci conduit Thanatos entre les signes,

par la thématique de la passion et de la mort d'une part, par le choc de champs sémantiques et des discours hétérogènes d'autre part. Que l'autre, la mère, soit animée d'une libido qui est moins l'Eros que la Mort, voilà le point de mire de cette dynamique subjective et discursive. Les femmes de Picasso, celles de De Kooning, comme *Ma mère* de Bataille, sont le pari déchaîné de ne rien omettre de cette mère-mort, de la prendre de face, ou de biais, mais de la prendre quand même dans la grille de l'œuvre. En la déformant jusqu'à la laideur et l'excitation extravagantes. « Ah, serre les dents, mon fils. Tu ressembles à ta pine, à cette pine ruisselante de rage qui crispe mon désir comme un poignet [1]. » Il s'agit en somme d'une mère ignorant l'interdit, mère pré-œdipienne, détentrice archaïque de mon éventuelle identité. Potentiellement psychotisante. Le récit obscène est en ce sens une tentative héroïque de règlement de comptes avec cette mère-là ; il est, par conséquent, la sublimation la plus étendue de la psychose. La perversion, en somme, n'est pas simplement le lot obligé du néotène ; elle est le premier territoire défensif que le sujet oppose à la Mort pour autant qu'elle lui paraît prendre sa source dans la source même de la vie : dans la mère. « L'amour est aussi fort que la mort », chante le Cantique des Cantiques, et les commentateurs récents de supposer que ce chant d'amour sublime est issu des orgies funéraires [2]. Ces aventuriers du psychisme qu'on appelle des écrivains, vont au bout de la nuit où nos amours n'osent pas se risquer. Nous restons simplement troublés, inconscient oblige, par l'intensité du style... Un style — témoin de la perte de sens, vigile de la mort.

1. *Ibid.*, p. 126.
2. Marvin H. Pope, *Song of Songs*, Doubleday, 1977, *op. cit.* Cf. plus haut, p. 111-112.

Des extra-terrestres
en mal d'amour

La crise

L'analyste est par définition à l'écoute de la crise : c'est d'un malaise inévitable que naît le contrat analytique. L'existence de la psychanalyse dévoile donc la permanence, l'inéluctable de la crise. L'être parlant est un être blessé, sa parole sourd d'un mal d'aimer, et la « pulsion de mort » (Freud) ou le « désêtre » (Lacan) coextensifs à l'humain déterminent, s'ils ne le justifient pas, le malaise des civilisations.

Une telle vision ne relève pas forcément du pessimisme (« on ne peut rien face à la crise, c'est comme ça »), ni d'un dénigrement du moment présent (« il n'y a rien de nouveau, ça a toujours été comme ça »). Le fondamentalisme psychanalytique change toutefois la perspective de l'interrogation. D'une part, les périodes et les sociétés qui s'imaginent hors crise apparaissent, aux yeux du psychanalyste, comme symptomales : par quel miracle de refoulement, d'idéalisation ou de sublimation, le malaise du « clivage » a-t-il pu être stabilisé, ou même harmonisé, dans un code de valeurs crédibles, solides, permanentes ? D'autre part, dans l'Occident juif et chrétien, l'analyste peut repérer un *perpetuum mobile* qui, nourrissant la crise essentielle à la condition parlante et se nourrissant d'elle, crée les problèmes qu'il est seul à résoudre sans toutefois y arriver jamais, mais en les symbolisant indéfiniment dans la souillure et par la passion désormais universalisées. Où est donc la crise ? Qu'est-ce qui en constitue l'image pénible ? Sûrement pas une conscience brisée par l'inconscient, car celle-ci ne peut que s'y reconnaître, s'y lover et en parler, produisant ainsi un nouveau discours, baroque ou joycien, témoin d'une « expérience intérieure » ou de la mise en forme d'un « théâtre de la cruauté ». Si l'art peut ressembler à une crise, il est surtout une résurrection. La crise n'existe que pour les miroirs épris d'images stables ; pour les calculatrices affolées par la valse des marchés et des devises, pour les consciences stabilisatrices qui croient à cette divinité moderne qu'est le « bilan ». L'analyste n'est ni artiste ni comptable. Entre les deux, il est une des dernières figures du comble de la passion.

De quoi se plaignent les analysants, habitants déboussolés des mégapolis ? Pouvons-nous isoler *Le* mal moderne, celui qui donne la couleur de cette fin du XXe siècle et le fait passer dans le troisième millénaire ?

L'abolition de l'espace psychique

Dire que c'est la *haine* ou la *pulsion de mort* qui domine la plainte, plus qu'un désir inhibé ou un éros maltraité, est juste mais insuffisant. Freud le savait déjà, puisque *Au-delà du principe de plaisir* (1920) et jusqu'au *Malaise dans la civilisation* (1929) et *Analyse terminable et interminable* (1937). Après lui et indépendamment de lui, il est remarquable que les analystes femmes, de Melanie Klein à Sabine Spielrein, n'aient cessé d'insister sur cette composante morbide du psychisme. Rebelle à la castration, une femme ne s'y rend peut-être qu'à voir mourir un corps (celui de son enfant dans le pire des cas). Par ailleurs, les drames de l'individuation

464   *Histoires d'amour*

exigent d'elle un rejet si violent de la mère, et par la mère, que dans la haine de l'objet aimé une femme est immédiatement en pays connu et intolérable.

Ce dont souffrent désormais les analysants, c'est de l'*abolition de l'espace psychique*. Narcisse en manque de lumière autant que de source permettant de capter une image propre, Narcisse noyé dans une cascade d'images fausses (des rôles sociaux aux *media*) et privé par conséquent de substance ou de place : ces personnages modernes témoignent de ce que nous ne savons pas élaborer aujourd'hui le narcissisme primaire.

Ni écran, ni état, le narcissisme primaire est déjà une structure, antérieure à l'œdipe, et qui opère avec trois termes. Le nœud central de liaison et de déliaison, de plein et de vide, de positions et de pertes, représente l'instabilité du *sujet narcissique*. Il s'y tient aimanté d'une part vers le pôle d'*identification primaire*, qui est un père imaginé aimant, « père de la préhistoire individuelle [1] », amorce de l'idéal du Moi ; et, d'autre part, vers un pôle de désir et de haine, de fascination et de répulsion qu'est la mère archaïque cessant d'être un contenant des besoins mais non encore constituée en objet tabou du désir : ni sujet ni objet, une *mère-« abject »*, lieu de repoussement et de différenciation, une infection. La dissolution du christianisme a laissé en souffrance ces trois instances.

La figure de la Vierge — cette femme dont le corps entier est un trou par où passe la parole paternelle — avait admirablement subsumé l'« abject » maternel si nécessairement intrapsychique. Sans ce verrou de sécurité, l'abjection féminine

---

1. Cf. plus haut, p. 31 sq, 38 sq, 155 sq, etc. On lira sur le narcissisme Kohut, Kernberg, les travaux d'A. Green, dont *Narcissisme de vie, narcissisme de mort, op. cit.*, ainsi que *La Nouvelle Revue de psychanalyse*, n° 13, printemps 1976, pour une vue d'ensemble et une bibliographie plus complète.

s'est imposée à la représentation sociale, provoquant un dénigrement réel des femmes qui a donné lieu non seulement à
une recrudescence d'antiféminisme mais surtout à un sursaut
des femmes incapables de supporter narcissiquement la représentation de leur propre rejet du maternel qu'aucun code
laïque ne venait plus garantir. La première génération de
féministes a refusé, à travers la « femme-objet », la blessure
narcissique qu'est la sexualité maternelle, pour lui opposer
l'image de la militante virile, moins libertine que surveil-
lante ; la seconde a prôné une sexualité féminine centri-
pète, adoucie et apaisée, avant d'exhumer, tout récemment,
sous couvert d'idylles entre femmes, les ravages sadomasochistes.

Parallèlement, l'absence de variante laïque pour le père
aimant rend le discours contemporain incapable d'assumer
l'identification primaire, ce sous-sol de nos constructions
idéalisantes. Ainsi orpheline, l'homosexualité de l'homme à
la recherche d'une position féminine vis-à-vis de l'autre
homme ne peut rencontrer que sa réalisation érotique immédiate. Une femme, quant à elle, manque d'intermédiaire pour
assimiler la Loi censée être paternelle, et s'en trouve rejetée
dans la paranoïa.

Entre ces deux absences dans le discours contemporain,
Narcisse n'a pas de territoire propre. Sans valeur de père, il
est un homosexuel en négatif, potentiel mais vide de désir.
Livré à une mère abjecte, il ne peut recourir à la vierge sainte
pour s'en délivrer. Pis encore, moderne émancipé, il n'ose pas
se donner le droit de la combattre. Comme Jean, il s'emmure
inhibé, hagard, hermétique, brisé de cauchemars, prêt à basculer dans la drogue s'il pouvait se permettre d'être un Narcisse heureux. Sa pensée lui échappe, sa parole lui paraît vide
comme son corps. « Il y a des blancs entre chaque mot », dit-
il, sibyllin. Il précise que ses mots ne tiennent pas ensemble
car un vide les décompose en syllabes, les souffle et les fait

exploser avant qu'ils ne se posent entre lui et ses interlocuteurs.

Juliette, elle, se jette dans des orgies qui la laissent froide,
humiliée, pleine de rage et toujours prête à tomber malade
pour arrêter enfin le tourniquet d'une vie commandée par un
père pervers. Celui-ci, militant de gauche, laissait entendre à
sa fille que voler fait partie de la lutte des classes, jusqu'à ce
que Juliette se laisse prendre, ainsi punie pour le plus grand
plaisir (secret, bien entendu) du père, et la plus grande honte
de la mère. « J'essaie d'écrire, dit Juliette, mais c'est impossible car je n'ai pas où me poser pour cela. »

Résultat paroxystique d'une pulsion de mort qu'aucun
objet n'arrive à border ni aucune idéalisation à déplacer ;
voisinage avec la psychose de plus en plus audible sous les
apparences des obsessions et des hystéries —, soit. Mais la
fréquence des symptômes psychotiques aux abords des névroses et des perversions indique une profonde remise en
cause de l'*espace psychique* dont la psychanalyse, qui s'en est
faite l'exploratrice révolutionnaire, a hérité de toute une histoire occidentale et spéculative.

Narcisse : mon semblable, mon frère

Au risque de simplifier, songeons que cet *espace psychique*
aujourd'hui détruit s'est constitué au déclin de l'Antiquité
avec l'avènement de l'ère chrétienne. C'est un espace dont le
mythe de Narcisse et ses élaborations néo-platoniciennes
d'une part, et d'autre part la passion christique dessinent les
contours. De ce mythe, les *Métamorphoses* d'Ovide (43-16)
nous donnent la première version complète. Narcisse, cet
enfant pervers, y apparaît comme le premier anti-héros moderne, le non-dieu par excellence. Son drame trouble, marécageux, invisible a dû résumer les angoisses d'une humanité

à la dérive, dépossédée de repères stables. Le corps majes-
tueux de la sculpture grecque s'éparpille lors de cette autre
crise qui fut le déclin de l'Antiquité, et donne lieu à l'histoire
malsaine et à peine tragique d'un être quelconque qui ne sait
pas ce qu'il veut ni ce qu'il aime. Une *novitas furoris*, avons-
nous lu dans Ovide, une nouvelle démence. Mais qui pose
là ?

L'amoureux de son reflet fuyant est en fait quelqu'un
dépourvu d'espace propre. Il n'aime rien parce qu'il n'est
rien. Lorsqu'il reconnaît que l'autre de la source n'est qu'une
image de lui-même, incapable de supporter cette propriété
représentée, Narcisse se suicide. Cependant, il ressuscite, et ce
n'est pas seulement à travers la fleur du même nom qui prend
la place de son corps. Narcisse est dédommagé par le génie de
la pensée spéculative, à commencer par Plotin et jusqu'aux
Pères de l'Eglise, qui réhabilitent la préoccupation narcissienne d'espace propre, par-delà la condamnation de l'erreur
narcissique. Arraché à la cité antique *(polis)* désormais en
dissolution, plongé dans l'univers civilisé *(oïkouméné)* —
dont l'équivalent moderne serait la mass-médiatisation avancée —, l'homme en proie à une solitude innommable fut
appelé à se replier sur lui-même, et à se retrouver en tant
qu'être psychique.

Nous avons vu les efforts de Plotin (205-270) pour construire la dignité recueillie de la solitude ascétique. Sa divinité
autarcique procède par *reflets*, elle suit explicitement la dynamique narcissienne des réverbérations et des ricochets inessentiels et cependant nécessaires car issus, eux, non pas de
Narcisse, mais de l'Un. Ces réflexions nouent alors en son
unité, par l'immanence de la transcendance, le mouvement
même du reflet, et bâtissent ainsi une psyché nouvelle. L'âme
occidentale n'est plus celle d'un « Eros pteros » platonicien
hanté par le monde supralunaire, mais celle d'un espace de
réflexion bouclé sur le même par l'intermédiaire de l'Un, à la

fois source et lumière de la réflexion. L'intériorité occidentale
s'affirme ainsi, *monos pros monon*, qui fonde l'espace de la
solitude psychique. Le face à face lugubre de Narcisse avec
son image mortifère parce que fugace, a été remplacé par les
mains jointes dans la prière : par le *seul-à-seul*. La tragédie
mythique s'est transformée en recueillement et introspection.
Il y aura désormais un *dedans*, une vie intérieure à opposer
au *dehors*. Plotin est sur la crête de cette séparation, le dehors
solaire de l'Un constituant le dedans recueilli du Sage, sans
aucune altérité.

Aimer ou penser

La passion christique a bousculé et ouvert la calme
contemplation de ce narcissisme neutralisé par la réflexion de
la divinité autarcique, en introduisant l'*impossible*. Le péché
et la passion signalent à Narcisse qui se mire dans l'Au-delà,
que tout n'est pas paradis dans cet enfer, et que le fils de Dieu
lui-même peut être abandonné par son Père. L'Un est un
Autre dans l'agapé de la Croix. Cependant, la malice théologique n'oubliera pas que le salut est en définitive une relève
du narcissisme. Non seulement on doit aimer l'autre comme
on s'aime, mais Dieu lui-même n'est accessible à notre amour
que dans la mesure où nous aimons notre bien « propre ». A
propos de l'*Amor sui*, nous avons relu saint Thomas
(1227-1274) qui, à la suite de saint Augustin (354-430), préconise déjà que la bonne manière d'aimer est de « s'aimer »
en vue et à cause de Dieu. Nous avons ainsi constaté que,
sans aucun égoïsme qui est en effet un phénomène très
secondaire, le Docteur angélique prône la reconnaissance du
« bien propre » comme seul accès possible à l'« *être bien* » qui
est Dieu. Cette appropriation de Dieu, et à rebours, cette
divinisation du bien propre, est une formidable dialectique

par laquelle, grâce à Un Tiers donateur et créateur, l'Eglise promet le salut au narcissisme qui a désormais le droit, grâce à Dieu, de se replier sur lui-même.

Tant que le Moi occidental a pu s'imaginer comme un *Ego affectus est* avec saint Bernard (1091-1153), par exemple, son espace psychique — contenant réflexif du narcissisme primaire — restait sauf et pouvait perpétuellement intégrer les crises. L'héroïsme d'un *Ego cogito* que Descartes introduisit sur les traces blanchies de saint Thomas, conduit à la conquête du *dehors* négligé dans le dispositif du salut narcissien. Dehors de la nature, à subjuguer par la science ; dehors de l'objet de plaisir, à dominer par la dynamique sadomasochiste de l'érotique libertine. Galilée et Sade sont les héros de cette épopée conquérante, dont le président Schreber annoncera la ruine. Pour ce personnage légiste de Freud qui, dans le sillage de l'humanisme et de la révolution bourgeoise, expérimente l'impossibilité d'un espace psychique stabilisé (le sien est brisé de rayons et de langues de fond), l'univers de l'incroyant ne se constitue que dans le délire mystique : toujours par recours à Dieu donc, mais un recours désormais privé de sens, insensé. Nous ne sommes pas sortis du dilemme : Galilée et Sade le révolutionnaire d'un côté ; Schreber le législateur fou de l'autre. Le malaise vient toujours d'une forclusion de l'amour : de l'*Ego affectus est*.

On a trop souvent insisté sur la crise de la paternité comme cause du malaise psychotique. Par-delà la tyrannie souvent féroce mais factice et incrédible de la Loi et du Surmoi, la crise de la fonction paternelle qui conduit à une carence de l'espace psychique est en fait une érosion du père aimant. C'est d'un manque d'amour paternel que souffrent les Narcisses grevés de vide : avides d'être autres ou femmes, ils veulent être aimés.

C'est à tort qu'on cherche noise à Freud sur des questions de sexualité : il n'aurait pas compris les femmes, il aurait

refoulé son homosexualité, il serait resté un bourgeois juif
« uxorieux »... La découverte de Freud, ouvrant la voie
royale de la sexualité, porte en fait sur l'intenable de l'espace
psychique. Un espace psychique intenable, donc chargé de
leurres, d'hallucinations, de mensonges... Pensons encore
une fois à tous ses schémas, esquisses, topiques et territoires
qu'il ne cesse de proposer et de renouveler de l'*Esquisse*
(1895) à *Moïse et le monothéisme* (1939). Lacan l'a repris en
ce lieu précisément pour suggérer, topologie et nœud borro-
méen à l'appui, les échappées et les infinitudes de cette expérience du signifiant qu'il ne croit plus intérieure, mais qu'il
veut maintenir spatialisable, totalisable, maîtrisable, mathé-
matisable. Est-ce possible ?

Du semblant excentrique : l'imaginaire comme processus

L'enjeu de la psychanalyse — mais aussi la crise de la
psychanalyse — est là. Avons-nous à construire un espace
psychique, une certaine maîtrise de l'Un au sein même des
débâcles psychiques des angoissés, des suicidaires, des im-
puissants ? Ou au contraire, à suivre, propulser, favoriser des
échappées, des dérives ? S'agit-il de refaire à nos Narcisses
modernes un espace propre, un « home » : réparer le père,
apaiser la mère, et permettre de construire un dedans plein,
réflexif, maître de ses pertes et de ses errances, si tant est
qu'un tel objectif soit réalisable ? Ou bien la fréquence de ces
souffrances qui ne trouvent de plénitude, de détente et de
satisfaction que dans l'ivresse (de la drogue à la musique
sacrée qui sacrifient le propre et le sexe au profit de l'infini),
n'indique-t-elle pas qu'une époque psychique est close ?

Je vois la psychanalyse plutôt comme l'ouvrière d'une
sortie hors de cette clôture que comme sa gardienne. L'espace
psychique ancien, l'appareil de projection et d'identification

plus ou moins conforté à coups de névroses ne tient plus ? Eh bien, c'est peut-être qu'un autre mode d'être, de désêtre, essaie de se mettre à sa place. N'essayons pas de lui donner les contours du « propre », en l'assurant de notre autorité de « psy » et en le remplissant du sens psychologique de nos interprétations. Laissons-le flottant, par moments vide, inauthentique et cousu de fil blanc. Qu'il fasse semblant, que le semblant se prenne au sérieux, que le sexe soit aussi inessentiel car aussi grave qu'un masque ou un signe écrit — plein la vue dehors, rien dedans.

Suis-je en train de voir l'espace psychique européen basculer en japonais [1] ? Et de demander à l'analyste d'être l'agent de ce nouveau règne de l'inauthentique, le promoteur de l'empire socialiste des « faux selfs » ? L'art de tous les temps n'a-t-il pas déjà frayé cette voie ?

Dans la mesure où l'analyste ne fait pas seulement advenir des vérités mais cherche à remédier aux douleurs de Jean ou Juliette, il se doit de les aider à construire leur espace propre. Les aider à ne pas souffrir d'être de simples figurants dans leur vie, ou des éclats de corps morcelés emportés par le flux de leur plaisir. Les aider, donc, à se dire et s'écrire en espaces instables, ouverts, indécidables. L'association libre du discours analytique prépare la polylogique d'une telle nomination et d'une telle écriture excentrique. Il ne s'agit pas de remplir de sens la « crise » — le vide de Jean —, ni de donner une place certaine aux errances érotiques de Juliette. Mais de déclencher un discours où son « vide » à lui et son « hors lieu » à elle deviennent des éléments essentiels, des « personnages » si l'on veut, indispensables, d'un *work in progress*. Il s'agit de faire de la crise un *work in progress*.

Parler, écrire ? N'est-ce pas encore bâtir du « propre »,

1. Pour une approche psychanalytique de l'univers japonais, cf. Doï Takeo, *Le Jeu de l'indulgence*, éd. Le Sycomore, « Asiathèque », 1980.

fût-il polyvalent ? En attendant que les institutions sociales
intègrent ces extra-terrestres, ces survivants du narcissisme
primaire, c'est encore en imagination et dans des réalisations
symboliques que leur identité défaillante trouvera le mieux à
se construire comme nécessairement fausse : imaginaire.
Lorsque les comportements et les institutions auront intégré
l'échec de la représentation non pas comme un raté de la
machine ou comme une souffrance de l'individu, mais
comme une illusion parmi d'autres, un nouveau réglage du
narcissisme aura eu lieu. Il déculpabilisera l'Image stable et
désinvestira l'Unité transcendantale qui assure son authenticité. Il valorisera le semblant, l'imaginaire. Pour un tel espace
psychique ouvert, indécidable, la crise sera non pas une
souffrance, mais un signe, à l'intérieur d'une trame dont la
vérité est dans la possibilité d'absorber des semblants. Je
plaide pour l'imaginaire comme antidote de la crise. Non pas
pour l'« imagination au pouvoir » qui est le cri des pervers
aspirant à la loi. Mais pour une saturation des pouvoirs et
contre-pouvoirs par des constructions imaginaires : fantas-
matiques, osées, violentes, critiques, exigeantes, timides...
Laissez-les parler, les E.T. vivront. L'imaginaire réussit là où
le narcissique se vide et où le paranoïaque échoue.

Discours amoureux et transfert

Or, l'imaginaire est un discours de transfert : d'amour. Au
travers du désir qui aspire à la consommation immédiate,
l'amour est bordé de vide et se soutient d'interdits. Que nous
n'ayons pas aujourd'hui un discours d'amour est révélateur
de notre incapacité à répondre au narcissisme. En effet, la
relation amoureuse est basée sur la satisfaction narcissique
d'une part, sur l'idéalisation d'autre part. Si la « crise » de
l'espace psychique plonge ses racines dans la « mort de

Dieu », rappelons-nous que pour l'Occident « Dieu est amour ». L'agapê de la croix de saint Paul, le « Dieu est amour » de saint Jean, nous laissent sans doute froids, mais aussi vides. Freud, ce postromantique, fut le premier à faire de l'amour une cure. Pour permettre non pas la saisie d'une vérité, mais une renaissance — comme une relation amoureuse qui nous refait à neuf, provisoirement et éternellement. Car le transfert, comme l'amour, est, nous l'avons dit, un véritable processus d'auto-organisation comparable à ce que les théories modernes appellent en logique et biologie des « systèmes ouverts ».

La psychanalyse n'inaugure donc pas un nouveau code amoureux, après la courtoisie, le libertinage, le romantisme, la pornographie. Elle signe la fin des codes mais aussi la permanence de l'amour comme constructeur des espaces de paroles. Si elle indique l'indispensable du principe transférentiel ou amoureux pour qu'un corps soit vivant et non pas un cadavre en gestion, paradoxalement elle dédramatise la relation amoureuse pourtant investie dans le transfert. Le pacte analytique, tel le pacte de Faust avec le diable, garantit votre renouveau, renaissance, jeunesse ; sur ce fond, vos crises forcément amoureuses peuvent être des contrats provisoires et inessentiels. Freud avait envisagé de proposer, parmi les antidotes puissants du malaise dans la civilisation, la relation amoureuse, pour y renoncer néanmoins très vite car, pensait-il, si l'amour procure le sentiment océanique du narcissisme comblé, rien n'est plus blessant qu'une rupture amoureuse [1]. Il oubliait, cependant, dans ce texte, de mentionner que la cure psychanalytique continuait de se nourrir d'un amour transcendant les aléas *des* amours. Amour de transfert mobilisant l'aptitude à l'idéalisation au cœur même du désir et de

1. Cf. S. Freud, *Malaise dans la civilisation*, P.U.F., 1971, G.W., t. XIV, 1930.

la haine : un évidement et un soulagement de la perversion.

Jean et Juliette viennent précisément chercher cette aptitude auprès de l'analyste, qui est peut-être le seul à leur permettre d'entrevoir une relève de leurs blessures narcissiques. Sans suggestions idéologiques, morales ou partisanes, mais par la simple écoute amoureusement... distraite.

De Chérubin à E.T.

Grâce aux élaborations chrétiennes, Narcisse a pu se ressaisir, se donner une dignité musicale et picturale, et attendrir des générations par ses métamorphoses. En Chérubin, par exemple. Celui dont le cœur « soupire », chez Mozart, la nuit, le jour, sans savoir si c'est d'amour.

Aujourd'hui, Narcisse est un exilé, privé de son espace psychique, un extra-terrestre aux allures préhistoriques en manque d'amour. Enfant trouble, écorché, un peu dégoûtant, sans corps et sans image précis, ayant perdu son propre, étranger dans un univers de désir et de pouvoir, il n'aspire qu'à réinventer l'amour. Les E.T. sont de plus en plus nombreux. Nous sommes tous des E.T.

Le seul point commun entre ce symptôme moderne et le Chérubin est que le langage qui apprivoise et nous fait aimer ce déraciné de l'espace psychique demeure toujours imaginaire. Musique, film, roman. Polyvalent, indécidable, infini. Une crise permanente.

V

VI

DU MÊME AUTEUR

Aux Éditions du Seuil

Σημειωτική. RECHERCHES POUR UNE SÉMANALYSE, *coll. Tel Quel, 1969.*

LA RÉVOLUTION DU LANGAGE POÉTIQUE. L'avant-garde à la fin du XIXᵉ siècle, Lautréamont et Mallarmé, *coll. Tel Quel, 1974.*

LA TRAVERSÉE DES SIGNES (ouvrage collectif), *coll. Tel Quel, 1975.*

POLYLOGUE, *coll. Tel Quel, 1977.*

FOLLE VÉRITÉ (ouvrage collectif), *coll. Tel Quel, 1979.*

POUVOIRS DE L'HORREUR. Essai sur l'abjection, *coll. Tel Quel, 1980.*

Chez d'autres éditeurs

LE TEXTE DU ROMAN, Approche sémiologique d'une structure discursive transformationnelle, *La Haye, Mouton, 1970.*

DES CHINOISES, Ed. des Femmes, 1974.

Impression Brodard et Taupin
à La Flèche (Sarthe),
le 23 septembre 1985.
Dépôt légal : septembre 1985.
Numéro d'imprimeur : 6312-5.
ISBN : 2-07-032323-4 / Imprimé en France

36298